WOLFGANG & HEIKE
HOHLBEIN

DREIZEHN

UEBERREUTER

Das säurefreie und alterungsbeständige Papier EOS liefert Salzer, St. Pölten
(hergestellt aus chlorfrei gebleichtem Zellstoff aus nachhaltiger Forstwirtschaft).

ISBN 978-3-8000-5679-8

Umschlagillustration und Umschlaggestaltung
von Herbert Ahnen, animagic GmbH, Bielefeld,
unter Verwendung von Fotos von Alexander Yakovlev / fotolia.com,
und Antonis Papantoniou / iStockphoto.com

Druck: CPI Moravia Books GmbH, CZ
1 3 5 7 6 4 2

Ueberreuter im Internet: www.ueberreuter.at

Wolfgang Hohlbein im Internet: www.hohlbein.de

Also gut, wir geben auf –
da habt ihr endlich euer Mädchen als
Hauptperson …

1

Der Fremde in Reihe dreizehn sollte Thirteen in ziemlich genau fünf Minuten das Leben retten, aber davon wusste sie natürlich in diesem Augenblick noch nichts; ebenso wenig wie von all den anderen aufregenden und auch gefährlichen Ereignissen, die in diesem Moment bereits ihren Anfang genommen hatten und Thirteens Leben so gründlich auf den Kopf stellen und durcheinanderwirbeln sollten, wie es nur möglich war. Hätte sie es gewusst, hätte es auch nichts geändert. Sie starrte den seltsamen Fremden, der allein in der Reihe vor ihr saß, schon seit einer geraumen Weile an. Etwas an ihm war unheimlich.

Es begann damit, dass er ganz allein in der Sitzreihe im Flugzeug vor ihr saß, obwohl die Maschine so gut wie ausgebucht war. Thirteen erinnerte sich an ein Gespräch am Flughafen, in dem sich eine Frau am Schalter bitter darüber beschwerte, dass sie für sich und ihre beiden Kinder kein Ticket mehr bekommen hatte, sodass sie nun beinahe vier Stunden auf die nächste Maschine warten mussten. Trotzdem waren sowohl die beiden Sitze neben dem unheimlichen Mann als auch die beiden Plätze auf der anderen Seite des Mittelganges leer. Entweder, überlegte Thirteen, hatte jemand in der Buchungsstelle am Flughafen einen Fehler gemacht, oder der Mann vor ihr hatte alle fünf Tickets gekauft, um die ganze Reihe für sich zu haben. Beides war gleich unwahrscheinlich. Das war aber noch nicht alles. Vor einer Viertelstunde hatten die Stewardessen das Essen gebracht und jetzt waren sie bereits damit beschäftigt, das benutzte Geschirr wieder abzuräumen, und weiter vorne waren zwei weitere Stewardessen bereits dabei, ein kleines Wägelchen mit zollfreien Zigaretten, Schnaps, Parfüm und anderen Waren vollzuladen, die sie gleich verkaufen würden.

Es war, als wäre sie die Einzige, die diesen Mann überhaupt sah.

Aber sehen war nicht das richtige Wort. Obwohl er so dicht vor ihr saß, dass sie nur den Arm auszustrecken brauchte, um ihn zu berühren, konnte sie ihn nicht richtig erkennen. Er saß die meiste Zeit reglos da und blickte aus dem Fenster oder starrte einfach ins Leere, wie Fluggäste es oft tun, wenn sie darauf warten, dass die Zeit verstreicht, sodass sie ihn im Profil erkennen konnte, aber wenn sie auch nur einen Moment lang wegsah oder er den Kopf drehte, dann vergaß sie sofort sein Aussehen. Sie konnte nicht einmal sagen, ob er jung oder alt war, gut aussah oder hässlich, nett oder unfreundlich. Natürlich wusste sie, wie unsinnig das war, aber hätte sie den Mann in diesem Moment beschreiben müssen, hätte sie es nicht gekonnt. Er war wie ein Schatten, der selbst in ihrer Erinnerung nur so lange Bestand hatte, wie sie ihn direkt ansah. Und um das Maß vollzumachen – aber das nahm Thirteen ohne besondere Überraschung zur Kenntnis –, saß er natürlich in Reihe dreizehn …

Thirteen schloss die Augen und lehnte sich in dem bequemen Flugzeugsessel zurück, so weit es ging. Eigentlich war es Unsinn, sich so viele Gedanken über einen Mann zu machen, den sie noch nie im Leben gesehen hatte und auch niemals wiedersehen würde, sobald das Flugzeug gelandet und sie alle von Bord gegangen waren. Sie hatte wahrlich andere Sorgen. Wenn es nach dem Mann zwei Sitzreihen hinter ihr gegangen wäre, hätte sie in knapp drei Minuten überhaupt keine Sorgen mehr gehabt, weil sie dann nämlich nicht mehr am Leben gewesen wäre. Aber das konnte sie natürlich nicht wissen, und so wanderten ihre Gedanken zurück in die Vergangenheit und damit zu dem Grund, aus dem ein zwölfjähriges Mädchen ganz allein in einer Maschine der British Airways saß und von London nach Hamburg flog. Es war ein sehr trauriger Grund, der Thirteen in den letzten Monaten viel Anlass zum Weinen und Traurigsein gegeben hatte. Aber das war etwas, was ihr allmählich vertraut war. Wer es nicht selbst erlebt hatte, konnte es wahrscheinlich nicht verstehen, aber Thirteen hätte jedem sagen können, dass Kummer und Schmerz etwas waren, woran man sich gewöhnen konnte. Es machte es nicht besser, aber Leid und Sorgen wurden irgendwann einmal zu Vertrauten, die man als ganz selbstverständlich hinnahm, und vielleicht führte das sogar dazu, dass man irgendwann einmal aufhörte, dagegen zu kämpfen.

Der Mann zwei Sitzreihen hinter ihr griff in die Jackentasche und schloss die Hand um das Messer, mit dem er Thirteens Leben ein Ende zu setzen gedachte, und Thirteen öffnete wieder die Augen und sah aus dem Fenster. Vor ein paar Minuten hatte der Pilot über Lautsprecher durchgesagt, dass sie gerade die Niederlande überflogen, aber von Windmühlen oder Tulpenfeldern war nichts zu erkennen. Unter der Maschine lag eine geschlossene Decke aus flockiger weißer Watte; ein schöner, aber auch langweiliger Anblick. Das würde auch in Hamburg so sein, hatte die Stewardess gesagt. Thirteen war aber nicht enttäuscht. Sie war auch kaum aufgeregt, obwohl sie es hätte sein sollen – immerhin befand sie sich nach Jahren wieder auf dem Weg nach Hause und zu ihrem letzten lebenden Verwandten.

Genau genommen war sie allerdings nirgendwo zu Hause – nicht richtig.

Thirteen – die eigentlich gar nicht Thirteen hieß, sondern Anna-Maria oder, wenn es nach ihrer Mutter ging, Anne-Mary – war in diesem Land geboren, in einem kleinen Ort irgendwo bei Hamburg. Sie erinnerte sich nicht daran, aber sie hatte Bilder gesehen und ihre Mutter hatte oft davon erzählt, und Thirteen würde nie das glückliche Leuchten in ihren Augen vergessen, wenn sie von der Vergangenheit und besseren Zeiten erzählte.

Aber das war lange her. Thirteens Vater war gestorben, als sie fünf Jahre alt war, und ein knappes Jahr später war Thirteens Mutter mit ihrer Tochter wieder in ihre Heimat zurückgekehrt. Und von da ab schien sich ihr Lebensweg in eine langsame, aber unaufhaltsam abwärtsführende Spirale zu verwandeln. Thirteen hatte am Anfang nicht viel davon mitbekommen – so wenig wie jetzt von dem Mann, der sich zwei Sitzreihen hinter ihr umständlich auf den Mittelgang des Flugzeuges hinausarbeitete und die rechte Hand in der Jackentasche hatte –, denn sie war noch sehr jung gewesen und ihre Mutter hatte ihr Bestes getan, um Thirteen vor dem Schlimmsten zu bewahren. Aber sie wurde älter und nach und nach begriff sie doch, wie es um sie beide stand. Aus dem Haus, in das sie nach ihrer Übersiedlung nach England gezogen waren, mussten sie nach einer Weile wieder ausziehen, zuerst in eine große, dann in eine kleinere und schließlich in eine ganz kleine Wohnung. Nach und nach ging es nicht nur finanziell, sondern auch gesundheitlich mit ihrer Mutter bergab. Sie verlor einen Job nach dem anderen, musste immer schlechter bezahlte Stellungen annehmen und dadurch natürlich noch mehr arbeiten, was sie noch kränker und verbitterter machte. Im letzten Jahr hatten sie oft miteinander gestritten. Thirteen hatte sogar ein paarmal mit dem Gedanken gespielt, von zu Hause wegzulaufen. Erst als es zu spät war, hatte sie erkannt, dass es zum größten Teil wohl die Sorge um sie gewesen war, die ihrer Mutter so zugesetzt hatte; und eine unbestimmte, aber quälende Furcht, die ihr ganzes Leben überschattete. Vor vier Monaten schließlich war ihre Mutter gestorben, für Thirteen vollkommen überraschend, für sie selbst – wie sich erst hinterher herausstellte – erwartet. Sie war seit langer Zeit krank gewesen. Thirteen machte sich schlimme Vorwürfe, dass sie in den letzten Monaten so oft mit ihr gestritten hatte. Als hinter ihr Unruhe entstand, blickte sie kurz über die Schulter zurück. Ein vielleicht fünfzigjähriger, kräftiger Mann mit grauem Haar und einem grimmigen Gesichtsausdruck, die rechte Hand in der Jackentasche, versuchte sich in die Sitzreihe hinter ihr zu quetschen, obwohl dort alle Plätze besetzt waren. Natürlich wurde dieser Versuch von den Passagieren mit entsprechendem Unmut aufgenommen, und eine der Stewardessen sah bereits stirnrunzelnd in seine Richtung, was ihn aber nicht zu irritieren schien. Er arbeitete sich schräg und mit winzigen Schritten auf den Platz am Fenster unmittelbar hinter Thirteen zu, und als sie für einen Moment seinem Blick begegnete, sah sie etwas darin, was sie bewog, hastig wieder wegzusehen: eine grimmige, verbitterte Entschlossenheit, die etwas in ihr anrührte und zum Erschauern brachte. Sie wandte den Kopf wieder nach vorne und fiel in ihre Gedanken zurück. Nach dem Tode ihrer Mutter hatten sich verschiedene Institutionen um sie gekümmert, am Schluss eine wirklich nette Frau von der Wohlfahrt, die sich voller ehrlicher Sorge des Waisenmädchens annahm, zu dem ein böses Schicksal Thirteen – beziehungsweise Anne-Mary – gemacht hatte. Wahrscheinlich wäre sie jetzt schon auf dem Weg in ein Waisenhaus oder zu einer Pflegefamilie, wenn … ja wenn es den Brief nicht gegeben hätte. Einen sehr sonderbaren Brief, der Thirteen nicht nur vollkommen unerwartet erreichte, sondern auch einige Überraschungen enthielt und eine Menge, die sie einfach nicht verstand. Nicht einmal jetzt, nachdem sie ihn ungefähr fünfzigmal gelesen hatte.

Hinter ihr wurden zornige Stimmen laut, auf die Thirteen aber kaum achtete. Sie war zu sehr in ihre Gedanken versunken. Der Brief, den ihre Mutter schon ein knappes Jahr vor ihrem Tode verfasst und mit der Anweisung, ihn Thirteen zwei Wochen vor ihrem Geburtstag zu übergeben, bei einem Londoner Notar hinterlegt hatte, enthielt nicht nur einen Scheck über eine für Thirteen atemberaubende Summe, sondern auch eine Flugkarte für genau den Flug, den Thirteen jetzt unternahm, und eine Adresse in Deutschland, bei der Thirteen ihren letzten lebenden Verwandten antreffen sollte: einen Großvater, von dessen Existenz sie vor drei Tagen noch nicht einmal etwas gewusst hatte. Und eine Geschichte, die so fantastisch war, dass …

Ein Schatten legte sich über sie. Hinter ihr erklang ein mehrstimmiger überraschter Aufschrei, und dann fuhr eine rasiermesserscharfe Messerklinge so dicht an ihrem Gesicht vorbei, dass sie den Luftzug spüren konnte, und schnitt nicht nur den Rückenpolster neben ihrer linken Wange auf, sondern auch Thirteens Gedanken an ihre Mutter und den seltsamen Brief auf der Stelle ab.

Thirteen schrie vor Schreck und Entsetzen auf und versuchte sich zur Seite zu werfen, aber in dem engen Sitz war das kaum möglich. Neben ihrer rechten Schulter war das Fenster und auf der anderen Seite saß ein ziemlich dicker Mann, der seine liebe Mühe gehabt hatte, sich überhaupt in den schmalen Sitz zu quetschen. Auch er hatte aufgeschrien und starrte jetzt aus hervorquellenden Augen auf das Messer, das auch ihn nur um eine knappe Handbreit verfehlt hatte.

Alles schien gleichzeitig zu geschehen, und doch war es so, als wäre die Zeit stehen geblieben und jede Sekunde dehne sich zu einer Ewigkeit. Die überraschten Rufe hinter ihr wurden zu einem Chor gellender Schreie und sie hörte heftige Geräusche wie von einem Kampf. Aus den Augenwinkeln sah sie, wie zwei Stewardessen herbeigelaufen kamen, dann hob sie den Kopf und blickte direkt in das Gesicht des Mannes, der sie angegriffen hatte. Er hatte sich so weit über die Rückenlehne ihres Sitzes gebeugt, wie es ging. Mit der linken Hand versuchte er das Messer aus dem Sitzpolster zu ziehen, während er mit der anderen wütend nach Thirteens Haar griff. Er verfehlte sie. Seine Fingernägel fuhren schmerzhaft über ihre Wange, und es war tatsächlich erst dieses heftige Brennen, das Thirteen klarmachte, was hier wirklich geschah: Dieser Mann, den sie noch nie im Leben gesehen hatte, *versuchte sie umzubringen!* Der Gedanke ließ sie abermals aufschreien. Sie warf sich zur Seite und prallte heftig mit der Schläfe gegen das Fenster.

Dem Mann war es mittlerweile gelungen, sein Messer aus dem aufgeschlitzten Sitzpolster zu ziehen und zu einem zweiten und diesmal besser gezielten Stoß auszuholen. Thirteen wusste, dass er treffen würde. Sie war vollkommen hilflos zwischen Sitz und Fenster eingeklemmt und konnte kaum den Kopf bewegen, geschweige denn fliehen.

Was sie rettete, war die Geistesgegenwart des dicken Mannes neben ihr. Er griff mit beiden Händen nach dem Arm des Angreifers, und die Messerklinge, die sich bereits knapp vor Thirteens Kehle befand, wurde mit einem Ruck zurückgezerrt. Der Angreifer gab ein zorniges Knurren von sich und stieß dem Dicken mit aller Wucht den Ellbogen ins Gesicht. Der Dicke heulte auf, krümmte sich in seinem Sitz und schlug beide Hände vor seine blutende Nase, und die Hand mit dem Messer war wieder frei.

Aber Thirteen hatte eine Sekunde Luft. Blitzschnell tauchte sie unter der zupackenden Hand des Angreifers durch, warf sich nach vorne und kletterte auf allen vieren über den dicken Mann auf dem Nebensitz, der vor Schmerz und Wut weiterhin heulte. Die Messerklinge fuhr so dicht über sie, dass sie ein paar Haare verlor. Hastig krabbelte sie weiter, wobei sie dem Dicken aus Versehen auch noch das Knie gegen die blutende Nase stieß. Er heulte laut auf, aber das Geräusch ging in dem allgemeinen Tumult unter, der mittlerweile im Flugzeug ausgebrochen war. Etliche Leute waren aufgesprungen und versuchten herbeizueilen, behinderten sich in der engen Maschine aber nur gegenseitig.

Thirteen kletterte weiter und plumpste kopfüber in den Mittelgang. Sie wälzte sich auf den Rücken und stemmte sich halb in die Höhe und was sie sah, das ließ ihr Herz vor Entsetzen schneller schlagen. Auch der Mann hatte sich halbwegs hochgerappelt. Sein Gesicht war zu einer Grimasse verzerrt und sein Blick war der eines Wahnsinnigen. In seinen Augen flackerte eine Mordlust, die etwas in Thirteen schier zu Eis erstarren ließ, denn diese Mordlust war eindeutig auf *sie* gerichtet, und dieser Gedanke machte Thirteens einzige Hoffnung schlagartig zunichte: nämlich, dass der Fremde vielleicht einfach verrückt war und Amok lief. Er war es nicht. Diese lodernde, rote Wut in seinen Augen galt ganz allein ihr.

Während der Angreifer mit weit ausgestreckten Armen abermals auf sie zustürzte, sprang sie hastig auf die Füße und rannte los – und prallte gegen eine Stewardess. Die junge Frau ergriff Thirteen bei den Schultern und hielt sie fest. »O Gott!«, rief sie entsetzt. »Was ist denn nur los? Was -?!«

»Lassen Sie mich los!«, schrie Thirteen. Sie zerrte mit aller Kraft, bekam wenigstens einen Arm frei und drehte sich herum.

Auch der Angreifer hatte mittlerweile den Gang erreicht. Vier oder fünf beherzte Männer waren herbeigeeilt, um ihn zu überwältigen, aber der Mann kämpfte mit der Kraft und Rücksichtslosigkeit eines Wahnsinnigen. Sein Messer zog eine glitzernde Spur durch die Luft und trieb die Männer zurück, und den Einzigen, der es trotzdem wagte, sich auf ihn zu stürzen, stieß er mit einer heftigen Bewegung zu Boden. Dann drehte er sich herum und kam mit langsamen, aber entschlossenen Schritten auf Thirteen zu. Das Messer richtete sich drohend auf sie und die Mordlust loderte in seinen Augen.

»Legen Sie das Messer weg!«, sagte die Stewardess. »Sind Sie verrückt geworden? Legen Sie doch das Messer weg!« Der Mann reagierte tatsächlich auf diese Worte – er sprang mit einer plötzlichen Bewegung vor und schwang sein Messer, und Thirteen ertappte sich bei dem völlig absurden Gedanken, dass er dieses Messer eigentlich gar nicht haben durfte: Er wäre nie und nimmer damit durch die Sicherheitskontrolle am Flughafen gekommen.

Trotzdem bewegte sich dieses Messer, das es gar nicht geben durfte, mit tödlicher Zielsicherheit wie eine geschwungene Sense auf ihre Kehle zu, und Thirteen duckte sich im letzten Moment. Die Messerklinge verfehlte sie knapp. Thirteen hörte, wie die Stewardess aufschrie, duckte sich noch tiefer und stieß dem Angreifer beide Hände vor die Brust.

Der Mann und sie schrien im selben Augenblick auf. Der Mann stolperte einen Schritt zurück und fiel in die Arme zweier Männer, die hinter ihm aufgetaucht waren. Thirteen keuchte vor Angst und sah sich wild nach einem Fluchtweg um.

Es gab keinen. Hinter ihr drängelten sich nicht nur mindestens ein Dutzend Passagiere, die das Geschehen voller Entsetzen – aber auch Neugier – beobachteten, da war auch noch die Stewardess, die stöhnend auf den Knien lag und die Hand gegen die üble Schnittwunde an ihrer Schulter presste. Auf der anderen Seite war der Wahnsinnige, dem es keine besondere Mühe zu bereiten schien, mit den beiden Passagieren fertig zu werden, die ihn festzuhalten versuchten. Der einzige Ausweg, der ihr blieb, war die leere Sitzreihe dreizehn – zwei Plätze weit bis zum Fenster auf der einen und drei auf der anderen Seite, wo auch der seltsame Mann saß.

Entschlossen trat sie einen Schritt in die kürzere der beiden Reihen hinein, die auf der linken Seite des Flugzeuges. Sie gewann auf diese Weise allerhöchstens zwei Sekunden, aber welche Wahl hatte sie schon?

Der Angreifer schien wild entschlossen, Thirteen umzubringen, auch wenn es sein eigenes Leben kostete. Er hielt mit seinem Messer jeden auf Abstand, der ihr zu Hilfe hätte eilen können, und er kam zugleich unaufhaltsam näher. Thirteen war bis zum Fenster zurückgewichen, aber weiter ging es nicht. Sie würde sterben; hier und jetzt und ohne zu wissen, weshalb. »Aber warum denn nur?«, stammelte sie. Tränen liefen über ihr Gesicht, ohne dass sie es selbst bemerkte. »Ich ... ich habe Ihnen doch gar nichts getan!«

Sie hatte selbst nicht damit gerechnet – aber der Mann blieb tatsächlich stehen, und für einen Moment erschien in seinen Augen ein Ausdruck, als erwache er unvermittelt aus einem tiefen Traum und frage sich, wo er war und was er überhaupt hier tat. Dann loderte die mörderische Glut in seinem Blick wieder heller und er hob das Messer.

»Du musst sterben!«, keuchte er. »Es muss sein ... oder alles ist aus.«

Er machte einen Schritt in die Sitzreihe hinein und im selben Augenblick stand der Mann am Fensterplatz auf der gegenüberliegenden Seite des Ganges auf.

Halt!

Der Mann mit dem Messer erstarrte. Auf seinem Gesicht stand blankes Entsetzen geschrieben. Dann drehte er sich zu dem Mann am Fenster herum und aus dem Schrecken in seinem Blick wurde schieres Grauen.

»Nein!«, stammelte er. »Das ... das kann nicht sein. Nicht du ... nein!«

Thirteen sah ihre neue Chance. Der Mann mit dem Messer war für eine Sekunde abgelenkt und vielleicht war das ja genug. Mit aller Kraft schwang sie sich über die Rückenlehne des Sitzes und landete ungeschickt auf dem Schoß des Mannes dahinter – es war der Dicke, dessen blutende Nase schon wieder Bekanntschaft mit ihrem Knie machte. Aber der Angreifer hatte die Bewegung bemerkt, fuhr herum und hob abermals das Messer.

Lass sie in Ruhe! Du darfst ihr nichts zuleide tun! Dies ist nicht deine Ebene!

Thirteen begriff gar nicht, dass sie diese Worte nicht wirklich hörte. Es war, als würde sie irgendwie spüren, was die Gestalt am Fenster sagte. Der Verrückte registrierte diese Worte sicher auch, aber er reagierte nicht darauf. Sein Arm hob sich, um das Messer mit aller Kraft zu werfen, und im selben Augenblick hob auch der Unheimliche am Fenster die Hand, und etwas wie ein schwarzer Blitz zuckte aus seinen Fingern und hüllte den Mann mit dem Messer ein.

Für einen Moment schien seine Gestalt zu flackern, als ob er sich plötzlich in einen Schatten verwandelt hätte oder in einen Schemen aus Rauch, das der Wind verwehte. Er schrie auf. Das Messer wurde ihm aus der Hand gerissen, wirbelte durch die Luft und war dann einfach weg. Dann griff dieselbe unsichtbare Kraft, die das Messer verschlungen hatte, auch nach ihm. Für einen Augenblick schien er den Boden unter den Füßen zu verlieren und schwerelos in der Luft zu hängen, dann wurde er in die Höhe gerissen und verschwand. Sein Schrei gellte noch eine halbe Sekunde länger in der Luft und erlosch dann ebenso.

Was aber nicht hieß, dass es etwa still geworden wäre. Ganz im Gegenteil – Thirteen hörte Scheppern und Klirren, und eine heftige Stimme rief etwas, was sie nicht verstand. Sie drehte sich hastig herum und sah ein wenig schuldbewusst in ein ziemlich dickes Gesicht mit einer ziemlich heftig blutenden Nase, über die hinweg sie ein Paar zornig funkelnder Augen anblickte. Hastig kletterte sie vom Schoß des Mannes herunter und krabbelte auf ihren eigenen Platz zurück. »Entschuldigen Sie!«, sagte sie. »Ich wollte Ihnen nicht –« Der Dicke schnitt ihr mit einer zornigen Bewegung das Wort ab. »Was wolltest du nicht?«, schnappte er. »Bist du völlig verrückt? Was ist in dich gefahren? Und wo sind überhaupt deine Eltern?«

Thirteen starrte ihn einen Moment lang vollkommen fassungslos an. »Aber ich –«

»Papperlapapp!« Der Dicke schrie jetzt. »Sieh dir nur an, was du angerichtet hast!« Er deutete vorwurfsvoll auf das Durcheinander aus zerbrochenem Geschirr und verschmierten Essensresten auf seinem Schoß, aber Thirteen achtete nicht darauf.

»Aber wo … wo ist denn der Mann?«, stammelte sie. »Welcher Mann?« Die Augen des Dicken wurden schmal. Aus seiner Nase lief immer noch Blut.

»Der Mann mit dem Messer!«, antwortete Thirteen. »Der mich … umbringen wollte.«

Die beiden letzten Worte hatte sie nur noch geflüstert. Irgendetwas stimmte hier nicht. Während sie dem dicken Mann antwortete, hatte sie sich halb herumgedreht, und was sie nun sah, das ließ sie für einen Moment ernsthaft an ihrem Verstand zweifeln.

Das Bild unterschied sich radikal von dem, das sich ihr noch vor ein paar Sekunden geboten hatte. Gerade war der Mittelgang voller Menschen gewesen, so weit sie in beide Richtungen blicken konnte. Jetzt war der Gang so gut wie leer. In der Reihe hinter ihr hatten sich zwei oder drei Leute von ihren Sitzen erhoben und sahen verwirrt – aber keineswegs erschrocken oder gar entsetzt – in ihre Richtung, und soeben eilte eine Stewardess auf sie zu. Thirteen erkannte sie im selben Augenblick, in dem sie in ihr Gesicht sah. Es war die junge Stewardess, die ihr zu Hilfe geeilt war und die das Messer des Angreifers getroffen hatte. Aber ihre Schulter war unverletzt. Nicht einmal ihre Bluse war zerrissen, obwohl sie vor einer Sekunde noch voller Blut gewesen war. »Der dich *umbringen* wollte!« Der Dicke blinzelte. Obwohl sie sehr leise gesprochen hatte, hatte er ihre Worte ganz offensichtlich verstanden. »Sagtest du: *umbringen?* Von welchem Mann redest du?«

»Was ist denn hier los?« Die Stimme der Stewardess klang für eine so junge Frau ungewöhnlich fest und energisch, aber trotzdem freundlich. Sie schien die gesamte Situation mit einem Blick erfasst zu haben, denn sie wartete die Antwort auf ihre Frage nicht ab, sondern wandte sich mit einer beruhigenden Geste an die anderen Passagiere:

»Bitte nehmen Sie wieder Platz, meine Herrschaften. Es besteht kein Grund zur Beunruhigung. Nur ein harmloser Zwischenfall.«

Dann wandte sie sich wieder dem Dicken zu. »Was ist hier geschehen?«, wiederholte sie ihre Frage.

»Das sehen Sie doch!«, ereiferte sich dieser. »Dieses dumme Gör hat ganz offensichtlich den Verstand verloren! Sie ist plötzlich auf mich losgegangen und faselt etwas von einem Mann, der sie angeblich umbringen wollte!«

Er deutete anklagend auf Thirteen, die mit jeder Sekunde verwirrter war, sich aber ganz automatisch heftig verteidigte: »Aber Sie haben ihn doch auch gesehen! Sie müssen ihn gesehen haben! Er hat Sie doch angegriffen! Ihre Nase blutet ja noch!«

»Natürlich blutet meine Nase!«, antwortete der Dicke zornig. »Schließlich hast du mir das Knie dagegengeschlagen! Sieh dir nur die Sauerei an, die du angerichtet hast!«

»Bitte!« Die Stewardess hob besänftigend die Hand und lächelte sogar, als sie sich direkt an Thirteen wandte. »Also, was ist passiert? Du glaubst, jemand hätte dich bedroht?«

Bedroht? Thirteen hätte beinahe aufgelacht. Dieser Verrückte hatte mit dem Messer auf sie eingestochen, sie durch das Flugzeug gejagt und mindestens zwei weitere Menschen schwer verletzt – das konnte man zweifellos als Bedrohung bezeichnen.

Aber sie sprach nichts von alledem aus. Sie war zwar vollkommen sicher, sich das furchtbare Geschehen nicht eingebildet zu haben, aber die junge Frau, die vor ihren Augen verletzt worden war, stand vollkommen unversehrt vor ihr, und alle anderen, die gerade noch in heller Panik durcheinandergeschrien hatten, saßen ruhig auf ihren Plätzen und schienen jede Erinnerung an den Amokläufer verloren zu haben. Aber sie war doch nicht verrückt!

»Ich habe mir das nicht eingebildet!«, sagte sie – allerdings in einem Ton, der selbst in ihren eigenen Ohren eher trotzig als überzeugend klang.

»Ha!«, machte der Dicke.

Die Stewardess warf ihm einen warnenden Blick zu, dann lächelte sie wieder in Thirteens Richtung. »Unterhalten wir uns in Ruhe darüber, einverstanden?« Sie trat einen Schritt zurück und machte eine auffordernde Geste. An den dicken Mann gewandt, fügte sie hinzu: »Ich komme gleich zurück und mache hier sauber.«

»Das will ich auch hoffen!«, murrte der Dicke. Er betupfte seine weiterhin blutende Nase und zog dann ächzend die Knie an den Leib, damit Thirteen an ihm vorbeikonnte.

Die Stewardess führte Thirteen den Mittelgang entlang bis zu einer Sitzreihe ganz hinten im Flugzeug, die noch frei war, wahrscheinlich für das Personal oder Notfälle reserviert. Thirteen widersprach nicht, obwohl sie sich der neugierigen und schadenfrohen Blicke, die ihr folgten, deutlich bewusst war. Aber es war wohl besser, wenn sie den Rest des Fluges nicht mehr neben dem dicken Mann zubrachte.

»Also?«, begann die Stewardess in freundlichem Tonfall, nachdem sie nebeneinander Platz genommen hatten. »Was war los? Erzählst du es mir?«

Thirteen zögerte. Sie glaubte zu spüren, dass die Stewardess es ehrlich meinte und sie ihr vertrauen konnte, und trotzdem … zusammen mit dem Verrückten und seinem Messer schien auch jede Erinnerung an ihn und das, was geschehen war, aus dem Gedächtnis aller Menschen an Bord verschwunden zu sein.

»Willst du nicht darüber reden?«, fragte die Stewardess.

»Doch«, antwortete Thirteen hastig. »Es ist nur …« Sie zögerte noch einmal und sah die junge Frau auf dem Sitz neben sich zweifelnd an. Plötzlich kam ihr ihre eigene Geschichte vollkommen verrückt vor. Aber dann überwand sie ihre Hemmungen und schilderte der Stewardess, was geschehen war. Oder besser: *woran sie sich zu erinnern glaubte.*

Die Stewardess hörte geduldig und ohne sie einmal zu unterbrechen zu, aber ein paarmal runzelte sie die Stirn, und als Thirteen erzählte, wie das Messer des Wahnsinnigen die Stewardess selbst verletzt hatte, hob sie ganz unbewusst die Hand an die Schulter. Und das war nun wirklich eigenartig, fand Thirteen, denn sie hatte gar nicht gesagt, wo sie das Messer getroffen hatte.

»Das ist eine wirklich … seltsame Geschichte«, sagte sie, als Thirteen zu Ende berichtet hatte.

»Sagen Sie es ruhig«, sagte Thirteen. »Sie meinen verrückt, nicht wahr?«

Das Lächeln der Stewardess wirkte mit einem Mal ein bisschen schuldbewusst, aber sie schüttelte trotzdem den Kopf. »Mit diesem Wort sollte man vorsichtig sein«, sagte sie. »Aber du musst selbst zugeben, dass es ein bisschen komisch ... und verwirrend klingt.«

»Aber es ist die Wahrheit!«, protestierte Thirteen.

»Oder das, was du dafür hältst«, antwortete die Stewardess. Sie fuhr fort, mit der Hand über ihre Schulter zu streichen.

»Versteh mich nicht falsch. Manchmal bildet man sich etwas so intensiv ein, dass man vollkommen sicher ist, es wirklich erlebt zu haben. Aber das heißt noch lange nicht, dass man deswegen gleich verrückt sein muss.«

»Ja, nur ein kleines bisschen übergeschnappt, wie?«

Die Stewardess lächelte. »Dieser andere Mann, von dem du gesprochen hast ... der dich gerettet hat. Du sagst, er hat in der Reihe vor dir gesessen?«

Thirteen nickte.

»Aber da sitzt kein Mann. Siehst du? Eine Frau mit ihren beiden Kindern.«

Thirteen sah nach vorne und sie brauchte nur einen Moment, um den Fehler zu erkennen, der der Stewardess unterlaufen war. »Sie sitzen in Reihe zwölf«, sagte sie.

»Und du in Reihe vierzehn, richtig?«

»Aber der Mann hat in Reihe drei...«

Sie sprach nicht weiter. Selbst von hier aus konnte sie den dicken Mann erkennen, der noch immer an seiner Nase herumzupfte und ab und zu den Kopf drehte, um einen vorwurfsvollen Blick in ihre Richtung zu werfen. Er saß in Reihe vierzehn, genau wie sie bisher. Unmittelbar hinter der Frau mit den beiden Kindern.

Thirteen starrte aus aufgerissenen Augen auf die kleinen Schildchen über den Sitzreihen. Reihe zwölf und Reihe vierzehn.

»Es gibt keine Reihe dreizehn in diesem Flugzeug«, sagte die

Stewardess sanft. »Die gibt es in keinem Flugzeug, weißt du? Du kennst doch sicher den alten Aberglauben, angeblich ist die Dreizehn eine Unglückszahl. Deshalb gibt es in keinem Passagierflugzeug der Welt eine Sitzreihe mit der Nummer dreizehn.«

Ebenso wenig wie einen Mann mit einem Messer, der hysterische kleine Mädchen durch die Gänge jagt, fügte Thirteen in Gedanken hinzu.

»Dann … muss ich mir das wohl wirklich nur eingebildet haben«, sagte sie mit einem schüchternen Lächeln.

»Wahrscheinlich«, antwortete die Stewardess. »So etwas kann passieren. Die Aufregung der Reise, die Anstrengungen …« Sie machte eine Handbewegung. »Da sind schon ganz andere zusammengeklappt, glaub mir.«

»Hm«, machte Thirteen.

»Weißt du was?« Die Stewardess stand auf. »Ich räume dort vorne auf und versuche den armen Burschen ein wenig zu beruhigen, und dann komme ich zurück und wir unterhalten uns noch ein bisschen. Einverstanden?«

Thirteen nickte zaghaft. Was hätte sie auch anderes tun sollen? Sie war noch immer hundertprozentig davon überzeugt, sich den Mordanschlag nicht eingebildet zu haben, ebenso wenig wie den unheimlichen Fremden in der Sitzreihe vor ihr – aber leider widersprach das, was sie sah, ganz eindeutig dem, woran sie sich *erinnerte.*

Alles war so unglaublich realistisch gewesen und trotzdem … Nein, sie wusste es nicht. Sie wusste nicht einmal, welche Erklärung ihr lieber gewesen wäre: die, dass sie wirklich einer Halluzination erlegen war, oder die, dass es an Bord dieses Flugzeuges tatsächlich nicht mit rechten Dingen zuging.

Vorsichtig ausgedrückt.

Wie sie es versprochen hatte, kehrte die Stewardess nach einer Weile zurück und sie unterhielten sich miteinander. Die junge Frau war diplomatisch genug, den Zwischenfall von vorhin nicht mehr zu erwähnen, aber Thirteen entgingen keineswegs die kurzen besorgten Blicke, die sie ihr immer dann zuwarf, wenn sie wohl glaubte, sie bemerke es nicht. Ebenso wenig wie die Tatsache, dass sie hin und wieder die Hand hob und unbewusst über ihre Schulter strich.

Nach einer Weile ertönte ein heller Glockenton und eine Lautsprecherstimme erklärte, dass die Maschine nun ihre Reisehöhe verlassen hatte und den Landeanflug begann. Die Stewardess entschuldigte sich mit den Worten, dass noch gewisse Vorbereitungen zu treffen wären, und ging, was Thirteen nicht sonderlich bedauerte. So freundlich und nett sie auch sein mochte, im Moment war Thirteen nicht nach Gesellschaft zumute und schon gar nicht nach Reden. Sie sehnte die Landung herbei, damit sie endlich aus diesem Flugzeug herauskam und vor allem aus der Gesellschaft all dieser Menschen, die sie mit Sicherheit für verrückt hielten.

Es dauerte nicht mehr lange und ein weiterer Glockenton erklang; gleichzeitig forderte die Leuchtschrift unter der Kabinendecke die Passagiere auf, ihre Sicherheitsgurte wieder anzulegen. Thirteen gehorchte, behielt dabei aber die Stewardess aufmerksam im Auge, die langsam durch die Kabine schritt und sich davon überzeugte, dass alle Passagiere der Aufforderung auch nachkamen. Als sie die Hälfte ihrer Tour hinter sich hatte, ging die Tür zur Pilotenkanzel auf und ein junger Mann in einer dunkelblauen Uniform kam heraus. Er hielt einen kleinen Zettel in der Hand und ging mit raschen Schritten auf die Stewardess zu. Thirteen wusste selbst nicht, warum, aber aus irgendeinem Grund erweckte die Szene ihre Aufmerksamkeit, sodass sie genau hinsah.

Der junge Mann war nun bei der Stewardess angelangt, der er den Zettel zeigte, und sie begannen für einen Moment aufgeregt miteinander zu debattieren. Was Thirteen daran beunruhigte, war die Tatsache, dass die beiden mehrmals in ihre Richtung blickten und dass diese Blicke eindeutig etwas besorgt – und im Falle des jungen Mannes sogar misstrauisch – waren. Sie sprachen über sie, daran bestand gar kein Zweifel. Nach einer Weile ging der junge Mann wieder in die Pilotenkanzel zurück und die Stewardess setzte sich auf den freien Platz neben Thirteen, um sich für die Landung anzuschnallen. »War irgendetwas?«, fragte Thirteen in ganz bewusst beiläufigem Ton.

Die Antwort der Stewardess bestärkte Thirteens Verdacht, denn sie wusste sofort, was Thirteen meinte: »Nein. Eine Routineangelegenheit.«

Aber das stimmte nicht. Die beiden hatten ganz eindeutig über sie gesprochen, davon war Thirteen felsenfest überzeugt. Sie fragte sich nur, warum ... Sie stellte diese Frage nicht laut – sie wusste, sie hätte sowieso keine Antwort bekommen –, sondern drehte sich zur anderen Seite und sah aus dem Fenster. Die Maschine verlor rasch an Höhe und sank schließlich in die Wolkendecke. Für einen Moment herrschte draußen nichts als flockige weiße Unendlichkeit, als hätte jemand das ganze Flugzeug in einen gewaltigen Wattebausch eingepackt, dann waren sie hindurch, und unter ihnen erstreckte sich eine bunte Spielzeuglandschaft voller zuckerstückchengroßer Häuser und bleistiftdünner Straßen.

Nun verspürte Thirteen doch die Erregung, auf die sie die ganze Zeit über vergeblich gewartet hatte. Immerhin war es das erste Mal, dass sie in einem Flugzeug saß, und es war ein faszinierendes Gefühl, die Welt so unendlich tief unter sich liegen zu sehen. Sie vergaß für einen Moment den jungen Mann mit seinem Zettel, sie vergaß sogar den unheimlichen Zwischenfall von gerade und konzentrierte sich ganz auf die bevorstehende Landung. Das Flugzeug näherte sich seinem Ziel nur ganz allmählich und der Pilot drehte sogar noch eine größere Warteschleife, sodass noch einmal gut zehn Minuten vergingen, in denen Thirteen wenigstens ein bisschen für den entgangenen Spaß über den Wolken entschädigt wurde.

Schließlich tauchte die Landebahn vor ihnen auf, und keine fünf Minuten später rollte die Maschine vor das moderne Abfertigungsgebäude des Hamburger Flughafens. Die meisten Passagiere sprangen so hastig von ihren Plätzen auf, als gäbe es einen

Preis für den Ersten, der die Maschine verließ, aber als Thirteen ihren Gurt lösen wollte, schüttelte die Stewardess nur den Kopf.

»Warte noch«, rief sie lächelnd. »Vorne am Ausgang gibt es sowieso einen Stau.«

Damit hatte sie zweifellos recht: Inzwischen hatte sich der Mittelgang mit Menschen gefüllt, aber eigentlich rührte sich nichts, da die Passagiere das Flugzeug nur durch eine einzige schmale Tür verlassen konnten. Trotzdem … so gut gemeint und richtig dieser Rat auch war, er verstärkte das bohrende Misstrauen in Thirteen nur noch.

»Wirst du abgeholt?«, fragte die Stewardess plötzlich. Thirteen schüttelte den Kopf. »Ich habe die genaue Adresse«, sagte sie und nannte der Stewardess den Namen des Städtchens, in dessen Nähe ihr Großvater lebte. »Ich werde mir wohl am Flughafen ein Taxi nehmen«, fügte sie hinzu.

»Tja, das ist so ziemlich die einzige Möglichkeit, direkt dorthin zu kommen«, sagte die Stewardess. »Mit öffentlichen Verkehrsmitteln ist es zu kompliziert, du müsstest ein paarmal umsteigen, und es ist leicht möglich, dass du in die falsche Richtung fährst und dich dann überhaupt nicht mehr auskennst.«

Sie schwieg einen Moment, dann fragte sie: »Hast du es eilig?«

Thirteen schüttelte den Kopf. »Warum?«

»Nun, ich habe noch ungefähr eine Stunde hier auf dem Flughafen zu tun, danach fahre ich sowieso in die Stadt. Wenn du so lange wartest, nehme ich dich mit. Was hältst du davon? Du sparst Geld und wir können uns unterwegs noch ein bisschen unterhalten.«

Thirteen war einen Moment lang unschlüssig. Wie ihr Rat von gerade, noch einen Augenblick lang sitzen zu bleiben, klang auch dies einleuchtend und sehr freundlich. Aber was sie in den Augen der Stewardess las, widersprach dem. Es war, als verberge sich hinter diesem freundlichen Angebot etwas, was gar nicht mehr so freundlich war und was ihr ganz bestimmt nicht gefallen würde. Trotzdem nickte sie nach einer Weile. Sie durfte jetzt nicht anfangen, hinter jedem freundlichen Lächeln Verrat zu wittern. Und es gab keinen logischen Grund, das Angebot auszuschlagen.

»Gut«, sagte die Stewardess. »Dann komm mit. Ich weiß, wie wir schneller hier rauskommen.«

Zuerst mussten auch sie warten, bis der letzte Passagier die Maschine verlassen hatte, aber danach ging es wirklich schneller. Statt sich in die endlose Schlange einzureihen, die sich Schritt für Schritt durch den schmalen Gang draußen schob, führte sie die Stewardess durch eine kleine Tür, die in den für das Flugpersonal reservierten Teil des Gebäudes führte.

»Siehst du?«, sagte die Stewardess lachend. »Jetzt bekommst du sogar noch etwas zu sehen, was den normalen Fluggästen immer verborgen bleibt. Die geheimen Ebenen, die nur Eingeweihte betreten dürfen.«

Sie lachte abermals, aber Thirteen lief bei diesen Worten ein eisiger Schauer über den Rücken. Die Worte erinnerten sie an das, was der Schattenmann gesagt hatte: *Dies ist nicht deine Ebene.* Natürlich war das ein Zufall. Ganz bestimmt. Es konnte nur ein Zufall sein und außerdem war an diesen Ebenen ganz und gar nichts Geheimnisvolles. Ganz im Gegenteil war der Anblick eher ernüchternd: Die Stewardess führte sie durch einen schmalen Gang, von dem zahlreiche Türen abzweigten, die allesamt in kleine Büros führten. Die meisten Zimmer hatten keine Fenster, sondern wurden nur von kaltem Neonlicht erfüllt. Das gedämpfte Murmeln von Stimmen lag in der Luft, das Piepsen von Computern und das helle Zahnarztbohrergeräusch der dazugehörigen Drucker.

»Nicht besonders gemütlich, ich weiß«, sagte die Stewardess. »Aber es dauert auch nicht allzu lange – und wir sind schon da.« Sie wies mit einer einladenden Geste auf eine offen stehende Tür, die zu einem weiteren Büro führte. Es enthielt nur einen Schreibtisch mit einem der hier offenbar allgegenwärtigen Computermonitore, einen Stuhl und ein fast leeres Aktenregal. Kein Fenster. »Warte hier auf mich. Ich habe noch ein bisschen Papierkram zu erledigen, aber es dauert nicht lange. Soll ich dir etwas zu trinken bringen? Eine Cola vielleicht?«

Thirteen nickte zögernd und nahm auf dem einzigen Stuhl im Raum Platz. Sie bedauerte es bereits, das Angebot der Stewardess nicht doch ausgeschlagen zu haben, aber jetzt war es zu spät.

»Also dann, bis ...« Die Stewardess zögerte, kam noch einmal zurück und schaltete mit einer routinierten Bewegung den Computer ein. Nach einigen Sekunden erschienen viele kleine bunte Symbole auf dem Bildschirm. Einen Moment lang machte sie sich konzentriert an der Tastatur zu schaffen, dann hellte sich ihr Gesicht auf.

»Dachte ich's mir doch!«, sagte sie mit einem leisen Unterton von Triumph in der Stimme. »Es ist zwar streng verboten, aber fast jeder hier hat in einem Winkel seiner Festplatte das eine oder andere Computerspiel versteckt. Hier – damit kannst du dir die Zeit vertreiben, bis ich zurück bin.«

Auf dem Bildschirm flimmerten jetzt keine Zahlenkolonnen mehr, sondern ein leuchtendes Bild in grellen Computerfarben – die Startgrafik eines Computerspieles. Thirteen interessierte sich nicht die Bohne für Computer und schon gar nicht für Computerspiele, aber sie war zu höflich, um das zu sagen. Sie lächelte nur dankbar und die Stewardess verließ endgültig das Zimmer.

Statt sich dem Computerspiel zuzuwenden, begann Thirteen mit den Beinen zu baumeln und stieß sich gleichzeitig an der Tischkante ab, sodass sie sich auf dem Stuhl langsam im Kreis zu drehen begann, wobei sie das Büro einer zweiten, etwas aufmerksameren Musterung unterzog. Der Raum war ziemlich klein, hatte kein Fenster und nur diese eine Tür, durch die sie hereingekommen war. Obwohl sein eigentlicher Besitzer einige Bilder an den Wänden aufgehängt und eine Topfblume auf den Schreibtisch gestellt hatte, wirkte er kalt und unangenehm. Thirteen fragte sich, wie es sein musste, in einem solchen Raum Tag für Tag zu arbeiten. Sie hatte sich noch niemals wirklich Gedanken über ihre Zukunft gemacht und schon gar nicht darüber, welchen Beruf sie einmal ergreifen würde – aber so wollte sie ganz bestimmt nicht leben.

Sie drehte sich dreimal im Kreis, ehe sie sich schließlich – aus schierer Langeweile – doch dem Computerspiel zuwandte. Sie hatte noch nie an einem Computer gesessen und keine Ahnung, wie man ihn bediente, aber sie konnte zumindest den Titel lesen. Ohne die Spur einer Überraschung stellte sie fest, dass es DAS GEHEIMNIS DER DREIZEHN hieß. Sicherlich irgendeines dieser Rollenspiele, von denen heutzutage jeder redete.

Thirteen lächelte flüchtig. Schon wieder – nein, nicht schon wieder: natürlich – die Dreizehn. Was auch sonst?

Die Dreizehn war sozusagen Thirteens Zahl; eine Zahl, die nicht nur immer wieder in Thirteens Leben auftauchte, sondern es gewissermaßen beherrschte; bis hin zu ihrem Namen. Am Anfang war es nur ein Scherz zwischen ihrem Vater und ihrer Mutter gewesen: Thirteen – Anne-Mary – war an einem Dreizehnten geboren worden, und nicht nur das, sondern nach übereinstimmender Auskunft der Ärzte und Krankenschwestern um dreizehn Uhr, dreizehn Minuten und genau dreizehn Sekunden. Ihre Mutter hatte im Krankenhaus in Zimmer dreizehn gelegen und auch das Taxi, das sie – nach dreizehn Tagen – nach Hause brachte, trug dieselbe Nummer.

Und so war es weitergegangen: Sie war dreizehn Wochen alt, als sie das erste Mal lachte, dreizehn Monate und dreizehn Tage alt, als sie den ersten Schritt aus eigener Kraft machte, und, und, und … Die Zahl Dreizehn zog sich wie ein roter Faden durch ihr Leben. Wo immer es eine Zahl zu vergeben gab, eine gewisse Anzahl von Dingen zu tun, ein gewisses Datum ausschlaggebend war: Es war die Dreizehn. Irgendwann hatte ihr Vater angefangen, sie Thirteen zu nennen statt Anne-Mary, und diesen Namen hatte sie beibehalten; ebenso wie das Schicksal sich weiter einen Spaß daraus machte, sie mit Dreizehnen zu bombardieren, wo es nur ging. Thirteen und ihre Mutter hatten längst aufgehört, sich darüber zu wundern oder sich gar den Kopf zu zerbrechen. Nur manchmal, wenn sie darüber sprachen, hatte Thirteen das Gefühl, dass ihre Mutter dieses ständige Auftauchen immer derselben Zahl vielleicht gar nicht so komisch fand, wie sie immer tat, sondern ganz im Gegenteil ein bisschen unheimlich. Die letzte

Dreizehn, die in Thirteens Leben eine Rolle spielte, war dann auch nicht besonders komisch gewesen: Ihre Mutter war an einem Dreizehnten gestorben.

Der Gedanke war so bitter, dass Thirteen den Fluss der Erinnerungen mit einer bewussten Anstrengung abbrach und sich wieder auf das Bild auf dem Monitor konzentrierte. Etwas bewegte sich darauf. Dabei hatte sie die Tastatur des Computers gar nicht angerührt.

Es war auch nicht die bunte Grafik, die sich bewegte. Was ihre Aufmerksamkeit erregt hatte, das war eine Spiegelung auf dem Glas des Bildschirmes. Irgendetwas bewegte sich hinter ihr.

Thirteen wandte nur flüchtig den Blick und stellte fest, dass sich die zweite Tür hinter ihr einen Spaltbreit geöffnet hatte, dann wandte sie sich wieder dem Monitor zu und – hatte plötzlich das Gefühl, dass ihr jemand ein eiskaltes, nasses Handtuch in den Nacken geworfen hatte. Die zweite Tür? Welche zweite Tür?

Es gab in diesem Raum keine zweite Tür!

Für einen Moment war Thirteen gelähmt vor Schreck. Ihr Herz klopfte, aber sie konnte sich nicht bewegen, sosehr sie es auch versuchte. Sie starrte aus weit aufgerissenen Augen auf den Monitor, auf dem sich noch immer die Tür spiegelte, die jetzt ganz langsam weiter aufschwang. Am liebsten wäre sie aufgesprungen und weggelaufen.

Stattdessen raffte sie all ihren Mut zusammen, drehte sich mit dem Stuhl herum und zwang sich, noch einmal die Wand hinter sich anzusehen, auf der es ganz bestimmt keine Tür gab. Sie konnte einfach nicht da sein.

Seltsamerweise war sie es doch.

Und es war eine sehr sonderbare Tür. Sie hatte sich mittlerweile weit genug geöffnet, dass Thirteen sowohl ihre Vorder- als auch ihre Rückseite sehen konnte, und diese beiden unterschieden sich so sehr voneinander, wie es nur möglich war. Die Vorderseite der Tür sah aus wie alle Türen hier: glatter, mattweißer Kunststoff mit einem farbigen Griff, während die Rückseite eher in ein Spukschloss gepasst hätte, wie man es in alten Gruselfilmen sah. Sie bestand aus schweren Balken und hatte starke eiserne Beschläge. Und noch seltsamer war der Raum, der dahinter zum Vorschein kam. Eigentlich, war es kein Raum, sondern ein Gang. Er war nicht viel breiter als die Tür selbst und von sonderbar asymmetrischer Form. Die Wände schienen sich oben gegeneinanderzuneigen, ohne sich allerdings wirklich zu berühren, und bestanden aus schwerem Fachwerk, das uralt sein musste. Decke und Fußboden waren ebenfalls aus Holz und sahen beide nicht sehr vertrauenerweckend aus. Der Gang erstreckte sich so weit, dass sie sein Ende nicht erkennen konnte.

Aber das war doch ... unmöglich! Dieser Flughafen war nagelneu. Es gab hier keine uralten Gänge!

Thirteen blieb keine Zeit, Furcht oder Erstaunen zu empfinden, denn in diesem Moment sah sie etwas, was ihr Herz noch schneller schlagen ließ: Am Ende des Ganges, so weit, dass sie es im ersten Augenblick nur erahnte, sah sie eine Bewegung. Es war ein Mann. Er kam langsam näher, und obwohl er noch so weit entfernt war, dass sie ihn nur als Schatten wahrnehmen konnte, erkannte sie ihn sofort. Genauso deutlich, wie sie das Messer sah, das er in der rechten Hand trug.

Thirteen spürte, wie ihr alles Blut aus dem Gesicht wich. Sie wollte schreien, aber die Angst schnürte ihr die Kehle zu. Es war alles wahr! Sie hatte sich den Angriff im Flugzeug nicht nur eingebildet! Es war zwar unmöglich und unlogisch, es war ausgeschlossen und vollkommen verrückt, aber es war passiert und es passierte wieder, hier und jetzt!

Der Mann bewegte sich mit einer grimmigen Entschlossenheit, die Thirteen klarmachte, dass er sich durch nichts auf der Welt aufhalten lassen würde. Er hatte einmal versucht, sie zu töten, und jetzt war er gekommen, um den angefangenen Versuch zu Ende zu bringen. Und irgendetwas sagte Thirteen, dass es vollkommen sinnlos war, vor ihm davonlaufen zu wollen.

Hinter dem Mann bewegte sich jetzt noch etwas, etwas Kleines, Dunkles, das mit hektischen, schnellen Rucken durch die Luft flatterte und sich dem Mann näherte. Nach ein paar Augenblicken konnte Thirteen erkennen, was es war: eine Fledermaus. Wenigstens ähnelte es einer Fledermaus, auch wenn ihr etwas daran komisch vorkam.

Der Mann hielt plötzlich mitten im Schritt inne und sah zu dem flatternden Geschöpf hoch. Die Fledermaus flog ein paarmal um ihn herum – und griff ihn urplötzlich an!

Thirteen sah vollkommen fassungslos zu, wie die Fledermaus keifend auf den Mann herabstieß, mit ihren winzigen Krallen durch sein Haar fuhr und ihm die Flügel ins Gesicht schlug. Der Mann stolperte zurück, prallte gegen die Wand und riss schützend die Arme über den Kopf. Gleichzeitig versuchte er, mit dem Messer nach dem flatternden Angreifer zu stechen, aber die Fledermaus war viel zu schnell. Sie wich der Klinge mit fast spielerischer Leichtigkeit aus und stieß immer wieder auf ihr Opfer herab.

Schließlich ließ der Mann das Messer fallen, packte die Fledermaus mit beiden Händen und schleuderte sie mit aller Kraft von sich. Irgendwie gelang es dem Tier, nicht an der gegenüberliegenden Wand zerschmettert zu werden, aber der Anprall war doch so heftig, dass es benommen davontorkelte und Mühe hatte, sich in der Luft zu halten.

Der Mann bückte sich nach dem Messer, hob es auf und wandte seine Aufmerksamkeit wieder Thirteen zu. Diesmal blickte er sie direkt an, und Thirteen sah dieselbe lodernde Mordlust in seinen Augen aufflammen wie vorhin im Flugzeug.

Der Anblick brach den Bann, in den das Geschehen Thirteen geschlagen hatte. Sie schrie, sprang so heftig von ihrem Stuhl hoch, dass er umfiel, und rannte los. Aus den Augenwinkeln sah sie, dass auch der Fremde zu rennen begonnen hatte. Und er kam rasend schnell näher!

Thirteen prallte so hart gegen die Stewardess, die in diesem Moment mit der versprochenen Cola hereinkam, dass sie zurücktaumelte und gegen den Schreibtisch stieß. Die Stewardess wurde gegen den Türrahmen geworfen, und der Inhalt des rotweißen Pappbechers befand sich für den Bruchteil einer Sekunde schwerelos in der Luft, ehe er sich mit einem hörbaren »Platsch« über ihre Bluse ergoss.

»Was –?!«, begann die Stewardess, fing sich aber sofort wieder und griff hastig nach Thirteen, um sie aufzufangen. »Um Gottes willen, Kind! Was ist denn los mit dir? Du bist ja kreidebleich!«

»Die Tür!«, stammelte Thirteen. »Der Mann! Er kommt und wird mich –«

Der Rest des Satzes blieb ihr im wahrsten Sinne des Wortes im Hals stecken. Während sie antwortete, hatte sie sich halb herumgedreht, um nach dem Mann mit dem Messer Ausschau zu halten, aber er war nicht mehr da. Ebenso wenig wie der Gang, durch den er herangestürmt gekommen war. Oder die Tür, die in diesen Gang hineingeführt hatte. Hinter dem Schreibtisch war jetzt wieder nichts als eine glatte, weiß gestrichene Wand, auf der zwei bunte Kunstdrucke hingen.

Auch die Stewardess sah in dieselbe Richtung, und für einen Moment zeichneten sich Erstaunen und Schrecken auf ihrem Gesicht ab, und Thirteen war felsenfest davon überzeugt, dass auch sie dort etwas sah. Dann blinzelte sie einmal und der Ausdruck von Verwirrung verschwand von ihren Zügen.

»Welche Tür?«, fragte sie.

»Aber … aber da war doch …« *Gerade eine Tür? Die in einen mindestens hundert Jahre alten Gang führte, aus dem ein Verrückter mit einem Messer auf sie zustürzte, während er von einer ziemlich eigenartig aussehenden Fledermaus verfolgt wurde?* Vielleicht war es besser, wenn sie das nicht aussprach. Die Stewardess seufzte und fuhr sich unbewusst mit der Hand über den Colafleck auf ihrer Bluse. Thirteen fiel auf, dass er sowohl in Form als auch in Größe ziemlich genau dem Blutfleck ähnelte, den sie im Flugzeug darauf gesehen hatte. »Du hast wirklich ein Problem, Kleines«, sagte sie mitfühlend. »Meinst du nicht, wir sollten darüber reden?«

Sie sah ein wenig betrübt auf den klebrigen Fleck auf ihrer Bluse hinunter, zuckte dann mit den Schultern und fuhr in verändertem Ton fort: »Weißt du was? Ich hole dir eine frische Cola – und mir eine saubere Bluse – und dann unterhalten wir uns.«

»Danke, das ist nicht nötig«, antwortete Thirteen. Sie würde ganz bestimmt nicht allein in diesem Zimmer zurückbleiben. »Ich möchte nichts trinken. Und ich möchte auch nicht mit Ihnen in die Stadt fahren. Ich werde jetzt gehen und mir ein Taxi nehmen.«

Sie warf der Stewardess noch einen letzten, entschlossenen Blick zu und ging dann zur Tür, um ihre Ankündigung unverzüglich in die Tat umzusetzen.

»Warte«, sagte die Stewardess, und irgendetwas in ihrer Stimme brachte Thirteen tatsächlich dazu, noch einmal stehen zu bleiben und sie anzusehen.

»Du kannst nicht gehen«, sagte die Stewardess ernst.

»Was soll das heißen?«, fragte Thirteen. »Wieso kann ich nicht gehen?«

Die Stewardess sah plötzlich eindeutig schuldbewusst drein, und ihre Stimme klang fast verlegen. Sie sah Thirteen nicht in die Augen, als sie antwortete: »Ich fürchte, ich kann dich nicht gehen lassen.«

»Und wieso nicht? Glauben Sie, ich bin so verrückt, dass ich es nicht alleine bis in die Stadt schaffe?«

»Wir haben einen Funkspruch erhalten, kurz vor der Landung«, fuhr die Stewardess fort. »Aus London. Die Behörden dort suchen dich.«

»Ich verstehe«, sagte Thirteen düster. »Deshalb waren Sie so freundlich zu mir!«

Die Stewardess sah plötzlich nicht nur schuldbewusst, sondern regelrecht niedergeschlagen drein. »Nun sieh mich nicht so vorwurfsvoll an! Außerdem stimmt es nicht. Zuerst wusste ich ja gar nichts davon.«

»Und wenn ich einfach gehe?«, fragte Thirteen. »Ich habe nichts getan!«

»Aber sieh doch ein, dass es so nicht geht«, sagte die Stewardess. »Du bist zwölf Jahre alt! Du kannst dir nicht einfach eine Flugkarte kaufen und alleine durch die Welt reisen. Es gibt eben gewisse Gesetze – jedenfalls ist eine nette Dame vom Jugendamt auf dem Weg hierher, die sich um dich kümmern wird.«

»Aber ich habe niemandem etwas getan!«, protestierte Thirteen. »Sie haben kein Recht, mich hier festzuhalten!«

»Ich kann dich nicht gehen lassen«, sagte die Stewardess traurig. »Selbst wenn ich es wollte, ich darf es gar nicht.«

»Ich verstehe«, sagte Thirteen in gespielt resignierendem Ton. »Dann bleibt mir wohl keine andere Wahl, als –«

Sie stieß sich von der Schreibtischkante ab und rannte so schnell los, dass die zupackende Hand der Stewardess hinter ihr ins Leere traf. Schnell wie der Wind fegte sie aus dem Raum und auf den Gang hinaus. Sie würde sich ganz bestimmt nicht hier festhalten lassen! Sie hatte nichts getan. Niemand hatte das Recht, sie wie eine Verbrecherin zu behandeln oder ihr vorzuschreiben, wohin sie zu gehen hatte und wohin nicht!

»So bleib doch hier!«, rief die Stewardess. »Das hat doch keinen Sinn! Sei doch vernünftig!«

Ihre Schreie zeigten Erfolg: Vor Thirteen flogen immer mehr Türen auf, und Männer und Frauen traten auf den Gang heraus, um nach der Ursache des Lärms zu sehen. Einige versuchten, nach ihr zu greifen oder ihr den Weg zu verstellen. Thirteen wich den zupackenden Händen aus und rannte im Zickzack zwischen den Leuten hindurch, die sich ihr in den Weg zu stellen versuchten. Aber dann öffnete sich eine Tür weiter vor ihr und der junge Mann in der Pilotenuniform trat heraus, den sie schon aus dem Flugzeug kannte. Und der wusste ganz genau, wer sie war.

Er brauchte auch nur eine Sekunde, um die Situation mit einem Blick zu erfassen. Mit gespreizten Beinen und ausgebreiteten Armen baute er sich vor Thirteen auf und blockierte so beinahe völlig den Gang.

Thirteens Gedanken überschlugen sich. Sie konnte nicht zurück, denn hinter ihr stürmte nicht nur die Stewardess heran, auch einige der anderen hatten mittlerweile zur Verfolgung angesetzt. Sie konnte auch nicht weiter vor, denn es gab keine Möglichkeit, an dem jungen Mann vorbeizukommen. Aber sie rannte trotzdem noch schneller, fast als wolle sie den Mann vor ihr über den Haufen rennen.

Offenbar erwartete er auch genau dies, denn Thirteen sah, wie er alle Muskeln anspannte, um sich auf den erwarteten Anprall vorzubereiten.

Thirteen tat jedoch etwas vollkommen anderes. Sie holte Schwung, ließ sich im allerletzten Moment fallen und schlitterte mit weit vorgestreckten Armen direkt zwischen den Beinen des Mannes hindurch. Er schrie überrascht auf und versuchte nach ihr zu greifen, erwischte aber nur ihren linken Schuh, der ihr auch prompt vom Fuß gerissen wurde.

Sie schlitterte noch ein gutes Stück weiter, kam mit einer schnellen Bewegung wieder auf die Füße und rannte auf die Tür zu, aus der der junge Pilot gekommen war. Mit einer kraftvollen Bewegung riss sie sie auf, stürmte hindurch und fand sich unversehens in einer vollkommen anderen Welt wieder: Vor ihr lag die gewaltige Abfertigungshalle des Flughafens, die ganz aus Neonlicht, blitzendem Chrom und hellem Marmor zu bestehen schien. Und unglaublich vielen Menschen.

Thirteen warf die Tür hinter sich ins Schloss und registrierte, wie sonderbar das Geräusch klang: eigentlich viel zu laut und viel zu machtvoll, als wäre es keine leichte Kunststofftür, sondern ein uraltes mächtiges Portal, das etliche Tonnen wog und sich in schweren Angeln aus geschmiedetem Eisen bewegte. Und das war nicht das einzig Seltsame. Gleichzeitig mit diesem Geräusch hatte sie noch ein anderes, viel unheimlicheres Gefühl. Ihr war, als wäre plötzlich noch eine zweite, unsichtbare Tür ins Schloss gefallen, die irgendetwas aussperrte; etwas, was bisher unsichtbar und unbemerkt die ganze Zeit über da gewesen war und dessen Fehlen sie erst jetzt bemerkte, als es verschwand. Es war ein durch und durch unheimliches, fast beängstigendes Gefühl, aber Thirteen achtete in ihrer Aufregung nicht weiter darauf und humpelte noch zwei, drei Schritte weiter. Ein paar Fluggäste blieben stehen und blickten stirnrunzelnd in ihre Richtung, und Thirteen wurde klar, dass sie ziemliches Aufsehen erregen musste: völlig außer Atem und mit nur einem Schuh. Sie zwang sich, langsamer zu gehen, blieb nach einigen Schritten stehen und zog den anderen Schuh aus. Der Marmor war eiskalt und mit nackten Füßen würde sie auch auffallen, aber jetzt humpelte sie wenigstens nicht mehr und erweckte so bei flüchtigem Hinsehen keine Aufmerksamkeit mehr.

Während sie mit langsamen Schritten weiterging, sah sie sich verzweifelt nach einem Versteck um. Sie hatte nicht viel Zeit. In ein paar Augenblicken schon würde die Tür hinter ihr wieder auffliegen und die ganze Bande würde herauskommen und sie weiterhetzen. Sie brauchte ein Versteck! Ganz in der Nähe gab es eine Toilette, aber dort würden sie wahrscheinlich zuerst nachsehen; genau wie in den kleinen Läden, deren bunt dekorierte Schaufenster sich in einer langen Reihe an der rechten Seite der Halle entlangzogen. Hier drinnen war sie nirgendwo sicher. Wahrscheinlich war es am besten, wenn sie versuchte, in der Menschenmenge unterzutauchen und in ihrem Schutz den Ausgang zu erreichen.

Während sie sich in die entsprechende Richtung wandte, sah sie unauffällig über die Schulter zurück. Die Tür war immer noch geschlossen, obwohl die Zeit mittlerweile eigentlich dreimal gereicht hätte, um ihre Verfolger wieder aufholen zu lassen. Nichts dergleichen geschah. Die Tür blieb geschlossen und Thirteen erinnerte sich plötzlich wieder an das sonderbare schwere Geräusch, mit dem sie zugefallen war. Ein Laut, mit dem eine Tür zufallen mochte, die sich nie wieder öffnen würde …

Thirteen rief sich innerlich zur Ordnung. Sie musste aufhören, solche Sachen zu denken, wenn sie nicht Gefahr laufen wollte, bald wirklich an ihrem Verstand zu zweifeln. Mit einer bewussten Anstrengung löste sie ihren Blick von der Tür und konzentrierte sich wieder auf das Treiben in der Halle.

Gleich darauf sah sie eine vielleicht dreißigjährige blonde Frau, die, flankiert von zwei Polizeibeamten, ein wenig zu schnell und zu zielsicher genau in ihre Richtung eilte, als dass es ein bloßer Zufall sein konnte.

Für einen Moment drohte sie in Panik zu geraten. Sie sah zwar schon auf den zweiten Blick, dass die drei eigentlich nicht auf sie, sondern vielmehr auf die Tür hinter ihr zusteuerten, aber das blieb sich gleich. Sie waren ihretwegen hier, das spürte sie genau. Die Stewardess hatte ja gesagt, dass eine nette Dame vom Jugendamt unterwegs sei, um sich um sie zu kümmern. Thirteen fragte sich nur, warum sie gleich die Nationalgarde mitgebracht hatte …

Irgendwie schien die Frau ihren Blick zu spüren. Während sie und die beiden Polizisten an Thirteen vorübergingen, wandte sie den Kopf und sah sie aufmerksam an. Ein fragendes Stirnrunzeln erschien über ihren Augen, als sie Thirteens nackte Füße gewahrte, aber dann war sie vorbei, und Thirteen widerstand der Versuchung, ihr nachzusehen, sondern ging so schnell weiter, wie es ihr gerade noch möglich war, ohne aufzufallen.

In diesem Moment flog die Tür hinter ihr doch auf und sie hörte einen schrillen, schmerzerfüllten Schrei. Eine Sekunde später wurde er von einem ganzen Chor durcheinanderrufender Stimmen überlagert. Jemand schrie laut und hysterisch nach einem Arzt.

Thirteen blieb stehen und drehte sich herum. Die junge Frau und die beiden Polizisten hatten im Schritt innegehalten, aber jetzt rannten sie gleichzeitig los. Die Tür, durch die Thirteen gekommen war, stand nun sperrangelweit offen. Der Mann in der Pilotenuniform stand in ihr, Thirteens linken Schuh hielt er noch immer in der Hand, die andere hatte er auf die Türklinke gelegt und schrie weiterhin lautstark nach einem Arzt.

Den Grund für seine Aufregung sah Thirteen unmittelbar hinter ihm. Die Stewardess war an der Wand des Korridors zu Boden gesunken und presste mit schmerzverzerrtem Gesicht die Hand gegen die Schulter, dort, wo der Colafleck gewesen war. Aber es war keine Coca-Cola mehr. Zwischen ihren Fingern quoll hellrotes Blut hervor …

Thirteen erstarrte. Für eine Sekunde war es ihr, als würde ihr Herz aussetzen; gleichzeitig hatte sie das furchtbare Gefühl, dass eine unsichtbare Hand nach ihrer Kehle griff und sie ganz langsam zusammendrückte. Stimmen schrien und fünf oder sechs Leute umringten die Verletzte.

»… ist passiert?«, hörte Thirteen. Und »… ganz plötzlich einfach zusammengebrochen …«, und »… niemand auch nur in ihrer Nähe gewesen …«

Thirteen wusste, was passiert war. Wahrscheinlich war sie die Einzige auf diesem Flughafen, die es wirklich wusste. Nur half ihr dieses Wissen leider nicht im Geringsten, es auch zu verstehen. Sie konnte regelrecht spüren, wie sich jedes einzelne Haar auf ihrem Kopf sträubte. *Was um alles in der Welt ging hier vor?*

Auf der anderen Seite der Halle entstand ebenfalls aufgeregte Bewegung. Zwei Männer in den leuchtend roten Jacken des Sanitätsdienstes kamen mit Riesenschritten herbeigeeilt und in einigem Abstand folgte noch ein dritter. Zumindest würde der Stewardess schnell geholfen werden, dachte Thirteen. Aber jetzt wurde es wieder Zeit, dass sie sich um sich selbst kümmerte. Zwar konzentrierte sich im Moment die Aufmerksamkeit aller auf die verletzte Stewardess, aber das würde nicht ewig so bleiben. Sie hatte bisher mehr Glück als Verstand gehabt, aber sie sollte den Bogen vielleicht nicht überspannen. Ihr Blick suchte die blonde Frau, die mit den Polizisten gekommen war. Die sah nicht auf die Stewardess hinab, sondern blickte den jungen Mann in der British-Airways-Uniform an. Genauer gesagt den weißen Turnschuh, den er in der Hand hielt. Und möglicherweise dachte sie an ein dunkelhaariges Mädchen mit bloßen Füßen, das ihr vor einer knappen Minute über den Weg gelaufen war …

»Wenn ich du wäre, würde ich mitkommen«, raunte eine Stimme hinter ihr. »Aber vorsichtig. Dreh dich nicht zu hastig um. Und nicht rennen.«

Thirteen war viel zu verblüfft, um irgendetwas anderes zu tun, als der Aufforderung nachzukommen. Sie drehte sich langsam herum und blickte in das Gesicht eines hoch aufgeschossenen, sommersprossigen Rothaarigen, der zwar einen guten Kopf größer war als sie, aber kaum älter. Er war einfach, um nicht zu sagen schäbig, gekleidet und schien das letzte Mal vor ungefähr acht Monaten mit Wasser und Seife in Berührung gekommen zu sein.

»Nicht so schnell, verdammt!«, flüsterte er. »Sonst kannst du ihnen auch gleich ein Handzeichen geben. Komm mit!«

Er drehte sich um und begann schnell, aber ohne verräterische Hast in Richtung Ausgang zu gehen. Thirteen folgte ihm – obwohl sie nicht die blasseste Ahnung hatte, warum eigentlich.

»Ganz ruhig«, flüsterte der Rothaarige. »Und dreh dich bloß nicht um!«

Das war leichter gesagt als getan. Thirteen widerstand zwar tatsächlich dem Wunsch, sich wieder herumzudrehen, aber es kostete sie all ihre Selbstbeherrschung. Sie war felsenfest davon überzeugt, dass die junge Frau ihr nachstarrte. Ja, sie glaubte, ihre Blicke regelrecht im Rücken zu spüren.

Mit zwei schnellen Schritten war sie neben dem Rothaarigen und fragte: »Wer bist du?«

»Später«, antwortete der Rothaarige. »Jetzt … lauf!«

Sie rannten beide im selben Augenblick los. Thirteen warf einen Blick über die Schulter zurück, und was sie sah, ließ sie noch schneller laufen. Sowohl die junge Frau als auch die beiden Polizisten stürmten hinter ihnen her und sie waren verteufelt schnell. Obwohl Thirteen rannte, so schnell sie nur konnte, holte einer der beiden rasch auf.

»Da vorne!«, keuchte der Rothaarige. »Die Tür zwischen den beiden Läden! Siehst du sie?«

Thirteen nickte verbissen und versuchte ihr Tempo noch zu steigern. Die wilde Verfolgungsjagd blieb natürlich nicht unbemerkt. Wie vorhin drüben im Gang blieben immer mehr und mehr Leute stehen und sahen ihnen nach, und zwei oder drei versuchten gar, ihnen den Weg zu vertreten. Thirteen und der Rothaarige flitzten im Zickzack zwischen ihnen hindurch, und Thirteen kam es wie ein Wunder vor, dass sie die Tür erreichten. Der Rothaarige stieß sie auf, und als Thirteen hinter ihm hindurchrannte, sah sie doch noch einmal zurück. Der jüngere der beiden Polizisten war keine zwanzig Meter mehr hinter ihr.

Thirteen warf die Tür ins Schloss und stürmte weiter. Ihr rothaariger Retter hatte bereits wieder einige Schritte Vorsprung gewonnen und jagte mit Riesenschritten auf eine Tür am Ende des Korridors zu. Er stieß sie in vollem Lauf auf und Thirteens

Herz machte einen erleichterten Sprung, als sie sah, dass sie nach draußen führte.

Aber der Rothaarige machte gar keine Anstalten, das Gebäude zu verlassen. Er stieß die Tür so wuchtig auf, dass sie draußen gegen die Wand krachte, wirbelte blitzschnell herum und griff nach Thirteens Arm. Ehe sie auch nur richtig mitbekam, wie ihr geschah, riss er sie mit sich und stieß sie durch eine andere Tür, die in einen winzigen, unbeleuchteten Raum führte. Er schloss die Tür nicht ganz, sondern ließ sie einen Fingerbreit offen stehen, sodass sie auf den Gang sehen konnten.

Kaum hatte er es getan, flog der Eingang auf und die beiden Polizisten stürmten herein. Mit großen Schritten durchquerten sie den Gang, sahen die offen stehende Tür und rannten ins Freie.

Der Rothaarige grinste. »Deppen!«, sagte er fröhlich. »Darauf fallen sie immer wieder rein … aber meistens nicht für lange. Komm!«

Sie verließen die Kammer, wandten sich nach links und folgten einem anderen Korridor, bis der Rothaarige vor einer Tür stehen blieb. Sie war abgeschlossen, aber das hielt Thirteens Retter nur ein paar Sekunden lang auf. Mit einem übertrieben zur Schau gestellten Verschwörergrinsen zog er einen kurzen Draht aus der Tasche und stocherte damit im Schlüsselloch herum. Die Tür sprang mit einem leisen Klicken auf und sie schlüpften hindurch.

Thirteen sah mit Verblüffung zu, wie er das Schloss auf dieselbe Weise wieder verriegelte. »So«, sagte er triumphierend und drehte sich zu ihr herum. »Jetzt können sie suchen, bis sie schwarz werden. Hier sind wir in Sicherheit. Aber sei lieber leise. Wer weiß, wie lange sie dort draußen noch herumschleichen.«

Wenn man es genau nahm, dachte Thirteen, war er bisher der Einzige, der redete. Aber sie verkniff sich eine entsprechende Bemerkung und nickte nur. Der Rothaarige machte eine Bewegung, mitzukommen, und ging weiter in den Raum hinein. Er war groß und mit Regalen und kleinen blauweiß gestrichenen Wägelchen vollgestopft, auf denen sich Eimer, Schrubber, Besen und andere Putzutensilien stapelten.

»Hier kommt niemand her, keine Angst«, sagte der Rothaarige.

»Die Putzkolonne fängt erst heute Abend an, wenn der ganze Rummel draußen vorbei ist. Das war ganz schön knapp, wie?«

»Ja«, antwortete Thirteen. »Ohne dich …« Sie machte eine verlegene Geste. »Ich habe mich noch gar nicht bei dir bedankt. Wenn du mir nicht geholfen hättest …«

»Kein Problem«, unterbrach sie der Rothaarige großspurig. »Die Bullen abzuhängen ist eine meiner leichtesten Übungen. War doch selbstverständlich.«

»Aber woher wusstest du es?«, wunderte sich Thirteen.

Das Grinsen auf dem sommersprossigen Gesicht wurde noch breiter. »Dass sie hinter dir her waren?«

Thirteen nickte.

»Ich habe Augen im Kopf«, antwortete der Rothaarige. »Da entsteht ein Riesengeschrei, und ein Typ mit einem Turnschuh in der Hand schreit Zeter und Mordio, nachdem du wie ein geölter Blitz aus der Tür gekommen bist – und dabei nur einen Schuh anhattest. Und dann kommen die Bullen und du wirst plötzlich ziemlich nervös.«

»Du hast eine gute Beobachtungsgabe«, sagte Thirteen anerkennend.

»In meinem Beruf braucht man die zum Überleben«, sagte der Rothaarige ernst.

»Beruf?« Thirteen riss die Augen auf. »Aber du bist doch höchstens –«

»Ich werde fünfzehn«, unterbrach sie der Rothaarige in leicht beleidigtem Ton.

»In wie vielen Jahren?«, fragte Thirteen. »Drei?«

»Hm«, machte der Rothaarige. »Das spielt ja jetzt wohl keine Rolle, oder? Erzähl erst mal was von dir. Was hast du ausgefressen?«

»Nichts«, antwortete Thirteen impulsiv.

»Klar«, sagte der Rothaarige spöttisch und blinzelte ihr zu. »Deshalb ist ja auch die halbe Hamburger Polizei hinter dir her.

Aber egal, wenn du nicht darüber sprechen willst, soll's mir jedenfalls recht sein.«

Plötzlich grinste er wieder breit und hielt ihr die ausgestreckte Hand hin. »Ich heiße jedenfalls Frank. Und du?«

»Thirteen«, antwortete Thirteen, während sie nach Franks Hand griff und sie drückte. »Und noch einmal vielen Dank.«

»Thirteen?«, Frank blinzelte. »Was ist denn das für ein komischer Name?«

»Es ist ... englisch«, antwortete Thirteen ausweichend. Ihr stand im Moment nicht der Sinn nach langen Erklärungen.

»Das weiß ich«, sagte Frank ein bisschen ruppig. »Aber es ist trotzdem kein Name, sondern eine Zahl.«

»Eigentlich heiße ich auch nicht so«, gestand Thirteen. »Aber alle Welt nennt mich Thirteen. Es ist eine lange und ... merkwürdige Geschichte.«

Frank zuckte mit den Schultern. »Ganz wie du meinst. Auf jeden Fall willkommen in meiner bescheidenen Hütte. Ich hoffe, sie gefällt dir. Wir müssen nämlich mindestens eine Stunde hierbleiben, besser sogar zwei.«

»Wieso?«, fragte Thirteen.

»Weil die Bullen zwar manchmal ein bisschen schwerfällig sind, aber leider nicht ganz blöd«, antwortete Frank. »Und dafür umso sturer. Die brauchen mindestens eine Stunde, ehe sie geschnallt haben, dass du ihnen durch die Lappen gegangen bist.« Er lachte und Thirteen stimmte nach einem Moment in dieses Lachen ein, aber ganz echt klang es nicht. Die Art, in der Frank über die Polizisten sprach, gefiel ihr nicht. Sie war nicht einmal ganz sicher, ob Frank ihr gefiel.

»Also, jetzt erzähl mal«, sagte Frank. »Was ist passiert? Was hast du ausgefressen?«

»Nichts«, sagte Thirteen. »Ich habe nichts getan. Ich bin einfach nur von London aus hierhergeflogen, das ist alles.«

»Und das ist ...« Frank zögerte eine Sekunde und grinste dann wieder. »Ich verstehe. Du bist von zu Hause abgehauen.«

»Nein!«, protestierte Thirteen. »Oder doch ... nein.«

»Was denn nun?«, fragte Frank. »Ja oder nein?«

»Ich will zu meinem Großvater«, antwortete Thirteen. »Er lebt hier in Deutschland.«

»Und ich nehme an, deine Eltern wissen nichts von deinen Besuchsplänen«, vermutete Frank abermals grinsend.

»Meine Eltern sind tot«, antwortete Thirteen.

»Oh, das tut mir leid. Entschuldige.« Frank sah ehrlich betroffen drein, aber Thirteen winkte ab.

»Schon gut. Aber ich bin nicht von zu Hause weggelaufen, wenn es das ist, was du hören willst.«

»Aus dem Heim«, folgerte Frank.

Auch das entsprach nicht der Wahrheit, aber Thirteen beließ es für den Moment dabei. Sie hatte keine besondere Lust mehr, Fragen zu beantworten. Allmählich kam sie sich vor wie bei einem Verhör. »Ich will zu meinem Großvater«, sagte sie. »Er lebt hier ganz in der Nähe.«

»Und wo?«, fragte Frank. Thirteen sagte es ihm und Frank zog die Augenbrauen hoch. »Ganz in der Nähe ist gut. Hast du eine Ahnung, wie weit das noch ist?«

»Nicht genau«, gestand Thirteen zögernd. »Ich dachte, ich nehme mir ein Taxi und der Fahrer wird den Weg schon finden.«

»Ein Taxi?« Frank kreischte fast. »He, deine Eltern müssen dir ja ein mittleres Vermögen hinterlassen haben!«

Täuschte sie sich oder sah sie plötzlich einen Funken von Gier in seinen Augen aufblitzen? »Leider nein«, sagte sie. »Aber ich weiß nicht, wie ich sonst dorthin kommen soll.«

»Warum holt dich dein Großvater nicht ab?«, fragte Frank. »Wieso …« Er brach ab und nickte. »Ich verstehe«, sagte er. »Dein Großvater hat keine Ahnung, dass du kommst.«

Wahrscheinlich hat er nicht einmal eine Ahnung, dass es mich gibt, dachte Thirteen betrübt. »So … ungefähr«, gestand sie.

Frank seufzte. »Und wie kommst du auf die Idee, dass er dich bei sich haben will?«

»Er ist mein letzter lebender Verwandter«, sagte Thirteen.

»Was für ein hervorragender Grund!«, sagte Frank höhnisch.

»Du bist ganz schön naiv, wie? Wie kommst du auf die Idee, dass er dich haben will?«

»Er ist mein Großvater!«

»Er ist ein Erwachsener«, sagte Frank mit einer Betonung, als wäre diese Tatsache allein schon die schlimmste aller nur vorstellbaren Sünden. »Und noch dazu ein ziemlich alter Erwachsener. Wahrscheinlich wird er alles tun, um dich so schnell wie möglich in ein Heim abzuschieben!«

»Woher willst du das wissen?«, fragte Thirteen. »Du kennst ihn doch gar nicht!«

»Alle Erwachsenen sind gleich«, meinte Frank. »Ich kenne sie.«

»Aber nicht meinen Großvater. Er ist nicht so.« Thirteen erschrak fast selbst über den feindseligen Klang ihrer Stimme, aber sie hatte plötzlich das intensive Bedürfnis, ihren Großvater zu verteidigen. Und sei es nur, um dadurch ihre Mutter zu verteidigen, die sie ganz bestimmt nicht zu einem Menschen geschickt hätte, von dem sie wusste, dass er sie nicht haben wollte.

Frank zog eine Grimasse. »Ganz wie du meinst«, sagte er. Das schien wohl einer seiner Lieblingssätze zu sein. Trotzdem fügte er nach einem Moment hinzu: »Du wirst schon sehen, was du davon hast.«

»Ja«, sagte Thirteen. »Und zwar sofort. Ich denke, ich gehe jetzt besser.«

»Ganz wie du meinst«, wiederholte Frank. Er zog eine beleidigte Schnute – aber als Thirteen sich herumdrehen und zur Tür gehen wollte, hielt er sie zurück.

»Nun bleib schon hier«, sagte er. »Wenn du jetzt gehst, läufst du garantiert den Bullen in die Arme.«

»Und?«, fragte Thirteen. »Was sollte dich daran stören?«

»Es ist gegen meine Ehre, jemanden den Bullen auszuliefern. Außerdem habe ich nicht Kopf und Kragen riskiert, nur damit sie dich jetzt doch noch kriegen.«

Sie schwiegen beide. Plötzlich grinste Frank. »Bleib wenigstens noch eine halbe Stunde. Ich verspreche dir auch, nichts mehr gegen deinen Großvater zu sagen.«

Thirteen blickte ihn durchdringend an, aber diesmal wirkte sein Lächeln viel echter und auch sehr viel sympathischer als bisher. Und schließlich nickte sie. »Also gut. Aber nur eine halbe Stunde. Allerhöchstens!«

Aus der halben Stunde wurden mehr als zwei. Nachdem sich ihre Aufregung allmählich legte, spürte sie auch, wie viel Kraft sie die letzten Stunden gekostet hatten – und außerdem hatte sie in der Nacht zuvor aus lauter Aufregung über die bevorstehende Reise nicht viel geschlafen. Sie war müde und froh, irgendwo in dem Durcheinander aus Kunststoffkanistern, Eimern, Aufnehmern und Wischtüchern ein Plätzchen zu finden, wo sie sich niederlassen konnte.

Sie unterhielten sich die ganze Zeit – das hieß: Im Grunde redete Thirteen und Frank hörte die meiste Zeit zu. Es tat ihr sehr wohl, sich nach Wochen des Alleinseins mit sich und ihrem Schmerz endlich wieder einmal einem Menschen anzuvertrauen. Was sie nicht erzählte, das war der Zwischenfall im Flugzeug und der im Büro der Flughafenverwaltung. Über den unheimlichen Zwischenfall zu sprechen hieße, ihm wieder mehr Gewicht zu verleihen.

»Also, allmählich verstehe ich, warum du abgehauen bist«, sagte Frank, als sie schließlich zu Ende gekommen war. »Da drüben ist nicht mehr viel, was dich hält, wie?«

Genau genommen war dort niemand gewesen, dachte Thirteen. Sie hatte mit ihrer Mutter in deren Heimat gelebt, sich aber dort niemals wirklich zu Hause gefühlt. So hatte sie zum Beispiel nie eine wirkliche Freundin gehabt – aber das hatte sie Frank nicht erzählt. Während sie sich unterhielten, hatte sich ohnehin eine leicht traurige Stimmung zwischen ihnen breit gemacht. Sie nickte.

»Und du glaubst, dein Großvater nimmt dich auf?«

»Ich weiß es nicht«, gestand Thirteen. »Aber es war der letzte Wunsch meiner Mutter.«

»Na, dann wollen wir hoffen, dass sie damit nicht zu falsch

gelegen hat«, sagte Frank. Er hob abwehrend die Hände. »Ich weiß, ich weiß, ich habe versprochen, nichts mehr zu sagen, aber ich habe da so meine Erfahrungen.«

»Du hast auch niemanden mehr«, vermutete Thirteen. Frank hatte bisher nicht einmal eine entsprechende Andeutung gemacht, aber sie spürte instinktiv, dass er im Grunde ebenso allein war wie sie. Er hatte das übertrieben selbstsichere Auftreten eines Menschen, der gelernt hatte, ganz allein mit dem Leben fertig zu werden.

»Ich komme zurecht«, antwortete Frank ausweichend.

»Und wo lebst du?«

Frank machte eine vage Handbewegung in die Runde und Thirteen riss erstaunt die Augen auf. »Hier? In diesem Raum?«

»Natürlich nicht nur in diesem Raum«, verbesserte sie Frank lächelnd. »Aber auch. Mal hier, mal da … es findet sich immer was. Hier am Flughafen ist es nicht schlecht. Man findet alles, was man so zum Leben braucht. Aber es ist auch gefährlich. Eine Menge Polizei. Und eine Menge Kameras.«

»Und wovon lebst du?«

Frank grinste noch ein bisschen breiter. »Wie gesagt: Ich komme zurecht.«

Thirteen nickte. Sie war nicht besonders überrascht, aber ein wenig enttäuscht. »Du stiehlst«, sagte sie.

»Ich stehle nicht«, sagte Frank beleidigt. »Ich halte es wie Robin Hood. Ich nehme von den Reichen und gebe es den Armen.«

»Aber meistens bist du der Arme«, vermutete Thirteen.

»Ich verteile den Reichtum dieser Welt ein wenig um«, sagte Frank. »Eine weitverbreitete Philosophie, über die schon gelehrte Bücher geschrieben worden sind.«

Thirteen blieb ernst. »Hast du keine Angst, dass sie dich erwischen?«

»Mich?!« Frank lachte. »Mich doch nicht. Außerdem renne ich nicht den ganzen Tag rum und klaue. Dann und wann muss ich eine Kleinigkeit … äh … requirieren, aber meistens komme ich so zurecht.«

»Und wie?«

»Man bekommt eine Menge geschenkt, wenn man ein bisschen auf die Tränendrüse drückt«, sagte Frank.

Diesmal dauerte es einen Moment, bis Thirteen begriff, was er damit meinte. »Du meinst, du bettelst?«

»So kann man das nicht nennen«, antwortete Frank.

»Ach – und wieso nicht?«

»Die Leute bekommen etwas von mir«, behauptete Frank ernsthaft. »Sie geben mir etwas und sie kriegen etwas zurück. Das Gefühl, etwas Gutes getan zu haben. Sie geben mir eine Kleinigkeit, die ihnen nicht wehtut, und ich gebe ihnen das Gefühl, ein guter Mensch zu sein. Ein fairer Tausch, finde ich.«

Auf eine Weise klang das sogar einleuchtend, aber irgendetwas daran war auch falsch. »Und dieses Leben gefällt dir?«

»Besser als das in einem Heim«, antwortete Frank. Er sah sie nachdenklich an. »Du hattest ja offensichtlich auch keine Lust, bei irgendwelchen netten Leuten untergebracht zu werden, oder doch?«

»Das ist etwas anderes!«, verteidigte sich Thirteen.

Frank lachte. »Ach ja, ich hatte ganz vergessen, dass du nur den letzten Wunsch deiner Mutter erfüllst.«

Thirteen verspürte einen kurzen, aber heftigen Zorn, der allerdings weniger Frank selbst galt als vielmehr der Tatsache, dass er ihre Mutter angriff. Sie sagte aber nichts, weil Frank gar nicht einmal so unrecht hatte. Sie hatte ihm zwar von dem Brief ihrer Mutter erzählt, ohne jedoch alles zu sagen. Der Brief ihrer Mutter war sehr seltsam gewesen. Thirteen war nicht einmal sicher, dass ihre Mutter sie tatsächlich zurück nach Deutschland geschickt hatte, weil sie der Meinung gewesen war, sie sei bei ihrem Großvater besser aufgehoben als in einem Heim. Manches in diesem Brief hatte komisch geklungen und manches sogar wie eine Warnung.

»Also, jetzt krieg es nicht gleich wieder in die falsche Kehle«, fuhr Frank nach einer Weile voll unbehaglichem Schweigen fort, »aber hast du dir schon mal Gedanken darüber gemacht, was du tust, wenn dich dein Großvater nicht mit offenen Armen aufnimmt?«

»Nein«, gestand Thirteen. Darüber hatte sie noch nicht nachdenken wollen. Sie wollte es auch jetzt noch nicht. »Jedenfalls will ich nicht so leben wie du.«

»Du willst lieber in ein Heim«, vermutete Frank.

»Natürlich nicht!«, antwortete Thirteen heftig. »Ich will ...«

Aber die Wahrheit war: Sie wusste gar nicht, was sie wollte.

Seit jenem schrecklichen Tag, an dem das Leben sie allein zurückgelassen hatte, hatte sie es ganz bewusst vermieden, über ihre Zukunft nachzudenken. Sie würde die Probleme, die sich ihr stellten, Schritt für Schritt lösen; eines nach dem anderen.

»Du bist also wild entschlossen, zu deinem Großvater zu gehen?«, fragte Frank.

Thirteen nickte und nach einigen Sekunden sagte Frank: »Weißt du was? Ich bringe dich hin.«

»Du?!«

Frank grinste. »Wer sonst? Ich kann doch ein hilfloses, kleines Mädchen wie dich nicht ganz allein in einem fremden Land herumlaufen lassen.«

Thirteen sah ihn verwirrt und mit einem Gefühl grenzenloser Überraschung an. Aber plötzlich grinste sie. Es tat gut, nicht mehr allein zu sein.

»Ganz wie du willst«, sagte sie fröhlich.

2

Das Haus verbarg sich hinter einer hohen, von Stacheldraht und spitzen Glasscherben gekrönten Mauer, die aus uralten, schweren Steinquadern bestand. Irgendwann vor langer Zeit einmal war sie verputzt und weiß gestrichen worden, aber der Mörtel war zum größten Teil wieder abgebröckelt, und wo sich noch Reste befanden, war die Farbe verblichen und wirkte schmutzig und grau.

»Tja«, sagte Frank, wobei er einen Seitenblick auf das fleckige Emailleschild neben dem Tor warf, »allmählich beginne ich zu verstehen, wie du zu deinem Namen gekommen bist.«

Thirteens Blick folgte automatisch dem Franks, aber sie brauchte eine Sekunde, um überhaupt zu begreifen, wovon er sprach. Auf dem gut zwanzig Zentimeter großen Schild stand eine verschnörkelte Dreizehn. Für sie war diese Hausnummer so selbstverständlich gewesen, dass sie gar nicht mehr darüber nachgedacht hatte. Natürlich wohnte ihr Großvater in einem Haus, das die Nummer dreizehn trug. Wo denn sonst?

»Worauf wartest du?« Frank deutete zum Tor. Es war geschlossen, aber Thirteen gab sich einen Ruck und trat darauf zu. Mit einer entschlossenen Bewegung schob sie das schmiedeeiserne Tor auf und trat hindurch. Die rostigen Angeln quietschten, als wären sie seit fünfzig Jahren nicht mehr bewegt worden, und das Geräusch jagte Thirteen einen Schauer über den Rücken. Sie blieb stehen und sah sich nach Frank um.

Ihr neuer Freund war zwei Schritte hinter ihr und sah sie fragend an, machte aber keine Anstalten, ihr zu folgen.

»Worauf wartest du?«, fragte Thirteen.

»Ich habe nur versprochen, dich herzubringen«, antwortete Frank. »Das habe ich getan.«

»Und jetzt willst du wieder zurück nach Hamburg? Mitten in der Nacht?«, fragte Thirteen ungläubig. »Du bist verrückt!«

»Das da drinnen geht mich nichts an«, antwortete Frank. »Es ist *dein* Großvater, nicht meiner. Ich bin wildfremd für ihn.«

Das bin ich auch, dachte Thirteen. Laut und mit Nachdruck sagte sie: »Blödsinn. Du kommst mit! Er wird uns schon nicht mitten in der Nacht davonjagen.«

Frank machte ein Gesicht, als bezweifle er das, aber er widersprach nicht, sondern hob nur die Schultern und setzte sich in Bewegung. Nebeneinander gingen sie den gewundenen Weg hinab, der tiefer in den verwilderten Garten hineinführte. Thirteen wurde schon nach ein paar Schritten richtig unheimlich zumute. Es gab nicht viele Bäume, aber eine Unzahl von Büschen, Sträuchern und anderen Gewächsen, die beiderseits des Weges zu einer schier undurchdringlichen Mauer zusammengewachsen waren, sodass sie von ihm nicht hätten abweichen können, wenn sie es gewollt hätten. Selbst auf dem Weg zu bleiben erwies sich schon als schwierig genug: Das Unterholz streckte wuchernde Äste und Wurzeln gleich knorrigen Fingern weit heraus, und im Dunkeln war es gar nicht so einfach, darüber hinwegzusteigen und nicht zu stolpern.

»Was immer dein Großvater auch sein mag«, sagte Frank mit halblauter Stimme, »eines ist er ganz sicher nicht: ein talentierter Hobbygärtner.«

Thirteen lachte leise, aber das Lachen klang ebenso falsch, wie es Franks lahmer Scherz gewesen war, der ohnehin nur den Zweck gehabt hatte, seine eigene Nervosität zu überspielen. Dieser verwilderte Garten wirkte abweisender als alles, was Thirteen jemals zuvor gesehen hatte. Sie fragte sich, was für ein Mensch es sein musste, der in einer solchen Umgebung lebte.

Vielleicht ein sehr alter Mensch, flüsterte eine Stimme in ihren Gedanken, *der einfach nicht mehr in der Lage ist, seinen Garten in Ordnung zu halten.*

Der Gedanke wirkte ziemlich ernüchternd und zugleich schämte sie sich auch ein bisschen. Sie musste aufpassen, dass sie sich nicht in etwas hineinsteigerte, sodass es ihr am Ende unmöglich war, ihrem Großvater noch unbefangen gegenüberzutreten. Ein verwilderter Garten allein sagte noch gar nichts über einen Menschen aus.

Der Weg schlängelte sich überraschend weit durch das wuchernde Gestrüpp, das manchmal so weit hinausragte, dass sie sich unter den Ästen hindurch bücken mussten. Der Garten war sicherlich weit größer, als es von außen den Anschein gehabt hatte; ein regelrechter Park.

»Unheimlich«, sagte Frank nach einer Weile. »Das ist, als –« Er brach mitten im Satz ab und im nächsten Augenblick blieb auch er stehen.

»Was ist?«, fragte Thirteen alarmiert.

»Still!« Frank legte lauschend den Kopf auf die Seite. »Da war etwas!«

Thirteen lauschte. Über ihren Köpfen spielte der Wind mit den Blättern in den Baumkronen, überall krachte, knisterte und raschelte es im Geäst, und sie hörte sogar das Schlagen ihres eigenen Herzens und ihre und Franks leise Atemzüge. Trotzdem: Unter all diesen Geräuschen war nichts Auffallendes, was ihr Angst hätte machen können.

Frank zuckte schließlich mit den Schultern. »Wahrscheinlich habe ich es mir nur eingebildet. Kein Wunder in diesem Gespensterwald –«

Er sprach auch diesen Satz nicht zu Ende, aber das hatte jetzt einen anderen Grund. Dieser war riesig und schwarz, näherte sich ihnen auf vier gewaltigen Tatzen und starrte sie aus gelb glühenden, unheimlichen Augen an. Und er war wie hingezaubert auf dem Weg hinter ihnen erschienen, von einem Sekundenbruchteil auf den anderen und vollkommen lautlos.

Im ersten Moment war Thirteen felsenfest davon überzeugt, dass das alles nicht wirklich geschah; dass sie wieder eine Halluzination hatte, wie vorhin im Flugzeug und später in dem kleinen Büro am Flughafen. Es begann wieder. Wie lange würde es weitergehen? Verlor sie wirklich den Verstand?

Aber dann fuhr Frank neben ihr entsetzt zusammen und sog erschrocken die Luft zwischen den Zähnen ein, und sie begriff, dass die Wahrscheinlichkeit, dass sie beide dieselbe Halluzination hatten, nicht besonders groß war.

Und das auch noch doppelt …

Hinter dem ersten Paar gelb glühender Augen erschien ein zweites, und Thirteen hörte ein tiefes, drohendes Knurren, fast schon ein Grollen; ein Geräusch, das so tief und bedrohlich war, dass ihr ein eisiger Schauer über den Rücken lief.

Und dann schien wieder alles gleichzeitig zu geschehen. So, wie die Zeit gerade scheinbar stehen geblieben war, überschlug sie sich mit einem Male. Frank schrie auf, wirbelte auf dem Absatz herum, packte sie am Arm und begann zu rennen. Sofort erwachten die beiden riesigen Schatten aus ihrer Erstarrung und jagten hinter ihnen her. Das alles geschah buchstäblich in derselben Sekunde. Thirteen begriff gar nicht richtig, wie ihr geschah, da stolperte sie auch schon hinter Frank her und hatte alle Mühe, nicht von den Füßen gerissen zu werden.

Vor ihnen wurde es etwas heller und nur einen Moment später waren sie aus dem Tunnel aus dornigem Gestrüpp und Büschen heraus. Nur noch ein knappes Dutzend Schritte entfernt erhob sich der Umriss eines Hauses.

»Lauf!«, schrie Frank mit überschnappender Stimme. Er versetzte ihr einen Stoß, dass sie nach links taumelte, und rannte in die entgegengesetzte Richtung. Wahrscheinlich hoffte er, ihre unheimlichen Verfolger auf diese Weise zu verwirren, sodass wenigstens einer von ihnen entkommen konnte.

Eine Hoffnung, die sich nicht erfüllte. Ihre Verfolger waren zu zweit und sie teilten sich ebenfalls.

Thirteen lief nicht auf das Haus zu – selbst wenn die Tür unverschlossen war, würde sie eine halbe Sekunde brauchen, um sie zu öffnen, und diese Zeit *hatte* sie einfach nicht –, sondern auf die Mauer dahinter. Der Gedanke an die Glasscherben und die Metallspitzen, die ihre Krone säumten, jagte ihr zwar einen kalten Schauer über den Rücken, aber sie war wild entschlossen, lieber ein paar Kratzer an den Händen in Kauf zu nehmen, statt Bekanntschaft mit dem Monster zu machen, das sie jagte.

Plötzlich erscholl rechts von ihr ein lautstarkes Platschen, gefolgt von einem schrillen Schrei, der allerdings eher überrascht und zornig als schmerzhaft klang. Thirteen sah sich nun doch um – und sah einen gewaltigen schwarzen Schemen auf sich zufliegen, der genau in diesem Moment zum entscheidenden Sprung ansetzte. Instinktiv riss sie die Arme in die Höhe, aber sie wurde dennoch von den Füßen gerissen und der Anprall war so groß, dass sie sich überschlug, bevor sie hart auf dem Rücken landete. Sofort versuchte sie sich wieder hochzurappeln, aber sie kam nicht dazu. Etwas Riesiges, Schwarzes war mit einem Mal über ihr, schleuderte sie ein zweites Mal zu Boden und presste sie mit festen Pfoten nieder. Ein Maul von der Größe eines Scheunentores klappte über ihr auf, scharfe, nadelspitze Zähne schnappten nach ihrer Kehle.

Thirteen warf entsetzt den Kopf zurück und versuchte gleichzeitig das Ungeheuer von sich wegzuschieben. Ihre Finger gruben sich in drahtiges, hartes Fell, sie fühlte schaumigen Geifer und den übel riechenden, heißen Atem des Monstrums, der über ihr Gesicht strich. Es gelang ihr nicht, die Bestie wegzustoßen, aber die schiere Todesangst gab ihr doch die Kraft, das geifernde Maul wenigstens von ihrer Kehle fernzuhalten.

»Phobos! Deimos! Aus!«

Die Stimme hallte so scharf und befehlend durch die Nacht, dass selbst Thirteen erschrocken zusammenfuhr, obwohl sie sich unter dem schwarzen Koloss kaum rühren konnte. Das Untier stellte seinen Angriff sofort ein, und Thirteen stemmte sich auf die Ellbogen hoch und kroch rücklings ein gutes Stück von dem Geschöpf fort. Erst danach nahm sie sich Zeit, nach dem Besitzer der Stimme Ausschau zu halten, die den Angreifer so herrisch zurückgerufen hatte.

Eine hochgewachsene Gestalt kam auf sie zu, die in der Dunkelheit allerdings nur als tiefenloser Schatten zu erkennen war. Er bewegte sich nicht besonders schnell, aber auf eine energische Art, die gut zum Klang seiner Stimme passte – einer Stimme, die Thirteen im nächsten Moment in rüdem Ton anfuhr:

»Was zum Teufel habt ihr hier zu suchen? Wer seid ihr? Seid ihr lebensmüde oder was?«

Das waren drei Fragen auf einmal, aber Thirteen fühlte sich nicht einmal in der Lage, auch nur eine davon zu beantworten oder überhaupt irgendetwas zu sagen. Der Mann war näher gekommen und stand jetzt zwei Meter vor ihr, und sie konnte sein Gesicht nun wenigstens einigermaßen erkennen. Es war die beeindruckendste Erscheinung, die sie jemals gesehen hatte.

Sein Gesicht war breit und kantig und wurde ganz von einem Paar durchdringender, strahlend blauer Augen und einem kurz geschnittenen, grauen Vollbart beherrscht. Sein Haar, das dieselbe Farbe hatte, war streng zurückgekämmt und fiel bis weit über die Schultern auf seinen Rücken herab. Es war Thirteen unmöglich, sein Alter zu schätzen, aber sie wusste sofort, wem sie gegenüberstand. Dieser Mann, der sie mehr als alles andere an einen mittelalterlichen König oder einen edlen Ritter erinnerte – und tatsächlich sah er so aus, dass man ihm sofort die Rolle König Artus' angeboten hätte –, war ihr Großvater.

»Was ist los mit dir?«, herrschte der Riese sie an, als sie nicht sofort antwortete. »Hast du deine Zunge verschluckt?«

Er beugte sich vor, wobei er die Hände auf den Oberschenkeln abstützte, blinzelte ein paarmal und fragte: »Was bist du? Ein Knabe oder ein Mädel?«

Die Frage hätte Thirteen normalerweise empört, aber jetzt erstaunte sie mehr die außergewöhnliche Wortwahl. Außerdem war es in der Dunkelheit wohl wirklich schwer auszumachen, ob sie nun ein Junge oder ein Mädchen war. Ihr kurz geschnittenes Haar war ebenso wie ihr Gesicht mit dem Schmutz bedeckt, in dem sie der Länge nach gelandet war, und sie trug Jeans und Pullover.

»Ein … Mädchen«, antwortete sie stockend. »Warum?«

»Weil ich mir ernsthaft überlege, dir den Hintern zu versohlen, junge Dame«, antwortete der grauhaarige Riese. »Die Frage ist nur, ob ich dir dazu die Hosen herunterziehe oder nicht.«

Während Thirteen ihren Großvater verwirrt anblickte, erscholl aus der Dunkelheit ein plätscherndes Geräusch und dann hörte sie Franks Stimme: »Wenn ihr zwei vielleicht heute noch damit fertig werdet, euch gegenseitig anzustarren, dann wäre es nett, wenn jemand diese Bestie wegschafft. Mir wird allmählich kalt!«

Thirteen wollte aufstehen, aber ihr Großvater machte eine Geste, die sie dieses Vorhaben augenblicklich wieder vergessen ließ. Dabei war es nur eine knappe, fast beiläufige Handbewegung. Aber wie seine Stimme war diese Bewegung so befehlsgewohnt und selbstverständlich, dass an Widerspruch gar nicht zu denken war.

»Wer bist du?«

»Mein Name ist *Thirteen*«, antwortete Thirteen. »Nun ja, eigentlich heiße ich *Anne-Mary* – oder um ganz genau zu sein: *Anna-Maria,* aber so nennt mich niemand, nicht einmal meine Mutter. Ich ... ich suche dich ... ich meine Sie ... also ...«

Die linke Augenbraue des grauhaarigen Riesen rutschte ein Stück in die Höhe. Obwohl sein Gesicht ansonsten vollkommen unbewegt blieb, hatte Thirteen das Gefühl, dass er nur noch mit Mühe ein Lachen unterdrückte.

»Also?«, fragte er.

»Also, ich suche meinen Großvater«, sagte Thirteen endlich. »Er soll in diesem Haus wohnen ... glaube ich. Ich ... ich dachte ... Sie ... also Sie wären mein Großvater.« Sehr viel leiser und in fast schüchternem Tonfall fügte sie hinzu: »Sind Sie es?«

»Ich bin bestimmt irgendjemandes Großvater oder Urgroßvater«, antwortete der Riese. »Aber ich glaube kaum, dass ich *dein* Großvater bin, junge Dame. Wie kommst du auf diese Idee?«

»Heda!«, schrie Frank. »Ich kriege gleich Schwimmhäute zwischen den Zehen, wenn sie mir nicht vorher abfrieren!«

Thirteen deutete auf das Haus. »Das hier ist doch der Sandweg dreizehn, oder?« Als der Mann nickte, fuhr sie fort: »Das ist die Adresse, die mir meine Mutter genannt hat. Wenn das hier Ihr Haus ist, dann müssen Sie mein Großvater sein.«

Von jenseits des Hauses erscholl wieder das Plätschern, gefolgt von einem knurrenden Laut und einem lauten: *»Mistvieh!«*.

»Gesetzt den Fall, ich wäre der, für den du mich hältst«, fuhr der grauhaarige Riese fort, »wie kommt es dann, dass ich noch nie von dir gehört habe? Und wieso schleichst du dich dann mitten in der Nacht hier herein, statt wie jeder ehrliche Christenmensch im hellen Licht des Tages zu kommen und an die Vordertür zu klopfen? Oder zum Beispiel vorher einen Brief zu schreiben, in dem du dein Kommen ankündigst?«

»Dämliche Töle!«, brüllte Frank. »Ich drehe dir gleich deinen hässlichen Hals um, wenn du mich nicht endlich –« Der Rest seiner Worte ging in einem neuerlichen Platschen unter, dem ein Fluch folgte, den Thirteen vorzog, nicht zu verstehen.

»Das ist eine lange Geschichte«, antwortete Thirteen.

»Ich habe Zeit«, erwiderte ihr Großvater. Er drehte den Kopf, sah eine Sekunde stirnrunzelnd in die Richtung, in der sich Frank befinden musste, und fügte mit dem Anflug eines Lächelns hinzu: »Aber vielleicht sollten wir uns zuerst einmal um den jungen Mann mit dem erstaunlichen Vokabular kümmern. Wer ist er? Noch ein Enkel, von dem ich nichts weiß?«

»Nein«, antwortete Thirteen. »Ein Freund. Er hat mich hierherbegleitet.« Sie stand vorsichtig auf, wobei sie den gedrungenen Schatten, der in der Dunkelheit hinter ihrem Großvater stand und sie aus seinen unheimlichen, gelben Augen anstarrte, die ganze Zeit misstrauisch beobachtete. Als er sich nicht rührte, fasste sie etwas mehr Mut und trat an die Seite ihres Großvaters. Sie kam sich plötzlich noch kleiner und verlorener vor als bisher. Er war tatsächlich ein Riese.

Dann gingen sie in die Richtung, aus der Franks Stimme erklungen war, und Thirteen vergaß den grauhaarigen Mann neben sich. Der Anblick, der sich ihr bot, war einfach zu absurd.

Frank hockte auf dem Hosenboden inmitten eines vielleicht zwei Meter großen Zierteiches, in den er offenbar während seiner Flucht vor dem Ungeheuer hineingestolpert war. Er triefte vor Nässe und das Wasser schien eiskalt zu sein, denn er zitterte am ganzen Leib, aber er machte trotzdem keine Anstalten, aufzustehen. Der Grund dafür saß unmittelbar vor ihm.

Es war ein Ungeheuer. Das hieß: Genau genommen war es ein Hund; allerdings der mit Abstand hässlichste und abstoßendste Hund, den Thirteen jemals zu Gesicht bekommen hatte. Er betrachtete Frank mit schräg gehaltenem Kopf und gebleckten Zähnen, sodass es aussah, als grinse er ihn an. Frank seinerseits überschüttete den Hund noch immer mit einer wahren Flut von Beschimpfungen und erstaunlich fantasievollen Flüchen und spritzte ihn mit beiden Händen nass. Den Hund störte das allerdings nicht besonders.

»Deimos ! Zurück!«, sagte Thirteens Großvater.

Der Hund stand gehorsam auf und trottete zu dem Schatten hinter Thirteens Großvater, und ungefähr zehn Sekunden später hörte Frank tatsächlich auf zu fluchen und Verwünschungen von sich zu geben und erhob sich ebenfalls. Er bot einen geradezu bemitleidenswerten Anblick – allerdings zugleich auch einen, bei dem Thirteen alle Mühe hatte, nicht vor Lachen laut loszuprusten.

Frank spießte Thirteen und ihren *Vielleicht*-Großvater mit Blicken regelrecht auf, ehe er sagte: »Ich hoffe, ihr beide habt euch in aller Ruhe miteinander bekannt gemacht, während ich mit dieser Bestie gekämpft habe!«

Aus der Dunkelheit ertönte ein drohendes Knurren und Thirteens Großvater sagte mit einem tadelnden Kopfschütteln: »Du solltest aufpassen, was du sagst, junger Mann. Deimos ist ziemlich eitel. Und er versteht manchmal erschreckend wenig Spaß. Außerdem«, fügte er nach einer Sekunde im selben Tonfall hinzu, »wollte ich dich nicht stören. Es ist unhöflich, so einfach hereinzuplatzen, wenn jemand gerade badet.«

Thirteen hielt es nun endgültig nicht mehr aus und begann brüllend zu lachen, während Frank vor lauter Fassungslosigkeit der Unterkiefer herunterklappte. »Aber das ist doch …«

»Genug«, unterbrach ihn Thirteens Großvater. »Wir gehen jetzt erst einmal ins Haus und ich gebe dir andere Kleider. Du wirst dir eine Lungenentzündung holen, wenn du nicht aus den nassen Sachen herauskommst. Und danach«, fügte er mit einem bedeutsamen Blick in Thirteens Richtung hinzu, »werden wir beide uns eingehend unterhalten, junge Dame. Es hängt dann ganz von deinen Antworten ab, ob ich euch als Gäste in meinem Haus willkommen heiße oder an Phobos und Deimos verfüttere.«

Nachdem Frank aus dem Teich heraußen war, folgten sie beide dem Mann ins Haus. Phobos und Deimos flankierten sie, vollkommen lautlos und noch immer auf dieselbe unheimliche Weise bedrohlich wie zuvor. Obwohl Thirteen nun wusste, dass es sich nicht um irgendwelche Ungeheuer handelte, sondern nur um Hunde, hatten sie nichts von ihrer Bedrohlichkeit verloren.

Und im Grunde erging es ihr mit dem Mann, der möglicherweise ihr Großvater war, auch nicht anders. Es war nicht nur seine seltsame Art, sich auszudrücken. Alles an ihm war irgendwie ... sonderbar, fand Thirteen. Sie konnte das Gefühl nicht in Worte kleiden, aber es wurde mit jeder Sekunde stärker. Er kam ihr immer noch groß und beeindruckend und auf jene erstaunliche Weise *edel* vor, aber nun fiel ihr auch auf, dass ihn eine seltsame Düsternis zu umgeben schien. Er war noch immer ein Ritter, aber jetzt ein Raubritter, den sie sich gut in einer schwarzen Rüstung vorstellen konnte.

Auch das Haus, das sie betraten, war – gelinde gesagt – seltsam. Wegen der Dunkelheit konnte sie von seinem Äußeren nicht viel erkennen; allenfalls, dass es groß und ebenso düster wie sein Bewohner zu sein schien. Aber schon die Tür war eine Überraschung: Es war eher ein Portal als eine Tür, das selbst für ein Haus wie dieses viel zu groß erschien und aus mächtigen, mit Eisen verstärkten Holzverstrebungen bestand. Der Anblick erinnerte sie an etwas, aber sie konnte nicht sagen, woran. Hinter dieser Tür erwartete sie ein langer Flur. Er war unbeleuchtet, aber Thirteen erkannte die Umrisse einer nach oben führenden Treppe und an seinem jenseitigen Ende eine weitere, offen stehende Tür, hinter der mildes, gelbes Licht brannte. Sie durchquerten den Flur und betraten das Wohnzimmer.

Es hatte die Ausmaße eines Saales, und hätte Thirteen nicht genau gewusst, dass es unmöglich war, dann hätte sie geschworen, dass dieses Zimmer allein größer war als das ganze Haus.

Hohe, mit schwerem, dunkelrotem Samt verhangene Fenster beanspruchten die gesamte linke Wand, die gegenüberliegende wurde ebenso vollständig von bis unter die Decke reichenden und zum Bersten gefüllten Bücherregalen bedeckt. An der Stirnwand schließlich thronte ein gewaltiger Kamin, in dem ein behagliches Feuer prasselte. Es gab mindestens sieben oder acht unterschiedlich große Tische, die wahllos im Zimmer verteilt und mit einem unglaublichen Sammelsurium der verschiedensten Dinge bedeckt waren: Vasen, Kisten, metallene Töpfe, Gläser, Papiere, Porzellanfiguren, Bilderrahmen, Uhren, kristallene Schalen, aber auch Gegenstände des täglichen Gebrauchs.

Ihr Großvater wies auf den Kamin. »Setzt euch ans Feuer. Deimos, geh und hol unserem Gast eine Decke und trockene Kleider.«

Thirteen riss ungläubig die Augen auf, aber der Hund machte tatsächlich auf der Stelle kehrt und verschwand aus dem Zimmer. Thirteen war nicht besonders unglücklich darüber. Der Hund bot tatsächlich einen scheußlichen Anblick. Er war ungemein kompakt und muskulös und sein Fell war so kurz, dass er praktisch nackt war, und er hatte einen langen, dünnen Schwanz, der an den einer Ratte erinnerte. Sein Kopf schließlich war ein reiner Albtraum: rund und wuchtig, die Schnauze vollkommen haarlos und so breit, dass er bequem jeden Hundeknochen quer fressen konnte, und die Augen leuchteten hier drinnen nicht mehr, sondern wirkten klein, trüb und tückisch. Thirteen blickte dem Hund schaudernd nach, streifte seinen eineiigen Zwilling, der im Zimmer zurückgeblieben war, mit einem argwöhnischen Blick und beeilte sich dann, Frank zu folgen, der bereits zum Kamin gegangen war und sich zitternd vor den Flammen zusammenkauerte. Auch sie hielt die Hände über das Feuer. Die Wärme tat gut. Sie merkte erst jetzt richtig, wie kalt es draußen gewesen war.

»So, und nun zu dir, junge Dame.« Ihr Großvater kam näher und ließ sich in einen gewaltigen Plüschsessel fallen, der vor dem Kamin stand wie ein vom Moder aufgeweichter Thron. Phobos trottete hinter ihm her und machte es sich davor bequem; der hässlichste Fußwärmer aller Zeiten. »Du behauptest also, deine Mutter hat dich zu mir geschickt? Wieso? Und warum ist sie nicht selbst mitgekommen?«

»Meine Mutter ist tot«, antwortete Thirteen leise, wobei sie ihren Großvater genau im Auge behielt. In seinem Gesicht rührte sich nichts, und das war nun wirklich erstaunlich – und ziemlich beunruhigend, fand Thirteen. Immerhin sprach sie nicht nur über ihre Mutter, sondern auch über seine *Tochter*. Vielleicht gab es ja einen Grund, aus dem ihre Mutter ihren Großvater niemals erwähnt hatte.

»Und?«, fragte ihr Großvater schließlich.

»Sie wollte, dass ich zu dir gehe«, antwortete Thirteen. Es fiel ihr plötzlich schwer, weiterzureden. Was, wenn sie sich geirrt hatte? Wenn dies gar nicht ihr Großvater war oder – schlimmer noch – Frank recht gehabt hatte und sich der Familiensinn ihres Großvaters in Grenzen hielt?

»Hat sie dir das gesagt, bevor sie starb?«

Thirteen schüttelte den Kopf. »Ich wusste nichts davon. Um ehrlich zu sein – vor zwei Wochen wusste ich noch nicht einmal, dass ich noch einen lebenden Verwandten habe. Sie … hat mir einen Brief hinterlassen.«

»Einen Brief?« Ihr Großvater streckte die Hand aus. »Zeig ihn mir.«

Thirteen zögerte einen Moment. Aus irgendeinem Grund war es ihr unangenehm, überhaupt von diesem Brief gesprochen zu haben. Und noch viel unangenehmer war ihr die Vorstellung, ihn aus der Hand zu geben. Vielleicht weil dieser Brief das Einzige war, was sie noch von ihrer Mutter besaß. Aber schließlich griff sie doch in die Tasche und zog den zusammengefalteten Umschlag heraus.

Sie wollte aufstehen, aber Phobos kam ihr zuvor. Der Hund war mit einem Satz bei ihr, nahm ihr den Brief mit den Zähnen aus der Hand und trug ihn zu seinem Herrn.

Ihr Großvater faltete den Brief auseinander, überflog ihn aber nur flüchtig und ließ ihn dann in der Brusttasche seines karierten

Holzfällerhemdes verschwinden. »Ich werde deine Geschichte überprüfen«, sagte er. »Es kann eine Weile dauern. So lange seid ihr meine Gäste.«

»Der meint wohl: *Gefangene*«, maulte Frank mit einem schiefen Blick auf Phobos – wohlweislich aber so leise, dass dessen Herr die Worte nicht mitbekam. Thirteen pflichtete ihm im Stillen bei. Ihr Großvater hatte es nicht direkt ausgesprochen, aber sie war ziemlich sicher, dass sie dieses Haus nicht verlassen konnten, bis er ihre, Thirteens, Geschichte überprüft hatte – wie immer er das auch anstellen wollte.

Ihr Großvater stand auf und verließ, von Phobos gefolgt, das Zimmer, und noch bevor die Tür wieder ins Schloss fallen konnte, huschte Deimos herein. Er trug eine Decke, eine grobe Baumwollhose und ein kariertes Hemd im Maul, das wie eine verkleinerte Ausgabe des Holzfällerhemdes seines Herrn aussah. Mit einem auffordernden »Wuff« ließ er alles direkt vor Frank auf den Boden fallen.

Frank musterte den Hund und das, was er gebracht hatte, mit Staunen, bückte sich dann nach den Kleidern und faltete sie auseinander. »He!«, sagte er überrascht. »Das ist ja genau meine Größe! Dein Opa ist ja wirklich gut sortiert!«

Er wickelte sich in die Decke und begann darunter aus seinen durchnässten Hosen zu schlüpfen. Nachdem er sich gehörig abgerubbelt hatte, zog er die trockenen Kleider an, behielt die Decke aber über den Schultern.

Deimos hatte die ganze Prozedur aufmerksam beobachtet. Jetzt kam er näher, stellte das eine Ohr auf und legte den Kopf schräg.

»Das hast du wirklich gut gemacht, dämlicher Köter«, sagte Frank lächelnd.

Deimos knurrte und kam noch näher. Seine rosarote Schweinenase berührte jetzt fast Franks Gesicht.

»He, he, so war das doch gar nicht gemeint«, sagte Frank grinsend.

Deimos erwiderte sein Grinsen, indem er sein Furcht einflößendes Gebiss bleckte, und Frank fuhr fort: »Du bist wirklich ein kluger Bursche, wie? Man könnte glauben, du verstehst jedes Wort.«

»Wuff«, machte Deimos.

»Ganz deiner Meinung«, antwortete Frank. Er lächelte und seine Stimme klang zuckersüß. »Und weißt du, Kleiner, was ich dir unbedingt noch sagen wollte? Du bist zwar ein Kraftbolzen, aber du bist so hässlich, so abgrundtief abscheulich, Übelkeit erregend, widerwärtig, ekelhaft *hässlich*!«

Deimos blinzelte, drehte sich herum und schlurfte mit hängenden Ohren davon.

Aber zuvor hob er das Bein, und Franks eben noch frische Hose war wieder nass.

Es verging eine gute Stunde, bis ihr Großvater zurückkam, und er brauchte kein Wort zu sagen, man konnte die Veränderung, die mit ihm vorgegangen war, deutlich wahrnehmen. Er schien ein vollkommen neuer Mensch zu sein. Alles Finstere und Unheimliche war verschwunden, und in seinen Augen leuchtete eine Wärme, die eigentlich jede weitere Erklärung überflüssig gemacht hätte. Aber Thirteen las auch den Schmerz darin, den sie vorhin vergeblich gesucht hatte.

»Du hast die Wahrheit gesagt«, sagte er. »Bitte entschuldige, dass ich dir mit so viel Misstrauen begegnet bin, mein Kind, aber nun weiß ich, dass du wirklich die bist, für die du dich ausgegeben hast. Aber jetzt ist es spät und ihr seid sicher müde. Ich habe eure Zimmer bereits vorbereitet. Für heute heiße ich euch herzlich als Gäste unter meinem Dach willkommen. Morgen können wir uns in Ruhe über alles unterhalten.«

»Ich glaube nicht, dass ich hierbleiben möchte«, sagte Frank. »Ich wollte Thirteen ja nur –«

»Papperlapapp!«, unterbrach ihn Thirteens Großvater energisch. »Du bleibst und schläfst dich aus, und morgen denken wir gemeinsam über eine Möglichkeit nach, dich wieder zurückzubringen.«

»Aber ich möchte wirklich nicht bleiben!« Frank gab sich Mühe, energisch zu klingen.

Thirteens Großvater zuckte mit den Schultern. »Nun gut, wie du willst. Ich will dich natürlich nicht mit Gewalt hier festhalten. Du kannst selbstverständlich gehen.«

Frank stand mit einem grimmigen Nicken auf.

»Nur fürchte ich, dass Deimos draußen im Garten patrouilliert. Es könnte durchaus sein, dass du die Nacht auf einem Baum verbringen musst. Oder im Gartenteich.«

Frank riss verdutzt die Augen auf und Thirteen kicherte leise. »Nun stell dich nicht so an«, sagte sie. »Du musst genauso müde sein wie ich. Sei froh, dass du um diese Zeit nicht mehr rausmusst.«

Insgeheim war Frank das auch, das sah sie ihm an, aber er war wohl auch zu stolz, um so einfach kampflos aufzugeben. »Ich habe hier nichts verloren«, sagte er. »Das ist eine Familienangelegenheit.«

»Du bleibst, Punktum«, sagte Thirteens Großvater, und diesmal wieder auf diese nicht einmal laute, aber so bestimmte Art, dass selbst Frank es nicht mehr wagte, zu widersprechen. Darüber hinaus hatte Thirteen ohnehin das Gefühl, dass er insgeheim ganz froh darüber war, nicht mehr in die Nacht hinauszumüssen.

»Wir sehen uns morgen beim Frühstück«, sagte Thirteens Großvater. »Phobos und Deimos zeigen euch den Weg zu euren Zimmern.« Er stand auf und ging zur Tür. Phobos schloss sich ihnen an, und als sie das Zimmer verließen, kam ihnen ein grinsender Deimos entgegen, der sich sofort an Franks Seite gesellte. Frank beäugte ihn misstrauisch, war aber klug genug, nichts zu sagen.

Anders als vorhin war der Flur nun beleuchtet, sodass sie erkennen konnten, dass es noch eine ganze Anzahl anderer Türen gab. Der Anblick allein versetzte Thirteen in ziemliches Erstaunen: Sie hatte das Haus von außen zwar nur als Schatten gesehen, aber sie hätte schwören können, dass es nicht besonders groß war. Auf keinen Fall groß genug, um einen solchen Saal, einen endlos langen Flur und noch ein halbes Dutzend weiterer Zimmer zu enthalten, ganz egal, wie klein oder groß sie auch waren …

»Komisch«, sagte Thirteen.

Frank blieb stehen und sah sie fragend an. »Was?«

»All diese Türen«, antwortete Thirteen.

Frank blinzelte, warf stirnrunzelnd einen Blick um sich und zuckte schließlich mit den Schultern, ehe er wortlos weiterging. Die beiden Hunde führten sie die Treppe hinauf in ein Obergeschoss, das genauso weitläufig und groß war wie das untere – ein gutes halbes Dutzend Türen zweigte zu beiden Seiten ab und es gab sogar noch ein weiteres Stockwerk: In der Decke weiter hinten befand sich eine Klappe, die zu einem Dachboden führte. Es gab allerdings keine Treppe, sondern nur eine Leiter, die in steilem Winkel nach oben führte.

Deimos blieb gleich neben der ersten Tür stehen, während Phobos Thirteen zum gegenüberliegenden Zimmer führte. Sie streckte die Hand nach der Klinke aus, drehte sich aber dann noch einmal zu Frank um. Auch er war stehen geblieben und sah sie an, und für einen Moment hatte Thirteen das sichere Gefühl, dass er noch etwas sagen wollte. Aber dann lächelte er nur, sagte »Gute Nacht« und verschwand in seinem Zimmer. Deimos folgte ihm nicht, sondern machte es sich vor der Tür bequem. Auch Phobos ging nicht mit Thirteen, sondern blieb draußen zurück, aber sie fühlte sich dadurch nicht unbedingt wohler. Es war zwar durchaus eine Erleichterung, das abgrundtief hässliche Tier nicht mehr ansehen zu müssen, aber der Gedanke, dass er nun wie ein Gefängniswärter draußen vor der Tür lag, war fast genauso unangenehm.

Sie verscheuchte den Gedanken und sah sich in ihrem Zimmer um. Wie das Kaminzimmer unten war es erstaunlich groß und ebenso altmodisch eingerichtet, aber weitaus ordentlicher. Es gab ein gewaltiges, von einem dunkelroten Baldachin überspanntes Bett mit gedrechselten Pfeilern und Verzierungen an Kopf- und Fußteil, einen kleinen Spiegeltisch und einen Schrank mit geschnitzten Türen, der Thirteen groß genug erschien, um sich bequem darin umziehen zu können. Der verbliebene Platz hätte noch ausgereicht, um ein weiteres, kleines Zimmer darin unterzubringen. Und da die Einrichtung tatsächlich aus einer längst vergangenen Zeit stammte, ließ Thirteen ihrer Fantasie für einige Momente die Zügel schießen und stellte sich vor, dies wäre wirklich eine Burg irgendwo in einem verwunschenen Land, in dem es Drachen und Elfen, Feen und Zauberer, Riesen und Zwerge gab. Es war eine hübsche Vorstellung – sie wäre das Burgfräulein, ihr Großvater der König, der jetzt auf seinem Thron am prasselnden Kaminfeuer saß und über das Schicksal des Landes nachgrübelte, und Frank wäre natürlich ihr tapferer Ritter, der sich gerade in diesem Augenblick vom Kampf gegen einen Drachen erholte. Sie lächelte über diese romantischen Gedanken, ging zum Bett und ließ sich mit einem tiefen Seufzer der Länge nach darauf fallen, ohne sich die Mühe zu machen, aus den Kleidern zu schlüpfen. Eine wohlige, tiefe Müdigkeit begann sich ihrer Glieder zu bemächtigen und sie schlief auf der Stelle ein – allerdings nur für ein paar Minuten. Als sie erwachte, spürte sie ganz deutlich, dass nicht viel Zeit vergangen war, und noch etwas war ihr sofort klar: Sie war nicht von selbst erwacht. Etwas hatte sie *geweckt.*

Verwirrt richtete sich Thirteen auf die Ellbogen auf, rieb sich den Schlaf aus den Augen und sah sich im Zimmer um. Etwas war anders, aber sie war noch zu schlaftrunken, um sofort sagen zu können, was. Das Fenster war immer noch ein schwarzer Spiegel, hinter dem die Dunkelheit einer Nacht lauerte, die sich dem Morgen kaum weiter genähert hatte.

Dann wusste sie, was es war: ein Geräusch. Ein Kratzen – nein: ein Scharren. Etwas Hartes schrammte über Holz.

Urplötzlich war ihre Erinnerung wieder da: Wenn dies wirklich ein verwunschenes Schloss war, dann gehörten vielleicht nicht nur ein König und ein tapferer Ritter dazu, sondern möglicherweise auch Geheimgänge, ein böser Zauberer und ein Ungeheuer, das irgendwo in den tiefsten Verliesen angekettet war … Mit einem Male war an dieser Vorstellung ganz und gar nichts Romantisches mehr. Sie machte ihr Angst.

Thirteen rief sich in Gedanken zur Ordnung, setzte sich ganz auf und schwang die Beine vom Bett. Das Geräusch war immer noch da. Natürlich war es kein Ungeheuer, das sich von seinen Ketten losgerissen hatte, aber die Vorstellung, dass es zum Beispiel Phobos sein könnte, der an ihrer Tür kratzte und hereinwollte, war auch schon unangenehm genug. Sie traute es dem Hund ohne Weiteres zu, die Tür aufzubekommen. Unvorstellbar, wenn sie am nächsten Morgen die Augen aufschlug und in Phobos' hässliches Sabbergesicht blickte … *brrr.* So unangenehm die Vorstellung war, sie musste trotzdem darüber grinsen. Sie stand auf, sah zur Tür und überzeugte sich davon, dass sich die Klinke auch wirklich nicht bewegte, ehe sie sich ein zweites Mal im Zimmer umsah und nach der Quelle des scharrenden Geräusches suchte. Es dauerte eine Weile, aber schließlich fand sie diese:

Es kam aus der Wand hinter ihrem Bett.

Thirteen runzelte die Stirn. Wie alle Wände dieses Zimmers war auch diese bis unter die Decke mit schweren Eichenholztafeln ausgekleidet. Sie hörte das Geräusch jetzt ganz deutlich: ein Scharren und Huschen, wie von winzigen Krallen, die über Holz oder Stein liefen.

Ratten?

Ein Schauer lief über Thirteens Rücken. In einem so alten Haus wie diesem hätte es sie nicht gewundert, hätte es Ratten oder anderes Ungeziefer im Gemäuer gegeben. Sie hatte nie übermäßige Angst vor Ratten gehabt. Aber die Vorstellung, die gefährlichen Nager praktisch unmittelbar neben sich zu wissen, nur durch einen Zentimeter Holz von ihnen getrennt, war alles andere als angenehm.

Sie trat dichter an die Wand heran, um sie zu untersuchen; und sei es nur, um sicherzugehen, dass die Ratten auch tatsächlich nicht aus der Wand herauskonnten.

Um es kurz zu machen: Sie konnten.

Die Wand war nämlich keine Wand, sondern eine getarnte Tür. Sie war nicht ganz geschlossen. Thirteen spürte einen sanften Luftzug, noch bevor sie den haarfeinen Riss gewahrte, der das Holz vom Boden bis zur Decke zu spalten schien.

Also doch. Sie war in einem verwunschenen Schloss! Thirteen zögerte noch einen Moment, dann streckte sie die Hand aus und ließ sie tastend über das Holz gleiten.

Ein leises Klicken erscholl; wie von einem Schloss, das sich entriegelte. In derselben Sekunde stieß Phobos draußen vor der Tür ein lang gezogenes, jämmerliches Heulen aus. Thirteen fuhr zusammen, warf einen ärgerlichen Blick über die Schulter zurück und wandte sich dann wieder der Tür zu.

Sie musste wohl über eine Art geheimen Federmechanismus verfügen, denn obwohl sie die Hand wieder zurückgezogen hatte, schwang die Tür mit einem Quietschen und Knarren, das jedem Gruselfilm zur Ehre gereicht hätte, weiter auf. Tatsächlich sah sie etwas Kleines, Haariges davonhuschen; sie hatte sich die Ratten also nicht nur eingebildet.

Ein leichtes Ekelgefühl stieg in ihr hoch, aber es war nicht annähernd so stark wie die Mischung aus Neugier und Überraschung, die sie beim Anblick dessen empfand, was hinter der Tür lag. Sie hatte einen schmalen, staubigen Gang voller Spinnweben und Schmutz erwartet, aber vor ihr lag ein breiter, gefliester Korridor, von dem weitere Türen abzweigten. In einiger Entfernung gewahrte sie die ersten Stufen einer breiten Holztreppe mit geschnitztem Geländer, die steil in die Höhe führte. Die Decke bestand aus kunstvoll ineinandergefügten Balken, und beleuchtet wurde der Gang von einer Anzahl altertümlicher Petroleumlampen, die an den Wänden angebracht waren.

Unglaublich!, dachte Thirteen. Und so ganz nebebenbei: *unmöglich*. Das riesige Wohnzimmer ihres Großvaters, den übermäßig langen Hausflur unten, ja selbst dieses riesige Schlafzimmer hätte sie ja noch irgendwie glauben können. Letztendlich hatte sie das Haus nur als Umriss in der Dunkelheit gesehen und es konnte durchaus größer sein, als sie glaubte. Aber dieser *Flur* passte einfach nicht hinein, basta. Er war mindestens dreißig Meter lang und die Treppe an seinem Ende führte *nach oben* – und dabei war sie bereits im oberen Geschoss, über dem nur noch der Dachboden sein konnte!

Draußen vor der Tür begann Phobos wie von Sinnen zu kläffen. Sie konnte hören, wie er sich gegen die Tür warf und mit den Krallen daran scharrte, beachtete beides aber nicht weiter. Zögernd hob sie den Fuß, um einen Schritt in den geheimnisvollen Korridor hinein zu tun – und verharrte mitten in der Bewegung.

Das Trappeln der Rattenpfoten war verstummt, aber dafür hörte sie jetzt andere Geräusche. Sie waren nicht sehr laut und Phobos' Bellen hatte sich mittlerweile zu einem fast hysterischen Gekläff gesteigert, aber sie glaubte trotzdem Schreie wahrzunehmen. Menschliche Stimmen und andere, zugleich fremde wie auf beunruhigende Weise bekannte Laute. Es waren Geräusche, wie sie sie noch nie selbst, sehr wohl aber im Kino und Fernsehen gehört hatte: der ferne Lärm eines Kampfes. Und waren da nicht Hilfeschreie?

Thirteens Herz begann schneller zu schlagen. Der Gang lag vollkommen leer und in trügerischem Frieden vor ihr, aber sie war jetzt sicher, die Geräusche eines verzweifelten Kampfes zu hören. Irgendwo dort drinnen ging etwas Schreckliches vor. Jemand schrie um Hilfe, war vielleicht sogar in Lebensgefahr. Und wer immer es war, sie musste ihm helfen!

Gerade als sie losstürmen wollte, wurde die Tür hinter ihr aufgerissen und ein donnerndes *»Halt!«* erscholl. Thirteen fuhr so heftig zusammen, als hätte sie einen elektrischen Schlag erhalten, und drehte sich erschrocken herum.

Ihr Großvater stand unter der Tür. Er bot einen durch und durch lächerlichen Anblick: Statt seiner Holzfällerkleidung trug er nun ein knöchellanges, dunkelrotes Nachthemd und eine Schlafmütze in derselben Farbe, die zu allem Überfluss noch von einer goldenen Quaste gekrönt wurde. Und als wäre all das noch nicht genug, trug er tatsächlich einen Kerzenständer aus Messing in der Hand.

Was diesen lächerlichen Eindruck allerdings nachhaltig zunichtemachte, das war der Gesichtsausdruck von Thirteens Großvater: Ihn mit dem Wort *Entsetzen* zu beschreiben, wäre die Untertreibung des Jahres gewesen. Seine Augen waren weit aufgerissen und beinahe schwarz vor Furcht und sein Gesicht war leichenblass. Seine Hand, die den Kerzenständer hielt, zitterte so heftig, dass die Kerzenflamme flackerte.

Thirteen blickte ihn verwirrt an und trat einen Schritt von der Tür zurück. Das Entsetzen im Blick ihres Großvaters blieb, aber sie sah jetzt, dass er gar nicht sie anstarrte, sondern den Korridor hinter ihr. Sie trat einen weiteren Schritt zurück und drehte sich dabei herum – gerade noch rechtzeitig, um zu sehen, wie sich die Tür von selbst wieder schloss. Offenbar hatte sie wirklich einen geheimen Federmechanismus, der möglicherweise mit einem Kontakt in den Bodenbrettern verbunden war. Die Tür schloss sich mit einem hörbaren Klicken und auch die Schreie verstummten. Gleichzeitig hörte Phobos auf zu bellen.

»Eine … eine Geheimtür …«, stotterte Thirteen. Sie deutete mit der linken Hand auf die wieder geschlossene Wandverkleidung und machte noch zwei Schritte zurück, ehe sie sich wieder zu ihrem Großvater herumdrehte.

Er war mittlerweile ganz ins Zimmer getreten und hatte die Kerze abgestellt, aber er sah noch immer sehr erschrocken drein. Nein. Thirteen korrigierte sich in Gedanken. Entsetzt. Er sah eindeutig entsetzt drein.

»Bist du hineingegangen?«, fragte er.

»Hinein?« Thirteen schüttelte den Kopf. »Nein. Aber ich wollte es gerade.« Plötzlich war sie ganz aufgeregt. »Gut, dass du kommst! Irgendetwas Schlimmes passiert dort drinnen! Ich habe Hilferufe gehört und Lärm! Wir müssen sofort nachsehen!«

Ihr Großvater reagierte vollkommen anders, als sie erwartet hatte. Er sah sie nur wortlos an und dann machte sich ein Ausdruck von Erleichterung auf seinen Zügen breit, der ebenso groß war wie das Entsetzen zuvor. »Du bist nicht hineingegangen?«, vergewisserte er sich. »Auch nicht einen Schritt?«

»Nein!«, versicherte Thirteen. »Aber das müssen wir! Jemand ist in Gefahr!«

»In Gefahr?« Ihr Großvater blinzelte. »In einem *Schrank?*«

»Wieso Schrank?«, fragte Thirteen erregt. »Da ist ein Gang

mit vielen Türen und einer Treppe! Und ich habe deutlich Hilferufe gehört!«

Ihr Großvater starrte sie eine Sekunde lang schweigend an, dann zog er die linke Augenbraue hoch, ging an ihr vorbei und berührte die Wandverkleidung mit gespreizten Fingern. Was Thirteen schon einmal erlebt hatte, wiederholte sich: Ein leises Klicken erscholl und die Eichentür schwang quietschend auf. Nur dass dahinter diesmal kein dreißig Meter langer, von Petroleumlampen erhellter Korridor zum Vorschein kam, sondern ein drei mal fünf Schritte messender Schrank, der bis auf eine Unmenge Spinnweben und den Staub von mindestens zwanzig Jahren vollkommen leer war.

Thirteen klappte vor lauter Staunen der Unterkiefer herab. »Aber das ... das ist ... das ist doch ...«

»Ein Schrank«, sagte ihr Großvater. »Was hast du denn gedacht?«

»... unmöglich!«, beendete Thirteen den angefangenen Satz. »Ich habe doch ganz genau gesehen, dass –«

»Ja?«, fragte ihr Großvater und kniff das linke Auge zu. Bildete sie es sich nur ein oder sah sie so etwas wie ein spöttisches Funkeln in seinem Blick?

»Ich habe genau gesehen, dass dort ein Korridor war!«, schloss sie in entschiedenem Tonfall.

»Aha«, sagte ihr Großvater.

»Ich bin doch nicht verrückt!«, fügte Thirteen hinzu. »Ich habe ihn wirklich gesehen!«

»So, so«, meinte ihr Großvater.

»Irgendwas stimmt doch hier nicht!«, behauptete Thirteen. Sie deutete auf den Schrank. »Wenn das da wirklich nur ein Schrank ist, warum warst du dann so entsetzt, als du geglaubt hast, ich wäre hineingegangen?«

»Weil es gefährlich ist«, antwortete ihr Großvater. »Das hier ist ein altes Haus, in dem man vorsichtig sein muss. Hier, sieh selbst.« Er ließ sich in die Hocke sinken und schlug mit den Fingerknöcheln auf den Schrankboden. Es klang hohl.

»Darunter ist ein Hohlraum«, sagte er. »Nicht sehr tief, aber tief genug, um sich übel wehzutun. Und ich traue diesen uralten Brettern nicht.« Er stand wieder auf. »Ich hätte es längst in Ordnung bringen lassen sollen, aber du weißt, wie so etwas ist. Man nimmt sich ständig irgendetwas vor und kommt dann doch nicht dazu …«

»Ich weiß ganz genau, was ich gesehen habe«, sagte Thirteen. Es klang störrisch. Und ein bisschen albern.

»Du hast geschlafen, stimmt's?«, fragte ihr Großvater.

»Du meinst, ich habe Halluzinationen?«

»In einem alten Haus hat man manchmal seltsame Träume«, antwortete ihr Großvater geheimnisvoll.

»Ja, vor allem in diesem Haus«, murmelte Thirteen. »Ich weiß.«

»Mach dir nichts draus«, sagte ihr Großvater. Er trat ein Stück zur Seite und wies auf den Schrank. »Kann ich die Tür zumachen oder möchtest du noch ein bisschen nach Hilferufen lauschen?«

»Ich weiß genau, was ich gesehen habe«, maulte Thirteen, und ihr Großvater lächelte und schloss die Geheimtür.

»Also, ich bin jetzt einmal wach und werde mir einen Kaffee machen«, verkündete er. »Was ist mit dir? Trinkst du schon Kaffee?« Er schüttelte den Kopf, um seine eigene Frage zu beantworten. »Nein, sicher nicht. Aber wie wär's mit einem heißen Kakao? Ich denke, es ist ohnehin Zeit, dass wir uns unterhalten. Ohne deinen Freund.«

Er hob abwehrend die Hände, als Thirteen protestieren wollte. »Ich habe nichts gegen ihn, versteh mich nicht falsch. Er scheint sehr nett zu sein und sehr hilfsbereit. Aber es gibt doch das eine oder andere, das man besser unter vier Augen bespricht. Familienangelegenheiten sozusagen.«

Thirteen sagte nichts. Aber sie warf noch einen misstrauischen Blick zu dem angeblichen *Schrank,* ehe sie ihrem Großvater folgte.

Die Küche des Hauses war wie die übrigen Räumlichkeiten überdimensional und wurde ganz von einem gewaltigen Kohleherd beherrscht, auf dem man wahrscheinlich gleichzeitig Suppe und Hauptspeise für zweihundert Menschen kochen konnte. Zu Thirteens nicht geringer Überraschung dampfte auf der Platte bereits ein Wasserkessel vor sich hin und auf einem Tisch neben dem Fenster standen zwei Tassen. Aber in diesem Haus war ja ohnehin das meiste sonderbar …

»Setz dich«, sagte ihr Großvater. »Der Kakao ist gleich fertig. Das Wasser kocht schon.«

Seltsamerweise war Thirteen gar nicht müde. Sie konnte nur ein paar Minuten geschlafen haben, aber sie fühlte sich so ausgeruht und frisch, als wären es Stunden gewesen.

Wie um sich selbst davon zu überzeugen, dass es auch tatsächlich so war, ging sie zum Fenster und sah hinaus. Draußen herrschte noch immer tiefe Nacht, aber ihre Augen hatten sich mittlerweile wohl an das im Haus herrschende Dämmerlicht gewöhnt, denn sie konnte den Garten zumindest in Umrissen erkennen.

Allerdings war sie nicht ganz sicher, ob es wirklich *derselbe* Garten war …

Vorhin, als Frank und sie hierhergekommen waren, hatten sie eine wahre Wildnis durchquert, die seit mindestens zehn Jahren weder eine Heckenschere noch einen Rasenmäher gesehen hatte. Was sie jetzt sah, das war ein gepflegter Park mit einem Rasen, der kurz geschnitten und sauber war. Die Bäume und Büsche standen ordentlich aufgereiht wie die Soldaten da.

Verblüfft beugte sie sich vor, bis ihr Gesicht beinahe das Glas berührte. Das unheimliche Bild änderte sich nicht, aber es kam noch etwas hinzu: Plötzlich spürte sie das *Alter des Bildes,* das sie sah. Noch eine Sekunde zuvor hätte sie sich das Gefühl nicht einmal vorstellen können, aber jetzt spürte sie es ganz deutlich: Was sie sah, war *alt.* Es war – der Gedanke war verrückt, aber es war so –, als blicke sie durch das Fenster in die Vergangenheit. Als hätte das Glas das Bild aufbewahrt, so wie es einmal gewesen war.

»So, der Kakao ist fertig.«

Thirteen trat vom Fenster zurück und setzte sich an den Tisch.

Sie sparte sich die Mühe, noch einmal in den Garten hinauszublicken. Sie wusste, dass sie jetzt wieder das sehen würde, was Frank und sie vorhin bemerkt hatten, als sie angekommen waren: einen völlig verwilderten Garten, der sich allmählich in einen Dschungel verwandelte. Irgendetwas stimmte hier nicht. Sie war nur noch nicht sicher, womit: mit diesem Haus oder mit ihr.

»Ich muss mich noch bei dir entschuldigen«, begann ihr Großvater, nachdem sie beide Platz genommen und er an seiner Kaffeetasse genippt hatte. Thirteens Kakao duftete verlockend, aber sie rührte ihn nicht an.

»Wofür?«, fragte sie.

»Für meine Unhöflichkeit vorhin«, antwortete ihr Großvater. »Ich meine, du hast eine ziemliche Strapaze auf dich genommen, um hierherzukommen, und ich habe dich wirklich unfreundlich aufgenommen. Aber es kam alles so … überraschend. Ich habe seit …« Er hob seine Kaffeetasse, blies in die heiße Flüssigkeit und überlegte einige Sekunden. »… also seit einer Ewigkeit nichts mehr von deiner Mutter gehört. Seit mindestens zwanzig Jahren. Vielleicht länger.«

»Ihr habt euch nicht besonders gut verstanden, wie?«, fragte Thirteen. Sie sprach sehr leise und sie sah ihrem Großvater dabei auch nicht in die Augen. Sie ahnte, dass das Gespräch gleich ziemlich unangenehm werden würde, auch wenn sich ihr Großvater mittlerweile in versöhnlicherer Stimmung zu befinden schien. Aber über ihre Mutter zu reden bedeutete, alte Wunden aufzureißen, die zum Großteil noch nicht einmal vernarbt waren. Andererseits: Früher oder später würden sie dieses Gespräch führen müssen. Wahrscheinlich war es besser, wenn sie es möglichst bald hinter sich brachte.

»So kann man es nicht sagen«, antwortete ihr Großvater. »Wir haben uns sehr lange nicht gesehen. Und es gab gewisse … Missverständnisse, bevor sich unsere Wege trennten.«

»Missverständnisse?«

Ihr Großvater zuckte mit den Schultern. Nun war er es, der *ihrem* Blick auswich. »Vielleicht habe ich das eine oder andere gesagt, das ich besser nicht gesagt hätte«, antwortete er. »So wie deine Mutter auch. Worte können manchmal großen Schaden anrichten, weißt du?«

»Und man kann ihn nicht mit Worten wiedergutmachen?«, fragte Thirteen.

»Vielleicht.« Die Antwort ließ eine geraume Weile auf sich warten. »Aber manchmal ist es schwer. Oft ist ein Schaden schneller angerichtet als wiedergutgemacht. Erwachsene sind manchmal komisch, weißt du, mein Kind? Man weiß genau, was man falsch gemacht hat und wie man es wiedergutmachen könnte. Die Worte sind da, aber sie wollen nicht kommen.« Er seufzte tief. »Und irgendwann einmal ist es zu spät. Man hat den richtigen Moment verpasst, und jeder Tag, der vergeht, macht es noch schwieriger.«

Seine Stimme wurde leiser und die nächsten Worte flüsterte er nur noch. »Bis dann eines Tages niemand mehr da ist, mit dem man reden könnte.«

Thirteen senkte beschämt den Blick. Sie erinnerte sich daran, was sie vorhin über ihren Großvater gedacht hatte, und entschuldigte sich in Gedanken dafür.

»Sie hat niemals über mich gesprochen, nehme ich an«, fuhr er nach einer Weile fort.

»Nein«, gestand Thirteen.

Ihr Großvater seufzte. »Na gut. Reden wir lieber über dich.«

Sie hatte recht gehabt – das Gespräch *wurde* unangenehm. »Da gibt es nicht viel zu erzählen«, sagte sie.

»Immerhin bist du hier«, sagte ihr Großvater lächelnd. »Eine beachtenswerte Leistung für ein elfjähriges Mädchen.«

»Zwölf«, verbesserte ihn Thirteen. »Und ich werde bald dreizehn.«

Ihr Großvater blickte sie an. Er schwieg.

»Vielleicht hätte ich gar nicht kommen sollen«, sagte Thirteen. »Ich meine: Eigentlich sind wir ja Fremde.«

»Noch vor ein paar Stunden habe ich nicht einmal gewusst, dass du existierst«, bestätigte ihr Großvater. »Aber das ändert nichts daran, dass du hier bist – und dass du meine vielleicht letzte lebende Verwandte bist. Ich kann dich gut verstehen, wirklich. Du traust mir nicht.«

»Das ist nicht wahr!«, protestierte Thirteen.

»Ich an deiner Stelle täte es auch nicht«, fuhr ihr Großvater fort, ohne ihrem Protest Beachtung zu schenken. »Es gibt eine Menge Unterschiede zwischen Erwachsenen und … jemandem in deinem Alter.«

Thirteen war das Zögern in seinen Worten keineswegs entgangen. Sie zog die Augenbrauen hoch und sah ihren Großvater an, und auf seinen Zügen erschien wieder ein leichtes Lächeln.

»Kindern, wenn dir das Wort lieber ist«, sagte er. »Eine *Menge* Unterschiede, weißt du? Einer davon nennt sich *Familiensinn.*«

Er legte den Kopf auf die Seite und sah Thirteen auf eine Art an, die ihr klarmachte, dass er auf eine ganz bestimmte Reaktion wartete. Als diese nicht kam, fuhr er in fast beiläufigem Ton fort: »Wann, sagtest du, wirst du dreizehn?«

Thirteen hatte das genaue Datum bisher noch nicht genannt, aber sie sparte es sich, darauf hinzuweisen, sondern antwortete wahrheitsgemäß: »In zwölf Tagen. Am übernächsten Freitag.« Sie konnte regelrecht sehen, wie alles Blut aus dem Gesicht ihres Großvaters wich. »Das ist … der Dreizehnte«, sagte er stockend.

»Ja«, antwortete Thirteen. »Freitag, der Dreizehnte. Ein Unglückstag, ich weiß.« Sie lächelte schüchtern. »Und um das Maß voll zu machen, ist es der gleiche Tag, an dem ich auch geboren wurde. Freitag, der Dreizehnte. Um dreizehn Uhr dreizehn, um genau zu sein. Und wahrscheinlich dreizehn Sekunden. Das ist zwar nicht verbürgt, aber ich bin ziemlich sicher. Komisch, nicht?«

Ihr Großvater lachte nicht. Er sah ganz im Gegenteil sogar ziemlich erschrocken drein, fand Thirteen – auch wenn sie sich beim besten Willen nicht erklären konnte, warum eigentlich.

»Du wirst also dreizehn«, sagte er schließlich. »Ein respektables Alter, will ich meinen. Andererseits keines, in dem man so einfach mutterseelenallein in der Weltgeschichte herumreisen kann. Was ist nach dem Tode deiner Mutter geschehen?«

»Das Übliche«, antwortete Thirteen. »Behörden. Ämter. Eine Frau von der Fürsorge …« Sie zuckte mit den Schultern. »Und wenn ich den Brief nicht bekommen hätte …«

»Ein Heim oder eine nette Pflegefamilie, nehme ich an.« Ihr Großvater führte den Satz zu Ende. Thirteen nickte zögernd.

»Wie um alles in der Welt hast du es fertiggebracht, dass sie dich ganz allein auf die Reise geschickt haben?«

Thirteen schwieg. Was hätte sie schon antworten können?

»Ich verstehe«, sagte ihr Großvater nach einer Weile. »Gar nicht. Stimmt's?«

»Nun ja«, sagte Thirteen ausweichend.

»Du bist weggelaufen«, stellte ihr Großvater fest. Seltsamerweise lächelte er, als er dies sagte. »Das kann ich verstehen. Wirklich. Ich hätte auch keine Lust, in einem Heim zu landen oder bei irgendeiner *netten Familie.* Andererseits … haben wir ein Problem, die Behörden werden nach dir suchen.«

»Hm«, sagte Thirteen.

Jetzt wäre im Grunde der Moment, auch den Rest der Geschichte zu erzählen, den sie ihrem Großvater bisher verschwiegen hatte. Aber sie verstand plötzlich sehr viel besser als noch vor ein paar Augenblicken, was er gemeint hatte, als er von den Worten sprach, die da waren und trotzdem nicht herauswollten.

Als hätte er ihre Gedanken gelesen, fuhr er fort: »Nun mach dir keine Sorgen. Wir kriegen das hin. Ich verspreche dir, dass du nicht in ein Heim musst. Ich bin nicht ganz unvermögend, und das bedeutet auch, nicht ganz ohne Einfluss. Ich werde dir helfen.«

»Wirklich?«, fragte Thirteen unsicher. Das hatte sie nicht erwartet. Der Gedanke, dass ihr Großvater ihr so vorbehaltlos und ohne Wenn und Aber helfen würde, war fast zu schön, um wahr zu sein.

»Aber sicher«, antwortete ihr Großvater, als hätte sie etwas ungemein Naives gefragt. »Wir sind verwandt, oder? Wir müssen zusammenhalten.«

»Einfach … so?«, fragte Thirteen ungläubig.

»Nicht *einfach* so«, antwortete ihr Großvater. »Zerbrich dir nicht den Kopf darüber. Glaub mir einfach, wenn ich dir sage, dass du mich in zehn oder zwanzig Jahren sicher verstehen wirst.« Er lächelte aufmunternd. »Morgen früh, sobald du aufgewacht bist, werde ich ein paar Telefonate führen und vielleicht sieht die Welt anschließend schon ganz anders aus. Ich verspreche dir keine Wunder, aber ich verspreche dir, dass wir gemeinsam eine Lösung finden werden.«

Das klang gut, fand Thirteen. Im Grunde weitaus besser, als hätte er Wunder versprochen.

»Und jetzt«, fuhr ihr Großvater in verändertem Tonfall fort und stand auf, »schlage ich vor, dass wir den Rest der Nacht noch mit etwas wirklich Nützlichem zubringen und ein wenig schlafen.«

»Ich bin überhaupt nicht müde«, sagte Thirteen.

»Aber ich«, entschied ihr Großvater. »Und du auch, Punktum. Du musst von der langen Reise total erschöpft sein. Morgen früh setzen wir uns dann alle drei zusammen und halten einen großen Kriegsrat.« Und dabei blieb es.

Thirteen schlief tatsächlich noch einmal ein, aber sie erwachte pünktlich mit den ersten Sonnenstrahlen, die ihr Gesicht kitzelten. Sofort blickte sie zu der Wand hinter ihrem Bett. Sie hatte sich nicht wieder geöffnet. Und noch eine zweite angenehme Überraschung wartete auf sie: Die Zimmertür stand offen, aber weder von Phobos noch von Deimos war eine Spur zu sehen. Dafür wirkte das ganze Zimmer freundlicher und heller als in der Nacht. Es war schon erstaunlich, welchen Unterschied ein paar Sonnenstrahlen machten.

Thirteen stand auf, schlüpfte in ihre Kleider und wollte zum Fenster gehen, um einen Blick in den Garten zu werfen, als sie ein Geräusch draußen auf dem Flur hörte. Sie drehte sich herum und erblickte Frank, der aus seinem Zimmer auf der anderen Seite des Korridors getreten war und sich ausgiebig reckte. Als er ihren Blick spürte, huschte ein noch etwas zerknittertes, aber durchaus freundliches Lächeln über seine Züge.

»Hallo!«, sagte er fröhlich. »Endlich wach, Schlafmütze?«

»Wieso endlich?«, fragte Thirteen. »Wer gähnt denn hier noch? Du oder ich?«

»Ich bin schon seit einer halben Stunde wach«, behauptete Frank. »Mindestens. Ich war nur zu faul aufzustehen.«

»Ha, ha«, antwortete Thirteen. Aber sie grinste ebenfalls, trat auf den Flur hinaus und versuchte über Franks Schulter hinweg in sein Zimmer zu sehen. Soweit sie das erkennen konnte, glich es ihrem eigenen bis aufs Haar.

»Wie hast du geschlafen?«, erkundigte sie sich.

»Fantastisch!« Frank räkelte sich demonstrativ. »Ich fühle mich, als hätte ich eine Woche durchgepennt. Aber ich hatte einen total verrückten Traum, kann ich dir sagen.«

»Was für einen Traum?«, fragte Thirteen neugierig.

Frank zuckte mit den Schultern. »Völlig krauses Zeug eben. Ich erinnere mich kaum noch. Irgendetwas mit einer langen Treppe und einem Gang, den ich entlanggelaufen bin. Jemand hat um Hilfe geschrien. Und es wurde gekämpft – glaube ich.« Er grinste. »Ich sagte doch: völlig verrücktes Zeug. Muss wohl an diesem alten Gemäuer liegen. Es heißt ja, in alten Häusern habe man manchmal sonderbare Träume.«

»So?«, fragte Thirteen. »Heißt es das?« Nach einem spürbaren Zögern fügte sie hinzu: »Ein Schrank kam nicht in deinem Traum vor?«

»Ein *Schrank?*« Frank schüttelte lachend den Kopf. »Nee, bestimmt nicht. Warum sollte ich von einem *Schrank* träumen?« Er drehte sich auf dem Absatz herum und blickte suchend um sich. »Wo sind denn unsere beiden Aufpasser?«

»Keine Ahnung«, antwortete Thirteen. »Aber ich könnte nicht gerade sagen, dass ich sie vermisse.«

»Ich auch nicht«, pflichtete ihr Frank bei. »Dein Großvater muss 'ne ganz schöne Macke haben, sich zwei solche Monster ins Haus zu holen. Weißt du eigentlich, wie gefährlich diese Tiere sind?«

Thirteen zuckte nur mit den Schultern. Sie vermisste Phobos

und Deimos nicht und sie hatte auch gar keine Lust, über sie zu reden. »Ich glaube, er ist ganz nett«, sagte sie.

»Dein Großvater?« Frank zuckte erneut mit den Schultern und sagte seinen Lieblingssatz: »Ganz wie du meinst … Aber du änderst deine Meinung ziemlich schnell, wie? Gestern Abend war er dir noch unheimlich.«

»Wir haben heute Nacht miteinander gesprochen«, antwortete Thirteen. »Ich kann bleiben.«

»Echt?« Frank riss die Augen auf. »Einfach so?«

»Also, natürlich müssen noch ein paar Dinge geklärt werden«, sagte Thirteen. »Aber im Prinzip hat er nichts dagegen.« Ihre Stimme klang sehr überzeugt, aber insgeheim fragte sie sich, ob sie das Gespräch mit ihrem Großvater nicht ein bisschen *zu* optimistisch deutete. Streng genommen hatte ihr Großvater ihr nur versprochen, dass er ihr helfen würde.

»Wir wollen uns heute beim Frühstück über alles unterhalten«, fuhr sie fort. »Du wirst sehen, er ist ganz in Ordnung.«

Frank sagte nichts, aber in seinem Blick war mit einem Male etwas, was Thirteen traurig stimmte. »Was hast du?«, fragte sie geradeheraus.

»Nichts«, antwortete Frank. »Ich denke nur, es wird allmählich Zeit, an den Aufbruch zu denken. Ich habe noch einen ziemlich langen Weg vor mir.«

»Aber nicht vor dem Frühstück«, sagte Thirteen, und sie tat es mit solchem Nachdruck, dass Frank nicht wagte zu widersprechen, sondern nur die Schultern hob und sich ihr anschloss, als sie sich herumdrehte und zur Treppe ging.

Bei Tage betrachtet kam ihr das Haus noch immer so unmöglich groß vor wie gestern Nacht, aber es hatte doch viel von seiner unheimlichen Ausstrahlung verloren und wirkte jetzt eher *erstaunlich* als *gespenstisch.* Und es war natürlich nicht *wirklich* so groß, wie sie gestern Abend geglaubt hatte. Vielmehr war es seine außergewöhnliche Architektur, die diesen Eindruck hervorrief: Es schien im ganzen Haus nicht einen rechten Winkel zu geben. Alle Linien liefen perspektivisch aufeinander zu, sodass der

Gang, den sie entlangschritten, weitaus länger aussah, als er in Wirklichkeit war.

Frank erging es ebenso wie ihr und er sprach seine Gedanken auch laut aus: »Eine komische Bude«, sagte er kopfschüttelnd. »Ich frage mich, wie man hier leben kann, ohne den Verstand zu verlieren.«

»Es ist eben ein sehr altes Haus«, sagte Thirteen. Im Stillen gab sie Frank aber recht: Dieses Haus *war* seltsam. Aber zugleich hatte sie plötzlich das fast absurde Bedürfnis, dieses Haus und insbesondere seinen Bewohner zu verteidigen. Vielleicht, weil sie selbst ja bald hier leben würde.

»Allerdings frage ich mich auch, wohin all diese Türen führen«, fuhr sie nach einer Weile fort. Sie gingen die Treppe hinunter und vor ihnen lag wieder der Hausflur mit den zahllosen Türen, die ihr gestern Abend bereits aufgefallen waren. Und genau wie gestern Abend sah Frank sie einen Moment lang irritiert an. Aber diesmal beließ er es nicht bei einem fragenden Blick.

»Welche Türen?«

Thirteen blieb auf der letzten Stufe stehen und deutete in den Hausflur. »Diese da«, sagte sie. »Welche denn sonst?«

»Da *sind* keine Türen«, antwortete Frank betont.

Die Behauptung war so absurd, dass Thirteen Frank geschlagene fünf Sekunden lang einfach nur anstarrte, ehe sie sich wieder herumdrehte und die betreffende Wand ansah. Wie nahezu alle Wände in diesem Haus war sie bis unter die Decke mit schweren Eichenpaneelen vertäfelt, die zum Teil mit kunstvollen Schnitzereien verziert waren. Bei einem nur flüchtigen Hinsehen hätte man die Türen tatsächlich für nichts anderes als eben jene Verzierungen halten können.

»Sag mal, brauchst du eine Brille?«, fragte sie.

»Ich nicht«, erwiderte Frank, »aber du scheinst Probleme mit den Augen zu haben. Da unten ist nichts, was –«

Er sprach noch weiter, aber Thirteen hörte nicht mehr, was er sagte, denn in diesem Moment öffnete sich die Tür am Ende des Flures – die, deren Existenz auch Frank nicht leugnete – und ihr Großvater trat in Begleitung einer jungen Frau mit kurzem, blondem Haar heraus. Und als Thirteen sie erblickte, vergaß sie schlagartig alles andere rings um sich herum. Es war die junge Frau, die zusammen mit den beiden Polizeibeamten gestern am Flughafen gewesen war, um sie abzuholen!

»Holla!«, sagte Frank. Er hatte die junge Frau ebenfalls sofort erkannt und seine Gedanken schienen in dieselbe Richtung zu laufen wie Thirteens, denn seine Miene verfinsterte sich. Thirteen selbst sagte nichts, aber sie spürte, wie ihr Herz heftig zu klopfen begann. Ihre Knie wurden ein bisschen weich.

Ihr Großvater und seine Begleiterin waren ebenfalls stehen geblieben und sahen in ihre Richtung. »Guten Morgen, Anna-Maria«, sagte ihr Großvater betont. Seine Begleiterin lächelte, aber es wirkte nicht echt.

»Guten … Morgen«, antwortete Thirteen zögernd.

»Wir haben Besuch«, sagte ihr Großvater überflüssigerweise. »Darf ich vorstellen: Das ist Frau Mörser vom Jugendamt. Ich glaube, ihr beide seid euch schon einmal begegnet, wenn auch nur kurz.«

»Ziemlich kurz«, bestätigte Frau Mörser. »Guten Morgen, Anna-Maria. Und der junge Mann neben dir … wir kennen uns auch, nicht wahr? Du musst Robin Hood junior sein.« Sie lächelte, aber es wirkte ebenso wenig echt wie vorhin.

Frank setzte sich zögernd in Bewegung. Sein Gesicht war beinahe ausdruckslos, aber Thirteen entging nicht, wie angespannt er plötzlich wirkte. Beinahe ängstlich. Unsicher folgte sie ihm und blieb zwei Schritte vor ihrem Großvater und Frau Mörser stehen.

»Was bedeutet das?«, fragte sie mit Nachdruck.

»Ich habe dir doch versprochen, dass wir eine Lösung finden«, antwortete ihr Großvater.

»So?!« Thirteen fühlte sich immer unbehaglicher. »Ich glaube nicht, dass –«

»*Ich* glaube«, unterbrach sie Frau Mörser mit nur leicht erhobener, aber trotzdem beherrschender Stimme, »dass hier eine Menge Missverständnisse vorliegen, über die wir dringend reden sollten.« Sie deutete auf das Zimmer hinter sich. »Warum frühstücken wir nicht zusammen und reden in Ruhe über alles?«

Das klang ganz vernünftig, fand Thirteen, aber es war seltsam – obwohl Frau Mörser durchaus freundlich sprach, klangen die Worte aus ihrem Mund wie ein Befehl. Aber vielleicht lag es ja auch an ihr. Sie war nicht gerade unvoreingenommen, was die junge Frau vom Jugendamt anging. Nach einem letzten, unsicheren Blick auf Frank folgte sie ihrem Großvater und Frau Mörser ins Wohnzimmer.

Auf dem großen Tisch vor dem Kamin war bereits ein Frühstück aufgetragen worden, auf das ihr Großvater mit einer einladenden Geste wies. Thirteen setzte sich gehorsam, aber sie hatte keinen Appetit und rührte nichts von allem an. Ihr Großvater registrierte es sehr wohl, aber er sagte nichts dazu, sondern beließ es bei einem vielsagenden Stirnrunzeln.

»Warum hast du sie angerufen?«, fragte sie vorwurfsvoll.

»Weil er es musste«, antwortete Frau Mörser an seiner Stelle. Sie schüttelte den Kopf. »Er hatte gar keine andere Wahl – und es war auch das Vernünftigste, was er tun konnte, nebenbei bemerkt. Weißt du, Anna-Maria, ich verstehe dich sehr gut.«

»So?«, fragte Thirteen einsilbig.

Frau Mörser lächelte. Es wirkte beinahe echt. »Selbstverständlich tue ich das. Du und ich, wir hätten uns eine Menge Mühe und Aufregungen ersparen können, wenn du gestern nicht weggelaufen wärst.« Sie hob die Hand. »Das soll kein Vorwurf sein. Ich bin dir nicht böse. Wirklich nicht. Es ist nur schade um die Zeit, die wir vertan haben. Aber nun bin ich ja da und wir werden sicher gemeinsam für alle Beteiligten das Beste herausfinden.«

»Das ist nicht nötig«, antwortete Thirteen. »Mein Großvater und ich haben schon alles besprochen. Ich bleibe bei ihm.« Frau Mörser seufzte. »Ich fürchte, ganz so einfach ist die Sache nun doch nicht«, sagte sie.

Thirteen fuhr auf und wandte sich an ihren Großvater. »Aber du hast doch gesagt –«

»Nun reg dich doch nicht gleich wieder auf«, fiel ihr Frau Mörser ins Wort. »Ich habe schließlich nicht gesagt, dass du *nicht* hierbleiben kannst. Nur geht das alles nicht so schnell, wie du es dir vorstellst.«

»Wieso?«, mischte sich Frank ein. »Er ist ihr letzter lebender Verwandter. Und er hat nichts dagegen, dass sie bei ihm bleibt. Wo ist das Problem?«

Frau Mörser blickte ihn aus zornfunkelnden Augen an. Ihre Stimme klang hörbar kühler, als sie antwortete: »Das Problem ist, dass es nun einmal gewisse Vorschriften gibt, die wir beachten müssen.«

»Aber warum?«, fragte Thirteen. »Ich meine, es ... es gibt doch niemanden, der mich vermisst. Ich kann sowieso sonst nirgendwo hin. Und ich *will* auch nirgendwo anders hin.« Mit etwas mehr Nachdruck in der Stimme fügte sie hinzu: »Und schon gar nicht in ein Heim!«

»Aber das will ja auch niemand«, sagte Frau Mörser geduldig. »Wofür haltet ihr uns nur? Wir sind da, um euch zu helfen, nicht, um euch in ein *Heim* zu stecken. Großer Gott, wir leben doch nicht mehr im Mittelalter!« Sie schüttelte den Kopf und sah tatsächlich ein bisschen gekränkt drein, aber Thirteen ließ nicht locker.

»Warum sind Sie dann hier, wenn nicht, um mich abzuholen?«

»Ich sagte es doch: um gemeinsam mit euch das Beste für jeden herauszufinden«, wiederholte Frau Mörser in leicht ungeduldigem Ton.

»Tatsache ist nun einmal, dass du einfach von zu Hause weggelaufen bist und uns die Kollegen in England um Hilfe gebeten haben. Das kann ich nicht einfach übergehen, selbst wenn ich wollte.«

»Also doch!«, sagte Thirteen. »Sie wollen mich zurückbringen!«

»Nein«, antwortete Frau Mörser. »Jedenfalls nicht ... nicht nach England.«

»Dann kann ich also hierbleiben?«

»Nicht gleich«, sagte ihr Großvater. Es war das erste Mal, dass er sich in das Gespräch einmischte, und er sprach sehr leise und in einem Ton aufrichtigen Bedauerns. »Aber ich verspreche dir, dass es nicht für lange ist. Und dass ich alles tun werde, damit du bei mir bleiben kannst.«

»Und ich werde ihm dabei helfen«, fügte Frau Mörser hinzu.

Thirteen saß wie versteinert da. Sie hätte am liebsten laut losgeheult. Noch vor ein paar Minuten war sie so glücklich gewesen! Nach Wochen, in denen sie nichts als Trauer und Verzweiflung gekannt hatte, hatte sie das erste Mal wieder einen Freund getroffen und einen Menschen, der nicht einfach nur fremd und abweisend war – und sogar etwas, was möglicherweise zu einem Zuhause werden konnte –, und nun das?

»Warum sprechen Sie es nicht aus?«, fragte Frank in aufsässig herausforderndem Ton. »Sie reden dauernd drum herum, aber es läuft doch wohl darauf hinaus, dass Sie hergekommen sind, um sie mitzunehmen und in einem Heim abzuliefern! Sie kennen nur Ihre Vorschriften und Paragrafen und Regeln, alles andere interessiert Sie doch gar nicht!«

»Da irrst du dich aber, mein lieber Junge«, antwortete Frau Mörser. »Ich interessiere mich sehr wohl für Anna-Maria. Nebenbei bemerkt – für dich auch.«

Frank fuhr zusammen, aber er ging nicht weiter auf das Thema ein, sondern fuhr im selben herausfordernden Ton fort: »Dann lassen Sie sie hier! Ihr Großvater wird schon auf sie aufpassen. Und ich auch, wenn es sein muss.«

Frau Mörser musterte ihn einige Augenblicke lang kühl, dann trank sie einen Schluck Kaffee und stellte die Tasse mit einer übertrieben langsamen Bewegung zurück, ehe sie antwortete. »Wie ich bereits mehrmals sagte: So einfach ist das leider nicht. Ich fürchte, ihr beide werdet mit mir kommen müssen, wenigstens für den Moment.«

»Wir beide?«, fragte Thirteen misstrauisch.

»Es ist nicht für lange«, versicherte ihr Großvater. »Das verspreche ich dir. In spätestens zwei oder drei Wochen bist du wieder hier, du wirst sehen.«

Thirteen ignorierte ihn. »Wieso wir beide?«, fragte sie noch einmal. »Was hat Frank mit der ganzen Sache zu tun? Er hat mich doch nur hergebracht!«

»Mit dir nichts«, erwiderte Frau Mörser ruhig. »Aber wir suchen ihn schon eine ganze Weile. Ich kann nicht einfach so tun, als hätte ich ihn nicht gesehen.«

»Suchen? Weshalb?« Sie wandte sich direkt an Frank. »Was hast du ausgefressen?«

»Nichts«, erwiderte Frank trotzig. »Außer dass ich frei bin. Das ist ja anscheinend ein Verbrechen!«

Frau Mörser runzelte die Stirn, aber man sah ihr an, dass sie wenig Lust hatte, sich auf diese Diskussion einzulassen. »Es wird schon nicht so schlimm werden«, sagte sie. »Nur keine Angst.«

»Aber … aber das will ich nicht!« Thirteen war der Verzweiflung nahe. »Bitte, lassen Sie wenigstens ihn gehen! Er hat mir doch nur geholfen! Ich will nicht, dass er dafür bestraft wird! Ich verspreche Ihnen, dass ich ohne Protest mitkommen werde, wenn Sie Frank laufen lassen!«

Nicht nur Frau Mörser blickte sie überrascht an. Auch Frank runzelte verblüfft die Stirn, und auf dem Gesicht ihres Großvaters erschien die Andeutung eines Lächelns. Thirteen war selbst ein wenig überrascht über ihre heftige Reaktion, aber sie meinte diese Worte durchaus ernst. Abgesehen von ihrer Mutter war Frank vielleicht seit Jahren der erste Mensch gewesen, der es ganz uneigennützig ehrlich mit ihr gemeint hatte und ihr einfach nur helfen wollte. Sie hätte es nicht ertragen, wenn er zum Dank dafür bestraft werden würde.

»Da hast du ja eine richtig tapfere kleine Freundin«, sagte Frau Mörser spöttisch.

Frank zog eine Grimasse, dann wandte er sich an Thirteen. »Lass gut sein. Ich komme schon zurecht. Die Mauern, die mich halten, müssen erst noch gebaut werden.«

Er erhob sich halb und Frau Mörser lehnte sich in ihrem Sessel zurück. »Versuch das lieber nicht«, sagte sie in beiläufigem Tonfall. »Ich bin nicht allein gekommen.«

»Ich verstehe«, murmelte Frank. »Sie haben Ihre Wachhunde dabei, wie?«

»Ich würde es dir gerne ersparen, von der Polizei abgeführt zu werden« antwortete Frau Mörser ungerührt. »Aber wenn es sein muss … es ist deine Entscheidung.«

»Bitte!« Thirteens Großvater hob besänftigend beide Hände. »Lasst uns doch in Ruhe das Gespräch zu Ende führen. Wir finden gemeinsam sicher einen Ausweg, der für alle befriedigend ist. Ich werde versuchen auch dir zu helfen, Junge – wenn du es möchtest. Aber du musst vernünftig sein. Mit Trotz kommen wir nicht weiter.« Er sah Frank bei diesen Worten an, hatte aber nicht den Mut, auch Thirteens Blick standzuhalten. Dann stand er auf und streckte die Hand in Franks Richtung aus. »Geh nach oben und hol deine Kleider. Und sei vernünftig. Weglaufen hat keinen Sinn.«

Frank starrte ihn und Frau Mörser hasserfüllt an, ehe er mit einem Ruck auf dem Absatz herumfuhr und hinausstürmte.

»Geh ihm nach«, sagte ihr Großvater. »Nicht dass er irgendwelche Dummheiten macht. Ich meine es ehrlich: Ich helfe euch beiden, aber wir können nicht mit dem Kopf durch die Wand.«

Nein, dachte Thirteen. Ihr müsst euch nach euren Vorschriften richten. Aber das sprach sie nicht aus. Sie war zutiefst enttäuscht, aber sie hatte kein Recht, ihrem Großvater deshalb wehzutun. Er meinte es ehrlich, und das war schon erstaunlich genug, denn schließlich war Frank ein Wildfremder für ihn. Sie nickte bloß, stand auf und folgte Frank.

Sie fand ihn in seinem Zimmer, wo er gerade dabei war, in seine zerschlissenen Jeans zu schlüpfen. Am Morgen hatte er die Sachen angezogen, die ihm Thirteens Großvater in der Nacht gegeben hatte.

Als er Thirteen hörte, drehte er sich zu ihr herum und spießte sie mit Blicken regelrecht auf.

»Na?«, giftete er. »Zufrieden?«

Thirteen war klar, dass seine Feindseligkeit nicht wirklich ihr galt. Er war genauso frustriert und wütend wie sie und das musste eben raus. Es tat trotzdem weh.

»Es tut mir wirklich leid«, sagte sie leise. »Das war das Letzte, was ich wollte, glaub mir.« Sie machte einen Schritt auf ihn zu, aber er wich vor ihr zurück und begann auf einem Bein herumzuhüpfen, um sich in seine hautengen Jeans zu schütteln.

»Was willst du denn?«, fragte er spitz. »Hat doch wunderbar geklappt. Aber freut euch nicht zu früh. Lange bleibe ich nicht in dem Laden.«

»Du lebst auf der Straße«, sagte Thirteen. »Auf die Dauer geht das doch nicht.«

»Bisher bin ich ganz gut zurechtgekommen«, antwortete Frank giftig, und *das* tat wirklich weh. Thirteen kämpfte für ein paar Sekunden mit den Tränen.

»Du meinst, bevor … bevor du mich getroffen hast«, sagte sie stockend. In ihrem Hals saß plötzlich ein bitterer, harter Kloß. Frank schloss den Gürtel und rammte nacheinander beide Füße in die Schuhe. Er sah sie an, und in den Zorn in seinen Augen mischte sich etwas anderes. Und plötzlich lächelte er.

»Entschuldige«, sagte er leise. »Ich wollte dir nicht wehtun. Es ist nicht deine Schuld, ich weiß das.« Er trat auf sie zu, lächelte noch einmal sehr warm und schloss sie plötzlich in die Arme.

Das überraschte Thirteen, aber es tat auch sehr gut; viel mehr, als sie erwartet hatte. Sie standen eine ganze Weile einfach so da, und Thirteen genoss es, von jemandem im Arm gehalten zu werden, die Wärme eines anderen Menschen zu spüren und sich geborgen zu fühlen.

»Sie halten mich nicht fest«, sagte Frank leise. »Nur keine Angst. Ich hau bei der ersten Gelegenheit ab. Wäre nicht das erste Mal.«

»Und warum nicht gleich?« Thirteen wusste, dass sie das besser nicht gesagt hätte. Vermutlich tat sie ihm keinen Gefallen damit, aber sie hatte einfach das Bedürfnis, ihm zu helfen. »Hm«, machte Frank. Er ließ ihre Schulter los. »Komm mal mit.«

Mit ein paar schnellen Schritten war er am Fenster und winkte ihr nachzukommen. Thirteen folgte ihm zögernd. Sie fühlte sich nicht gut dabei, aus dem Fenster zu schauen, nach dem, was sie gestern Nacht in der Küche erlebt hatte. Aber als sie neben Frank trat, war es ein ganz normales Fenster. Sie blickte auf den verwilderten Garten hinunter, der übrigens auch im hellen Licht des Tages nicht viel einladender aussah als gestern. Aber das war es nicht, was Frank ihr zeigen wollte.

Zwischen den verwachsenen Büschen und dem kniehohen Unkraut patrouillierten zwei gedrungene vierbeinige Wesen. Offenbar schliefen Phobos und Deimos nie. Und als wäre das noch nicht genug, deutete Frank nach links, und als sie der Geste folgte, sah sie den Polizeiwagen, der vor dem schmiedeeisernen Tor parkte.

»So viel zu deiner Idee, abzuhauen.«

Thirteens Mut sank. Frank hatte recht. Selbst wenn er den beiden Polizisten entkam, die die *ach so freundliche* Frau Mörser zur Unterstützung mitgebracht hatte, er hätte keine Chance, an den beiden Höllenhunden, die aufmerksam um sich schauten, vorbeizukommen.

Plötzlich hatte sie eine Idee. »He!«, sagte sie. »Und wenn du dich versteckst? Ich meine –« Sie deutete aufgeregt nach draußen. »– wir machen das Fenster hier auf, sodass es aussieht, als wärst du rausgeklettert! Ich gehe nach unten und erzähle Großvater und Frau Mörser, dass ich dich nicht gefunden habe. Sie werden den ganzen Garten absuchen, aber dich nicht finden! Du versteckst dich einfach so lange, bis sie alle weg sind.«

»Und wo?«, fragte Frank.

»Ich weiß, wo«, antwortete Thirteen. Ihr Großvater würde sie umbringen, wenn er es herausbekam, aber sie war es Frank einfach schuldig, ihm bei der Flucht zu helfen. Schließlich hatte er dasselbe für sie getan, gestern am Flughafen. »Komm mit!«

Sie verließen das Zimmer, überquerten den Flur und betraten den Raum, in dem Thirteen übernachtet hatte. Rasch ging sie zur Wand hinter ihrem Bett und tastete mit den Fingern über die Holzvertäfelung.

»Was tust du da?«, fragte Frank misstrauisch.

»Warte«, antwortete Thirteen. »Ich habe es gleich.« Und schon erscholl das leise Klicken, auf das sie gewartet hatte. Während die Wand quietschend zur Seite schwang und den verborgenen Hohlraum dahinter freigab, trat sie mit einer triumphierenden Geste zurück.

»Da!«, sagte sie.

Frank starrte die Geheimtür an. »Aha«, sagte er. »Und?«

Thirteen war ein bisschen irritiert, zumal sie sich in diesem Moment herumdrehte und genau das sah, was sie zu erblicken gehofft hatte: den Gang mit den zahlreichen Türen und den Petroleumlampen. Er war wieder da, und das war er natürlich auch die ganze Zeit über gewesen. Die Erklärung war so simpel, dass sie sich verblüfft fragte, warum sie nicht schon gestern sofort darauf gekommen war: Der vermeintliche Wandschrank hatte eine doppelte Tür. Der Gang, in den sie nun blickte, verbarg sich hinter der Rückwand des Schrankes. »Dein Versteck!«, sagte Thirteen und wiederholte ihre Handbewegung. »Da drinnen finden sie dich nie!«

»Das ist nicht dein Ernst«, sagte Frank. Er sah sie an, als zweifle er an ihrem Verstand. »Da soll ich rein? Das ist albern.«

Thirteen blinzelte. Warum zögerte Frank? Von dem Korridor zweigten allein fünf oder sechs Türen ab, und es gab noch die Treppe, die tiefer ins Haus hineinführte. Mehr als genug Verstecke. Außerdem war sie ziemlich sicher, dass ihr Großvater den Teufel tun und Frau Mörser und ihren Begleitern diesen Gang zeigen würde. Er hatte sicher seine Gründe, diese Tür so aufwendig zu tarnen. »Worauf wartest du?«

»Das ist doch lächerlich«, antwortete Frank. »Da drinnen finden sie mich doch sofort.«

»Sofort?« Thirteen war völlig perplex. »Bist du blind? Da drinnen kann sich eine Armee verstecken! Nun komm schon!«

Frank zögerte immer noch und er sah sie weiterhin so an, als wäre sie verrückt.

Um ihm zu beweisen, dass es nicht so war (und so ganz nebenbei sich selbst auch …), trat sie mit einem energischen Schritt in den

Schrank hinein und wäre um ein Haar gegen die Rückwand aus morschen Brettern geprallt. Der Gang war verschwunden. Dafür spürte sie, wie die morschen Bodenbretter unter ihrem Gewicht zu ächzen begannen. Sie war völlig perplex. »Aber das … das ist doch …«

»Völlig blödsinnig, sag ich doch«, sagte Frank seufzend. »Es war gut gemeint, aber ich glaube nicht, dass es viel Sinn hätte. Komm da raus.«

»Dem kann ich nur zustimmen«, sagte eine andere Stimme. »Bitte tu, was dein Freund dir geraten hat. Und sei bitte vorsichtig.«

Thirteen war einfach zu verwirrt, um nicht zu gehorchen. Sie drehte sich herum und begegnete dem missbilligenden Stirnrunzeln ihres Großvaters, aber auch einem Ausdruck leiser Besorgnis auf seinem Gesicht. Neben ihm stand Frau Mörser, und zwischen den beiden steckte der Albtraum aller Hundezüchter den hässlichen Kopf ins Zimmer.

»Du bist ziemlich leichtsinnig«, fuhr ihr Großvater fort. »Ich habe dir doch gesagt, dass der Boden nicht sicher ist.«

Gang hinein. »Siehst du?«, fragte sie triumphierend. »Wo ist das Problem? Sind dir hier Verstecke genug?«

Frank antwortete nicht, sodass Thirteen weiterging und die nächstbeste Tür aufstieß, ohne aber auch nur einen Blick in den dahinterliegenden Raum zu werfen. »Du kannst dir aussuchen, wo du –«

Sie drehte sich herum und der Rest des Satzes blieb ihr im wahrsten Sinne des Wortes im Halse stecken. Jetzt wusste sie, warum Frank nicht geantwortet hatte. Frank war nicht mehr da. Und nicht nur das. Auch die Tür, durch die sie diesen Gang betreten hatte, war verschwunden. Wo sie gewesen war, erhob sich eine makellose Wandverkleidung aus dem allgegenwärtigen Eichenholz.

Thirteen sah sich unsicher auf dem langen Flur um. Es blieb dabei: Die Tür war verschwunden. Die Wand hatte sich hinter ihr wieder geschlossen. Und auf dieser Seite schien es keinen zweiten Federmechanismus zu geben. Sie trat ganz dicht an die Wand heran und tastete mit den Händen über das Holz, klopfte mit den Fin-

»Und ziemlich unvernünftig«, fügte Frau Mörser hinzu.

»Aber, aber das ist doch … ich meine …« Thirteen brach ab, atmete tief ein und begann dann von Neuem und in (wie sie hoffte) merklich überzeugterem Ton: »Wo ist der Gang?«

»Welcher Gang?«, fragte Frau Mörser. Thirteens Großvater schwieg.

»Der Gang, der hinter dieser Tür ist«, antwortete Thirteen. Sie machte eine heftige Geste zur Rückwand des Schrankes. »Ich habe ihn gesehen. Ich weiß doch, was ich gesehen habe!«

»Einen Gang?« Frau Mörser runzelte die Stirn, kam einen Schritt näher und betrachtete die Rückwand des Wandschrankes mit echtem Interesse. »Also, ich sehe nur ein paar Bretter.«

»O nein!«, antwortete Thirteen wütend. »So leicht lasse ich mich nicht hereinlegen. Ich weiß, was ich gesehen habe! Und ich weiß auch, was hier los ist. Das ist eine Geheimtür, stimmt's? Wahrscheinlich habt ihr auf irgendeinen Knopf gedrückt und sie hat sich geschlossen.«

gerknöcheln dagegen. Nichts. Die Wand rührte sich nicht und sie klang auch nicht hohl.

Thirteen rief mehrmals Franks Namen, aber sie bekam keine Antwort. Schließlich hämmerte sie mit den Fäusten gegen die Wand, aber auch dieses Mal erfolgte keine Reaktion. So unangenehm ihr der Gedanke auch war: Sie würde diesen Gang nicht auf demselben Weg wieder verlassen können, auf dem sie ihn betreten hatte.

Sie trat wieder ein paar Schritte von der Wand zurück und sah sich um. Sie zählte acht Türen und da war noch die Treppe an seinem Ende. Früher oder später würde sie den Rückweg zu ihrem Großvater und den anderen schon finden, aber sie hatte das unerfreuliche Gefühl, dass dies möglicherweise länger dauern konnte, als ihr jetzt schon bewusst war. Dieses Haus war groß genug, um sich darin zu verirren. Und was in dieser Zeit mit Frank geschah, daran wagte sie gar nicht zu denken …

Sie ging auf die Tür zu, die sie vorhin bereits geöffnet hat-

»Aha«, sagte Frau Mörser. Ihr Großvater schwieg weiterhin.

»Ich werde es euch beweisen!«, sagte sie wütend. »Ich lasse mich doch nicht für verrückt erklären!«

Kampflustig drehte sie sich herum und streckte die Hand nach der morschen Bretterwand aus. Sie klang tatsächlich hohl, als sie dagegen klopfte.

»Ha!«, sagte Thirteen triumphierend. »Ich wusste es! Ich lasse mich nicht so leicht täuschen!« Sie grub die Fingerspitzen in eine Lücke zwischen den Brettern, biss die Zähne zusammen und zerrte mit aller Kraft. Es knirschte und ächzte hörbar, aber die Bretter hielten. Thirteen fluchte und zerrte noch einmal und das Knirschen wurde lauter. Trotz ihres sichtbaren Alters waren die Bretter noch erstaunlich stabil, aber Zorn und Enttäuschung gaben ihr zusätzliche Kraft. Sie riss immer heftiger an den Brettern, und schließlich gelang es ihr, eine gut meterlange Latte aus der Wand herauszubrechen.

»Oje«, sagte ihr Großvater. Thirteen hörte ihn nicht. Sie te, und warf einen Blick in den Raum dahinter.

Es war ein ziemlich großes, altmodisch eingerichtetes Zimmer; nicht so altmodisch wie das, in dem sie übernachtet hatte, aber doch alles andere als modern. Es gab eine riesengroße, rote Plüschcouch, einen geschnitzten Tisch mit dazu passenden Stühlen und einen antiken Schrank, dazu einen sehr großen Kamin und einen ebenso großen Kronleuchter mit zahllosen Glasfacetten. Das Zimmer hatte kein Fenster.

Aber es war offenbar bewohnt. Auf dem Tisch stand benutztes Geschirr, auf der Couch lag ein aufgeschlagenes Buch … und außerdem spürte sie, dass dieser Raum nicht leer stand.

War *das* das Geheimnis ihres Großvaters? Lebte in diesem Haus vielleicht noch jemand? Jemand, von dem niemand wissen durfte und den er deswegen so sorgsam versteckte? Oder gefangen hielt?

Unsinn! Dieser Gedanke war absurd. Ihr Großvater war vielleicht ein wenig sonderbar, aber bestimmt kein getarnter starrte auf die Lücke, die sie in die Rückwand des Schrankes gerissen hatte. Dahinter war kein Gang. Hinter dem Schrank erhob sich eine Wand aus rotem Ziegelstein, in dessen Fugen sich Moder und Verfall eingenistet hatten.

»Beeindruckend«, bemerkte Frank spöttisch. »Wie heißt deine Schwester? Supergirl?«

»Das ist doch *unmöglich!*« Thirteen kreischte fast. »Ich bin doch nicht verrückt!« Sie ließ das Brett fallen, griff mit beiden Händen zu und riss weitere Holzstücke aus der Wand, zerrte, fetzte und grub sich regelrecht in die Wand hinein, bis sie vor sich nichts mehr hatte als nacktes, moderiges Mauerwerk und knöcheltief in zerborstenen Brettern, Holzsplittern und rostigen Nägeln stand.

»Tja«, sagte ihr Großvater. »Jetzt *muss* ich den Schrank wohl reparieren lassen.«

Thirteen drehte sich herum und trat vorsichtig aus dem Wandschrank heraus. Ihre Augen füllten sich mit heißen Tränen. Für einen Moment hatte sie das Gefühl, als ob sich das ganze Zimmer um sie he- König Blaubart, der in einem Geheimverlies in seinem Haus Menschen gefangen hielt.

Auf der anderen Seite: Hatte sie nicht gestern Nacht Schreie gehört und Geräusche wie von einem Kampf?

Hinter ihr polterte etwas. Thirteen fuhr herum – und blickte direkt ins Gesicht eines vielleicht elf- oder zwölfjährigen Mädchens, das unter der Tür aufgetaucht war. Es schien über Thirteens Erscheinen genauso erstaunt zu sein wie sie umgekehrt, denn es starrte sie aus weit aufgerissenen Augen an und es war leichenblass. Außerdem zitterte es am ganzen Leib.

»Hallo«, sagte Thirteen. »Wer bist du?« Sie trat einen Schritt auf das Mädchen zu, aber es reagierte ganz anders, als sie erwartet hatte: Es fuhr erschrocken zusammen und prallte zurück.

»Wer bist du denn?«, keuchte es. »Was … was tust du hier? Bist du verrückt? Hau bloß ab! Sie kommen!«

»Was?«, fragte Thirteen verständnislos. Sie streckte die Hand aus und versuchte aufmunternd zu lächeln. »He – du rum drehte. Ihr Herz raste wie verrückt. Sie war verrückt. Das war die einzige Erklärung. Sie verlor den Verstand. So einfach war das.

»Ein Gang?«, fragte Frau Mörser stirnrunzelnd. »Ja, ich erinnere mich. Die Leute am Flughafen sprachen davon, dass du eine Tür gesehen hast ... und einen Mann, der sich in Luft aufgelöst hat. Wollte er dich nicht umbringen?«

»Das reicht«, sagte Thirteens Großvater kühl. »Anne-Mary ist im Moment vielleicht ein bisschen verwirrt, aber das ist kein Grund, sich über sie lustig zu machen.«

»Ich mache mich nicht über sie lustig«, verteidigte sich Frau Mörser. »Aber es könnte gut sein, dass Ihre Enkeltochter Hilfe von erfahrener Seite braucht.«

Ihr Großvater wollte auffahren, aber Thirteen machte eine abwehrende Geste. »Es ist gut«, sagte sie. »Vielleicht hat sie ja recht.« Sie seufzte tief und wandte sich an Frau Mörser. »Okay. Rufen Sie die Männer mit den weißen Jacken.«

Niemand lachte.

musst keine Angst vor mir haben. Ich tue dir nichts.«

»Verschwinde!«, schrie das Mädchen. »Sie kommen! Lauf um dein Leben!«

Und damit wirbelte es auf dem Absatz herum und rannte davon, so schnell es konnte.

Thirteen folgte ihm zwei oder drei Schritte weit, gab die Jagd aber dann auf. Was hatte die Kleine gemeint? Sie hatte vor irgendjemandem – oder etwas? – Angst. Was hatte sie noch genau gesagt? *Lauf um dein Leben?*

Eigentlich nur um sich selbst zu beruhigen, lächelte Thirteen und drehte sich wieder herum. Und das Lächeln auf ihrem Gesicht gefror zu einer Grimasse.

Das Mädchen war den Gang hinuntergelaufen und auf der Treppe verschwunden, und eigentlich hätte hinter ihr jetzt wieder eine Wand sein müssen. Stattdessen setzte sich der Korridor scheinbar unendlich weit fort.

Aber er war nicht mehr leer. Und als Thirteen sah, was dort herangestürmt kam, begann sie gellend zu schreien.

3

Das Haus erhob sich weit über die Dächer der umliegenden Gebäude, und wäre Thirteen in einer weniger trüben Stimmung gewesen, dann hätte sie den Ausblick sicher genossen. Die Häuser, auf die sie hinabsah, sahen aus wie Spielzeug und die Menschen hatten nur noch die Größe von Ameisen.

Thirteen trat vom Fenster zurück und warf einen Blick auf die in hellem Grau lackierte Tür auf der anderen Seite des Zimmers. Ihr Blick blieb dabei für einen Moment an dem kleinen Schildchen daneben hängen. BEATE MÖRSER, stand darauf, LEITERIN DES JUGENDAMTES. Diese Neuigkeit hatte sie im ersten Moment ziemlich überrascht; nicht nur weil Frau Mörser ihr für diesen Posten noch ein wenig jung erschien. Offenbar fuhren die *netten Leute,* die es ja *ach so gut* mit ihr meinten, mittlerweile schweres Geschütz auf.

Der Abschied von ihrem Großvater am vergangenen Tag war ziemlich kühl ausgefallen. Sie hatte deutlich gespürt, dass er ihr den so kläglich misslungenen Fluchtversuch übel nahm. Sie hatte sein Vertrauen missbraucht, und er gehörte offenbar noch zu einer Generation, der Vertrauen heilig war. So war sie mit Frank ohne große Abschiedsszene in den wartenden Polizeiwagen gestiegen und abgefahren, und allein die Gegenwart der beiden Beamten hatte schon dafür gesorgt, dass Frank und sie sich nicht mehr sehr intensiv unterhielten. Sie waren gute zwei Stunden gefahren, bis sie ihr erstes Zwischenziel erreichten: eine Polizeiwache, auf der Frank den Wagen verlassen musste, um zu einem anderen, Thirteen unbekannten Ort gebracht zu werden. Niemand hatte ihr gesagt, wohin. Man hatte ihnen nicht einmal Gelegenheit gegeben, sich voneinander zu verabschieden.

Die Tür wurde geöffnet und Frau Mörser blickte zu ihr herein. »Guten Morgen, Anna-Maria«, sagte sie. »Bitte entschuldige, dass du warten musstest, aber ich habe leider sehr viel zu tun.«

»Guten Morgen, Frau *Mörser*«, antwortete Thirteen betont,

was der Angesprochenen keineswegs entging. Ihr Blick wurde eine Spur kühler.

»Nur um das von vornherein klarzustellen«, sagte sie. »Alle Witze über meinen Namen sind bereits gemacht. Und nicht ein einziger davon war komisch.«

»Und niemand nennt mich *Anna-Maria*«, erwiderte Thirteen.

»Wie sonst? *Thirteen?*« Frau Mörser schüttelte den Kopf. »Das ist kein Name.« Sie machte eine entschiedene Geste, die Thirteen davon abhielt, erneut zu widersprechen. Dann winkte sie ihr, hereinzukommen.

Das Büro war so groß und modern eingerichtet wie der Warteraum draußen und ungefähr so gemütlich wie ein Operationssaal. Thirteen setzte sich auf einen Stuhl vor den großen, mit ordentlich aufeinandergestapelten Papieren vollgeräumten Schreibtisch und wartete, bis Frau Mörser ebenfalls Platz genommen hatte.

»Nun«, begann Frau Mörser, jetzt wieder professionell freundlich, »wie fühlst du dich?«

»Toll«, antwortete Thirteen in einem Ton, der das genaue Gegenteil vermittelte.

Frau Mörser zog die linke Augenbraue hoch, sagte aber nichts. »Wie gefällt dir dein Zimmer?«

Sie hatten Thirteen in ein Kinderheim gebracht – nur zum Übergang, wie Frau Mörser versichert hatte –, wo sie ein Zimmer ganz für sich allein bekommen hatte, behaglich eingerichtet und sogar mit einem eigenen Fernseher, aber sie kam sich trotzdem vor wie in einer Gefängniszelle. »Hm«, machte sie.

»Es ist nicht für lange«, sagte Frau Mörser mit beruhigender Stimme. »Nun, ich war mittlerweile auch nicht ganz untätig. Zuerst einmal die guten Neuigkeiten: »Du musst nicht zurück nach England. Die schlechte Nachricht ist, dass es noch eine Weile dauern kann, bis über deinen endgültigen Verbleib entschieden wird.«

»Was ist das?«, fragte Thirteen. »Beamtendeutsch?«

»So ungefähr«, antwortete Frau Mörser mit einem angedeuteten Lächeln. »Aber ich glaube, du verstehst mich ganz gut.«

»Ich will zu meinem Großvater«, sagte Thirteen.

»Bist du sicher?«, erwiderte Frau Mörser. »Ich meine: Du solltest dir eine solche Entscheidung gründlich überlegen. Immerhin kennst du den Mann kaum.«

»Ich kenne auch sonst niemanden«, antwortete Thirteen.

»Das ist kein Argument.« Frau Mörser seufzte, starrte einen Moment an Thirteen vorbei ins Leere und schüttelte den Kopf. »Aber so weit sind wir noch nicht. Außerdem entscheidest du darüber nicht allein.«

»Und wieso nicht?«, fragte Thirteen.

»Weil zwölfjährige Mädchen nun einmal nicht ganz allein über ihre Zukunft entscheiden können.«

»Wer sonst? Es ist mein Leben!«

»Und Leute wie ich sind dazu da, dich zum Beispiel vor vorschnellen Entscheidungen zu bewahren. Es gibt Dinge, die kannst du noch gar nicht beurteilen. Wir wollen nicht, dass du einen Fehler begehst, der vielleicht nicht wiedergutzumachen wäre.« Sie hob abwehrend die Hände. »Bitte glaube mir, dass ich voll und ganz auf deiner Seite stehe und dich sehr gut verstehen kann. Außerdem habe ich nicht gesagt, dass du nicht bei deinem Großvater bleiben kannst. Er hat einen ausgezeichneten Leumund, geordnete finanzielle Verhältnisse ... Und es wird vielleicht nicht einmal sehr lange dauern.«

»Wie lange?«, fragte Thirteen.

»Ein paar Tage Geduld musst du schon haben«, antwortete Frau Mörser. Sie lächelte. »Glaub mir, es ist mir genauso zuwider wie dir, aber auch ich habe mich an meine Vorschriften zu halten. Einige Tage ... vielleicht zwei Wochen, kaum mehr.«

»Zwei Wochen?!«

»Zwei Wochen sind nicht lang«, sagte Frau Mörser. »Du wirst sehen, sie sind vorbei, ehe es dir auch nur bewusst ist.«

»Was ist mit Frank?«, fragte Thirteen. »Ich will ihn sehen.«

»Dein Freund?« Frau Mörsers Gesichtsausdruck wurde ernst. »Ich fürchte, das wird nicht gehen.«

»Wieso?«, fragte Thirteen. »Er hat nichts getan! Sie haben kein Recht, ihn gegen seinen Willen festzuhalten.«

Frau Mörser nahm einen Kugelschreiber aus der Federschale vor sich und begann in Gedanken damit zu spielen. »Er hat dir nicht sehr viel über sich erzählt, wie?«, fragte sie.

»Das muss er auch nicht!«, antwortete Thirteen erregt »Er ist –«

»Ein Dieb«, unterbrach sie Frau Mörser. »Ich will ganz ehrlich zu dir sein. Dein Freund ist kein Unbekannter für uns. Und für die Polizei auch nicht. Er ist ein Dieb und ein Herumtreiber. Wir sind schon seit einer ganzen Weile hinter ihm her.«

»Ja, und ich habe Ihnen geholfen, ihn endlich zu fangen«, sagte Thirteen.

»Genau genommen hast du ihm geholfen«, verbesserte sie Frau Mörser. »Ich erwarte nicht, dass du das jetzt schon verstehst, aber eines Tages wird er dir vielleicht dankbar dafür sein.«

»Blödsinn!«, sagte Thirteen mit Nachdruck. »Alles, was er will, ist seine Freiheit. Sie haben kein Recht, ihn einzusperren!«

»Ja, das dachte ich mir, dass du so denkst«, sagte Frau Mörser. »Dein Freund will also nicht eingesperrt werden. Er will frei sein. Aber was heißt das? Er will sich auf der Straße herumtreiben, irgendwo schlafen, betteln, um etwas zu essen zu bekommen, und im Notfall auch stehlen?« Sie schüttelte den Kopf.

»Bisher ist er ganz gut allein zurechtgekommen«, antwortete Thirteen.

»Das ist er eben nicht. Möglicherweise hat er dir das erzählt, aber die Wahrheit sieht ein wenig anders aus. Ich glaube, ich kann ihm eine Begegnung mit dem Jugendrichter ersparen, weil er noch keine vierzehn ist, aber er wird sich schon für das verantworten müssen, was er getan hat.«

Thirteen wollte antworten, aber in diesem Moment gewahrte sie etwas, was ihr bisher noch gar nicht aufgefallen war. In der Wand hinter Frau Mörsers Schreibtisch gab es eine Tür. Als Thirteen hereingekommen war, war sie noch nicht da gewesen, aber nun war sie da und sie begann sich ganz langsam zu öffnen. Gelbes Licht, wie von einer Petroleumlampe, fiel aus dem allmählich breiter werdenden Spalt heraus.

»Der Traum von der großen Freiheit entpuppt sich leider nur

zu oft als Albtraum«, fuhr Frau Mörser fort. »Und selbst wenn nicht, ist der Preis, den ihr dafür zahlen müsst, einfach zu hoch.«

Die Tür öffnete sich weiter. Thirteen konnte jetzt einen Blick in den dahinterliegenden Raum werfen. Diesmal war es kein Gang, sondern ein sehr großes, sehr altmodisch eingerichtetes Zimmer, das von warmem gelbem Licht erfüllt wurde. Ein Schatten stand unter der Tür.

»Was hast du?«, fragte Frau Mörser. Sie sah Thirteen scharf an. Als sie keine Antwort bekam, folgte sie Thirteens Blick und musterte stirnrunzelnd die Wand hinter ihrem Schreibtisch.

Thirteen hätte nicht einmal antworten können, wenn sie es gewollt hätte. Ihr Herz klopfte und sie war unfähig, den Blick von der Tür zu wenden. Aus dem Schatten war der Umriss eines Mannes geworden. Sie konnte sein Gesicht nicht erkennen, aber sie wusste trotzdem sofort, wer er war. Es war der Mann aus Reihe dreizehn, der ihr das Leben gerettet hatte.

»Was ist los mit dir?«, fragte Frau Mörser. Ihre Stimme war jetzt leiser geworden, klang aber auch deutlich alarmiert.

»Nichts«, antwortete Thirteen. Es kostete sie all ihre Kraft, den Blick von der Tür zu lösen und Frau Mörser wieder direkt anzusehen, aber sie beobachtete trotzdem aus den Augenwinkeln weiter, wie der Schatten aus der Tür heraustrat und nun ein Stück hinter Frau Mörser stand.

»Du siehst aus, als hättest du ein Gespenst gesehen«, sagte Frau Mörser. Wie recht sie doch hatte. »Womit wir bei einem anderen Thema wären. Ich habe gehört, du hattest gewisse Probleme. Sowohl im Flugzeug als auch später auf dem Flughafen.«

»Probleme?«, fragte Thirteen.

»Ich will ganz offen sein«, sagte Frau Mörser. Der Schatten stand jetzt ganz dicht hinter ihr. Er schien immer noch kein Gesicht zu haben, aber Thirteen spürte trotzdem ganz deutlich, dass er sie anstarrte. Und sie spürte noch etwas. Er war gekommen, um ihr etwas mitzuteilen.

»Wir machen uns Sorgen um dich«, fuhr Frau Mörser fort. »Würde es dir etwas ausmachen, dich mit einem Psychologen zu unterhalten? Du musst das nicht. Wir können dich nicht dazu zwingen, aber ich glaube, es wäre besser für dich. Du stehst im Moment unter einem gewaltigen emotionalen Stress. Da kann es schon einmal vorkommen, dass man weiße Mäuse sieht.« Sie lächelte flüchtig. »Manchmal wirkt da ein einfaches Gespräch schon Wunder. Vor allem mit jemandem, der etwas davon versteht.«

Der Schatten hob die Hand und deutete in ihre Richtung, und im selben Augenblick wusste sie, warum er da war. Es war nicht Telepathie oder Gedankenübertragung, sondern etwas, was viel tiefer und direkter war. Für einen Moment schienen sie eins zu sein, sodass sie einfach *wusste,* warum er gekommen war. Er war hier, um sie zu warnen. Sie durfte Frau Mörser nicht glauben.

»Nein«, sagte sie.

Frau Mörser runzelte die Stirn. »Wie?«

»Ich meine: Nein, ich habe nichts dagegen«, sagte Thirteen hastig. »Ich rede gerne mit dem Psychologen. Kein Problem.«

Diese Frau war nicht ihre Freundin. Sie war der schlimmste Feind, den sie nur haben konnte.

»Das ist schön«, sagte Frau Mörser. »Wie wäre es, wenn wir es gleich hinter uns bringen?«

Sie durfte nicht hierbleiben. Nicht wenige Tage, nicht einmal wenige Stunden. Während sie hiersaß und mit Frau Mörser redete, verrann ihre Zeit unaufhaltsam und sie hatte nur noch sehr wenig davon. Viel weniger, als ihr im Moment selbst schon bewusst war.

»Jetzt … gleich?«, fragte sie zögernd.

»Warum nicht?«, antwortete Frau Mörser. »Weißt du was? Ich rufe an und sehe, ob ich einen Termin bekomme. Normalerweise dauert so etwas Wochen, aber manchmal hat es seine Vorteile, einen einflussreichen Posten zu bekleiden.«

Sie streckte die Hand nach dem Telefon aus, und Thirteen nickte und sah wieder zu dem Schatten hoch. Er war verschwunden und schon im nächsten Augenblick löste sich auch die Tür hinter Frau Mörsers Schreibtisch in nichts auf.

* * * * *

Es ging alles so schnell, dass Thirteen sich hinterher kaum erinnerte, was wirklich geschehen war. Für eine Sekunde stand sie einfach wie gelähmt da und starrte das unfassbare Bild an, das sich ihr bot, und sie war sich dabei nicht bewusst, dass sie noch immer aus Leibeskräften schrie. Dann überschlugen sich die Ereignisse.

Thirteen wäre verloren gewesen, hätte sich nicht plötzlich eine Hand mit spitzen Fingernägeln von hinten in ihr Haar gekrallt und sie so heftig zurückgerissen, dass sie beinahe das Gleichgewicht verlor. Mehr stolpernd als gehend wankte sie in das Zimmer zurück, aus dem sie soeben gekommen war. Sie konnte nicht sehen, wer sie zurückzerrte, aber sie hörte eine schrille Stimme, die irgendetwas Unverständliches schrie, und versuchte sich loszureißen. Es gelang ihr, aber noch bevor sie sich herumdrehen konnte, bekam sie eine doppelte Ohrfeige auf beide Wangen, dass sie Sterne sah.

Trotzdem taumelte sie weiter und sie nahm sogar noch irgendwoher die Geistesgegenwart, die Tür hinter sich ins Schloss zu werfen. Keine Sekunde zu früh. Die Tür war noch nicht ganz zugefallen, da erbebte sie bereits unter einem heftigen Schlag, der Holzsplitter aus dem Rahmen fliegen ließ, und einen Augenblick, bevor die Tür ganz zufiel, sah sie riesige, schemenhafte Gestalten, die davor emporwuchsen wie eine Ausgeburt der Hölle.

Keuchend richtete sie sich auf und hielt nach ihrem Retter Ausschau. Nichts. Sie war allein.

»Das darf doch nicht wahr sein!«, keifte eine schrille, misstönende Stimme. »Was machst du denn hier? Du musst ja wohl von allen guten Geistern verlassen sein! Ich fasse es nicht!«

Thirteen sah sich aus ungläubig aufgerissenen Augen um. Sie war nach wie vor allein! Bei ihr war absolut *niemand* – aber sie hörte die Stimme noch immer ganz deutlich!

Ein flatterndes Geräusch erklang und Thirteen kam endlich auf die Idee, nach oben zu blicken. Über ihr flog etwas Kleines, Dunkles durch die Luft, das sie im ersten Moment für einen Vogel hielt, dann aber erkannte, was es wirklich war: eine Fledermaus, wenn auch eine von erstaunlicher Größe. Aber das erklärte noch nicht, wer sie gerettet hatte, und auch nicht, woher die keifende Stimme kam, die sie noch immer hörte.

Die Tür erbebte unter einem weiteren Schlag, der diesmal so gewaltig war, dass er die gesamte Tür spaltete. Einem dritten Schlag würde sie bestimmt nicht standhalten.

»Raus!«, kreischte die Stimme. »Renn um dein Leben!« Thirteen erlebte ein weiteres Wunder. Als sie das Zimmer das erste Mal betreten hatte, hatte es weder ein Fenster noch eine zweite Tür gegeben. Jetzt war Letztere da. Wo vorhin der Kamin gestanden hatte, befand sich nun eine schmale, aber weit offen stehende Tür, hinter der ein knapp meterbreiter Gang zum Vorschein gekommen war.

»Worauf wartest du?! Willst du, dass sie dich kriegen?!«

Das wirkte. Thirteen rannte los. Die Fledermaus folgte ihr, während die erste Tür unter einem dritten, noch gewaltigeren Schlag erbebte, und diesmal flogen ganze Holzstücke aus dem Rahmen. Mit ein paar schnellen Schritten durchquerte Thirteen das Zimmer und stürmte in den Gang hinein. Gehetzt blickte sie über die Schulter zurück. Nichts folgte ihr, aber allein die Erinnerung an das riesige, beinahe formlose … *Ding*, das gegen die Tür gehämmert hatte, reichte aus, um sie noch schneller laufen zu lassen.

»Beeil dich!«, kreischte die Stimme. »Die Treppe hinauf, schnell!«

Sie hatte bisher gar keine Treppe gesehen, aber das hatte in diesem Haus offenbar nichts zu bedeuten: Plötzlich tauchte vor ihr eine weitere Tür auf, und dann hatte Thirteen alle Mühe, nicht aus dem Gleichgewicht zu geraten, denn unter ihren Füßen war mit einem Mal eine steile Wendeltreppe. Sie rannte die Stufen hinauf, so schnell sie nur konnte, immer noch angetrieben von einer Stimme, die aus dem Nichts zu kommen schien, und der Erinnerung an das brodelnde Entsetzen draußen auf dem Gang.

Die Treppe endete in einer kleinen dreieckigen Kammer voller Staub und Spinnweben. Thirteen sprang die letzten Stufen mit einem einzigen Satz hinauf, fuhr herum und warf die Klappe zu, die den Treppenschacht verschloss. Hastig sah sie sich um, entdeckte eine weitere Tür und trat rasch hindurch. Erst als sie auch diese ins Schloss gedrückt und sorgsam verriegelt hatte, wagte sie es, vorsichtig aufzuatmen.

»Sind sie weg?«, fragte sie.

»Keine Angst. Wir sind in Sicherheit. Sie kommen nie hierher. Jedenfalls haben sie das bisher nicht getan.«

»Aha«, sagte Thirteen. »Und wer sind sie? Und vor allem – wer spricht da überhaupt?«

»Na, ich natürlich«, antwortete die Stimme. »Was bist du – blind oder begriffsstutzig?«

Thirteen sah sich immer verwirrter um. Aber da war doch niemand! Sie war nach wie vor allein!

Das hieß: *Ganz* allein war sie nicht. Die Fledermaus war nach wie vor bei ihr. Sie flatterte jetzt nicht mehr hektisch um sie herum, sondern hing kopfunter an einem Balken unter der Decke und blickte sie aus winzigen, dunklen Augen an.

»Wie?«, fragte Thirteen verdattert.

»Wie? Was? Wo?«, fragte die Stimme höhnisch. »Was hast du? Einen Sprachfehler?«

Thirteen riss ungläubig die Augen auf. Sie wusste natürlich, dass es vollkommen unmöglich war, aber das winzige, mit nadelspitzen Zähnen besetzte Maul der Fledermaus *bewegte* sich, während sie die Stimme hörte.

»Du … du sprichst?«, flüsterte sie ungläubig.

»Nein, ich singe!«, antwortete die Fledermaus patzig. »Hörst du das nicht?«

»Aber das … kann doch gar nicht sein!«, stammelte Thirteen.

»Das kann doch gar nicht sein!«, äffte sie die Fledermaus nach. Sie kniff das linke Auge zu. »Ist das deine Art, dich dafür zu bedanken, dass ich dir das Leben gerettet habe?«

»Da… danke«, stotterte Thirteen.

»Was tust du überhaupt hier?« Die Fledermaus plusterte sich auf. »Das darf doch alles nicht wahr sein! Da reißt man sich einen Flügel aus, um dir den hässlichen Hals zu retten, und dann kommst du *freiwillig* hierher. Bist du denn vollkommen wahnsinnig?«

»Ich ... ich verstehe überhaupt nichts«, murmelte Thirteen. »Ja, das glaube ich dir auf Anhieb«, sagte die Fledermaus. »Falls es dir immer noch nicht klar ist: Wenn ich nicht gewesen wäre, dann wärst du jetzt hin. Alle. Kaputt. Erledigt. Finito. Sense. Aus.«

»Ja, ja, ist ja schon gut«, sagte Thirteen. »Ich hab's verstanden.« Sie blinzelte. »Soll das heißen, dass du mich in das Zimmer gezogen hast?«

»Ich hab's verstanden!«, spöttelte die Fledermaus. »Böööböööh!«

Thirteen hob die Hand und betastete ihren Kopf. Jetzt spürte sie die winzigen Schrammen auf ihrer Kopfhaut. Was sie für Finger gehalten hatte, waren die spitzen Krallen des winzigen Tierchens gewesen, die sich in ihr Haar gruben; und die Ohrfeigen hatten ihr die Flügel verpasst, die ihr ins Gesicht klatschten.

»Also, jetzt mal der Reihe nach«, sagte sie langsam. »Was geht hier vor? Wer bist du? Wo bin ich hier und was waren das für Ungeheuer? Und wer war das Mädchen?«

»Welche Frage soll ich zuerst beantworten?«

Thirteen schwieg. Sie starrte die Fledermaus an und plötzlich bewegten sich ihre Gedanken nur noch ganz langsam und so mühevoll, als wäre ihr Kopf mit zähem Sirup gefüllt. Das Unheimlichste war vielleicht, dass sie sich nicht einmal wirklich an die Ungeheuer *erinnern* konnte. Sie hatte sie ganz deutlich gesehen, aber es war mit ihnen wie mit dem sonderbaren Mann im Flugzeug: Ihr Bild schien nur so lange Bestand zu haben, wie sie sie direkt ansah. Kaum wandte sie den Blick ab, verblasste es zu einer vagen Erinnerung an etwas Schwarzes, formlos Grauenhaftes.

Aber was erwartete sie? Sie stand hier und redete mit einer *Fledermaus!*

»Willst du mich beleidigen?«, keifte die Fledermaus. Thirteen sah sie eine Sekunde lang verwirrt an, ehe ihr klar wurde, dass sie den letzten Satz – und vielleicht nicht nur diesen – laut ausgesprochen hatte.

»Nein«, sagte sie hastig. »Es ist nur … entschuldige.«

»Entschuldige, entschuldige, bla, bla, bla!«, ereiferte sich die Fledermaus. »Ich bin keine Fledermaus, merk dir das! Ich bin eine *Flederratte!* Die größte, gefährlichste und schlimmste Flederratte aller Zeiten! Mein Name ist *Wusch* und den solltest du dir gut merken! Du wirst noch davon hören!«

»Wusch?!«

»Ja, Wusch!«, antwortete die Flederratte. »Weil das das Geräusch ist, das die meisten meiner Feinde als Letztes in ihrem Leben hören!« Sie ließ ihren Halt los, breitete die Flügel aus und begann Thirteen zu umkreisen.

»Siehst du – so!« Sie stieß auf Thirteen herab, änderte im letzten Moment den Kurs und setzte sofort zu einem neuen Angriff an. »Wusch! Und *wuuu-sch!*«

Sie schien sich tatsächlich für einen Tiefflieger zu halten, denn ihre Attacken wurde immer kühner. Thirteen zog erschrocken den Kopf zwischen die Schultern.

»He!«, schrie sie. »Hör auf! Ich glaube dir ja!«

»Siehst du!«, keifte Wusch und startete einen neuen Tieffliegerangriff. »Und wusch! Und *wuuusch!* Und –«

Beim letzten Anflug verschätzte sie sich. Thirteen duckte sich blitzschnell und Wusch raste über sie hinweg und klatschte mit voller Geschwindigkeit und weit ausgebreiteten Flügeln gegen die Wand. Hilflos rutschte sie daran herunter, fiel zu Boden und blieb benommen sitzen.

»Ist dir etwas passiert?«, fragte Thirteen erschrocken.

Wusch schüttelte den Kopf. »Ui«, sagte sie. »Da war ich wohl etwas zu temperamentvoll, wie? Aber so ist das nun mal, wenn mich der Blutrausch packt.«

Thirteen grinste. Wusch bot aber auch einen wirklich komischen Anblick. Sie saß auf dem Hinterteil und stützte sich mit den Flügelspitzen auf, wie ein zu klein geratener Vampir aus einem Gruselfilm, und sie schüttelte immer noch den Kopf. Doch so komisch der Anblick auch war – er erinnerte Thirteen auch an etwas. »He!«, sagte sie. »Ich kenne dich! Ich … ich habe dich schon einmal gesehen. Auf dem Flughafen, stimmt's? Du warst in dem Gang. Du hast den Mann mit dem Messer angegriffen –«

»– der dich tranchieren wollte, richtig«, sagte Wusch. »Endlich hast du's kapiert. Lange genug hat es ja gedauert. Und wozu die ganze Mühe? Für die Katz!« Sie begann mit mühsamen, kleinen Bewegungen die Wand hinaufzuklettern. Unter der Decke angekommen, grub sie die Krallen der Hinterläufe ins Holz und hängte sich so wieder kopfunter auf.

»Nebenbei: Was ist ein *Flughafen?*«

»Ein …« Thirteen überlegte einen Moment, wie sie Wusch erklären sollte, was ein Flughafen war. »Eine Art Nest«, sagte sie schließlich. »Für Flugzeuge.«

»Flugzeuge?«

»Große Maschinen, die fliegen.«

»Fliegen? So wie ich?« Wusch wirkte höchst interessiert.

Nein – sie hatte wirklich keine Lust, einer sprechenden Fledermaus zu erklären, was ein Flugzeug war. »So wie du«, bestätigte sie. »Nur größer. Und ein bisschen anders.«

Sie machte eine abwehrende Handbewegung, als Wusch eine weitere Frage stellen wollte, und fuhr in plötzlich erregtem Tonfall fort: »Soll das heißen, ich habe das alles wirklich erlebt? Es war keine Halluzination?«

»Natürlich hast du es wirklich erlebt!«, sagte Wusch beleidigt. »Sehe ich aus wie eine Halluzination?«

»Ehrlich gesagt …«, begann Thirteen, zog es aber vor, den Satz nicht zu Ende zu bringen, als sie Wuschs Blick registrierte. »Lassen wir das. Ich glaube dir einfach.«

»Von mir aus auch dreifach«, antwortete Wusch.

Thirteen ging nicht darauf ein. »Wo bin ich hier?«, fragte sie.

»Im Haus«, antwortete Wusch. »Was für eine dämliche Frage.«

Thirteen seufzte. Streng genommen hatte Wusch ja recht. »Du scheinst dich hier auszukennen. Dann kannst du mir bestimmt auch sagen, wie ich wieder herauskomme, oder?«

»Herauskomme?« Wusch riss die Augen auf und wäre um ein Haar von ihrem Balken gefallen. »Sagtest du: *herauskommen?*«

»Ja«, antwortete Thirteen. »Was ist daran so komisch?«

»Herauskommen!«, prustete Wusch. »Ich fasse es nicht! Sie gibt sich alle Mühe, um hereinzukommen, schlägt alle Warnungen in den Wind und kommt trotzdem hierher, und dann fragt sie mich, wie sie wieder *herauskommt!*« Und plötzlich wurde sie sehr ernst, so ernst, dass Thirteen bei ihren nächsten Worten ein eisiger Schauer über den Rücken lief.

»Aus diesem Haus, mein Kind«, sagte sie, »ist noch nie jemand wieder herausgekommen.«

* * * * *

Sie hatte nicht die mindeste Ahnung, wie sie ihr Vorhaben in die Tat umsetzen sollte, aber der Termin bei dem Kinderpsychologen, den Frau Mörser für diesen Nachmittag ausgemacht hatte, erschien ihr ein guter Zeitpunkt für eine Flucht. Die Zeit bis dahin dehnte sich, wie immer, wenn man darauf wartete, dass sie verging, aber schließlich war es so weit: Dieselbe junge Frau, die sie am Morgen zu ihrem Gespräch mit Frau Mörser gebracht hatte, holte sie ab und fuhr sie zu der Arztpraxis, die in einem hübschen Jugendstilgebäude am Stadtrand untergebracht war.

Ursprünglich hatte Thirteen vorgehabt, einfach bei der erstbesten Gelegenheit aus dem Wagen zu springen und davonzulaufen, aber sie verwarf diese Idee sehr schnell wieder. Sie würde nicht sehr weit kommen; wahrscheinlich nicht einmal aus der Stadt hinaus. Und selbst wenn: Frau Mörser musste nur zwei und zwei zusammenzählen, um zu wissen, wohin sie gehen würde. Nein – sie brauchte einen Plan. Und sie brauchte Hilfe.

»Was ist eigentlich mit Frank geschehen?«, fragte sie, während sie aus dem Wagen stiegen und nebeneinander den gewundenen Kiesweg zum Haus des Arztes hinaufgingen.

»Meinst du den Jungen, den du kennengelernt hast?«, erkundigte sich ihre Begleiterin. Thirteen nickte und die junge Frau fuhr betont fort: »Mit ihm ist nichts *geschehen*. Er ist in einem anderen Heim, das ist alles.«

»Hier in der Stadt?«

Die junge Frau sah sie scharf an. Ein schwacher, aber sichtbarer Funke von Misstrauen glomm in ihren Augen auf. »Wieso?«

»Ich würde ihm gerne schreiben«, antwortete Thirteen. »Immerhin bin ich nicht ganz schuldlos daran, dass sie ihn geschnappt haben.«

»Das verstehe ich«, sagte die junge Frau. »Schreib ihm einen Brief. Ich verspreche dir, dass ich ihn Frank geben werde. Noch heute, wenn du willst.«

Zu ihrer eigenen Überraschung gelang es Thirteen, sich ihre Enttäuschung nicht anmerken zu lassen. Immerhin – jetzt wusste sie wenigstens, dass Frank sich noch hier in der Stadt aufhielt.

Als sie die Stufen zum Haus hinaufgingen, hörte sie ein Geräusch hinter sich. Sie wandte sich um und sah gerade noch einen Schatten in den Büschen hinter sich verschwinden; zu klein für einen Menschen, aber viel größer als ein Vogel oder eine streunende Katze. »Was war das?«, fragte sie erschrocken.

»Was?« Ihre Begleiterin zuckte mit den Schultern. »Ich habe nichts gesehen.«

Das hatte Thirteen im Grunde auch nicht. Und trotzdem war sie sicher, dass dort drüben im Gebüsch etwas war. Etwas Großes, Hässliches, mit vier Beinen und einem haarlosen Sabbermaul. Etwas, das sie anstarrte …

Sie betraten das Haus, das zur Abwechslung einmal weder supermodern noch mittelalterlich eingerichtet war, sondern ganz normal. Eine adrett gekleidete Sprechstundenhilfe nahm sie in Empfang und bat sie in das kleine Wartezimmer, nachdem sie die Papiere geprüft hatte, die Thirteens Begleiterin ihr reichte.

Thirteen begann sich mit jeder Minute weniger wohl in ihrer Haut zu fühlen, und das war eigentlich kein Wunder. Man konnte es nennen, wie man wollte: Sie saß im Wartezimmer eines

Psychologen, weil es Leute gab, die ernsthaft an ihrem Verstand zweifelten.

Und vielleicht hatten sie ja recht damit. Sie hatte in den letzten Tagen Dinge erlebt, die einfach nicht mehr zu erklären waren. Und das Schlimmste war: Nichts davon schien irgendeinen Sinn zu ergeben.

Sie stand wieder auf, ging zum Fenster und sah in den Garten hinaus.

*****

»Was … soll das heißen: Hier ist noch nie jemand wieder herausgekommen?«, fragte Thirteen.

»Na, das, was es heißt«, antwortete Wusch. »Dass hier noch nie jemand wieder herausgekommen ist. Allerdings war auch noch nie jemand so blöd, freiwillig hierherzukommen.«

»Danke«, sagte Thirteen.

»Gern geschehen«, antwortete Wusch. »Du hast es dir redlich verdient. Vor allem, wo ich mir fast einen Flügel ausgerissen habe, um dich davor zu bewahren. Und dann kommst du *freiwillig* hierher! Nicht zu fassen!«

»Wenn du damit fertig bist, mich zu beschimpfen«, sagte Thirteen, »dann könntest du mir vielleicht endlich einmal erklären, was hier überhaupt vorgeht. Und wo ich hier bin!«

»Sehe ich aus wie eine Auskunftei?«, fragte Wusch patzig. Sie ließ ihren Halt los, fiel kopfüber in die Tiefe und fing ihren Sturz im letzten Augenblick mit weit ausgebreiteten Schwingen auf.

»Komm mit, ich bringe dich zu den anderen. Die können dir alles erklären, wenn sie wollen. Sie reden ohnehin die ganze Zeit.«

Thirteen versuchte sie zurückzuhalten, aber Wusch hatte sich bereits wieder hoch in die Luft erhoben und flitzte aus dem Raum, sodass Thirteen ihr folgen musste, ob sie nun wollte oder nicht.

Sie gelangte in einen weiteren langen Flur, von dem eine große Anzahl Türen abzweigte. Er befand sich allerdings in nicht annähernd so gutem Zustand wie der, durch den sie vorhin gekommen war. Die Eichenpaneele waren uralt und rissig wie poröser Stein und von der Decke blätterte der Putz. Überall in Ecken und Winkeln hatte sich Staub eingenistet, und ein Teil der Petroleumlampen, die auch hier für die Beleuchtung sorgten, war erloschen. Ein leicht muffiger Geruch hing in der Luft und es war feucht.

»Wo sind wir hier?«, fragte sie.

»In der dreizehnten Etage«, antwortete Wusch. »Du bist doch nicht abergläubisch, oder?«

»Nein«, antwortete Thirteen. Die dreizehnte Etage – was auch sonst? »Aber neugierig. Die dreizehnte Etage, wovon?«

»Des Hauses natürlich!«, erwiderte Wusch. Sie kam zurück, flog einen engen Kreis um Thirteen und flatterte wieder davon. »Und jetzt hör auf, dumme Fragen zu stellen, und beeil dich ein bisschen. Ich habe keine Lust, die anderen zu verpassen. In letzter Zeit ziehen sie ständig durch die Gegend. Wenn wir ihre Spur verlieren, können wir wochenlang nach ihnen suchen.«

Thirteen schritt tatsächlich schneller aus, auch wenn sie Wuschs Behauptung für ziemlich übertrieben hielt. Dass dieser verborgene Teil des Hauses groß war, hatte sie mittlerweile begriffen – aber wohl kaum groß genug, um Wochen zu brauchen, bis sie ihn durchsucht hatte! Trotzdem beeilte sie sich noch mehr, um mit Wusch Schritt zu halten. Sie brannte darauf, endlich wieder mit einem *Menschen* zu sprechen statt mit einer Fledermaus, die nur Unsinn redete.

»Es ist nicht mehr weit«, sagte Wusch. »Ich kann sie schon hören. Sie sind ziemlich aufgeregt.«

Thirteen lauschte, aber sie hörte nichts außer dem Geräusch ihrer eigenen Schritte und dem ledrigen Flappen von Wuschs Flügeln. Allerdings wusste sie, dass Fledermäuse über ein sehr viel schärferes Gehör als Menschen verfügten, sodass sie Wuschs Worte nicht bezweifelte. Und nach einigen Minuten hörte sie es auch: menschliche Stimmen, noch ein gutes Stück entfernt, aber ziemlich aufgeregt, ganz wie Wusch gesagt hatte.

»So, den Rest schaffst du dann wohl allein!«, erklärte die Flederratte. Sie flog eine elegante Kurve unter der Decke, kam wieder zu Thirteen zurück und glitt über sie hinweg.

»He!«, rief Thirteen. »Wo willst du hin? Lass mich nicht allein!«

»Keine Angst«, antwortete Wusch, machte aber keine Anstalten, langsamer zu werden oder gar umzukehren, sondern flog im Gegenteil immer schneller. »Wir sehen uns wieder. Wir haben viel Zeit hier, weißt du?«

Und damit verschwand sie. Thirteen sah ihr nach, bis sie zu einem Punkt unter der Gangdecke geworden war, dann drehte sie sich herum und ging unsicher weiter. Ein paarmal sah sie sich um und sie wäre nicht überrascht gewesen, hätte sie wieder eine Horde schattenhafter Albtraummonster hinter sich erblickt. Aber der Gang blieb leer und nach einigen Augenblicken ging sie weiter.

Sie näherte sich den Stimmen jetzt rasch. Bald war sie nahe genug, um zu hören, dass es sich um die hellen Stimmen von Kindern handelte. Sie konnte nicht verstehen, worüber sie sprachen, aber sie schienen über irgendetwas zu streiten. Sie erklangen hinter einer Tür auf der linken Seite des Ganges, die einen Spaltbreit offen stand.

Thirteen zögerte noch einen Moment. Sie hatte kein gutes Gefühl dabei, durch diese Tür zu gehen. Aber dann nahm sie all ihren Mut zusammen, atmete noch einmal tief ein und betrat das Zimmer.

Der Raum unterschied sich kaum von dem, in dem sie vorhin gewesen war – außer in einem: Er war nicht leer. Thirteen sah das Mädchen, dem sie vorhin begegnet war, und außer ihm noch fünf andere Kinder – zwei Mädchen und drei Jungen. Alle sechs waren ungefähr im selben Alter – etwas jünger als Thirteen – und alle sechs starrten sie an. Und das auf eine Art und Weise, die Thirteen beinahe Angst machte.

Das aufgeregte Gespräch war im selben Augenblick verstummt, in dem sie die Tür geöffnet hatte, und sechs aufgerissene Augenpaare hatten sich ihr zugewandt. Sie hatten nicht nur aufgehört zu reden. Die drei Jungen und drei Mädchen schienen mitten in der Bewegung erstarrt zu sein; fast als wäre die Zeit für einen Moment stehen geblieben.

»Hal...lo«, sagte Thirteen zögernd.

Sie hatte ganz leise gesprochen, beinahe nur geflüstert, aber das Wort brach trotzdem den Bann. Die sechs Kinder gerieten in Bewegung und begannen wild durcheinanderzurufen. Der größte und kräftigste der drei Jungen war mit zwei raschen Schritten an ihr vorbei und trat auf den Gang hinaus, während die fünf anderen Thirteen umringten und zugleich auf sie einredeten: »Wer bist du?« – »Wo kommst du her?« – »Wie bist du hierhergekommen?« Und immer wieder: »Wer bist du?«

Schließlich hob einer der beiden Jungen die Hände und rief laut: »Ruhe, zum Teufel!«

Tatsächlich verstummte das Stimmengewirr auf der Stelle. Der Junge sah Thirteen einige Sekunden lang auf eine nicht besonders freundliche Weise an und stellte noch einmal die Frage, die sie schon ein Dutzend Mal gehört hatte: »Wer bist du?«

»Ich wollte euch nicht erschrecken«, sagte Thirteen hastig.

»Das hast du auch nicht«, antwortete der Junge. »Aber das ist keine Antwort. Wer bist du und wie kommst du hierher?«

Thirteen antwortete auch jetzt nicht gleich. Der Junge klang nicht sonderlich freundlich und sein Gesichtsausdruck war das pure Misstrauen. Vielleicht hatte Wusch ja ihre Gründe gehabt, diesen sechs Kindern nicht begegnen zu wollen ...

»Mein Name ist Thirteen«, antwortete sie. »Und ich habe keine Ahnung, wie ich hierhergekommen bin, wirklich!«

»Thirteen?« Der Junge legte die Stirn in Falten. »Was soll das für ein Name sein?«

Bevor Thirteen antworten konnte, kehrte der große Junge aus dem Flur zurück. Obwohl sie ihn auf mindestens ein, wenn nicht zwei Jahre jünger als sie selbst schätzte, überragte er sie um fast einen Kopf. Er schloss die Tür hinter sich, ehe er sich an den Jungen vor Thirteen wandte und sagte: »Alles in Ordnung.«

Der Angesprochene nickte mit sichtbarer Erleichterung, aber das Misstrauen in seinem Blick blieb.

»Thirteen, so. Du bist also neu. Aber es ist noch viel zu früh.«

»Das muss das Mädchen sein, von dem Helen gesprochen hat«, sagte der dritte Junge.

»Aber jetzt glaubt ihr mir endlich, wie?«, fragte das Mädchen, dem Thirteen vorhin begegnet war. Es zog eine beleidigte Schnute, aber als es Thirteen ansah, lächelte es. Thirteen erwiderte das Lächeln, aber sie wurde gleich wieder ernst.

»Ich wollte euch wirklich nicht erschrecken«, sagte sie. »Es tut mir leid. Ich war einfach nur froh, endlich wieder eine menschliche Stimme zu hören.« Sie deutete auf Helen. »Sie ist weggelaufen, ehe ich etwas sagen konnte.«

»Ich weiß«, antwortete der Junge, von dem sie mittlerweile annahm, dass er so etwas wie der Anführer der kleinen Gruppe war. »Aber das war unten, im anderen Stockwerk. Es ist ziemlich gefährlich dort.«

»Das habe ich gemerkt«, erwiderte Thirteen schaudernd.

Der Junge legte den Kopf schräg und sah sie aus misstrauisch zusammengekniffenen Augen an. »Sag nicht, du bist den Dämonen begegnet.«

»Dämonen?« Thirteen schüttelte sich. »Ja, ich glaube, so könnte man sie nennen.«

»Und du lebst noch? Normalerweise entkommt ihnen keiner. Erst recht niemand, der neu hier ist.«

»Ich hatte Hilfe«, gestand Thirteen.

»Hilfe? Wen?«

Thirteen lächelte schief. »Ihr werdet es mir wahrscheinlich nicht glauben«, sagte sie, »aber es war eine Fledermaus. Eine *sprechende* Fledermaus.«

Niemand war überrascht. Der große Junge nickte und sagte: »Wusch.«

»Ihr kennt sie?«, fragte Thirteen.

»Natürlich kennen wir sie. Aber wir sind nicht besonders scharf darauf, ihr zu begegnen. Meistens bedeutet es nur Ärger, wenn sie auftaucht. Aber wir wollen nicht über Wusch reden. Du wirst uns noch ein paar Fragen beantworten.«

»Nein«, sagte Thirteen.

Der Junge blinzelte. »Nein?«

»Nein«, bestätigte Thirteen. »Ich erzähle euch gerne alles, was ihr wissen wollt, aber zuerst werde ich euch ein paar Fragen stellen.« Ihre Stimme klang dabei sehr viel sicherer, als sie sich in Wahrheit fühlte. Sie bewegte sich auf ziemlich dünnem Eis. Die Feindseligkeit, die sie im ersten Moment gespürt hatte, hatte sich ein wenig gemildert, aber das Misstrauen war noch immer da. Trotzdem machte es sie allmählich wütend, diesem Verhör unterzogen zu werden.

Doch plötzlich lächelte der Junge vor ihr. »Du bist ganz schön mutig, wie? Aber meinetwegen: Was willst du wissen?«

»Zuerst einmal: Wer seid ihr?«, fragte Thirteen.

»Ich bin Peter«, antwortete der Junge. »Das da sind Stefan, Tim –« Er deutete zuerst auf den groß gewachsenen Jungen und dann auf den dritten, dann der Reihe nach auf die drei Mädchen. »– Angela, Beate, und Helen kennst du ja schon.«

»Ja«, sagte Thirteen. »Aber das habe ich nicht gemeint. Was tut ihr hier?«

»Was wir hier tun?« Peter blinzelte. »Was für eine Frage. Wir versuchen zu überleben – genau wie du.«

»Ich?«

Der Ausdruck von Überraschung auf Peters Gesicht war nicht gespielt. »Du weißt wirklich gar nichts, wie?«

»Nein«, antwortete Thirteen wahrheitsgemäß. »Sonst würde ich nicht fragen. Ich verstehe überhaupt nicht, was hier los ist. Was ist das hier? Wie kommt ihr hierher?«

»Das hier ist das Haus«, antwortete Peter.

»Das weiß ich selbst«, sagte Thirteen unwillig. »Das Haus meines Großvaters. Aber –«

Sie verstummte. Ein so furchtbarer Verdacht keimte in ihr auf, dass sie beinahe Angst hatte, ihn auszusprechen, aber sie tat es trotzdem.

»Hält … hält er euch hier etwa gefangen?«, fragte sie stockend.

»Dein Großvater?« Peter schüttelte den Kopf. »Ich weiß nicht einmal, wer das ist. Und das hier ist auch nicht ein Haus. Aber jetzt bist du wieder dran: Wie bist du hierhergekommen?«

»Das weiß ich nicht«, antwortete Thirteen. »Oder doch. Ich bin in den Schrank hineingegangen und dann ist die Geheimtür hinter mir zugefallen. Ich habe versucht, sie wieder zu öffnen, es aber nicht geschafft. Und seitdem laufe ich hier herum und suche den Ausgang.«

»Durch einen Schrank?«, fragte Helen. Sie machte große Augen. Peter sagte nichts, aber er tauschte einen beredten Blick mit Stefan und Tim.

»Was ist daran so komisch?«, fragte Thirteen.

»Nichts«, antwortete Peter. »Außer dass es hier keine Schränke gibt.«

»Hier vielleicht nicht«, sagte Thirteen. »Auf der anderen Seite schon. «

»Es gibt auch keine andere Seite«, sagte Peter ruhig.

»Was soll das heißen?«, fragte Thirteen. »Das ist lächerlich.«

»Nein«, antwortete Peter seufzend. »Das ist es nicht. Aber weißt du: Allmählich glaube ich dir, dass du wirklich nichts weißt. Und das bedeutet, dass wir dir wohl eine Menge erklären müssen.«

»Aber wir haben Zeit«, fügte Stefan hinzu.

»Sehr viel Zeit«, sagte Tim.

* * * * *

»Um Gottes willen, was hast du denn?« Thirteen hörte die Stimme wie von weit her in ihre Gedanken dringen, und es vergingen noch einige Sekunden, bis sie begriff, dass etwas nicht stimmte. Gerade hatte sie noch am Fenster gestanden und in den Garten hinausgesehen, und dann …

Plötzlich saß sie in einem der bequemen Stühle im Wartezimmer, und ihre Begleiterin und ein grauhaariger, älterer Mann mit einem messerscharf ausrasierten Bart beugten sich über sie und blickten besorgt auf sie herab.

»Was … was ist passiert?«, murmelte sie benommen.

»Das hätten wir gerne von dir gewusst«, sagte der Bärtige. »Du bist ohnmächtig geworden.«

»Ohnmächtig?«, antwortete Thirteen.

»Ich konnte dich gerade noch auffangen«, bestätigte ihre Begleiterin. »Du bist ans Fenster gegangen und dann einfach umgekippt. Ich habe einen ganz schönen Schrecken bekommen, das kann ich dir sagen.«

»Mir fehlt nichts«, versicherte Thirteen. Um ihre Worte unter Beweis zu stellen, stand sie auf; noch ein bisschen wackelig, aber trotzdem sehr schnell. Sie fühlte sich immer noch ein wenig benommen, aber das lag eher an ihrer Verwirrung, nicht an den Nachwirkungen der Ohnmacht. Und was hieß überhaupt *Ohnmacht?* Sie gehörte nicht zu den Mädchen, die bei jeder Gelegenheit ohnmächtig wurden. Sie sah unsicher zum Fenster. Sie konnte sich tatsächlich noch erinnern, dorthin gegangen zu sein, aber dann …

Dem Bärtigen war ihr Blick nicht entgangen. Er runzelte die Stirn, drehte sich herum und trat ebenfalls zum Fenster. »Ist dort draußen irgendetwas?«, fragte er.

Thirteen schüttelte zögernd den Kopf. Für einen Moment glaubte sie sich zu erinnern … aber das war einfach zu verrückt. Nein.

»Also, ich sehe dort draußen nichts.« Der Mann drehte sich wieder vom Fenster weg, zuckte mit den Schultern und lächelte dann zu glatt, um überzeugend zu wirken.

»Nun, ich glaube, wir sollten uns jetzt wirklich unterhalten«, sagte er. »Ich bin Doktor Hartstätt. Ich denke, wir werden ganz gut miteinander zurechtkommen.«

Er streckte Thirteen die rechte Hand entgegen, aber sie ignorierte sie und sah ihn direkt an. »Doktor Hartstätt. Sie sind der Irrenarzt, stimmt's?«

Hartstätt runzelte die Stirn, überging Thirteens feindseligen Ton aber mit berufsmäßigem Gleichmut und lächelte weiter. »Eine andere Bezeichnung wäre mir lieber«, sagte er. »Aber wenn du möchtest … bitte. Bist du immer so feindselig?«

Ihr *Gespräch* hatte offenbar schon begonnen, dachte Thirteen. Sie musste vorsichtig sein. »Nein«, sagte sie. »Nur zu Leuten, die mich gegen meinen Willen festhalten.«

»Wer tut das?«, fragte Hartstätt. Er deutete zur Tür. »Du kannst jederzeit gehen.«

»Ja – fragt sich nur, wohin«, murmelte Thirteen.

»Das zu entscheiden, liegt leider nicht in meiner Macht«, sagte Hartstätt bedauernd. »Aber man hat mir bereits erzählt, welches Problem du hast. Ich kann dich verstehen. Du betrachtest dich als Gefangene, aber das stimmt nicht.«

Seltsam – aber die Worte kamen ihr irgendwie bekannt vor. Vielleicht nicht einmal ihr genauer Wortlaut, aber das, was sie bedeuteten. Es hatte etwas mit dem zu tun, woran sie sich zu erinnern glaubte … gefangen. Vielleicht, überlegte sie trübsinnig, war sie nicht einmal ganz zu Unrecht in dieser Arztpraxis …

»Wir wollen dir wirklich nur helfen.« Hartstätt setzte sich neben sie und stützte die Ellbogen auf die Oberschenkel. Er lächelte. »Ich weiß, das hört sich billig an, aber es ist die Wahrheit.«

»Warum lassen mich dann nicht einfach alle in Ruhe?«, fragte Thirteen.

»Weil das eben nicht so einfach ist«, antwortete Hartstätt. »Es gibt leider ein paar Spielregeln, an die auch wir uns halten müssen. Sie sind gar nicht einmal so kompliziert, aber es gibt sie nun einmal. Und eine davon besagt, dass ich mein Einverständnis geben muss, damit du bei deinem Großvater leben darfst.«

»Und das tun Sie natürlich nur, wenn ich hübsch brav bin und tue, was immer Sie verlangen«, antwortete Thirteen. »Also gut – was soll ich sagen? Dass ich so unglücklich bin, weil ich meine Eltern verloren habe? Dass ich einsam bin und niemand mich versteht? Und dass ich einen Menschen suche, mit dem ich mich wirklich aussprechen kann?«

»Das wäre ein Anfang«, sagte Hartstätt ungerührt. »Warum erzählst du mir nicht von den Türen?«

»Türen?«

»Die du gesehen hast«, antwortete Hartstätt. »Am Flughafen und im Haus deines Großvaters. Und heute Morgen, in Frau Mörsers Büro.«

Thirteen konnte sich gerade noch rechtzeitig zusammenreißen, um sich ihre Überraschung nicht zu deutlich anmerken zu lassen. Davon konnte er nichts wissen. Sie hatte niemandem von ihrem Erlebnis am Morgen erzählt. *Woher wusste er von dieser letzten Tür?* »Das war … nichts«, sagte sie ausweichend. »Unsinn.«

»Ich lebe davon, mit Leuten über Unsinn zu reden«, sagte Hartstätt lächelnd.

Thirteen wich seinem Blick aus und zuckte mit den Schultern. »Ich nehme an, ich bin einfach ein sehr einsamer Mensch«, sagte sie seufzend. »Und wahrscheinlich sehe ich überall Türen, weil ich mir im Grunde meines Herzens wünsche, in einer anderen Welt zu leben, und nach einem Weg suche. Das erklärt vielleicht auch den Mann mit dem Messer. Ich habe einfach Angst vor dem Leben und er symbolisiert diese Angst.«

Diesmal war Hartstätts Stirnrunzeln merklich tiefer. Er schwieg eine ganze Weile, und als er antwortete, lächelte er nicht mehr ganz so freundlich.

»Ich glaube, wir haben noch eine Menge Arbeit vor uns, junge Dame«, sagte er.

»Wieso?«, fragte Thirteen. »Ich habe doch alles gesagt, was Sie hören wollten.«

Hartstätt zuckte mit den Schultern und stand auf. »Vielleicht sollten wir das Gespräch ein andermal fortsetzen«, sagte er. »Wenn du dich beruhigt hast.«

Sie hatte sich wieder einmal ziemlich dumm benommen, das war Thirteen klar. Es war zum Verrücktwerden! Alles, was sie tat, schien sich in letzter Zeit gegen sie zu wenden, als läge ein Fluch auf ihr.

»Sagen wir übermorgen um dieselbe Zeit?«, schlug Hartstätt vor.

»Gerne«, antwortete Thirteens Begleiterin. Thirteen selbst schwieg. Übermorgen würde sie nicht mehr hier sein.

Als sie sich zum Gehen wenden wollte, fügte Hartstätt hinzu: »Und passen Sie auf Ihren Schützling auf. Es würde mich nicht wundern, wenn sie auch im wirklichen Leben nach Türen sucht, durch die sie schlüpfen kann.«

Thirteen hätte Hartstätt aufspießen können – Psychologen standen nun ganz oben auf der Liste der Leute, die sie nicht leiden konnte – und ihre Begleiterin sah ein wenig besorgt drein. Auf dem Weg nach draußen ging sie ganz dicht neben ihr her und auch, als sie in den Wagen stiegen, wartete sie, bis Thirteen Platz genommen und sich angeschnallt hatte.

Während sie dann um den Wagen herumging, überlegte Thirteen, ob sie gleich wieder hinausspringen und wegrennen sollte, verwarf diesen Gedanken aber. Sie traute sich durchaus zu, der jungen Frau davonzulaufen, aber das würde wenig nutzen. Sie brauchte wenigstens ein paar Minuten Vorsprung. Und etwas, was einem Plan zumindest *ähnelte.*

Ihre Begleiterin klemmte sich hinter das Steuer, ließ den Motor an und fuhr los. »Hartstätt ist ein netter Mann, nicht?«, sagte sie.

Thirteen warf ihr einen schrägen Blick zu. Sie ließ die linke Hand auf den Magen sinken. »Wenn Sie meinen.«

»Das ist er«, bestätigte die junge Frau. »Du wirst sehen – wenn ihr euch erst ein bisschen besser kennt, dann wirst du ihn mögen.«

»So wie Frau Mörser?«, fragte Thirteen.

Die junge Frau lachte. »Die mag niemand«, sagte sie. »Dabei gibt sie sich wirklich Mühe und sie ist auch sehr kompetent. Aber sie hat eine Art, die es schwer macht, sie wirklich sympathisch zu finden.« Sie wandte kurz den Blick und sah Thirteen an. »Nun verrate ihr bloß nicht, dass ich dir das gesagt habe.«

Thirteen lächelte und begann mit der flachen Hand über ihren Magen zu streichen.

»Stimmt etwas nicht?«, fragte die junge Frau.

»Schon gut«, antwortete Thirteen. »Mir ist … nur ein bisschen flau im Magen. Die Aufregung.«

»Wir sind bald zurück im Heim, dann kannst du dich hinlegen.«

»Ich fürchte, so lange kann ich nicht warten.« Thirteen zog eine Grimasse und musterte das große Gebäude, das vor ihnen am Straßenrand aufgetaucht war. »Ich muss auf die Toilette.«

»Es sind höchstens noch fünf Minuten.«

»Und das sind wahrscheinlich vier zu viel«, sagte Thirteen. Sie machte ein gequältes Gesicht. »So lange halte ich nicht mehr aus.«

Die junge Frau maß sie mit einem durchdringenden Blick. »Das ist kein Trick, oder?«

»Probieren Sie es doch aus«, sagte Thirteen patzig. »Es sind Ihre Sitzpolster, nicht meine.«

Ihre Begleiterin seufzte, betätigte den Blinker und steuerte den Wagen auf das Bahnhofsgebäude zu. Auf dem großen Parkplatz standen nur ein paar Fahrzeuge, und auch im Gebäude selbst schien wenig Betrieb zu herrschen. Noch bevor der Wagen ganz zum Stehen gekommen war, löste sie den Sicherheitsgurt und sprang hinaus.

»Warte«, sagte ihre Begleiterin, jetzt in sehr bestimmtem Ton. »Die Toiletten sind gleich links neben dem Eingang, aber ich komme mit.«

Thirteen hüpfte theatralisch von einem Fuß auf den anderen und verzog auch gehörig das Gesicht, aber das hinderte die junge Frau nicht daran, sorgfältig den Wagen abzuschließen. Sie betraten die Bahnhofshalle und Thirteen steuerte im Laufschritt die Toiletten an.

Sie erlebte eine Enttäuschung. Der Raum war groß und überraschend sauber und hell – aber er hatte keine Fenster. Das Licht kam von den grellen Neonlampen unter der gekachelten Decke. Sie ließ sich ihre Enttäuschung allerdings nicht anmerken, sondern flitzte in die erste offen stehende Kabine und verriegelte die Tür hinter sich.

»Du hast es aber wirklich eilig«, sagte ihre Begleiterin spöttisch. Thirteen zog eine Grimasse. Bis hierhin war ihr Plan ja aufgegangen – und jetzt? Ihre Begleiterin stand draußen vor der Tür, sodass sie keine Chance hatte, die Kabine unbemerkt zu verlassen.

Nein – sie konnte nachdenken, so viel sie wollte, es blieb dabei: Sie kam hier nicht heraus.

Wenigstens nicht auf normalem Wege …

Der Gedanke war so verrückt, dass er ihr schon wieder gefiel. Wenn sie ständig Türen sah, die aus dem Nichts auftauchten – vielleicht konnte sie dann ja auch eine solche Tür *erschaffen,* nur mit ihrem Willen?

Thirteen starrte die Wand hinter dem Toilettenbecken an, bis ihr die Augen tränten. Sie versuchte sich eine Tür vorzustellen, eine schwere hölzerne Tür mit Eisenbeschlägen und einem wuchtigen Schloss, die …

Es hatte keinen Sinn. Die Wand blieb, was sie war: die weiß gekachelte Rückwand einer Bahnhofstoilette und mehr nicht. Keine Tür.

»Wie lange brauchst du noch?«, drang die Stimme ihrer Begleiterin durch die Tür. Thirteen wurde klar, dass sie schon ziemlich lange hier stand und die Mauer anstarrte.

»Nicht mehr lange«, antwortete sie. »Bitte gehen Sie von der Tür weg. Das ist mir peinlich.«

Die junge Frau antwortete etwas, was sie nicht verstand, aber ihre Schritte entfernten sich tatsächlich ein kleines Stück. Thirteens Gedanken rasten. Die Idee gefiel ihr ganz und gar nicht, aber sie hatte wohl nur noch eine Wahl: die Tür aufreißen und lossprinten, so schnell sie nur konnte.

Sie spannte sich, streckte die Hand nach dem Riegel aus – und hörte, wie die Tür draußen geöffnet wurde. Einen Moment später konnte sie hören, wie ihre Begleiterin die Luft scharf einsog und sagte: »Das hier ist die Damentoilette. Sie haben sich in der Tür geirrt.«

Schwere, schlurfende Schritte wurden hörbar, dann sagte eine leicht lallende Männerstimme: »Ham Se mal 'ne Mark? Ich muss die Bahn kriegen, um zu meiner Tochter zu fahrn. Sie is krank, wissen Se?«

»Sie sind ja betrunken!«, sagte Thirteens Begleiterin. »Verschwinden Sie auf der Stelle oder ich rufe die Bahnpolizei!«

»Nur 'ne Mark«, antwortete die lallende Stimme. »Oder fuffzich Pfennich. Mehr tu ich nich brauchen.«

»Sie sollen gehen!«, antwortete die junge Frau. »Auf der Stelle! Oder ich hole Hilfe!«

»Fuffzich Pfennich!«, flehte die Männerstimme. Die schlurfenden Schritte näherten sich. »Oder wenigstens zwanzich, zum Telefonieren! Das macht Sie doch nich arm!«

»Also gut, das reicht«, sagte die Frau. »Ich rufe jetzt die Polizei. Anna-Maria, du bleibst, wo du bist. Wenn dieser Betrunkene dich belästigt, dann schrei, so laut du kannst.« Ihre Schritte entfernten sich und die Tür fiel hinter ihr ins Schloss. Nur einen Moment später wurde gegen die Tür von Thirteens Kabine geklopft.

Thirteen verdrehte die Augen. Blieb ihr eigentlich nichts erspart? Jetzt wäre die Gelegenheit, wegzulaufen – und vor ihrer Tür lungerte ein Betrunkener herum!

Das Klopfen wiederholte sich und dieselbe Stimme wie gerade sagte ohne das geringste Lallen: »Thirteen, bist du da drin? Bitte antworte!«

Woher kannte er ihren Namen? Die junge Frau hatte sie *Anna-Maria* genannt!

»Mach auf!«, drängte die Stimme. »Schnell! Wir haben nur ein paar Augenblicke!«

Thirteen schob den Riegel zurück, öffnete die Tür und sah sich einer Gestalt gegenüber, die ganz genauso aussah, wie sie es nach dem Klang seiner Stimme erwartet hatte. Es war ein Mann mit schütterem, grauem Haar, der in heruntergekommene Kleider gehüllt war und durchdringend nach billigem Weinbrand roch. Sein Gesicht war schmutzig und voller Falten und Runzeln und er hatte einen stoppeligen Dreitagebart.

»Wer sind Sie?«, fragte Thirteen erstaunt. »Und woher kennen Sie meinen Namen?«

Der Fremde brachte sie mit einer hastigen Handbewegung zum Verstummen. »Frank schickt mich«, sagte er. »Aber jetzt ist keine Zeit zum Reden. Hier, zieh das an!«

Er griff unter seinen Mantel und zog eine zerknitterte gelbe Regenjacke hervor, die vor Schmutz starrte. Während Thirteen sie widerwillig überstreifte, förderte der Mann aus seiner Manteltasche einen Fahrschein und eine Handvoll kleiner Geldscheine heraus. »Nimm das. Und beeil dich! Der Zug fährt in zwei Minuten von Bahnsteig drei!«

Thirteen griff ganz automatisch zu. »Wo ist Frank«, fragte sie. »Wie geht es ihm?«

»Dafür ist jetzt keine Zeit.« Der Mann wedelte ungeduldig mit beiden Händen. »Beeil dich! Ich versuche sie aufzuhalten!«

Thirteen warf ihm noch einen letzten, unsicheren Blick zu, aber dann fuhr sie herum und rannte los, so schnell sie konnte.

* * * * *

Eine Stunde später – vielleicht waren es auch zwei gewesen, die Zeit schien in diesem sonderbaren Haus tatsächlich keine Macht mehr zu besitzen oder doch eine ganz andere Rolle zu spielen als die, die Thirteen gewohnt war – wurde es sehr, sehr still in dem fensterlosen Zimmer. Thirteen schwirrte der Kopf. Peter, Stefan und die anderen hatten ununterbrochen geredet, und die Geschichten, die sie zu erzählen hatten, waren so fantastisch – und zugleich so absurd –, dass Thirteen nur laut gelacht und sich an die Stirn getippt hätte, hätte sie ihr irgendein anderer (und vor allem an einem anderen Ort!) erzählt. Aber sie hatte sehr deutlich gespürt, dass es die Wahrheit war, auch wenn sie noch so unglaubwürdig klang.

Was die sechs zu erzählen hatten, das war trotz allem in einem Satz zusammenzufassen: Keiner von ihnen wusste im Grunde, wo er war, und keiner konnte sich *wirklich erinnern*, wie er hierhergekommen war. Beate, die Jüngste der Gruppe, glaubte, dass man sie in einen Wagen gestoßen und stundenlang herumgefahren hatte, bis sie schließlich einschlief, und Stefan behauptete, von drei brutal aussehenden Burschen auf offener Straße überfallen und in einen Lieferwagen gezerrt worden zu sein, was aber keiner der anderen glaubte. Stefan war nicht nur außergewöhnlich groß und kräftig, er neigte auch zum Angeben.

Was sie danach erlebt hatten, war allerdings bei allen gleich: Sie alle waren aus dem einen oder anderen Grund eingeschlafen und sie alle waren in diesem Haus wieder aufgewacht, einem Haus ohne Fenster, aber mit endlosen Korridoren und scheinbar unzähligen Zimmern. Die Gruppe war nicht immer gleich. Peter, der nicht nur ihr Anführer, sondern auch der Älteste hier war, hatte mindestens ein Dutzend Jungen und Mädchen kommen und gehen sehen, und das eine war so unheimlich wie das andere: Sie wachten eines Tages in einem Zimmer auf, das sie noch nie gesehen hatten, und sie verschwanden irgendwann ebenso spurlos wieder. Peter hatte behauptet, nicht zu wissen, wohin, aber Thirteen hatte deutlich gespürt, dass das eine Lüge war. Er *wollte* nicht darüber reden. Thirteen hatte ihn nicht gefragt, warum.

Es gab noch etwas, was diesen sechs Jungen und Mädchen gemein war, ebenso wie übrigens Thirteen. Sie alle waren Waisenkinder, die ihre ersten Lebensjahre in Heimen oder bei Pflegefamilien verbracht hatten.

»Und … und das ist jetzt alles?«, fragte Thirteen schließlich in das Schweigen hinein.

Es fiel ihr schwer, zu reden, und sie bekam auch nicht sofort eine Antwort. Alle sahen sie nur traurig an. Das, was Peter und die anderen nacheinander erzählt hatten, schien etwas Übles zurückgelassen zu haben. Es hatte Erinnerungen geweckt, und Thirteen war sicher, dass sich alle große Mühe gegeben hatten, diese zu vergessen.

»Reicht das nicht?«, fragte Tim leise. »Ich finde es schlimm genug.«

»Das meine ich nicht«, sagte Thirteen. »Habt ihr denn nie versucht hier herauszukommen? Habt ihr wirklich niemals nach dem Ausgang gesucht?«

»Tausendmal«, sagte Angela. Sie war ein dunkelhaariges, sehr blasses Mädchen, das schon die ganze Zeit sehr still gewesen war und auch jetzt so leise sprach, dass Thirteen es kaum verstand. »Es gibt keinen Ausgang. Nur Korridore.«

»Aber sie müssen doch irgendwohin führen«, sagte Thirteen.

»Nein«, antwortete Angela. »Nur zu anderen Korridoren. Du kannst eine Stunde laufen, ohne irgendwohin zu gelangen, oder auch einen Tag oder eine Woche.«

»Die Gruppe, bei der ich früher war«, sagte Peter, »bevor Stefan und die anderen kamen, hat einmal versucht, eine Wand aufzubrechen, um so einen Ausgang zu finden. Wir haben eine Woche lang gearbeitet, um die Mauer niederzureißen, mit bloßen Händen. Am Schluss haben wir es geschafft.«

»Und was habt ihr gefunden?«, fragte Thirteen.

Peter lächelte bitter. »Einen neuen Korridor«, sagte er. »Wir sind alle durch das Loch gekrochen, und als wir durch waren und uns herumgedreht haben, war es verschwunden.«

»Aber das ist unmöglich!«, protestierte Thirteen. »Es gibt keinen Ort, der endlos ist.«

»Dieser hier schon«, sagte Helen traurig.

»Und … und was ist mit den Treppen?«, fragte Thirteen. »Ich habe eine Treppe gesehen, als ich hergekommen bin. Und Wusch hat mich über eine andere Treppe hierher zu euch gebracht. Wohin führen sie?«

»In andere Etagen«, antwortete Peter. »Aber es ist gefährlich, zu weit nach unten zu gehen. Wir gehen manchmal nach unten, um Bücher oder Kleidung zu suchen, aber in letzter Zeit wird es immer riskanter. Die Dämonen treiben sich dort unten herum.«

»Und ihr habt nie versucht, noch weiter nach unten zu gehen?«, fragte Thirteen ungläubig. »Trotz der Dämonen?«

»Doch«, sagte Peter. »Ein paar haben es versucht. Es gibt nur andere Etagen dort unten und noch mehr Korridore und Zimmer.«

»Wie viele Etagen?«, fragte Thirteen.

Peter zuckte mit den Schultern. »Das weiß niemand. Keiner, der sich zu weit hinuntergewagt hat, ist je zurückgekommen.«

»Wusch hat behauptet, das hier wäre die dreizehnte Etage«, sagte Thirteen.

»Wusch lügt schon, wenn sie den Mund aufmacht«, sagte Tim.

»Sogar, wenn sie ihn *nicht* aufmacht«, versicherte Stefan.

»Und wenn sie die Wahrheit sagt?«, beharrte Thirteen. »Außerdem: Ist euch vielleicht schon einmal der Gedanke gekommen, dass es auch eine andere Erklärung dafür geben könnte, dass niemand zurückgekommen ist?«

»Und welche?«, fragte Angela. Plötzlich sahen alle Thirteen sehr aufmerksam an.

»Vielleicht haben sie den Ausgang gefunden«, sagte Thirteen.

Wieder wurde es sehr stillt und diesmal war es eine atemlose, regelrecht erschrockene Stille. Es erschien Thirteen zwar selbst nahezu unglaublich, aber offensichtlich war tatsächlich noch niemand hier auf diesen eigentlich doch so naheliegenden Gedanken gekommen.

Helen riss die Augen auf. »Du … du meinst –«

»Ich meine, dass es immerhin eine Möglichkeit ist«, sagte Thirteen. »Es gibt keinen Ort, der nicht endet, basta. Irgendwo muss es einen Ausgang geben. Wenn nicht hier, dann eben in einer der anderen Etagen. Wir müssen ihn suchen.«

»Aber das …« Helen war plötzlich sehr aufgeregt. »Peter, das könnte doch sein! Vielleicht hat sie recht! Denk doch mal nach!«

Peter überlegte einen Moment, aber dann schüttelte er den Kopf. »Nein«, sagte er. »Die Dämonen haben sie erwischt oder andere. Es gibt große Gefahren dort unten.«

»Welche Gefahren?«, fragte Thirteen, aber Peter schüttelte nur den Kopf.

»Ich verstehe dich«, sagte er. »Ich bin dir auch nicht böse, weißt du? Früher war ich auch so wie du. Wir alle waren einmal so. Aber es hat keinen Sinn, sich selbst zu quälen. Sich falschen Hoffnungen hinzugeben bedeutet nur, immer wieder enttäuscht zu werden.«

»Und deshalb tut ihr lieber gar nichts?«, fragte Thirteen und schüttelte den Kopf. Sie weigerte sich zu glauben, was sie hörte. So entsetzlich die Geschichte war, die sie in der vergangenen Stunde erfahren hatte – der Gedanke, dass all diese Kinder, von denen keines älter war als sie selbst, sich kampflos in ihr Schicksal ergeben haben sollten, erschien ihr noch entsetzlicher.

»Aber wir tun doch etwas«, widersprach Peter. »Wir suchen Essen, Kleider, Bücher … wir ziehen ständig herum. Und ab und zu spielen wir Nachlaufen mit den Dämonen. Wenn du Angst hast, dass dir langweilig werden könnte –«

»Das meine ich nicht«, unterbrach ihn Thirteen. »Und das weißt du verdammt genau! Ihr könnt doch nicht einfach aufgeben! Ihr wollt wirklich die Hände in den Schoß legen und nichts tun? Das hier ist … das hier ist die Hölle! Wir müssen herausfinden, was das alles hier zu bedeuten hat! Wir müssen das Geheimnis dieses Hauses lösen! Dann finden wir vielleicht auch heraus, wie wir hier hinauskommen. Bestimmt sogar!«

Peter antwortete nicht gleich. Er blickte sie nur an, und Thirteen konnte regelrecht sehen, wie es hinter seiner Stirn arbeitete. Aber ihr entgingen auch nicht die Reaktionen der anderen: weder der Funke von Hoffnung, der plötzlich in Helens und Angelas Augen aufblitzte, noch der angespannte Ausdruck, der sich auf den Gesichtern der anderen breit machte.

»Nein.« Peter schüttelte den Kopf. »Es tut mir leid, aber es ist einfach zu gefährlich.«

»Gefährlich?«

»Wir führen hier vielleicht kein besonders angenehmes Leben«, sagte Peter, wobei seine Stimme eine Spur schärfer wurde, »aber wir leben immerhin. Wenn man hier zu neugierig ist, kann das tödliche Folgen haben. Mit den Dämonen kommen wir irgendwie klar, keine Angst.«

»Und mit eurer eigenen Feigheit auch?«, fragte Thirteen. »Und mit dem Gedanken, für den Rest eures Lebens hier eingesperrt zu sein, ohne auch nur zu wissen, warum?«

Peter fuhr unter ihren Worten zusammen wie unter einem Hieb. Sie wusste, dass sie ihn erheblich verletzt hatte, und das tat ihr leid. Aber vielleicht war die einzige Möglichkeit, ihn aus seiner Lethargie zu reißen, die, ihn wirklich wütend zu machen.

»Von mir aus nenn mich ruhig feige!«, sagte er. Seine Stimme zitterte. »Das stört mich nicht. Aber ich werde nicht zulassen, dass du uns alle hier in Gefahr bringst. Ich bin für die Sicherheit der Gruppe verantwortlich.«

»Wer sagt das?«

»Ich«, antwortete Peter. »Du bist neu hier. Du bist erst seit einer Stunde bei uns – glaubst du wirklich, *du* könntest *uns* sagen, was wir zu tun oder zu lassen haben?«

»Hast du Angst, ich könnte dir deine Rolle als Anführer streitig machen?«, fragte Thirteen spitz.

»Das bin ich nicht«, behauptete Peter. »Wir haben keinen Anführer. Und selbst wenn es so wäre, spielt das keine Rolle. Ich werde nicht zulassen, dass du uns alle mit deinem Gerede in Gefahr bringst, hast du das verstanden?«

Thirteen stand auf. »Ach?«, sagte sie. »Und wie willst du mich daran hindern? Vielleicht mit Gewalt?«

Die Worte taten ihr schon im selben Moment wieder leid, in dem sie sie aussprach. Es war ein Fehler. Sie hatte kein Recht, Peter zu drohen. Er war etwas kleiner als sie und vermutlich nicht einmal stärker, und auch wenn er ein Junge und sie nur ein Mädchen war, traute sie sich durchaus zu, es mit ihm aufzunehmen. Aber das spielte keine Rolle. Dies war keine Auseinandersetzung, die mit körperlicher Gewalt entschieden werden konnte.

Als hätte er ihre Gedanken gelesen, sagte Peter: »Nein. Ich glaube nicht, dass das nötig ist.«

Thirteen starrte ihn noch einen Moment lang aus brennenden Augen an, dann ballte sie die Hände zu Fäusten, fuhr herum und rannte aus dem Zimmer, so schnell sie nur konnte.

* * * * *

Thirteen zog den Kopf zwischen die Schultern und drehte das Gesicht zur Seite, um dem schneidenden Wind zu entgehen, der über den Bahnsteig fegte. Es war empfindlich kalt geworden, und die Regenjacke, die ihr der angebliche Betrunkene gegeben hatte, tat nun durchaus ihren Dienst. Es regnete zwar nicht in Strömen, aber das eisige, feine Nieseln war noch durchdringender, als es jeder Platzregen hätte sein können. Thirteen fror erbärmlich. Und die Euphorie, die sie nach ihrer gelungenen Flucht für kurze Zeit ergriffen hatte, war längst verflogen und hatte einer ebenso heftigen Niedergeschlagenheit Platz gemacht. Sie war entkommen, aber wenn sie ganz ehrlich war, dann konnte sie nicht genau sagen, was sie mit ihrer neu gewonnenen Freiheit anfangen sollte.

Thirteen zog die Kapuze der Regenjacke tiefer in die Stirn. Die Fahrkarte, die ihr ihr geheimnisvoller Retter zugesteckt hatte, hatte genau bis zu dieser Station gereicht; einem menschenleeren Bahnsteig irgendwo im Nichts, umgeben von freiem Feld. Weit und breit war kein Haus zu sehen. Sie war hier ausgestiegen, weil sie geglaubt hatte, der Fremde wollte ihr mit dieser Karte etwas Bestimmtes sagen.

Mittlerweile war sie sich dessen nicht mehr so sicher. Was, wenn das nichts zu besagen hatte? Sie fragte sich, warum sie nicht einfach aufgab. Realistisch betrachtet hatte sie nichts mehr zu gewinnen. Allmählich glaubte sie zu begreifen, was die Erwachsenen meinten, wenn sie von ihren Spielregeln sprachen. Das Wort klang viel harmloser, als es war. Man konnte diese Regeln durchaus brechen – aber es führte zu nichts.

Andererseits – realistisch betrachtet gab es auch keine Türen, die plötzlich aus dem Nichts erschienen, keine Schatten, die zu ihr sprachen, und keine unheimlichen alten Männer, die den Betrunkenen spielten und ihr bei der Flucht halfen … Sie wusste einfach nicht weiter!

Verzweifelt drehte sie sich herum und begann auf das Ende des Bahnsteiges zuzugehen. Ihre Finger spielten gedankenverloren mit dem Fahrschein. Sie wollte ihn schon wegwerfen, aber dann fiel ihr etwas auf:

Auf die Rückseite des Fahrscheins war mit blauem Filzstift etwas gekritzelt.

Thirteen blieb abrupt stehen und hob den Fahrschein dichter an die Augen. Der Regen hatte die Karte halb aufgeweicht und den Filzstift zerlaufen lassen, sodass es ihr schwerfiel, die Schrift zu entziffern. Es war eine Buchstaben- und Zahlenkombination, die auf den ersten Blick vollkommen sinnlos erschien: 13-02-S13-W13. Darunter: KA-R13-GK13013.

Was um alles in der Welt war das?

Thirteen verbarg den Fahrschein in der hohlen Hand, damit der Regen die Schrift nicht völlig verschwinden ließ. Sie hatte nicht die mindeste Ahnung, was diese geheimnisvolle Botschaft zu bedeuten hatte oder ob sie überhaupt eine Botschaft darstellte. Wahrscheinlich schon. Die Ziffer Dreizehn tauchte zu oft darin auf, als dass es Zufall sein konnte. Aber was nur? Es gab im weiten Umkreis nichts, auf dem eine Zahl geschrieben stand.

Nichts, außer …

dem Fahrplan!

Thirteen fuhr wie von der Tarantel gestochen herum und lief zu dem halbseitig verglasten Wartehäuschen zurück. An der Seitenwand hing in Augenhöhe ein Fahrplan. Ihr Finger huschte über das zerkratzte Plastik und blieb schließlich an einer bestimmten Stelle hängen.

S13 – das war die Straßenbahnlinie 13. 13-02 bedeutete dreizehn Uhr zwei – Thirteen sah auf die Uhr und stellte fest, dass bis dahin noch knapp drei Minuten waren – und W13? Ihr Blick glitt weiter über den Fahrplan und dann breitete sich ein triumphierendes Lächeln auf ihrem regennassen Gesicht aus.

Wabe 13. Die Straßenbahnlinie war in bestimmte Zonen aufgeteilt und in Wabe 13 gab es nur eine einzige Haltestelle.

»Volltreffer!«, sagte Thirteen grinsend. »Wer sagt's denn? Ich sollte mich umtaufen lassen – in Sherlock Thirteen Holmes.«

Sie verbarg den Fahrschein vorsichtig unter der Jacke, sah noch einmal auf die Uhr und ließ ihren Blick den Schienenstrang entlangwandern, der auf die Zug- und Straßenbahnhaltestelle zulief.

Die Straßenbahn war noch nicht in Sicht, aber es konnte nur noch Minuten dauern. Sie hatte immer noch keine Ahnung, was die zweite Hälfte der Botschaft bedeutete, aber darüber machte sie sich im Moment keine Sorgen. Das würde sich schon irgendwie ergeben, wenn sie am Ziel war.

Sie war so aufgeregt, dass sie es nicht mehr aushielt, stillzustehen, sondern wieder in den Regen hinaustrat und in die Richtung blickte, aus der die Straßenbahn jeden Augenblick kommen musste.

* * * * *

Sie beruhigte sich erst, nachdem sie ein gutes Stück den Gang hinuntergelaufen war – allerdings nicht zu weit, denn trotz ihrer Erregung war da noch eine innere Stimme, die sie nachdrücklich warnte. Ob dieses Haus nun *wirklich* oder nur *beinahe* endlos war, es war auf jeden Fall groß genug, um sich hoffnungslos darin zu verirren.

Sie hätte sich selbst ohrfeigen können. Aber die Gelassenheit, mit der Peter und die anderen ihr entsetzliches Schicksal einfach so hinnahmen, hatte sie schockiert. Sie verstand nicht, wie man die Hände in den Schoß legen und in einer Situation wie dieser absolut *nichts* tun konnte. Sie selbst war gerade seit einer Stunde hier, und der Gedanke, nie wieder aus diesem Labyrinth herauszukommen, trieb sie schon jetzt schier in den Wahnsinn.

Thirteen hörte Schritte hinter sich und wandte sich um. Es war Helen. Sie lächelte und nach einer Sekunde erwiderte Thirteen ihr Lächeln zögernd.

»Du darfst Peter nicht böse sein«, sagte Helen. »Er meint es nicht so. Eigentlich ist er ein sehr netter Kerl.«

»Ich weiß«, sagte Thirteen.

»Er fühlt sich verantwortlich für uns«, fuhr Helen fort. »Er ist wirklich nicht unser Anführer, weißt du – er sagt niemandem, was er zu tun oder zu lassen hat. Aber er sorgt dafür, dass wir irgendwie klarkommen.«

»Und wie?«

»Er kennt sich aus«, antwortete Helen. »Er weiß, wie man die Dämonen austrickst und wo man die Dinge findet, die wir brauchen. Er weiß wirklich Bescheid.« Sie zögerte einen Moment und fuhr dann ein bisschen leiser fort. »Und außerdem hat er Angst. Er würde es nie zugeben, aber ich kenne ihn gut genug.«

»Angst?«, fragte Thirteen. »Wovor?«

»Deinetwegen.« Helen machte eine besänftigende Geste, als sie Thirteens Erschrecken bemerkte. »Versteh das nicht falsch – es ist nicht deine Schuld. Du kannst nichts dafür.«

»Aber wieso denn Angst?«, fragte Thirteen.

»Weil du da bist«, antwortete Helen. Sie machte eine Kopfbewegung. »Komm, gehen wir ein Stück. Keine Sorge – ich finde den Rückweg schon.«

Sie gingen nebeneinander langsam den Korridor hinunter. Thirteen fragte sich, wie Helen den Rückweg finden wollte – für sie sah hier alles gleich aus. Sie hätte jetzt schon nicht mehr sagen können, hinter welcher Tür das Zimmer lag, in dem sich Peter und die anderen befanden.

»Peter ist von uns allen am längsten hier«, begann Helen. »Er war der Erste von unserer Gruppe. Damals war er der Jüngste – so wie du jetzt. Aber nach und nach sind sie alle weggegangen, und dafür sind wir gekommen und jetzt ist er der Älteste.«

Thirteen blieb stehen und sah das Mädchen betroffen an. »Soll das heißen, dass immer einer von euch verschwindet, wenn jemand Neuer auftaucht?«, fragte sie erschrocken.

»Nicht immer«, antwortete Helen. »Aber oft. Und wir wissen auch nie, wann. Manchmal dauert es lange, manchmal nicht.

Aber im Großen und Ganzen stimmt es schon. Wir sind immer sechs oder sieben. Manchmal auch nur fünf, wenn die Dämonen einen erwischen. Aber im Grunde hast du recht: Wenn jemand Neuer hier auftaucht, muss einer von uns gehen.«

»Gehen? Wohin?«

Helen zuckte mit den Schultern. »Das weiß niemand. Nach unten. Die Treppe hinab. Aber er kommt nie wieder.«

»Ich verstehe«, sagte Thirteen. »Und jetzt hat er Angst, dass er an der Reihe ist, weil ich gekommen bin.«

»Es ist zu früh«, sagte Helen. »Stefan war der Letzte, der gekommen ist. Es ist noch gar nicht lange her. Peter ... Wir haben gedacht, es wäre noch Zeit. Aber jetzt bist du gekommen.«

»Ist es immer der Älteste, der gehen muss?«, fragte Thirteen.

»Meistens«, antwortete Helen. »Er hat jedenfalls einen Riesenschrecken bekommen, als ich ihm vorhin erzählt habe, dass ich dich getroffen habe. Du darfst ihm nicht böse sein.«

»Das bin ich nicht«, antwortete Thirteen. »Ich war es auch vorher nicht. Ich bin eher wütend auf mich selbst. Ich habe mich ziemlich dumm aufgeführt, glaube ich.«

»Du bist neu hier«, sagte Helen, als wäre dies allein Entschuldigung genug für alle Dummheiten der Welt. »Du kannst schließlich nicht wissen, wie das Leben hier bei uns ist. Jedem von uns ist es so ergangen am Anfang. Wir haben alle eine ganze Weile gebraucht, um uns an den Gedanken zu gewöhnen.«

»Welchen Gedanken? Dass ich hier nie wieder herauskomme?« Thirteen schüttelte entschieden den Kopf. »Damit werde ich mich bestimmt nicht abfinden«, sagte sie. »Ich komme hier heraus, das verspreche ich dir. Ich bleibe nicht lange.«

Helen schüttelte mit einem bedauernden Lächeln den Kopf. »Ich habe ganz genauso reagiert, als ich hergekommen bin«, sagte sie. »Das haben wir alle. Stefan hättest du einmal erleben sollen. Er ist völlig durchgedreht und eine Woche lang wie ein Verrückter herumgerannt. Aber früher oder später wirst du schon einsehen, dass es keinen Zweck hat, sich gegen das Schicksal aufzulehnen. Es gibt Dinge, die kann man nun einmal nicht ändern, und je früher du das einsiehst, desto leichter ist es für dich, glaub mir.«

Sie gab sich einen sichtbaren Ruck, zwang ein Lächeln auf ihr Gesicht und deutete nach vorne. »Komm, ich zeige dir etwas.« Sie lief los und nach ein paar Schritten rannte sie so schnell, dass Thirteen kräftig ausgreifen musste, um mit ihr Schritt zu halten.

»Wohin gehen wir?«, fragte Thirteen.

Helen sah sich im Laufen um, wurde aber nicht langsamer. »Nach oben«, sagte sie. »Ich will dir etwas zeigen. Keine Angst – die Dämonen kommen nie dorthin.«

Sie begann leichtfüßig die Treppe hinaufzuspringen, und Thirteen hatte fast Mühe, den Anschluss nicht zu verlieren. Die Treppe war sehr breit und es waren natürlich genau dreizehn Stufen, was Thirteen nicht im Mindesten überraschte. Was sie überraschte, war das, was sie am oberen Ende der Treppe erwartete.

Nach allem, was sie von Helen und den anderen gehört hatte, hatte sie natürlich angenommen, in einen weiteren endlosen Korridor voller gleichförmiger Türen zu gelangen, aber was sie sah, das war etwas völlig anderes. Die Treppe führte auf einen Dachboden hinauf.

Aber *was* für einen Dachboden!

Thirteen stand mindestens eine Minute lang mit weit aufgerissenen Augen da und sah sich um. Der Dachboden war ... riesig ... gewaltig ... kolossal ... Thirteen fiel kein passendes Wort ein, um den ungeheuerlichen Raum zu beschreiben, der sich rings um sie herum erstreckte. Es *war* ein Dachboden, das hieß, es gab Balken, staubige Dachpfannen und Berge von Kisten, Kartons und Gerümpel, über denen sich Spinnweben spannten, aber damit hörte die Ähnlichkeit auch schon auf. Was anders war als auf einem normalen Dachboden, das waren die Dimensionen. Die Stützbalken hatten die Abmessungen von Kirchtürmen und mussten mindestens ebenso hoch sein wie ein normaler Kirchturm, und auf dem Gespinst von Querbalken darüber konnte man vermutlich so bequem wie auf einer Autobahn spazieren gehen. Der Raum dehnte sich in allen Richtungen weiter aus, als sie sehen konnte.

»Was ... ist das?«, fragte sie staunend.

»Der Dachboden«, antwortete Helen. »Hier finden wir das meiste, was wir brauchen. Und er ist sehr groß.« Sie machte eine weit ausholende Geste mit beiden Händen, und Thirteen sah auf ihrem Gesicht denselben Ausdruck, den sie auch in ihrer Stimme hörte: einen Stolz, den sie nicht verstand, als hätte sie das alles hier erschaffen und nicht nur gefunden. Aber sie begriff dann sofort, was dieser Stolz wirklich bedeutete, noch bevor Helen fortfuhr:

»Es gibt keine Wände hier. Du kannst laufen, solange du willst, ohne auf eine Tür zu stoßen.«

Aber das ist nur ein größeres Gefängnis, dachte Thirteen. Sie sprach diese Worte nicht laut aus, denn sie brachte es nicht fertig, Helen die Freude zu nehmen – auch wenn sie sich nur selbst belog und dies in Wahrheit wohl auch selbst wusste.

Aber der Anblick der mächtigen Dachsparren hoch über ihrem Kopf brachte sie auf eine andere Idee. Sie war zwar völlig verrückt, aber …

»Was ist über diesem Dach?«, fragte sie nachdenklich.

Helen sah sie verständnislos an, und Thirteen hob die Hand, deutete nach oben und wiederholte ihre Frage: »Was ist darüber? Habt ihr niemals versucht, das herauszufinden?«

»Aber … aber wie denn?«, fragte Helen stockend.

Thirteen seufzte. Die Verwirrung in Helens Stimme war nicht gespielt. So unglaublich es schien, es war bisher offenbar noch keinem der Gefangenen hier die Idee gekommen, sich zu fragen, was über diesem Himmel aus Holz und Ziegeln lag.

»Das finden wir heraus«, sagte sie entschlossen. »Ich weiß noch nicht, wie, aber wir kommen dort hoch.«

Helen sah sie weiterhin verwirrt an, aber dann zuckte sie mit den Schultern und lächelte wieder. Ihre Stimmung änderte sich so schlagartig, als hätte jemand in ihr einen unsichtbaren Schalter umgelegt. »Ich habe dich nicht nur hierhergebracht, um dir den Dachboden zu zeigen«, sagte sie. »Komm mit. Es ist nicht weit.«

Sie lief ohne weitere Erklärung los und Thirteen folgte ihr. Helen hüpfte munter und ausgelassen vor ihr her, und Thirteen fragte sich, was das, was Helen ihr zeigen wollte, sein könnte, wenn es sie so fröhlich stimmte.

So verging eine ganze Weile, bis Helen schließlich einen der gewaltigen Stützpfeiler ansteuerte, dicker als jeder Baum, den

Thirteen sich auch nur vorstellen konnte. Seine Oberfläche war verwittert und rissig, als wäre er jahrhundertelang Wind und Jahreszeiten ausgesetzt gewesen.

Thirteen langte schwer atmend neben Helen an und warf dem Mädchen einen fragenden Blick zu. »Und was ist hier jetzt so spannend?«

Helen deutete mit beiden Händen auf den Stützpfeiler und Thirteen sah genauer hin. Sie erkannte jetzt, dass sie sich geirrt hatte: Das Holz war nicht verwittert. Was sie für die Spuren von Wind und Wetter gehalten hatte, waren in Wirklichkeit Buchstaben, die ungelenk in das Holz hineingeschnitzt worden waren.

Die Buchstaben reihten sich zu Namen. Dutzenden, Hunderten von Namen, die mit eckigen, groben Buchstaben tief in das Holz hineingeschnitzt worden waren. Sie begannen ungefähr in Thirteens Augenhöhe und setzten sich nach oben hin fort, so weit sie sehen konnte.

»Hier!« Helen trat ganz dicht neben sie und reichte ihr ein Messer. »Ritz deinen Namen in den Stamm. Das tun wir alle.«

»Wieso?«, fragte Thirteen.

»Jeder, der neu hier ist, kommt hierher und schneidet seinen Namen in das Holz«, antwortete Helen. »Auf diese Weise wissen wir genau, wer da war und wer gegangen ist.« Sie wiederholte ihre Geste, und als Thirteens Blick der Bewegung folgte, sah sie etwas, was ihr bisher nicht aufgefallen war: Die Namen, die sich weiter oben in dem Holz befanden, waren durchgestrichen. Alle, bis auf die sechs unteren: Peter, Stefan, Tim, Beate, Angela und Helen. Dann fiel ihr noch etwas auf. »Dort oben!«, sagte sie. »Dieser eine Name – er ist *nicht* durchgestrichen. Was ist damit?« Der Name befand sich zu weit oben am Pfeiler, um ihn entziffern zu können, aber er war eindeutig nicht durchgestrichen.

Helen sah nicht einmal hin. »Keine Ahnung«, sagte sie. »Wahrscheinlich hat man es vergessen. Hier, nimm das Messer. Du musst dich eintragen!«

Thirteen sah das Messer an, als hielte Helen ihr eine giftige Schlange hin. »Nein«, sagte sie.

»Nein?« Helen blinzelte. »Aber warum denn nicht? Alle tun das!«

»Ich nicht.« Thirteen trat einen Schritt zurück und schüttelte heftig den Kopf, um ihre Worte zu bekräftigen. »Ich werde meinen Namen *nicht* unter diese Liste setzen«, sagte sie. »Weil ich nämlich nicht hierbleiben werde, weißt du?«

* * * * *

Es regnete immer noch, als sie aus der Straßenbahn ausstieg. Der Himmel hatte sich sogar noch weiter zugezogen, sodass es fast so war, als wäre die Dämmerung um Stunden zu früh hereingebrochen.

Es war die seltsamste Straßenbahnfahrt gewesen, an die sich Thirteen erinnern konnte. Die Bahn war um elf Minuten zu spät gekommen und sie war vollkommen leer gewesen, und obwohl sie mindestens ein Dutzend Haltestellen weit gefahren war, war während der ganzen Zeit niemand zugestiegen. Aber das war nicht das einzig Seltsame.

Viel seltsamer – nein, viel unheimlicher – waren die Träume gewesen. Träume, die eigentlich gar keine waren, denn sie hatte nicht geschlafen. Aber da waren plötzlich Erinnerungen in ihrem Kopf und seltsame Bilder. Erinnerungen an Dinge, die sie nie erlebt hatte, und Bilder, die sie nie gesehen hatte. Bis auf eines: den Korridor. Sie hatte den seltsamen Gang gesehen, der sich hinter der Geheimtür im Schrank befand, und sie wusste jetzt, was dahinter lag. Ein weiterer Gang und noch einer und noch einer und unendlich viele Zimmer.

Natürlich war das alles vollkommen verrückt. Es gab keine *unendlichen* Gänge. Was sie an den Bildern so beunruhigte, die ihr durch den Kopf gingen, war nicht das, was sie zeigten. Es war das, was sie *waren,* denn ganz anders als die Türen und Gänge, die sich seit zwei Tagen unentwegt vor ihr aufzutun pflegten, um dann wieder spurlos zu verschwinden, hatten diese Bilder eindeutig die Qualität von *Erinnerungen.*

Sie verscheuchte den Gedanken und zog den Fahrschein wieder aus der Tasche. Den ersten Teil der Nachricht zu entschlüsseln, hatte sich ja noch als relativ leicht herausgestellt; umso schwieriger erschien es ihr nun, auch hinter den Sinn des zweiten Teiles zu kommen. Vielleicht weil die Auswahl an Möglichkeiten hier, wo sie jetzt stand, sehr viel größer war.

Die Straßenbahn hatte mitten in der Stadt angehalten. Vor ihr lag ein großer kopfsteingepflasterter Platz, auf dem es eine Anzahl weiß gestrichener, zierlicher Metallbänke gab und einige mit kniehohen Steinmauern umfriedete Bäume. An einem sonnigen Sommertag hätte dieser Platz sicher hübsch ausgesehen; jetzt wirkte er nur trostlos und verlassen. Rings um diesen Platz herum erhoben sich große, offenbar aus dem vergangenen Jahrhundert stammende Häuser mit zum Teil prachtvollen Fassaden. Hinter den meisten Fenstern brannte Licht.

Thirteen sah sich sehr aufmerksam um. Vielleicht hatte ihr geheimnisvoller Freund sie hierherbestellt, um sich mit ihr zu treffen? Der Platz vor ihr war zwar leer, aber auf der anderen Seite der Straßenbahnhaltestelle befand sich eine kleine Einkaufspassage, die trotz des miserablen Wetters einige Besucher angezogen hatte. Keiner von ihnen hatte allerdings auch nur Ähnlichkeit mit dem Mann, der am Bahnhof gewesen war.

Sie wich wieder unter das Glasdach der Haltestelle zurück und blickte auf den Fahrschein in ihrer Hand. Die Buchstaben- und Zahlenkombination darauf *musste* einfach einen Sinn ergeben!

Sie hatte die erste Hälfte des Rätsels mit Logik gelöst und sie würde auch vor der zweiten nicht kapitulieren.

»Kann ich dir helfen?«

Thirteen fuhr zusammen und drehte sich hastig herum, für eine halbe Sekunde von einer wilden Hoffnung erfüllt. Aber es war nicht ihr geheimnisvoller Retter. Vor ihr stand eine füllige, ältere Frau in einem blauen Mantel, deren Gesicht nur zur Hälfte unter dem Rand ihres Regenschirmes hervorlugte. Sie lächelte Thirteen an.

»Nein danke«, sagte diese. »Es ist nur ... ich warte auf jemanden.«

»Hier draußen, bei diesem Wetter?« Die Frau schüttelte den Kopf. »Na ja, du musst es ja wissen ...« Sie wandte sich zum Gehen, hielt aber dann noch einmal inne und sah über die Schulter zu Thirteen zurück.

»Ich hoffe nur, du wartest nicht auf die Straßenbahn.«

»Wieso?«, fragte Thirteen.

»Weil du dann umsonst warten würdest. Die Linie wurde schon vor Jahren eingestellt. Ich verstehe gar nicht, warum man die Haltestelle nicht schon längst abgerissen hat.«

Und damit wandte sie sich endgültig zum Gehen und ließ eine ziemlich verdattert dreinblickende Thirteen zurück.

Eine ganze Weile stand sie da und sah abwechselnd den Fahrschein in ihrer Hand und die Haltestelle an. Die Verlockung, die Worte der Frau als unwahr abzutun – vielleicht hatte sie sich ja geirrt –, war groß, aber sie hätte nicht lange standgehalten. Der Zustand der Haltestelle sprach eine sehr deutliche Sprache.

Sie war tatsächlich abbruchreif. Die meisten Scheiben fehlten und die noch vorhandenen waren gesprungen und blind vor Schmutz. Von der Sitzbank aus grünem Kunststoff war nur noch ein Skelett übrig geblieben, und wo der Fahrplan hängen sollte, zeigte sich ein schwarzbraunes Etwas aus zusammengeschmolzenem Plastik, das ganz offensichtlich verbrannt war. Den größten Schock aber bereitete ihr der Anblick der Schienen: Sie waren vollkommen verrostet und mit Unkraut überwuchert. Man konnte ganz klar sehen, dass jahrelang kein Zug mehr darüber gefahren war.

Aber sie war doch vor wenigen Minuten erst mit der Straßenbahn angekommen!

Thirteen schüttelte den Kopf und ging dann mit langsamen Schritten auf die Einkaufspassage zu. Sie versuchte erst gar nicht, eine Erklärung für dieses neuerliche Wunder zu finden. Im Inneren der überdachten Ladenstraße war es auch nicht wärmer als draußen, aber sie war wenigstens aus dem Wind heraus. Und nach all den unheimlichen Erlebnissen der letzten Zeit war sie froh, wieder unter Menschen zu sein.

Es gab einige Boutiquen, eine Eisdiele, die zwar zu dieser Jahreszeit noch nicht geöffnet hatte, trotzdem aber schon mit bunten Werbeplakaten versehen war, ein Kino, einen Fotoladen und ein kleines Straßencafé. Trotz der Kälte saßen mehrere Leute an den kleinen Tischen, tranken Kaffee und aßen Kuchen oder belegte Brötchen, und der Anblick erinnerte Thirteen wieder daran, dass sie den ganzen Tag über noch nichts gegessen hatte. Sie zögerte nur einen Moment, dann nahm auch sie an einem der Tische Platz und langte nach der Speisekarte. Bevor sie ihre Bestellung aufgab, griff sie verstohlen in die Jackentasche und zählte ihre Barschaft. Ihr seltsamer Retter hatte ihr nicht viel Geld zugesteckt, aber immerhin genug, um sich satt zu essen. Wenigstens ein Mal.

Der Ober, der auf ihr Winken hin kam, maß sie mit misstrauischen Blicken, was sicher nicht zuletzt an der schmuddeligen Öljacke lag, die Thirteen trug, nahm ihre Bestellung aber kommentarlos auf und ging, um nach wenigen Minuten mit einem Glas Tee und zwei Salami-Baguettes zurückzukehren. Er bestand darauf, sofort zu kassieren. Thirteen bezahlte, honorierte ihm seine Unfreundlichkeit damit, indem sie ihm kein Trinkgeld gab, und widmete sich dann ganz ihrer Mahlzeit.

Erst als sie aß, spürte sie, wie hungrig sie war, und diese Erkenntnis ließ sie erneut an ihre gar nicht rosige Lage denken. Sie war im Moment in Sicherheit – hier würde bestimmt niemand nach ihr suchen –, aber spätestens morgen würde sie sich mit dem ganz banalen Problem auseinandersetzen müssen, wo sie etwas zu essen herbekam; von der Frage, wo sie die Nacht verbringen sollte, ganz zu schweigen.

Das, überlegte sie trübsinnig, war vielleicht der *wahre* Unterschied zwischen einer *Geschichte* und der Wirklichkeit. In Filmen und Büchern über jugendliche Ausreißer stellten sich solche Fragen selten. Die Helden mussten meistens nie essen und trinken, und wenn die Nacht hereinbrach, dann wurde abgeblendet oder das Kapitel war zu Ende. Die Wirklichkeit sah leider etwas anders aus. Wenn ihr seltsamer Verbündeter nicht wieder auftauchte oder sie eine geradezu revolutionäre Idee hatte, würde ihre Flucht wahrscheinlich ein ebenso unrühmliches wie schnelles Ende nehmen.

Sie hatte ihr zweites Baguette verzehrt und nippte an dem allmählich kalt werdenden Tee, als ihr Blick an einer Gestalt hängen blieb, die sie kannte: Es war die Frau mit dem Regenschirm, die sie an der Haltestelle angesprochen hatte. Sie hatte den Schirm jetzt zusammengeklappt und unter den linken Arm geklemmt, in der anderen Hand schwenkte sie eine bunt bedruckte Plastiktüte. Sie kam aus dem Fotoladen, der auf der anderen Seite der Passage lag.

Thirteen wurde sich des Umstandes bewusst, dass sie die Frau anstarrte, und senkte rasch den Blick, aber es war zu spät. Entweder hatte die Frau ihren Blick bemerkt oder sie hatte ohnehin vorgehabt, hierherzukommen – auf jeden Fall steuerte sie zielsicher nicht nur das Straßencafé, sondern auch Thirteens Tisch an und fragte:

»Ist hier noch frei?«

Thirteen nickte, aber sofort stieg leichtes Misstrauen in ihr hoch. An ihrem Tisch war natürlich noch Platz – aber es gab auch noch einige andere Tische, an denen überhaupt niemand saß. »Das ist schön.« Die Frau setzte sich, legte die Plastiktüte auf den freien Stuhl neben sich und winkte den Ober herbei.

»Bitte einen Kaffee. Und –« Sie deutete auf Thirteen. »– noch ein Glas Tee für meine Freundin.«

Thirteen wollte protestieren, aber die Frau schnitt ihr das Wort ab. »Du siehst aus, als könntest du etwas Heißes gebrauchen«, sagte sie. »Wie ist es? Bist du hungrig?«

Und endlich verstand Thirteen. Die Frau hielt sie offensichtlich für das, was sie zu werden drohte, wenn ihr tatsächlich widerfuhr, was sie sich gerade in ihren schwärzesten Fantasien ausgemalt hatte. Eigentlich hätte sie über diese Erkenntnis beleidigt sein müssen, aber sie ließ sie ganz im Gegenteil lächeln.

»Nein.« Sie deutete auf den Teller mit den Brötchenkrümeln vor sich. »Ich habe gegessen. Danke.«

»Kinder in deinem Alter haben immer Hunger«, antwortete die Frau. Sie wies auf die Speisekarte. »Such dir was aus. Ein Stück Kuchen?«

Tatsächlich war Thirteen für einen Moment in Versuchung, das Angebot anzunehmen. Sie war immer noch hungrig und wer wusste schon, wann sie das nächste Mal etwas bekam. Aber dann war ihr der Vorschlag plötzlich peinlich. Noch vor zwei Tagen hatte sie die Nase über die Art und Weise gerümpft, wie Frank seinen Lebensunterhalt *verdiente* – und nun war sie auf dem besten Wege, genauso zu werden.

»Nein«, sagte sie bestimmt. »Aber den Tee nehme ich gerne, danke.«

»Wie du meinst.« Die Frau zuckte mit den Schultern und wechselte das Thema: »Hast du deinen Freund getroffen oder mit wem du auch immer verabredet warst?« Sie schüttelte den Kopf, um ihre eigene Frage zu beantworten. »Nein, sicher nicht. Sonst würdest du kaum hier sitzen und noch dazu allein.«

»Ich war … nicht verabredet«, antwortete Thirteen zögernd. »Jedenfalls nicht so richtig.«

»Nicht so richtig?«

Thirteen überlegte nur einen Moment. Die Frau war eine Wildfremde für sie, sie hatte keinen Grund, ihr zu vertrauen. Andererseits – sie hatte auch keinen Grund, ihr nicht zu trauen. Und was hatte sie zu verlieren?

»Mein … Freund hat manchmal einen etwas seltsamen Humor«, sagte sie. »Er hat mir nur eine Nachricht geschickt und jetzt muss ich herausfinden, was er damit meint.« Sie zog den Fahrschein aus der Tasche und reichte ihn der Frau. Diese warf nur einen einzigen Blick darauf, schüttelte den Kopf und sagte: »Das ist keine Adresse.«

»Das fürchte ich auch«, seufzte Thirteen.

»Das ist eine Eintragung im Grundbuch.«

Thirteen starrte die Frau an. »Wie?«

»Ganz bestimmt«, antwortete die Frau. »Ich kenne diese Art von Zahlen. Meine Tochter arbeitet auf dem Katasteramt, gleich drüben auf der anderen Seite des Platzes.« Sie tippte mit dem Zeigefinger auf den Fahrschein. »KA-R13 – siehst du? Das heißt: Katasteramt, Raum 13. Das Katasteramt ist die Behörde, bei der die Besitzer und Eigentümer aller Grundstücke und Häuser festgehalten werden. Und GK 13013 bedeutet: Gemarkung 13013 – sozusagen die Adresse. Dein Freund muss ein ziemlicher Witzbold sein.«

»Das ist er«, sagte Thirteen mit Nachdruck. Sie war plötzlich ganz aufgeregt. Der Ober kam in diesem Moment und brachte ihre Bestellung, sodass sie nicht sofort weiterreden konnte, aber das war vielleicht ganz gut so. Möglicherweise hätte sie vor lauter Erregung mehr gesagt, als gut war. Warum schickte der Fremde sie zu einer *Behörde?* Noch dazu einer, die mit Grundstücken zu tun hatte?

»Vielleicht wartet er dort drüben auf dich«, fuhr die Frau fort, nachdem sie an ihrem Kaffee genippt und für einen Moment das Gesicht verzogen hatte. »Oder er ist ein ganz besonderer Witzbold und will, dass du zu der Adresse gehst, die unter dieser Nummer im Grundbuch eingetragen ist.«

»Und wie soll ich die herausfinden?«, fragte Thirteen.

»Indem du nachsiehst«, antwortete die Frau. »Die Unterlagen sind öffentlich. Jeder kann sie einsehen.«

»Auch …«, begann Thirteen zögernd und die Frau lächelte und unterbrach sie:

»Auch tropfnasse Mädchen in deinem Alter. Aber tu dir selbst einen Gefallen und zieh diese Jacke aus. Du siehst aus, als wärst du aus einer Mülltonne gekrochen. Nebenbei – du riechst auch so.«

Sie blinzelte Thirteen noch einmal zu, leerte ihre Kaffeetasse in einem Zug und stand auf. »Ich muss jetzt los. Viel Glück beim Amt. Vielleicht sehen wir uns ja noch einmal.«

Sie ging. Thirteen war viel zu verwirrt, um etwas zu sagen oder sich auch nur zu bedanken, und als sie auf die Idee kam, war es zu spät. Die Frau war bereits zum Ausgang der Passage gegangen und spannte ihren Schirm auf. Thirteen ließ sich mit einem enttäuschten Seufzer zurücksinken – und fuhr überrascht zusammen.

Auf dem Tisch lag die Plastiktüte, die die Frau vorhin in der Hand gehabt hatte. Sie hatte sie vergessen.

»He!«, rief Thirteen. »Ihre Tüte!«

Die Gestalt im blauen Mantel reagierte nicht. Sie war wahrscheinlich schon viel zu weit entfernt, um die Worte zu hören. Thirteen sprang auf, raffte die Tüte an sich und lief zum Ausgang der Passage. Sie brauchte nur ein paar Sekunden, aber sie war trotzdem nicht schnell genug. Die Frau war verschwunden. Vor ihr lag nur der weite, leere Platz, dessen Kopfsteinpflaster vor Nässe glänzte.

Und irgendetwas daran ... hatte sich verändert.

Thirteen konnte nicht sagen, was. Es war kein Unterschied, den man wirklich in Worte fassen konnte, aber er war trotzdem deutlich zu spüren. Vielleicht lag es am Himmel: Er war noch dunkler geworden und die Wolken hingen jetzt so tief, dass man fast meinte, sie anfassen zu können. Die Bäume schienen mit ihnen zu verschmelzen und der ganze Platz kam ihr mit einem Mal vor wie ein gewaltiger Raum, unglaublich groß, aber begrenzt, eine riesige Kathedrale, deren Decke von gewaltigen Stützpfeilern getragen wurde.

Thirteen blinzelte und das Bild verschwand. Als sie die Augen wieder öffnete, war der Platz wieder ein ganz normaler, leerer Platz an einem verregneten Nachmittag. Die Frau im blauen Mantel blieb verschwunden.

Sie warf einen Blick in die Plastiktüte, die sie noch immer in der Hand hielt. Ein schmaler Fotoband befand sich drinnen, der wohl mit der Geschichte dieser Stadt zu tun hatte, aber kein Hinweis auf die Identität der Frau. Nachdem sie so freundlich zu ihr gewesen war, tat es Thirteen doppelt leid, dass ihr nun dieses Missgeschick unterlaufen war.

Sie überlegte einen Moment, zurückzugehen und die Tüte im

Café abzugeben, damit die Frau sie später holen konnte, hatte dann aber eine bessere Idee. Hatte die Frau nicht gesagt, dass ihre Tochter drüben im Amt arbeitete? Sie wollte sowieso dorthin.

Thirteen schlug die Kapuze hoch und trat gebückt in den Regen hinaus. Nach der Hausnummer des Gebäudes, in dem das Amt untergebracht war, musste sie nicht eigens fragen.

4

Thirteen war noch einmal zurückgegangen, nicht um die Anzahl der Buchstabenkolonnen zu zählen – die war ihr klar; immer wenn eine Zahl zu vergeben war, dann war es *ihre* –, sondern um sich auf die Zehenspitzen zu stellen und den Namen, der nicht durchgestrichen war, zu entziffern. Aber es war ihr nicht gelungen. Sie konnte ein paar Buchstaben erkennen, aber mehr auch nicht.

»Willst du es dir nicht doch noch überlegen?«, fragte Helen. Sie war Thirteen offenbar in der Hoffnung gefolgt, dass sie ihre Meinung vielleicht geändert und sich entschlossen hätte, ihren Namen als letzten unter die Liste zu setzen. Umso enttäuschter wirkte sie jetzt, als Thirteen erneut den Kopf schüttelte.

»Ich wollte nur noch etwas nachsehen«, sagte sie nachdenklich. Sie strengte ihre Augen an, bis sie zu tränen begannen, aber es nutzte nichts: Der Name befand sich gerade hoch genug über ihr im Holz, um ihn nicht deutlich erkennen zu können. *Wieso war er als einziger nicht durchgestrichen worden?*

»Aber das solltest du!«, sagte Helen, nun in fast quengeligem Ton, der sie jünger und sehr viel kindlicher erscheinen ließ als bisher. »Alle tun das. Peter wird nicht begeistert sein, wenn er davon hört.«

»Peter kann mich –«, begann Thirteen erregt, riss sich im letzten Moment zusammen und beendete den Satz nicht ganz korrekt: »– überhaupt nichts befehlen. Hast du nicht gesagt, er wäre nicht euer Anführer?«

»Das ist er auch nicht«, beeilte sich Helen zu versichern. »Er befiehlt niemandem etwas.«

»Aber ihr seid ganz froh, wenn er euch sagt, wo's langgeht, wie?«, fügte Thirteen hinzu. Sie seufzte. »Ich verstehe.« Sie drehte sich mit einem Ruck herum und begann auf die Treppe zuzugehen, die in einiger Entfernung aufgetaucht war. *Aufgetaucht* im wahrsten Sinne des Wortes. Sie war absolut sicher, dass sie vorhin, als sie Helen gefolgt war, noch nicht hier gewesen war.

Sie ging etwas langsamer, damit Helen zu ihr aufholen konnte, ohne rennen zu müssen. Helen war sehr verstört und sie wirkte ein bisschen ängstlich. Während sie die Treppe hinuntergingen, sah sie Thirteen die ganze Zeit nervös an, sagte aber kein Wort. Als sie das Ende der Treppe erreichten, blieb sie stehen. Thirteen ging noch zwei Schritte weiter, ehe auch sie innehielt und sich zu ihr umwandte.

»Was hast du?«, fragte sie.

Helen zuckte unbehaglich mit den Schultern. »Etwas ... stimmt nicht«, sagte sie. »Ich weiß nicht ... irgendetwas ist anders.«

Auch Thirteen sah sich aufmerksam um, aber sie konnte nicht sagen, ob sich hier etwas verändert hatte oder nicht. Schließlich kannte sie die Umgebung gar nicht. Wortlos gingen sie weiter.

Sie überließ Helen die Führung, denn sie selbst hätte wahrscheinlich keine Chance gehabt, die anderen wiederzufinden; für sie sahen hier alle Türen gleich aus. Helen steuerte jedoch zielsicher eine bestimmte Tür an. Als sie die Hand nach der Klinke ausstrecken wollte, stieß ein Schatten von der Korridordecke herab und schoss so dicht über sie hinweg, dass Helen erschrocken den Kopf einzog und einen kleinen Schrei ausstieß.

»Wusch!«, rief Thirteen überrascht. »Was tust du denn hier? Bist du verrückt geworden?«

Die Flederratte jagte kaum weniger dicht über sie hinweg als gerade über Helen, breitete die Schwingen aus und kam nach einer eleganten Kurve zurück. »Du hast die anderen also gefunden«, piepste sie. »Du lebst dich ja schnell ein. Hast du schon deinen Namen in den Stamm geritzt?«

»Du hast uns beobachtet«, sagte Thirteen.

»Stimmt«, erklärte Wusch fröhlich. »Hast du etwa gedacht, ich lasse dich allein? Du bist ja nicht einmal fähig, auf dich aufzupassen, wenn man dich warnt!«

Die Tür wurde aufgerissen und Peter und Stefan streckten

die Köpfe heraus. »Was ist denn hier für ein Lärm?«, fragte Peter. Dann entdeckte er Wusch, runzelte die Stirn und fügte in verändertem Ton hinzu: »Natürlich. Diese aufdringliche Fledermaus.«

»Ich bin eine *Flederratte!*«, keifte Wusch. »Merk dir das endlich!«

Peter beachtete sie nicht weiter, sondern maß Helen und Thirteen mit einem fragenden Blick. »Wo wart ihr?«

»Oben.« Helen machte eine Handbewegung zur Decke. »Ich habe ihr den Dachboden gezeigt.«

»Du hast deinen Namen in den Balken geritzt«, vermutete Peter.

»Nein«, sagte Thirteen. »Habe ich nicht.«

Peter blinzelte. »Wie?«

Thirteen zuckte mit den Schultern und trat an Peter und Stefan vorbei ins Zimmer. An ihrer Stelle antwortete Helen:

»Sie wollte ihren Namen nicht eintragen. Sie sagt, dass es sich nicht lohnt, weil sie nicht lange genug hierbleiben wird.«

Peter runzelte die Stirn, fuhr auf dem Absatz herum und knallte so wuchtig die Tür zu, dass Wusch es gerade noch schaffte, hindurchzuflitzen, ohne einen Teil ihrer Flügel zu verlieren. Die Flederratte schoss keifend über ihn hinweg und begann den Kristalllüster unter der Decke zu umkreisen. Peter beachtete sie weiterhin nicht. »Was ist denn das schon wieder für ein Unsinn?«, erkundigte er sich. »Jeder schreibt seinen Namen auf den Balken. Es ist wichtig.«

»Damit ihr wisst, wann einer von euch an der Reihe ist, zu gehen?«, fragte Thirteen. »Weil immer nur sechs Namen auf dem Balken stehen?«

Ihre Worte lösten eine vollkommen andere Reaktion aus, als sie erwartet hatte. Peters Gesicht verlor alle Farbe und auch die anderen wurden sichtbar blasser. Stefan spannte sich und machte eine Bewegung, wie um auf sie zuzutreten, aber Peter hob rasch die Hand und hielt ihn zurück.

»Das ist doch Unsinn«, sagte er gepresst.

»Stimmt«, antwortete Thirteen. »Du musst dir wirklich keine Sorgen machen, weißt du? Ich habe nicht vor hierzubleiben. Du brauchst also gar keine Angst zu haben, dass du als Nächster an der Reihe bist.«

»Das reicht«, sagte Stefan. »Was fällt dir eigentlich –«

Peter machte eine Handbewegung und Stefan verstummte. »Es ist gut«, sagte er. »Lass sie. Sie wird schon zur Vernunft kommen – früher oder später.«

Thirteen taten ihre eigenen Worte schon wieder leid. Es war genau wie vorhin – sie wollte Peter nicht verletzen, ganz im Gegenteil. Aber wie Peter und die anderen ihr Schicksal widerspruchslos hinnahmen, das trieb sie fast zur Raserei.

Sie biss sich auf die Zunge, zählte in Gedanken langsam bis fünf und setzte noch einmal und in erzwungen ruhigerem Ton an: »Wir müssen darüber reden, Peter«, sagte sie. »Ihr könnt doch nicht einfach aufgeben. Das alles hier ist … ist doch verrückt! Das ist doch kein Leben, das ihr hier führt!«

Peter blickte sie traurig an. Er antwortete nicht sofort, sondern ließ seinen Blick langsam über die Gesichter der anderen schweifen. Dann wandte er sich wieder zu Thirteen um und machte eine Handbewegung zur Tür. »Komm mal mit.«

»Da würde ich nicht rausgehen«, quiekte Wusch mit schriller Stimme. »Dicke Luft.«

Sie hatte sich an den Kristalllüster geklammert und hing kopfunter von der Decke. Ihre Worte wurden von einem hellen Klingen und Klirren begleitet, was ihnen ein sonderbares Gewicht verlieh, es war wie die Stimme einer Fee aus einem Märchenfilm.

»Halt die Klappe«, sagte Peter, ohne auch nur zu ihr hochzusehen. Er wiederholte seine auffordernde Geste zu Thirteen. »Komm.«

Thirteen folgte ihm, aber sie hatte ein ungutes Gefühl dabei; nicht nur wegen Wuschs Warnung. Sie hatte keine Angst vor Peter, aber möglicherweise vor dem, was er ihr sagen würde. Sie verließen das Zimmer und gingen ein kleines Stück. Peter sah sich aufmerksam in beide Richtungen um, ehe er stehen blieb. Vielleicht nahm er Wuschs Warnung doch ernster, als er nach außen hin behauptete.

»Also?«, fragte Thirteen. In ihrer Stimme lag schon wieder ein herausfordernder Ton, den sie gar nicht beabsichtigt hatte.

Peter schien ihn ihr aber nicht übel zu nehmen, denn er sah sie nur weiter traurig an und lächelte dann plötzlich. »Weißt du, an wen du mich erinnerst?«, fragte er.

Thirteen schüttelte den Kopf und Peter fuhr fort: »An mich.«

»An *dich?*«

»Ich war genauso wie du«, antwortete er. »Damals, als ich hergekommen bin. Ich wollte es auch nicht akzeptieren. Um keinen Preis. Ich habe geschrien und getobt ... Ich schätze, dass ich mindestens zwei Wochen lang wie ein Verrückter durch die Korridore gerannt bin. Aber irgendwann habe ich dann aufgegeben. Und weißt du, warum?«

Er beantwortete die Frage selbst mit einem Kopfschütteln. »Weil es zu wehtut. Nicht mir. Den anderen.«

»Das ... das verstehe ich nicht«, sagte Thirteen – auch wenn es nicht ganz die Wahrheit war. Im Grunde verstand sie sehr wohl, was Peter meinte. Aber es zuzugeben, würde auch bedeuten, ihm *recht* zu geben.

»Hoffnung ist etwas Wunderbares«, sagte Peter. »Aber weißt du, enttäuschte Hoffnung ist genauso furchtbar. Es tut weh, wenn man immer wieder hofft und immer wieder feststellen muss, dass es umsonst war.« Er zuckte mit den Schultern. »Wir haben uns arrangiert.«

»Arrangiert?« Thirteen schüttelte den Kopf. »Du meinst, ihr habt *resigniert.*«

»Du kannst es ausdrücken, wie du willst«, sagte Peter gleichgültig. »Wir haben jedenfalls einen Weg gefunden, irgendwie zurechtzukommen. Und ich möchte nicht, dass du das kaputt machst.«

»Soll das eine Drohung sein?«, fragte Thirteen.

»Eine Warnung«, verbesserte sie Peter. »Es geht nicht um

mich. Ich habe keine Angst, wenn du das glaubst. Ich bin so lange hier, dass es mir nichts mehr ausmacht, wenn ich gehen muss. Im Gegenteil. Ich bin fast froh, wenn es vorbei ist. Und außerdem ein bisschen neugierig.«

Er lächelte flüchtig, wurde aber sofort wieder ernst. »Helen ist es, um die ich mir Sorgen mache.«

»Wieso?« Thirteen lag eine andere Frage auf den Lippen, aber sie beherrschte sich noch.

»Sie ist ziemlich labil«, antwortete Peter. »Ich will nicht, dass du ihr falsche Hoffnungen machst. Sie würde es nicht ertragen, noch einmal enttäuscht zu werden.«

»Noch einmal.« Thirteen nickte grimmig. »Ihr *habt* es also schon einmal versucht. Was ist passiert?«

Peter überging die Frage. »Du kannst machen, was du willst. Von mir aus renn rum und such einen Ausgang. Wenn es dir Spaß macht, dann kannst du an den Wänden kratzen, bis dir die Finger bluten. Aber hör auf, dummes Zeug zu reden.«

»Jemand hat es geschafft«, vermutete Thirteen. Peter antwortete nicht, aber sie sah an der Reaktion in seinen Augen, dass sie der Wahrheit zumindest *nahe*gekommen war.

»Der Name«, fuhr sie fort. »Der Name auf dem Balken. Ihr streicht die Namen von denen aus, die weggehen, wie ihr es nennt. Aber ein Name ist nicht durchgestrichen. Jemand ist hier rausgekommen.«

»Das ist ... nur eine Legende«, behauptete Peter. Es hörte sich nicht sehr überzeugend an.

»Wirklich?«

»Und selbst wenn«, sagte Peter. »Keiner von uns hat Lust, einer Legende nachzujagen. Wir haben Besseres zu tun.«

»Und was?«

»Genug«, antwortete Peter ausweichend. »Ich sage es dir jedenfalls nur einmal. Tu, was du willst, aber setz den anderen keine Flausen in den Kopf. Wenn du einen Ausweg hier heraus findest, dann sag Bescheid. Wir kommen dann gerne alle mit. Aber bis es so weit ist, hältst du gefälligst den Mund.«

»Und wenn nicht?«, fragte Thirteen spöttisch. »Wirst du mich dann hinauswerfen?«

»Das wirst du dann schon sehen«, sagte Peter sehr ernst.

»Was ist nur mit dir los?«, fragte Thirteen. »Du scheinst ja regelrecht Angst davor zu haben, dass du hier herauskommen könntest. Gefällt es dir hier etwa?«

»Viel besser war es draußen auch nicht«, antwortete Peter. Seine Stimme wurde wieder leiser und ein Ausdruck von Trauer trat in seine Augen. »Meine Eltern sind tot.«

»Das tut mir leid«, antwortete Thirteen. »Aber meine auch, weißt du? Und die der anderen ebenfalls, oder?«

»Ja«, sagte Peter bitter. »Aber sie sind nicht vor euren Augen gestorben.«

Thirteen blickte ihn schockiert an. »Wie?«

»Es war ein Bombenangriff«, sagte Peter. »Wir hatten den Alarm gehört, aber ... aber es gab so oft Alarm und es war niemals etwas passiert. Wir sind immer wieder in den Keller gelaufen und haben auf die Entwarnung gewartet und nie ist etwas passiert. Und dann sind wir eben oben geblieben.«

»Moment mal!«, sagte Thirteen verwirrt. »Sagtest du: *Bombenangriff?* Von welchem Bombenangriff redest du?«

»Die Amerikaner«, antwortete Peter. »An diesem Tag sind wir in der Wohnung geblieben, und dann ...« Er atmete hörbar ein. »Dann ist es eben passiert. Es war furchtbar. Die ganze Wohnung stand in Flammen. Alles war voller Rauch und Hitze, und ich hörte meine Mutter schreien. Vater ist zurückgelaufen, um sie zu holen, aber dann schlug eine zweite Bombe ein. Ich habe das Bewusstsein verloren, und als ich aufgewacht bin, war ich bei fremden Leuten. Unser Haus war ... einfach weg. Ich meine, nicht zerstört, verstehst du? Es war nicht mehr da. Wo es gestanden hatte, war nur noch ein großer Krater.«

Das war eine schockierende Geschichte, aber es fiel Thirteen trotzdem schwer, ihr die gebührende Aufmerksamkeit zu schenken. Sie war vollkommen verblüfft. Was Peter da erzählte, konnte einfach nicht wahr sein!

»Wovon sprichst du?«, fragte sie fassungslos. »Was für Amerikaner? Amerika ist ein befreundetes Land! Sie bombardieren uns doch nicht!«

»Wir sind im Krieg mit Amerika«, widersprach Peter überzeugt.

»Im ...« Thirteen verstummte. Sie starrte Peter an und für einen Moment hatte sie das Gefühl, den Boden unter den Füßen zu verlieren. Es war unmöglich. Und doch ... »Wie heißt der Präsident?«, fragte sie. Sie verbesserte sich. »Der Führer.«

»Adolf Hitler«, antwortete Peter. »Das weiß doch jedes Kind. Wieso fragst du?«

»Und die Amerikaner und Engländer greifen deutsche Städte mit Bombenflugzeugen an«, flüsterte Thirteen. »Ich verstehe. Du ... du redest vom Zweiten Weltkrieg.«

»Nennt man ihn so?« Peter zuckte mit den Schultern. »Ja, das könnte passen.«

»Nein«, antwortete Thirteen. »Es muss heißen, man nannte ihn so. Wie lange bist du schon hier, Peter?«

»Lange«, antwortete Peter. »Viele Monate. Vielleicht schon über ein Jahr. Aber was soll das? Willst ...« Er war plötzlich so aufgeregt, dass er abbrechen und nach Luft ringen musste, ehe er wieder sprach:

»Willst du damit sagen, dass der Krieg vorbei ist?«

»Ja«, antwortete Thirteen. Ihr Herz klopfte. Was sie hier hörte, klang vollkommen unmöglich. Aber sie spürte auch zugleich, dass es die Wahrheit war. Peter belog sie nicht.

»Seit wann?«, fragte Peter aufgeregt. »Wie lange ist er vorbei? Nun antworte schon!«

Thirteen zögerte. Es fiel ihr unendlich schwer, zu reden, und ihre Stimme klang dünn und zitternd, als sie schließlich antwortete:

»Sehr lange, Peter. Mehr als fünfzig Jahre.«

* * * * *

Das Gebäude bot einen fast Ehrfurcht gebietenden Anblick. Es erhob sich über einer marmornen Freitreppe mit mindestens zwei Dutzend Stufen. Der Wind hatte sich wieder gedreht und blies ihr nun direkt ins Gesicht und es war noch kälter geworden. Thirteen war in einer Stimmung, in der sie dies nicht mehr für Zufall hielt. Vielmehr hatte sich in ihrem Kopf der hartnäckige Gedanke festgesetzt, dass ihr das Schicksal damit etwas sagen wollte; etwas, an dessen Bedeutung es keinen Zweifel gab: *Tu es nicht. Verschwinde. Nimm die Beine in die Hand und lauf, solange du es noch kannst!*

Aber auf dem Weg über den Platz hatte sie nachzudenken begonnen: Darüber, was all diese unheimlichen Geschehnisse wirklich zu bedeuten hatten. Sie glaubte längst nicht mehr, dass es Zufall war oder gar nur Einbildung. Nein. Vielmehr war sie mittlerweile davon überzeugt, dass all dies, angefangen von ihrem Erlebnis im Flugzeug bis hin zu einer Straßenbahnlinie, die seit Jahren nicht mehr existierte … etwas zu bedeuten hatte. Wenn sie nur wüsste, was! Sie kam sich vor wie eine Blinde, die mit ihrem Stock im Dunkeln herumstocherte und ständig irgendetwas berührte, ohne erkennen zu können, was. Dabei war sie beinahe sicher, das Geheimnis der letzten Tage relativ schnell lösen zu können – wenn sie nur erst einmal wusste, worum es überhaupt ging.

Andererseits war sie ja gerade unterwegs, um genau das zu tun. Sie betrat das Gebäude. Ein Schwall angenehm warmer Luft schlug über ihr zusammen und sie atmete hörbar auf, als sie den schneidend kalten Wind nicht mehr spürte. Neugierig sah sie sich um.

Das Innere des Gebäudes entsprach dem Eindruck, den es von außen erweckt hatte: Es war sehr groß, sehr alt, aber auch sehr gepflegt. Die weitläufige, ganz mit Marmor ausgekleidete Halle war nahezu leer, nur an einer der Seitenwände befand sich ein verglaster Schalter, hinter dem eine adrett gekleidete junge Frau saß. Sie musterte Thirteen stirnrunzelnd und nach einem Augenblick wurde Thirteen auch klar, was ihr missbilligender Blick zu bedeuten hatte: Sie beeilte sich, die schmuddelige Öljacke auszuziehen, und stopfte sie in Ermangelung von etwas anderem in die Plastiktüte mit dem Buch, die sie ja noch immer bei sich trug. Dann zwang sie das freundlichste Lächeln auf ihr Gesicht, das sie in ihrer momentanen Verfassung zustande brachte, und trat auf den Schalter zu.

Der Gesichtsausdruck der jungen Frau dahinter war nicht merklich freundlicher geworden, aber sie fragte trotzdem mit berufsmäßiger Höflichkeit: »Was kann ich für dich tun?«

»Ich suche das Katasteramt«, antwortete Thirteen. »Zimmer dreizehn.«

»Das ist im ersten Stock.« Die junge Frau deutete nach links. »Die Treppe hinauf und dann nach rechts.«

Thirteens Blick folgte der Geste und etwas Sonderbares geschah. Nein, nicht sonderbar; es war beinahe unheimlich: Im ersten Moment war die Treppe nichts als eine normale Treppe, aber noch während sie hinsah, schien sie sich zu verändern. Plötzlich wirkte sie unendlich hoch und so breit, dass mindestens ein Dutzend Leute nebeneinander hinaufmarschieren konnte. Die Stufen waren uralt und ausgetreten, als hätten Millionen von Füßen über Hunderte und Aberhunderte von Jahren ihre Spuren darauf hinterlassen. Etwas Dunkles, unendlich Böses lauerte am Ende dieser Stufen.

»Gibt es … keinen anderen Weg?«, fragte sie zögernd. Ihr Herz klopfte. Es fiel ihr schwer, den Blick von dieser unheimlichen Treppe zu lösen und sich wieder der jungen Frau hinter dem Schalter zuzuwenden.

»Den Aufzug«, antwortete diese. »Aber das lohnt sich nicht. Es ist nur eine Treppe. Es dauert länger, auf den Lift zu warten, als die paar Stufen hinaufzugehen.« Sie deutete auf einen Punkt hinter Thirteen. »Aber wenn du darauf bestehst …«

Thirteen kam sich selbst ein bisschen albern vor, aber sie drehte sich trotzdem herum und ging mit schnellen Schritten auf den Lift zu, der sich an der gegenüberliegenden Wand der Halle befand.

Die junge Frau hatte recht gehabt: Sie musste sehr viel länger auf den Aufzug warten, als es gedauert hätte, die Treppe hinaufzugehen. Es war ein sehr alter Lift, keine geschlossene Kabine, sondern ein vergitterter Käfig, der sich schnaufend und ächzend zu ihr herabquälte. Es war sehr schwer, das Scherengitter zu öffnen, die ganze Anlage quietschte, ächzte und klapperte bei jeder noch so kleinen Bewegung, als wäre sie seit mindestens hundert Jahren nicht mehr geölt worden, und als Thirteen auf den Knopf für die erste Etage drückte, dauerte es mehrere Sekunden, bis sich der Fahrstuhl überhaupt in Bewegung setzte.

Während die Halle langsam unter ihr in die Tiefe sank, sah sie noch einmal zum Eingang zurück – und fuhr erschrocken zusammen. Die großen, geschnitzten Eichentüren öffneten sich einen Spaltbreit, und zwei vierbeinige Schatten mit hässlichen Sabbermäulern und Rattenschwänzen huschten herein.

Phobos und Deimos!

Thirteens Herz machte einen erschrockenen Sprung. Also hatte sie sich die Bewegung in Doktor Hartstätts Garten doch nicht nur eingebildet! Die beiden Hunde waren tatsächlich da gewesen und sie waren jetzt hier und suchten sie!

Die Eingangshalle geriet außer Sicht, und Thirteen wartete mit hämmerndem Herzen darauf, dass der Aufzug sein Ziel erreichte und anhielt. Sie versuchte sich auszurechnen, wie lange die Hunde brauchen würden, um die Treppe heraufzurennen und ihr den Weg abzuschneiden … vermutlich nicht halb so lange wie dieser altersschwache Lift, um endlich anzukommen.

Aber sie hatte Glück, und das gleich in zweifacher Hinsicht: Die beiden Höllenhunde waren noch nicht hier und die Tür zu Zimmer 13 befand sich direkt auf der gegenüberliegenden Seite. Hastig trat sie aus dem Aufzug, wobei sie das Scherengitter ganz bewusst offen stehen ließ. Damit blockierte sie die Kabine zwar – aber vielleicht war es ganz nützlich, wenn der Aufzug auf sie wartete.

Mit klopfendem Herzen betrat sie das Zimmer, schloss die Tür hinter sich und sah sich um. Wie das gesamte Haus war auch das Zimmer sehr groß, sehr alt und sehr gepflegt: Die Wände waren holzvertäfelt und es gab eine wuchtige Eichentheke, die den Raum in zwei ungleiche Hälften teilte. In der hinteren standen drei Schreibtische, auf denen als einziger Stilbruch drei ultramoderne Computerterminals blinkten. Der Anblick erfüllte Thirteen mit einem vagen Unbehagen. Als sie das letzte Mal vor einem Computer gesessen hatte, war anschließend etwas nicht sehr Angenehmes geschehen.

»Ja bitte? Was kann ich für dich tun?«

Thirteen schrak aus ihren Gedanken hoch. Sie hatte gar nicht gemerkt, dass eine der jungen Frauen, die an den Schreibtischen saßen und arbeiteten, aufgestanden und auf sie zugetreten war.

»Ich … äh … ich hätte gerne eine Auskunft«, stammelte sie. »Wenn das möglich ist.« Etwas kratzte hinter ihr an der Tür, aber Thirteen gestattete dem Geräusch nicht, Macht über ihre Gedanken zu erlangen.

»Eine Auskunft?« Die junge Frau lächelte. Sie sah sehr freundlich drein. Auf eine gewisse Weise ähnelte sie der Frau, die Thirteen vorhin in der Passage getroffen hatte. Hatte sie nicht gesagt, dass ihre Tochter auf diesem Amt arbeitete? »Nun, dazu sind wir da. Was möchtest du wissen?«

Thirteen kramte den Fahrschein aus der Jackentasche und trat näher an die Theke heran. Das Kratzen an der Tür blieb hinter ihr zurück, aber es war noch immer da: das Scharren großer, harter Krallen.

»Es geht um diese …« Sie kramte in ihren Gedanken nach dem Wort, das die Frau im Café benutzt hatte. »… Gemarkung.«

Die junge Frau griff mit allen Anzeichen von Erstaunen nach dem Fahrschein, drehte ihn ein paarmal in den Fingern und musterte stirnrunzelnd die Buchstaben- und Zahlenkombination. »Und jetzt möchtest du die Unterlagen sehen.«

»Ja«, antwortete Thirteen. »Wenn das möglich ist.«

»Die Unterlagen sind jedermann zugänglich«, antwortete die junge Frau. »Aber du musst mich ins Nebenzimmer begleiten. Wir haben die Lagepläne noch nicht im Computer erfasst.« Sie öffnete die Klappe in der Theke und Thirteen folgte ihr. Was die junge Frau als *Nebenzimmer* bezeichnet hatte, das entpuppte sich als gewaltiger Saal voller deckenhoher Regale, der nur von einem staubigen Oberlicht erhellt wurde. In der Mitte gab es einen quadratischen, freien Platz, auf dem ein Tisch und ein halbes Dutzend schäbiger Stühle standen. Die junge Frau dirigierte Thirteen zu diesem Tisch, verschwand mit raschen Schritten zwischen den Regalen und kam schon nach wenigen Augenblicken zurück, beladen mit einem ledergebundenen Folianten, der aussah, als wiege er mindestens einen Zentner. Der ganze Tisch wackelte, als sie ihn darauffallen ließ. »Hier sind die Unterlagen. Die Angaben über die Besitzer stehen im Anhang. Und wenn du Fotokopien brauchst, sag Bescheid. Sie sind allerdings kostenpflichtig.«

»Ich … glaube nicht«, sagte Thirteen. Sie blickte einigermaßen verwirrt auf das riesige Buch hinunter.

Die junge Frau wandte sich zum Gehen, blieb aber dann noch einmal stehen. »Wenn du Hilfe brauchst, dann ruf mich einfach.« Sie setzte sich in Bewegung, aber Thirteen rief sie zurück.

»Was ist denn noch?«, fragte die junge Frau lächelnd.

Thirteen legte die Plastiktüte mit dem Buch auf den Tisch. »Ich habe vorhin im Café eine Frau getroffen, die sagte, dass ihre Tochter hier arbeitet, und sie hat ihr Buch liegen lassen. Ich habe mich gerade gefragt, ob es vielleicht Ihre Mutter war.«

»Meine Mutter ist leider schon lange tot. Aber ich frage gerne die anderen, während du hier beschäftigt bist.« Sie beugte sich neugierig vor. »Was für ein Buch ist das denn?«

Thirteen zog das Buch aus der Tasche und reichte es ihr. Die junge Frau blätterte es durch und ein sonderbares Lächeln erschien auf ihrem Gesicht. »Ein Heimatkundebuch!«, sagte sie erfreut. »Dass es so etwas noch gibt!«

Sie sah Thirteen an, während sie weiter in dem Buch blätterte. »Kennst du so etwas? Als ich in deinem Alter war, waren diese Bücher durchaus üblich. Es gab für jede Stadt eines – mit allen Sehenswürdigkeiten, alten Häusern, der Geschichte des Ortes, berühmter Persönlichkeiten …« Sie schüttelte den Kopf. »Ich dachte, sie wären längst aus der Mode gekommen.«

Thirteen zuckte nur mit den Schultern. Ihr stand der Sinn wahrlich nicht nach *Heimatkunde.*

»Kann ich es für einen Moment behalten?«, fuhr die junge Frau fort. »Ich zeige es den anderen. Wir finden schon raus, wessen Mutter es war.«

»Gerne«, antwortete Thirteen. Die junge Frau klemmte sich das Buch unter den Arm und ging und Thirteen blieb allein mit dem Folianten zurück. Nach einer Weile klappte sie ihn auf und begann darin zu blättern. Wie die junge Frau gesagt hatte, enthielt er nichts als großformatige, zum Teil mehrfach gefaltete Blaupausen von Lageplänen – für Thirteen nichts als böhmische Dörfer. Sie verstand weder genau, was die Pläne zeigten, noch, was all die Kolonnen von Ziffern und Buchstaben zu bedeuten hatten, die am Rande aufgeschrieben waren. Schließlich nahm sie ihren Fahrschein zur Hand, sah noch einmal auf die darauf gekritzelte Nummer und schlug die entsprechende Seite im Buch auf. Sie zeigte einen Lageplan, der sich auf den ersten Blick in nichts von all den anderen zu unterscheiden schien: ein großes Grundstück mit einem einzelnen Haus. Nichts, was ihr irgendetwas gesagt hätte. Vielleicht hatte sie sich geirrt und die Zahlen bedeuteten etwas ganz anderes. Verwirrt blickte sie weiter auf den Plan hinab …

Und dann fiel es ihr wie Schuppen von den Augen.

Das Grundstück.

Die sonderbar asymmetrische Form.

Das Haus, das genau in der Mitte des Gartens stand, statt an seinem vorderen oder hinteren Ende, wie es sonst allgemein üblich war …

Es war das Grundstück ihres Großvaters!

Thirteen saß fast eine Minute lang vollkommen reglos da und starrte den Plan an. Sie blinzelte nicht einmal und selbst ihre Gedanken schienen wie erstarrt. Jeder Zweifel war wie weggeblasen – es war weder Zufall noch Willkür, dass sie hier war. Ihr sonderbarer Freund hatte sie hierherbestellt, damit sie ganz genau diesen Plan fand.

Aber warum eigentlich?

Sie erinnerte sich daran, was die junge Frau gesagt hatte: Die Informationen über die Grundstücksbesitzer stehen am Ende des Buches. Sie begann die großformatigen, nach Staub und Alter riechenden Seiten umzublättern, bis sie zu dem entsprechenden Teil gelangte: eine Reihe komplizierter, auf den ersten Blick schier undurchschaubarer Listen, die nur aus Zahlen und unverständlichen Abkürzungen zu bestehen schienen. Sie benötigte fast eine Viertelstunde, um die gesuchte Eintragung zu finden – den Namen ihres Großvaters.

Allerdings half ihr das auch nicht sonderlich weiter. Das Grundstück war auf den Namen ihres Großvaters eingetragen, wie es sich gehörte.

Seit mindestens hundert Jahren.

Thirteen starrte aus aufgerissenen Augen auf die Seite. Die Namen der Grundstücksbesitzer wechselten in mehr oder weniger regelmäßigen Abständen – überall, nur nicht hinter der Eintragung dieses einen bestimmten Grundstückes. Die Eintragungen reichten mindestens hundert Jahre zurück und diese eine war immer gleich.

Natürlich war das vollkommen unmöglich. Es musste sich um einen Irrtum handeln, eine Verwechslung oder einen Schreibfehler. Ihr Großvater war ziemlich alt, aber so alt konnte er einfach nicht sein. Thirteen lächelte, um sich selbst zu beruhigen, aber zugleich lief ihr auch ein eisiger Schauer über den Rücken.

Sie musste herausfinden, seit wann es diese Eintragung gab. Auf den ersten Blick stellte sich dieses Vorhaben als relativ simpel heraus. Wie sich zeigte, waren die Bücher fortlaufend nummeriert. Sie musste also nur den vorhergehenden Band finden, um dort auf der entsprechenden Seite nachzuschlagen, und das Rätsel würde sich irgendwie lösen.

Leider war das nur die Theorie.

In der Praxis befand sich die Lücke, aus der die junge Frau den

Folianten offensichtlich herausgezogen hatte, ganz am linken Ende des Regalbrettes. Es gab keinen Vorgängerband. Thirteen seufzte enttäuscht, stellte sich aber trotzdem auf die Zehenspitzen, um einen Blick ins Regal zu werfen; möglicherweise standen die entsprechenden Bücher ja in der zweiten Reihe. Wer interessierte sich schon für Grundbücher aus dem vergangenen Jahrhundert? Sie streckte sich, machte sich so groß, wie sie konnte – und prallte mit einem halblauten Schrei zurück.

Sie sah keine weitere Buchreihe, sondern blickte in ein hässliches, sabberndes Hundegesicht, das nur aus Augen, einer haarlosen Schnauze und spitzen Zähnen zu bestehen schien. Ein tiefes Knurren erklang, das eine unüberhörbare Warnung beinhaltete, und sie konnte sogar den Atem des Hundes riechen.

Thirteen stolperte so erschrocken zurück, dass sie gegen das Regal auf der anderen Seite prallte und sich schmerzhaft den Rücken anstieß. Sie ließ den Hund dabei keine Sekunde aus den Augen. Phobos seinerseits – vielleicht war es auch Deimos – starrte sie unentwegt an, und erst in diesem Moment wurde Thirteen klar, wie grotesk der Anblick eigentlich war. Der Hund starrte sie an, als blicke er durch ein Fenster zu ihr herein, aber in dem Regal war gar nicht genug Platz für ein so großes Tier!

»Was geht denn hier vor?«

Thirteen fuhr erschrocken herum und atmete erleichtert auf, als sie ins Gesicht der jungen Frau sah, die sie hierhergebracht hatte. Sie sah immer noch freundlich drein, aber auch ein wenig misstrauisch.

»Nichts«, antwortete Thirteen hastig. Sie warf einen raschen Blick in die Lücke zwischen den Büchern – die jetzt wieder leer war – und zwang sich dann zu einem Lachen. »Was ... soll denn sein?«

»Ich dachte, ich hätte einen Schrei gehört«, antwortete die Frau in einem Ton, der klarmachte, dass sie das weniger dachte, als vielmehr ziemlich genau wusste. »Hast du etwas gesucht?«

»Den ... den Band vorher«, antwortete Thirteen stockend. »Den mit den älteren Aufzeichnungen.«

»Die älteren Bände sind nicht hier«, antwortete die junge Frau. »Wir verwahren hier nur die aktuellen Unterlagen. Alles andere wird ins Stadtarchiv gebracht. Aber dort gibt es keinen öffentlichen Zugang, du musst schon ein begründetes Interesse haben.« Sie drehte sich vollends zu Thirteen um und sah sie nun mit eindeutigem Misstrauen an.

»Was interessiert dich eigentlich so sehr an diesen alten Geschichten? Ist es für ein Projekt in der Schule?«

»Genau«, antwortete Thirteen hastig. »Wir ... wir sollen herausfinden, welche Grundstücke hier in der Umgebung am längsten im Besitz ein und derselben Familie sind.«

Das sollte überzeugend klingen. Aber das Misstrauen im Blick der jungen Verwaltungsangestellten blieb.

»Ein interessantes Projekt«, sagte sie. »Ich könnte mir vorstellen, dass mein Chef es sogar unterstützt. Er freut sich immer, wenn er mit einer Schule zusammenarbeiten kann. Wie heißt dein Lehrer?«

»Warum?«, fragte Thirteen fast erschrocken.

»Wenn wir die Sache offiziell machen, können wir euch bestimmt Zugang zu allen Unterlagen verschaffen, die ihr braucht. Das wäre doch was, oder? Dein Lehrer wird stolz auf dich sein.«

»Vielleicht«, antwortete Thirteen. Da hatte sie wohl ein typisches Eigentor geschossen. Hastig fügte sie hinzu: »Bestimmt sogar. Aber ich denke trotzdem, dass es besser ist, wenn ich ihn erst frage. Er ist ... manchmal etwas komisch.«

Das war die falsche Antwort, wie sie deutlich im Gesicht der jungen Frau erkennen konnte.

»Und wie heißt er nun?«

»Mertens«, antwortete Thirteen. Es war der erste Name, der ihr einfiel.

»Mertens?« Die Frau runzelte die Stirn. »Seltsam. Ich kenne alle Lehrer hier an der Schule. Diesen Namen habe ich noch nie gehört.«

»Er ... er ist neu«, stotterte Thirteen. »Erst seit ein paar Tagen hier. Aber er hat ungewöhnliche Ideen.«

»Ja, das kann man sagen …« Die junge Frau schwieg eine Weile, aber dann zuckte sie zu Thirteens unendlicher Erleichterung mit den Schultern. »Nun ja – sag ihm Bescheid, dass er meinen Chef anruft, und ihr bekommt sicher alles, was ihr braucht. Und was dein Buch angeht …« Sie reichte Thirteen den Bildband, den sie die ganze Zeit über in der Hand gehalten hatte. »Ich habe alle meine Kolleginnen gefragt. Du musst dich wohl geirrt haben. Keine von ihnen hat eine Mutter, der dieses Buch gehören könnte.«

Thirteen nahm das Buch entgegen und schob es achtlos unter die Jacke. Es wurde Zeit, dass sie hier herauskam. Die junge Frau war nach wie vor misstrauisch. Wenn sie anfing, die richtigen Fragen zu stellen, dann kam sie vielleicht *wirklich* in Schwierigkeiten. Sie durfte nicht vergessen, dass sie sich noch immer auf der Flucht befand.

»Ich muss jetzt gehen«, sagte sie. »Sie haben mir wirklich geholfen, aber ich bin eigentlich schon viel zu lange hier.«

»Du kannst jederzeit wiederkommen«, antwortete die junge Frau. »Und dein Lehrer auch. Vergiss nicht, ihm Bescheid zu sagen.«

Thirteen bedankte sich noch einmal und ging, so schnell sie gerade noch konnte, ohne wirklich zu rennen. Trotzdem war sie sich deutlich bewusst, dass sie von allen angestarrt wurde. Sie atmete erst auf, als die Tür hinter ihr zufiel und der Aufzug vor ihr lag. Die Kabine war noch da – sie hatte die Tür ja blockiert – und sie trat hastig hinein und fuhr in die Halle hinunter. Von Phobos und Deimos war keine Spur zu sehen, aber Thirteen war trotzdem sehr nervös. Als sie aus der Kabine trat, stolperte sie über ihre eigenen Füße. Sie fiel nicht, aber das Buch rutschte unter der Jacke heraus, fiel zu Boden und öffnete sich. Thirteen bückte sich hastig danach.

Aber sie führte die Bewegung nicht zu Ende.

Das Buch war in der Mitte aufgeklappt, links befand sich ein Foto und rechts der dazugehörige Text. Es war ein sehr altes Bild; die Fotografie einer Fotografie, wie deutlich zu erkennen war, eines jener uralten bräunlich getönten Bilder voller Risse und Knicke, wie sie aus der Anfangszeit der Fotografie stammten. Der Text auf der gegenüberliegenden Seite bestätigte das: Er besagte, dass es sich um die älteste bekannte Fotografie der Stadtgeschichte handelte: nachweislich einhundertundeinunddreißig Jahre alt!

Hätte Thirteen jemand in diesem Moment einen Eimer voller Eiswasser über den Rücken gegossen, hätte der Schock kaum größer sein können.

Das Bild zeigte das Haus ihres Großvaters. Trotz der schlechten Qualität konnte man erkennen, dass sich sowohl das Haus als auch der Garten in deutlich besserem Zustand befanden als heute. Aber darauf verschwendete Thirteen kaum einen Gedanken.

Sie starrte wie betäubt auf die Gestalt, die unter der Haustür stand und mit einem Ausdruck deutlicher Verärgerung direkt in die Kamera blickte.

Es war ihr Großvater.

Auf einem einhunderteinunddreißig Jahre alten Foto. Und er sah keinen Tag jünger aus als heute.

* * * * *

Sie hatten sehr lange geredet. Thirteens Kehle war ganz trocken vom Sprechen, und ihr schwirrte der Kopf von all den Fragen, die sie beantwortet hatte. Natürlich hatte ihr Peter am Anfang kein Wort geglaubt, ebenso wenig wie einer der anderen fünf, aber nachdem Thirteen erst einmal angefangen hatte zu erzählen, schien es, als wäre ein unsichtbarer Bann gebrochen. Plötzlich hatte ein jeder tausend Fragen, die natürlich alle zugleich gestellt wurden, und Thirteen musste immer und immer wieder erzählen, was sich in der Welt draußen in den letzten Jahren zugetragen hatte.

Wie sich herausstellte, waren nicht alle Kinder so lange hier wie Peter, alle aber trotzdem seit Jahren. Thirteen musste sich bald eingestehen, dass sie nicht allzu bewandert in Geschichte war: Es war ihr zum Beispiel nicht möglich, anhand von Dingen, an die sie sich zu erinnern wussten, herauszufinden, seit wann sich Beate und Angela in diesem unheimlichen Haus befanden. Aber eines war klar: Sie alle mussten seit Jahren hier sein und keiner von ihnen war in dieser Zeit auch nur um einen Tag gealtert.

»Und keiner von euch hat sich jemals gefragt, wie viel Zeit wirklich vergangen ist, seit ihr hierhergebracht worden seid?« Thirteen blickte fassungslos in die Runde. »Peter! Du hast praktisch ein ganzes Menschenalter hier verbracht. Ihr habt euch niemals gefragt, was hier eigentlich los ist? In all den Jahren nicht ein Mal?«

Peter schüttelte den Kopf. Alle anderen sahen sie nur betroffen an. »So lange kam es mir gar nicht vor«, antwortete Peter schließlich. Er lachte nervös. »Ehrlich gesagt, es ... es kommt mir auch jetzt noch nicht so lange vor. – Fünfzig Jahre ...«, murmelte er mit seltsam flacher Stimme, wie an sich selbst gewandt und nicht als Antwort auf ihre Frage. »Nein, so lange war es nicht.«

»Hier ist jeder Tag wie der andere«, sagte Helen traurig. »Zeit spielt keine Rolle.«

»Vielleicht vergeht sie hier drinnen ja auch anders als draußen«, gab Stefan zu bedenken.

»Unsinn!«, antwortete Thirteen überzeugt. »Ein Tag ist ein Tag, ganz egal in welchem Haus.«

»Und wir alle sind seit zig Jahren hier, ohne eine Sekunde zu altern?« Stefan schüttelte lächelnd den Kopf. »Findest du nicht selbst, dass sich das ein bisschen komisch anhört?«

»Nicht komischer als ein Haus, das unendlich viele Zimmer hat und Flure, die niemals enden«, sagte Thirteen. Sie erschrak fast selbst, als sie den Zorn in ihrer Stimme hörte. Aber sie kannte auch den Grund: Es war Hilflosigkeit. Und vielleicht auch Angst. Angst, genauso zu werden wie Peter und die anderen.

»Vielleicht sind wir ja tot«, sagte Angela plötzlich.

Für mehrere Sekunden breitete sich vollkommenes Schweigen zwischen ihnen aus. Alle starrten Angela an.

»Warum nicht?«, fuhr sie nach einer Weile fort. Sie versuchte zu lächeln, vielleicht, um ihren Worten im Nachhinein etwas von ihrer erschreckenden Wirkung zu nehmen, aber es misslang kläglich. »Ich meine: Wenn das, was Thirteen erzählt, wirklich wahr ist, dann könnte das hier doch ganz gut das Fegefeuer sein, oder?«

»Also, ich habe nichts getan, um in die Hölle zu kommen«, behauptete Stefan.

Thirteen schüttelte entschieden den Kopf. »Es muss eine andere Erklärung geben«, sagte sie überzeugt. »Genauso wie einen Weg hier heraus. Und ich werde ihn finden.«

»So weit waren wir schon einmal«, erinnerte Peter.

»Stimmt«, antwortete Thirteen, die schon wieder zornig zu werden begann. »Und ich gebe auch nicht auf! Einer von euch ist hier herausgekommen, und was einmal funktioniert hat, das wird auch ein zweites Mal klappen. Ich komme hier heraus und ich werde jeden mitnehmen, der mich begleiten will!«

»Versprich nichts, was du nicht halten kannst, Dummkopf!«, flötete Wusch von ihrem Platz unter dem Lüster aus. Thirteen legte den Kopf in den Nacken und blinzelte zu der Flederratte hoch. Sie hatte Wusch mittlerweile völlig vergessen, aber das Tier hatte ganz offensichtlich sehr aufmerksam zugehört.

»Ach ja«, sagte Thirteen in nachdenklichem Ton. »Wo wir schon einmal bei dir sind ... du weißt doch offensichtlich auch so einiges über dieses Haus. Auf jeden Fall mehr, als du zugibst. Warum beantwortest du mir nicht ein paar Fragen?«

»Was für Fragen? Ich weiß nix.«

»Hast du mir nicht selbst erzählt, dass man dich beauftragt hat, mich davon abzuhalten, hierherzukommen?«

»Und wer war so dusselig, nicht auf meine Warnung zu hören?«, giftete Wusch. Sie bewegte unwillig die Flügel, und der Kristalllüster begleitete die Bewegung mit einem lang anhaltenden glockenhellen Klingen und Klimpern. Beate, die direkt darunter saß, rutschte hastig ein Stück weit zur Seite.

»Fangen wir doch damit an, dass du uns erzählst, *wer* dich beauftragt hat«, schlug Thirteen vor, und Peter fügte hinzu: »Ja, das würde uns alle interessieren.«

»Niemand«, behauptete Wusch. »Es schien mir eine gute Idee.«

Thirteen stand mit einem so plötzlichen Ruck auf, dass die Flederratte erschrocken zusammenfuhr und der Kristalllüster hin und her zu schwanken begann. »Das ist Unsinn!«, sagte sie zornig. »Du wirst uns jetzt gefälligst die Wahrheit sagen! Es gibt einen Weg hier heraus und du wirst ihn uns zeigen!«

»Den gibt es nicht«, antwortete Wusch.

»Aber ich habe dich gesehen«, sagte Thirteen. »Als ich noch *draußen* war.«

»Was du schon siehst«, sagte Wusch. Sie klang ein bisschen nervös, und das fiel nicht nur Thirteen auf. Auch Peter, Stefan und die anderen sahen die Flederratte plötzlich sehr aufmerksam an. Stefan stand langsam auf.

»Und … und selbst wenn«, fuhr Wusch – nun schon mehr als ein bisschen nervös – fort, »würde es nichts nutzen.«

»Also gibt es einen Weg«, sagte Peter grimmig.

»Aber ihr könnt ihn nicht gehen.«

»Wieso?«, fragte Thirteen.

»Niemand kann ihn gehen«, antwortete Wusch. Sie bewegte sich jetzt so heftig, dass der Lüster beständig von einer Seite auf die andere schwang und ununterbrochen klirrte.

»Und was ist mit dem Mann, den ich gesehen habe?«, fragte Thirteen triumphierend. »Am Flughafen?«

Wusch blinzelte aus ihren kleinen Knopfaugen zur Tür. Stefan, der ihrem Blick folgte, lächelte plötzlich, ging zu Tür und lehnte sich mit vor der Brust verschränkten Armen dagegen.

»Das war etwas anderes«, sagte Wusch schließlich. »Er … er gehört zu ihnen.«

»Wen meinst du damit?«, fragte Peter. Seine Stimme klang sehr scharf, und Wusch breitete für einen Moment die Schwingen aus, wie um sich zur Flucht bereit zu machen.

»Sie«, antwortete sie unwillig. »Die DREIZEHN.«

Thirteen hatte das Gefühl, einen Schlag ins Gesicht bekommen zu haben. Mit heftig klopfendem Herzen starrte sie zu der hin und her schwingenden Flederratte hinauf. »Was hast du gesagt?«, flüsterte sie.

»Der Bund der Dreizehn«, keifte Wusch. »Sie können sich frei hier herein- und hinausbewegen. Aber ihr nicht. Und mehr sag ich jetzt nicht. Mehr weiß ich auch nicht.«

»Dieses ... dieses elende kleine Mistvieh«, murmelte Peter. Seine Stimme bebte. »Sie hat es die ganze Zeit über gewusst. Und sie hat nie auch nur ein Sterbenswörtchen gesagt.«

Und plötzlich sprang er vor und griff, blitzschnell und mit beiden Händen, nach Wusch. Zweifellos hätte er die Flederratte auch erwischt, denn der Lüster schwang genau in diesem Moment wieder in seine Richtung, aber Wusch ließ im letzten Moment ihren Halt los, fiel genau zwischen Peters Händen hindurch in die Tiefe und breitete ihre Schwingen aus. Wie eine Schwalbe auf Mückenjagd fing sie ihren Sturz elegant ab, flitzte zwischen Peters Beinen hindurch und schwang sich wieder in die Höhe.

»Haltet sie fest!«, brüllte Peter.

Und das war der Startschuss zu einem allgemeinen Chaos.

Plötzlich waren alle – einschließlich Thirteen – auf den Beinen und versuchten die Flederratte zu schnappen. Wusch schwang sich mit einem entsetzten Fiepen hoch in die Luft, hatte aber ihren eigenen Schwung unterschätzt und prallte ziemlich unsanft an die Decke. Taumelnd und lauthals fluchend sank sie herab, und sofort streckten sich ungefähr ein Dutzend Hände nach ihr aus. Diesmal wäre sie zweifellos erwischt worden, hätten sich Thirteen und die anderen nicht gegenseitig behindert. Peter, der mit einem regelrechten Hechtsprung die Flederratte zu erreichen suchte, prallte gegen Helen und riss sie von den Füßen. Helen stolperte gegen Angela und brachte diese aus dem Gleichgewicht, die ihrerseits die Übrigen mit sich riss, sodass sie ein einziges Durcheinander aus Armen, Beinen, Füßen, Händen und Körpern bildeten, aus dem die Flederratte mit einem triumphierenden Pfeifen emporstieg – direkt in Stefans Hände hinein.

Der hochgewachsene Junge hatte seinen Platz an der Tür aufgegeben, um sich an der allgemeinen Jagd auf die Flederratte zu beteiligen. Blitzschnell packte er Wusch an beiden Flügeln und hielt sie siegessicher in die Höhe.

Ungefähr eine Sekunde lang.

Genauso lange nämlich, wie Wusch brauchte, um den Kopf zu drehen und ihm die winzigen nadelspitzen Zähnchen in den Finger zu graben.

Stefan schrie auf, ließ die Flederratte los und sprang heulend von einem Bein auf das andere. Wusch schoss wie ein Pfeil in die Höhe, zog eine elegante Schleife unter der Decke und stieß dann mit angelegten Flügeln auf die Türklinke herab. Ihr Gewicht reichte gerade aus, sie hinunterzudrücken, aber der Schwung ihrer eigenen Bewegung schleuderte Wusch auch zurück. Benommen torkelte sie durch die Luft.

Aber Thirteen sah auch, dass ihr verrückter Anflug auf die Tür nicht gänzlich umsonst gewesen war: Die Klinke war nur kurz hinunter- und wieder hochgeschnappt, doch die Tür bewegte sich plötzlich etwas nach innen und stand schließlich einen Spaltbreit auf. Wusch fiepte triumphierend und schoss auf die rettende Öffnung zu.

»Passt auf!«, brüllte Stefan. »Sie haut ab!« Gleichzeitig rannte er los. Und auch Peter, der sich aus dem Gewirr von Körpern herausgearbeitet hatte, setzte zur Verfolgung der Flederratte an. Knapp nachdem Wusch durch den Spalt hinausgeflitzt war und bevor Stefan die Tür erreichte, prallte er in vollem Lauf dagegen und schmetterte sie dabei wieder zu. Stefan brüllte ein zweites Mal auf, da sämtliche Finger seiner rechten Hand in der Tür eingeklemmt waren, und Peter taumelte zurück und landete unsanft auf dem Hosenboden. Das Chaos von gerade fand eine Fortsetzung vor der Tür, als alle gleichzeitig versuchten, sie zu erreichen und aufzureißen – mit dem Ergebnis, dass es nur umso länger dauerte. Als es Thirteen endlich gelungen war, die Tür aufzureißen und auf den Gang hinauszulaufen, sah sie gerade noch, wie Wusch mit hektisch schlagenden Flügeln die Treppe hinaufschoss.

»Sie fliegt nach oben!«, rief Peter. Er drängte sich ungeduldig an Thirteen vorbei und winkte den anderen heftig. »Hinterher! Wenn sie den Dachboden erreicht, kriegen wir sie nie!« Sie liefen gemeinsam los. Ganz flüchtig schoss Thirteen der Gedanke durch den Kopf, dass die Treppe vorhin viel weiter entfernt gewesen war, aber sie kam gar nicht dazu, eine entsprechende Bemerkung zu machen. Sie wurde einfach mitgerissen, als sie alle zusammen hinter der Flederratte herstürmten und die Treppe erreichten.

Wusch war nicht sehr schnell, und als sie das Ende der Treppe erreichten, befand sie sich keine fünf Meter mehr vor ihnen. Stefan federte mit einem gewaltigen Satz auf den Dachboden hoch, holte noch einmal Schwung und sprang mit weit vorgestreckten Armen in die Höhe, um Wusch zu packen.

Beinahe hätte er es sogar geschafft.

Wusch schlug im letzten Moment einen Haken und Stefans Hände griffen ins Leere.

Mittlerweile waren auch alle anderen auf dem Dachboden angekommen, aber an eine Verfolgung der Flederratte war nicht mehr zu denken. Wusch kreiste in unerreichbarer Höhe über ihnen und verhöhnte sie. Sie hätten schon Flügel haben müssen, um an sie heranzukommen.

Peter ballte in hilflosem Zorn die Fäuste. »Also gibt es doch einen Weg hier raus«, sagte er leise. »Und sie hat es die ganze Zeit über gewusst! All die Jahre!«

In seinem Gesicht arbeitete es. Thirteen sah, wie sich seine Augen mit Tränen füllten, aber sie konnte nicht sagen, ob es Tränen des Schmerzes oder der Wut waren. Behutsam legte sie ihm die Hand auf die Schulter und wartete, bis er sich von selbst zu ihr herumdrehte. »Lass sie«, sagte sie leise. »Sie hat es bestimmt nicht böse gemeint.«

»Sie hat uns belogen«, antwortete Peter mit bebender Stimme. »Die ganze Zeit über.«

Nach allem, was Thirteen bisher hier erlebt hatte, war sie nicht sicher, ob das stimmte oder ob die Wahrheit nicht vielmehr die war, dass niemand Wusch je *gefragt* hatte. Aber das sprach sie nicht aus. Stattdessen sagte sie leise: »Wir kommen hier raus, Peter. Jetzt, wo wir wissen, dass es einen Weg nach draußen gibt, finden wir ihn auch.«

Peter antwortete nicht, aber Angela sagte: »Und wie? Wir sind seit Jahren hier und wir haben alle Gänge und jedes Zimmer durchsucht. Es gibt keinen Raum, keinen Winkel, nichts, wo wir noch nicht nachgesehen haben.«

»Einen Platz gibt es, an dem ihr noch nicht gesucht habt«, antwortete Thirteen.

Alle starrten sie an. Es wurde mucksmäuschenstill. Nach einer Weile sagte Peter: »Wo?«

Thirteen hob die Hand und deutete nach oben, zu dem geometrischen Himmel aus Dachziegeln und Balken.

»Dort«, sagte sie.

* * * * *

Es begann zu dämmern, als sie das Haus ihres Großvaters erreichte. Sie hatte viel länger für den Weg gebraucht, als eigentlich nötig gewesen wäre – zum einen, weil sie ja nicht genau gewusst hatte, wo sie eigentlich war, und erst mühsam den Weg suchen musste, zum anderen, weil sie ständig auf der Hut blieb und allen Menschen aus dem Weg ging, so gut sie konnte. Sie hatte zwar Phobos und Deimos nicht wieder gesehen, trotzdem aber ununterbrochen das Gefühl gehabt, ständig beobachtet zu werden.

Vorsichtiger als beim ersten Mal öffnete sie das Tor und betrat den verwilderten Garten. Sie hatte erwartet, dass das Anwesen einen nicht mehr ganz so unheimlichen Anblick bieten würde wie gestern, denn da war sie ja bei fast vollkommener Dunkelheit angekommen. Aber das genaue Gegenteil war der Fall. Die Dämmerung war hereingebrochen, und die ersten, noch zaghaften grauen Schatten, die sich draußen vom Himmel senkten, schienen zwischen den verfilzten Büschen und den wie verkrüppelte Hände ineinandergewachsenen Bäumen zu etwas anderem, Drohendem zu werden. Und es kam ihr vor, als wäre etwas *in* diesen Schatten; wie unsichtbare Augen, die sie aus allen Richtungen zugleich anstarrten.

Nun – vielleicht waren sie nicht ganz so unsichtbar, wie es im ersten Moment schien. Auch als Frank und sie das erste Mal hier gewesen waren, waren sie beobachtet worden, und zwar von höchst echten Augen. Sie blieb wieder stehen, sah sich aufmerksam um und hielt sogar für einen Moment den Atem an, um zu lauschen.

Nichts. Falls es tatsächlich wieder die beiden Hunde waren, deren Nähe sie spürte, dann mussten sie sich diesmal wirklich *vollkommen* lautlos herangeschlichen haben. Aber wenn es *nicht* Phobos und Deimos waren … wer dann? Oder was?

Thirteen ging schnell weiter, aber trotzdem war die Nacht endgültig hereingebrochen, als sie den Miniatur-Dschungel durchquert hatte und das Haus vor ihr lag.

Thirteen blieb verblüfft stehen. Als sie durch das Tor getreten war, hatte es gerade zu dämmern begonnen – und nun herrschte tiefste Nacht. Sicher, der Garten war groß, aber nicht so groß. Es war vollkommen unmöglich, dass sie für den Weg hierher so lange gebraucht haben sollte! Was ging hier vor?!

Sie trat aus dem Schatten der Bäume heraus und blieb erschrocken wieder stehen, als drüben im Haus ein Licht anging. Im ersten Moment war sie felsenfest davon überzeugt, entdeckt worden zu sein, und sah sich hastig nach einem Versteck um. Dann wurde ihr klar, wie närrisch dieser Gedanke war. Sie war schließlich hierhergekommen, um mit ihrem Großvater zu sprechen. Warum also versteckte sie sich?

Die Antwort auf ihre eigene Frage wurde ihr im selben Moment klar, in dem sie den Gedanken formulierte. Sie hatte keine Angst vor ihrem Großvater.

Sie hatte Angst vor diesem Haus.

Thirteen versuchte sich einzureden, dass das nichts als Unsinn war. Man konnte keine Angst vor einem *Haus* haben. Vor einem Tier, sicher. Vor einem Menschen, einem Sturm oder einer Überschwemmung, vor den Naturgewalten – aber doch nicht vor einem Haus. Häuser waren Dinge, leblose Bauwerke, erschaffen aus Stein, Holz und Metall, die weder gut noch böse waren. Sich vor einem Haus zu fürchten, war ungefähr so sinnvoll, wie Angst vor einer Wiese zu haben oder beim Anblick eines Kornfeldes in Panik auszubrechen.

Und trotzdem klopfte ihr Herz schier zum Zerreißen und ihre Hände und Knie zitterten immer heftiger. Was sie gerade gedacht hatte, traf vielleicht auf alle anderen Häuser auf der Welt zu – auf dieses nicht. Etwas Böses ging von ihm aus, wie ein unsichtbarer, übler Hauch, der die Atmosphäre in seiner unmittelbaren Umgebung verpestete. Dieses Haus war durch und durch *böse.*

Thirteen schüttelte mühsam den Kopf. Selbst diese Bewegung kostete sie große Kraft, als hätte der Anblick des Hauses nicht nur etwas Erschreckendes, sondern lähmte sie zugleich auch.

»Unsinn!«, sagte sie laut.

Es half. Das Gefühl von Unwirklichkeit und beinahe körperlich greifbarer Furcht wich nicht vollkommen, aber es war plötzlich nicht mehr so übermächtig wie noch vor einer Sekunde; so als hätte der bloße Klang einer menschlichen Stimme gereicht, um den düsteren Bann zu brechen.

Thirteen sah wieder zu dem erleuchteten Fenster hin. Das Licht flackerte leicht, als käme es nicht von einer elektrischen Lampe, sondern von einer Kerze oder einem offenen Feuer, aber sonst rührte sich dort drüben im Haus nichts.

Sie ging weiter, umrundete den kleinen Zierteich, in dem Frank am vergangenen Abend ein unfreiwilliges Bad genommen hatte, und näherte sich mit vorsichtigen Schritten der Tür. Das Haus schien noch immer etwas Unsichtbares, Bedrohliches auszustrahlen, und sie spürte, wie ihr Mut wieder sank, als sie die Hand nach dem Türgriff ausstreckte.

Um die Furcht nicht wieder so übermächtig werden zu lassen

wie gerade, lenkte sie ihre Gedanken wieder auf den eigentlichen Grund ihres Hierseins. Trotz der einen oder anderen Schwierigkeit war ihre Flucht bisher recht erfolgreich verlaufen, aber nun musste sie sich wohl oder übel der Frage stellen, was sie eigentlich hier wollte. Selbst wenn ihr Großvater tatsächlich so vorbehaltlos auf ihrer Seite stand, wie er vorgab – was ihr nach allem, was sie in den letzten Stunden in Erfahrung gebracht hatte, gar nicht mehr so selbstverständlich erschien wie gestern noch –, auch er konnte nichts an den Gesetzen ändern. Bestenfalls würde er ihr für diese eine Nacht Obdach gewähren, und morgen früh war sie dann wieder da, wo sie angefangen hatte.

Aber bis dahin wird er mir einige Fragen beantworten müssen, dachte sie grimmig. Eine ganze Menge Fragen. Und dieses Mal würde sie sich nicht mit Ausflüchten abspeisen lassen. Entschlossen drückte sie die Klinke hinunter und betrat das Haus. Das Erste, was ihr auffiel, war die Stille. Das Licht und die tanzenden Schatten hatten sie irgendwelche Geräusche erwarten lassen, aber das war nicht der Fall: Als sie die Tür hinter sich schloss, schlug eine wahre Grabesstille über ihr zusammen, die sie erschauern ließ. Das Unheimlichste daran war vielleicht, dass sie nicht einmal das Geräusch der Tür hörte, obwohl ihr Gewicht und ihre Größe eigentlich einen dumpfen Schlag wie das Zufallen eines Kirchenportals hätten verursachen müssen.

Thirteen sah sich schaudernd um. Das Haus kam ihr viel unheimlicher vor als bei ihrem ersten Besuch und auf eine schwer in Worte zu fassende Weise *feindselig.* Sie hatte immer mehr das Gefühl, nicht wirklich ein Haus betreten zu haben, sondern etwas Lebendiges; ein durch und durch fremdes, ungemein bösartiges Etwas, als wäre sie geradewegs in das aufgerissene Maul eines Drachen hineinmarschiert. Von diesem Haus ging etwas aus, was sie am tiefsten Grund ihrer Seele berührte und vor Furcht erschauern ließ. Wenn es so etwas wie ein dunkles Zentrum des Universums gab, einen Ort, an dem kein Platz für Licht, für Wärme, für menschliche Gefühle und Leben war, dann musste er dem ähneln, an dem sie sich jetzt befand. Sie machte noch einen

Schritt und blieb dann stehen. Sie hatte nicht die Kraft, auch nur einen einzigen Schritt tiefer in dieses verwunschene Haus einzudringen. Was sie empfand, war durch und durch entsetzlich, wie ein eisiger Hauch aus der Hölle, der ihre Seele streifte, und doch spürte sie zugleich auch, dass dies nicht einmal das Allerschlimmste war. Da war noch etwas. Das Haus hatte ein düsteres Zentrum, wie ein böses Herz, das hinter der Schwärze schlug, und es wartete auf sie.

»Du hast dir ziemlich viel Zeit gelassen, um hierherzukommen«, sagte eine Stimme hinter ihr.

Thirteen schrie vor Entsetzen auf, schlug die Hand vor den Mund und wirbelte so schnell auf dem Absatz herum, dass sie um ein Haar das Gleichgewicht verloren hätte und gestürzt wäre. Es war keine Einbildung gewesen. Der finstere Herr dieses Hauses war echt und er hatte wirklich auf sie gewartet und war jetzt hier, um sie endgültig in sein lichtloses Reich aus Finsternis und Vergessen hinabzuzerren.

Aber hinter ihr stand kein Dämon mit Teufelsschwanz und Hörnern, sondern nur ihr Großvater. Er wurde von seinen beiden vierbeinigen Begleitern flankiert und sah nicht voll dämonischer Vorfreude, sondern mit einer Mischung aus Missbilligung und Erleichterung aus seiner stattlichen Höhe von gut zwei Metern auf sie herab, und noch bevor Thirteens Schrei ganz über ihre Lippen gekommen war, führte er seinen angefangenen Satz zu Ende: »Ich habe schon vor Stunden mit dir gerechnet.«

Dann beugte er sich ein wenig vor und sah Thirteen mit deutlicher Sorge an. »Was hast du?«, fragte er. »Du bist ja kreidebleich und zitterst! Bist du krank?«

Tatsächlich fiel Thirteen erst jetzt auf, dass sie am ganzen Leib wie Espenlaub zitterte. Ihr Herz klopfte, als wolle es jeden Moment aus ihrer Brust heraushüpfen, und ihre Knie schienen plötzlich mit Pudding gefüllt zu sein. Sie hätte erleichtert sein sollen, aber ihre Furcht schien sich im Gegenteil noch zu steigern. Sie war erst wenige Schritte weit in das Haus hineingegangen und hinter ihr war mit Ausnahme des Eingangs selbst keine weitere Tür. Wo also waren ihr Großvater und die beiden Hunde überhaupt hergekommen?

»Was ist los?«, fragte ihr Großvater noch einmal. Er klang jetzt eindeutig erschrocken.

»Nichts«, sagte Thirteen hastig. »Ich ... ich habe mich nur erschreckt, das ist alles. Ich habe dich ... gar nicht kommen hören.«

»Ich pflege nicht wie ein Elefant durch das Haus zu trampeln«, antwortete ihr Großvater – in einem Ton, der Thirteen klarmachte, dass ihn ihre Antwort nicht zufriedenstellte. Thirteen wunderte das nicht. Sie war keine besonders gute Lügnerin.

»Und was den Schrecken angeht ... den hast wohl eher du mir eingejagt. Und allen anderen auch.« Er schüttelte den Kopf und seufzte. »Was hast du dir nur dabei gedacht, einfach so wegzulaufen? Ich hätte dich für ein bisschen klüger gehalten.« Thirteen senkte verlegen den Kopf, dabei sah sie sich aus den Augenwinkeln verstohlen um. Alles war wieder normal. Der düstere Zauber des Augenblickes war erloschen, vollkommen und endgültig, als hätte das bloße Auftauchen ihres Großvaters gereicht, um die bösen Geister zu vertreiben, die an diesem Ort wohnten.

»Also«, begann sie zögernd, »ich ...«

Ihr Großvater schnitt ihr mit einer Handbewegung das Wort ab. »Komm erst einmal mit mir in die Küche. Ich werde dir einen Kakao machen. Du bist ja vollkommen durchgefroren. Und danach werden wir uns ernsthaft unterhalten müssen, junge Dame.«

Der Tonfall zeigte Thirteen, dass es ihr Großvater sehr ernst meinte, auch wenn er sich bemühte, den Worten mit einem angedeuteten Lächeln etwas von ihrer Schärfe zu nehmen. Sie wagte es jedenfalls nicht, auch nur einen Muckser zu tun, sondern folgte ihm schweigend, als er sich umwandte und in Richtung Küche ging – vor allem, weil Deimos mit ganz leicht gefletschten Zähnen hinter sie trat, um der Einladung auf diese Weise etwas mehr Nachdruck zu verleihen.

Aber vielleicht grinste er auch nur.

Thirteen folgte ihrem Großvater in die Küche, wo zu ihrer Überraschung bereits ein Kessel mit kochendem Wasser auf dem

Herd dampfte. Sie nahm an demselben Tisch am Fenster Platz, an dem sie bereits am vergangenen Abend gesessen und geredet hatten, und während sie ihrem Großvater zusah, wie er mit den bedächtigen Bewegungen eines alten Mannes Tassen, Löffel, Zucker und Kakaopulver und alle anderen notwendigen Zutaten zusammentrug, überkam sie ein sonderbar vertrautes Gefühl. Es war sehr seltsam: Noch vor wenigen Minuten hatte ihr dieses Haus eine wahre Todesangst eingejagt und plötzlich, von einer Sekunde auf die andere, fühlte sie sich zu Hause.

Vielleicht lag es an dieser Küche. Sie erinnerte sie tatsächlich an ihr Zuhause in England, auch wenn sie der in ihrer Wohnung nicht im Geringsten ähnelte: Sie war ungleich geräumiger, dafür aber altertümlich eingerichtet. Zu Hause hatten sie einen modernen Gasherd und Neonbeleuchtung gehabt, einen klein gemusterten PVC-Fußboden und Hängeschränke aus kunststoffbeschichtetem Sperrholz. Hier gab es Kerzenschein, einen Herd, der mit Kohle und Holz geheizt wurde, und Kupfergeschirr, das in ordentlichen Reihen von der Decke hing. Und trotzdem fühlte sie sich an zu Hause erinnert; vielleicht, weil die Küche dort stets ihr Lieblingsplatz gewesen war. Thirteen hatte natürlich ihr eigenes Zimmer gehabt und es gab auch ein Wohnzimmer, in dem sie manchmal abends zusammensaßen, fernsahen oder sich unterhielten – aber der weitaus größte Teil ihres Lebens hatte sich doch in der Küche abgespielt. Sie hatte oft dort gesessen und ihrer Mutter zugesehen, während sie das Essen vorbereitete, Wäsche wusch oder das Geschirr spülte. Die Küche war so etwas wie das Zentrum ihres gemeinsamen Lebens gewesen, das kleine schlagende Herz, um das alles kreiste, wie emsig summende Bienen um einen Stock. Das war es, was sie fühlte: einen Hauch des Geborgenseins, das sie viel zu lange vermisst hatte. Ihr Großvater gab einen Löffel Kakaopulver in die Tasse, goss kochendes Wasser hinzu und schob die Zuckerschale über den Tisch. Er lächelte. »Trink«, sagte er. »Aber pass auf. Verbrüh dich nicht.«

Obwohl er in sehr freundlichem Ton gesprochen hatte, hatten seine Worte etwas von einem Befehl, wie eigentlich alles, was er sagte. Thirteen griff gehorsam nach der Tasse, blies hinein und nippte vorsichtig an dem heißen Getränk.

»Das tut gut, nicht?«, fragte ihr Großvater. »Du musst halb erfroren sein, so wie du aussiehst. Bist du den ganzen Weg von der Stadt aus zu Fuß gegangen?«

Thirteen nickte zögernd und nippte erneut an dem kochend heißen Kakao. »Fast«, sagte sie schließlich.

»Ein weiter Weg«, meinte ihr Großvater anerkennend. »Ziemlich anstrengend. Und nicht ganz ungefährlich, vor allem für ein zwölfjähriges Mädchen, das ganz allein unterwegs ist.«

»War ich das denn?« Thirteen sah auf Phobos herab, der sich neben dem Tisch auf dem Fußboden zusammengerollt hatte. Ihr Großvater folgte ihrem Blick und für einen Moment erschien ein nachdenklicher Ausdruck auf seinen Zügen. Aber er ging nicht auf ihre Frage ein, sondern lächelte wieder und machte eine Geste, die die gesamte Küche einschloss.

»Weißt du, dass das hier mein liebster Raum im ganzen Haus ist?

»Die Küche?«, wunderte sich Thirteen.

Ihr Großvater nickte. »Ich weiß, es hört sich komisch an. Man sollte meinen, es wäre die Bibliothek oder das Wohnzimmer. Ich bin nicht einmal besonders oft hier. Und trotzdem ist es mein Lieblingsraum. Ich glaube, weil er mich an früher erinnert.«

»Wie?«, fragte Thirteen erstaunt, aber auch ein bisschen erschrocken.

Ihr Großvater nickte heftig. »Als meine Mutter noch lebte, da war diese Küche der Raum, in dem wir am liebsten – und am meisten – zusammen waren. Ich kann mich eigentlich an keinen Tag erinnern, an dem ich sie nicht mindestens einmal hier besucht habe. Manchmal habe ich stundenlang hiergesessen und ihr einfach zugesehen, wie sie ihre Arbeit getan hat, weißt du? Und …« Er blinzelte. »Was ist los? Du siehst ja aus, als hättest du ein Gespenst gesehen!«

»Nein«, antwortete Thirteen zögernd. »Es ist nur …«

»Ja?«

»Was … was du gerade gesagt hast, das … das ist unheimlich«, antwortete Thirteen stockend.

»Unheimlich? Wieso?«

»Weil es fast dasselbe ist, was ich ein paar Sekunden zuvor gedacht habe«, sagte Thirteen. »Beinahe wörtlich!«

Ihr Großvater lachte. »Ich verstehe. Bei euch war es genauso. Die Küche war das Herz. Nun, das ist bei vielen so.«

»Das verstehe ich nicht«, sagte Thirteen – obwohl sie zumindest zu ahnen glaubte, was ihr Großvater meinte.

»Siehst du«, antwortete ihr Großvater lächelnd. »So ein Haus ist … wie ein Mensch, weißt du? Jedenfalls glaube ich das. Für die meisten sind Häuser nichts als leblose Dinge – ein Haufen aufeinandergeschichteter Steine und Holz, ein wenig Metall und Glas … Aber nicht für mich. Ich glaube, dass es mehr ist. Vielleicht sind nicht alle Häuser so, aber manche doch. Ich glaube, dass ein Haus eine Seele haben kann.«

Thirteen ballte unter dem Tisch die Hände zu Fäusten und sie musste sich sehr beherrschen, um sich ihr Erschrecken nicht deutlich anmerken zu lassen. Was ihr Großvater gerade über die Küche gesagt hatte, war unheimlich genug, aber das jetzt war … unmöglich! Er sprach das aus, was sie selbst gedacht hatte, als sie vorhin vor dem Haus gestanden hatte!

»Ich glaube, sie haben eine Seele, einen Magen und auch ein Gehirn, wie die Menschen, die in ihnen leben«, fuhr ihr Großvater fort, der ihr Erschrecken entweder nicht bemerkt hatte oder überging. »Das Gehirn ist vielleicht das Wohnzimmer oder der Salon, wenn es einen gibt. Du weißt doch, wie das ist: Große Gespräche finden im Salon statt und der Besuch wird in die gute Stube geführt. Aber wenn es mal so richtig gemütlich ist oder wenn man einfach zusammensitzen und ein wenig reden möchte, könntest du dir dann einen behaglicheren Ort vorstellen als die Küche, wo es immer warm ist und ein bisschen unordentlich, wo es immer ein bisschen nach Arbeit aussieht und nach guten Dingen riecht? Ich glaube, wenn ein Haus wirklich wie ein Mensch ist, dann ist die Küche wahrscheinlich sein Herz. Es wundert mich nicht, dass es bei euch genauso war. Schließlich sind wir verwandt.«

»Aber wenn das stimmt, dann ...« Thirteen zögerte. Es fiel ihr schwer, das auszusprechen, was ihr auf der Zunge lag, aber sie musste es tun. »Glaubst du, dass ... dass es dann auch gute und böse Häuser gibt?«

»So, wie es gute und böse Menschen gibt?«

Thirteen nickte. Phobos hob den Kopf und sah zuerst sie, dann ihren Großvater durchdringend an; und dieser fuhr erst nach sekundenlangem Schweigen fort. »Sicher. Wenn ich auch glaube, dass sie ein wenig ehrlicher sind als wir.«

»Und ... dieses Haus hier?«, fragte Thirteen.

»Du hältst es für böse«, stellte ihr Großvater fest.

»Es geht vielen so«, fuhr ihr Großvater fort. »Ich gehe nur noch selten in die Stadt, weißt du, und mit Ausnahme des Jungen, der mir einmal in der Woche Lebensmittel bringt und ein paar kleine Besorgungen erledigt, habe ich nur noch wenig Kontakt mit den Menschen draußen. Aber trotzdem weiß ich, was man über dieses Haus redet und auch über mich.«

»Und was?«, fragte Thirteen.

»Unsinn«, antwortete ihr Großvater. »Das meiste jedenfalls. Die Leute reden gerne. Dieses Haus ist sehr alt und ich bin es auch. Da kommt man rasch in den Ruf, ein Sonderling zu sein. Vielleicht bin ich es ja.«

»Und das Haus?«, fragte Thirteen. »Ist es das?«

»Böse?« Ihr Großvater zögerte einen Moment und auch dann schüttelte er nicht etwa den Kopf, wie Thirteen gehofft hatte. »Es ist alt«, sagte er. »Sehr alt. Manchmal glaube ich, dass es ein wenig ist wie ich: zu alt und dann und wann ein wenig launisch. Aber es ist nicht böse. Es ist nur manchmal nicht leicht, es zu verstehen.«

»Wie alt ist dieses Haus?«, fragte Thirteen.

»Sehr alt«, antwortete ihr Großvater. Er hob die Schultern. »Dreihundert Jahre, vierhundert ... ich glaube, niemand weiß mehr, wie alt es wirklich ist.«

»So wie du«, sagte Thirteen.

Ihr Großvater blinzelte. Phobos hob mit einem Ruck den Kopf und sah sie sehr aufmerksam an. »Wie … meinst du das?«

»Wie alt bist du?«, fragte Thirteen geradeheraus.

»Vierundsiebzig«, antwortete ihr Großvater verwirrt. »Warum? Was soll diese Frage?«

Thirteen fuhr sich nervös mit der Zungenspitze über die Lippen. Ihr Mund war mit einem Male so trocken, dass es ihr schwerfiel, überhaupt noch zu sprechen. Aber sie war auch schon zu weit, um noch einen Rückzieher zu machen.

»Ich glaube dir nicht«, sagte sie.

»Was glaubst du mir nicht?«, fragte ihr Großvater verständnislos. »Mein Alter?«

»Alles«, antwortete Thirteen. »Ich … ich war auf dem Amt, weißt du? Ich habe mir die Grundbucheintragungen angesehen.«

»Warum?«, fragte ihr Großvater.

Thirteen überging die Frage. »Sie haben dort keine Unterlagen, die viel länger als hundert Jahre zurückreichen«, fuhr sie fort. »Aber so lange reichen sie eben zurück. Hundert Jahre.«

»Und?«

»Und während all dieser Zeit ist nur ein einziger Besitzer für dieses Haus eingetragen. Du. Einhundert Jahre lang!«

Für gute zehn Sekunden war es vollkommen still. Ihr Großvater starrte sie nur an, ebenso wie Phobos und Deimos. Selbst das Knistern des Feuers schien für dieselbe Zeitspanne innezuhalten.

Schließlich seufzte ihr Großvater, schüttelte den Kopf und trank einen großen Schluck Kaffee.

»Und was willst du damit sagen?«, fragte er.

»Nichts«, antwortete Thirteen. »Ich will nichts sagen, ich möchte *Antworten.* Ich möchte wissen, was mit diesem Haus nicht stimmt. Und mit dir.«

»Was soll denn mit diesem Haus nicht stimmen?«, fragte ihr Großvater. Täuschte sie sich oder war da plötzlich etwas Misstrauisches, Lauerndes in seiner Stimme?

»Das weißt du ganz genau!«, sagte sie. »Türen, die von selbst aufgehen. Korridore, die aus dem Nichts auftauchen und wieder verschwinden!«

»Du meinst also, mit diesem Haus stimmt etwas nicht«, sagte ihr Großvater, ohne direkt auf das Gesagte einzugehen. »Und mit mir auch nicht. Wenn das so wäre … war es dann nicht leichtsinnig von dir, wieder hierher zurückzukommen?«

Das war eine gute Frage. Eine wirklich gute Frage, fand Thirteen. Dummerweise fiel ihr keine passende Antwort darauf ein und so schwieg sie.

Ihr Großvater sah sie eine ganze Weile auf sehr sonderbare Art an, ehe er wieder von seinem Kaffee trank und abermals den Kopf schüttelte. »Du glaubst also, dass ich weit über hundert Jahre alt sein muss, weil mein Name als Eigentümer im Grundbuch eingetragen ist. Nun – es ist schade, dass sie in diesem Amt keine Unterlagen haben, die weiter zurückreichen. Sonst hättest du nämlich eine Überraschung erlebt und festgestellt, dass dieses Gebäude seit mehr als *dreihundert* Jahren auf meinen Namen eingetragen ist.«

»Wie?«, fragte Thirteen.

»Mein Name«, bestätigte ihr Großvater. »Und der meines Vaters. Und meines Großvaters. Und dessen Vaters. Und so fort … Wir tragen alle denselben Namen, weißt du? Es ist vielleicht nicht originell, aber es war in unserer Familie seit jeher Tradition, dem erstgeborenen Sohn den Vornamen des Vaters zu geben. Dieses Haus ist seit mehr als dreihundert Jahren im Besitz meiner Familie. *Deshalb* ist der Name im Grundbuch immer derselbe. So einfach ist das.«

»Ach?«, sagte Thirteen. »Ist es das?« Sie sah ihren Großvater einige Sekunden lang durchdringend an, dann griff sie unter den Tisch, wo sie die Plastiktüte mit dem Buch abgestellt hatte, zog es heraus und klappte es in der Mitte auf. Mit einer übertrieben langsamen Bewegung legte sie es vor ihren Großvater auf den Tisch.

»Und wie erklärst du dann *das?*«, fragte sie und wies mit einer triumphierenden Geste auf das über hundert Jahre alte Bild, das ihren Großvater und die beiden Hunde zeigte.

Ihr Großvater beugte sich neugierig vor und sah eine geraume Weile auf das Buch herab. Aber seine Reaktion war vollkommen anders, als Thirteen erwartet hatte. Er wirkte keineswegs bestürzt, sondern überrascht – sogar angenehm überrascht.

»Aber das ist ja …«, begann er schließlich, schüttelte den Kopf, sah auf und schüttelte nochmals den Kopf. »Ich hätte nie gedacht, dass es dieses Foto noch gibt! Weißt du, wie lange ich es nicht mehr gesehen habe?«

»Hundert Jahre?«, fragte Thirteen.

»Nein, aber ungefähr fünfzig«, antwortete ihr Großvater. Er war plötzlich sehr aufgeregt. »Und jetzt haben sie es in einem Buch abgedruckt. Du weißt ja gar nicht, welche Freude du mir bereitet hast.«

»Aber dieses Bild ist hundertdreißig Jahre alt!«, sagte Thirteen. »Und es zeigt *dich!*«

Ihr Großvater blinzelte, starrte sie einen Moment aus aufgerissenen Augen an – und begann dann laut und schallend zu lachen. Es dauerte eine ganze Weile, bis er sich wenigstens so weit wieder beruhigt hatte, dass Thirteen eine Frage stellen konnte.

»Was ist daran so komisch?«, wollte sie wissen.

Ihr Großvater kicherte immer noch leise vor sich hin. »Du glaubst tatsächlich, das bin ich?«

»Wer sonst?«, fragte Thirteen.

»Mein Urgroßvater«, antwortete ihr Großvater. »Die Ähnlichkeit ist verblüffend, nicht? Sie ist mir früher schon aufgefallen, auf alten Fotos. Leider sind die meisten verloren gegangen im Laufe der Jahre. Deshalb bin ich ja so froh, dass ich nun dieses Bild wiederhabe. Du hast mir wirklich eine Riesenfreude bereitet.«

»Moment mal«, sagte Thirteen. Ein sehr unbehagliches Gefühl begann sich in ihr breit zu machen »Du … du meinst, das da wäre … wäre *dein* Urgroßvater?«

»Dein Ururgroßvater, ja«, bestätigte ihr Großvater. »Was hast du gedacht? Dass ich vor hundertdreißig Jahren aufgehört hätte, älter zu werden?«

Thirteen antwortete nicht gleich. Sie kam sich plötzlich ziemlich blöd vor – und wenn man es genau nahm, dann hatte sie sich ja auch alle Mühe gegeben, sich zum Narren zu machen. Aber trotzdem: So einfach gab sie nicht auf.

»Und was ist das?«, fragte sie, während ihr ausgestreckter Zeigefinger mit einer anklagenden Bewegung auf die beiden Hunde herabstieß, die rechts und links neben ihrem Ururgroßvater auf dem Foto zu sehen waren. »Hast du dafür vielleicht auch eine Erklärung?«

Ihr Großvater beugte sich abermals über das Buch. »Ja, was ist denn das?«, fragte er mit gespielter Überraschung. »Phobos, Deimos, kommt her! Seht euch das an! Ihr werdet nicht glauben, was wir da haben!«

Die beiden Hunde kamen näher, stellten die Vorderpfoten auf den Tisch und steckten die Köpfe über dem Buch zusammen. Phobos beschnüffelte das Bild, während Deimos ein leises Jaulen hören ließ und so heftig den Kopf schüttelte, dass seine nackten Ohren gegen seine Schnauze klatschten.

»Siehst du?«, sagte ihr Großvater grinsend. »Die beiden sind genauso überrascht wie ich. Sie freuen sich, ihre Verwandtschaft wiederzusehen.«

»Verwandtschaft?«

»Sicher«, antwortete ihr Großvater nickend. »Das da sind ihre Ururgroßeltern. Wahrscheinlich fehlen noch ein paar ›ur‹ in der Aufzählung. Hunde leben ja leider nicht so lange wie wir Menschen. Ich gebe zu, dass ich ein wenig die Übersicht verloren habe, was die Anzahl der Generationen angeht. Aber ich kann gerne in ihren Stammbäumen nachsehen, wenn du das möchtest.«

»Du ... du meinst, das ... das sind gar nicht Phobos und Deimos?«, stammelte Thirteen.

Sie sah ihrem Großvater an, dass er mittlerweile alle Mühe hatte, nicht schon wieder vor Lachen laut herauszuplatzen. »Es sei denn, die beiden wären mittlerweile über hundertdreißig Jahre alt«, gluckste er. »Was für Hunde allerdings ein erstaunliches Alter wäre. Auf menschliche Maßstäbe umgerechnet ...« Er überlegte einen Moment »... etwa siebenhundertzwanzig Jahre.«

»Aber … aber sie sehen genauso aus!«, protestierte Thirteen.

»Natürlich tun sie das«, antwortete ihr Großvater. Er begann mit beiden Händen Phobos' und Deimos' hässliche Schädel zu tätscheln. Phobos verdrehte die Augen und begann wie eine zufriedene Katze zu schnurren, während Deimos vor lauter Wohlbehagen in Thirteens Kakao sabberte.

»Du hast es vorgestern offenbar nicht geglaubt, aber sie sind wirklich reinrassig. Eine sehr seltene Rasse, wie ich hinzufügen möchte. Soweit ich weiß, ist unsere Familie überhaupt die einzige, die sie züchtet. Ich bin sehr stolz auf sie.«

»Hm«, machte Thirteen kleinlaut. »Ich fürchte, auf mich wirst du das wohl nicht sein.«

»Wieso?«

»Ich habe mich wohl ziemlich blöd benommen.«

»Stimmt«, antwortete ihr Großvater.

»Es tut mir leid«, murmelte Thirteen. »Aber es sah alles so … überzeugend aus.«

»Überzeugend?«

»Ich dachte, dass hier etwas nicht stimmt!«, verteidigte sich Thirteen. »Alles war so unheimlich. Diese Türen, die plötzlich verschwanden. Und dann … dann …« Sie geriet ins Stammeln und brach dann ganz ab.

»Du warst verwirrt«, sagte ihr Großvater. Er lächelte, streckte den Arm über den Tisch und nahm Thirteens Hand in seine. Ihre schmalen Finger schienen in seiner riesigen Pranke beinahe zu verschwinden. Seine Berührung war sehr sanft und auf eine sonderbare Weise wohltuend, aber sie spürte auch, wie stark er trotz seines hohen Alters immer noch war.

»Es ist schon gut, mein Kind«, sagte er. »Glaubst du denn, dass ich dich nicht verstehen könnte? Du hast alles verloren, was dir etwas bedeutet hat. Deine Mutter, deine Freunde, dein Zuhause. Und dann kommst du hierher, in dieses unheimliche Haus, zu einem grantigen alten Mann … ich glaube, ich an deiner Stelle hätte auch nicht anders reagiert.«

»Dann glaubst du also auch, dass ich verrückt bin?«, fragte

Thirteen niedergeschlagen. Sie wollte ihre Hand zurückziehen, aber ihr Großvater hielt ihre Finger mit eiserner Kraft fest.

»Unsinn!«, sagte er entschieden. »Du bist kein bisschen verrückt, das kann ich dir versichern. Überleg doch selbst, was du in den letzten Tagen durchgemacht hast. Jeder Mensch kann nur ein bestimmtes Maß an Enttäuschung und Leid ertragen. Wenn der Druck zu groß wird, dann muss er irgendwo einen Ausgang finden. Du wirst sehen – wenn du erst einmal zur Ruhe gekommen bist, sieht alles gleich ganz anders aus.«

»Zur Ruhe? In diesem Heim, meinst du?«

Ihr Großvater registrierte ihren verbitterten Ton und runzelte die Stirn. »Es war nicht besonders klug von dir, einfach wegzulaufen«, sagte er. »Ich mache dir keinen Vorwurf, aber ich fürchte, damit hast du die Sache noch mehr kompliziert.« Er hob besänftigend die Hand, als Thirteen auffahren wollte. »Aber keine Sorge. Ich habe mich bereits mit meinem Anwalt in Verbindung gesetzt. Er sieht keine größeren Probleme. Alles, was wir brauchen, ist ein kleines bisschen Geduld. Wer weiß – vielleicht nur wenige Tage.«

»Das heißt, ich kann nicht hierbleiben«, sagte Thirteen niedergeschlagen.

»Nun, heute Nacht auf jeden Fall«, sagte ihr Großvater lächelnd. »Morgen allerdings muss ich dich ins Heim zurückbringen. Aber ich verspreche dir, dass es nicht für lange sein wird. Du musst mir aber auch etwas versprechen.«

»Und was?«

»Vernünftig zu sein«, antwortete ihr Großvater. »Ich weiß, es fällt schwer, aber du musst einfach ein wenig Geduld aufbringen. Und vor allem darfst du nicht noch einmal versuchen wegzulaufen. Versprichst du mir das?«

Thirteen nickte wortlos. Welche Wahl hatte sie schon? Außerdem hatte ihr Großvater ja recht.

»Gut«, sagte er und stand auf. »Dann schlage ich vor, dass du jetzt in dein Zimmer gehst und dich schlafen legst. Wir werden morgen in aller Ruhe zusammen frühstücken und alles Weitere besprechen.«

Als Thirteen aufstand, deutete ihr Großvater auf den Tisch. »Willst du deinen Kakao nicht austrinken?«

Thirteen streckte automatisch die Hand nach der Tasse aus, zog sie aber hastig wieder zurück, als sie Daimos' Blick begegnete. Diesmal war sie vollkommen sicher, dass der Hund sie spöttisch angrinste. »Danke«, sagte sie. »Ich ... bin nicht mehr durstig.«

Sie verließen die Küche und wandten sich nach links, um in den ersten Stock hinaufzugehen. Als sie sich der Treppe näherten, überkam Thirteen dieselbe Furcht, von Beklemmung und Herzklopfen begleitet, die sie auch am Nachmittag im Amtsgebäude verspürt hatte. Sie blieb stehen.

»Was hast du?«, fragte ihr Großvater.

»Nichts«, antwortete Thirteen. Sie zwang sich, weiterzugehen, konnte aber nicht verhindern, dass ihre Knie zu zittern begannen. Irgendetwas war dort oben. Sie konnte das Ende der Treppe deutlich sehen und doch hatte sie das Gefühl, dass da noch mehr war; als führe diese Treppe nicht nur einfach in ein anderes Stockwerk, sondern zugleich auch in eine andere Welt; oder zumindest einen Teil der Wirklichkeit, der ihren Blicken bisher verborgen geblieben war. Mit zitternden Knien ging sie neben ihrem Großvater die knarrenden Stufen empor. Nichts geschah, als sie das Ende der Treppe erreichten und in den oberen Korridor traten, aber es änderte sich auch nichts. Das Gefühl, dass dort irgendwo über ihr etwas war, schien im Gegenteil sogar noch stärker zu werden. Aufmerksam suchte sie ihre Umgebung ab. Schließlich blieb ihr Blick an der Bodenklappe hängen, die sie am vergangenen Abend schon bemerkt hatte.

»Was ist das?«, fragte sie.

»Die Klappe?« Ihr Großvater machte eine wegwerfende Handbewegung. »Darüber ist nur ein alter Dachboden voller Staub und Spinnweben. Warum?«

Thirteen hob die Schultern. Dieses unheimliche Gefühl kam von dort oben, das spürte sie jetzt ganz deutlich. Und es war nicht nur das Gefühl, dass dort etwas *war*. Viel mehr und deutlicher noch hatte sie den Eindruck, dass irgendetwas – oder -jemand – sie von dort oben aus *rief.*

»Wirklich nur ein Dachboden?«, fragte sie.

Ihr Großvater nickte. »Da stehen nur ein paar alte Kisten, mehr nicht. Wenn du willst, zeige ich ihn dir. Aber heute nicht mehr. Jetzt wird es Zeit, schlafen zu gehen.« Er öffnete die Tür, machte eine einladende Geste und wandte sich wieder zum Gehen.

»Gute Nacht.«

»Gute Nacht«, antwortete Thirteen. Sie trat gehorsam an ihrem Großvater vorbei ins Zimmer, aber sie sah noch einmal zu der hölzernen Klappe in der Decke hinauf, ehe sie die Tür schloss.

Aber selbst als sie im Dunkeln auf dem Bett lag und darauf wartete, dass sie endlich einschlief, musste sie immer noch an das unheimliche Gefühl denken, das sie beim Anblick der Bodenklappe überkommen hatte. Das Gefühl, dass dort oben irgendetwas war, das ihren Namen rief.

5

Von hier unten aus betrachtet, mit der Sicherheit des festen Bodens unter den Füßen, sahen die dreizehn übereinanderliegenden Reihen von Querbalken beinahe aus wie eine Leiter. Aber dieser Eindruck täuschte. Die vermeintlichen Sprossen bestanden aus meterdicken Balken und sie lagen mindestens fünfzehn Meter auseinander. Wenn Thirteen den Vergleich mit einer Leiter aufrechterhalten wollte, dann schrumpften sie und die anderen im Verhältnis auf die Größe von Stubenfliegen zusammen. Dort hinaufzugelangen würde zu einer lebensgefährlichen Kletterei werden.

Peters Gedanken mussten sich ungefähr in dieselbe Richtung bewegen, denn er starrte sie mit weit aufgerissenen Augen an, ehe er den Kopf in den Nacken legte, zu dem gewaltigen Dachgewölbe über ihnen emporsah und voller Überzeugung sagte:

»Du bist ja total verrückt!«

Thirteen konnte ihm kaum widersprechen. Die Idee *klang* vielleicht gut, aber nur, solange man den sicherlich weit über hundert Meter freien Fall außer Acht ließ, der zwischen ihnen und ihrem Ziel lag. Vielleicht war es möglich, dort hinaufzukommen, mit der entsprechenden Mühe, mit Entschlossenheit und einer gehörigen Portion Glück. Aber ein einziger Fehltritt, eine winzige Unaufmerksamkeit und sie würde gerade noch ein paar Sekunden haben, um ihren Entschluss zu bedauern. So lange es eben brauchte, um aus dieser Höhe auf den Boden hinunterzustürzen.

Trotzdem schüttelte sie den Kopf und sagte: »Kann sein. Aber ich bin lieber verrückt, als für den Rest meines Lebens hier eingesperrt zu sein.«

Peter wandte sich wieder zu ihr um. Er wirkte plötzlich sehr ernst. »Du könntest für den Rest deines Lebens *tot* sein«, sagte er.

»Du bist ein alter Schwarzseher«, wandte Helen ein. »Thirteen hat ganz recht. Alles ist besser, als weiter hier gefangen zu sein. Seit wann hast du Angst vor einem Risiko?«

Peter sah ganz so aus, als wolle er auffahren. Aber nur für einen Moment. Dann erschien ein Ausdruck von Enttäuschung auf seinem Gesicht. »So ist das also«, sagte er. Er sah erst Helen, dann der Reihe nach Beate, Angela, Stefan und Tim an und fragte dann leise: »Und was ist mit euch? Seid ihr auch der Meinung, dass ich feige bin?«

»Das hat niemand gesagt«, sagte Thirteen.

Peter ignorierte sie. »Also?«, fragte er.

»Also ich finde, wir ... wir sollten es wenigstens einmal probieren«, sagte Tim stockend. Beate fügte hinzu:

»Was kann schon schiefgehen?«

»Außer, dass wir am Ende wieder da sind, wo wir angefangen haben«, schloss Angela.

Peter nickte, starrte eine Sekunde lang aus weit geöffneten Augen ins Leere und wandte sich schließlich an Stefan, der als Einziger noch nichts gesagt hatte. »Und was meinst du?«

Stefan wich seinem Blick aus und druckste einen Moment verlegen herum, ehe er sagte: »So schlecht finde ich die Idee gar nicht, wenn ich ehrlich sein soll.«

»Ich verstehe«, sagte Peter niedergeschlagen.

Thirteen trat vor und legte ihm die Hand auf die Schulter. »Du siehst das völlig falsch«, sagte sie sehr sanft. »Niemand hier hält dich für einen Feigling. Und niemand will dir deine Stellung als Anführer streitig machen. Ich am allerwenigsten.« Peter drehte sich langsam zu ihr herum. Er streifte ihre Hand nicht ab, aber er sah so lange schweigend darauf hinab, bis Thirteen den Arm von sich aus zurückzog.

»Ich sagte dir doch, ich bin nicht ihr Anführer«, sagte er ruhig. »Und ich bin schon gar nicht verantwortlich für das, was irgendein anderer tut. Wenn ihr unbedingt euer Leben riskieren wollt ... bitte.« Er trat demonstrativ einen Schritt zurück und ließ seinen Blick in die Runde schweifen. In seinen Augen war etwas, was Thirteen schmerzte. »Ihr alle könnt tun, was immer ihr wollt.«

»Aber wir wollen alle, dass du mitkommst«, sagte Helen.

Peter schüttelte den Kopf.

»Warum nicht?«, fragte Stefan. »Jetzt stell dir doch mal vor, dass wir wirklich den Ausgang finden. Willst du allein hier zurückbleiben?«

»Meine Zeit hier ist sowieso bald zu Ende«, sagte Peter traurig. »Aber ich wünsche euch viel Glück.«

Und damit wandte er sich um und ging langsam und mit hängenden Schultern davon. Helen wollte ihm nacheilen, aber Thirteen hielt sie mit einer raschen Bewegung zurück.

»Lass ihn«, sagte sie leise. »Ich denke, er will einfach eine Weile allein sein. Er wird sich schon beruhigen.« Dabei war sie sich dessen nicht ganz sicher. Sie hatte Peter verletzt; vielleicht tiefer, als sie glaubte. Er hatte die *Verantwortung* für ihrer aller Leben getragen, und soweit Thirteen das beurteilen konnte, hatte er diese Aufgabe bisher gut erfüllt. Und sie kam hierher und machte mit einigen wenigen Sätzen alles zunichte. Er musste das Gefühl haben, versagt zu haben.

»Er wird sich schon wieder beruhigen«, pflichtete ihr Angela bei. »Du wirst sehen: Sobald wir mit der Arbeit anfangen, taucht er bestimmt auf und hilft uns. Also? Welchen Plan hast du?«

Plan? Thirteen war so überrascht, dass sie beinahe zugegeben hätte, nicht einmal den Schimmer einer Idee zu haben. Plötzlich begriff sie, dass Peter nicht nur einfach gegangen war. Er hatte ihr die Last zurückgelassen, die er selbst die vielen Jahre über getragen hatte. Die fünf anderen erwarteten ganz selbstverständlich von ihr, dass sie einen *Plan* hatte. Ob sie wollte oder nicht, sie *hatte* Peter von seinem Platz verdrängt, und er hatte stets gewusst, was zu tun war.

»Wir müssen irgendwie dort hinauf«, sagte sie. »Aber das wird nicht einfach. Wir brauchen Werkzeug. Und Seile. Vielleicht so etwas wie Steigeisen.«

Und am besten für jeden ein Paar Flügel, fügte sie in Gedanken hinzu. Plötzlich kam ihr ihre eigene Idee ziemlich närrisch vor. Aber das durfte sie sich nicht anmerken lassen.

»Steigeisen?« Tim schüttelte den Kopf. »Ich glaube nicht, dass wir hier irgendwo eine Bergsteigerausrüstung finden.«

»Aber vielleicht können wir improvisieren«, sagte Stefan. »Hier gibt es allen möglichen Krempel. Es wäre doch gelacht, wenn wir nichts Passendes auftreiben würden.«

»Seile finden wir bestimmt«, sagte Helen. »Kommt – fangen wir an zu suchen.«

Sie machten sich unverzüglich an die Arbeit. Nach der Mühe, die es Thirteen bisher bereitet hatte, diesen Kindern auch nur die Spur von Interesse abzuringen, erschreckte sie die Energie beinahe, die sie plötzlich entwickelten. Sie schwärmten aus. Es gab überall auf dem Dachboden große Stapel mit Kisten und Kartons, spinnwebverhangene Möbel und alte Truhen, in denen alles Mögliche verwahrt wurde.

Nur keine Seile.

Sie fanden Schubladen, Fächer und Schränke voller alter Bücher, Geschirr, Kleider, Besteck, Zeitschriften, Spielzeug und Porzellan, Kisten und Kartons voller alter Schuhe und Schmuck, Tapetenrollen und Blumentöpfe, Fotografien, Gläser, Nähutensilien und Werkzeug, alter Schulhefte, Lumpen, Lampenschirme und Knöpfe ... kurz: ein unglaubliches Sammelsurium von verschiedensten Dingen, wie man es eben auf einem Dachboden zu finden erwartet.

Aber kein Seil.

Nicht ein Fitzelchen Seil.

Sie suchten länger als eine Stunde, aber es gab nicht einen Zentimeter Seil. Nicht einmal ein Stück Bindfaden.

»Eigentlich ist das unmöglich«, maulte Stefan. »Hier oben liegt alles mögliche Gerümpel herum. Wir finden hier sonst immer *alles,* was wir brauchen.«

»Ich bin sogar sicher, dass ich schon Seile gesehen habe«, fügte Beate hinzu.

»Aber jetzt sind keine mehr da.« Thirteen ließ ihren Blick von einem zum anderen schweifen. Sie alle waren mit Staub und Spinnweben bedeckt, aber viel schlimmer war die Mutlosigkeit, die sich wieder auf ihren Zügen ausbreitete. Wenn ich nichts dagegen unternehme, dachte sie, dann werden sie sich gleich herumdrehen und einfach wieder nach unten gehen und alles ist umsonst gewesen.

»Vielleicht geht es auch ohne Seile«, sagte sie. »Die Balken scheinen breit genug zu sein, um auch so sicher darauf laufen zu können.«

Stefan blickte sie zweifelnd an und auch die anderen sahen nicht eben begeistert aus. Ihr Vorschlag war ja auch nicht ungefährlich. Aber niemand widersprach ihr.

Und plötzlich begriff sie, warum das so war. Es war derselbe Grund, aus dem sie plötzlich ihr folgten und nicht mehr Peter und aus dem sie sich gerade mit so unerwarteter Energie auf die Aufgabe gestürzt hatten, nach den Seilen zu suchen. Sie hatten es getan, weil sie es ihnen gesagt hatte, aus keinem anderen Grund. Sie waren nicht in der Lage, auch nur die geringste Initiative zu entwickeln.

»Gut, versuchen wir es«, sagte sie. »Die Balken sehen gar nicht so schlimm aus. Es müsste möglich sein, auch ohne Hilfsmittel hinaufzukommen.«

»Jetzt?«, fragte Helen.

»Warum nicht jetzt?«

Helen zögerte einen Moment. »Na ja, es ist schon spät«, sagte sie schließlich. »Wir werden Hunger kriegen und müde werden, lange bevor wir oben sind.«

»Wer sagt denn, dass ich ganz nach oben will?«, fragte Thirteen. »Aber ich möchte ausprobieren, ob es überhaupt möglich ist. Also, los jetzt – keine Müdigkeit vorschützen, sondern ein bisschen dalli!«

Der letzte Satz hatte ein Scherz sein sollen, aber Helen und die anderen fassten ihn nicht so auf, sondern drehten sich fast erschrocken um und eilten auf den nächsten Stützpfeiler zu. Für sie war es ein Befehl gewesen. Thirteen nahm sich vor, solche Scherze in Zukunft nicht mehr zu machen.

Der Pfeiler hatte die Abmessungen eines Kirchturmes und er war so hoch, dass sie sein Ende nicht erkennen konnten. Thirteens Mut sank, als sie den Kopf in den Nacken legte und in die Höhe blickte. Sie musste verrückt sein, ohne irgendwelche Hilfsmittel dort hinaufklettern zu wollen! Aber so war das nun einmal, wenn man den Mund zu voll nahm. Wenn sie jetzt nicht zu ihrem Wort stand, würden die anderen ihr ganz bestimmt nicht mehr folgen.

Aber es gab auch etwas Positives: Der Balken war so uralt und verwittert, dass sie beinahe so bequem wie an einer Leiter daran in die Höhe klettern konnte. Es gab überall Risse, Spalten und Vertiefungen, die ihren Fingern und Zehen sicheren Halt boten, und sie kam gut voran. Der erste Querbalken lag sehr viel höher über ihr, als es von unten den Anschein gehabt hatte, aber sie brauchte nicht einmal zehn Minuten, um ihn zu erreichen. Außer Atem, aber trotzdem sehr zufrieden mit ihrem Erfolg, zog sie sich auf den Balken hinauf, setzte sich auf die Kante und ließ die Beine baumeln.

Die anderen kamen unter ihr herangeklettert, zwar nicht so schnell wie sie, aber doch einigermaßen geschickt, sodass sie nicht daran zweifelte, dass alle es schaffen würden. Natürlich war das nur der Anfang; je weiter sie nach oben kamen, desto mehr würden ihre Kräfte nachlassen und umso schwerer musste es werden und auch gefährlicher. Trotzdem – die Möglichkeit, der zum Teil jahrelangen Gefangenschaft der Kinder hier ein Ende zu bereiten, war schon eine Anstrengung wert.

Ihr Blick löste sich von den heranklетternden Jungen und Mädchen und glitt über den Dachboden. In einiger Entfernung stand eine einsame Gestalt und sah zu ihr empor. Peter. »Du hast ihn ziemlich getroffen«, piepste ein dünnes, wohlvertrautes Stimmchen neben ihr. Thirteen drehte den Kopf und blickte auf Wusch herab, die neben ihr auf dem Balken hockte. Sie bot einen ziemlich komischen Anblick: Anders, als es die Natur für ein Wesen wie sie vorgesehen hatte, versuchte sie aufrecht auf den beiden Hinterläufen zu stehen, wobei sie die Flügel wie einen bodenlangen schwarzen Mantel um sich geschlungen hatte. Sie sah tatsächlich ein bisschen aus wie eine Miniaturausgabe von Graf Dracula. Allerdings eine, die ununterbrochen hin und her wankte, um nicht auf dem Hinterteil zu landen.

»Ich weiß«, antwortete Thirteen traurig. »Ich wollte das nicht.«

»Er kriegt sich schon wieder ein«, sagte Wusch und versuchte ein menschliches Schulterzucken nachzuahmen. Das Ergebnis sah höchst eigenartig aus.

»Ich mache mir viel mehr Sorgen um die anderen«, fuhr die Flederratte fort. »Denen ist nämlich gar nicht klar, worauf sie sich einlassen. Und ich fürchte, dir auch nicht.«

»Wieso?«, fragte Thirteen. »Gibt es nun dort oben einen Ausgang oder nicht?«

»Weiter oben wird es ziemlich gefährlich«, sagte Wusch. »Und ich meine: wirklich *gefährlich.*«

Damit umging sie geschickt die Antwort auf Thirteens Frage – und zugleich auch wieder nicht. Jedenfalls glaubte Thirteen die richtige Antwort herauszuhören.

»Was meinst du damit?«

»Es gibt Gefahren dort oben, von denen ihr keine Ahnung habt«, sagte Wusch ernst. »Selbst ich überlege es mir zweimal, ehe ich dort hinauffliege.«

Thirteen legte den Kopf in den Nacken und sah nach oben. Sie war dem eigentlichen Dach noch nicht sichtbar näher gekommen. Alles, was sie erkannte, war ein riesiges, schräg aufeinander zulaufendes Himmelsgewölbe über einem Gespinst aus Dachbalken und Sparren, von denen große, mit Staub bedeckte Spinnweben hingen.

»Es geht also dort oben hinaus«, sagte sie.

»Das habe ich nicht gesagt«, piepste Wusch.

»Du hast aber auch nicht gesagt, dass es dort keinen Ausgang gibt«, antwortete Thirteen.

»Ich habe aber auch nicht gesagt, *dass* es einen Ausgang gibt«, versetzte Wusch. »Hör gefälligst auf, mir die Worte im Mund zu verdrehen.«

»Von welchen Gefahren sprichst du?«, fragte Thirteen.

Wusch drehte sich demonstrativ von ihr weg. »Das wirst du schon noch früh genug merken«, sagte sie. »Warum fragst du mich eigentlich noch? Auf mich hört ja doch keiner!« Und damit ließ sie sich von der Kante des Balkens kippen, breitete die Flügel aus und schwang sich mit einer eleganten Bewegung hoch in die Luft empor.

Ein paar Augenblicke später kamen Stefan und die anderen bei ihr an. Sie wirkten alle ziemlich erschöpft, als hätte die Kletterpartie ihnen weit mehr Kraft abverlangt als Thirteen. Stefan ließ sich mit einem tiefen Seufzer neben ihr nieder und auch die anderen suchten sich auf dem anderthalb Meter breiten Balken einen Platz zum Ausruhen. Thirteen hütete sich, es auszusprechen – aber sie alle machten nicht den Eindruck, dass sie den Weg zu einem weiteren Querbalken hinauf schaffen würden. Geschweige denn *zwölf*.

Trotzdem brachte sie ein aufmunterndes Lächeln zustande. »Na, das war doch gar nicht so schwer, oder?«, fragte sie.

Stefan zog eine Grimasse. »Hm.«

»Ich glaube, ihr seid alle nicht besonders gut in Form, wie?«, fragte Thirteen.

»Wir klettern nicht sehr oft auf irgendwelchen Dachbalken herum, das stimmt«, sagte Stefan. Er schüttelte den Kopf. »Ich glaube nicht, dass wir das schaffen. Was wollte Wusch von dir?«

»Dasselbe wie du«, antwortete Thirteen. Sie war ein bisschen erstaunt, dass Stefan die Flederratte überhaupt bemerkt hatte. »Mir erklären, dass wir es bestimmt nicht schaffen werden.«

Stefan sah ein wenig verwirrt aus. Aber er ging nicht weiter auf Thirteens Antwort ein, sondern sagte: »Dort unten ist Peter.«

»Ich weiß«, sagte Thirteen. »Ich hoffe, er ist mir nicht zu böse.«

»Peter kann überhaupt nicht richtig böse sein«, behauptete Stefan. »Ich glaube, er hat Angst.«

»Weil er meint, dass seine Zeit bald abgelaufen ist?«

»Hättest du das nicht?«

Thirteen war nicht sicher, was sie antworten sollte. Natürlich hing jeder an seinem Leben – aber sie wusste nicht, ob das hier wirklich noch ein richtiges *Leben* war. Tag für Tag dasselbe.

Aufwachen, essen und wieder schlafen gehen, ohne dass in der Zwischenzeit irgendetwas geschah, ein Tag wie der andere, ohne die geringste Aussicht auf eine Veränderung …

»Wollen wir weiter?«, fragte sie.

»Weiter?« Stefan riss die Augen auf. »Aber … aber ich dachte, wir wollten uns hier nur ein bisschen umsehen!«

»Das haben wir doch auch, oder?«, fragte Thirteen grinsend. »Aber ich schätze, die Aussicht von weiter oben ist noch besser.«

»Aber du hast gesagt –«

»Es war ziemlich anstrengend, hierherauf zu klettern«, fiel ihm Thirteen ins Wort. »Du glaubst doch nicht im Ernst, dass ich mir die ganze Mühe umsonst gemacht habe!« Sie stand auf, um ihren Worten mehr Nachdruck zu verleihen, und tatsächlich erhoben sich auch Stefan und die anderen, wenn auch erst nach einem deutlichen Zögern.

Wieder trat Thirteen als Erste an den Balken heran, um mit gutem Beispiel voranzugehen. Sie zögerte jedoch noch eine Sekunde und fragte sich, ob es nicht vernünftiger wäre, kehrtzumachen und den Beginn ihrer großen Expedition auf morgen zu verschieben. Es war schon recht spät und keiner von ihnen hatte die Kraft, das ganze Stück bis zum Dachfirst heute noch durchzustehen.

Sie entschied sich trotzdem dafür, weiterzumachen, und zwar aus einem ganz simplen Grund. Sie wusste, dass sie es nicht noch ein zweites Mal versuchen würden. Irgendwie hatte sie es einmal geschafft, das Feuer der Begeisterung in Stefan, Helen und den anderen zu schüren, aber dieses Wunder würde sich nicht wiederholen lassen. Sie erinnerte sich noch genau daran, was Peter ihr erzählt hatte: Am Anfang versuchten alle einen Ausgang zu finden. Manche irrten tagelang durch die Zimmer, ehe sie schließlich aufgaben und sich in ihr Schicksal fügten.

Aber vielleicht hatten sie nicht aufgegeben, weil es keinen Ausgang aus diesem Haus gab. Vielleicht hatten sie aufgegeben, weil ihnen irgendetwas den Willen genommen hatte, weiter nach einem Weg hierheraus zu suchen. Dieses Haus war vergiftet und sie war nicht immun gegen dieses Gift. Und mit jedem Tag, der verstrich, würde dieses Gift auch bei ihr stärker wirken. Entschlossen hob Thirteen die Arme, suchte an dem rauen Holz nach sicherem Halt und begann zu klettern.

Sie erreichte den zweiten Querbalken, und als sie zurücksah, schien der Dachboden bereits unendlich tief unter ihr zu liegen. Sie war vielleicht zwanzig oder dreißig Meter weit in die Höhe gestiegen, kaum mehr, aber sie konnte den Fußboden trotzdem nicht mehr richtig erkennen. Von Peter war keine Spur mehr zu sehen.

Thirteen blieb diesmal nicht an der Kante sitzen, um fröhlich mit den Beinen zu baumeln, wie sie es das letzte Mal getan hatte, sondern kroch auf allen vieren bis in die Mitte des Balkens.

Nach und nach trafen nun auch die anderen ein. Stefan sagte nichts, sondern ging mit steinernem Gesicht an ihr vorbei, um sich einen Platz zum Ausruhen zu suchen, und auch die anderen waren ziemlich schweigsam. Thirteen schob es auf ihre Erschöpfung – wenn sie schon müde war, wie mussten sich dann erst Stefan und die anderen fühlen? Sie würde ihnen diesmal eine etwas längere Pause gönnen, um wieder zu Kräften zu kommen. Noch während sie diesen Gedanken dachte, schlief sie ein.

* * * * *

Sie konnte noch nicht lange geschlafen haben, das spürte sie. Sie hatte einen schlechten Geschmack im Mund und sonderbarerweise glaubte sie, so etwas wie einen Muskelkater in beiden Oberarmen zu spüren. Außerdem tat ihr Rücken erbärmlich weh; als hätte sie stundenlang Gewichte gestemmt oder wäre an einer senkrechten Wand hinaufgeklettert.

Dass ihr ausgerechnet dieser Vergleich einfiel, war kein Zufall. Sie erinnerte sich vage an einen Albtraum, in dem sie Stunde um Stunde geklettert war. Er hatte etwas mit einem Dachboden zu tun, ohne dass sie ganz genau sagen konnte, was, aber auch das überraschte sie nicht. Ihr letzter Gedanke vor dem Einschlafen hatte dem Dachboden gegolten, und da dieser Dachboden sicherlich genauso sonderbar war wie der Rest dieses unheimlichen Hauses, war es kein Wunder, dass er sie bis in ihre Träume hinein verfolgte.

Ihre Glieder waren schwer wie Blei und sie hätte eigentlich wie ein Stein durchschlafen müssen. Stattdessen hatte sie das Gefühl, es plötzlich im Bett nicht mehr auszuhalten. Da war irgendetwas ungemein Wichtiges, das sie erledigen musste. Aber was?

Mühsam richtete sie sich auf, gähnte ausgiebig und schwang schließlich die Beine aus dem Bett. Der Boden war eiskalt. Thirteen verzog das Gesicht – aber nicht nur wegen der Kälte, die ihre nackten Fußsohlen durchströmte. Sie *hatte wirklich* einen schlimmen Muskelkater in Armen und Schultern! Es war offenbar ein ziemlich realistischer Traum gewesen. Nur gut, dachte sie spöttisch, dass ich nicht davon geträumt habe, über glühende Kohlen zu gehen. Sonst würde sie den Weg aus dem Zimmer heraus jetzt vielleicht nicht schaffen.

Sie zog sich an, ging zur Tür und legte das Ohr gegen das Holz. Nichts. Wenn Phobos oder Deimos vor der Tür lagen und Wache hielten, dann taten sie es völlig lautlos. Thirteen drückte vorsichtig die Türklinke hinunter, lugte durch den entstandenen Spalt und atmete erleichtert auf, als sie keinen Hund gewahrte. Sie öffnete die Tür weiter, trat ganz in den Flur hinaus und sah sich nach beiden Seiten hin um. Sie war nach wie vor allein. Phobos und Deimos mussten irgendwo unten bei ihrem Großvater sein. Eine gute Gelegenheit, sich ein wenig in diesem verwunschenen Haus umzusehen. Sie vertraute ihrem Großvater, aber sie teilte nicht sein Zutrauen in dieses Haus.

Ganz automatisch wandte sie sich nach links und blieb unter der hölzernen Klappe in der Decke wieder stehen. Sie hatte nicht mehr das Gefühl, von dort oben gerufen zu werden, aber sie erinnerte sich gut daran; ebenso wie an ihren Traum, in dem ein Dachboden eine große Rolle gespielt hatte. Irgendetwas war dort oben und es war bestimmt nichts Gutes. In allen Geschichten über Spukhäuser, die sie je gehört oder gelesen hatte, war das

Böse stets im Keller zu finden. Hier nicht. Wenn es in diesem Haus tatsächlich etwas gab, was ihr feindselig gesinnt war, dann war es dort oben.

Thirteens Blick glitt aufmerksam über die Klappe in der Korridordecke. Es gab keine Treppe, aber eine dünne, rostige Kette, an der man wahrscheinlich nur zu ziehen brauchte, um einen Mechanismus auszulösen, der eine Leiter herunterließ. Sie streckte die Hand danach aus, zögerte aber dann wieder. Plötzlich hatte sie doch Angst. Nicht nur vor dem, was dort oben auf sie warten mochte. Diesen Mechanismus in Gang zu setzen würde garantiert einen Heidenlärm verursachen, der im ganzen Haus zu hören war und wahrscheinlich sogar ihren Großvater weckte.

Andererseits würde sich vielleicht nicht wieder so schnell eine Möglichkeit bieten, allein dieses Haus zu durchforschen.

Sie griff nach der Kette, zog daran und stellte zu ihrer Überraschung fest, dass sich die Klappe leicht bewegen ließ. Aber sie musste rasch einen Schritt zurücktreten, um nicht von der dreigeteilten Treppe getroffen zu werden, die herausschnellte. Beinahe lautlos kam sie vor ihren Füßen auf dem Boden auf. Diese Treppe machte nicht den Eindruck, als ob sie auf einen »alten Dachboden, voller Staub und Spinnweben« hinaufführte, auf dem »bloß ein paar alte Kisten stehen«, wie ihr Großvater gesagt hatte.

Sie begann vorsichtig die Treppe hinaufzusteigen. Der Dachboden war nicht beleuchtet, sodass sie über sich nichts als absolute Schwärze wahrnahm, aber das Gefühl von vorhin war plötzlich wieder da – das Gefühl, von unsichtbaren Augen angestarrt zu werden. Ihr Herz begann rascher zu klopfen. Sie kletterte weiter, jetzt etwas schneller. Als sie hoch genug war, um Kopf und Schultern durch die Bodenklappe zu stecken, hielt sie an.

Thirteen konnte selbst nicht genau sagen, was sie eigentlich erwartet hatte, aber der Dachboden war zumindest in dem Teil, den sie überblicken konnte, eine glatte Enttäuschung. Von unten drang nur ein wenig graues Streulicht herauf, aber das wenige, das sie erkennen konnte, war eben ein ganz normaler Dachboden. Die Luft roch staubig, und trockene Spinnweben kitzelten ihr Gesicht, als sie sich auf der Leitersprosse herumdrehte, um einen Blick um sich zu werfen. Über ihrem Kopf befand sich ein Gewirr von Dachbalken, das wie ein Wald verrotteter Schiffsmasten aussah. Links von ihr stand ein Stapel staubiger Kisten, daneben erhob sich ein uralter Schrank, der mit Schnitzereien verziert war. Zwischen diesen beiden Hindernissen hervor starrte sie ein Ungeheuer mit roten Augen und zentimeterlangen Zähnen an.

Der Anblick traf Thirteen vollkommen unvorbereitet. Sie war so erschrocken, dass sie eine Sekunde lang schier erstarrte. Und um ein Haar hätte sie diese Sekunde das Leben gekostet.

Phobos schoss nämlich lautlos aus seiner Deckung hervor und ging auf Thirteen los. Sein hässliches Maul klaffte auf, und hätte Thirteen nicht rasch den Kopf zurückgeworfen, dann wäre es um sie geschehen gewesen. Die Fänge des Kampfhundes schlugen mit einem metallenen Laut unmittelbar vor ihrem Gesicht zusammen.

Thirteen schrie vor Schrecken auf, verlor auf der Leitersprosse das Gleichgewicht und fiel nach hinten. Sie konnte sich im allerletzten Moment halb herumdrehen, und so schlitterte sie die Leiter mehr hinunter, als dass sie fiel, aber sie konnte jede einzelne Sprosse wie den Huftritt eines Esels im Rücken spüren. Unten landete sie zwar auf den Füßen, das allerdings so heftig, dass sie mit einem Schmerzensschrei nach vorne stürzte. Sie versuchte den Sturz mit den Händen abzufangen, aber das half nicht viel. Sie blieb leicht benommen auf dem Boden liegen und rang keuchend nach Atem. Als sie die Augen wieder öffnete, blickte sie in Phobos' Gesicht.

Der Hund starrte durch die Bodenklappe auf sie herab. Er knurrte leise. Von seinen Fängen tropfte Geifer, und in seinen Augen loderte eine solche Mordlust, dass Thirteen ihren schmerzenden Rücken und die wehen Handgelenke schlagartig vergaß.

Der Hund schien sich vollkommen verändert zu haben. Er war noch immer Phobos, aber aus dem hässlichen, tollpatschig unbeholfenen, im Grunde aber gutmütigen Hund war plötzlich ein Dämon geworden, ein Ungeheuer mit tödlichen Fängen und rot glühenden Augen. Und er war nicht nur hier, um sie zu erschrecken. Phobos hatte nicht einfach nur nach ihr geschnappt. Er hatte mit aller Kraft zugebissen. Er hätte sie umgebracht, hätten seine Fänge sie dort oben erwischt!

Und er schien nach wie vor wild entschlossen, es nachzuholen. Aufgeregt lief er ein paarmal um die Klappe herum – und begann dann rückwärts die Leiter herunterzuklettern! Thirteen sperrte vor Überraschung Mund und Augen auf. Hunde konnten nicht auf Leitern herumklettern, schon gar nicht rückwärts und von oben nach unten! Aber Phobos hatte davon entweder noch nichts gehört oder er war kein normaler Hund. Nicht besonders elegant, aber mit erstaunlicher Schnelligkeit kletterte er Sprosse um Sprosse die Leiter herunter.

Thirteen rappelte sich mühsam hoch. Statt sich zur Treppe zu wenden oder nach ihrem Großvater zu rufen, lief sie in ihr Zimmer zurück und warf die Tür hinter sich zu. Sie suchte nach einem Schloss oder Riegel, aber es gab keines von beiden; nur eine Klinke, die wahrscheinlich selbst ein ganz normaler Hund ohne viel Mühe herunterdrücken konnte. Sie würde Phobos keine zehn Sekunden aufhalten.

Hastig schleppte sie einen Stuhl herbei und klemmte ihn unter die Klinke, um sie zu blockieren; wie sich zeigte, keine Sekunde zu früh. Die Klinke wurde heruntergedrückt, kaum dass sie den Stuhl losgelassen hatte. Ein wütendes Knurren erklang.

Dann begann Phobos lautstark zu kläffen.

Thirteen wich hastig tiefer ins Zimmer zurück und sah sich nach einem Versteck oder einem Fluchtweg um. Das Zimmer hatte keinen zweiten Ausgang, aber ein Fenster auf der anderen Seite. Thirteen humpelte rasch dorthin, öffnete es und hätte vor Enttäuschung beinahe aufgeschrien. Das Zimmer lag im ersten Stock des Hauses, und es gab keine Möglichkeit, an der glatten Außenwand hinunterzukommen.

Phobos hörte plötzlich auf zu bellen. Eine Sekunde lang

herrschte vollkommene Stille, dann erzitterte die Tür so heftig, als hätte jemand mit einer Kanone darauf geschossen. Der Stuhl, den Thirteen unter die Klinke geschoben hatte, fiel um. Phobos' zweiter Anprall war heftig genug, um die Tür der Länge nach zu spalten. Die Klinke fiel herunter und landete klappernd auf dem Boden, und aus dem Mauerwerk neben dem Türrahmen stoben Kalk und grauer Staub. Einem dritten Ansturm würde die Tür nicht standhalten. Sie brauchte ein sicheres Versteck!

Der Schrank! Der Wandschrank hinter ihrem Bett! Die Tür war zwar auch nicht wesentlich stabiler als die zu ihrem Zimmer, aber sie ging nach *außen* auf, was bedeutete, dass Phobos sie nicht so ohne weiteres einrennen konnte. Wenn es ihr gelang, sie zuzuhalten, dann war sie so lange in Sicherheit, bis ihr Großvater kam, der von dem Lärm schon geweckt worden sein musste.

In ihrer Aufregung fand Thirteen die geheime Tür nicht auf Anhieb, und es vergingen wertvolle Sekunden, bis sie auf die richtige Stelle der Holzvertäfelung drückte. Das helle Klicken, mit dem die Tür aufsprang, ging in einem ungleich lauteren Splittern und Krachen unter. Thirteen warf einen erschrockenen Blick über die Schulter zurück und sah, wie der Hund in einem wahren Hagel von Holzsplittern durch die Tür brach. Mit einem Schreckensschrei fuhr sie herum und trat in den Schrank hinein.

Es war kein Schrank mehr. Vor ihr lag wieder der endlose Gang mit den vielen Türen, den sie schon einmal gesehen hatte.

Hinter ihr erklang lautstarkes Bellen. Thirteen wollte sich herumdrehen, aber diesmal war sie nicht schnell genug. Phobos prallte mit voller Wucht gegen sie, riss sie von den Füßen und schoss an ihr vorbei. Auf dem glatten Holzfußboden des Korridors fanden seine Krallen keinen richtigen Halt. Hilflos schlitterte er weiter, prallte etliche Meter entfernt unsanft gegen die Wand und jaulte schrill auf.

In der Zwischenzeit hatte sich Thirteen wieder aufgerappelt. Phobos' Anprall hatte sie zwar umgeworfen, aber sie hatte sich trotzdem mit einer Hand fest an die Tür geklammert, sodass sie etwas schneller wieder auf die Füße kam als Phobos. Und diesmal nutzte sie ihre Chance – den Schwung ihrer eigenen Bewegung ausnutzend, warf sie sich nach hinten, prallte gegen das Kopfende ihres Bettes und fiel auf die Matratze. Dabei schlugen ihre Füße gegen die Tür und warfen sie zu; einen Sekundenbruchteil, bevor Phobos von innen dagegenprallte.

Besser gesagt: Bevor er es eigentlich hätte tun *sollen* …

Nichts geschah. Der erwartete Anprall blieb aus und auch Phobos' wütendes Kläffen und Hecheln verstummte wie abgeschnitten. Thirteen beendete ihre unfreiwillige Rolle rückwärts, plumpste ungeschickt vom Bett und blieb einen Moment lang auf den Knien hocken, um wieder zu Atem zu kommen. Ihr Blick suchte die Schranktüre. Sie wäre kein bisschen erstaunt gewesen, wäre Phobos wie ein lebendes Geschoss hindurchgekracht, um wieder über sie herzufallen.

Doch nichts dergleichen geschah. Ihr fiel plötzlich die unheimliche Stille auf, die sich mit einem Mal ausgebreitet hatte. Phobos versuchte nicht, die Tür aufzubrechen. Er kratzte nicht einmal daran. Vielleicht stand er genauso fassungslos wie sie vor ein paar Tagen da und versuchte zu begreifen, wohin die Tür verschwunden war.

Thirteen blinzelte. Sie war niemals auf der anderen Seite der Tür gewesen! Was waren das für Gedanken?

Sie stand auf, lauschte einen weiteren Moment mit geschlossenen Augen und hörte immer noch nichts. Wenn diese Tür nicht so schalldicht war wie der Tresor einer großen Bank, dann musste Phobos auf der anderen Seite tatsächlich mucksmäuschenstill sein …

Thirteen überlegte, wie sie die Tür am besten blockieren konnte. Sie könnte das Bett davorschieben. Nicht einmal Phobos' Kopf würde ausreichen, um es zur Seite zu befördern. Sie versuchte es, brachte das schwere Möbelstück aber keinen Zentimeter von der Stelle. Nach einigen Augenblicken gab sie auf, blieb schwer atmend stehen und lauschte wieder. Phobos rührte sich immer noch nicht.

Vielleicht war er gar nicht mehr da …

Für einen Moment hatte Thirteen eine schreckliche Vision. Wer sagte ihr denn, dass dieser sonderbare Schrank der einzige Eingang zu diesem geheimen Korridor war? Was, wenn sie sich hier abmühte, nur um nachher ihr Zimmer zu verlassen und sich urplötzlich einem grinsenden Phobos gegenüberzusehen, der einfach einen anderen Ausgang genommen hatte? Sie musste Gewissheit haben.

Mit klopfendem Herzen ging sie wieder zu der Geheimtür zurück und presste das Ohr gegen das Holz. Sie hörte nur das Rauschen ihres eigenen Blutes. Nach einer Weile trat sie wieder zurück, raffte all ihren Mut zusammen und öffnete die Tür; nur einen winzigen Spalt und jederzeit darauf gefasst, sie sofort wieder ins Schloss zu werfen, sollte sich ein geiferndes Monster mit langen Zähnen auf sie stürzen.

Phobos kam nicht aus dem Gang herausgesprungen – denn hinter der Tür lag kein Gang mehr.

Thirteen riss ungläubig die Augen auf, öffnete die Tür weiter und blinzelte, rieb sich mit den Fingerknöcheln über die Augen und blinzelte noch einmal. Aber es blieb dabei: Der Gang war verschwunden. Hinter der Tür war nichts als ein großer Wandschrank, dessen hintere Wand zum Teil heruntergerissen war, sodass man das nackte Mauerwerk dahinter sehen konnte. Der Korridor war verschwunden.

Thirteens Gedanken überschlugen sich schier. Was sie sah, war vollkommen unmöglich!

Ein kompletter Korridor *konnte* nicht einfach so verschwinden. Gut, sie hatte es schon einmal erlebt, mit ganz genau demselben Gang, und trotzdem war das etwas anderes gewesen. Sie hatte diesen Korridor nur *gesehen* und sie hatte sich immerhin damit trösten können, dass sie vielleicht nur eine Halluzination gehabt hatte.

Aber diesmal war Phobos *vor ihren Augen* in diesem Korridor verschwunden – es musste eine andere Erklärung geben.

Vielleicht handelte es sich um eine besonders raffinierte Art von Geheimtür, irgendein Drehmechanismus, der diesen Wandschrank bei Bedarf auftauchen und wieder verschwinden ließ. Sie starrte den ruinierten Wandschrank noch einen Moment lang grimmig an, dann warf sie die Tür ins Schloss, drehte sich mit einer heftigen Bewegung herum und machte sich entschlossen auf den Weg nach unten. Es war mitten in der Nacht, aber das war Thirteen vollkommen gleichgültig. Wenn ihr Großvater schon schlief, dann würde sie ihn eben wecken. Er musste ihr sagen, was es mit diesem Haus auf sich hatte!

Und diesmal würde sie sich nicht mit irgendwelchen Ausflüchten abspeisen lassen, sondern auf Antworten auf ihre Fragen bestehen.

* * * * *

Sie erwachte mit heftigen Schmerzen im Rücken und in den Handgelenken und der vagen Erinnerung an einen Traum, in dem ein Hund eine Rolle spielte, irgendeine Leiter und ein Gang, der die seltsame Angewohnheit hatte, aufzutauchen und wieder zu verschwinden. Der Traum war so verrückt, dass sie gar nicht erst versuchte, sich an irgendwelche Einzelheiten zu erinnern. Außerdem gab es im Augenblick anderes, was ihre Aufmerksamkeit auf sich zog. Ihr Rücken tat wirklich höllisch weh, und ihre Handgelenke schmerzten, als hätte sie versucht, eine heranrasende Diesellok mit bloßen Händen aufzuhalten.

Außerdem war sie gefesselt.

Thirteen hob mühsam den Kopf, blinzelte und sah verblüfft auf den groben Hanfstrick hinab, der um ihre Brust, ihre Hüften und ihre Beine geschlungen war und sie an den Balken fesselte, auf dem sie lag.

»Was ... was soll das?«, murmelte sie überrascht.

»Keine Angst. Ich binde dich sofort los.« Ein Junge erschien neben Thirteen, balancierte geschickt an ihr vorbei und begann die Stricke zu lösen, die sie hielten. Aber sie erkannte ihn erst, als er sich zu ihr herumdrehte und sich wieder aufrichtete.

»Peter?«, entfuhr es ihr überrascht. »Aber was … was tust du denn hier? Und wieso hast du mich gefesselt?«

»Ich habe dich nicht *gefesselt,* ich habe dich *festgebunden*«, korrigierte Peter. »Das ist ein ziemlicher Unterschied. Es ist nicht besonders klug, auf einem Balken zwanzig oder dreißig Meter über dem Boden zu schlafen.«

»Aber …« Thirteen sah neben sich und sofort schwindelte ihr. Der Boden schien viel weiter unter ihr zu liegen als noch am vergangenen Abend, und ihr fuhr ein lähmender Schrecken durch die Glieder, als ihr klar wurde, wie leichtsinnig es tatsächlich gewesen war, sich einfach auf den Balken zu legen und einzuschlafen. Eine einzige falsche Bewegung, und …

»Keine Angst«, sagte Peter. »Ich habe die anderen auch festgebunden. Niemandem ist etwas passiert. Ihr hättet ein paar Stricke mitbringen sollen.«

»Bist du nur hier, um mir Vorwürfe zu machen?«, fragte Thirteen. Sie sah Peter herausfordernd an, aber dessen Reaktion war ganz anders, als sie erwartete. Sein Blick wirkte weder abfällig noch überheblich oder gar triumphierend. Er sah vielmehr besorgt drein, und Thirteen wusste die Antwort auf ihre eigene Frage, noch bevor Peter irgendetwas sagen musste. Er war ihnen gefolgt, weil er sich um die anderen sorgte. Weil sie ziemlich überhastet und vollkommen unvorbereitet aufgebrochen waren – und weil sich irgendjemand schließlich Gedanken um ihre Sicherheit machen musste. Die Seile waren ein gutes Beispiel: Thirteen hatte zwar daran gedacht, Stricke mitzunehmen, aber nur, weil sie annahm, dass sie vielleicht beim Klettern benötigt würden. Auf den Gedanken, dass sie sie vielleicht viel dringender brauchen würden, um sich zum Beispiel zum Schlafen festzubinden, war sie nicht einmal gekommen. Sie fragte sich, was sie sonst noch alles nicht bedacht hatte.

»Ich bin nicht hier, um dir deine Führungsposition streitig zu machen«, sagte Peter schließlich und es klang vollkommen ehrlich. »Ich dachte mir nur, du könntest ein bisschen Hilfe gebrauchen. Außerdem …« Er hob die Schultern und lächelte plötzlich wieder. »Immerhin könnte es sein, dass du vielleicht recht hast und wirklich einen Weg nach draußen findest. Ich hatte nicht besonders viel Lust, allein hier zurückzubleiben.«

Thirteen lachte, aber es war so wenig echt wie Peters Lächeln. Zwischen ihnen war längst noch nicht alles bereinigt. Sie würden die Sache klären müssen, aber nicht jetzt. Und vor allem nicht hier. Thirteen fiel nun auf, dass Peter und sie praktisch allein waren. Die anderen saßen ein gutes Stück abseits auf dem Balken und taten so, als ob sie Peter und sie gar nicht zur Kenntnis nehmen würden.

Peter war ihrem Blick gefolgt und hatte ihn richtig gedeutet. Er lächelte flüchtig. »Sie warten darauf, dass wir uns prügeln«, sagte er. »Aber keine Angst. Dazu bin ich nicht hier. Außerdem schlage ich mich nicht mit Mädchen.«

»Ich auch nicht«, antwortete Thirteen.

Peters Lächeln wurde ein wenig breiter und wirkte jetzt beinahe echt. »Na, dann sind wir uns ja einig«, sagte er. »Darüber hinaus finde ich, dass wir unsere Kräfte noch dringender brauchen werden.« Er legte den Kopf in den Nacken und sah nach oben.

Thirteen erschrak, als sie dasselbe tat. Das Dachgewölbe, das sich über ihnen erhob, kam ihr mit einem Male viel gewaltiger vor als am vergangenen Abend. Sie schienen dem eigentlichen Dach keinen Millimeter näher gekommen zu sein. Das Gewirr der Dachbalken erstreckte sich scheinbar endlos über ihnen, und als sie die Anzahl der Querverstrebungen zählte, die sie noch überwinden mussten, erlebte sie eine weitere böse Überraschung.

Es waren immer noch dreizehn.

»Aber … aber das ist doch gar nicht möglich!«, entfuhr es ihr. »Er kann doch nicht *gewachsen* sein!«

»Wer?«, fragte Peter verständnislos.

Thirteen antwortete nicht. Sie starrte aus aufgerissenen Augen in die Tiefe, dann wieder nach oben und endlich begriff sie. Natürlich war der Dachboden nicht gewachsen. Die Entfernung zwischen den Querbalken war nur zufällig die Distanz, die sie überblicken konnte. Und das bedeutete, dass sie mit ihrer Schätzung, was die Höhe des Dachbodens anging, möglicherweise gewaltig danebengelegen hatte. Über ihnen konnten noch dreizehn Reihen von Querbalken liegen, ebenso gut aber auch hundert oder tausend ... Was, wenn dieser Dachboden, genau wie das Haus unter ihnen, einfach *endlos* war und sie bis in alle Ewigkeit weiterklettern konnten, ohne dem eigentlichen Dach auch nur nahe zu kommen?

»Ist noch ein hübsches Stück bis nach oben«, sagte Peter. »Wir werden den ganzen Tag brauchen, wenn nicht sogar noch länger. Wir sollten keine Zeit mehr verlieren. Klettern wir weiter?«

»Jetzt?«, fragte Thirteen. »Du meinst ... sofort?«

»Warum nicht?«, fragte Peter. »Falls du vorher noch frühstücken möchtest, muss ich dich enttäuschen. Der Weg bis zum nächsten Restaurant ist ziemlich weit. Aber du bist der Boss.«

»Das bin ich nicht!«, widersprach Thirteen, und Peter fügte mit einem Achselzucken hinzu:

»Ob es dir passt oder nicht.«

Thirteen gab auf. Ohne ein weiteres Wort wandte sie sich um und wollte wieder auf den Balken zugehen, an dem sie bis hierherauf geklettert waren, aber Peter hielt sie zurück.

»Eine Frage noch«, bat er.

Thirteen blieb stehen und drehte sich um. »Ja?«

»Wer ist Phobos?«

»Phobos?« Thirteen wusste für eine Sekunde nicht, wovon Peter überhaupt sprach. Dann fiel es ihr ein. »Ein ... ein Hund«, antwortete sie stockend. »Der Hund meines Großvaters. Aber woher kennst *du* seinen Namen?«

»Du hast ihn ein paarmal im Schlaf gerufen«, antwortete Peter. »Es klang irgendwie nicht so, als ob du besonders angenehme Träume hättest.«

Seine Worte schienen irgendeine vage Erinnerung in Thirteen zu wecken. Sie hatte offensichtlich von Phobos geträumt, einem der beiden Hunde ihres Großvaters. Aber da war noch etwas: Sie hatte fast vergessen, dass ihr Großvater überhaupt Hunde *hatte*.

Ein Frösteln lief über Thirteens Rücken. Was sie über das geheimnisvolle Gedankengift dieses Hauses gedacht hatte, war nur zu wahr. Und wie es schien, begann sie seiner Wirkung bereits nach nur einer einzigen Nacht zu erliegen.

Was werde ich bis zum nächsten Morgen vergessen haben?, dachte sie schaudernd. Dass sie überhaupt einen Großvater hatte? Und am Tag danach vielleicht den Grund, aus dem sie eigentlich auf diesen Dachboden heraufgekommen war?

Sie begann hastig an dem Balken emporzuklettern, ohne auch nur einen Blick zu Peter und den anderen zurückzuwerfen. Es war ihr in diesem Moment sogar völlig gleich, ob sie ihr folgten oder nicht. In Rekordzeit erreichte sie den nächsten, gute zehn Meter höhergelegenen Querbalken und kletterte unverzüglich weiter, ohne eine Pause einzulegen.

Erst als sie den dritten Abschnitt in Angriff nahm, wurde ihr bewusst, dass sie sich in einem gefährlichen Zustand befand. Sie hatte ihrer Angst freien Lauf gelassen, was manchmal vielleicht ganz gut sein mochte, unter den jetzigen Umständen aber fatale Folgen haben konnte. Sie war so schnell und rücksichtslos geklettert, dass ihre Finger bluteten. Jeder einzelne Muskel in ihren Armen und den Schultern tat weh, und ganz plötzlich schien es ihr unmöglich zu sein, sich auch nur einen einzigen Zentimeter weiterzubewegen.

Irgendwie gelang es ihr schließlich doch, sich auf den nächsthöheren Balken hinaufzuziehen. Vollkommen erschöpft brach sie auf dem rauen Holz zusammen, wälzte sich auf den Rücken und sah zum Dach empor. Es schien keine Handbreit näher gekommen zu sein. Für einen Moment war sie sogar sicher, dass es jetzt weiter entfernt war denn je.

Sie verscheuchte diese alberne Vorstellung. Was war nur mit ihr los? Wenn sie jemals auf etwas wirklich stolz gewesen war, dann auf ihre Fähigkeit, Probleme kühl und mit einem gewissen Abstand anzugehen und eigentlich *niemals* die Nerven zu verlieren. Aber diese Fähigkeit schien sie mit einem Mal vollkommen verlassen zu haben. Es war, als … wäre etwas von ihr gar nicht hier. Etwas Wichtiges, ohne das sie auf Dauer nicht mehr sie selbst sein würde.

Das Flappen ledriger Schwingen riss sie aus ihren Gedanken. Thirteen stemmte sich hoch, kroch ein kleines Stück von der Kante des Balkens fort und sah sich suchend um. Wusch kreiste dicht über ihr. Sie suchte nach einem geeigneten Landeplatz und ließ sich kurzerhand auf Thirteens linke Schulter sinken. Ihre winzigen Krallen gruben sich in ihre Bluse und die Haut darunter. Es tat ein bisschen weh, aber Thirteen machte keinen Versuch, die Flederratte zu verscheuchen.

»Aha«, begann Wusch. »Ich habe gewonnen.«

»Wie?«, fragte Thirteen.

»Ich habe mit mir gewettet«, antwortete Wusch, »dass du keine Vernunft annimmst, sondern meine Warnung in den Wind schlägst.«

»Dann hast du verloren«, behauptete Thirteen.

»Wieso?«

»Weil es höchst unvernünftig gewesen wäre, *nicht* zu versuchen, einen Ausweg aus dieser Hölle zu finden.«

»Wer sagt das?«, wollte Wusch wissen.

»Ich«, antwortete Thirteen, schon wieder in leicht aggressivem Ton.

»Ach, ich verstehe«, sagte Wusch. »Und was du sagst, ist immer richtig, wie? Auf die Idee, dass auch ein anderer mal recht haben könnte, bist du wohl noch nie gekommen?«

»Wie du zum Beispiel?«

»Zum Beispiel«, sagte Wusch.

»Aber du sagst ja nie etwas«, behauptete Thirteen. »Du ergehst dich in düsteren Andeutungen und geheimnisvollem Gerede, aber weißt du was? Ich denke, du machst dich nur wichtig.«

»Wie?«, empörte sich Wusch. Sie begann aufgeregt auf Thirteens Schulter herumzustolzieren. Ihre winzigen Krallen stachen wie Nadeln in Thirteens Haut. »Was soll das heißen? *Ich* mache mich wichtig? *Ich?!*«

»Genau«, sagte Thirteen. »Das, was du gestern erzählt hast, zum Beispiel. Die Sache mit dem Bund der Dreizehn.«

»Was ist damit?«, fragte Wusch und kniff misstrauisch ein Auge zu.

»Es klingt richtig toll«, antwortete Thirteen. »Aber ich denke, es ist nur ein großer Bluff. Nichts als heiße Luft.«

»Das hättest du gerne, wie?«, keifte Wusch. Sie begann allmählich wirklich wütend zu werden. Thirteen war offensichtlich auf dem richtigen Weg. »Aber du würdest dich verdammt wundern, wenn du die Wahrheit wüsstest. Es gibt den Bund der Dreizehn und sie sind mächtiger, als du dir auch nur vorstellen kannst. Allerdings glaube ich nicht, dass du sie wirklich kennenlernen möchtest.«

»Haben sie dich geschickt?«, fragte Thirteen.

Wusch keuchte. »Mich? Bist du verrückt?«

»Du hast gesagt, dass sie hier nach Belieben herein- und hinauskönnen«, erinnerte Thirteen. »Und ich habe dich mit einem von ihnen gesehen. Am Flughafen.«

»Dann hast du ziemlich schlechte Augen, scheint mir«, antwortete Wusch. Plötzlich klang sie sehr ernst. »Denn offenbar weißt du selbst nicht mehr, *was* du gesehen hast.«

»Also *war* es einer von ihnen«, sagte Thirteen. »Der Mann im Flugzeug, der versucht hat mich umzubringen.« Sie fühlte sich unendlich erleichtert. »Ich habe es mir nicht nur eingebildet.«

Wusch riss erstaunt die Augen auf. »He!«, piepste sie. »Du … du hast mich reingelegt!«

»Stimmt«, sagte Thirteen ruhig.

»Ich hätte dir das gar nicht sagen dürfen!«, beschwerte sich Wusch. »Ich kriege eine Menge Ärger, wenn das rauskommt!«

Ärger? Mit wem?«

»Mit –« Wusch schnaubte. »Nichts da. Nicht schon wieder. Der Trick funktioniert jeden Tag nur einmal.«

»Man kann es ja mal versuchen«, sagte Thirteen lächelnd.

»Aber nun im Ernst, Wusch: Ich weiß, dass du auf meiner Seite stehst. Warum sagst du mir nicht, was du meinst?«

»Auf *deiner* Seite?«, wiederholte Wusch. »Hm … vielleicht. Aber welche deiner Seiten meinst du?«

Thirteen gab auf. Sie hatte Wusch mittlerweile immerhin weit genug durchschaut, um zu wissen, dass sie im Moment nicht mehr von ihr erfahren würde. Tatsächlich hatte die Flederratte ihr bereits mehr verraten, als sie zu hoffen gewagt hatte; und sei es nur durch das, was sie *nicht* gesagt hatte.

»Die anderen kommen«, sagte Wusch plötzlich. »Ich verschwinde lieber, ehe es wieder Streit gibt. Nimmst du noch einen guten Rat von mir an? Ich kann dich ja offensichtlich nicht davon abbringen, weiterzuklettern. Aber ihr solltet vorsichtig sein. Dort oben ist es *wirklich* gefährlich.«

Sie wollte losfliegen, aber Thirteen hielt sie mit einer blitzschnellen Bewegung zurück. »He!«, protestierte Wusch. »Was soll denn das?«

»Es gibt einen Ausgang dort oben, nicht?«, fragte Thirteen. »Was ist über dem Dach, Wusch?«

Die Flederratte begann sich immer heftiger unter Thirteens Griff zu winden. Sie würde sie nicht mehr lange festhalten können, ohne ihr wirklich wehzutun. »Nichts!«, kreischte Wusch. »Lass mich gefälligst los!«

»Nichts? Was soll das heißen?«

»Was eben über einem Dach ist!«, keifte Wusch. »Das Draußen! Aber keines, in das *ihr* gehen könntet!« Und damit riss sie sich vollends los, versetzte Thirteen einen Hieb mit ihren winzigen spitzen Krallen und flatterte keifend davon.

Thirteen blickte nachdenklich auf ihre Hand hinab. Wuschs Krallen hatten drei winzige blutende Schrammen auf ihrem Handrücken zurückgelassen. Die Verletzung schmerzte kaum, aber sie saß trotzdem wie gelähmt da und starrte die winzigen Blutstropfen an, die wie dunkelrote Tränen über ihren Handrücken liefen und vom Gelenk hinuntertropften.

Sie berührten den Balken nicht.

Das hieß – natürlich fielen sie auf ihn. Aber sie hinterließen nicht die allerkleinste Spur darauf, sondern verschwanden einfach im Holz. Wie ein Wassertropfen in einem Schwamm, der tausend Jahre lang von der Sonne ausgetrocknet worden war.

»Ich dachte schon, wir holen dich nie wieder ein!«

Thirteen riss ihren Blick mühsam von dem Balken los, sah nach rechts und erblickte Stefan, der sich unmittelbar neben ihr ächzend auf den Querbalken hinaufzog. Die anderen kamen nicht weit hinter ihm heraufgestiegen.

»Was hast du da?« Stefan deutete stirnrunzelnd auf ihre Hand.

»Nichts«, sagte Thirteen hastig. Sie wischte sich die Hand am Hosenbein ab. »Wusch hat mich gekratzt. Aber nicht absichtlich.«

»Wusch war hier? Was wollte sie? Sich wichtigmachen?«

»Nein«, antwortete Thirteen. »Sie wollte uns warnen. Sie hat nicht genau gesagt, wovor. Aber irgendeine Gefahr wartet dort oben auf uns. Und weißt du was? Diesmal glaube ich ihr.«

* * * * *

Erst als sie schon den halben Weg die Treppe hinunter war, wurde Thirteen klar, dass sie sich ziemlich leichtfertig verhalten hatte. Wenn ihre Theorie, das System von Geheimgängen und -türen betreffend, das möglicherweise das gesamte Haus durchzog, zutraf, dann hätte Phobos gut vor der Tür ihres Zimmers auf sie warten können. Ganz davon abgesehen, dass es noch eine zweite Ausgabe dieses Höllenhundes hier gab, die keinen Deut weniger gefährlich war als Phobos. Aber sie war fest entschlossen, das Geheimnis, das diesen uralten Bau und seinen Bewohner umgab, jetzt zu lösen. Koste es, was es wolle. Als sie das Ende der Treppe erreicht hatte, blieb sie ein paar Sekunden lang stehen und lauschte, ob vielleicht das Tappen weicher Pfoten oder ein verräterisches Hecheln zu vernehmen war.

Sie hörte nichts von den Hunden, aber nach ein paar Augenblicken vernahm sie etwas anderes: die Stimme ihres Großvaters, die dumpf durch das Holz einer geschlossenen Tür drang. Sie klang ziemlich erregt, ja sogar wütend. Thirteen bemühte sich vergeblich, auch nur ein Wort zu verstehen. Sehr langsam bewegte sie sich weiter, weil sie fürchtete, durch ein unvorsichtiges Geräusch die Aufmerksamkeit eines der beiden Hunde zu erregen. Und außerdem erfuhr sie vielleicht weitaus mehr, wenn sie ihren Großvater belauschte, statt ihm Fragen zu stellen.

Behutsam setzte sie einen Fuß vor den anderen, wobei sie sorgfältig darauf achtete, auf einer ganz bestimmten Reihe der Parkettfliesen vorwärts zu gehen. Schließlich streckte sie sogar die Arme nach rechts und links aus, um ihr Gleichgewicht zu wahren; wie eine Artistin, die auf einem schwankenden Seil balancierte oder einem schmalen Brett, das über einen bodenlosen Abgrund hinwegführte.

Plötzlich blieb sie stehen, ließ die Arme sinken und sah verblüfft an sich hinab. Was um alles in der Welt tat sie? Sie hatte mit weit ausgebreiteten Armen und auf einem Fuß hin und her wackelnd dagestanden, als befände sie sich nicht auf festem Boden, sondern hoch oben unter einer Zirkuskuppel.

Aber ihr war nicht zum Lachen zumute. Ihr Herz jagte und sie zitterte am ganzen Leib. Ganz gleich, was ihre Augen sahen, sie hatte noch immer das furchtbare Gefühl, sich am Rande einer bodenlosen Schlucht zu befinden. Ein falscher Schritt, ja eine falsche Bewegung, und sie würde in die Tiefe stürzen, fallen und fallen und fallen, ohne jemals aufzuschlagen …

Unsinn!

Thirteen machte einen Schritt und stampfte so heftig mit dem Fuß auf, dass das Geräusch durch das gesamte Haus dröhnen musste. Doch ihr Herz hämmerte weiter wie verrückt und ihre Gedanken wirbelten wild hinter ihrer Stirn herum. Sie stand auf festem Grund und trotzdem hatte sie immer mehr das Gefühl, den Boden unter den Füßen zu verlieren. Was um alles in der Welt ging hier vor? Und vor allem: Lag es an ihr oder an diesem Haus, dass sie jedes Mal, wenn sie hierherkam, ein bisschen mehr den Bezug zur Wirklichkeit zu verlieren schien?

Sie würde es herausfinden. Jetzt.

Thirteen ging mit schnellen Schritten weiter und steuerte die Tür am Ende des langen Korridors an, hinter dem das Kaminzimmer lag. Die Stimme ihres Großvaters war immer deutlicher zu hören. Er befand sich tatsächlich dort und redete mit jemandem, aber er sprach dabei in einem vollkommen anderen Tonfall, als sie es gewohnt war.

Vorsichtig öffnete sie die Tür einen Fingerbreit und spähte durch den schmalen Spalt. Im Zimmer brannte kein Licht, aber das prasselnde Kaminfeuer verbreitete flackernde Helligkeit, sodass sie ihren Großvater erkennen konnte, der mit dem Rücken zur Tür saß. Er sprach schnell und aufgeregt, aber sie konnte nicht erkennen, mit wem. Wenn sein Gesprächspartner nicht in einer entfernten Ecke des Zimmers saß, dann führte er wohl Selbstgespräche.

Aber wenigstens konnte sie jetzt verstehen, was er sagte – und das war dazu angetan, sie auf der Stelle erstarren zu lassen, um mit angehaltenem Atem zu lauschen.

»... ist nun wirklich nicht mein Problem«, sagte ihr Großvater gerade in ungewohnt kühlem, zugleich aber auch sehr scharfem Ton. »Ich dachte bisher, ich könnte mich auf Sie und Ihre Freunde verlassen. Aber so, wie es aussieht, scheint das nun nicht mehr der Fall zu sein.«

Jemand antwortete; eine Frauenstimme, die Thirteen zwar bekannt vorkam, der sie aber kein Gesicht zuordnen konnte. Sie verstand auch die Worte nicht, wohl aber die nun hörbar schärfere Antwort ihres Großvaters:

»Vielleicht sollte ich mein gesamtes Verhalten zu Ihrer Gruppe überdenken«, sagte er. »Ich dachte, Sie wären vertrauenswürdig. Aber anscheinend sind Sie ja selbst mit einer so einfachen Aufgabe bereits hoffnungslos überfordert. Ich frage mich, was Sie tun, wenn Sie es einmal mit einem wirklich ernst zu nehmenden Gegner zu tun bekommen, wo Sie ja anscheinend bereits Schwierigkeiten haben, ein zwölfjähriges Mädchen zu bändigen.«

Wieder erfolgte eine Antwort, die Thirteen nicht verstand.

Aber nun war sie sicher, dass es sich bei diesem Gespräch um sie handelte. Ganz behutsam schob sie die Tür noch weiter auf und betrat das Zimmer, um endlich zu sehen, mit wem ihr Großvater eigentlich sprach. Aber da war niemand. Ihr Großvater war vollkommen allein im Zimmer.

»Also gut«, sagte er jetzt. »Es bringt im Moment ja nichts, uns in irgendwelche Schuldzuweisungen hineinzusteigern. So etwas wie heute darf auf gar keinen Fall wieder vorkommen, habe ich mich da deutlich genug ausgedrückt?«

Thirteen schlich auf Zehenspitzen näher. Ihr Großvater saß in seinem hochlehnigen Sessel am Tisch und redete scheinbar in die leere Luft, aber sie hörte deutlich eine Stimme, die antwortete.

»Meinetwegen«, sagte ihr Großvater. »Aber ich verlasse mich darauf. Herrgott, es sind nur noch elf Tage. Es muss doch möglich sein, sie so lange festzuhalten.«

Endlich sah sie, mit wem ihr Großvater sprach. Auf dem kleinen Tischchen vor ihm stand ein Telefon. Sein Anblick überraschte Thirteen. Sie hätte in diesem Haus mit einem altmodischen Apparat gerechnet; vielleicht mit einem jener schwarzen Ungetüme, wie man sie manchmal in alten Filmen sah: groß, wuchtig, mit einem Trichter, in den man hineinsprechen musste, und einer Kurbel. Das genaue Gegenteil war der Fall. Es war ein ganz modernes Gerät, mit dem man telefonieren konnte, ohne den Hörer abnehmen zu müssen. Ihr Großvater war vielleicht alt, aber keineswegs *altmodisch.* »Ja, genau«, sagte er gereizt. »Bis zum Dreizehnten. Ihrem Geburtstag. Danach kann sie getrost hierherkommen. Ich gestehe, ich freue mich sogar darauf, endlich wieder ein wenig Gesellschaft zu haben. Vielleicht tut es mir und diesem Haus ja ganz gut, wenn hier wieder ein bisschen Leben herrscht … Noch etwas: Was ist mit diesem Jungen … wie war doch gleich sein Name? Frank, nicht? Er macht uns keine Schwierigkeiten, hoffe ich doch.«

»Nein. Wir haben ihn im Agnesheim untergebracht.« Endlich

identifizierte sie die Stimme, die aus dem Lautsprecher des Telefons drang. Es war niemand anders als Frau Mörser, die neue Dame vom Jugendamt. Also steckten sie und ihr Großvater unter einer Decke!

»Ist er dort sicher?«

Frau Mörser lachte. »Hundertprozentig. Es hat nur so einen harmlosen Namen, aber es ist sicherer als jedes Gefängnis. Bisher ist dort noch niemand herausgekommen. Was soll mit ihm geschehen nach dem Dreizehnten? Sollen wir ihn laufen lassen oder den Behörden übergeben?«

»Von mir aus sperren Sie ihn ein und werfen den Schlüssel weg«, antwortete ihr Großvater. »Es ist mir gleich. Wichtig ist nur, dass er mit Thirteen nicht vor ihrem Geburtstag zusammentrifft. Ich verlasse mich darauf.«

Ihr Großvater beugte sich vor, drückte eine Taste auf dem Telefon und unterbrach damit die Verbindung, ohne sich auch nur zu verabschieden. Seine Bewegung war sehr schnell und wirkte zornig. Ebenso schnell und ruckartig stand er auf und drehte sich herum –

und erstarrte, als er Thirteen bemerkte. Thirteen konnte sehen, wie alles Blut aus seinem Gesicht wich. »Anna-Maria!«, sagte er fassungslos. »Wie … wie lange stehst du schon hier?«

»Lange genug«, antwortete Thirteen leise. Ihre Stimme bebte. Sie hob die Hand und deutete auf das Telefon. »Das war Frau Mörser, nicht?«

»Nein«, antwortete ihr Großvater sofort, zuckte dann die Achseln und biss sich verlegen auf die Unterlippe. »Doch«, sagte er. »Ja. Sie war es. Aber es ist nicht so, wie du denkst.«

»Was glaubst du denn, was ich denke?«, fragte Thirteen. Ihre Stimme war ganz leise und sie zitterte. Sie hätte wütend sein müssen, zornig und aufgebracht, aber alles, was sie empfand, war eine tiefe, beinahe körperlich schmerzende Enttäuschung.

»Ich weiß, dass es so aussehen muss, als hätte ich dich hintergangen«, antwortete ihr Großvater. »Aber das ist nicht der Fall, bitte glaub mir.«

»Wann kommen sie?«, fragte Thirteen bitter. »Ist die Polizei schon unterwegs oder wolltest du mich morgen nach dem Frühstück damit überraschen?«

»Ich hätte es dir gesagt!«, antwortete ihr Großvater hastig. Er sah regelrecht verlegen drein. »Du ... du musst das verstehen. Ich stehe ja auf deiner Seite, wirklich! Es ist nicht etwa so, dass ich dich nicht hierhaben will. Ganz im Gegenteil. Ich bin sehr froh, nicht mehr länger allein zu sein.«

Seltsamerweise glaubte sie ihm das sogar. Nichts anderes hatte er ja gerade am Telefon zu Frau Mörser gesagt. Aber das änderte nichts an dem, was er außerdem noch gesagt hatte. »Ja«, murmelte sie. »Nur nicht sofort, wie? Vorher musst du noch ... ein paar Dinge klären, nehme ich an. Was ist es? Willst du ein paar Geheimgänge zumauern? Oder dafür sorgen, dass ich ganz bestimmt nicht herausfinde, was es mit diesem Haus auf sich hat?«

Es war beinahe unheimlich: Die Gedanken kamen ihr erst in dem Moment, in dem sie die Worte aussprach, als wären die Gedanken die Folge ihrer Worte, nicht umgekehrt. Aber wenn sie es nicht schon selbst gespürt hätte, so hätte ihr die Reaktion ihres Großvaters bewiesen, dass sie mit ihrem Verdacht der Wahrheit sehr nahegekommen sein musste, denn er fuhr zusammen und wurde noch blasser.

»Aber das ist doch Unsinn«, sagte er nervös. »Das ... das mit deinem Geburtstag hat nichts zu sagen. Es ist wirklich nicht mehr als ein Zufall. Ich habe mit meinem Anwalt gesprochen, weißt du, und der meint, dass er ungefähr zwei Wochen brauchen wird, um alle Formalitäten zu erledigen.«

»Das ist nicht wahr«, stellte Thirteen fest. »Gerade am Telefon hast du ausdrücklich von meinem Geburtstag gesprochen.« Von ihrem *dreizehnten* Geburtstag. Aus irgendeinem Grund war dieser Umstand von unglaublicher Wichtigkeit, das spürte sie.

»Ich gebe zu, ich habe es für eine gute Idee gehalten, dich genau an deinem Geburtstag hierher zurückzuholen«, sagte ihr Großvater. »Wahrscheinlich war es dumm. Es tut mir leid. Aber du musst einfach ein bisschen Geduld haben. Ich weiß, dass das leichter klingt, als es ist, aber manchmal geht nun einmal nicht alles so, wie man es sich vorstellt. Es liegt ja auch an dir, weißt du? Wenn du vernünftig bist und nur ein paar Tage abwartest, dann kriegen wir das schon hin. Aber wenn du weiter versuchst wegzulaufen, machst du alles nur viel schlimmer.«

Thirteen war nicht sicher, ob das eine Drohung sein sollte, aber für sie klang es so. Nur dass ihr Großvater sie offensichtlich doch nicht ganz so gut kannte, wie er zu glauben schien. Drohungen hatten sie noch nie eingeschüchtert, sondern weckten stets nur ihren Trotz.

»Du meinst, dann könnte ich in ein anderes Heim kommen, wie?«, fragte sie. »Zum Beispiel in eines, aus dem noch nie einer wieder herausgekommen ist. Wie wäre es mit diesem Agnesheim?«

Mit ihrem Großvaters ging eine fast unheimliche Veränderung vor sich. Für einen kurzen Moment wirkte er betroffen, ja fast entsetzt. Dann wich jede Freundlichkeit aus seinem Blick.

»Du scheinst wirklich lange Zeit gelauscht zu haben«, sagte er kühl. »Also gut. Ich wollte es dir leichter machen, aber wenn du nicht willst ... Deimos!«

Wie aus dem Nichts erschien der Hund neben Thirteen. Er musste versteckt unter dem Tisch gelegen haben, vielleicht hatte er sogar die ganze Zeit hinter ihr gestanden; auf jeden Fall hatte sie ihn bisher nicht bemerkt. Er knurrte leise.

»Bring unseren Gast auf sein Zimmer«, sagte ihr Großvater. »Und gib acht, dass er diesmal auch wirklich dort bleibt.«

»Ganz bestimmt nicht«, antwortete Thirteen. Dann fuhr sie herum, sprang blitzschnell über den Hund hinweg und raste auf die Tür zu. Deimos bellte, aber er schien von ihrer plötzlichen Flucht ebenso überrascht zu sein wie sein Herr, denn er zögerte eine geschlagene Sekunde, ehe er zur Verfolgung ansetzte. Zeit genug für Thirteen, um die Tür zu erreichen.

Sie flitzte hindurch und warf die Tür hinter sich ins Schloss. Sie hörte, wie Deimos mit einem dumpfen Knall gegen die geschlossene Tür prallte und sich sein Bellen zu einem wütenden Kläffen steigerte. Thirteen rannte die Treppe hinauf, wobei sie immer zwei, manchmal sogar drei Stufen auf einmal nahm.

Als sie die Hälfte der Treppe erreicht hatte, flog die Tür unten auf und Deimos kam herausgerast, dicht gefolgt von ihrem Großvater. Als er sah, wohin sie lief, schrie er entsetzt auf. »Um Gottes willen, nein!«, schrie er. »Nicht dort hinauf! *Nicht auf den Dachboden!*«

Sie hatte gar nicht vorgehabt, auf den Dachboden zu laufen, aber plötzlich spürte sie, dass sie genau dorthin musste. Sie hätte selbst nicht erklären können, warum, aber das Wissen war ganz plötzlich da und viel zu intensiv, als dass sie es anzweifeln konnte. Sie rannte noch schneller und erreichte die obere Etage, als Deimos hinter ihr die Treppe heraufzupoltern begann.

Die Leiter, die sie selbst heruntergelassen hatte, war noch da. Thirteen raste darauf zu, sprang mit einem gewaltigen Satz in die Höhe und klammerte sich mit beiden Händen an die Sprossen. Hinter ihr heulte Deimos auf, legte noch einmal gehörig an Tempo zu und sprang ebenfalls. Thirteen zog erschrocken die Beine an, und Deimos' zuschnappende Kiefer verfehlten ihre Füße nur um Millimeter. Mit einem schrillen Heulen prallte der Hund gegen die Leiter, stürzte zu Boden und blieb benommen liegen. Ihr Großvater schrie etwas, was sie nicht verstand.

Thirteen kletterte mit verzweifelter Hast weiter, erreichte die Öffnung in der Decke und zog sich mit einer letzten Anstrengung auf den Dachboden hinauf.

* * * * *

Irgendwann hatte sie aufgehört die Querbalken zu zählen, die sie erreicht und hinter sich gelassen hatten. Sie kletterten seit einer Ewigkeit; immer dieselbe monotone Bewegung – Arme und Beine heben, nach einem festen Halt suchen und sich in die Höhe ziehen – und immer die gleiche Strecke – die Außenseite der riesigen, verwitterten Balken empor, bis sie die nächste Querreihe erreichten und ein Weilchen ausruhten. Ihre Pausen waren immer länger geworden und die Gespräche dafür immer einsilbiger, bis sie schließlich ganz verstummt waren. Es gab keinen Muskel in Thirteens Körper, der nicht verkrampft war und schmerzte, und ihre Hände fühlten sich längst taub an. Manchmal hatte sie Schwierigkeiten, ihre Finger zu bewegen und sich richtig festzuhalten. Den anderen erging es nicht besser. Zu Thirteens Erstaunen hatte sich keiner von ihnen bisher auch nur beschwert, ja, sie ließen nicht einmal einen Laut hören, sondern kletterten klaglos und mit stummer Verbissenheit weiter. Aber Thirteen konnte sehen, wie es wirklich um sie stand. Ihre Gesichter waren grau und ihre Bewegungen ebenso fahrig und müde wie ihre eigenen. Sie würden bald eine längere Rast einlegen müssen, wenn sie nicht Gefahr laufen wollten, dass einen von ihnen endgültig die Kräfte verließen und er abstürzte.

Trotzdem schob Thirteen den Moment, in dem sie anhalten und sich an den Balken festbinden würden, um zu schlafen, immer wieder hinaus. Sie hatte gleich mehrere Gründe dafür. Zum einen war sie nicht sicher, ob auch nur einer von ihnen die Kraft haben würde, weiterzumachen, wenn sie sie wirklich zur Ruhe kommen ließ. Und sie war auch nicht sicher, ob sie selbst überhaupt noch weiterklettern wollte, wenn sie erst einmal Gelegenheit bekam, darüber nachzudenken. Der böse Zauber dieses Hauses wirkte auch auf sie. Sie hatte es schon tausendfach bedauert, die anderen zu dieser Unternehmung überredet zu haben, aber nun war es zu spät, um umzukehren. Aber es gab noch einen dritten Grund. Ihre Umgebung.

Sie machte ihr Angst.

Die Welt, durch die sie sich bewegten, hatte längst nichts mehr mit einem Dachboden zu tun. Sie konnten weder oben noch unten sehen, wo sie endete; Thirteen zählte in jeder Richtung (wie könnte es anders sein?) dreizehn Reihen von Querbalken und danach nur noch grau verschwimmende Unendlichkeit. Die Stützbalken, an denen sie hinaufkrabbelten wie Fliegen an einem Tischbein, waren unendlich hoch, und nirgendwo war auch nur die winzigste Nahtstelle oder Fuge zu sehen, als wären sie nicht zusammengesetzt, sondern tatsächlich aus einem einzigen Stück geschnitzt. Entsprechend breit waren auch die Querbalken, die den Dachboden in ein ungeheuerlich großes Fachwerk verwandelten; manche maßen nur einen Meter, aber andere waren auch so breit wie Straßen.

Und sie waren schon lange nicht mehr leer. Irgendetwas befand sich darauf, zu weit entfernt, um es deutlich zu erkennen, aber von unheimlicher Form und bleicher, unangenehmer Farbe. Und die staubverkrusteten Spinnweben waren immer größer geworden und wirkten wie zerfetzte Segel uralter Piratenschiffe. Sie hatten bisher Glück gehabt und waren keinem davon so nahe gekommen, dass sie sie berührten. Thirteen wusste natürlich, dass Spinnen im Allgemeinen harmlose, sehr nützliche Tierchen waren, aber das änderte nichts daran, dass ihr beim Anblick der kleinen krabbelnden Körper jedes Mal ein eisiger Schauer über den Rücken lief. Sie war nicht besonders versessen darauf, herauszufinden, ob die Größe dieser Netze vielleicht mit der ihrer Erzeuger übereinstimmte …

Sie zog sich auf den nächsten Balken hinauf und kroch ein kleines Stück auf Händen und Knien zur Seite, um den anderen Platz zu machen. Für einen Moment schwindelte ihr, und ihre Arme und Beine begannen so heftig zu zittern, dass sie fast gestürzt wäre. Das jetzt war wohl endgültig der Moment, aufzuhören und eine längere Pause einzulegen. Sie setzte sich hin und ließ sich müde nach vorne sinken. Ihre Augenlider schienen plötzlich eine Tonne zu wiegen.

Neben ihr scharrte etwas. Müde hob sie den Kopf, davon überzeugt, Wusch zu erblicken, die wieder einmal gekommen war, um ihr zu erklären, wie aussichtslos ihr Unterfangen war, oder einfach, um sich über sie lustig zu machen. Aber es war Peter. Er sah so müde und zum Umfallen erschöpft aus wie alle anderen auch, aber in seinem Blick war auch noch mehr: ein zwar unausgesprochener, aber doch auch unübersehbarer Vorwurf, der sie sehr tief und schmerzlich traf.

»Vielleicht sollten wir eine Pause machen«, sagte Thirteen müde.

Peter zuckte mit den Schultern. »Ganz wie du befiehlst.«

Das war vielleicht schlimmer als alles andere, was er hätte sagen können. Aber Thirteen schluckte die scharfe Antwort hinunter, die ihr auf der Zunge lag. Sie waren alle müde und dadurch gereizt. Sich zu streiten brachte nichts. Sie sah zur Seite.

»Mach dir nichts draus. Er ist wütend, aber er wird sich schon wieder beruhigen.« Helen war neben ihr angelangt und ließ sich auf den Balken sinken. »Was glaubst du, wie dankbar er dir ist, wenn wir erst hier raus sind.«

Thirteen antwortete nicht, sondern legte den Kopf in den Nacken und blinzelte nach oben. Das gewaltige Fachwerk setzte sich weiterhin fort, aber es schien ihr, als ob es sich dort oben änderte; es wirkte nicht mehr so ordentlich wie bisher, sondern viel chaotischer. Statt einem streng geometrischen Muster zu folgen, bildeten die Balken jetzt ein ziemliches Wirrwarr. Sie liefen schräg aufeinander zu oder kreuzten sich, schienen manchmal regelrechte Knoten zu formen oder endeten auch einfach im Nichts. Der Anblick erinnerte Thirteen an die Wipfel eines gewaltigen uralten Waldes, als wäre dieser Teil des Dachbodens tatsächlich *gewachsen,* nicht gebaut.

»Was ist denn das?«, fragte Helen plötzlich.

Thirteen zuckte mit den Schultern. »Vielleicht haben die Handwerker keine Lust mehr gehabt«, sagte sie. Helen antwortete nicht, und als Thirteen nach einer Sekunde den Kopf drehte, stellte sie fest, dass Helen gar nicht nach oben sah, sondern nach rechts. Auch sie blickte in diese Richtung – und hätte um ein Haar erschrocken aufgeschrien.

Der nächste Querbalken war sicherlich vierzig oder fünfzig Meter weit weg und das Licht war nicht heller geworden, seit sie aufgebrochen waren, sodass sie im Grunde nur einen Schatten sah. Trotzdem wusste sie sofort, worum es sich handelte.

»Phobos!«, murmelte sie.

»Das … das ist ein Hund«, sagte Helen verblüfft. Und dann

noch einmal und viel lauter: »He, seht mal, da drüben! Da ist ein Hund!«

Thirteen blickte fassungslos zu dem Hund hinüber. Es *war* Phobos, daran bestand nicht der allerkleinste Zweifel. Sie hätte ihn selbst im Dunkeln erkannt und über die dreifache Entfernung hinweg.

»Thirteen, sieh doch, da … da ist ein Hund!«, sagte Helen. »Sieh doch nur!« Sie begann aufgeregt an Thirteens Arm zu zerren und deutete mit der anderen Hand in Phobos' Richtung. Auch die anderen waren aufgesprungen, blickten zu dem Hund hin und redeten wild durcheinander.

»Ja«, sagte Thirteen. »Der Hund meines Großvaters.«

Obwohl sie sehr leise gesprochen hatte, hatte nicht nur Helen ihre Worte verstanden. Auch Peter und die anderen drehten sich zu ihr herum und starrten sie verblüfft an.

»Der Hund deines *Großvaters?*«, fragte Peter zweifelnd. Thirteen nickte und Tim fügte nach einigem Zögern hinzu:

»Aber … aber das würde ja bedeuten, dass … dass …«

»… dass es hier einen Ausgang geben muss«, führte Stefan den Satz zu Ende. Er deutete auf Thirteen. »Sie hatte recht. Die ganze Zeit über.«

Thirteen hörte kaum hin. Stefans Schlussfolgerung überraschte sie nicht im Geringsten, aber sie teilte die Erleichterung der anderen nicht. Phobos' Anwesenheit war nicht nur ein Beweis dafür, dass es hier irgendwo wirklich einen Ausgang gab, sondern stellte auch eine neue Gefahr dar. Sie spürte ganz genau, dass er keineswegs mit freundlichen Absichten gekommen war.

»Worauf warten wir noch?«, fragte Stefan aufgeregt. »Los!«

»Aber wohin denn?«, fragte Beate.

Stefan deutete auf den Hund. »Dort hinüber. Der Ausgang muss irgendwo dort sein.«

»Und wieso?«, fragte Tim.

Stefan verdrehte die Augen. »Das da ist ein Hund, oder?«, fragte er. »Er wird wohl kaum am Balken hinaufgeklettert sein wie wir.«

»Und wie sollen wir da hinüberkommen?«, fragte Helen. »Willst du etwa springen? Das sind mindestens dreißig Meter!«

»Eher vierzig«, sagte Stefan. »Aber irgendwie schaffen wir das schon.« Er sah sich stirnrunzelnd um und deutete dann nach links, fort von dem Stützbalken, an dem sie heraufgeklettert waren. »Vielleicht gibt es dort drüben einen Übergang«, sagte er. »Versuchen wir es.«

Er wollte losgehen, aber außer ihm setzte sich niemand in Bewegung. Thirteen registrierte erst nach einigen Sekunden, dass alle *sie* anstarrten.

»Ich … ich würde das nicht tun«, sagte sie zögernd. »Ihr kennt diesen Hund nicht. Er kann ziemlich gefährlich werden.«

»Es ist nur ein Hund«, widersprach Stefan. »Und wir sind zu siebt. Wir werden doch noch mit so einem blöden Köter fertigwerden.«

Thirteen widersprach nicht. Sie hätte Stefan erklären können, dass Phobos alles andere als ein *blöder Köter* war und sie selbst zu siebt vermutlich nicht mit ihm fertigwerden würden, aber sie sah auch die wilde Hoffnung in seinen Augen und in denen der anderen. Sie konnte sie nicht schon wieder enttäuschen.

»Meinetwegen«, sagte sie schweren Herzens.

Sie marschierten los, hintereinander und sehr vorsichtig, denn der Balken war kaum anderthalb Meter breit. Immer wieder sah Thirteen nervös zu Phobos hinüber. Der Hund folgte ihnen in gleichbleibendem Abstand. Was sie taten, war nicht nur falsch, es war auch gefährlich. Phobos war bestimmt nicht gekommen, um ihnen zu helfen.

»Da vorne ist irgendwas«, sagte Peter plötzlich. Er blieb stehen und hob die Hand. Thirteen blickte konzentriert in die angegebene Richtung. Tatsächlich erkannte auch sie *irgendetwas,* konnte aber nicht sagen, was. Die schmale, geländerlose Brücke über das Nichts, über die sie marschierten, war nicht länger leer. Und was immer es war, der Anblick bereitete nicht nur ihr Unbehagen. Sie gingen zwar weiter, aber ihre Schritte verlangsamten sich immer mehr.

Bald erkannte Thirteen zumindest, *warum* sie nicht richtig erkennen konnten, was sich auf dem Steg befand. Von einem der Balken über ihnen hing ein gewaltiges Spinnennetz herab, das tatsächlich so groß wie ein Segel war und so dick mit Staub verkrustet, dass man kaum hindurchsehen konnte. Alles, was dahinter lag, war mehr zu erraten, als wirklich zu sehen. Thirteen hatte das unangenehme Gefühl, dass sich irgendetwas dahinter bewegte.

Sie blieben stehen, als sie das Netz erreichten. Thirteens Blick wanderte unbehaglich an dem riesigen Gespinst empor. Ihr Herz klopfte, aber sie sah keine Spinnen, weder große noch kleine, nur Millionen, Millionen und Abermillionen haarfeiner Fäden, die kunstvoll zu diesem ungeheuerlichen Gebilde versponnen waren. Dieses Netz musste uralt sein und es war schon vor langer, langer Zeit verlassen worden. Als Peter die Hand hob und es berührte, raschelte es wie trockenes Papier. Das Netz erwies sich als erstaunlich stabil. Peter musste mit beiden Händen zugreifen, um ein Loch hineinzureißen, durch das er gebückt gehen konnte, und kleine Fetzen des Gewebes blieben dabei in seinem Haar und an seinen Kleidern hängen. Seine Gestalt wurde zu einem verschwommenen Schatten, als er sich auf der anderen Seite wieder aufrichtete. Thirteen kam es vor, als trete er in eine andere Wirklichkeit hinüber.

Und sie selbst fühlte sich nicht anders, als sie hinter ihm durch das Netz trat. Der Anblick war so fantastisch, dass sie für einen Moment alles vergaß, selbst Phobos, der ihnen immer noch folgte.

Was vor ihnen lag, hatte nichts mehr mit der Dachkonstruktion zu tun, durch die sie bisher geklettert waren. Unter und über ihnen gähnte noch immer ein schwarzer Abgrund, aber die Verstrebungen aus Balken und Pfeilern dazwischen bildeten nicht mehr das gewohnte geometrische Muster, sondern waren zu einem wirren Durcheinander geworden, bei dessen Anblick ihr beinahe schwindelte. Es sah nicht mehr *geschaffen*, sondern vielmehr *gewachsen* aus, als wäre dies kein Bauwerk mehr, sondern das Skelett eines gigantischen prähistorischen Tieres. Überall auf den gekrümmten, manchmal in fast unmöglich anmutendem Winkel nach oben, unten oder zur Seite führenden, knochenweißen Pfaden über dem Abgrund befanden sich große, pulsierende … *Gebilde,* die eindeutig lebendig wirkten, ohne dass Thirteen auch nur zu erraten imstande war, worum es sich dabei handeln mochte.

»Großer Gott, was … ist denn das?«, krächzte Stefan hinter ihr. Niemand antwortete. Thirteen wusste jetzt, dass sie einen furchtbaren Fehler begangen hatte, indem sie nicht auf Peter gehört hatte. Sie hätten niemals hierherkommen dürfen. Der Teil des Hauses, in dem sie Peter und die anderen getroffen hatte, war vielleicht unheimlich. Dieser Teil hier war eindeutig *böse.*

Aber es war auch ebenso eindeutig zu spät, um umzukehren. Thirteen fand nicht einmal die Zeit, auf den Schatten zu reagieren, den sie aus den Augenwinkeln registrierte, da traf sie auch schon ein wuchtiger Schlag zwischen die Schulterblätter, der sie haltlos nach vorne stolpern und schließlich auf Hände und Knie herabfallen ließ.

Für einen Augenblick glaubte sie, es wäre um sie geschehen, denn der anderthalb Meter breite Balken, auf dem sie stand, war kein Balken mehr, sondern eher so etwas wie ein Knochen, glatt und mit einer gekrümmten Oberfläche, auf der ihre Hände keinen Halt fanden, sodass sie unbarmherzig auf den Abgrund zuschlitterte. Erst im allerletzten Moment konnte sie sich irgendwo festklammern und stemmte sich wieder in die Höhe.

Erst dann erkannte sie ihren Irrtum. Sie hatte ganz automatisch angenommen, dass es Phobos sei, der sie angesprungen hatte, aber das stimmte nicht. Auch die anderen wurden attackiert. Der Dachboden hallte wider von den Schreien der sechs Jungen und Mädchen, aber auch von unheimlichen spitzen Pfiffen, die so hoch waren, dass sie in den Ohren wehtaten. Mindestens ein Dutzend schwarzer, albtraumhafter Kreaturen griff sie gleichzeitig an.

Die Geschöpfe sahen aus wie Fledermäuse, waren aber viel

größer, fast wie Falken oder kleine Adler, und sie waren abgrundtief hässlich. Ihre Köpfe und Körper waren mit struppigem, drahtigem Fell von schmutzig brauner Farbe bedeckt und an ihren Flügeln blitzten rasiermesserscharfe Krallen. Ihre Augen waren schmal und von einem unheimlichen, lodernden Feuer erfüllt und ihre Mäuler starrten nur so vor nadelspitzen Zähnen. Sie umkreisten Peter, Helen und die anderen mit wild schlagenden Flügeln, stießen immer wieder auf sie herab, droschen mit ihren Schwingen auf sie ein, hackten mit ihren Krallen nach ihren Gesichtern und Haaren oder versuchten gar, nach ihnen zu beißen.

Doch auch sie selbst war längst nicht außer Gefahr. Gleich zwei der schrecklichen Kreaturen stießen mit spitzen Pfiffen und wild schlagenden Flügeln auf sie herab, kaum dass sie sich wieder aufgerichtet hatte.

Thirteen duckte sich, schlug eine der Kreaturen beiseite und versuchte die zweite zu treffen.

Sie verfehlte sie. Die Fledermaus wich ihrem Hieb aus, grub die Krallen tief in ihren Arm und zerrte mit aller Gewalt daran. Thirteen schrie vor Schmerz und Schreck auf, als sie nach vorne gerissen wurde und schon wieder auf den Abgrund zutaumelte. Mit aller Macht versuchte sie sich zurückzuwerfen, aber die Riesenfledermaus verfügte über unglaubliche Kräfte. Thirteen wäre zweifellos kopfüber in die Tiefe gerissen worden, wäre nicht plötzlich eine zweite, allerdings viel kleinere Ausgabe des geflügelten Untiers erschienen, um seinerseits die Fledermaus anzugreifen. Für einen Moment entstand direkt vor Thirteens Augen scheinbar ein wirres Knäuel, das nur aus Krallen, Flügeln und schnappenden Zähnen zu bestehen schien. Dann geschah etwas noch viel Erstaunlicheres: Obwohl Wusch nicht einmal halb so groß war wie die Fledermaus, war eindeutig sie es, die den Kampf für sich entschied. Nach einigen Sekunden löste sich die Fledermaus von ihrer Gegnerin und flog mit einem schrillen Pfeifen davon.

»Danke«, sagte Thirteen erleichtert. »Das war wirklich Rettung in letzter Se–«

»*Pass auf!*«, kreischte Wusch.

Aber es war zu spät.

Diesmal sah Thirteen den Angreifer nicht einmal mehr. Sie spürte nur einen heftigen Schlag gegen die Schulter, kippte nach vorne und suchte verzweifelt irgendwo nach Halt. Doch ihre Hände griffen ins Leere.

Wusch kreischte, stieß wie ein Blitz auf sie herab, grub ihre winzigen Krallen in Thirteens Schulter und versuchte tatsächlich, mit wild schlagenden Flügeln ihren Sturz aufzufangen.

Ihre Kraft reichte nicht einmal, um ihn merklich zu verlangsamen.

Aneinandergeklammert und immer schneller werdend, stürzten sie hilflos in die Tiefe.

*****

Es war ein Schritt in eine andere Welt hinein. Vorhin, vor ihrer unangenehmen Begegnung mit Phobos, hatte sie ja nur einen kurzen Blick auf den Dachboden werfen können. Wäre er länger gewesen, dann hätte sie vielleicht sogar auf ihren Großvater gehört und wäre nicht hierherauf gekommen. Jetzt war es zu spät.

Der Dachboden war mehr als ein normaler Dachboden. Er war ein Labyrinth, obwohl er nur aus einem einzigen großen Raum bestand, der allerdings von einer Unzahl von Balken und Sparren in buchstäblich Hunderte unterschiedliche Bereiche unterteilt wurde. Über ihrem Kopf erhob sich ein Gewirr von Balken und Stäben, die keinem klar erkennbaren Muster folgten, sondern scheinbar willkürlich angeordnet waren. Dazwischen spannten sich riesige staubverkrustete Spinnweben, so groß wie Betttücher und von ihren Bewohnern sicher schon seit Jahrzehnten verlassen.

Das Schlimmste aber war das, was sie *nicht* sah. Der Raum war riesig, aber nicht endlos, und trotzdem hatte sie das Gefühl, geradewegs in die Unendlichkeit zu blicken. Die Schatten zwischen den Balken schienen keine Schatten zu sein, sondern vielmehr Abgründe, die ins Nichts führten.

Thirteen registrierte all dies jedoch nur mit einem flüchtigen Blick, während sie sich in die Höhe stemmte und dann ganz auf die Füße sprang. Unter ihr fuhr ihr Großvater fort, ihr Warnungen zuzurufen, und Deimos' Kläffen war mittlerweile eindeutig hysterisch geworden. Sie ignorierte beides und rannte los, so schnell sie nur konnte.

Nach einigen Schritten begann sie sich allerdings zu fragen, wohin. Es gab keinen zweiten Ausgang, ebenso wenig wie ein Versteck oder irgendeinen Platz, an dem sie sich verkriechen konnte. Trotzdem rannte sie weiter, so schnell sie konnte, bis sie das gegenüberliegende Ende des Dachbodens erreichte und vor einer massiven Ziegelsteinmauer stand.

Verzweifelt drehte sie sich einmal im Kreis, aber alles, was sie sah, waren alte Möbel, Kistenstapel und Unmengen von Balken, als befände sie sich in einem abgestorbenen Wald, nicht auf einem Dachboden. Und noch etwas: Kopf und Schultern ihres Großvaters, der sich mit einer für einen Mann seines Alters erstaunlich behänden Bewegung durch die Bodenklappe stemmte und dabei immer noch aus Leibeskräften ihren Namen schrie.

»Nicht weiter!«, rief er. »Um Gottes willen, *geh nicht dort hinauf!*«

Im ersten Moment begriff Thirteen nicht, was er meinte. Es gab keine weitere Treppe oder Leiter, über die sie weiter hätte hinaufkommen können. Doch dann wurde ihr klar, wovon ihr Großvater sprach. Es gab sehr wohl noch einen Weg weiter nach oben!

Kurz entschlossen fuhr sie auf dem Absatz herum, rannte auf den nächsten Stützbalken zu und nutzte ihren Schwung aus, um so schnell wie möglich daran emporzuklettern.

Ihr Großvater schrie hinter ihr laut auf und versuchte, so schnell er nur konnte, sie einzuholen, aber die Angst gab Thirteen zusätzliche Kraft. Geschickt wie ein Affe kletterte sie an dem Stützpfeiler hinauf, erreichte den ersten Querbalken, der sich gute drei oder vier Meter über dem Boden erhob, und richtete sich vorsichtig auf.

»Nein!«, schrie ihr Großvater. »Tu es nicht! Es wird dich vernichten!«

Thirteen ignorierte seine Worte und richtete sich vorsichtig auf, die linke Hand fest um den Balken geschlossen, an dem sie hinaufgeklettert war. Ihr Großvater machte eine Bewegung, als wolle er tatsächlich zu ihr hinaufklettern, trat aber dann wieder einen Schritt zurück und fuhr fort, sie zu beschwören, es nicht zu tun – wobei Thirteen nicht wusste, was er mit *es* meinte. Es war ihr auch gleich. Sie sah plötzlich doch eine Chance, zu entkommen. Der Balken, auf dem sie stand, war zwar kaum so breit wie zwei nebeneinandergelegte Hände, aber er führte fast in gerader Linie zu einem schmalen Fenster, das sich auf halber Höhe des Daches befand. Und es stand *offen!*

Thirteen raffte all ihren Mut zusammen, breitete die Arme nach rechts und links aus und begann über den schmalen Balken entlangzubalancieren. Plötzlich erinnerte sie sich daran, dass sie das Gleiche vor ein paar Minuten schon einmal getan hatte, unten im Hausflur; als hätte sie gewusst, was nun geschah. Aber es gab einen gewaltigen Unterschied: Dort unten war ihre Angst unbegründet gewesen. Hier nicht. Ein einziger falscher Schritt und sie würde *wirklich* in die Tiefe stürzen, zwar nur drei oder vier Meter, aber auch das war eine Höhe, aus der heraus sie sich schwer verletzen konnte – oder auch den Hals brechen.

Thirteen verscheuchte den Gedanken. Sie brauchte all ihre Konzentration, um auf dem schmalen Balken das Gleichgewicht nicht zu verlieren. Die Entfernung betrug zwar nur zehn oder zwölf Meter, aber die konnten zu einer Ewigkeit werden. Außerdem war sie noch lange nicht in Sicherheit, selbst wenn sie das Fenster erreichte. Sie war dann zwar draußen auf dem Dach, aber möglicherweise fingen die Probleme ja dann erst an …

»Bitte, Anna-Maria!«, flehte ihr Großvater. »Komm herunter, solange es noch geht! Spring! Ich fange dich auf!«

Thirteen hörte nicht einmal hin. Mit klopfendem Herzen und am ganzen Leib zitternd, balancierte sie weiter. Noch fünf Meter. Vier. Drei.

Ihr Großvater schrie. Deimos begann hysterisch zu jaulen, und Thirteen sah einen Schatten aus den Augenwinkeln und hob mit einem Ruck den Kopf.

Vollkommen fassungslos starrte sie die riesige Fledermaus an, die plötzlich aus dem Nichts erschien und auf sie herabstieß. Sie war so verblüfft, dass sie nicht einmal aufschrie, als das Tier gegen sie prallte und sie kopfüber in die Tiefe schleuderte.

6

Thirteen erwachte aus tiefer Bewusstlosigkeit, mit dröhnendem Schädel und dem Gefühl, nur noch aus einem einzigen großen blauen Fleck zu bestehen. Dass ihr Zustand dreizehn Stunden gedauert hatte, erfuhr sie von einer der beiden Stimmen, die gedämpft und verzerrt durch den wattigen Nebel drangen, der ihr Bewusstsein umgab. In ihrem Kopf dröhnte nicht nur ein gewaltiges Hammerwerk, sondern wirbelten auch Bilder und Erinnerungsfetzen durcheinander, die so bizarr waren, dass es sich nur um die Erinnerung an einen Albtraum handeln konnte.

Wenigstens lebte sie noch.

Allerdings war sie sich nicht völlig sicher, ob sie sich auch wirklich darüber freuen sollte.

Das Hämmern in ihrem Kopf kam ihr nach einigen Augenblicken gar nicht mehr so schlimm vor – was allerdings nicht daran lag, dass es weniger geworden wäre. Vielmehr meldete sich in den nächsten Minuten jeder einzelne Muskel, jeder Knochen und jeder einzelne Nerv in ihrem Körper äußerst schmerzhaft wieder zurück. Sie hätte eine Menge darum gegeben, in die warme Umarmung der Ohnmacht zurücksinken zu können, Albträume hin oder her.

Stattdessen klärten sich ihre Sinne immer rascher. Sie hatte noch nicht den Mut, die Augen zu öffnen, aber sie vernahm jetzt die beiden Stimmen immer deutlicher. Sie redeten eindeutig über sie. Eine Stimme musste einem Arzt gehören, denn sie hörte immer wieder lateinische Begriffe.

Die andere Stimme kannte sie. Sie gehörte Frau Mörser.

»Ich finde es trotzdem unverantwortlich«, sagte der Arzt gerade. »Sie gehört in ein Krankenhaus. Ich werde Ärger bekommen, wenn das hier herauskommt. Und Sie auch.«

»Sie haben gerade selbst gesagt, dass ihr nichts fehlt«, antwortete Frau Mörsers Stimme.

»Ich sagte, ihr *scheint* nichts zu fehlen«, korrigierte sie der Arzt.

»Das ist ein Unterschied. Das Mädchen gehört zur Beobachtung in eine Klinik, und zwar für mindestens drei Tage.«

»Unmöglich«, antwortete Frau Mörser bestimmt.

»Aber sie –«

»Ich will in kein Krankenhaus«, sagte Thirteen und öffnete die Augen. Das Erste, was sie erblickte, war ein männliches, von dunkelbraunem Haar eingerahmtes Gesicht, das wohl dem Arzt gehörte. Er beugte sich besorgt, aber auch sichtbar erleichtert über sie und lächelte.

»Du bist aufgewacht. Das ist gut. Wie fühlst du dich?«

»Miserabel«, antwortete Thirteen wahrheitsgemäß. »Mir tut so ziemlich alles weh, was nur wehtun kann.«

Der Arzt lächelte noch ein wenig breiter. »Auch das ist gut«, behauptete er.

»Ach?«, sagte Thirteen.

»Wäre es dir lieber, du würdest nichts fühlen?«, fragte der Doktor. Er schüttelte den Kopf. »Im Ernst: Es ist kein Wunder, dass dir alles wehtut. Du hast die prachtvollste Sammlung von blauen Flecken und Blutergüssen, die ich je gesehen habe. Aber das vergeht. Du hast wirklich unglaubliches Glück gehabt, etwas Ernsthaftes scheint dir nicht passiert zu sein.«

»Danke«, maulte Thirteen. »Für meinen Geschmack reicht es.«

»Was hast du erwartet?«, fragte Frau Mörser. Das Mitgefühl in ihrer Stimme hielt sich deutlich in Grenzen. »Du hast dich auch alles andere als klug verhalten. Ich hätte dich eigentlich für etwas intelligenter gehalten.«

»Ich hatte nicht vor, von diesem Balken zu fallen«, antwortete Thirteen.

»Davon rede ich nicht«, erwiderte Frau Mörser. »Ich spreche von deiner Flucht. Was hast du dir bloß dabei gedacht?«

»Nun, ich dachte mir, dass ich weglaufe und nicht wiederkomme«, antwortete Thirteen. »Das ist der Sinn einer Flucht, oder?«

Frau Mörsers Gesicht verdüsterte sich. »Jetzt ist wirklich nicht der Moment für deine dummen Witze.«

»Und auch nicht der zum Streiten«, fiel ihr der Arzt ins Wort. »Bitte! Das Mädchen braucht jetzt vor allem Ruhe.« Er wandte sich wieder an Thirteen. »Was macht dein Kopf? Ich meine: außer dass er vermutlich höllisch wehtut? Ist dir schwindelig? Oder übel? Erinnerst du dich, was geschehen ist?«

Thirteen verstand. Der Arzt wollte herausfinden, ob sie eine Gehirnerschütterung hatte. Sie widerstand im allerletzten Moment der Versuchung, den Kopf zu schütteln. »Mir ist nicht schwindelig«, antwortete sie. »Aber ich bin nicht sicher, ob ich mich erinnere …«

»Nicht sicher?« Ein leiser Hauch von Sorge machte sich auf dem Gesicht des Arztes breit.

»Ich war auf dem Balken«, sagte Thirteen nachdenklich. »Auf dem Dachboden oben. Aber gleichzeitig auch …«

»Ja?«, sagte Frau Mörser, als Thirteen nicht gleich weitersprach, sondern für einen Moment nachdenklich die Stirn runzelte.

»Es war völlig verrückt«, murmelte sie. »Es war der Dachboden, aber er war plötzlich riesig. Genau wie das Haus. Es schien plötzlich unendlich viele Zimmer zu haben und die Gänge nahmen gar kein Ende mehr. Und da waren … Kinder.«

»Kinder?« Frau Mörser trat neugierig näher und sah stirnrunzelnd auf sie herab. Aber der Ausdruck in ihren Augen war nicht nur Neugier. Da war noch mehr. Etwas wie Misstrauen und … Erschrecken?

»Es war wohl doch nur ein Albtraum«, sagte Thirteen. »Völlig verrückt. So etwas –«

»– ist ganz normal nach einem solchen Sturz«, fiel ihr der Arzt ins Wort. »In ein, zwei Tagen ist alles wieder in Ordnung. Aber du wirst jeden einzelnen Knochen in deinem Körper spüren.«

»Das tue ich jetzt schon«, sagte Thirteen.

Der Arzt lachte, wandte sich um und nahm seine Tasche vom Tisch. »Ich muss jetzt leider weg. Ich habe noch andere Patienten. Ich werde morgen früh noch einmal vorbeischauen. Sollte in der Zwischenzeit irgendetwas sein, können Sie mich jederzeit anrufen, Frau Mörser.«

Er verabschiedete sich und ging und Thirteen blieb allein mit Frau Mörser zurück. Sofort begann sie sich wieder unwohl zu fühlen. Nach allem, was bisher geschehen war, war es nun wirklich kein Wunder, dass ihr die Jugendamtsleiterin nicht besonders sympathisch war. Aber da war noch mehr. Irgendetwas an ihr ... beunruhigte sie. Es machte ihr fast Angst.

Für eine geraume Weile machte sich ein unbehagliches Schweigen in dem kleinen Zimmer breit. Thirteen nutzte es, um vorsichtig den Kopf nach rechts und links zu drehen und sich umzusehen.

Es war kein Krankenzimmer, sondern ein ganz normaler Raum mit einem Schrank, Tisch und Stühlen, dem Bett, in dem sie lag, einem kleinen Schreibtisch – und Gittern vor dem Fenster. »Du brauchst nicht zu suchen«, sagte Frau Mörser. »Es wird dir nicht gelingen, von hier wegzulaufen.«

Thirteen sah sie an, aber Frau Mörsers Lächeln war erloschen. Jetzt, wo sie allein waren, ließ sie endgültig die Maske fallen.

»Wo bin ich hier?«, fragte Thirteen, in ganz bewusst nicht weniger unfreundlichem Ton. »Im Zuchthaus?«

»An einem sicheren Ort«, antwortete Frau Mörser ungerührt. »Bisher ist von hier noch niemand geflohen.«

»Sie müssen ja mächtige Angst vor meinem Großvater haben«, sagte Thirteen. Sie behielt Frau Mörser dabei aufmerksam im Auge, aber die erhoffte Reaktion blieb aus. Wenn sie die Anspielung auf das Telefongespräch, das Thirteen belauscht hatte, überhaupt verstand, so beherrschte sie sich meisterhaft. »Ich habe Angst um dich, junge Dame«, sagte Frau Mörser kühl. »Und wenn du es genau wissen willst: auch um meinen Job. Wenn dir nämlich etwas passiert, bin *ich* dran, weißt du? Dir ist das ja vielleicht egal, aber mir nicht.«

Thirteen musterte sie feindselig. Aber gut: Wenn es nicht anders ging, dann würde sie eben direkt werden.

»Was ist mit diesem Haus?«, fragte sie.

Frau Mörser blinzelte. »Was meinst du?«

»Ich schätze, das wissen Sie besser als ich«, erwiderte Thirteen feindselig. »Was geschieht dort am dreizehnten dieses Monats?«

Frau Mörser hätte gar nicht antworten müssen. Thirteen sah an ihrer Reaktion deutlich, dass sie diesmal ins Schwarze getroffen hatte. »Was … was meinst du?«, fragte sie.

»Ich habe alles gehört«, antwortete Thirteen. »Das Telefongespräch zwischen Ihnen und meinem Großvater. Sie sollen mich bis zu meinem dreizehnten Geburtstag festhalten, ganz egal wie. Und meinen Freund auch!«

»Deinen Freund? Ach, du meinst diesen Herumtreiber, der –«

»Lenken Sie nicht ab«, unterbrach sie Thirteen. »Irgendetwas geht dort vor, nicht? Und ich darf auf keinen Fall erfahren, was.

»Unsinn«, erwiderte Frau Mörser. »Das mit deinem Geburtstag war eine Idee deines Großvaters. Er dachte, es wäre ein hübsches Geschenk für dich –«

»Mich so lange einzusperren?«

»Die notwendigen Formalitäten bis dahin zu erledigen«, fuhr Frau Mörser unbeeindruckt fort. »Wir wollten dich überraschen und dir dein neues Zuhause sozusagen zum Geburtstag schenken. Aber das hast du ja nun gründlich zunichtegemacht. Nach allem, was du dir bisher geleistet hast, wird es mich wahrscheinlich all meine Überredungskunst kosten, damit du überhaupt noch zu ihm ziehen darfst.«

Thirteen schwieg. Frau Mörsers Worte machten sie ein bisschen betroffen. Sie hatte das Gespräch zwischen ihr und ihrem Großvater zwar eindeutig anders in Erinnerung – aber sie erinnerte sich ja auch an andere, völlig verrückte Dinge, die sie nicht wirklich erlebt hatte. Was, wenn sie ihr – und auch ihrem Großvater – bitter unrecht tat?

»Ich gehe dann jetzt«, sagte Frau Mörser. »Wenn du etwas brauchst, dann läute –« Sie deutete auf den Klingelknopf an der Wand neben dem Bett. »– darüber hinaus sorge ich dafür, dass ab und zu jemand nach dir sieht.« Sie maß Thirteen mit einem letzten, abschätzenden Blick, dann wandte sie sich um und verließ das Zimmer. Thirteen hörte, wie ein Schlüssel im Schloss gedreht wurde. Sie war allein.

Und gefangen.

Wenn sie irgendetwas auf der Welt hasste, dann war es, eingesperrt zu sein. Mühsam richtete sie sich auf, schlug die Bettdecke beiseite und sah an sich herab. Jemand hatte sie ausgezogen. Sie trug nur ein einfaches Nachthemd, und ihre nackten Beine darunter waren übersät mit blauen Flecken. Kein Wunder, dass sie sich fühlte, als hätte King Kong eine Runde Breakdance auf ihr geübt.

Mit zusammengebissenen Zähnen schwang sie die Beine vom Bett und wäre fast nach vorne gefallen, als ihr nun doch schwindelig wurde. Außerdem bewahrheitete sich die Prophezeiung des Arztes: Sie fühlte nun tatsächlich jeden einzelnen Knochen im Leib. Aber sie biss tapfer die Zähne zusammen, wartete, bis der Schwindelanfall vorüber war, und stand dann auf. Ziemlich wackelig, aber trotzdem zielstrebig ging sie zum Schrank hinüber und öffnete die Türen.

Ihre Kleider waren da, wie sie gehofft hatte, und sogar frisch gewaschen. Die schmierige Regenjacke, die ihr der Penner geschenkt hatte, war ebenso verschwunden wie die Plastiktüte mit dem Heimatkundebuch. Thirteen schlüpfte aus dem Nachthemd und begann sich anzuziehen. Da ihr jede noch so kleine Bewegung Mühe und ziemliche Schmerzen bereitete, brauchte sie fast eine Viertelstunde dazu, aber hinterher war sie nicht nur erschöpft, sondern auch sehr zufrieden. In dem dünnen Nachthemd hatte sie sich furchtbar schutzlos gefühlt, irgendwie ausgeliefert.

Was sie nicht fand, waren alle ihre persönlichen Habseligkeiten. Nicht nur die Plastiktüte mit dem Buch war entfernt worden, auch der Inhalt ihrer Taschen: ihr Geld, ihr Ausweis und der Fahrschein der Linie 13, auf dessen Rückseite der Fremde ihr die Nachricht hinterlassen hatte.

Obwohl sie es besser wusste, ging sie zur Tür und rüttelte an der Klinke; natürlich vergebens. Aber zumindest hörte sie jetzt etwas. Durch die Tür drangen gedämpfte Stimmen, Fetzen von Radiomusik und das Läuten eines Telefons. Außerdem hörte sie ganz weit entfernt eine Sirene heulen.

Sie wandte sich um und ging zum Fenster. Die beiden Flügel

ließen sich leicht öffnen, das Gitter natürlich nicht. Aber zumindest kam nun ein wenig frische Luft herein. Und auch das Sirenengeräusch wurde lauter.

Thirteen beugte sich vor, so weit es das Gitter zuließ, und als sie das Gesicht gegen die Stäbe presste und nach rechts sah, erblickte sie eine gewaltige schwarze Rauchwolke, die sich über den Dächern der Stadt erhob. Irgendwo war ein Feuer ausgebrochen. Sie hörte einige Feuerwehrsirenen, die wild durcheinanderschrillten.

Plötzlich bemerkte sie einen winzigen dreieckigen Schatten, der genau auf sie zuflog. Er schien kaum größer als eine Fliege und trotzdem war etwas sehr Vertrautes an ihm. Er erinnerte sie an …

Aber das war unmöglich.

Sie trat vom Fenster zurück und eine Stimme hinter ihr sagte: »Das hätte keinen Sinn. Du brauchst einen Schneidbrenner, um hier hinauszukommen.«

Thirteen fuhr erschrocken herum und blickte direkt ins Gesicht der jungen Frau, die sie am vergangenen Tag zu Doktor Hartstätt gebracht hatte. Sie war lautlos hereingekommen und sah Thirteen ernst, aber nicht unfreundlich an. In der rechten Hand trug sie ein kleines Funktelefon mit herausgezogener Antenne.

»Oh, hallo«, sagte Thirteen. Die Begegnung machte sie etwas verlegen. Sie hatte nicht vergessen, was Frau Mörser gerade gesagt hatte, und dasselbe galt mit Sicherheit auch für die junge Frau. Ihre Flucht hatte ihr garantiert eine Menge Ärger eingebracht. »Es tut mir leid«, begann sie. »Ich wollte nicht, dass –«

»Schon gut.« Die junge Frau unterbrach sie mit einer Handbewegung und reichte ihr das Telefon. »Für dich. Dein Großvater. Ich warte draußen vor der Tür. Klopf, wenn das Gespräch beendet ist.«

Thirteen nahm das Gerät zögernd entgegen. Wieso rief ihr Großvater sie hier an? Wollte er sichergehen, dass sie auch wirklich gut weggeschlossen war?

»Hallo?«, sagte sie.

»Anna-Maria«, vernahm sie die Stimme ihres Großvaters. »Gott sei Dank, dass du wieder bei Bewusstsein bist! Wie geht es dir? Du kannst dir nicht vorstellen, welche Sorgen ich mir gemacht habe! Mir ist ein Stein vom Herzen gefallen, als ich gehört habe, dass du aufgewacht bist.«

»Lange hat es ja nicht gedauert«, sagte Thirteen – in viel feindseligerem Ton, als sie eigentlich beabsichtigt hatte.

»Frau Mörser hat mich sofort angerufen«, antwortete ihr Großvater. »Ich hatte sie darum gebeten, schon heute Nacht. Hör mir zu, Anna-Ma…« Er verbesserte sich: »Thirteen. Ich weiß ja, dass du lieber mit diesem Namen angesprochen wirst. Wir müssen miteinander reden. Es ist sehr wichtig.«

»Gut«, sagte Thirteen spitz. »Dann besuch mich doch in meinem neuen Zuhause. Es ist sehr hübsch hier. Sie haben wirklich tolle Gitter vor dem Fenster und einmal am Tag werde ich sogar gefüttert. Nur mit dem Ausgang hapert es im. Moment noch. Ich schätze, sie besorgen erst ein Stachelhalsband und ausreichend Ketten.«

Ihr Großvater seufzte tief. »Du bist zornig«, sagte er, »und verbittert. Das verstehe ich. Aber du musst mir glauben, dass ich es gut mit dir meine. Alles, was geschehen ist, geschah nur zu deinem Schutz.«

»So?« Plötzlich war es mit Thirteens Selbstbeherrschung vorbei. Die nächsten Sätze schrie sie so laut, dass es sie nicht gewundert hätte, wenn die Tür aufgegangen und ihre Bewacherin hereingekommen wäre. »Dann erklär mir doch, warum mich jedermann wie eine Verbrecherin behandelt oder als wäre ich verrückt?! Wieso sperrt ihr mich ein? Wer gibt euch eigentlich das Recht dazu? Ich habe doch niemandem etwas getan!«

»Ich weiß, dass das alles nicht deine Schuld ist, Thirteen«, sagte ihr Großvater. »Deine am allerwenigsten. Deshalb ist es ja so wichtig, dass du mir jetzt zuhörst. Und mir vertraust.«

»Dir vertrauen?« Thirteen lachte böse.

»Das ist viel verlangt, ich weiß«, antwortete ihr Großvater.

»Aber es ist wichtig. Du bist in Gefahr, Thirteen. In einer viel größeren und furchtbareren Gefahr, als du dir auch nur vorstellen kannst.«

»In Gefahr? Wieso?«

»Das kann ich dir jetzt nicht erklären«, antwortete ihr Großvater. »Aber es ist so. Je mehr du über diese Gefahr weißt, desto größer könnte sie für dich sein. Du musst mir einfach vertrauen und sei es zum allerletzten Mal. Ich weiß, dass es viel verlangt ist, aber du musst es. Dein Leben ist in Gefahr.«

Irgendetwas geschah. Thirteen konnte nicht sagen, was. Es war nur ein Gefühl. Ein unangenehmes, bedrohliches Gefühl, als wäre plötzlich ... *noch* etwas im Zimmer, etwas Unsichtbares, Böses, als würden die Schatten düsteres Leben gebären, das lautlos näher kroch und sie zu umzingeln begann.

Ihr Großvater sprach weiter und jetzt klang seine Stimme gehetzt, ja fast angstvoll. Spürte er es etwa auch? »Ich muss aufhören, Thirteen«, sagte er. »Nur noch so viel: Bitte, vertrau mir dieses eine Mal noch. Dir wird nichts geschehen, solange du dem Haus nicht zu nahe kommst. In zwei Wochen ist alles vorbei, aber bis dahin darfst du nicht hierherkommen, hast du das verstanden? Unter keinen Umständen!«

Das unsichtbare Etwas kam näher. Thirteen sah sich mit klopfendem Herzen im Zimmer um. Sie erblickte nichts Ungewöhnliches, aber sie hatte plötzlich das Gefühl, nicht mehr richtig atmen zu können.

»Warum?«, fragte sie.

»Ich beschwöre dich, stell keine Fragen!«, sagte ihr Großvater. »Bleib dort, wo du bist, und dir wird nichts geschehen, aber *komm nicht hierher!* Du hast seine Aufmerksamkeit geweckt. Wenn es deiner habhaft wird, wird es dich töten! Oder etwas Schlimmeres antun!«

»Es?«, fragte Thirteen verwirrt. »Was ... was meinst du mit ›es‹?«

Ihr Großvater antwortete, aber sie verstand nicht mehr, was er sagte, denn die Verbindung war plötzlich von zahllosen Störungen überlagert. Aber sie hörte nicht die üblichen Störgeräusche. Da war ein unheimliches Heulen und Pfeifen, wie Wind, der durch eine gewaltige, finstere Höhle strich, ein Chor sonderbar schriller, spitzer Pfeif- und Sirrlaute, ein Geräusch wie das Schlagen großer, ledriger Schwingen und wispernde Stimmen, die in der Unendlichkeit flüsterten.

Thirteen ließ das Telefon sinken und starrte das Gerät an, und im selben Moment geschah etwas Unheimliches: Das Telefon begann zu schmelzen. Es wurde nicht heiß, aber es wurde weich wie Butter. Die Knöpfe und Tasten liefen brodelnd auseinander und verschmolzen mit dem Gehäuse, dann begann der gesamte Apparat seine Form zu verlieren und wurde zu einem unansehnlichen Klumpen, von dem aus dünne Fäden über ihr Handgelenk liefen und zu Boden tropften.

Und dann erscholl direkt aus diesem formlosen, längst nicht mehr funktionstüchtigen Etwas heraus eine Stimme. Es war nicht die Stimme ihres Großvaters, ja vielleicht überhaupt nicht mehr die Stimme eines Menschen, sondern ein unheimlicher dröhnender Laut, so tief und hohl und durch und durch *unmenschlich,* als dringe er direkt aus den tiefsten Abgründen der Hölle herauf. Die Stimme sagte nur ein einziges Wort:

»*VERSCHWINDE!*«

Thirteen schrie auf, wirbelte herum und schleuderte das Telefon mit aller Gewalt von sich, sodass es gegen die Wand prallte und in tausend Stücke zerbrach.

Denn knapp davor hatte es sich wieder in ein normales Telefon zurückverwandelt.

»Das Gespräch mit deinem Großvater scheint ja nicht so ganz zu deiner Zufriedenheit verlaufen zu sein«, sagte Frau Mörser. Sie sah dabei allerdings nicht Thirteen an, sondern beobachtete scheinbar interessiert ihre Assistentin, die am Boden kniete und mit Handfeger und Schaufel die Überreste des Telefons zusammenkehrte. Die beiden Frauen waren schon nach wenigen Minuten in Thirteens Zimmer erschienen, und zwar beide gemeinsam. Thirteen vermutete, dass ihre Betreuerin den Lärm gehört und vorsichtshalber Verstärkung geholt hatte, bevor sie ihr Zimmer betrat.

»Hast du eine ungefähre Vorstellung davon, was ein solches Gerät kostet?«, fuhr Frau Mörser fort, als die erhoffte Reaktion auf ihre Worte ausblieb. Thirteen sah sie nur an. Sie verstand nicht einmal wirklich, was diese Frage bedeutete. Der Wert des Telefons spielte im Moment nun *wirklich* keine Rolle! Ihr Herz raste wie wild und sie zitterte am ganzen Leib.

»Ziemlich viel. Jedenfalls zu viel, um es aus lauter Übermut zu demolieren.«

»Das … war ein Versehen«, verteidigte sich Thirteen. »Es ist mir aus der Hand gerutscht!«

Frau Mörsers Antwort bestand nur aus einem bezeichnenden Blick auf die gegenüberliegende Wand. Die Stelle, an der das Telefon dagegengeprallt und zersplittert war, war deutlich zu erkennen. Sie lag in gut anderthalb Metern Höhe.

»Wenn du glaubst, du müsstest jetzt nur genug Ärger machen, damit wir dich laufen lassen, dann täuschst du dich«, sagte Frau Mörser. »Alles, was du zerstörst, kostet im Endeffekt das Geld deines Großvaters. Er kann es sich leisten, aber ich glaube kaum, dass er sehr begeistert sein wird. Er tut wirklich eine Menge für dich und du dankst es ihm, indem du ihm immer wieder Schwierigkeiten bereitest!«

Thirteen war noch immer viel zu verstört, um sich auch nur zu verteidigen. Mehr noch: Sie war einer Panik nahe. Hatte sie das alles nun wirklich erlebt oder begann sie jetzt endgültig den Verstand zu verlieren? Die sonderbaren Worte ihres Großvaters, die Geräusche, ja selbst diese unheimliche Stimme – für all das hätte sie sicherlich eine Erklärung gefunden, und wenn sie auch noch so unwahrscheinlich klang. Aber für das, was mit dem Telefon geschehen war, bestimmt nicht mehr.

Und es schien ja auch so, als wäre es in Wirklichkeit gar nicht geschehen. Was die junge Frau da auf ihre Schaufel kehrte, das waren Plastiksplitter und zerbrochene elektronische Bauteile, nicht die Überreste des zerschmolzenen … *Dinges,* in das sich das Telefon vor ihren Augen verwandelt hatte.

Frau Mörsers Gesichtsausdruck verdüsterte sich noch weiter.

»Du ziehst es also vor, die Trotzige herauszukehren«, sagte sie. »Gut. Ganz wie du willst. Ich kann auch anders.« Und damit fuhr sie auf dem Absatz herum und ging. Sie war so aufgebracht, dass sie nicht einmal die Tür hinter sich schloss, sondern sie einen Spaltbreit offen stehen ließ.

Thirteen blickte ihr hinterher. Natürlich kam ihr sofort der Gedanke, dass sich ihr hier eine prima Gelegenheit zur Flucht bot. Aber die Energie, die dazu notwendig gewesen wäre, diesen Gedanken auch in die Tat umzusetzen, brachte sie im Moment einfach nicht auf. Und da war auch noch die sehr deutliche Warnung gewesen, die die Stimme ausgesprochen hatte. Vielleicht war es besser, wenn sie sie ernst nahm.

Als sie sich herumdrehte, begegnete sie dem Blick der jungen Frau, die noch immer auf dem Boden kniete. »Keine Sorge«, sagte sie. »Ich laufe nicht weg.«

»Das ist sehr vernünftig von dir. Du würdest vielleicht aus diesem Zimmer hinauskommen, aber wahrscheinlich nicht einmal aus dieser Etage. Und ganz bestimmt nicht aus dem Haus.«

»Ich laufe bestimmt nicht weg«, versprach Thirteen. »Ich will Ihnen nicht noch mehr Schwierigkeiten machen. Frau Mörser war bestimmt wütend, als ich gestern abgehauen bin. Haben Sie großen Ärger bekommen?«

»Es gibt niemanden hier, der keinen Ärger mit ihr hätte«, antwortete die junge Frau achselzuckend. Sie stand auf. »Ich glaube, kein Mensch in dieser Stadt hat Frau Mörser jemals wirklich lächeln sehen. Geschweige denn gut gelaunt. Es geht das Gerücht um, dass sie nur so tut, als müsse sie essen und trinken, und in Wirklichkeit mit Batterien läuft. Mach dir also nichts draus. Es spielt keine Rolle, warum man Ärger mit ihr bekommt. Man bekommt ihn sowieso.«

Draußen heulten wieder die Sirenen und sie sahen beide zum Fenster. »Was ist da eigentlich los?«, fragte Thirteen.

»Ich habe in den Nachrichten gehört, irgendein Lagerhaus steht in Flammen«, antwortete die junge Frau. »Im Radio haben sie von einem riesigen Sachschaden gesprochen. Aber es sollen keine Menschen verletzt worden sein, und das ist die Hauptsache.« Sie wechselte das Thema. »Wie fühlst du dich? Ich meine: körperlich.«

»Schon besser«, antwortete Thirteen. »Vielleicht nicht besonders gut, aber es hätte schlimmer kommen können.«

»Übertreib es trotzdem nicht. Du hast schon fast unverschämtes Glück gehabt. Aber man sollte den Bogen nicht überspannen. Ich mache dir einen Vorschlag: Du legst dich jetzt wieder hin und ruhst dich ein wenig aus und ich bringe dir später etwas zu essen.«

Thirteen nickte. »Danke. Und ...«

»Ja?«

»Ich weiß, dass es ziemlich viel verlangt ist nach allem«, sagte Thirteen zögernd. »Aber darf ich Sie trotzdem noch einmal um einen Gefallen bitten?«

»Natürlich«, antwortete die junge Frau.

»Es geht um Frank«, sagte Thirteen. »Der Junge, der zusammen mit mir bei meinem Großvater war. Er ist doch auch hier, oder?«

»Ich weiß es nicht«, antwortete die junge Frau. Es klang ehrlich. »Aber selbst wenn – ich glaube nicht, dass du ihn sehen darfst.«

»Das will ich auch gar nicht«, sagte Thirteen. »Ich möchte nur wissen, wie es ihm geht. Ich habe ein schlechtes Gewissen. Schließlich ist es meine Schuld, dass er in diese Situation geraten ist.«

»Ich werde mich erkundigen«, antwortete die junge Frau. »Wenn du mir versprichst, vernünftig zu sein.«

»Ich bin kaum in der Verfassung, etwas Unvernünftiges zu tun«, sagte Thirteen mit einem gequälten Grinsen. »Auch wenn ich es gerne tun würde.« Sie schlurfte zum Bett und ließ sich mit einem erleichterten Seufzer darauf niedersinken. Es war wohl wirklich das Beste, wenn sie sich selbst erst einmal etwas Zeit gab, um wieder zu Kräften zu kommen – und vor allem, um über das, was geschehen war, nachzudenken.

Ihre Betreuerin wandte sich zum Gehen, drehte sich aber dann noch einmal herum und ging zum Fenster. »Wenn sich der Wind dreht, zieht der Qualm ins Zimmer«, erklärte sie. »Außerdem kann man bei diesem Sirenengeheul bestimmt nicht schlafen.«

Thirteen hatte nicht vor, zu schlafen. Aber sie protestierte auch nicht, als die junge Frau das Fenster schloss und danach das Zimmer verließ. Ihre Gedanken waren ganz woanders. Eine Menge hatte sich geändert, seit sie das letzte Mal in der Obhut der jungen Frau und ihrer sehr viel weniger sympathischen Vorgesetzten gewesen war. Sie hatte so viel erfahren und erlebt – und wusste nun im Grunde weniger als zuvor.

Das Schlimmste waren vielleicht die Albträume – denn um nichts anderes konnte es sich bei den wirren Bildern und Geschehnissen handeln, an die sie sich zu erinnern glaubte. Hätte sie wenigstens sagen können, was davon nun wirklich und was bloße Fieberfantasie gewesen war! Aber nicht einmal das konnte sie.

Etwas klatschte gegen das Fenster; ein Laut, als hätte jemand einen nassen Scheuerlappen genommen und so fest gegen die Scheibe geworfen, dass das Glas klirrte. Thirteen fuhr erschrocken hoch. Im ersten Moment sah sie nichts, dann entdeckte sie etwas, was tatsächlich wie ein zusammengeknülltes, nasses Tuch aussah, das zwischen der Fensterscheibe und dem Gitter klebte.

Allerdings war es ein Scheuerlappen von nachtschwarzer Farbe – und einer, der sich *bewegte!*

Vor Thirteens ungläubig aufgerissenen Augen faltete der vermeintliche Putzlappen zwei schwarze, ledrige Schwingen auseinander, hob einen struppigen Kopf und schüttelte sich ein paarmal. Zwei winzige, dunkle Augen blinzelten zu Thirteen herein, während die kleinen Krallen an den Flügeln vergeblich über das Glas der Fensterscheibe scharrten.

Thirteen stand auf, machte einen zögernden Schritt auf das Fenster zu, blieb stehen, ging nach einem Moment weiter und hielt abermals an. Sie schüttelte immer wieder fassungslos den Kopf.

»Wusch?«, murmelte sie. »Wusch? Aber ... aber das kann doch nicht sein! Ich meine, du ... du bist doch nur ... nur ein Traum!«

»Ja, und zwar dein schlimmster Albtraum, wenn du nicht sofort dieses verdammte Fenster aufmachst!«, fauchte Wusch.

Thirteen riss Mund und Augen auf. »Du ... du sprichst!«, krächzte sie.

»Machst du jetzt das Fenster auf oder muss ich erst rabiat werden und die Scheibe einschlagen?«, ereiferte sich die Flederratte.

Thirteen ging weiter. Sie musste wieder eingeschlafen sein und erlebte die Fortsetzung ihres Albtraumes, das war die einzige Erklärung. Trotzdem streckte sie gehorsam die Hand aus und öffnete das Fenster. Wusch stieß sich mit einer ungelenken Bewegung ab, torkelte an ihr vorbei ins Zimmer und knallte keine zwei Sekunden später mit weit ausgebreiteten Flügeln an die gegenüberliegende Wand. Sie rutschte daran herab, plumpste auf das Hinterteil und blieb auf die Flügel aufgestützt sitzen. »Ups!«, sagte sie.

»Wusch?«, murmelte Thirteen noch einmal. »Du ... du bist wirklich hier? Du bist wirklich echt? Ich meine, es ... es gibt dich wirklich?«

»Das ist vielleicht eine dämliche Frage!«, giftete Wusch, versuchte aufzustehen, verlor aber auf dem glatten PVC-Boden den Halt und fiel sofort wieder hin.

»Aber dann ... dann hieße das ja«, stammelte Thirteen, »dass ... dass der ganze Rest ebenfalls ... ebenfalls wahr ist. Die... die Gänge ... und ... und die Zimmer und ... und der Dachboden und ...«

Wusch hatte es endlich geschafft, sich aufzurichten. »Du hast einen Sprachfehler«, stellte sie fest. »Du sagst alles zweimal!«

»Und die anderen!«, schloss Thirteen. »Peter, Helen, Stefan und Tim und Beate und Angela!«

»Ich bin beeindruckt«, spöttelte Wusch. »Du hast keinen Namen zweimal genannt!«

Thirteen ging zum Bett zurück und setzte sich wieder auf die

Kante. Ihre Knie waren plötzlich so weich, dass sie das Gewicht ihres Körpers nicht mehr tragen konnten, aber das lag jetzt nicht mehr an ihrem Sturz. »Du meinst, es … es war alles … alles wahr?«, flüsterte sie. »Ich … ich habe es mir nicht … nicht nur eingebildet?«

»Nein, nein«, pfiff Wusch. »Du du hast hast es es dir dir nicht nicht nur nur eingebildet eingebildet.«

»Aber wie kommst du denn hierher?«, fragte Thirteen. »Du warst doch im Haus! Und du hast mir doch selbst gesagt, dass du es nicht verlassen kannst!«

»Na, du machst mir vielleicht Spaß!«, antwortete Wusch empört. »Schließlich ist es doch deine Schuld, dass ich hier bin!«

»*Meine* Schuld?«

»Wessen sonst?« Wusch begann mit kleinen trippelnden Schritten im Zimmer auf und ab zu marschieren. »Ich wäre nicht hier ohne dein Ungeschick! So etwas habe ich noch nicht erlebt – lässt sich von so einer dahergelaufenen Fledermaus vom Balken schubsen und beschwert sich dann noch, dass ich versucht habe, sie zu retten!«

Endlich verstand Thirteen, was Wusch meinte: Offensichtlich war Wusch irgendwie mit in diese Hälfte der Wirklichkeit hinübergezogen worden, weil sich Thirteen bei ihrem Sturz an sie geklammert hatte, um sie festzuhalten.

»Und ich dachte, es wäre alles nur ein Traum gewesen«, murmelte sie.

»Ja, das sagtest du bereits«, sagte Wusch. »Mehrmals.«

»Aber wie ist das möglich?«, sagte Thirteen kopfschüttelnd. »Ich meine, ich war doch die ganze Zeit hier! Ich kann doch nicht auch dort …«

»Hier bei euch vielleicht nicht«, antwortete Wusch. »Bei uns drüben in der richtigen Welt schon.«

»Der *richtigen* Welt? Moment mal: Hier ist die richtige Welt.«

»Ach«, meinte Wusch. »Wer sagt das?«

»Nun, das ist doch klar. Ich meine … also … es ist …«

Wusch legte den Kopf schräg und blinzelte. »Ja?«

»Gut, lassen wir das«, antwortete Thirteen. »Aber trotzdem: Ich verstehe einfach nicht, was das alles zu bedeuten hat. Du meinst, ich … ich war gleichzeitig *hier* und *dort?*«

»Ein Teil von dir, ja«, antwortete Wusch. Sie kam näher, legte den Kopf in den Nacken und sah zu Thirteen hoch und plötzlich wich jeder Spott aus ihrer Stimme. »Etwas von dir war in unserer Welt. Nicht dein Körper. Ich glaube, ihr würdet es … *Seele* nennen.«

»Meine *Seele?*« Ein eisiger Schauer lief über Thirteens Rücken. »Du meinst, dieses Haus –«

»Es ist kein Haus«, unterbrach sie Wusch. »Jedenfalls nicht nur. Es ist viel mehr. Mehr, als du dir auch nur vorstellen kannst. Und es ist mächtiger, als du denken magst, glaub mir. Und gefährlicher.«

Thirteen dachte an die Stimme, die sie durch das Telefon gehört hatte, und erneut überlief sie ein eisiges Frösteln. Es war nur ein einziges Wort gewesen, aber der Klang dieser Stimme hatte etwas in ihr berührt und beinahe zum Absterben gebracht.

»Was ist es dann?«, fragte sie.

»Das darf ich dir nicht sagen«, antwortete Wusch.

Thirteen riss die Augen auf. »Wie bitte?! Du … du kommst hierher und erzählst mir eine geradezu unglaubliche Geschichte, aber du darfst mir nicht sagen, worum es dabei wirklich geht. Habe ich dich richtig verstanden?«

»Ist besser für dich«, antwortete Wusch.

»Ach so«, sagte Thirteen – und griff blitzschnell zu. Wusch versuchte zurückzuspringen, aber Thirteen packte sie und hielt sie am ausgestreckten Arm vor sich in die Höhe. »Jetzt hör mir mal zu!«, sagte sie gefährlich leise. »Ich habe langsam genug davon, immer nur neue Rätsel zu hören, wenn ich eine einfache Frage stelle!«

Wusch flatterte wie wild mit den Flügeln, konnte Thirteens Griff aber nicht entkommen. »Lass mich sofort los!«, kreischte sie. »Wenn nicht, wirst du es bereuen! Ich könnte dir den Arm abreißen!«

»Machen wir ein Geschäft«, schlug Thirteen vor. »Du verrätst mir jetzt, was es mit diesem Haus wirklich auf sich hat.«

»Und was bekomme ich dafür?«, fragte Wusch misstrauisch.

»Ich verzichte darauf, dir den Hals umzudrehen«, sagte Thirteen. »Was hältst du davon?« Um ihren Vorschlag zu unterstreichen, drückte sie noch ein wenig fester zu.

»Das ... scheint mir ein fairer Vorschlag zu sein«, keuchte Wusch. »Also gut. Lass mich runter. Ich werde dir alles sagen, was ich weiß.«

Thirteen ließ die Flederratte wieder zu Boden sinken. Wusch hüpfte ein Stück davon, warf ihr einen bösen Blick zu und sagte: »Viel ist es allerdings nicht.«

»He!«, sagte Thirteen. Sie streckte die Hand aus, was Wusch zu einem weiteren, erschrockenen Hopser veranlasste.

»Schon gut!«, sagte sie. »Aber ich weiß wirklich nicht viel.«

»Du lebst doch in diesem Haus.«

»Und du lebst hier«, antwortete Wusch. »Weißt du, wer deine Welt erschaffen hat und warum? Und kennst du etwa alle ihre Geheimnisse?«

»Das ist doch wohl ein Unterschied«, sagte Thirteen.

»Wieso?«

»Nun, weil ... weil...« Thirteen geriet ins Stottern, verlor schließlich ganz den Faden und rettete sich in ein Achselzucken.

»Siehst du?«, sagte Wusch triumphierend. »Alles, was ich will, ist, wieder dorthin zurückzukehren, wo ich hergekommen bin. Ich sollte auf dich aufpassen, aber keiner hat mir gesagt, dass ich es *hier* tun soll. Deine Welt gefällt mir nicht. Sie ist unheimlich. Und viel zu groß.«

»Wer hat dir gesagt, dass du auf mich aufpassen sollst?«, fragte Thirteen. Sie deutete drohend mit dem Zeigefinger auf Wusch. »Und jetzt verschone mich bitte mit deinem: Das darf ich dir nicht sagen!«

»Er wird mich umbringen, wenn ich es dir verrate«, sagte Wusch.

»Wer immer er ist«, antwortete Thirteen, »er kann nicht halb so wütend werden wie ich, wenn ich nicht bald eine Antwort bekomme.«

»Dein Großvater«, sagte Wusch leise.

»Wie?«, murmelte Thirteen.

»Dein Großvater«, wiederholte Wusch. »Er hat mich beauftragt, auf dich aufzupassen.« Sie zog geräuschvoll die Nase hoch. »Er wird nicht besonders zufrieden mit mir sein.«

»Dann steckt er also doch hinter dem Ganzen«, sagte Thirteen. »Ich wusste es.«

»Du solltest nicht vorschnell urteilen«, sagte Wusch ernst. »Dein Großvater ist vielleicht alles andere als ein Heiliger, aber er und das Haus sind nicht dasselbe. Genau weiß ich wirklich nicht, wie alles zusammenhängt, das musst du mir glauben. Aber er würde niemals zulassen, dass dir etwas geschieht.«

»Den Eindruck hatte ich vorhin aber nicht«, sagte Thirteen. Sie erzählte Wusch von dem Telefongespräch mit ihrem Großvater. Die Flederratte hörte schweigend zu und nickte dann mit großem Ernst.

»Das war nicht dein Großvater«, sagte sie. »Es war das Haus. Das, was du seine Seele nennen würdest. Sein böser Geist. Weißt du, in gewissem Sinne lebt es wirklich. Es kann fühlen und denken. Und es fürchtet dich.«

»Es *fürchtet* mich?«, wiederholte Thirteen ungläubig. »Mich?! Aber ... aber warum sollte es Angst vor mir haben? Ausgerechnet vor mir?«

»Weil du die Macht hast, es zu vernichten«, antwortete Wusch.

»Ich? Ich weiß ja nicht einmal, was es ist. Du musst dich täuschen.«

»Nein«, antwortete Wusch. »Ich kann dir wirklich nicht viel mehr sagen, aber ich bin ganz sicher.«

»Und wieso?«

Wusch zögerte. Thirteen spürte genau, dass es der Flederratte sehr unangenehm war, weiterzureden, aber sie drang nicht in sie, sondern geduldete sich, bis Wusch schließlich doch weitersprach.

»Als ihr dort oben wart, du und Peter und die anderen, in dem, was ihr für einen Dachboden gehalten habt, da seid ihr dem, was das Haus *wirklich* ist, sehr nahe gekommen. Näher vielleicht als jemals ein Mensch zuvor. Und ich auch. Ich konnte es fühlen, weißt du? Ganz deutlich. Es fürchtet dich.«

Das war so unheimlich, dass Thirteen nicht antworten konnte. Ihre Kehle war wie zugeschnürt und sie hatte regelrecht Mühe zu atmen. Sie musste wieder daran denken, was sie gespürt hatte, während sie mit ihrem Großvater telefonierte. Da war etwas gewesen. Etwas Unsichtbares, aber auch Uraltes und zugleich unvorstellbar Mächtiges und Böses. Und dieses ungeheuerliche … *Ding*, dieser Dämon, sollte *Angst* vor ihr haben? Das war geradezu absurd!

Bevor sie eine entsprechende Frage stellen konnte, wurde an die Tür geklopft. Thirteen sprang erschrocken vom Bett und fuhr herum. Der Schlüssel klirrte im Schloss. »Verschwinde!«, sagte sie hastig. Sie ging auf die Tür zu und bemühte sich, sich so hinzustellen, dass sie den direkten Blick auf Wusch verdeckte. Die Flederratte stolzierte ohne große Hast auf ihr Bett zu und verschwand darunter, ungefähr eine Sekunde *nachdem* die Tür aufgegangen war.

Es war ihre Betreuerin. Sie lächelte Thirteen an, schien aber auch überrascht, sie schon wieder wach und auf den Beinen zu sehen. »Hallo, Thirteen«, sagte sie. »Schön, dass du munter bist. Frau Mörser möchte …« Sie stockte. Ihr Blick richtete sich auf einen Punkt hinter Thirteen und ein Ausdruck maßloser Verblüffung erschien auf ihrem Gesicht.

»Was?«, fragte Thirteen rasch.

»Sie … möchte dich sprechen«, fuhr die junge Frau stockend fort. »Aber ich kann ihr sagen, dass du noch schläfst, wenn du möchtest.«

»Das ist sehr nett, aber nicht nötig«, sagte Thirteen hastig. »Ich komme mit.« Sie trat schnell an ihr vorbei auf den Gang hinaus und machte eine auffordernde Handbewegung.

Die junge Frau kam ihr zögernd nach. Aber bevor sie die Tür schloss, warf sie noch einmal einen stirnrunzelnden Blick durch das Zimmer. Dann zuckte sie mit den Schultern, schüttelte den Kopf und zwang sich zu einem nervösen Lächeln. Thirteen hatte eine ziemlich konkrete Vorstellung davon, was in diesem Moment hinter ihrer Stirn vorging, aber sie hütete sich, ihr eine Frage zu stellen.

Sie wandten sich nach rechts und gingen den Flur hinunter. Die Türen links und rechts hatten keine Griffe, sondern Drehknäufe und große, ziemlich massiv aussehende Schlösser. Es gab keine Fenster. Das Licht kam von drei großen halbtransparenten Kunststoffkuppeln in der Decke, was dem Gang eine merkwürdige Ähnlichkeit mit dem endlosen Korridor im Haus ihres Großvaters verlieh, obwohl er ihm überhaupt nicht glich. Was gleich war, war allerdings das Gefühl, eingesperrt zu sein.

Am Ende des Flurs befand sich allerdings keine Treppe, sondern eine Tür aus geriffeltem Drahtglas, die keinen Drehknauf hatte, sondern nur einen Klingelknopf, auf den ihre Betreuerin drückte. Einige Sekunden vergingen, dann ertönte ein leises elektrisches Summen und die Tür sprang auf.

Thirteen zog eine Grimasse. »Was ist das hier?«, fragte sie. »Der Hochsicherheitstrakt?«

Ihre Begleiterin schüttelte lächelnd den Kopf. »Dir muss es vorkommen wie ein Gefängnis, ich weiß, aber das stimmt nicht. Die meisten Sicherheitsvorkehrungen hier sind zu eurem Schutz da. In diesem Heim sind nicht nur schwer erziehbare Jugendliche untergebracht, sondern auch solche, die vor ihren Eltern geschützt werden müssen. Es gibt immer wieder gewalttätige Menschen, die ihre Kinder schlagen oder ihnen Schlimmeres antun. Wir sind hier schon regelrecht überfallen und belagert worden.«

Sie gingen eine Treppe hinunter und gelangten in einen belebteren Teil des Gebäudes. Nach all den Gittern, Schlössern und Sicherheitstüren hatte sie Kinder erwartet, die zu diesem Eindruck passten: geduckt, irgendwie grau und ständig mit einem Ausdruck verhaltener Angst in den Augen. Aber was Thirteen und ihrer Begleiterin über die Treppe entgegengelaufen kam, das war eine lärmende, fröhliche Kinderschar. Sie trugen ganz normale Kleidung, keine Einheitssachen, und sie nahmen auch keine sonderliche Notiz von Thirteen. Offensichtlich war die Ankunft eines neuen Zöglings hier nichts Besonderes.

Nachdem sie zwei weitere, elektrisch gesicherte Glastüren hinter sich gebracht hatten, betraten sie ein kleines Büro, in dem Frau Mörser auf sie wartete. Sie saß hinter einem Schreibtisch, der zu unaufgeräumt war, um ihr zu gehören, und sah Thirteen kühl entgegen.

»Ah, Anna-Maria«, begann sie. Thirteen war sicher, dass sie diese Form der Anrede nur wählte, um sie zu ärgern. »Setz dich. Ich hatte dir zwar eigentlich einen Tag Ruhe versprochen, aber wie wir ja gesehen haben, bist du schon wieder im Vollbesitz deiner Kräfte. Hier ist Besuch für dich.«

Sie deutete auf eine Gestalt, die am Fenster stand und die Thirteen bisher noch gar nicht bemerkt hatte. Als Thirteen den Blick wandte und sie ansah, fuhr sie erschrocken zusammen.

Es war Dr. Hartstätt.

Aber nicht nur. Es war auch –

»Peter!«, flüsterte sie ungläubig.

Es gab gar keinen Zweifel. Jetzt, wo sie ihn wiedersah, im Besitz all der Erinnerungen, die ihr bisher nur im Traum zugänglich gewesen waren, erkannte sie ihn zweifelsfrei wieder. Er war fünfzig Jahre älter geworden, und diese langen Jahre schienen ihm zugleich etwas genommen zu haben, was sie zwar nicht definieren, aber deutlich spüren konnte, dass es ihm fehlte. Aber trotzdem war es eindeutig Peter.

Hartstätt kam näher und lächelte. »Das ist tatsächlich mein Vorname«, sagte er. »Ich wusste gar nicht, dass du ihn kennst.«

»Aber du … ich meine, wir … also … Sie …« Thirteen brach verstört ab. Was sollte sie auch sagen? Dass sie Dr. Hartstätt noch vor ein paar Stunden gesehen hatte, allerdings fünfzig Jahre jünger und auf einem Balken balancierend, der sich ein paar hundert Meter über dem Erdboden befand?

»Du machst ja schlimme Sachen, wie man hört«, fuhr Hartstätt fort. »Als wir gestern miteinander geredet haben, da hatte ich eigentlich den Eindruck, dass du ein ganz vernünftiges junges Mädchen bist. Wieso bist du weggelaufen?«

Thirteen antwortete nicht. Ihre Gedanken drehten sich noch immer wild im Kreis. Hartstätt war Peter, fast um ein Menschenleben gealtert, aber er war es, und das bedeutete nichts anderes, als dass alles, was Wusch ihr erzählt hatte, der Wahrheit entsprach. Peter war dort drüben, auf der anderen Seite der Wirklichkeit, aber er lebte zugleich auch hier, und das wahrscheinlich schon seit langer Zeit.

»Sie ist noch etwas verstockt«, sagte Frau Mörser, »aber das gibt sich, wenn sie erst einmal eine Weile hier ist.«

Dr. Hartstätt ließ sich in den freien Stuhl neben Thirteen sinken. »Vielleicht ist sie auch einfach nur verunsichert«, sagte er. »Urteilen Sie nicht zu streng.« Er lächelte wieder und es sah auf den ersten Blick durchaus echt aus. Aber wenn man genauer hinsah … Thirteen musste plötzlich daran denken, was ihre Betreuerin über Frau Mörser gesagt hatte – dass sie nicht sicher war, ob sie überhaupt zu einem echten Gefühl fähig wäre. Dasselbe Gefühl hatte sie plötzlich bei Hartstätt. Sein Lächeln war nur gespielt, eine perfekte Maske, auf die selbst sie noch gestern hereingefallen war, aber hinter der sich in Wirklichkeit nichts als Kälte und Berechnung verbargen.

»Ich denke, es ist wirklich an der Zeit, ein längeres Gespräch miteinander zu führen«, fuhr Hartstätt fort. »Mir ist klar, dass du mich für deinen Feind halten musst, und ich werde auch gar nicht versuchen, dich vom Gegenteil zu überzeugen. Unterhalten wir uns einfach, okay?«

»Worüber?«, fragte Thirteen misstrauisch.

Hartstätt breitete die Hände aus. »Worüber du willst. Über deine Träume zum Beispiel. Frau Mörser sagte mir, dass du sehr seltsame Träume hast.«

»Wie Sie schon sagten«, antwortete Thirteen unfreundlich. »Es waren nur Träume. Sie haben nichts zu bedeuten.«

»Unsere Träume sagen sehr viel über uns aus«, korrigierte sie Hartstätt. »Oftmals mehr, als wir selbst wissen.«

Das hätte ebenso gut aus der Beratungsspalte einer billigen Illustrierten stammen können, dachte Thirteen. Und überhaupt benahm sich Hartstätt eigentlich nicht so, wie sie es erwartet hätte. Er stellte Fragen, aber es schienen ihr nicht die richtigen zu sein. Sie kam sich vielmehr wie bei einem Verhör als in der Beratungsstunde eines Psychologen vor. Und wieso war überhaupt Frau Mörser dabei? Irgendetwas stimmte hier nicht. Sie sah Hartstätt fest an und sagte: »Ich habe von Ihnen geträumt.«

»Von mir?« Hartstätt lächelte, aber er sah auch etwas nervös aus.

Thirteen nickte. »Ja. Aber Sie waren viel jünger. Noch ein Kind. Ihre Eltern sind bei einem Bombenangriff im Krieg ums Leben gekommen, richtig?«

Hartstätt nickte, aber sein Gesicht verlor alle Farbe und seine Hände schlossen sich so fest um die Armlehnen seines Stuhles, als wollte er sie zerbrechen. Er tauschte einen schnellen und eindeutig entsetzten Blick mit Frau Mörser. »Das … stimmt«, sagte er zögernd. »Aber woher –«

Es kam dazu, weil Sie nicht in den Luftschutzkeller gegangen sind«, fuhr Thirteen fort. »Bisher war bei den Bombenangriffen nie etwas passiert. Aber an diesem einen Tag dann doch.«

Hartstätt wurde noch blasser. Wenn es wirklich noch eines Beweises für ihren Verdacht bedurft hätte, seine Reaktion wäre dieser Beweis gewesen. Mindestens zu *einem* Gefühl war er also doch noch fähig.

»Vielleicht sollten wir die Sitzung doch besser auf ein andermal verschieben«, sagte Frau Mörser. »Anna-Maria ist anscheinend noch ein wenig übermüdet.«

Dr. Hartstätt nickte nervös. Er fand seine Fassung rasch wieder, allerdings nur oberflächlich. In seinem Inneren brodelte es, das spürte Thirteen genau. Sie hatte ihn mit ihren Worten offenbar sehr viel heftiger getroffen, als ihr bewusst gewesen war.

»Ich … habe sowieso noch andere Termine«, sagte er mit einem nervösen Blick auf die Uhr. »Vielleicht komme ich morgen wieder. Ich rufe Sie an.«

»Wir können heute Abend darüber reden«, sagte Frau Mörser. »Sie haben doch unser Treffen nicht vergessen, hoffe ich.«

»Natürlich nicht«, antwortete Hartstätt in einem Ton, der bewies, dass Frau Mörser mit ihrer Vermutung recht hatte. »Also dann ... bis später.« Er verließ, ohne sich auch nur von Thirteen zu verabschieden, das Zimmer, so schnell er konnte. Frau Mörser blickte Thirteen kopfschüttelnd und mit ärgerlich zusammengezogenen Brauen an. »Das hast du wirklich gut gemacht«, sagte sie.

»Was?«, fragte Thirteen. »Ich habe doch nur –«

»Ich weiß zwar nicht, woher du diese Informationen hast«, fuhr Frau Mörser ungerührt fort, »aber wenn es dir darum ging, ihn zu verletzen, dann ist es dir gelungen. Jeder Mensch hat Erinnerungen, die er lieber vergessen würde, und ich finde es besonders gemein, darin herumzuwühlen. Aber du hast ja wohl mittlerweile eine gewisse Übung, Menschen, die es gut mit dir meinen, Schwierigkeiten zu bereiten, nicht wahr?« Sie machte eine herrische Handbewegung, als Thirteen antworten wollte, und stand auf.

»Genug für heute. Ich denke, für einen Tag hast du hinlänglichen Schaden angerichtet. Du wirst jetzt wieder auf dein Zimmer gehen und bis zum Abendessen dort bleiben.«

»Ich möchte mit Frank sprechen«, sagte Thirteen. »Ich weiß, dass er hier ist.«

»Wer hat dir das verraten?«, fragte Frau Mörser.

»Sie selbst«, antwortete Thirteen. »Gestern, als Sie mit meinem Großvater gesprochen haben.«

»Du hast uns also belauscht?« Frau Mörser seufzte. »Nun, das wundert mich eigentlich kaum noch. Die Bedeutung des Wortes *Anstand* scheint dir deine Mutter ja nicht beigebracht zu haben. Aber das werden wir nachholen.«

»Frank«, beharrte Thirteen.

»Er ist zwar hier, aber du kannst nicht mit ihm reden«, sagte Frau Mörser kühl. »Jedenfalls zurzeit nicht. Vielleicht später.«

»Wann?«, wollte Thirteen wissen. »Vielleicht in zwei Wochen?

Nach meinem Geburtstag?« Sie behielt Frau Mörser dabei fest im Auge, aber sie entdeckte keinerlei verräterische Reaktion. Die Jugendamtsleiterin hatte sich offenbar sehr viel besser in der Gewalt als Dr. Hartstätt.

»Vielleicht«, sagte sie. »Und jetzt geh bitte auf dein Zimmer. Ich habe noch zu tun.«

Wusch war verschwunden, als Thirteen in ihr Zimmer zurückkehrte. Sie durchsuchte den ganzen Raum, sah unter das Bett, in den Schrank, ja selbst in jede Schublade, aber von der Flederratte war keine Spur mehr zu sehen.

Enttäuscht ließ sich Thirteen auf das Bett zurücksinken, verschränkte die Hände hinter dem Kopf und starrte die Decke über ihr an. Sie war viel zu aufgeregt, um etwa zu schlafen, aber da war so unendlich viel, worüber sie nachdenken musste. Nichts von alledem schien irgendeinen Sinn zu ergeben und trotzdem hatte sie zugleich das Gefühl, der Lösung aller Rätsel praktisch zum Greifen nahe zu sein. Es war, als hätte jemand alle Worte einer Geschichte einzeln auf kleine Papierschnipsel geschrieben und diese dann kräftig durcheinandergemischt.

Wenn alles stimmte, woran sie sich erinnerte, dann hatte sie sich ja vielleicht auch den Schattenmann nicht nur eingebildet, jene unheimliche Gestalt, an deren Gesicht sie sich nicht richtig erinnern konnte und die ihr schon ein paarmal geholfen hatte. Vielleicht würde er ihr auch diesmal helfen, wenn es ihr gelang, ihn irgendwie herbeizurufen.

Thirteen starrte einen Punkt an der Wand neben der Tür an und konzentrierte sich mit aller Macht. Sie versuchte sich eine Tür vorzustellen, eine uralte, aus schweren Eichenbalken zusammengefügte Tür mit geschmiedeten Angeln und einem gewaltigen Schloss, die sich langsam öffnete, um ihren sonderbaren Freund hereinzulassen, aber nichts geschah. Sie versuchte es so lange und intensiv, bis sie Kopfschmerzen bekam, doch die Wand blieb leer. Was hatte sie erwartet?

Wahrscheinlich wäre sie zutiefst erschrocken, wäre es ihr

gelungen, die Tür wirklich mit der Kraft ihres Willens herbeizuzwingen. Unheimliche Dinge zu erleben oder sie selbst zu *bewirken,* das waren doch eindeutig zwei grundverschiedene Dinge.

Irgendwie musste sie bei diesen Überlegungen wohl doch eingeschlafen sein, denn das Nächste, was sie registrierte, war eine Hand, die an ihrer Schulter rüttelte, und das Gesicht ihrer Betreuerin, das sich über sie beugte.

Thirteen fuhr erschrocken hoch. »Was ... ?«

»Zeit zum Abendessen«, sagte ihre Betreuerin. »Die anderen sind schon alle unten.«

Thirteen setzte sich benommen auf, rieb sich über die Augen und schwang die Beine vom Bett. »Ich bin überhaupt nicht hungrig«, sagte sie gähnend.

»Aber du musst etwas essen«, beharrte die junge Frau. »Außerdem wird Frau Mörser nicht begeistert davon sein, wenn du dich ausschließt. Und Dr. Hartstätt auch nicht. Du willst doch möglichst schnell hier heraus, oder?«

Thirteen bezweifelte, dass irgendeine Art von gutem Benehmen, das sie an den Tag legen konnte, Frau Mörser dazu bewegen würde, sie vor dem Dreizehnten dieses Monats hier herauszulassen.

Aber sie stand auf, rieb sich noch einmal über die Augen und ließ sich tiefer als notwendig in die Hocke sinken, um ihre Schuhe anzuziehen. Unauffällig sah sie dabei unter das Bett. Und direkt in ein struppiges, grinsendes Fledermausgesicht.

»Guten Appetit auch«, flötete Wusch.

»Was hast du gesagt?«, fragte ihre Betreuerin.

»Nichts«, antwortete Thirteen hastig und richtete sich auf. »Nur dass ... dass ich mittlerweile doch ein bisschen Appetit habe.«

Sie verließ das Zimmer, so schnell sie gerade noch konnte, ohne dass es auffiel. Sie nahmen denselben Weg wie am Vormittag, wandten sich in der unteren Etage aber nach links statt nach rechts (Thirteen prägte sich den Weg genau ein, für den Fall, dass sie ihn vielleicht etwas schneller zurücklegen musste;

bei ihrer geplanten Flucht zum Beispiel) und näherten sich dem Speisesaal.

Thirteen hörte schon von Weitem die typischen Geräusche: das Klirren von Geschirr, Stühleschieben und Lachen, Stimmen und das Klappern von Besteck. Dann stieg ihr der offenbar auf der ganzen Welt gleiche Kantinengeruch in die Nase, der immer vorzuherrschen schien, unabhängig davon, was gerade auf dem Speiseplan stand. Und auch das Aussehen des Speisesaales entsprach genau ihrer Erwartung: ein lang gestreckter, gefliester Raum mit mehreren weißen Plastiktischen, an denen auf dazu passenden Stühlen etwa fünfunddreißig oder vierzig Mädchen und Jungen saßen.

Keines von ihnen nahm besondere Notiz von Thirteen. Der eine oder andere sah flüchtig hoch, als Thirteen den Saal betrat, aber niemand unterbrach sein Gespräch oder schenkte ihr auch nur einen zweiten Blick. Ein Neuankömmling schien hier wirklich nichts Besonderes zu sein. Thirteen war nicht sicher, ob ihr dieser Umstand nun Grund zur Beruhigung oder eher zur Sorge sein sollte.

»Such dir einen Platz«, sagte ihre Betreuerin. »Wo du willst. Wir haben hier keine bestimmte Sitzordnung. Ich komme dann nach dem Nachtisch zurück und bringe dich wieder in dein Zimmer.«

Diese Großzügigkeit verblüffte Thirteen, aber nur so lange, bis sie die Fenster sah. Sie waren zwar sehr groß, aber allesamt vergittert. Die Tür, die ihre Begleiterin hinter sich schloss, rastete mit einem Laut ein, der Thirteen klarmachte, dass sie so ohne Weiteres nicht wieder aufgehen würde.

Unschlüssig sah sie sich um. Es gab eine Anzahl freier Plätze an jedem der Tische, aber keiner erschien ihr irgendwie einladend. Die meisten befanden sich in der Nähe der vergitterten Fenster, während –

Thirteen wurde bewusst, dass sie schon wieder so dachte, als würde sie bereits ihre Flucht vorbereiten, und lächelte flüchtig in sich hinein. Sie *würde* fliehen, das stand fest. Aber nicht heute. Dazu war sie viel zu müde.

Sie steuerte wahllos den ersten freien Platz an und ließ sich nieder. Eine Stimme sagte: »Das ist mein Platz.«

Thirteen erkannte die Stimme, noch bevor sie aufsah und in das dazugehörige Gesicht blickte. Aber etwas stimmte damit nicht.

»Helen?«, sagte sie verblüfft.

»Stimmt«, antwortete Helen kühl. Sie legte den Kopf auf die Seite und maß Thirteen mit einem nicht besonders freundlichen Blick. »Kennen wir uns?«

Thirteen wollte impulsiv nicken, besann sich dann aber eines Besseren und schüttelte den Kopf. »Nein. Du hast mich nur ... an jemanden erinnert.« Die Veränderung war bei Helen nicht annähernd so deutlich wie bei Peter; sie war keine fünfzig, ja nicht einmal *fünf* Jahre älter geworden, aber sie *war* älter. Der größte Unterschied aber war einer, den man nicht wirklich sah, und es war dasselbe unheimliche Gefühl, das sie schon in Peters Gegenwart gehabt hatte. Etwas fehlte. Von dem vertrauten warmen Gefühl, das sie stets in Helens Nähe gehabt hatte, war nichts mehr geblieben. Ganz im Gegenteil: Helen strahlte eine Kälte aus, die fast körperlich spürbar war.

Es waren ihre Augen. Thirteen erinnerte sich, einmal das Sprichwort gehört zu haben, dass die Augen der Spiegel der Seele seien. Wenn das so war, dann hatte Helen keine Seele. Ihre Augen waren leer, erfüllt zwar von einer wachen, lauernden Intelligenz und einem scharfen Geist, aber ohne das mindeste menschliche Gefühl. Ebenso gut hätte sie in die Augen einer Maschine blicken können.

»Was starrst du mich so an?«, fragte Helen.

»Nichts«, sagte Thirteen hastig. »Entschuldige.«

»Nein, tu ich nicht«, antwortete Helen. »Und außerdem sitzt du immer noch auf meinem Platz.«

Thirteen sah sich demonstrativ um. Auf dem Platz rechts von ihr saß ein vielleicht zehnjähriges Mädchen, das so tat, als wäre es ausschließlich mit seinem Essen beschäftigt, in Wahrheit aber sehr aufmerksam zuhörte. Dasselbe galt für ihren Nachbarn auf der anderen Seite – und übrigens auch für alle anderen am Tisch. Sie mahnte sich selbst innerlich zur Vorsicht, ehe sie antwortete. Irgendetwas ging hier vor.

»Soweit ich das erkennen kann, sitzt du auf einem anderen Stuhl«, sagte sie.

»Das ändert nichts daran, dass dieser Platz für mich reserviert ist«, antwortete Helen. »Ich habe es nicht gerne, wenn mir jemand genau gegenübersitzt.«

»Aha«, sagte Thirteen. Sie sah Helen direkt in die Augen, aber das Mädchen hielt ihrem Blick gelassen stand. »Da haben wir ein Problem, wie?«

»Falsch«, antwortete Helen. »*Du* hast ein Problem.«

Thirteen antwortete nicht. Wozu auch? Helen wollte einen Streit provozieren, das war nicht zu übersehen. Aber warum? Für sie – Helen – war Thirteen eine vollkommen Fremde.

»Und was machen wir jetzt?«, fragte Thirteen. »Ich meine: Sollen wir uns prügeln oder würde es dir reichen, wenn ich mich auf einen anderen Platz setze?«

In Helens Augen blitzte es zornig auf. Ohne Warnung beugte sie sich über den Tisch und ergriff Thirteen am Kragen, und Thirteen packte ebenso schnell ihr Handgelenk und verdrehte es. Helen schrie überrascht auf, verlor die Balance und versuchte sich mit der anderen Hand abzustützen. Es gelang ihr – nur landeten ihre gespreizten Finger in dem Teller mit ihrem Essen. Thirteen hielt Helens Hand eine Sekunde lang fest, dann ließ sie sie so plötzlich los, dass Helen nun vollends das Gleichgewicht verlor und mit dem ganzen Oberkörper auf den Tisch fiel.

Fluchend richtete sie sich auf, schüttelte angeekelt ihre linke mit Kartoffelbrei und Bratensoße beschmierte Hand und sah Thirteen wütend an. »Das wirst du bereuen!«, sagte sie. »Das wird dir noch leidtun, das schwöre ich dir.«

Thirteen schaute sich mit gemischten Gefühlen um. Hier und da war ein halblautes, zaghaftes Lachen zu hören, das aber sofort wieder verstummte, als sich Helen im Kreis drehte und ihren Blick über die Jungen und Mädchen schweifen ließ.

Die Tür wurde geöffnet und Thirteens Betreuerin trat ein, gefolgt von einer älteren Frau, die sich mit sehr resoluten Schritten vorwärts bewegte.

»Was ist denn hier los?«, fragte sie. »Könnt ihr nicht einmal zehn Minuten unbeaufsichtigt bleiben, ohne dass es Streit gibt?« Ihr Blick blieb auf Helens Gesicht hängen.

»Helen«, sagte sie. »Natürlich, wer sonst? Musst du der Neuen gleich beweisen, wer hier der Boss ist?«

»Es war meine Schuld«, sagte Thirteen rasch. »Ein Missverständnis. Es … tut mir leid.«

In Helens Augen erschien ein überraschter Ausdruck, und auch die Betreuerin runzelte zweifelnd die Stirn. Aber nach einer Sekunde nickte sie. »Wie du meinst. Sorge bitte dafür, dass sich solche *Missverständnisse* nicht wiederholen. Wir wollen hier wenigstens bei den Mahlzeiten Ruhe haben.«

Thirteen antwortete nicht, sondern setzte sich wieder, während die beiden Frauen den Speisesaal verließen. Auch Helen ging, um sich eine saubere Bluse anzuziehen.

»Das war nicht besonders klug von dir«, sagte das Mädchen neben Thirteen. »Wenn du glaubst, dass sie dir dafür dankbar ist, dann bist du auf dem Holzweg. Sie weiß gar nicht, was das Wort Dankbarkeit bedeutet.«

»Du kannst Helen nicht besonders gut leiden, wie?«, fragte Thirteen.

Das Mädchen schüttelte den Kopf, wohlweislich aber so, dass niemand außer Thirteen es bemerkte. »Keiner kann das«, sagte sie. »Sie ist ein echter Kotzbrocken. Aber alle haben Angst vor ihr. Es ist besser, sich nicht mit ihr anzulegen.«

»Wieso?«, fragte Thirteen.

»Sie wird von der Heimleitung bevorzugt. Außerdem ist sie hundsgemein. Und irgendwie … unheimlich.«

»Aber sie war nicht immer so«, vermutete Thirteen.

»Nein«, antwortete das Mädchen. »Früher war sie ganz anders. Das genaue Gegenteil. Aber sie hat sich verändert. Ganz plötzlich, von einem Tag auf den anderen, vor ungefähr zwei Jahren.«

Das passte. Die Helen, die gerade mit ihr am Tisch gesessen hatte, musste ungefähr zwei Jahre älter sein als die, die Thirteen im Haus ihres Großvaters getroffen hatte. Es war wirklich unheimlich.

»Gibt es hier noch andere, die so sind wie sie?«, fragte Thirteen.

»Stefan«, antwortete das Mädchen und zog eine Grimasse. »Er ist noch schlimmer. Ein übler Bursche.«

Thirteen sah sich fragend um, aber das Mädchen schüttelte den Kopf. »Er ist im Moment nicht hier. Vor drei Tagen hat er einen Jungen so übel zugerichtet, dass dieser ins Krankenhaus musste. Seither darf er nicht mehr an den gemeinsamen Mahlzeiten teilnehmen. Aber er ist in ein paar Tagen wieder draußen. Bis dahin solltest du dich besser mit Helen arrangiert haben oder es könnte ziemlich unangenehm werden.«

Helen kam zurück. Sie hatte sich einen neuen Teller besorgt, setzte sich aber nicht wieder auf den Platz, auf dem sie gerade gesessen hatte, sondern ging zu einem anderen Tisch. Thirteen sah, wie sie und einige andere Mädchen die Köpfe zusammensteckten und zu tuscheln begannen, wobei sie immer wieder in ihre Richtung blickten.

»Das sieht nach Ärger aus«, sagte das Mädchen neben ihr.

»Ja«, antwortete Thirteen. »Hör lieber auf, mit mir zu reden, ehe du auch noch welchen bekommst.«

Sie beendeten die Mahlzeit schweigend, und Thirteen war froh, als ihre Betreuerin kam und sie in ihr Zimmer zurückbrachte. Ihre Begleiterin verlor kein Wort über den Zwischenfall mit Helen, aber sie blieb unter der Tür stehen.

»Dein Freund Frank ist nicht hier«, sagte sie.

Thirteen drehte sich überrascht um. »Wie?«

»Ich habe mich erkundigt. Er ist nicht hier.«

»Aber ich weiß genau, dass er hier sein muss«, widersprach Thirteen. »Frau Mörser hat es selbst gesagt.«

»Er war hier«, antwortete die junge Frau. »Aber anscheinend hat man ihn verlegt. Ich weiß nicht, wohin.«

»Hat Frau Mörser Ihnen das gesagt?«, fragte Thirteen.

»Ja. Aber ich habe mich auch selbst überzeugt. Seine Papiere sind fort und sein Zimmer ist leer. Sie müssen ihn verlegt haben – was eigentlich seltsam ist.«

»Wieso?«

»Weil *ich* mich normalerweise um den ganzen Schreibkram hier kümmere«, antwortete die junge Frau. »Frau Mörser gibt sich mit solchen Kleinigkeiten nicht ab. Sie hat genug andere Dinge zu tun.«

»Können Sie herausfinden, wo er ist?«, fragte Thirteen.

»Vielleicht. Aber sie wird mich fragen, warum. Außerdem musst du dir wirklich keine Sorgen machen. Ich ... dürfte es dir wahrscheinlich nicht verraten, aber ich habe zufällig ein Telefongespräch zwischen Frau Mörser und dem Amtsleiter mitbekommen. In zwei Wochen bist du hier raus. Die Papiere sind alle schon vorbereitet.«

Nicht dass diese Auskunft Thirteen irgendwie beruhigt hätte; im Gegenteil. Dass ihre Gefangenschaft hier nicht von Dauer sein würde, hatte man ihr ja bereits gesagt. Aber es war wichtig, dass sie vor Ablauf dieser Frist hier herauskam.

»Na gut, das wollte ich dir nur sagen«, fuhr ihre Betreuerin fort. »Ich will versuchen Franks Aufenthaltsort herauszufinden. Sobald du hier herauskommst, kannst du ihn bestimmt besuchen.«

Thirteen bedankte sich mit einem Nicken und ihre Betreuerin ging. Kaum hatte sie das Zimmer verlassen, da stolzierte die Westentaschenausgabe von Graf Dracula unter dem Bett hervor und sagte:

»Sie lügt.«

»Wie meinst du das?«, fragte Thirteen.

Wusch hopste auf das Bett hinauf und versuchte vergeblich, sich auf dieselbe Weise hinzusetzen wie sie. Aber die Anatomie einer Fledermaus ist nun einmal nicht dazu gedacht, sich hinzusetzen, und so bot sie nur einen komischen Anblick.

»Weil er hier ist«, antwortete Wusch schließlich. »Im Haus.«

»Du weißt, wo?«, fragte Thirteen. Plötzlich war sie furchtbar aufgeregt. »Kannst du mich zu ihm bringen?«

»Ja und nein«, pfiff Wusch. »Ja, ich weiß es, und nein, ich kann dich nicht zu ihm bringen. Es sei denn, du kannst fliegen.«

Thirteen seufzte enttäuscht. Aber so schnell gab sie nicht auf. »Wo ist er genau?«, fragte sie. »Hier, auf dieser Etage? Und wieso hat sie mich belogen?«

»Wirklich *gelogen* hat sie ja gar nicht«, gestand Wusch. »Sie weiß nicht, dass er noch hier ist. Aber es kommt ihr merkwürdig vor. Merkwürdiger, als sie zugibt.«

»Woher weißt du das eigentlich alles?«, fragte Thirteen. »Kannst du etwa Gedanken lesen oder so was?«

»Nein. Aber ihr Menschen seid ziemlich miserable Lügner, weißt du? Man muss euch nur gründlich beobachten und schon weiß man alles.«

»Das Kompliment kann ich zurückgeben«, sagte Thirteen grinsend. »Obwohl ich dir eine Weile geglaubt habe, du Fleder*ratte.*«

Wusch blickte sie treuherzig an. »Was meinst du damit?« –

»Diese … *Biester,* die uns oben auf dem Dachboden angegriffen haben«, sagte Thirteen. »Liege ich sehr falsch, wenn ich annehme, dass *das* die richtigen Flederratten waren?«

Wusch schluckte hörbar und schwieg.

»Und du eine ganz normale, eigentlich ganz nette Fledermaus bist, die nur behauptet –«

»Also, das ist im Moment wirklich nicht wichtig«, sagte Wusch hastig. »Wir müssen überlegen, wie du hier rauskommst. Ich fürchte, du bist hier nicht mehr sicher.«

»Wieso?«

»Helen«, antwortete Wusch. »Und Stefan. Sie sind hier.«

»Ich weiß«, sagte Thirteen. »Aber was –«

»Sie reden gerade über dich«, unterbrach sie Wusch. »Ich glaube nicht, dass du wirklich hören willst, was sie sagen.«

»Woher weißt du das?«, wunderte sich Thirteen.

»Ich kann sie hören«, antwortete Wusch in leicht verwundertem Ton. »Sie sind nur drei Zimmer entfernt.«

»Und du kannst *hören,* was sie sagen?«, fragte Thirteen ungläubig.

»Aber natürlich. Ich bin doch nicht so taub wie ihr. Deine Ohren sind vielleicht größer, aber meine sind schärfer.«

Natürlich … Wusch war ihr in den letzten Tagen so vertraut geworden, dass sie beinahe vergessen hatte, was sie war; und was sie über das phänomenale Gehör von Fledermäusen gehört und gelesen hatte. Es schien zu stimmen.

»Was sagen sie?«, fragte sie. »Nur keine Hemmungen.«

»Sie haben Angst vor dir«, antwortete Wusch. »Sie wissen nicht, wer du bist, aber sie spüren, *was* du bist.«

»Und was bin ich«, fragte Thirteen, »ihrer Meinung nach?«

»Das, was sie am meisten auf der Welt fürchten«, antwortete Wusch. »Jemand, der zurückgekommen ist.«

Obwohl es, durch die Jahreszeit bedingt, spät dunkel wurde, war das Feuer in der Stadt noch immer nicht vollkommen gelöscht, als die Dämmerung anbrach. Eine düstere rote Glut mischte sich in das Grau des verblassenden Tages, und das Heulen der Sirenen hatte die ganze Zeit über angehalten. Thirteen war zwei- oder dreimal ans Fenster getreten, aber sie konnte von ihrem Standort aus keine Einzelheiten erkennen. Zwischen dem Heim und dem Brandherd lagen mehrere Häuserblocks, sodass sie nur einen unheimlichen roten Schein sah, der den Himmel erhellte, und dann und wann einen Funkenschauer. Es musste wirklich ein schlimmer Brand gewesen sein.

Sie war wieder allein. Wusch war mit dem ersten grauen Schimmer, der den Himmel überzog, fortgeflogen. Sie hatte versprochen, bald zurückzukommen, aber seither war eine gute Stunde vergangen und es zeigte sich keine Spur von ihr. Thirteen zweifelte nicht daran, dass sie ihr Versprechen halten würde, aber die Zeit wurde ihr doch lang. Wie immer, wenn man wartete, schienen sich die Sekunden mühsam dahinzuschleppen.

Ihr Blick suchte wieder den Himmel ab und blieb schließlich abermals an der roten Glut über den Dächern hängen. In das düsterrote Licht mischten sich die flackernden blauen Lichtblitze der Feuerwehr- und Polizeiwagen, die unablässig an- und abfuhren, und immer wieder grelle Funkenschauer, als hätte der Brand ein unterirdisches Nest unheimlicher Feuerkäfer freigelegt.

Aber da war auch noch etwas …

Im ersten Moment konnte Thirteen es nicht richtig erkennen, aber dann sah sie genauer hin. Über dem brennenden Haus wirbelte ein ganzer Schwarm winziger schwarzer Punkte, die sie bisher für Ascheflocken oder verbranntes Papier gehalten hatte. Aber plötzlich war sie nicht mehr ganz sicher. Das Wirbeln der schwarzen Punkte schien ihr zu regelmäßig, weniger der Tanz von verbranntem Papier in der aufsteigenden heißen Luft, sondern eher wie ein … Schwarm?

Thirteen konnte selbst nicht genau sagen, warum, aber der Gedanke jagte ihr einen kalten Schauer über den Rücken. Erschrocken trat sie vom Fenster zurück und wollte es schon schließen, als ein Schatten auf sie zuschoss, elegant zwischen den Gitterstäben vor dem Fenster hindurchflitzte und weit weniger elegant mit der Wand neben der Tür kollidierte. Es klirrte leise, als sie zu Boden fiel.

»Da bin ich wieder«, verkündete sie.

Thirteen drehte sich zu ihr herum. Sie hatte kein Licht eingeschaltet, sodass sie Wusch nur als verschwommenen Schatten in dem Halbdunkel hinter sich erkennen konnte. »Ja, das war nicht zu überhören«, sagte sie. »Wo warst du so lange?«

»So lange?!«, empörte sich Wusch. »Ist das der Dank? Da reißt man sich einen Flügel aus, damit du hier herauskommst, und deine einzige Antwort ist: Wo warst du so lange!«

Sie kam auf Thirteen zugewatschelt, wobei jeder ihrer Schritte von einem leisen Klimpern begleitet wurde, hopste auf das Bett hinauf und ließ etwas auf das Kopfkissen fallen. Als Thirteen neugierig näher trat, erkannte sie, dass es sich um einen kleinen Schlüsselbund handelte.

»Was ist denn das?«, fragte sie erstaunt.

»Du willst doch hier raus, oder?«, fragte Wusch. »Ich glaube, das da brauchst du dazu.«

Thirteen griff zögernd nach dem Schlüsselbund. Er bestand aus fünf unterschiedlichen Schlüsseln und einem kleinen silbernen Anhänger in Form einer Friedenstaube. »Woher hast du das?«

»Ausgeborgt«, antwortete Wusch. »Von deiner Freundin.«

»Frau Mörser?«

Wusch kicherte. »Nö. Der anderen. Sie sitzt vor diesem komischen flimmernden Kasten, vor dem ihr immer stundenlang meditiert.«

Es dauerte einen Moment, bis Thirteen begriff, wovon Wusch sprach. »Du meinst den Fernseher.«

»Fernseher?« Wusch versuchte ein menschliches Kopfschütteln nachzuahmen. »Nein. Sie sitzt vor dem Kasten.«

Thirteen lächelte, sagte aber nichts mehr zu diesem Thema, sondern ergriff den Schlüsselbund und ging damit zur Tür. Sie fand den richtigen Schlüssel schon beim zweiten Versuch und öffnete sie. Wusch trippelte hinter ihr her und sprang auf ihre Schulter hinauf. Ihr Gewicht war kaum spürbar, aber ihre winzigen Krallen stachen wie spitze Nadeln durch ihre Kleidung, sodass Thirteen kurz das Gesicht verzog.

»Und wohin jetzt?«, fragte sie.

»Wo willst du denn hin?«

»Wir müssen Frank befreien«, antwortete Thirteen. »Wo ist er?«

Wusch zögerte.

»Weißt du es nicht?«, fragte Thirteen.

»Doch«, antwortete die Flederratte. »Aber es wäre nicht gut, dorthin zu gehen. Gar nicht gut. Es ist kein guter Ort. Unten.«

»Unten? Du meinst: im Keller?«

Wusch nickte. Sie schüttelte sich.

»Bring mich hin«, verlangte Thirteen.

»Hast du dir das auch gut überlegt?«, fragte Wusch. »Man geht nicht in den Keller.«

»Ich passe schon auf«, versicherte Thirteen. »Wenn es dich beruhigt, können wir ja laut pfeifen.«

Wusch blinzelte nur verständnislos, deutete dann aber mit einer Flügelspitze nach rechts. Thirteen setzte sich nach einem aufmerksamen Blick in alle Richtungen in Bewegung. Sie stießen auf zwei weitere verschlossene Zwischentüren, die sie aber mithilfe des Schlüsselbundes ohne Problem überwanden, und gelangten schließlich zu der Treppe nach unten. Als Thirteen den Fuß auf die erste Stufe setzen wollte, stieß Wusch einen warnenden Pfiff aus.

»Vorsicht!«, flötete sie. »Gefahr!«

Thirteen sah sich mit klopfendem Herzen um, konnte aber absolut nichts Außergewöhnliches oder *Gefährliches* erkennen. »Was ist los?«, fragte sie.

»Es wird gekämpft!«, antwortete Wusch mit bebender Stimme. Sie begann nervös auf Thirteens Schulter auf und ab zu hüpfen. »Sie greifen an! Und es sind sehr viele! Sie kommen von überall!«

Thirteen drehte sich verständnislos einmal im Kreis. Sie sah und hörte absolut nichts. »Wovon redest du?«, fragte sie. »Wer greift an?«

»Die Indianer!«, pfiff Wusch. »Es müssen Hunderte sein. Sie sind schon in den meisten Zimmern!«

»Indianer?!«

Aber plötzlich musste Thirteen sich mit aller Macht zusammenreißen, um nicht laut loszulachen. Die Erklärung war ebenso simpel wie komisch: Wuschs superfeines Gehör spielte ihr offensichtlich einen Streich. Was sie hörte, das war nichts anderes als der Ton eines Wildwestfilmes, der offensichtlich in den meisten Zimmern lief.

»Was ist so komisch?«, wollte Wusch wissen.

»Nichts«, sagte Thirteen rasch, weil sie keine Zeit für Erklärungen hatte. »Aber es ist schon in Ordnung. Die Indianer werden uns nichts tun. Vertrau mir.«

Wusch sah nicht sehr beruhigt drein, aber sie sagte nichts mehr, und Thirteen ging weiter und hielt unten in der ersten

Etage wieder an. Suchend sah sie sich um. Links ging es zum Speisesaal, in die andere Richtung zu Frau Mörsers Büro. Aber Wusch hatte ja gesagt, dass Frank im Keller untergebracht war, also ging sie die Treppe weiter hinunter und stand schließlich in der Eingangshalle.

Nur aus Interesse probierte sie den Schlüsselbund aus. Der Haupteingang ließ sich öffnen, und für einige Augenblicke war sie ernsthaft in Versuchung, die Chance zu nutzen. Ein einziger Schritt und sie war in Freiheit.

Sie verzichtete darauf. Frank war hier und sie hatte sich selbst versprochen, ihn zu retten. Lautlos schloss sie die Tür wieder, ging ins Haus zurück und fand nach kurzem Suchen die Treppe zum Keller.

Er war überraschend groß. Sie fand mindestens ein Dutzend Räume, die mit den verschiedensten Dingen vollgestopft waren, angefangen von alten Möbeln über Kisten mit Kleidungsstücken, Büchern und allem möglichen Krimskrams bis hin zu einem ganzen Keller voller Akten, die in scheinbar endlosen Regalen säuberlich aufgereiht waren. Was sie nicht fand, war Frank.

»Ich verstehe das nicht«, sagte sie. »Bist du sicher, dass er hier unten ist?«

»Ja.«

»Aber ich habe alles abgesucht!«

»Hinter dem Raum mit den vielen Rohren und dem großen Kessel befindet sich noch ein Zimmer«, sagte Wusch.

»Du meinst … den Heizungskeller?«, fragte Thirteen, wartete Wuschs Antwort aber erst gar nicht ab, sondern lief bereits in den Heizungsraum zurück. Sie hatte auch ihn durchsucht; allerdings nur sehr flüchtig. Der Gedanke, dass Frank hier im Keller untergebracht sein sollte, war schwer genug zu akzeptieren; die Vorstellung, dass sie ihn im *Heizungskeller* eingesperrt hatten, war entsetzlich.

»Wo soll er denn sein?«, fragte Thirteen.

Wusch deutete mit der Flügelspitze auf die gegenüberliegende Wand, und jetzt entdeckte Thirteen die Tür, die sich dort befand. Sie bestand aus Metall, war aber so verschmutzt und voller Rost, dass sie in der Wand aus uralten Ziegelsteinen kaum auffiel. Die Tür hatte kein Schloss, aber der Griff war mit einer massiven Kette und einem riesigen Vorhängeschloss gesichert. Thirteen probierte alle Schlüssel an ihrem Bund aus, aber keiner passte.

Vergeblich rüttelte sie ein paar Sekunden lang an der Kette, trat schließlich einen halben Schritt zurück und schlug zwei-, dreimal mit der flachen Hand gegen die Tür. Es dröhnte, als hätte sie eine gewaltige Glocke angeschlagen.

»Bist du sicher, dass er *dort* drinnen ist?«, fragte sie zweifelnd.

»Ganz sicher.« Wusch nickte und wäre dabei fast von ihrer Schulter gefallen.

»Wieso?«

»Ich kann ihn atmen hören«, antwortete Wusch. »Es klingt nicht sehr gut.«

»Du kannst ihn *hören?*«, ächzte Thirteen. »Durch *diese* Tür hindurch?«

»Aber selbstverständlich«, antwortete Wusch. »Was ist jetzt? Wollen wir über deine Schwerhörigkeit diskutieren oder darüber, wie wir deinen Freund befreien?«

Thirteen musterte finster die Kette. Die Glieder bestanden aus fast halbzentimeterdickem Stahl. Selbst mit einem Brecheisen würde sie diese Kette kaum sprengen können. »Ich brauche einen Schweißbrenner, um das Ding aufzubekommen«, maulte sie. »Oder den passenden Schlüssel. Du weißt nicht zufällig, wo Frau Mörser ihn aufbewahrt?«

Wuschs Schweigen war Antwort genug. Wahrscheinlich wusste sie nicht einmal, wer Frau Mörser war.

»Also machen wir uns auf die Suche«, seufzte Thirteen. Sie schlug noch einmal mit der flachen Hand gegen die Tür, so fest sie konnte, und schrie dabei Franks Namen. Sie bekam keine Antwort.

»Hat er mich gehört?«, fragte sie.

Wusch verzog das Gesicht. »Du brüllst zwar laut genug, um

mir einen dauerhaften Gehörschaden zu verpassen, aber ich fürchte, er ist genauso taub wie du.«

»Ich nehme an, das soll ›nein‹ heißen«, sagte Thirteen. Sie wandte sich wieder um und verließ den Keller. Den passenden Schlüssel für das Vorhängeschloss zu finden, war leichter gesagt als getan. Sie wusste ja nicht einmal, wo sie danach suchen sollte.

Als sie die Treppe hinaufgingen, fragte sie: »Ist im Haus noch alles ruhig?«

»Die Indianer greifen immer noch an«, erklärte Wusch ernsthaft. »Aber es sieht so aus, als könnten sie sie zurückschlagen.« Thirteen verdrehte die Augen, blieb auf dem Treppenabsatz stehen und lauschte, ging aber dann weiter, als sie nichts Auffälliges hörte. Das Klügste war vermutlich, wenn sie in Frau Mörsers Büro mit der Suche nach dem Schlüssel anfing. Falls er überhaupt hier war und sie ihn nicht bei sich trug, dann war er wahrscheinlich in ihrem Schreibtisch. Sie wandte sie nach links und schlich auf Zehenspitzen in die Richtung, in der sie Frau Mörsers Büro wusste.

Um ein Haar wäre sie mit ihr zusammengestoßen. Sie hörte im allerletzten Moment ihre Stimme, prallte mitten im Schritt zurück und erstarrte, als Frau Mörser vor ihr um eine Gangbiegung kam – und sich in die entgegengesetzte Richtung wandte. Diesmal schien das Schicksal ausnahmsweise einmal auf Thirteens Seite zu stehen. Weder Frau Mörser noch der dunkelhaarige Mann in ihrer Begleitung sahen Thirteen. Dabei hätte ein einziger flüchtiger Blick gereicht. Aber die beiden waren so sehr in ihr Gespräch vertieft, dass sie überhaupt keine Notiz von dem nahmen, was um sie herum vorging.

Thirteen wartete mit angehaltenem Atem, bis Frau Mörser und ihr Begleiter das Ende des Korridors erreichten und um die nächste Gangbiegung verschwunden waren. Erst dann wagte sie es, wieder Luft zu holen. »Puh … das war knapp.«

»Da kommen noch mehr«, sagte Wusch.

Thirteen sah sich rasch um, wich einige weitere Schritte in den Korridor zurück und trat schließlich in einen schwarzen Schlagschatten hinein, der sie zuverlässig vor jedem zufälligen Blick schützen würde, den jemand in den Korridor warf. Tatsächlich erschienen schon nach wenigen Augenblicken ein paar Männer und Frauen, die sich zielstrebig in dieselbe Richtung bewegten wie Frau Mörser und der dunkelhaarige Mann zuvor. Offenbar fand in Frau Mörsers Büro eine Versammlung statt.

Aber sie hatte ja auch eine entsprechende Bemerkung zu Doktor Hartstätt gemacht. Thirteen erinnerte sich jetzt daran. Sie hatte nur nicht gewusst, dass dieses Treffen *hier* stattfinden würde.

»Kommen noch mehr?«, flüsterte Thirteen.

»Im Moment nicht. Sie sind alle in dem Zimmer dort vorne. Sie streiten.«

»Streiten? Worüber?«

»Auf jeden Fall sind sie sehr aufgeregt«, antwortete Wusch. »Eine gute Gelegenheit, nach dem Schlüssel zu suchen.«

Damit hatte sie sicher recht. Aber Thirteen wollte auch zu gerne wissen, worum es bei dieser abendlichen Versammlung ging. Aus irgendeinem Grund war sie sicher, dass es mit ihr zu tun hatte. Sie wartete vorsichtshalber noch ein paar Minuten, dann schlich sie auf Zehenspitzen, aber mit heftig klopfendem Herzen in dieselbe Richtung, in die Frau Mörser und anderen gegangen waren.

Schon als sie sich dem Zimmer näherte, stellte sie fest, dass Wusch recht hatte. Man musste nicht über das superscharfe Gehör einer Fledermaus verfügen, um mitzubekommen, dass auf der anderen Seite der Tür eine hitzige Debatte im Gange war.

Thirteen war einen Moment lang hin- und hergerissen zwischen Neugier und ihrem Wunsch, Frank zu befreien. Frau Mörser war hörbar beschäftigt. Ihr Büro lag auf der anderen Seite des Korridors und die Tür stand sogar einen Spaltbreit offen. Eine bessere Gelegenheit, nach dem Schlüssel für den geheimen Raum im Keller zu suchen, würde sich so bald nicht mehr ergeben.

Sie entschied sich für die Vernunft, obwohl ihre Neugier eindeutig stärker war. Auf Zehenspitzen schlich sie zur Tür von Frau Mörsers Büro und trat ein. Es war ziemlich dunkel und sie tastete sich langsam vorwärts, weil sie Angst hatte, irgendetwas umzustoßen und sich durch den Lärm zu verraten.

Sehr nervös, aber trotzdem sehr sorgfältig durchsuchte sie den Schreibtisch, fand aber nichts, was einem Schlüssel auch nur ähnelte. Als Nächstes nahm sie sich die Aktenschränke vor – mit demselben Ergebnis – und schließlich die kleine Anrichte neben der Tür. Sie fand auch dort den Schlüssel nicht, wohl aber etwas anderes. In der Anrichte lag das Buch, das sie von der Frau in der Einkaufspassage bekommen hatte. Es war in der Mitte aufgeschlagen und die Seite mit dem Foto, die den Urgroßvater ihres Großvaters und die beiden Urahnen von Phobos und Deimos zeigte, war herausgerissen, das erkannte sie trotz der herrschenden Dunkelheit.

»Findest du, dass jetzt der richtige Moment ist, um ein Buch zu lesen?«, fragte Wusch.

»Nein«, antwortete Thirteen. »Aber das hier ist wichtig.«

»So? Warum?«

Beantworten konnte Thirteen diese Frage auch nicht, aber sie spürte einfach, dass es so war. Und für einen Moment hatte sie das Gefühl, der Lösung ganz nahe zu sein. Zum ersten Mal schien alles einen Sinn zu ergeben. Die zahllosen Teile fügten sich zu einem Bild zusammen. Aber noch ehe sie richtig hinsehen und es erkennen konnte, zersplitterte es wieder, und zurück blieb nur die tiefe Verwirrung, die sie die ganze Zeit über schon spürte. Sie legte das Buch sorgsam genauso wieder in den Schrank zurück, wie sie es vorgefunden hatte, verschloss die Tür wieder und sah sich hilflos in dem dunklen Zimmer um.

»Ich muss diesen verdammten Schlüssel finden«, murmelte sie. »Er muss hier irgendwo sein!«

»Du suchst einen Schlüssel?«, fragte Wusch.

»Was denn sonst?«, fragte Thirteen schlecht gelaunt. »Wieso?«

Statt einer Antwort stieß die Flederratte einen schrillen Pfiff aus, der so hoch war, dass er in Thirteens Ohren schmerzte. Eine Sekunde später sagte sie: »Er liegt unter dem Schreibblock.«

Thirteen sah die Flederratte verblüfft an, ging aber dann rasch zum Schreibtisch und hob den Notizblock an, der darauf lag. Und tatsächlich entdeckte sie darunter einen großen, altmodischen Bartschlüssel, der gut zu dem Vorhängeschloss unten im Heizungskeller passen konnte. »Aber … aber woher hast du das gewusst?«, fragte sie fassungslos.

»Man kann ihn hören«, antwortete Wusch. Sie klang, als hätte Thirteen die mit Abstand lächerlichste Frage gestellt, die sie seit langer Zeit gehört hatte.

»Hören?«, fragte Thirteen. »Das meinst du nicht ernst!«

Wusch seufzte. »Metall erzeugt ein völlig anderes Echo als Holz oder Glas.« Sie schüttelte den Kopf. »Und ehe du fragst: Es ist der richtige Schlüssel.«

»Ach?«, fragte Thirteen grinsend. »Woher willst du das wissen? Passt das Echo des Bartes zu dem des Schlüssellochs?«

»Stimmt«, antwortete Wusch. »Du bist ja gar nicht so schwer von Begriff, wie ich dachte.«

Thirteen zog es vor, nichts mehr zu sagen. Sie steckte den Schlüssel ein, legte den Block sorgfältig an seinen Platz zurück, damit das Verschwinden des Schlüssels nicht sofort auffiel, und trat wieder auf den Korridor hinaus.

Aus dem Zimmer auf der anderen Seite drangen noch immer aufgeregte Stimmen. Ihre Vernunft sagte ihr, dass sie weitergehen sollte. Solange Frau Mörser und ihre Besucher beschäftigt waren, hatte sie gute Aussichten, unbemerkt noch einmal in den Keller hinunterzukommen und Frank zu befreien. Aber das Gefühl, dass dort drüben etwas im Gange war, was sie *wissen* musste, war immer noch da und es war sogar stärker als zuvor.

So leise sie konnte, schlich sie über den Flur und näherte sich der Tür. Die Stimmen wurden lauter, aber nicht deutlicher, sodass sie immer noch nicht verstehen konnte, worum es bei dem Streit ging – denn um einen Streit handelte es sich jetzt eindeutig.

»Worauf warten wir?«, fragte Wusch.

Thirteen machte eine unwillige Kopfbewegung, die Wusch um ein Haar von ihrer Schulter geschleudert hätte. »Sofort«, flüsterte sie. »Nur einen Moment. Ich möchte nur …«

Sie verstummte mitten im Wort, denn sie hatte einen Blick durch den Türspalt geworfen, und was sie sah, das ließ sie alles andere schlagartig vergessen.

Sie konnte Frau Mörser erkennen, die mit unruhigen kleinen Schritten im Zimmer auf und ab ging und beim Reden erregte Gesten mit den Händen machte, und Doktor Hartstätt und zwei oder drei weitere Männer unterschiedlichen Alters, die sie nicht kannte. Darüber hinaus mussten sich noch weitere Personen in dem Zimmer aufhalten, die sie durch den Türspalt nicht sehen konnte.

Einen der Männer erkannte sie jedoch sofort – und sein Anblick hätte um ein Haar dazu geführt, dass sie laut aufschrie. Es war der Mann aus dem Flugzeug.

Der Mann, der sie hatte umbringen wollen. Thirteen hatte ihn zwar nur kurz gesehen, aber es gab gar keinen Zweifel. Sie würde dieses Gesicht nie wieder im Leben vergessen. Ihr Herz begann zu hämmern, und das Blut rauschte plötzlich so laut in ihren Ohren, dass es einige Sekunden dauerte, bis sie Frau Mörsers Worte wieder verstand:

»... überhaupt keine Frage!«, sagte sie erregt. Die Worte galten offensichtlich dem Mann aus dem Flugzeug, denn sie riefen einen Ausdruck von Trotz auf seinem Gesicht hervor.

»Sie wird uns alle vernichten!«, sagte er. »Die Gefahr ist –«

»– nicht annähernd so groß wie die, in die Sie uns alle gebracht haben, Volkner!«, fiel ihm Frau Mörser zornig ins Wort. »Es sind nur noch neun Tage. Wir müssen jetzt nur die Nerven behalten, dann kann gar nichts passieren.«

Hätte Thirteen noch einen Beweis gebraucht, dies wäre er gewesen. Es ging bei diesem Gespräch um sie. Ihr Gefühl hatte sie nicht getrogen.

»Ja«, sagte Volkner böse. »Und wenn doch etwas schiefgeht, dann enden wir alle wie Nagelschmidt.«

»Das wird nicht geschehen«, sagte Frau Mörser überzeugt. »Wir haben schon viel zu viel Aufsehen erregt. Wenn dem Mädchen jetzt etwas zustößt, kann ich das vielleicht nicht mehr vertuschen.«

»Ich denke, Sie sind so mächtig«, sagte Volkner spöttisch.

»Es war schon schwer genug, den Jungen verschwinden zu lassen«, fuhr Frau Mörser kopfschüttelnd fort. »Gottlob ist er nichts als ein heimatloser Herumtreiber ohne Eltern oder irgendwelche anderen Verwandten, die nach ihm suchen werden. Bei dem Mädchen liegt die Sache anders.«

»Und wieso?«

»Weil der Alte die Hände über sie hält.« Das war eine andere Stimme, die Thirteen bekannt vorkam, ohne dass sie sie sofort einem Gesicht zuordnen konnte. Erst als die Gestalt in ihr Gesichtsfeld trat, erkannte sie auch die Stimme wieder.

Es war Stefan.

Er war noch größer, als sie ihn in Erinnerung hatte, und um mindestens vier oder fünf Jahre älter, aber es war eindeutig Stefan. Und jetzt stellte sich Helen neben ihn.

»Da wäre ich nicht so sicher«, widersprach Volkner. »Er hat von uns allen am meisten zu verlieren.«

»Was ihm anscheinend egal ist«, sagte Frau Mörser. »Stefan hat leider vollkommen recht. Er wird nicht zulassen, dass dem Mädchen etwas zustößt. Ich habe mit ihm gesprochen. Er war in diesem Punkt sehr deutlich.«

»Der Alte!« Volkner ballte zornig die Hand zur Faust. »Irgendeines Tages werde ich –«

»Gar nichts«, unterbrach ihn Frau Mörser. »Sie wissen ganz genau, dass …«

Thirteen trat lautlos von der Tür zurück. Sie hatte genug gehört. Sie musste weg, und zwar so schnell wie nur möglich. Frau Mörsers Worte beruhigten sie kein bisschen. Die Tatsache, dass sie nicht in Lebensgefahr schwebte, bedeutete ja noch lange nicht, dass sie in *Sicherheit* war. Und was Frank anging … Frau Mörser hatte nicht gesagt, dass sie auch ihn beschützen würde. Und ihr Großvater auch nicht. Im Gegenteil: Wenn sie an *seine* Worte dachte, lief ihr ein eisiger Schauer über den Rücken.

»Was geschieht am Dreizehnten?«, fragte sie, während sie wieder die Treppe zum Keller hinuntereilte.

»Ich glaube, dann ist dein Geburtstag«, antwortete Wusch.

»Das weiß ich selbst. Und sonst?«

»Vollmond«, erwiderte Wusch.

»Aha. Und noch?« Thirteen seufzte. »Nun sag schon!«

»Mehr weiß ich nicht«, behauptete Wusch. Es klang nicht ganz überzeugend, aber in ihrer Stimme war auch wieder jener besondere Ton, der Thirteen klarmachte, dass es sinnlos war, weiterzudrängen. Aber sie nahm sich vor, später noch einmal auf dieses Thema zurückzukommen.

Sie erreichte den Keller, lief durch den Heizungsraum und stand schließlich wieder vor der geschlossenen Eisentür. Es gab noch einen kurzen, aber schrecklichen Moment, als sie den Schlüssel ins Schloss steckte und es einen Augenblick lang so aussah, als passe er nicht. Aber dann wandte sie ein wenig mehr Kraft auf und hörte gleich darauf ein helles Klicken. Das Schloss sprang auf und die Kette fiel mit einem lautstarken, schrecklich lang anhaltenden Klirren zu Boden. Thirteen stieß sie ungeduldig mit dem Fuß zur Seite, griff mit beiden Händen zu, um die Tür aufzuschieben, und wäre um ein Haar kopfüber die eiserne Wendeltreppe hinuntergefallen, die sich dahinter befand.

Erschrocken hielt sie sich am Geländer fest, balancierte einen Moment auf der Kante der oberen Stufe und fand schließlich ihr Gleichgewicht wieder. Wusch setzte zu einer spöttischen Bemerkung an, zog es dann aber vor, doch lieber die Klappe zu halten, als Thirteen ihr einen strengen Blick zuwarf.

Sie gab nun jede Vorsicht auf und eilte die Wendeltreppe hinunter, so schnell es nur ging. Ihre Schritte polterten unglaublich laut auf den eisernen Stufen, aber das war ihr gleich. Wenn niemand das Klirren der Kette gehört hatte, würde sie wohl auch dieser Lärm nicht mehr verraten.

Am Ende der Wendeltreppe angelangt, war sie im ersten Moment so gut wie blind. Sie spürte, dass der Raum sehr groß war, aber es gab keine Beleuchtung, und das bisschen Licht, das durch die Tür am oberen Ende der Wendeltreppe herunterfiel, reichte nicht aus, um weiter als einige Schritte sehen zu können.

»Nach links«, sagte Wusch, die ihre Schwierigkeiten zu spüren schien. Thirteen wandte sich gehorsam in die angegebene Richtung, ging los – und stieß einen halblauten Schrei aus, als sie Frank erblickte.

Der Anblick war einfach zu schrecklich. Natürlich hatte sie gewusst, dass Frank hier eingesperrt war. Sie hatte sogar halbwegs damit gerechnet, dass man ihn gefesselt hatte – aber er war nicht gefesselt, er war mit ausgebreiteten Armen an der Wand *angekettet!* Seine Kleider waren zerrissen und vollkommen verdreckt, und sein Gesicht war grün und blau geschlagen und verschwollen.

»Frank!«, keuchte sie. »O Gott! Was ... was haben sie mit dir gemacht!?«

Mit einem hastigen Schritt trat sie ganz zu ihm hin und hob die Hände, hatte aber dann doch nicht den Mut, ihn zu berühren. Was sie sah, erfüllte sie mit Abscheu und Entsetzen zugleich. Frank war geschlagen worden, schwer geschlagen sogar, aber warum?

»Wer hat dir das angetan?«, murmelte sie erschüttert. »Warum?«

Frank hob mühsam den Kopf und öffnete das linke Auge. Das andere war so zugeschwollen, dass er das Lid nicht heben konnte. »Hallo, Zwölfdreiviertel«, murmelte er. »Ich dachte schon, ich sehe dich gar nicht mehr wieder.«

Thirteen schüttelte seufzend den Kopf. »Deinen Humor hast du ja noch behalten«, sagte sie. »Aber wenn du solchen Wert auf eine korrekte Anrede legst, kann ich ja wiederkommen, wenn mein dreizehnter Geburtstag vorbei ist.«

»Meinetwegen«, murmelte Frank. »Ist ganz gemütlich hier. Nur der Zimmerservice lässt zu wünschen übrig.«

Thirteen schüttelte nochmals den Kopf und hob die Arme, um Franks Fesseln zu lösen. Es gelang ihr, aber Frank war so schwach, dass er einfach zusammenbrach, nachdem ihn die Fesseln nicht mehr aufrecht hielten. Mit Mühe und Not fing sie ihn auf und wollte ihn vorsichtig zu Boden gleiten lassen, aber Frank schüttelte schwach den Kopf und versuchte aus eigener Kraft zu stehen. Es gelang ihm, allerdings erst, nachdem Thirteen seinen linken Arm genommen und um ihre Schulter gelegt hatte.

»Schaffst du die Treppe?«, fragte sie.

»Kein Problem«, antwortete Frank und machte einen taumelnden Schritt vorwärts.

»Wer hat dich so zugerichtet?«, fragte Thirteen. »Und warum?«

»Ein Bursche namens Stefan«, antwortete Frank. Er kam mühsam wieder auf die Beine und griff mit der freien Hand nach dem Treppengeländer. »Hätte ich mich wehren können, dann würde er jetzt so aussehen.«

Thirteen sagte nichts, aber sie bezweifelte Franks Worte. Sie hatte Stefan gesehen. Er musste mittlerweile sechzehn oder siebzehn Jahre alt sein, hatte aber trotzdem die Statur eines Erwachsenen und wahrscheinlich auch dessen Kräfte.

Es war nicht leicht, mit dem Gewicht von Franks fast hilflosem Körper auf der Schulter die Wendeltreppe hinaufzukommen, aber irgendwie gelang es ihr. Sie war allerdings ziemlich erschöpft, als sie wieder den Heizungskeller erreichten. Unmittelbar hinter der Tür sank sie auf die Knie, ließ Franks Arm von der Schulter gleiten und rang mühsam nach Atem. Für einen Moment wurde ihr vor Anstrengung schwarz vor Augen. Das Erste, was sie sah, als sich ihr Blick wieder klärte, war ein Paar schlanker Frauenbeine, die unmittelbar vor ihr in die Höhe ragten und unter dem Saum eines kurzen Rockes verschwanden, dann hörte sie eine scharfe Stimme, die fragte:

»Was geht hier vor? Was tust du hier und – o mein Gott!«

Thirteen hob den Blick und sah genau ins Gesicht ihrer Betreuerin, auf dem sich Entrüstung, Zorn und plötzlicher Schrecken mischten. Offensichtlich hatte sie Frank nicht sofort bemerkt. Jetzt aber kniete sie neben ihm nieder, streckte die Hände nach ihm aus und sah dann wieder Thirteen an.

»Was ist hier passiert?«, fragte sie.

Thirteen funkelte sie an. »Tun Sie nicht so unschuldig!«, sagte sie. »Das wissen Sie doch ganz genau!«

»Ich?« Thirteen wollte es im ersten Moment nicht zugeben, aber die Verblüffung auf dem Gesicht der jungen Frau war echt. »Ich … ich verstehe überhaupt nicht … Wer … wer ist dieser Junge und was ist mit ihm geschehen?«

Thirteen stand mühsam auf und auch Frau Mörsers Assistentin erhob sich wieder.

»Das ist Frank«, antwortete Thirteen. »Mein Freund. Sie haben selbst gesagt, dass er hier ist. Und jetzt behaupten Sie, ihn nicht einmal zu kennen?«

»Ich habe ihn nie gesehen. Aber Frau Mörser hat mir doch gesagt, dass er weggebracht wurde!«

»Ja«, antwortete Thirteen wütend. »Hier runter. Und vermutlich, um ihn umzubringen.«

»Aber das ist doch lächerlich«, erwiderte die junge Frau. »Frau Mörser würde niemals –«

»Etwas vor Ihnen verschweigen?«, unterbrach sie Thirteen. »Ich vermute, es gibt noch eine ganze Menge anderer Dinge, von denen Sie nichts wissen. Sie haben Frank hier heruntergebracht und eingesperrt, und sie wollten auch mich verschwinden lassen.«

»Das … das glaube ich nicht«, antwortete ihre Betreuerin.

»Aber sie sagt die Wahrheit«, sagte eine Stimme hinter ihr.

Thirteen und die junge Frau fuhren im selben Augenblick herum. Thirteen stieß einen erschrockenen Ruf aus.

»Stefan?«, sagte Frau Mörsers Assistentin überrascht. »Was machst du denn hier?«

»Sie sagt wirklich die Wahrheit«, wiederholte Stefan lächelnd. »Sie hätten ihr besser geglaubt. Und Sie hätten sich auch besser nicht in Dinge gemischt, die Sie nichts angehen!«

Und damit trat er einen Schritt vor, hob plötzlich die Arme und stieß der jungen Frau so heftig die flachen Hände vor die Brust, dass sie rücklings durch die Tür stolperte und mit einem spitzen Schrei die Treppe hinunterfiel.

»Nein!«, schrie Thirteen. Sie versuchte Stefan anzuspringen, aber er wischte sie mit einer einzigen Bewegung zur Seite, sodass sie dicht neben der Tür gegen die Wand prallte und beinahe ebenfalls die Treppe hinuntergefallen wäre. Aus der Tiefe drang ein lautes Poltern und Krachen zu ihr herauf, das dann plötzlich abbrach. Das Schweigen, das darauf folgte, war beinahe noch schlimmer.

»Was … was hast du getan?«, stammelte sie. »Du hast sie umgebracht!«

Stefan lachte; ein hässlicher, durch und durch böser Laut. »Ich?«, fragte er grinsend. »Kaum. Das war wohl eher dein beschränkter Freund da, als er versucht hat zu fliehen. Leider sind sie dabei zusammen die Treppe hinuntergefallen. Aber Unfälle kommen bedauerlicherweise nun einmal vor.«

Er bückte sich, ergriff Frank an beiden Armen und zerrte ihn auf die Kellertreppe zu. Thirteen begriff, was er vorhatte, und stürzte sich mit verzweifelter Kraft auf ihn, handelte sich aber nur eine heftige Ohrfeige ein, die ihr fast das Bewusstsein raubte.

»Lass das«, sagte Stefan drohend, »oder du fliegst gleich hinterher!«

Er beugte sich erneut zu Frank hinab, und in der nächsten Sekunde landete er unsanft auf dem Hintern und betastete verblüfft seine Nase, aus der plötzlich Blut lief.

»Siehst du?«, sagte Frank. »Ich sagte dir doch, dass es anders aussieht, wenn ich nicht gefesselt bin!«

Er versetzte Stefan einen zweiten Fausthieb, der ihn diesmal vollends zu Boden warf. Stefan keuchte. Er sah noch immer mehr überrascht als wirklich angeschlagen aus, wirkte aber zugleich auch ein bisschen benommen.

»So!«, rief Frank triumphierend. »Jetzt wollen wir mal abrechnen!«

Thirteen fiel ihm in den Arm, als er zu einem weiteren Hieb ausholte. »Nicht!«, sagte sie. »Wir müssen weg!«

Tatsächlich ließ Frank die Faust wieder sinken. Er taumelte ein bisschen. Zorn und Angst hatten ihm für einen Moment seine Kraft zurückgegeben, aber sie würde nicht allzu lange anhalten; ebenso wenig wie Stefans Benommenheit.

»Los!« Frank sah sie nur verständnislos an, sodass Thirteen

ihn kurzerhand am Arm ergriff und mit sich zerrte. Hinter ihnen setzte sich Stefan auf und hielt sich die blutende Nase, war aber offensichtlich nicht imstande, sie sofort zu verfolgen. Vielleicht hatten sie ja trotz allem noch einmal Glück im Unglück und kamen hier heraus.

Und sie erreichten auch wirklich unbehelligt die Eingangshalle. Thirteen ließ Franks Arm los und riss den Schlüsselbund aus der Tasche. Als sie die Tür öffnete, polterten hinter ihr zahlreiche Schritte die Treppe herunter und Frau Mörser, Hartstätt und die anderen erschienen. Frau Mörsers Augen weiteten sich ungläubig, als sie Thirteen und Frank unter der Tür gewahrte.

»Halt!«, befahl sie. »Was ist hier los? Was habt ihr vor?«

In Anbetracht der eindeutigen Situation war dies eine ziemlich überflüssige Frage, aber Thirteen kam nicht dazu, zu antworten, denn in diesem Moment teilte sich die Menge hinter Frau Mörser und Stefan stolperte hervor. Er bot einen erschreckenden Anblick: Von der Nase abwärts war sein Gesicht mit Blut verschmiert und sein Hemd zerfetzt.

»Haltet sie fest!«, schrie er.

Frau Mörser sah ihn aus aufgerissenen Augen an. »Stefan! Was ist denn mit dir passiert?«

»Ihre Assistentin!«, sagte Stefan schwer atmend. Er deutete mit ausgestrecktem Arm auf Thirteen und Frank. »Sie ist tot! Die beiden haben sie umgebracht!«

7

Der Regen trommelte auf das Blech über ihren Köpfen und manchmal drehte sich der Wind und überschüttete sie mit eisigem Wasser. Sie hatten eine entsetzliche Nacht hinter sich. Zwar war es Frank und ihr gelungen, zu entkommen – obwohl sie keine Ahnung hatte, wie und vor allem *wieso* –, aber Franks Kräfte hatten nicht lange vorgehalten, sodass sie ihn mehr getragen hatte, als dass er sich auf seinen eigenen Beinen vorwärts bewegte. Stunden, wie es ihr vorkam, waren sie durch die Nacht geirrt, bis sie sich schließlich hier verkrochen hatten. Die Häuser ringsum waren unbewohnt und zum größten Teil verfallen. Die meisten Fenster hatten kein Glas mehr und nirgendwo brannte Licht. Trotzdem hatte es Thirteen nicht gewagt, in einem der baufälligen Häuser Schutz zu suchen, denn es war ihr nicht wohl bei dem Gedanken, in fast vollständiger Dunkelheit durch eine Ruine zu stolpern, in der jeder Schritt zu einem lebensgefährlichen Abenteuer werden konnte. So war sie zusammen mit Frank und Wusch in ein riesiges, leeres Fass gekrochen, das auf der Seite lag.

Mittlerweile war sie allerdings nicht mehr sicher, ob es wirklich eine so gute Idee gewesen war, in diesem Fass Unterschlupf zu suchen. Sie fror erbärmlich, und Franks Zustand hatte sich weiter verschlechtert, statt sich zu bessern, wie sie gehofft hatte. Thirteen hatte sich so hingesetzt, dass sie ihn mit ihrem eigenen Körper vor dem Regen schützte, den der Wind dann und wann in ihr Versteck hereinwehte. Vor der Kälte konnte sie ihn nicht schützen. Und vor den Schmerzen, die er vermutlich litt, auch nicht.

Der Anblick von Franks Gesicht erschreckte Thirteen noch genauso, wie sie es das erste Mal gesehen hatte. Es war im Laufe der Nacht noch weiter angeschwollen. Sein linkes Auge war mittlerweile nicht mehr zu sehen, und er hatte auch Schwierigkeiten, zu reden, weil seine Lippen fast zugeschwollen waren. »Warum hat er dir das angetan?«, fragte sie.

Frank schlang fröstelnd die Arme um die angezogenen Knie und zuckte mit den Schultern. »Weil es ihm Freude bereitet, nehme ich an«, sagte er. »Er hat mir jedenfalls keine einzige Frage gestellt, wenn du das wissen willst.«

Das hatte sie beinahe erwartet. Trotzdem verstand sie es nicht. Sie hatte Stefan als einen großen, sehr starken, im Grunde aber äußerst gutmütigen Jungen kennengelernt, nicht als jemanden, dem sinnlose Grausamkeit Freude bereitete.

»Ich begreife das nicht«, murmelte sie. »Das passt so gar nicht zu Stefan.«

Frank schenkte ihr nur einen mürrischen Blick aus dem einen Auge, das er im Moment öffnen konnte, aber Wusch sagte: »Passt es vielleicht besser zu ihm, Leute die Treppe hinunterzustoßen?«

Thirteen erwiderte nichts und Wusch fuhr fort: »Der Stefan, den du kennst, ist nicht der Stefan, den du heute Nacht getroffen hast. Ebenso wenig wie die anderen.«

»Aha«, sagte Thirteen. »Und was bedeutet das?«

»Es ist nur ein Teil von ihm«, antwortete Wusch. »Der, der hier zurückgeblieben ist. Ohne den, der im Haus lebt.«

Allmählich glaubte Thirteen zu verstehen, worauf die Fledermaus... ratte hinauswollte. »Du meinst, er hat keine Seele?«, fragte sie. Wusch nickte. »Aber das würde ja bedeuten, dass … dass sie alle so sind. Peter, Helen, Bea …«

»Nicht nur sie«, sagte Wusch. »Jeder von euch. Was dich an Stefan so erschreckt hat, das lebt in jedem von euch.«

Und das hieß, dass jeder Mensch – Frank, ihr Großvater, ja sogar sie selbst – so werden konnte wie Stefan und die anderen, wenn man ihm seine Seele stahl. Sie wollte das nicht glauben, aber tief in sich spürte sie, dass es so war.

»Dann müssen wir sie befreien«, sagte sie entschlossen.

Frank gab ein Geräusch von sich, das ein Lachen sein mochte. »Du meinst damit, dass du noch einmal in dieses nette Haus zurückwillst?«

»Von *wollen* kann gar nicht die Rede sein«, antwortete Thirteen düster. »Ich muss. Auch noch aus anderen Gründen.«

Frank sah sie stirnrunzelnd an, aber er verzichtete zu ihrer Erleichterung darauf, sie nach diesen anderen Gründen zu fragen. Sie hätte diese Frage nämlich nicht beantworten können. Sie wusste nur, dass es so war.

»Eine gute Idee«, flötete Wusch. »Es wird Zeit, nach Hause zu gehen.«

»Ich glaube, vorher haben wir noch das eine oder andere zusätzliche Problem zu lösen«, sagte Frank. »So ganz nebenbei: Wir haben einen Mord am Hals.«

Thirteen starrte ihn aus aufgerissen Augen an. »Wie?«

»Hast du Stefans kleine Nettigkeit schon vergessen?«

»Natürlich nicht«, antwortete Thirteen. »Aber das war doch gelogen.«

»Sicher. Kannst du es auch beweisen?«

»Wir waren beide dabei«, antwortete Thirteen.

Frank nickte. »Und jeder wird uns glauben. Außerdem haben wir ja auch noch Wusch als Zeugen. Vor Gericht wird die Aussage einer sprechenden Fledermaus garantiert den Ausschlag geben.«

»Flederratte!«, korrigierte Wusch scharf.

Thirteen schwieg betroffen. Natürlich hatte Frank recht. Aber sie hatte bisher gar nicht über die wirklichen Konsequenzen dessen nachgedacht, was Stefan gesagt hatte. Wenn man Stefans Behauptung glaubte, dann wurden Frank und sie jetzt bereits von der Polizei gesucht. Vielleicht nicht unbedingt wegen *Mordes,* aber trotzdem sehr intensiv. Ihre Lage war – vorsichtig ausgedrückt – aussichtslos. Sie hatten jetzt nicht einmal mehr einen Ort, an den sie fliehen konnten. Offensichtlich gab es auf der ganzen Welt niemanden mehr, dem sie noch trauen konnte.

Sie drehte sich zum Ausgang ihres unzulänglichen Verstecks um und sah in den Regen hinaus. Es begann zu dämmern und das heraufziehende Grau des neuen Morgens verwandelte den Regen in einen Vorhang aus silbernen Fäden, der sich vor dem Eingang hin und her bewegte. Eigentlich ein hübscher Anblick; wenn auch etwas trist. Wie ihre Zukunftsaussichten.

»Sobald es aufhört zu regnen, suchen wir uns ein anderes Versteck«, sagte Frank. »Eines, in dem es etwas trockener ist.«

»Kennst du dich denn hier aus?«, fragte Thirteen.

»Das muss ich nicht«, antwortete Frank. »Viertel wie dieses hier gibt es in jeder Stadt. Sie sind überall gleich.« Er richtete sich weiter auf, tastete mit spitzen Fingern über sein geschwollenes Gesicht und zog eine Grimasse.

»Schlimm?«, fragte Thirteen mitfühlend.

Frank winkte ab. »Ich bin schon übler verprügelt worden«, sagte er. »Warte nur ab, bis ich diesen Burschen in die Finger kriege. Du wirst dich wundern, wie er hinterher aussieht.«

»Du hast nur Glück gehabt«, behauptete Wusch. »Wenn du ihn nicht vollkommen überrascht hättest, hätte er dich durch die Mangel gedreht, glaub mir. Ich weiß, wovon ich rede. Ich verstehe eine Menge vom Kämpfen.«

»Gegen Fledermäuse?«, erkundigte sich Thirteen, in beiläufigem Ton und ohne Wusch dabei anzusehen.

Die Fledерratte zog es vor, das Thema zu wechseln.

»Also, um noch einmal darauf zurückzukommen«, sagte sie. »Ich würde ja gerne wieder nach Hause, aber du solltest dich dem Haus besser nicht nähern. Du hast die Warnung gehört. Und ich werde nicht immer in der Nähe sein können, um dich zu beschützen.«

»Welche Warnung?«, fragte Frank. »Gibt es da irgendetwas, das ich wissen sollte?«

Thirteen erzählte ihm von dem unheimlichen Telefongespräch. Frank hörte schweigend zu, aber sein Gesichtsausdruck machte klar, dass er skeptisch blieb. Kein Wunder – was sie zu erzählen hatte, hörte sich ja auch ziemlich unglaubhaft an. »Es war wirklich so«, schloss sie.

»Stimmt«, fügte Wusch hinzu. »Ich war dabei.«

»Ja, das überzeugt mich natürlich total.« Frank schüttelte den Kopf. »Ich sitze hier und unterhalte mich mit einer *Fledermaus!* Unfassbar! «

»*Fledерratte*«, sagte Wusch. Niemand antwortete.

Eine Stunde nach Sonnenaufgang hörte der Regen auf, und trotz der frühen Stunde hatte die Sonne bereits genug Kraft, um den Boden binnen kürzester Zeit zu trocknen. Zurück blieben nur einige tiefere Pfützen, die im Sonnenlicht wie Spiegelscherben blitzten.

Thirteen atmete hörbar auf, nachdem sie wieder ins Freie getreten war und sich aufgerichtet hatte. Die Wärme tat gut, und nachdem der Regen aufgehört hatte, war auch die triste Stimmung verschwunden. Sie hatte immer noch keine Ahnung, wie es nun weitergehen sollte, aber nun, in der Wärme und dem Licht des neuen Tages, fasste sie doch wieder neuen Mut. Sie hatte bisher so viel überstanden, dass sie auch den Rest noch schaffen würde – ganz egal, wie er aussah.

Mit der Wärme schien auch das Leben in die Welt zurückzukehren. Eine Fliege summte um Thirteens Gesicht. Sie verscheuchte sie mit einer wedelnden Handbewegung, aber sie war hartnäckig und kam immer wieder zurück. Nach einigen Augenblicken gab sie es auf.

»Gott sei Dank regnet es wenigstens nicht mehr«, sagte Frank.

»Das kannst du laut sagen«, fügte Wusch hinzu. »Ich war schon fast taub. Wie haltet ihr Menschen diesen Höllenlärm nur aus? Kein Wunder, dass ihr alle nichts hört.«

Thirteen wurde erst jetzt klar, dass das Trommeln der Regentropfen auf dem Blech für das superscharfe Gehör der Flederratte tatsächlich die reinste Höllenqual gewesen sein musste. Wusch schien sich jedoch schon wieder halbwegs erholt zu haben. Sie legte den Kopf auf die Seite, verfolgte die summende Fliege mit aufmerksamen Blicken und fuhr sich schließlich mit der Zunge über die Lippen.

»Zeit fürs Frühstück!«, krähte sie, stieß sich schwungvoll von Thirteens Schulter ab und jagte mit weit ausgebreiteten Flügeln auf die Fliege zu. Thirteen konnte nicht erkennen, ob sie sie tatsächlich erwischte, aber es schien nicht so zu sein, denn Wusch stieß einen ärgerlichen Pfiff aus, schwang sich mit einem gewagten Flugmanöver herum und verschwand mit heftig schlagenden

Flügeln in dem glaslosen Fenster eines leer stehenden Hauses auf der rechten Seite der Straße. Nur einen Moment später erscholl aus dem Inneren des Gebäudes ein lang anhaltendes Klirren und Scheppern – und ein schriller, gepfiffener Fluch.

Frank grinste. »Sagte sie Frühstück oder Frühsport?« Er schüttelte lachend den Kopf. »Drollig, die Kleine.«

»Stimmt«, antwortete Thirteen. »Aber sag das nicht, wenn sie in der Nähe ist.« Sie wurde wieder ernst. Wusch schien die Fliege wohl doch nicht erwischt zu haben, denn sie summte weiter um Thirteens Gesicht. Sie verscheuchte sie, bevor sie weitersprach.

»Ich habe es mir überlegt«, sagte sie. »Wir sollten noch einmal zu diesem Amt gehen. Irgendetwas stimmt nicht mit dem Haus. Und wir müssen einfach herausfinden, was es ist. Ich habe keine Lust, mit offenen Augen in eine Falle zu rennen.«

Frank sah sie sehr ernst an. »Du bist also wild entschlossen, das Geheimnis zu lüften«, sagte er. »Trotz der Warnung. Ich meine: Wenn die Geschichte mit dem Telefon wirklich stimmt, dann solltest du sie besser ernst nehmen.«

Diese Bemerkung ärgerte Thirteen ein wenig, aber sie sagte nichts. »Ich muss«, antwortete sie. »Irgendetwas Furchtbares wird an meinem dreizehnten Geburtstag geschehen.«

»Du wirst ein Jahr älter«, sagte Frank.

»Ich meine es wirklich so«, erwiderte Thirteen. »Frag mich nicht, woher, aber ich weiß es einfach. Vielleicht … vielleicht nicht einmal mit mir. Aber irgendetwas Schreckliches wird passieren.«

Die Fliege summte weiter um ihr Gesicht. Thirteen wurde allmählich wütend. Sie schlug kurz und heftig mit der Hand nach ihr und traf sie sogar. Die Fliege taumelte, kam sofort wieder zurück, hielt jetzt aber einen respektvollen Abstand.

»Du bist ganz schön mutig«, sagte Frank. »Also – gehen wir einmal davon aus, dass das alles hier *kein* Albtraum ist und ich auch nicht in Wahrheit in einer Gummizelle sitze, dann haben wir es hier mit einem gefährlichen Gegner zu tun. Was immer in diesem Haus wohnt, es muss unvorstellbar mächtig sein.«

»Ich«, verbesserte ihn Thirteen. »Nicht wir. Ich will dich nicht noch weiter in die Sache hineinziehen.«

Frank lachte, aber es klang nicht sehr komisch. »Du machst mir vielleicht Spaß«, sagte er. »Ich habe einen Mord am Hals. Ist das weit genug hineingezogen?«

»Das bringe ich schon in Ordnung«, sagte Thirteen, aber Frank unterbrach sie sofort wieder und schüttelte heftig den Kopf.

»*Wir* bringen es in Ordnung. Ich habe noch eine Rechnung mit diesem Stefan und seinen sauberen Freunden offen. Was er mit mir gemacht hat, das nehme ich persönlich. Vielleicht war das hier einmal *deine* Sache, aber jetzt ist es *unsere*. Ich möchte zu gerne ein paar Wörtchen mit diesem … *Ding* reden, das im Haus deines Großvaters lebt.«

»Das wirst du wahrscheinlich eher, als dir lieb ist«, sagte Thirteen leise. Aber sie versuchte nicht mehr, Frank von seinem Entschluss abzubringen. Im Grunde war sie sogar sehr froh über seine Entscheidung. Sie hätte es nur niemals gewagt, ihn um Hilfe zu bitten.

»Dann lass uns aufbrechen«, sagte sie. »Solange unser Fahndungsfoto noch nicht an jedem Haus in der Stadt hängt.«

Sie lachten beide, aber es klang ein bisschen schal. Thirteens Bemerkung war nicht ganz so scherzhaft gemeint gewesen, wie sie sich anhörte. Natürlich würden ihre Steckbriefe nicht an Hauswänden aufgehängt werden – aber sie mussten noch vorsichtiger sein. Bisher hatte die Polizei die Augen nur nach einer Ausreißerin offen gehalten, aber nun würde sie Frank und sie sehr aufmerksam *suchen*, und das war ein gewaltiger Unterschied.

»Zum Amt gehe ich allein«, sagte sie. »Mit dem Gesicht kannst du dich dort auf keinen Fall blicken lassen.«

»Danke«, knurrte Frank. »Ich *bin* auf jeden Fall in ein paar Tagen wieder so hübsch wie früher …«

»Darüber muss ich nachdenken«, antwortete Thirteen. Sie grinste und einen Moment später brachen sie erneut in ein – diesmal wirklich befreiendes – Lachen aus. Zusammen mit Wusch, die sich ihnen nach einer Weile wieder anschloss und ihren Stammplatz auf Thirteens Schulter einnahm, machten sie sich auf den Weg.

Die Gegend, in der sie sich befanden, war offensichtlich ein altes und zum Großteil aufgegebenes Industriegebiet, in dem sich Lagerschuppen, alte Produktionshallen und heruntergekommene Verwaltungsgebäude aneinanderreihten. Sie trafen auf keine Menschen, aber der Lärm der Stadt drang von ferne an ihr Ohr; obwohl Thirteen das Gefühl gehabt hatte, stundenlang herumgeirrt zu sein, konnten sie sich in Wahrheit doch nicht allzu weit vom Ausgangspunkt ihrer Flucht entfernt haben.

Schließlich wurde der Verkehrslärm hörbar lauter und sie sahen am Ende der Straße zahlreiche Autos vorbeifahren. Frank hob die Hand und bedeutete ihr anzuhalten. »Da wäre noch ein Problem«, sagte er.

»Und welches?«

Frank deutete auf Wusch, die wieder auf Thirteens Schulter hockte. »Sie.«

»Ich?« Wusch plusterte sich auf. »Früher oder später müssen wir zwei ein klärendes Gespräch führen. Aber mach vorher dein Testament.«

»Ihr werdet Aufsehen erregen«, sagte Frank. »Ich meine: Ich will ja nicht den Besserwisser spielen, aber mit einer Fledermaus auf der Schulter herumzuspazieren, ist nicht unbedingt *unauffällig.*«

»Mit einem Gesicht wie deinem herumzulaufen auch nicht!«, sagte Wusch beleidigt.

»Leider hat Frank recht«, sagte Thirteen. »Du kannst nicht bei uns bleiben. Jedenfalls nicht, wenn Menschen in der Nähe sind.«

Wusch blickte Frank und sie vorwurfsvoll an. »Das ist eine Beschwörung!«

»Verschwörung«, sagte Frank. »Und es ist keine, sondern die Wahrheit. Warum machst du dich nicht nützlich und fliegst zurück zum Heim?«

»Und dann?«

»Wenn du wirklich so gut hören kannst, wie du behauptest, könntest du Frau Mörser und die anderen belauschen«, antwortete Frank. »Ich bin sicher, sie sind ganz aus dem Häuschen.«

»Und worauf soll ich lauschen?«

»Auf alles«, antwortete Frank. »Wir müssen vor allem erst einmal wissen, worum es hier überhaupt geht. Ich meine … wenn ich schon Kopf und Kragen riskiere, dann wüsste ich ganz gerne, wofür.«

»Ich habe keine Lust, dahin zurückzufliegen«, antwortete Wusch. »Das ist kein guter Ort.«

»Aber du kannst nicht bei uns bleiben«, sagte Thirteen. »Frank hat recht. Du bist viel zu auffällig.« Sie deutete auf Frank. »Hässliche Jungs sind öfter auf den Straßen zu sehen als gefährliche Flederratten.«

Möglicherweise überzeugte das Wusch endgültig, denn sie zögerte nur noch einen Moment, dann schwang sie sich in die Luft und verschwand in nördlicher Richtung – allerdings erst, nachdem sie gegen die Ziegelsteinmauer zur Rechten geprallt war und um ein Haar abgestürzt wäre.

Frank blickte ihr kopfschüttelnd nach. »Wir sollten sie umtaufen«, sagte er. »Auf *Klatsch*. Weil sie ständig gegen irgendetwas prallt. Übrigens: Wen hast du mit ›hässliche Jungs‹ gemeint?«

»Oh, niemand Speziellen«, sagte Thirteen hastig.

»Dann ist es ja gut«, antwortete Frank grimmig. »Ich dachte schon, ich müsste beleidigt sein.«

»Beleidigen kann einen nur die Unwahrheit«, erwiderte Thirteen ernsthaft. »Und ich würde dich doch niemals anlügen.«

Frank blinzelte verblüfft. Aber plötzlich grinste er, lachte ganz leise und schloss Thirteen für einen Augenblick in die Arme. Es kam so überraschend, dass Thirteen sich nicht wehrte – obwohl sie es normalerweise hasste, angefasst zu werden. Aber was ihr bei Frank schon einmal widerfahren war, das spürte sie erneut: Seine Umarmung war warm und voll ehrlicher Freundschaft und sie tat so wohl, dass sie ihn am liebsten gar nicht mehr losgelassen hätte.

Trotzdem fühlte sie sich ein bisschen verlegen, als sie sich wieder voneinander lösten. Frank räusperte sich und sagte:

»Also, wie gehen wir vor? Zuerst zum Amt und dann zum Haus deines Großvaters?«

»Ich gehe zum Amt«, sagte Thirteen. »Du tust inzwischen das, was du am besten kannst.«

»Mich für dich verprügeln lassen?«

Thirteen machte ein Armbewegung in die Runde. »Du könntest uns ein Versteck suchen, das ein bisschen bequemer ist als das von vergangener Nacht. Und trockener.«

»Ich lasse dich nicht allein gehen«, beharrte Frank. »Das mit dem Versteck regeln wir später. Außerdem gefällt mir die Gegend nicht.«

»Ist es dir hier zu ruhig?«

»Zu viele Verstecke«, sagte Frank ernst. »Die Polizei ist nicht blöd. In solchen Gegenden suchen sie zuerst. Und deine Freunde bestimmt auch.«

Diesem Argument konnte sich Thirteen kaum verschließen – obwohl ihr immer noch nicht wohl bei dem Gedanken war, zusammen mit Frank über die Straße zu marschieren, als wäre nichts passiert.

»Also gut«, sagte sie schweren Herzens. »Aber dann geh wenigstens ein paar Schritte hinter mir. Und am besten auf der anderen Straßenseite.«

»Also, so hässlich bin ich nun auch wieder nicht!«, protestierte Frank.

»Sie suchen nach einem Jungen und einem Mädchen«, antwortete Thirteen. »Gemeinsam fallen wir auf. Außerdem könntest du meinen Rückzug decken, falls es notwendig sein sollte.«

Frank salutierte spöttisch. »Zu Befehl!«

Thirteen seufzte. Aus irgendeinem Grund schien Frank im Moment einfach nicht bereit zu sein, die Situation mit dem notwendigen Ernst zu behandeln. Aber warum eigentlich auch nicht?

Es tat gut, einmal wieder zu lachen, einfach fröhlich zu sein und das ganze Leben nicht mehr so todernst zu nehmen. Und sei es nur für kurze Zeit.

Sie sollte noch kürzer sein, als Thirteen in diesem Moment schon ahnte.

Sie kam nicht einmal in das Gebäude der Stadtverwaltung hinein. Frank und sie waren in gehörigem Abstand und auf verschiedenen Straßenseiten gegangen, und wie Thirteen gehofft hatte, hatte niemand von ihnen Notiz genommen. Auch vor dem Verwaltungsgebäude selbst schien alles ruhig zu sein. Sie erblickte weder einen Streifenwagen der Polizei noch ein bekanntes Gesicht. Aber sie hatte ein ungutes Gefühl, und wenn sie in den letzten Tagen eines gelernt hatte, dann auf ihre Gefühle zu hören. Also ging sie nicht sofort die breite Treppe hinauf, sondern wechselte die Straßenseite und ging in großem Abstand an dem Gebäude vorbei.

Schon eine Minute später war sie sehr froh, auf ihre innere Stimme gehört zu haben.

Vor dem Verwaltungsgebäude stand zwar kein Polizeiwagen, aber ein Stück abseits war ein dunkler BMW geparkt, in dem ein Mann und eine Frau saßen. Die Scheiben waren getönt, aber in Anbetracht der Hitze hatte der Fahrer die Scheibe auf seiner Seite heruntergelassen, sodass Thirteen sein Gesicht sehen konnte.

Es war Tim. Das hieß: Es *würde* Tim sein, in vielleicht zwanzig oder auch dreißig Jahren, so genau konnte sie das nicht sagen. Er war älter geworden und hatte schon angegrautes Haar; aber was sie am meisten erschreckte, das war die Kälte, die sein Gesicht ausstrahlte. Dasselbe unheimliche Empfinden hatte sie schon gehabt, als sie Helen und Stefan gegenüberstand. Der Tim, der dort drüben im Wagen saß, hatte keine Seele mehr.

»Probleme?«

Sie drehte sich herum und blickte in Franks Gesicht. Er war wieder näher gekommen, ohne dass sie es überhaupt gemerkt hatte, aber das war es nicht, was sie überrascht blinzeln ließ. Es war sein Gesicht.

Gestern Nacht und auch heute Morgen noch war es so angeschwollen und missgestaltet gewesen, dass er ohne Weiteres die Rolle des Quasimodo in einer Neuverfilmung des ›Glöckners von Notre-Dame‹ hätte übernehmen können. Jetzt war davon kaum noch etwas zu sehen. Auf seiner linken Wange befand sich noch eine leichte Schwellung und er hatte ein blaues Auge, aber das war auch schon alles.

»Aber wie … wie hast du das gemacht?«, murmelte sie erstaunt.

»Gemacht? Was?«

»Dein Gesicht!«, antwortete Thirteen. »Das ist doch unmöglich!«

»Ach das.« Frank machte eine wegwerfende Handbewegung. »Du hast doch selbst gesagt, dass ich auffalle. Außerdem ist es lästig, nur auf einem Auge sehen zu können.«

Er weidete sich sichtlich einen Moment lang an Thirteens Verblüffung, dann wiederholte er seine wegwerfende Geste und sagte: »Nein, im Ernst – das war bei mir schon immer so. Ich muss so eine Art medizinisches Wunder sein. Verletzungen heilen bei mir immer sehr schnell. Frag mich nicht, wieso, aber es ist nun einmal so. Was ist mit dir? Warum gehst du nicht rein?«

Seine Erklärung klang nicht besonders überzeugend, aber Thirteen ging nicht weiter darauf ein, sondern beantwortete seine Frage. »Siehst du den Wagen da? Der Mann hinter dem Steuer, das ist Tim.«

»Einer von deinen Freunden?«

Thirteen nickte. »Ich fürchte nur, er ist nicht mehr mein Freund.«

»Sieht so aus …« Frank nickte düster und zog eine Grimasse. »Auf jeden Fall sind sie nicht dumm. Ich fürchte, das bedeutet, wir müssen damit rechnen, dass alles, was uns einfällt, ihnen auch einfällt.«

»Dann können wir ja gleich aufgeben«, murmelte Thirteen.

»Nö«, erwiderte Frank. Er sah noch immer unpassend fröhlich aus, fand Thirteen. »Uns muss nur etwas einfallen, wogegen sie machtlos sind.« Er deutete auf den Wagen. »Immerhin hilft uns das schon weiter.«

»Wieso?«

»Es bedeutet, dass wir auf dem richtigen Weg sind. Wenn wir in den Unterlagen nichts finden könnten, was uns weiterhilft, würden sie sich nicht so große Mühe machen, um uns davon abzuhalten, oder?«

Das klang zwar logisch, aber Thirteen war trotzdem nicht sicher, ob es auch stimmte. Vielleicht überwachten sie auch einfach alle Orte, an denen sie schon einmal gewesen war.

Sie wollte etwas sagen, aber in diesem Moment legte ihr Frank rasch eine Hand auf den Unterarm und deutete mit der anderen auf den Wagen. Gleichzeitig zog er sie mit sich zurück in den Schatten des Hauseinganges, vor dem sie standen.

Ein zweiter Wagen hatte neben dem BMW angehalten. Die Türen gingen auf und hintereinander stiegen Frau Mörser, Hartstätt – und Deimos aus.

»Holla!«, sagte Frank. »Sie fangen an, Ernst zu machen.«

Das Auftauchen des Hundes überraschte Thirteen total. Sie hatte bisher immer noch angenommen, dass ihr Großvater mehr auf ihrer als auf der Seite der Dreizehn stand. Aber wenn er ihnen Deimos borgte, damit er ihre Spur aufnahm, dann deutete das eher auf das Gegenteil hin.

»Keine Sorge«, sagte Frank. Er schien ihre plötzliche Schweigsamkeit falsch zu deuten. »Ich werde mir schon etwas einfallen lassen, wie wir das Biest auf die falsche Fährte locken.«

»Unterschätz ihn nicht«, sagte Thirteen leise. »Das ist kein normaler Hund.«

»So, wie dein Großvater kein normaler Mensch ist?«, Frank sah sie zweifelnd an.

»Das gilt es, herauszufinden«, antwortete Thirteen. »Schade, dass ich das Buch nicht mehr …« Sie sprach nicht weiter, sondern drehte sich herum und sah über den großen Platz hinweg. »Natürlich!«, murmelte sie. »Das ist es.«

»Genau!«, sagte Frank. »Was?«

Thirteen grinste. »Das Buch! Ich habe gesehen, wie die Frau, die es an meinem Tisch vergessen hatte, aus dem Fotoladen kam. Ich kenne das Geschäft!« Sie deutete aufgeregt zu der Einkaufspassage auf der anderen Seite des Platzes. »Dort drüben! Es ist ein kleiner Fotoladen.«

Etwas leiser fügte sie hinzu: »Allerdings habe ich überhaupt kein Geld.«

Frank grinste. »Lass das mal meine Sorge sein.«

Thirteen sparte sich jede Antwort. Manchmal war es vielleicht besser, nicht alles zu wissen. Nach einem letzten Blick zu den beiden Wagen hinüber überquerten sie den Platz und betraten wenige Minuten später die Einkaufspassage. Thirteen sah sich mit gemischten Gefühlen um. Sie hätte sich sicherer fühlen sollen, jetzt, wo sie nicht mehr in unmittelbarer Nähe ihrer Verfolger war, doch sie hatte den Eindruck, von jedermann angestarrt zu werden. Vielleicht erinnerte sich ja der Kellner aus dem Straßencafé an sie oder irgendein Angestellter aus einem der zahlreichen Läden, die es in der Passage gab.

»Ist es dort?« Frank deutete auf den Eingang des kleinen Fotoladens und Thirteen nickte. Jetzt, wo sie hier waren, kam ihr die Idee gar nicht mehr so gut vor. Am liebsten hätte sie auf der Stelle kehrtgemacht.

Stattdessen ging sie weiter, raffte all ihren Mut zusammen und betrat den Laden.

Es war wie ein Schritt in eine andere Welt. Der Laden machte von außen einen supermodernen, dem gesamten Design der Einkaufspassage angepassten Eindruck, aber sein Inneres stellte das genaue Gegenteil dar. Er war kleiner, als sie erwartet hatte, und bis zum Bersten vollgestopft. Es gab Regale voller Fotoapparate und Zubehör, Filme, Linsen, Fotoalben und Bilderrahmen und mit allen möglichen anderen Dingen. An den Wänden hingen Bilder und Poster in allen Größen, und im Hintergrund erhob sich eine alte hölzerne Theke mit einer Glasplatte, unter der sich weitere Fotoapparate und technisches Zubehör stapelten. Weil der Raum so vollgestopft war, machte er einen leicht unordentlichen Eindruck, obwohl man bei genauerem Hinsehen festgestellt hätte, dass alles fast pedantisch aufgeräumt war. Aber es war eine angenehme, gemütliche Ordnung, in der sich Thirteen auf Anhieb wohlfühlte.

Der Mann, der hinter dem Tresen stand, passte genau zum Aussehen seines Geschäftes. Er war grauhaarig und schmal, mit einem gutmütigen Gesicht und einer jener halbierten Brillen, die man in letzter Zeit nur noch selten sah. Er redete gerade mit einem anderen Kunden, warf Thirteen und Frank aber einen Blick und ein sehr freundliches Lächeln zu, das Thirteen sofort für ihn einnahm.

Sie geduldeten sich, bis der Kunde bekommen hatte, was er wollte, und wieder gegangen war, dann traten sie nebeneinander an die Theke heran.

»Ja? Was kann ich für euch tun?«, fragte der Fotograf.

»Also, ich ... wir haben eigentlich nur eine Frage«, begann Thirteen zögernd.

»Wenn ich sie euch beantworten kann ... nur zu.«

»Es geht um ein Buch«, antwortete Thirteen.

»Ein Buch?« Der Verkäufer lächelte. »Das hier ist ein Fotogeschäft.«

»Aber meine Tante hat es hier gekauft«, improvisierte Thirteen. »Vor ein paar Tagen erst. Es war eines von diesen Heimatkundebüchern, glaube ich.«

»Ich weiß, was du meinst«, sagte der Fotograf. »Du hast recht. Ich habe dieses Buch ausnahmsweise im Programm, weil ich einige der Fotos gemacht habe. Hat es dir gefallen?«

»Doch, sicher«, sagte Thirteen hastig. »Es ist nur ...«

»Meiner Schwester ist ein kleines Missgeschick passiert«, sprang Frank ein. »Unsere Tante hat ihr das Buch geliehen, und es ist ihr leider ins Wasser gefallen. Und jetzt ist es verdorben.«

»Ich verstehe«, sagte der Fotograf. »Und jetzt möchtet ihr ein neues, damit sie es nicht merkt.«

»So ... ungefähr.« Thirteen zauberte ein verlegenes Lächeln auf ihr Gesicht.

»Ich fürchte, da kann ich euch nicht helfen«, sagte der Fotograf. Sein Bedauern klang echt. »Ich habe selbst nur noch ein einziges Exemplar.«

Thirteen war enttäuscht, aber Frank fragte: »Können wir wenigstens einmal hineinsehen? Nur ganz kurz?«

Dieser Wunsch schien den Fotografen zu überraschen, denn er runzelte kurz die Stirn, zuckte aber dann mit den Schultern und verschwand wortlos in einem angrenzenden Raum. Wenige Augenblicke später kehrte er zurück und legte das Buch vor Thirteen und Frank auf den Tisch. Thirteen griff sofort danach, schlug es in der Mitte auf und deutete auf das doppelseitige Foto.

Frank starrte das Bild aus aufgerissenen Augen an. Er sagte nichts, aber sein Gesichtsausdruck verriet, dass er ihr die Geschichte bis jetzt nicht wirklich geglaubt hatte.

»Und es … gibt keine Chance, das Buch zu bekommen? Oder wenigstens dieses Bild?«

»Ich sagte doch: Es ist mein letztes Exemplar«, antwortete der Fotograf in bedauerndem Tonfall.

»Können Sie es nicht nachbestellen?«

»Gestern hätte ich es noch gekonnt«, sagte der Fotograf. »Heute nicht mehr. Habt ihr etwa nichts von dem großen Feuer heute Nacht gehört? Das Verlagshaus ist abgebrannt, zusammen mit dem angrenzenden Lager. Die gesamte Auflage wurde vernichtet, bevor sie ausgeliefert werden konnte. Ich hatte Glück, dass ich ein paar Belegexemplare vorab bekommen habe. Dieses Buch ist ja eine richtige Rarität. Eure Tante wird nicht glücklich sein, dass ihr Exemplar fort ist.«

»Es geht ihr vor allem um dieses Bild«, sagte Frank. »Ich glaube, es zeigt irgendeinen Verwandten von ihr.«

»Das ist schade«, antwortete der Fotograf. »Trotzdem kann ich euch dieses Buch nicht geben, das müsst ihr verstehen. Aber wisst ihr was? Ich mache euch eine Farbkopie von dem Foto. Vielleicht tröstet das eure Tante ein wenig. Wenn ihr einen Moment wartet, könnt ihr sie gleich mitnehmen.«

»Das wäre toll«, antwortete Thirteen. Etwas leiser fügte sie hinzu: »Was … was kostet denn so etwas?«

Der Fotograf sah sie über den Rand seiner halbierten Brille an. »Weil ihr es seid – nichts. Ist das okay?«

»Damit kann man leben«, sagte Frank lächelnd.

»Gut. Dann wartet einen Moment hier.« Der Fotograf nahm sein Buch und verschwand wieder im Nebenzimmer, und Frank wandte sich an Thirteen.

»Der Urgroßvater deines Großvaters, wie?«, sagte er spöttisch. »Und das hast du ihm abgekauft?«

»Und wieso nicht?«

»Das ist dein Großvater!«, sagte er überzeugt. »Genau wie die Hunde! So eine Ähnlichkeit gibt es gar nicht. Ist dir eigentlich nicht aufgefallen, dass er sogar dasselbe Hemd trägt?«

»Das ist völlig unmöglich«, antwortete Thirteen. »Weißt du, was du da sagst? Das würde bedeuten, dass dieses Foto entweder eine Fälschung –« Thirteen lachte nervös. »– oder mein Großvater mindestens zweihundert Jahre alt ist«, führte sie den Satz zu Ende. »Aber das kann doch nicht sein, oder?«

»So unmöglich wie sprechende Fledermäuse oder Häuser, in denen die Leute nicht altern«, sagte Frank. Er zuckte die Schultern. »Ich habe damit nicht angefangen.«

Der Fotograf kam zurück, das Buch in der rechten und die versprochene Fotokopie in der anderen Hand. »Ich hoffe, das tröstet eure Tante ein bisschen über den Verlust hinweg. Wenn es ihr nicht ausreicht, kann ich ihr auch noch einen Abzug des Originalnegativs machen.«

»Das haben Sie noch?«

Der Fotograf nickte voller sichtbarem Stolz. »Mein Ururgroßvater hat es gemacht«, sagte er. »Er war der erste Fotograf hier in der Stadt und er hat sehr viel fotografiert. Einige der alten Platten sind noch da. Ich hüte sie wie einen kostbaren Schatz, wie ihr euch vorstellen könnt.«

»Und Sie können tatsächlich noch Abzüge davon machen?«, fragte Frank staunend.

»Aber das dauert natürlich eine Weile. Und es ist nicht ganz billig. Doch wenn eure Tante wirklich einen Abzug will, werden wir uns schon einig.«

Frank drehte die großformatige Fotokopie vorsichtig zu einer Rolle zusammen. »Diese anderen Fotos, von denen Sie gesprochen haben«, sagte er. »Könnten wir die vielleicht auch sehen?«

»Die Bilder meines Ururgroßvaters? Warum nicht? Aber wieso interessiert ihr euch dafür? Ich dachte immer, Kinder in eurem Alter interessieren sich für Science-Fiction oder allenfalls für Gruselgeschichten, nicht für alte Fotos.«

»Wir wohnen noch nicht lange hier in der Stadt«, antwortete Thirteen an Franks Stelle.

»Und jetzt wollt ihr wissen, wie es hier früher ausgesehen hat«, sagte der Fotograf. Seine Stimme klang erfreut. »Ihr könnt euch die Bilder gerne ansehen.«

»Haben Sie sie hier?«

»Im Nebenzimmer«, antwortete der Fotograf. »Nur im Moment ist es ein bisschen ungünstig. Ich muss noch zwei wichtige Aufträge zu Ende bringen. Aber um eins mache ich das Geschäft zu. Wenn ihr dann wiederkommt, zeige ich euch gerne alles, was ihr sehen wollt. Was haltet ihr davon?«

»Prima«, sagte Thirteen. »Wir kommen bestimmt. Und vielen Dank für die Fotokopie.«

Auch Frank verabschiedete sich mit ungewohnter Höflichkeit und sie verließen das Geschäft. Thirteen wollte sofort nach dem zusammengerollten Foto greifen, aber Frank schüttelte den Kopf.

»Suchen wir uns ein ruhiges Plätzchen«, sagte er.

Das war einfacher gesagt als getan. Die Passage wimmelte von Menschen. Fast alle Tische des Straßencafés waren besetzt und auch in den Geschäften herrschte ein ständiges Kommen und Gehen. Aber in einigen Metern Abstand gab es eine schmale Nische, in der ein roter Feuerlöscher und ein grau gestrichener Metallkasten hingen. Nicht unbedingt ein perfektes Versteck, aber zumindest würde nicht so schnell jemand auf sie aufmerksam.

Sie gingen dorthin und Frank rollte mit vor Nervosität zitternden Fingern die Fotokopie auseinander. Stirnrunzelnd blickte er darauf, ehe er mit grimmigem Gesicht nickte.

»Das ist dein Großvater«, sagte er. »Nicht irgendein Doppelgänger oder einer seiner Vorfahren. So eine Ähnlichkeit gibt es gar nicht.«

Thirteen hätte ihm gerne widersprochen, aber sie konnte es nicht. Im Grunde hatte sie die ganze Zeit über gewusst, dass es so war. Die Erklärung ihres Großvaters hatte sie eigentlich nur akzeptiert, weil sie sie glauben *wollte.*

»Das heißt, dass er an die zweihundert Jahre alt ist«, sagte sie.

»Oder noch älter«, fügte Frank hinzu.

»Aber niemand wird so alt!«, sagte Thirteen.

»Tja«, sagte Frank. »Und wenn *ich* so alt wäre, dann würde ich sehr großen Wert darauf legen, dass es niemand bemerkt.«

»Wie meinst du das?«

Frank zuckte mit den Schultern. »Ich wäre zum Beispiel nicht besonders begeistert, wenn ein hundert Jahre altes Foto von mir veröffentlicht würde, das mich im zarten Alter von fünfundsiebzig zeigt.«

Es dauerte einen Moment, bis Thirteen überhaupt begriff, worauf er hinauswollte. »Du willst doch nicht behaupten, dass er für das Feuer verantwortlich ist!«, sagte sie empört.

»Ich behaupte gar nichts«, antwortete Frank. »Ich überlege nur, was *ich* an seiner Stelle täte.«

Thirteen wollte antworten, aber sie kam nicht dazu. Irgendetwas veranlasste sie, den Blick wieder auf das Foto zu werfen, das sie in den Händen hielt. Und als sie es tat, stieß sie einen spitzen, fast entsetzten Schrei aus.

Das Bild begann sich zu verändern.

Aus dem alten Foto, das die Farbkopie zeigte, wurde … *etwas anderes.* Als Erstes verlor das Bild seine bräunliche Tönung, verblasste zu einer Art Negativ und wurde dann urplötzlich farbig. Aber das war noch nicht alles. Noch etwas kam hinzu: Tiefe.

Von einer Sekunde auf die andere hatte Thirteen das Gefühl,

nicht länger auf eine flache Fotografie hinabzusehen, sondern durch ein Fenster zu blicken. Das Foto war auf einmal dreidimensional. Und nicht genug damit. Plötzlich wehte Thirteen ein eisiger Windhauch entgegen, so heftig und kalt, dass ihr Haar flog und sie blinzeln musste. Ein unangenehmer brandiger Geruch begleitete die Böe, der in krassem Gegensatz zu ihrer Kälte stand.

Thirteen begann am ganzen Leib zu zittern. Sie wollte das Bild fallen lassen, ja mit aller Kraft von sich schleudern, so weit sie nur konnte, aber es ging nicht. Ihre Finger schienen daran festgeklebt zu sein und ihr ganzer Körper war wie gelähmt. Was sie in Händen hielt, das war nicht länger ein Foto. Es war ein Fenster; ein Fenster in einen Bereich der Wirklichkeit, den sie niemals hatte kennenlernen wollen und in dem etwas unglaublich Mächtiges, Altes und Böses lauerte.

»Was … was ist das?«, stammelte Frank.

Thirteen antwortete nicht, aber Frank bekam seine Antwort. Das Bild *bewegte sich.*

Nicht etwa das Blatt Papier, das Thirteen in den Händen hielt, sondern das, was die Fotografie zeigte. Plötzlich begannen sich die Büsche und Bäume im Wind zu bewegen. Phobos und Deimos wedelten mit den Schwänzen und hoben die Köpfe, und ihr Großvater drehte sich ganz langsam herum und sah sie an.

Dann begann er zu sprechen.

Aber nicht etwa mit seiner normalen, Thirteen vertrauten Stimme. Was sie – hörte, das war jenes unheimliche Dröhnen und Grollen, das sie schon einmal vernommen hatte, gestern, als sie mit ihrem Großvater telefonierte, ein Laut, der eigentlich gar keine normale Stimme war, sondern ein Geräusch, das aus den tiefsten Schlünden der Hölle heraufzudringen schien und sich erst in ihrem Kopf zu so etwas wie Worten zusammensetzte.

»ICH HABE DICH GEWARNT!«, dröhnte die höllische Stimme. »ABER DU KONNTEST JA NICHT HÖREN! WAS JETZT GESCHIEHT, IST ALLEIN DEINE SCHULD!«

Im nächsten Moment ging das Bild in Flammen auf. Nicht etwa die gesamte Fotokopie, die Thirteen in Händen hielt, sondern nur das Bild auf der abgelichteten Buchseite. Das Fenster ins Nirgendwo erlosch und verwandelte sich in einen schwarzen, bodenlosen Schacht, aus dem plötzlich eine brüllende Flammenzunge emporschoss. Thirteen drehte im letzten Moment den Kopf zur Seite und entging so dem lodernden Feuerstrahl, der zwei Meter über ihnen gegen die Decke prallte und dort auseinanderbarst.

Und damit nahm das Chaos seinen Anfang. Der plötzliche Feuerstrahl hatte zwar nicht sie getroffen, wohl aber einen der Rauchmelder unter der Decke. Eine Alarmsirene begann zu heulen und eine Sekunde später ergoss sich ein eisiger Wasserschwall über Thirteen und Frank. Und nicht nur über sie: Überall in der Passage erwachte die Sprinkleranlage zum Leben, an zahllosen Stellen zugleich. Auf die nichts ahnenden Gäste des Cafés und die Männer und Frauen, die zu einem Schaufensterbummel gekommen waren, ging warnungslos ein wahrer Platzregen aus kaltem Wasser nieder. Menschen schrien auf, Stühle und Tische fielen polternd um und Glas zerbrach, als alle versuchten, sich irgendwo in Sicherheit zu bringen, und zu allem Überfluss begann auch noch eine weitere Alarmsirene zu schrillen.

Und dann schrie jemand laut und schrill »Feuer!«, und in der Einkaufspassage brach eine Panik aus.

All die Menschen, die sich gerade noch nur vor dem Wasser in Sicherheit hatten bringen wollen, fürchteten nun plötzlich um ihr Leben, rannten sich gegenseitig um und schrien vor Entsetzen. Einer der Flüchtenden stieß einen Stuhl in die Scheibe des Straßencafés, die mit einem gewaltigen Klirren und Scheppern zu Bruch ging, worauf im Inneren des Cafés die Alarmanlage zu heulen begann.

Endlich gelang es Thirteen, die Fotokopie loszulassen. Sie warf sie von sich, so weit sie nur konnte, aber sie flatterte nicht etwa zu Boden, wie es ein Blatt Papier getan hätte, sondern schlug mit einem dumpfen Knall auf dem Boden auf wie eine Betonplatte.

Der Laut übertönte für einen Moment sogar das Lärmen der Menschenmenge und das Heulen der Sirene.

Das schwarze Rechteck im Zentrum der Fotokopie hatte aufgehört Flammen zu speien, aber es sah jetzt mehr denn je wie ein bodenloser Schacht aus und es blieb keineswegs leer. Eine schwarze, wirbelnde Qualmwolke kroch hervor und begann sich trotz des immer heftiger strömenden künstlichen Regens rasch unter der Gangdecke zu verteilen.

»Nichts wie raus hier!«, brüllte Frank. Er ergriff Thirteen am Arm und wollte sie mit sich zerren, aber sie riss sich los und fuhr wieder zu der Qualmwolke herum. Irgendetwas stimmte damit nicht und nach einem Augenblick sah sie auch, was.

Es war keine Qualmwolke. Was sie für Rauch gehalten hatte, das bestand in Wahrheit aus Tausenden, ja Hunderttausenden winziger summender, schwarzer Punkte, die immer noch unablässig aus dem dunklen Schacht quollen und sich unter der Decke verteilten.

Fliegen!, dachte Thirteen entsetzt. Das waren Fliegen! Zu Millionen kamen sie aus diesem Loch in die Wirklichkeit hervor, bis sie fast so etwas wie eine kompakte brodelnde Masse unter der Decke zu bilden schienen.

»Thirteen! Weg hier!«, brüllte Frank. Und endlich erwachte sie aus der Lähmung, die sie beim Anblick des furchtbaren Geschehens befallen hatte, und begann zu laufen.

Allerdings gab es nicht viel, wohin sie flüchten konnten. Die Einkaufspassage hatte sich in ein einziges Chaos verwandelt. Irgendwo ging eine weitere Fensterscheibe zu Bruch, und das Heulen einer dritten Sirene gesellte sich zu den Schreien, dem Lärm und den Fluchtgeräuschen. Die Passage war so mit Menschen vollgestopft, dass es auf den ersten Blick kein Durchkommen zu geben schien.

Möglicherweise war es dazu ohnehin schon zu spät, denn als Thirteen im Laufen einen Blick zurück über die Schulter warf, sah sie etwas, was sie erneut vor Entsetzen aufschreien ließ.

Die Anzahl der Fliegen hatte immer mehr zugenommen. Die

gesamte Gangdecke hinter ihnen war in einer schwarzen, brodelnden Wolke verschwunden, die mit erschreckender Schnelligkeit wuchs. Zugleich nahm auch die Lautstärke des leisen Summens zu, das Thirteen zuerst gehört hatte. Es hatte sich in ein tiefes, bösartiges Summen und Vibrieren von Millionen und Abermillionen winziger Flügel verwandelt. Die Wolke wuchs immer noch weiter, bildete rauchige Ausläufer und dünne, zuckende Arme, die gierig in ihre Richtung zu tasten schienen, und für einen Moment glaubte Thirteen sogar, so etwas wie ein Gesicht in der kochenden Masse zu erkennen, eine schwarze, furchtbare Grimasse, deren bloßer Anblick sie vielleicht um den Verstand gebracht hätte, hätte sie sie auch nur einen Augenblick lang *wirklich* gesehen.

Plötzlich, wie auf ein unhörbares Kommando hin, schien die schwarze Wolke regelrecht zu explodieren. Die Fliegen spritzten auseinander und fielen zu Tausenden und Abertausenden nicht nur über Thirteen und Frank, sondern auch über alle anderen Menschen her, die die Einkaufspassage füllten.

Schreiend hob Thirteen die Hände und schlug nach den winzigen Angreifern. Die Tiere konnten ihr nicht wirklich etwas antun – schließlich waren es keine Bienen oder Hornissen –, aber sie krochen zu Hunderten über ihr Gesicht, wuselten in ihren Haaren herum, krabbelten in ihre Ohren, ihren Mund und die Nase und krochen über ihre Augen. Thirteen fuhr sich angeekelt über das Gesicht, hustete, spuckte und würgte, aber sie konnte die widerlichen winzigen Tiere gar nicht so schnell wegwischen, wie sie herankamen.

Und wie ihr erging es auch allen anderen. Aus der ohnehin panischen Flucht wurde ein einziges brodelndes Chaos, wie es schlimmer kaum sein konnte. Die Menschen taumelten wild herum, fielen auf die Knie oder prallten gegeneinander, wobei sie wie besessen auf ihre eigenen Körper einschlugen, um sich der schwirrenden Angreifer zu erwehren. Immer mehr Fensterscheiben gingen zu Bruch, und das Schrillen von immer mehr Alarmsirenen mischte sich in den ohnehin schon ohrenbetäubenden Lärm.

Aber Thirteen sah auch noch etwas, was sie beinahe noch mehr erschreckte. Wie die meisten Ladenbesitzer war auch der Fotograf von dem Lärm aufgeschreckt worden und aus seinem Geschäft herausgekommen. Doch er reagierte etwas klüger als die meisten anderen. Statt ebenfalls in Panik zu geraten und sich in das allgemeine Durcheinander zu stürzen, wich er mit einem raschen Schritt in sein Geschäft zurück und schloss die Tür hinter sich. Ein Fliegenschwarm stob mit ihm hinein. Thirteen konnte sehen, wie er hinter der Glastür zu torkeln begann und wild um sich schlug. Plötzlich strömten aus allen Richtungen immer mehr und mehr Fliegen herbei. Sie prasselten wie schwarzer, körniger Hagel gegen die Schaufensterscheibe, prallten gegen das Glas der Tür und wehten in immer dichteren Schwaden heran, bis die große Fensterscheibe wie unter einem Trommelfeuer wuchtiger Faustschläge erzitterte. Doch trotz ihrer enormen Menge und der immer größeren Wucht, mit der sie gegen die Scheibe anrannten, vermochten sie das Glas nicht zu zerbrechen. Schließlich änderten sie ihre Taktik. Statt weiterhin sinnlos gegen die Glasscheibe anzufliegen, attackierten sie plötzlich die Menschen in der unmittelbaren Umgebung stärker. Die meisten stolperten schreiend davon, aber ein junger Mann taumelte in die entgegengesetzte Richtung, schlug dabei blindlings um sich – verlor schließlich das Gleichgewicht und stürzte in die Schaufensterscheibe. Sie zerbarst in einem Scherbenregen, und noch bevor die einzelnen Bruchstücke zu Boden gefallen waren, sammelten sich die Fliegen zu einem dicken, pulsierenden Strom, der durch das zerborstene Fenster ins Innere des Fotoladens strömte.

Frank schien die Situation auf Anhieb zu erfassen. »Die Fotos!«, schrie er über den tobenden Lärm hinweg. »Es will die Negative vernichten!«

Er rannte los und Thirteen folgte ihm, obwohl sie nicht genau wusste, was er überhaupt meinte. Da sie sich nicht in Richtung Ausgang bewegten, kamen sie besser von der Stelle und erreichten den Laden schon nach wenigen Augenblicken.

Sein Inneres bot einen fürchterlichen Anblick: ein schwarzes, tobendes Wirbeln und Brodeln, als blicke Thirteen in das Auge eines schwarzen Orkans. Sie glaubte Schreie zu hören und ein nicht enden wollendes Klirren und Bersten, aber das Brummen des Fliegenschwarmes übertönte noch immer jedes andere Geräusch. Es klang jetzt wie der Laut eines gewaltigen Motors, zugleich aber auch drohend und ungemein böse; das Knurren eines Drachen, der aus den Abgründen der Irrealität emporgestiegen war, um sie zu vernichten.

»Da!« Franks ausgestreckte Hand deutete direkt in das schwarze Wirbeln hinein. Thirteen sah dort absolut nichts, aber sie vertraute ihm. Obwohl ihr schon der bloße Gedanke, sich in diesen finsteren Mahlstrom der Zerstörung hineinzustürzen, körperliche Übelkeit bereitete, kletterte sie vorsichtig über die Reste der zerborstenen Fensterscheibe hinweg und drang an Franks Seite in das Geschäft ein.

Schon nach dem ersten Schritt in den Laden hinein war sie praktisch blind. Sie hörte nichts mehr, nur noch das tiefe, vibrierende Summen des Fliegenschwarmes, und obwohl Frank unmittelbar neben ihr war, konnte sie ihn nur als verschwommenen Schemen wahrnehmen. Der Fliegenschwarm war so dicht, dass sie sich wie durch einen zähen, immer heftiger werdenden Widerstand bewegte und der Moment abzusehen war, an dem sie gar nicht mehr von der Stelle kommen würde. Aber sie konnte auch nicht mehr kehrtmachen. Sie hatte längst die Orientierung verloren.

Frank schrie etwas, was im Brummen des Fliegenschwarmes unterging, und deutete heftig gestikulierend nach links. Thirteen stolperte unsicher in die angegebene Richtung. Die Fliegen prasselten wie Hagel in ihr Gesicht. Sie hustete, schluckte versehentlich ein paar davon hinunter und spuckte einige angeekelt aus. Irgendetwas klirrte und über ihren Köpfen platzten, wie in einer Kettenreaktion, Funken sprühend sämtliche Glühbirnen auseinander, sodass sich ein Hagel winziger Glassplitter über sie ergoss.

Das Klirren und Bersten hielt jedoch weiter an. Thirteen taumelte gegen die Theke, und jetzt hörte sie auch noch eine andere Stimme schreien: die des Fotografen, der sich offensichtlich in den Nebenraum geflüchtet hatte, ohne dort allerdings irgendeine Sicherheit zu finden. Nach vorne gebeugt und mit gesenktem Gesicht, wie gegen einen Orkan gestemmt, kämpfte sich Thirteen weiter.

Vor ihnen flackerte ein orangerotes Licht, und als sie die Tür erreichte, sah sie auch, woher es kam. Feuer. Vor ihnen brannte es. Der Fotokopierer, auf dem der Mann eben die Farbkopie für sie angefertigt hatte, hatte Feuer gefangen. Wahrscheinlich hatten die Fliegen, die zu Tausenden in die Elektronik eingedrungen waren, einen Kurzschluss herbeigeführt. Der Apparat stand bereits in hellen Flammen und war nicht mehr zu retten.

Trotzdem hatte sein Besitzer die Jacke ausgezogen und schlug mit verzweifelter Kraft auf das Gerät ein – aber mittlerweile hatte die Jacke Feuer gefangen, sodass er bei jeder Bewegung eine lodernde Flammenspur durch die Luft zog. Ein furchtbares Zischen und Knistern war zu hören, und durchdringender Chemikaliengeruch erfüllte die Luft.

»*Raus hier!*«, brüllte Frank. »Das Ding geht in die Luft!«

Er versuchte den Mann am Arm zu packen, aber dieser riss sich los und schlug immer verzweifelter auf den brennenden Fotokopierer ein. Er richtete damit allerdings weitaus mehr Schaden als Nutzen an, denn seine Hiebe entfachten die Flammen nur noch zu größerer Glut, und seine brennende Jacke verteilte Funken und glimmende Stofffetzen überall im Raum.

»Los!«, befahl Frank, und diesmal verstand Thirteen, was er meinte. Mit vereinten Kräften ergriffen sie den Mann, entrangen ihm die Jacke und zerrten ihn mit sich.

Keine Sekunde zu früh. Kaum hatten sie den Raum verlassen, da explodierte der Fotokopierer in einem gewaltigen Feuerball, der schlagartig das gesamte Zimmer in Brand setzte. Die Explosion musste noch am anderen Ende der Stadt zu hören sein, und die Wucht der Druckwelle war so gewaltig, dass sie Thirteen und die beiden anderen kopfüber zu Boden schleuderte. Eine ganze

Wolke brennender Fliegen wurde aus der Tür herausgeschleudert und rieselte als Funkenschauer zu Boden.

Thirteen richtete sich benommen auf. Der gesamte Türrahmen hinter ihnen stand in Flammen, und das Zimmer dahinter hatte sich in eine einzige lodernde Gluthölle verwandelt. Die Flammen leckten bereits an der Decke empor und setzten die Kunststoffverkleidung in Brand, und der beißende Geruch, den sie gerade schon gespürt hatte, machte sich nun auch hier breit.

»Wir müssen … raus … hier!«, stieß sie keuchend und hustend hervor. »Schnell!«

»Aber meine Bilder!«, jammerte der Fotograf. »Meine unersetzlichen Negative!«

»Ihr Leben ist wertvoller«, antwortete Frank. »Kommen Sie. Wir müssen hier raus oder wir sterben.«

Das war keineswegs übertrieben. Die Flammen griffen immer schneller um sich. Der gesamte hintere Teil des Geschäftes brannte bereits, und unter der Decke breitete sich das Feuer mit noch größerer Schnelligkeit aus, sodass es den Anschein hatte, als ob sie sich unter einem weißorange brennenden Baldachin aufhielten. Die Luft war voller beißendem Rauch. Wenn Thirteen gerade einmal nicht hustete, dann hatte sie die Wahl, Rauch oder Fliegen einzuatmen.

Blindlings taumelte sie in die Richtung, in der sie den Ausgang vermutete. Die Fliegen summten immer noch in dichten Schwärmen um sie herum. Sie verbrannten zu Tausenden in den Flammen, aber durch die zerbrochene Scheibe kamen immer neue herein, sodass sie bald ihre gesamte Kraft aufwenden mussten, um überhaupt noch von der Stelle zu kommen.

Erst als sie aus dem Geschäft heraus waren, wurde es ein wenig besser. Allerdings nicht viel. Der beißende Qualm blieb hinter ihnen zurück, aber dafür gerieten sie wieder in den eisigen Platzregen der Sprinkleranlage und auch die Fliegen waren noch da; Millionen, vielleicht Milliarden der winzigen, summenden Tiere, die die Passage fast wie eine einzige feste Masse füllten, sodass Thirteen kaum zu sagen vermochte, wo der Ausgang war.

Sie nahmen den Fotografen in die Mitte und liefen beinahe auf gut Glück los. Die meisten Alarmanlagen hatten mittlerweile aufgehört zu heulen, aber dafür näherte sich jetzt das Geräusch anderer Sirenen. Offensichtlich war die Feuerwehr bereits alarmiert und auf dem Weg hierher. Thirteen hoffte, dass sie noch rechtzeitig genug kam, um größeren Schaden zu verhindern. Sie hatte nicht vergessen, was die unheimliche Stimme gesagt hatte: *Was jetzt geschieht, ist allein deine Schuld.* War es wirklich so? War sie tatsächlich für all dieses Chaos und diese gewaltige Zerstörung verantwortlich?

Vor ihnen wurde es heller und zugleich nahm das Heulen der Feuerwehrsirenen rapid an Lautstärke zu. Ein blaues Licht blitzte in regelmäßigen Abständen durch das schwarze Wogen, und dann, schlagartig, waren sie aus der Passage heraus. Plötzlich waren rings um sie herum wieder Menschen, aufgeregte Stimmen und Lärm, das Flackern von Blaulichtern und das Heulen zahlreicher Sirenen. Ein riesiger, rot lackierter Feuerwehrwagen hielt mit quietschenden Bremsen unmittelbar vor ihnen, Feuerwehrleute sprangen einsatzfreudig herunter, begannen ihre Schläuche abzurollen und streiften sich ihre Atemmasken über, die ihnen beinahe das Aussehen bösartiger Aliens aus einem Science-Fictionfilm verliehen. Zwei der Feuerwehrmänner eilten direkt auf Thirteen und die beiden anderen zu, wobei sie aufgeregt mit den Händen in der Luft herumfuchtelten.

»Verschwindet da! Schnell! Aus dem Weg!«

»Der Mann hier braucht Hilfe!« Thirteen deutete auf den Fotografen, der zwischen Frank und ihr auf die Knie herabgesunken war und keuchend nach Luft rang. Einer der Feuerwehrmänner kniete neben ihm nieder und begann ihn zu untersuchen, während der andere fortfuhr, auf Thirteen und Frank einzureden.

»Was tut ihr hier, verdammt noch mal? Geht aus dem Weg. Ihr –«

Er sprach nicht weiter. Seine Augen weiteten sich ungläubig, und für einen Moment verwandelte sich sein Gesicht in eine Grimasse ungläubigen Entsetzens. Thirteen und Frank fuhren gleichzeitig herum und blickten in dieselbe Richtung wie er – und Thirteen schrie ebenfalls auf.

Aus dem Eingang der Passage quollen Fliegen. Aber nicht in einem summenden Schwarm, der sich unverzüglich in alle Richtungen verteilte, wie es normalerweise hätte der Fall sein müssen. Stattdessen bildeten sie eine schwarze Wand, die die Passage wie eine undurchdringliche Mauer verschloss. Und inmitten dieser brodelnden Masse erschien ein *Gesicht*.

»Großer Gott!«, keuchte der Feuerwehrmann. »Was ist das?« Er sah es auch. Das Gesicht war keine Einbildung. Kein *böser* Streich, den ihr ihre überreizten Nerven spielten, wie sie trotz allem noch gehofft hatte. Es war wirklich da!

Es war kein richtiges Gesicht, sondern eher eine Grimasse, etwa wie eine Teufelsmaske, wie man sie auf manchen Karnevalszügen oder in amerikanischen Halloween-Filmen sehen konnte, aber viel hässlicher und viel bösartiger, eine grauenerregende gehörnte Visage, deren Augen aus Feuer bestanden. Aus dem Summen des Fliegenschwarmes war ein tiefer, durch und durch böser Laut geworden und die Erscheinung wuchs immer noch weiter. Es mussten buchstäblich Milliarden um Milliarden Fliegen sein, die aus dem Loch in die Wirklichkeit quollen, und ihr Zustrom schien immer noch kein Ende zu nehmen.

Der Feuerwehrmann hatte endgültig genug. Er schrie auf, fuhr auf dem Absatz herum und rannte davon, und auch im weiteren Umkreis wurden wieder Entsetzensschreie laut. Offenbar sahen *alle* die schreckliche Erscheinung.

Aber einer der Feuerwehrleute reagierte richtig: Plötzlich zischte ein fast armdicker Wasserstrahl über Thirteen hinweg, löschte eines der brennenden Augen der Teufelsfratze aus und wanderte weiter. Trotz des ungeheuren Drucks, den der Wasserstrahl hatte, spritzte er auseinander, als wäre er gegen eine massive Wand geprallt, aber er richtete in dem Gesicht auch furchtbare Verheerung an. Die teuflischen Züge zerschmolzen und die Fliegen wirbelten hilflos davon.

Aber nur für einen Moment. Kaum wanderte der Strahl weiter, bildete sich die höllische Grimasse neu, weil aus dem Inneren der Passage immer noch mehr und mehr Fliegen herausquollen.

Und das war noch nicht alles. Thirteen sah, wie sie plötzlich auch die Fenster in den oberen Etagen des Gebäudes mit stumpfer Schwärze füllten. Die Scheiben verloren ihren Glanz, schienen sich für einen Moment nach außen zu wölben – und platzten dann in einem gewaltigen Scherbenregen. Aus den zerborstenen Fenstern quollen Millionen um Millionen von Fliegen. Das Gebäude musste von den winzigen Tieren nahezu vollkommen ausgefüllt sein. Für eine Sekunde hatte Thirteen sogar das Gefühl, dass das ganze Haus erzitterte. Vielleicht würde es zusammenbrechen.

»Wir müssen es schließen«, flüsterte sie.

Frank starrte sie aus aufgerissenen Augen an. »*Was?!*«

»Das Bild«, antwortete Thirteen. »Es … es muss eine Art … *Tor* sein! Und es kommen immer noch Fliegen heraus! Wir müssen es schließen!«

»Du … du willst noch einmal *dort hinein?!*«, kreischte Frank. »Bist du bescheuert?«

Wahrscheinlich, dachte Thirteen. Und schuld an allem, was hier passiert war. Und vielleicht noch passieren würde.

Aus dem Haus quollen noch immer Fliegen in unvorstellbarer Zahl. Die gesamte Gebäudefront war mittlerweile kaum noch zu sehen und der gigantische Fliegenschwarm begann allmählich den Himmel zu verdunkeln. Aber zu dem ersten Wasserstrahl hatte sich auch ein zweiter und dritter gesellt, und dieser gemeinsamen Kraft war nicht einmal die unheimliche Teufelsfratze gewachsen. Sie barst endgültig und auch die lodernden Flammenaugen erloschen. Trotzdem quollen immer mehr und mehr Fliegen aus der Passage und den zerborstenen Fenstern. Der Boden zitterte, und diesmal war Thirteen sicher, sich das behäbige Wanken des gesamten Bauwerks nicht nur eingebildet zu haben.

»Ach du Scheiße!«, sagte Frank plötzlich. Thirteen sah auf, aber Frank blickte nicht zum Haus hin, sondern in die entgegengesetzte Richtung. Thirteen fuhr herum. Hinter ihnen waren mittlerweile einige weitere Feuerwehrwagen aufgetaucht und in der Entfernung heulten noch weitere Sirenen. Eine riesige Menschenmenge hatte sich auf dem Platz versammelt und immer mehr Menschen strömten herbei. Aber das war es nicht, was Frank meinte. Sein Ausruf galt einem schwarzen, vierbeinigen Schatten, der mit gewaltigen Sätzen quer über den Platz herangefegt kam.

Deimos.

Jetzt hatte sie keine Wahl mehr. Deimos hatte sie aufgespürt. Und was immer sie im Inneren der Passage erwarten mochte, es konnte nicht annähernd so schlimm sein wie das, was ihr dieser Höllenhund antun würde!

Sie fuhr auf dem Absatz herum und rannte auf die Passage zu. Hinter ihr schrien Frank und die Feuerwehrleute erschrocken auf und sie hörte auch Deimos schrill aufjaulen.

Einer der Feuerwehrmänner versuchte sie aufzuhalten, geriet dabei aber in den Wasserstrahl eines seiner Kollegen und wurde von den Füßen gerissen. Thirteen sprang mit einem Satz über ihn hinweg, warf einen Blick über die Schulter zurück und sah, dass Frank mit Riesensätzen hinter ihr herjagte. Ebenso wie Deimos. Sie hatte keine Ahnung, wie er es fertiggebracht hatte, aber der Hund war plötzlich fast heran. Sie war nicht einmal sicher, ob sie die Passage erreichen würde, ehe Deimos sie einholte.

Sie rannte noch schneller. Als sie in die Passage eindrang, war es, als liefe sie durch eine Glasscheibe. Sie bekam kaum noch Luft und wie vorhin war sie schlagartig so gut wie blind. Thirteen schlug mit beiden Händen um sich, stolperte blindlings weiter und prallte gegen eine Wand. Vor ihr loderte das böse rote Licht eines Brandes, den offensichtlich nicht einmal die Sprinkleranlage unter Kontrolle bekommen hatte, obwohl sich von der Gangdecke herab noch immer eine wahre Sintflut ergoss. Es war Thirteen ein Rätsel, wie sich die Fliegen inmitten des künstlichen Wolkenbruches überhaupt noch in der Luft halten konnten.

Aber sie konnten und es wurden immer noch mehr. Thirteen tastete sich an der Wand entlang. Sie stolperte durch Glasscherben und über zerbrochene Möbel. Wo war die Nische, in der sie das Foto fallen gelassen hatte? Sie hatte mittlerweile vollkommen die Orientierung verloren, was auch nicht weiter verwunderlich war: Rings um sie herum herrschte ein wahrer Höllensturm aus strömenden Wassermassen, wirbelnden schwarzen Fliegen, Rauch und Flammen. Eine Gestalt bewegte sich durch das Toben auf sie zu – Frank. Sie hoffte es wenigstens. Der Boden unter ihren Füßen zitterte, und durch das immer lauter werdende Brummen des Fliegenschwarms hörte sie noch ein anderes, viel bedrohlicheres Geräusch: ein dumpfes Grollen und Dröhnen, das direkt aus den Tiefen der Erde zu dringen schien. Das Gebäude würde zusammenbrechen!

Ihr Fuß stieß gegen einen Plastikstuhl, der klappernd davonschlitterte, gleich darauf gegen einen zweiten. Sie musste dort sein, wo das Straßencafé gewesen war. Die Mauernische befand sich also ganz in ihrer Nähe. Sie *musste* sie schnell erreichen, bevor sie vollends die Orientierung verlor oder einfach erstickte.

Dann sah sie etwas, was sie noch einmal zu größerer Eile anspornte – hinter Frank erschien ein vierbeiniger Schatten, der sich mit rasender Schnelligkeit auf sie zubewegte. Sie musste das Bild finden!

Um ein Haar wäre sie hineingestürzt.

Sie hatte die Nische noch nicht erreicht, aber vor ihr war plötzlich kein fester Boden mehr, sondern nichts als ein schwarzer, grundloser Schacht, dessen Begrenzungen sich im rasenden Wirbeln des Fliegenschwarmes verloren. Und aus seiner Tiefe strömten immer mehr und mehr und mehr Fliegen herauf.

»Na prima! Wirklich gut gemacht!« Frank langte neben ihr an und schlug wie besessen mit beiden Händen um sich, um wenigstens Luft zum Atmen zu bekommen. Trotzdem hustete und würgte er ununterbrochen, und er musste mit aller Macht schreien, um das Brummen des Fliegenschwarmes zu übertönen.

»Und was jetzt?«, fuhr er, noch immer schreiend, fort. »Willst du vielleicht den Fuß draufstellen, um es zu verschließen?«

Natürlich blieb ihm Thirteen die Antwort schuldig. Und selbst wenn sie sie gewusst hätte – was nicht der Fall war –, so wäre sie gar nicht mehr dazu gekommen, zu antworten, denn plötzlich erschien Deimos hinter Frank in der Schwärze, stieß sich mit einem gewaltigen Satz ab und raste wie ein lebendes Geschoss durch die Luft auf Thirteen zu.

Thirteen duckte sich verzweifelt. Es gelang ihr zwar, Deimos auszuweichen, aber sie geriet dabei selbst aus dem Gleichgewicht.

Der Kampfhund schoss mit einem wütenden Knurren über sie hinweg, ruderte eine Sekunde auf fast grotesk aussehende Art mit allen vier Beinen in der Luft und plötzlich wurde aus seinem aggressiven Knurren ein schrilles, entsetztes Jaulen. Dann stürzte er wie ein Stein in die Tiefe. Sein Jaulen wurde leiser.

Thirteen kämpfte indessen weiter verzweifelt am Rande des Schachtes um ihr Gleichgewicht. Ein Sturz in diesen Schacht war tödlich. Sie konnte Deimos' Jaulen immer noch hören, wenn auch immer entfernter. Der Schacht musste unendlich tief sein.

Im buchstäblich allerletzten Moment sprang Frank hinzu, ergriff ihren rechten Arm und riss sie zurück. Thirteen klammerte sich, so fest sie konnte, an Frank und zog auch ihn zu Boden. Aneinandergeklammert fielen sie auf die Seite und rollten ein Stück weit vom Rande des Schachtes fort.

Deimos' Jaulen verklang und im selben Moment hörte auch das Brummen des Fliegenschwarmes auf. Die Luft war noch immer erfüllt vom Summen von Milliarden winziger Flügel, aber der unheimliche dröhnende Laut war ebenso erloschen wie das Gefühl, dass außer den Fliegen noch etwas anderes, viel Unheimlicheres da war. Etwas, was nicht in diese Welt gehörte.

Als Thirteen sich aufrichtete, sah sie, dass der Schacht verschwunden war. An seiner Stelle lag nun wieder die Fotokopie auf dem Boden, die sich in ein schwarzes, verkohltes Blatt mit aufgeworfenen Rändern verwandelt hatte. Thirteen streckte die Hand danach aus und berührte es, und es zerfiel unter ihren Fingern zu grauer Asche.

»Puh!«, machte Frank. »Das war knapp. Sieht so aus, als hätte uns dieser Sabberköter ganz versehentlich das Leben gerettet.«

Er sah Thirteen einen Moment lang nachdenklich an. »Was hättest du eigentlich getan, wenn er ein bisschen weniger ungeschickt gewesen wäre? Selbst in den Schacht gesprungen?«

Thirteen schwieg. Tief in sich wusste sie sogar die Antwort auf seine Frage, aber sie schrak so sehr davor zurück, dass sie es nicht einmal wagte, sie in Gedanken zu formulieren; geschweige denn sie auszusprechen.

Stimmen drangen in das Summen des Fliegenschwarmes und in die vielfältigen anderen Geräusche, die die Passage erfüllten. Thirteen drehte den Kopf und sah mehrere Gestalten in schweren Schutzanzügen und klobigen Atemmasken durch das schwarze Wogen herankommen. Das Gebäude war immer noch voller Fliegen, aber nun, wo sie nicht beständig weiter verstärkt wurden, nahm ihre Zahl rasch ab, und es gelang den Feuerwehrleuten, in das Gebäude einzudringen. Das war auch nötig, denn es brannte an mehreren Stellen lichterloh.

»Ich schlage vor, wir diskutieren später darüber«, sagte sie und stand auf. »Wenn die uns erwischen, müssen wir garantiert eine Menge unangenehmer Fragen beantworten. Möchtest du das?«

»Ich würde viel lieber einige *stellen*«, sagte Frank. Er erhob sich ebenfalls und sah sich suchend um. »Wohin?«

Thirteen deutete tiefer in die Passage hinein. Vor ihnen waren Rauch und durcheinanderwirbelnde Fliegen, die eine fast undurchdringliche Schwärze bildeten. Aber sie erinnerte sich, bei ihrem ersten Besuch dort einen Ausgang gesehen zu haben. Und in die andere Richtung konnten sie gar nicht. Abgesehen von der Feuerwehr und der mit Sicherheit mittlerweile ebenfalls eingetroffenen Polizei wimmelte es dort nur so von Schaulustigen.

Ihre Erinnerung hatte sie nicht getrogen. Sie drangen in die Rauchwolke ein, was für einen kurzen Moment noch einmal die Erinnerung an die überstandenen Schrecken der letzten Minuten wachrief, aber schon nach wenigen Schritten wurde es wieder hell vor ihnen und dann hatten sie den Ausgang erreicht.

Natürlich hatte sich auch hier eine riesige Menschenmenge versammelt, aber es gab weder Feuerwehr- noch Polizeifahrzeuge. Thirteen und Frank wurden sofort mit Fragen bestürmt, aber niemand *erkannte* sie. Frank stammelte irgendetwas von einem Feuer, das außer Kontrolle geraten sei, und Thirteen fügte mit einem bühnenreifen Zittern in ihrer Stimme hinzu, dass sie unbedingt und sofort zu Hause anrufen müsse, bevor ihre Mutter die Nachricht von der Katastrophe im Radio hörte und anfing, sich Sorgen zu machen. Damit eilten sie einfach davon, zwar noch immer von zahllosen Fragen verfolgt, aber trotzdem unbehelligt.

Erst als sie in eine Nebenstraße eindrangen und wieder allein waren, wagte es Thirteen, stehen zu bleiben und aufzuatmen. »Das war wirklich knapp«, sagte sie.

»Ja. Mit deinem Großvater ist wirklich nicht gut Kirschen essen«, stimmte ihr Frank zu. Plötzlich grinste er. »Wahrscheinlich wird er vor Wut in den Teppich beißen, wenn er erfährt, dass es ausgerechnet sein eigener Hund war, der uns gerettet hat. Das nennt man ausgleichende Gerechtigkeit, glaube ich.«

Thirteen antwortete nicht. Etwas an Franks Worten stimmte sie nachdenklich. Sie konnte das Gefühl selbst nicht begründen, aber sie spürte, dass an dem Gedanken, der hinter diesen Worten steckte, irgendetwas nicht richtig war. Trotz allem hatte sie bisher das Gefühl gehabt, die Zusammenhänge all dieser unheimlichen Geschehnisse – wenn auch nur grob – zu verstehen. Aber möglicherweise stimmte das nicht. Vielleicht war ja in Wahrheit alles noch viel komplizierter – und vor allem *anders!* –, als sie jetzt schon ahnte.

»Ich schlage vor, wir statten deinem Großvater einen kleinen Besuch ab«, fuhr Frank nach einer Weile fort. Dann sah er an sich herunter und zog eine Grimasse. »Aber zuerst sollten wir uns vielleicht neue Klamotten besorgen.«

Sie boten tatsächlich einen erbärmlichen Anblick. Sie waren beide bis auf die Haut durchnässt und ihre Kleider hingen in Fetzen. So würden sie keine zwei Kilometer weit kommen, ohne aufzufallen.

»Gute Idee«, sagte sie. »Und wie?«

Frank grinste. »Lass mich nur machen.«

»Du wirst nichts stehlen«, sagte Thirteen ernst.

»Wer spricht von stehlen?«, antwortete Frank mit geschauspielerter Empörung. »Anscheinend macht es dir Spaß, mich zu beleidigen, oder?«

Ein schwirrender Laut erklang und dann stieß ein Schatten aus dem Himmel herab und landete zielsicher auf Thirteens linker Schulter.

»Gefahr!«, keuchte Wusch. »Steht hier nicht so dumm rum, sondern lauft. Ihr müsst weg!«

Sie war so außer Atem, dass sie sich verhaspelte und ein paarmal lautstark nach Atem ringen musste, ehe sie weitersprach. »Was ist denn nun? Worauf wartet ihr? Ihr seid in Gefahr!«

»Ach«, sagte Frank.

»So, so«, fügte Thirteen hinzu.

Wusch starrte sie aus aufgerissenen Augen an. »Seid ihr verrückt?«, kreischte sie. »Das ist nicht komisch. Wir sind verraten worden! Das Haus weiß alles!«

»Woher?«, wollte Frank wissen.

Die Flederratte druckste einen Moment herum, ehe sie – in leicht verlegenem Ton – antwortete: »Na ja, ähm ... erinnert ihr euch an die Fliege?«

»Die von heute Morgen?«, fragte Thirteen. »Die du gejagt hast?«

»Ich dachte, du hättest sie geschnappt«, fügte Frank hinzu.

»Das dachte ich auch«, piepste Wusch kleinlaut. »Aber es muss wohl eine andere gewesen sein. Dieses verräterische kleine Biest hat dem Haus jedenfalls alles erzählt. Ich fürchte, es weiß, dass du seine Warnung nicht ernst genommen hast. Es wird garantiert darauf reagieren! Und ich fresse einen Schuh, wenn ihr zwei es merkt, ehe alles zu spät ist! Ihr müsst verschwinden! Lauft endlich los!«

Sie liefen nicht los, aber sie tauschten einen kurzen Blick. Dann packte Thirteen blitzschnell zu und ergriff Wusch mit beiden Händen, während Frank sich in die Hocke sinken ließ und seinen linken Turnschuh aufzubinden begann.

»Ich hab doch nur Spaß gemacht«, quietsche Wusch empört, als Frank ihr seinen Schuh auffordernd vors Gesicht hielt.

»Wir nehmen dich eben ernst«, sagte Frank und grinste breit. »Also los, lass es dir gut schmecken.«

8

In Ermangelung eines besseren Verstecks kehrten sie in das aufgegebene Industriegebiet zurück, in dem sie bereits die vergangene Nacht verbracht hatten. Diesmal suchten sie allerdings nicht in einem leeren Fass Unterschlupf, sondern in einem leer stehenden Gebäude: einer Lagerhalle, deren Fenster fast alle noch ganz waren und die eine hohe Decke aus durchsichtigem Kunststoff hatte, unter der sich ein Gewirr von Stahlträgern und dazwischengespannten Verstrebungen erhob. Der Anblick erinnerte Thirteen an den Dachboden im Haus ihres Großvaters, aber sie verscheuchte diese unangenehmen Bilder, die aus ihrer Erinnerung heraufsteigen wollten. Die Gegenwart war schlimm genug. Sie musste sich nicht auch noch selbst mit den Schrecken der Vergangenheit quälen.

»Also gut«, sagte Frank, nachdem er ihr neues Domizil einer kurzen, aber gründlichen Inspektion unterzogen hatte. »Du wirst dich jetzt hinlegen und ein bisschen ausruhen. Ich besorge uns inzwischen saubere Klamotten und was zum Beißen. Und vielleicht etwas Kleingeld.«

»Seit wann hast du hier das Kommando?«, erkundigte sich Thirteen.

»Seit wir wieder in der Wirklichkeit sind«, antwortete Frank ernsthaft. »Für Geister, Höllenhunde und Häuser, in denen die Zeit stehen bleibt, bist du zuständig. Ich übernehme den Rest.«

Das erschien Thirteen eine durchaus faire Arbeitsteilung, auch wenn Franks Wortwahl ihr ein flüchtiges Lächeln abrang. Aber sie war im Grunde sogar ganz froh. Alles, was seit ihrer Flucht aus dem Heim geschehen war, hatte sie doch ziemlich erschöpft, und die wenigen Stunden Schlaf hatten längst nicht ausgereicht, um ihre Kräfte vollkommen zu regenerieren.

Unter normalen Umständen hätte sie der Anblick des schmuddeligen Lumpenhaufens mit Abscheu erfüllt, der sich in einer Ecke der Halle befand, aber jetzt war sie so müde, dass sie sich, ohne zu zögern, darauf niedersinken ließ und eingeschlafen war, sobald sie die Augen schloss. Natürlich hatte sie wieder einen Albtraum, in dem Peter und die anderen vorkamen, auch ihr Großvater, die beiden Hunde und das Haus, doch er war nicht sehr intensiv und blieb ihr daher nicht wirklich im Gedächtnis. Sie spürte nur, dass sie wohl ziemlich lange geschlafen haben musste, und was sie schließlich aufweckte, das war der Klang zweier Stimmen, die miteinander stritten. Wusch und Frank.

»He, he!«, murmelte sie schlaftrunken und stemmte sich auf die Ellbogen hoch. »Was ist denn los?«

Frank verstummte auf der Stelle und drehte sich zu ihr herum, während Wusch lautstark weiterkeifte. Thirteen hörte gar nicht hin.

»Na, Schlafmütze?«, fragte Frank grinsend. »Endlich ausgeschlafen?«

»Nein«, antwortete Thirteen übellaunig. »Wie spät, zum Teufel, ist es denn?«

»Nachmittag.« Frank warf ihr eine weiße Plastiktüte zu. Als Thirteen sie öffnete, fand sie darin schwarze Jeans, Turnschuhe, ein T-Shirt und eine blaue Jeansjacke; genau die gleichen Kleider, die auch Frank trug, wie sie mit einem überraschten Blick feststellte.

»Nicht geklaut, Ehrenwort«, sagte Frank. »Ich war noch einmal in der Passage. Das Löschwasser hat fast mehr Schaden angerichtet als das Feuer, und die Feuerwehrmänner waren auch nicht sehr zimperlich, kann ich dir sagen. Ist nicht viel übrig geblieben.«

»Und was übrig geblieben ist, hast du mitgehen lassen.«

»Die schmeißen das Zeug sowieso weg«, antwortete Frank – was wahrscheinlich die Wahrheit war. Die Kleidungsstücke waren zwar nicht beschädigt, aber aus der Tüte stieg ein leichter Brandgeruch, der es unmöglich machen würde, sie noch zu verkaufen.

»Ein Versicherungsschaden«, fuhr Frank fort. »Genau wie das da.« Er warf ihr eine zweite Tüte zu, die verschiedenes Gebäck und eine eingebeulte Dose Cola enthielt. Thirteen musste nicht fragen, woher das stammte. Die Brötchen schmeckten ein bisschen nach Rauch.

»Gut?«, fragte Frank.

»Gut durch, ja«, antwortete Thirteen kauend. Trotz allem schmeckte es hervorragend. Immerhin hatte sie seit fast vierundzwanzig Stunden nichts mehr gegessen. Sie vertilgte alles, was in der Tüte war. Dann schrak sie zusammen und blickte Frank ein bisschen schuldbewusst an.

Frank winkte ab. »Schon gut. Ich habe schon gegessen, mehr als du übrigens.« Er seufzte. »Kannst du auch eine schlechte Nachricht vertragen?«

»Daran bin ich mittlerweile gewöhnt«, antwortete Thirteen. »Was ist es?«

Frank ließ sich mit untergeschlagenen Beinen neben ihr nieder und begann mit den Lumpen zu spielen, die ihr als Lager gedient hatten. »Also, ich habe uns nicht nur die Sachen besorgt, sondern auch die Ohren offen gehalten. Ich schätze, wir haben mächtigen Ärger am Hals.«

»Damit sagst du mir wirklich etwas Neues«, sagte Thirteen spöttisch, aber Frank schüttelte den Kopf und fuhr in sehr ernstem Ton fort:

»Sie glauben, dass wir es waren.«

»Was?«, fragte Thirteen.

»Das Feuer und alles. Die ganze Katastrophe. Jemand scheint wohl gesehen zu haben, dass wir die Sprinkleranlage ausgelöst haben. Und den Rest kannst du dir denken.«

»Aber das ist doch Blödsinn«, sagte Thirteen.

»*Ich* weiß das«, antwortete Frank betont. »Aber das nutzt uns leider nicht viel. Die Leute glauben jedenfalls, dass es unsere Schuld war. Und den Brand im Fotoladen schieben sie uns noch gleich mit in die Schuhe.«

»Wie bitte? Aber der Fotograf –«

»Liegt mit einer Rauchvergiftung und einem schweren Schock im Krankenhaus und kann gar nichts sagen. Außerdem steht sein

Wort gegen das von mindestens fünfzig völlig hysterischen Zeugen. Und das deines Freundes Tim.« Er seufzte erneut. »Wusstest du, dass er der stellvertretende Bürgermeister ist?«

Das hatte sie nicht gewusst, aber es überraschte sie auch nicht besonders. Offenbar waren alle, deren Seelen im Haus gefangen waren, in dieser Welt in ziemlich einflussreiche Positionen aufgestiegen, sobald sie das richtige Alter erreicht hatten.

»Und die Fliegen?«, fragte sie. »Was ist mit den Fliegen? War das etwa auch unsere Schuld?«

»Was für Fliegen?« Frank schnaubte. »Niemand kann sich an Fliegen erinnern. Die Feuerwehr spricht von *extremer Rauchentwicklung*, und in der Zeitung wirst du morgen etwas von einer Massenhysterie lesen. Oh, ja: und von zwei entflohenen Heimkindern, die für die ganze Katastrophe verantwortlich sind.«

»Seid ihr ja auch«, giftete Wusch. Seit der Geschichte mit dem Schuh war sie äußerst übellaunig – allerdings auch klug genug, sich außerhalb von Franks und Thirteens Reichweite aufzuhalten. »Hättet ihr auf die Warnung gehört, dann wäre das alles nicht passiert.«

»Und hättest du diese Fliege gefangen, auch nicht«, konterte Frank. Wusch streckte ihm die Zunge heraus, antwortete aber nicht.

»Wo wir schon einmal dabei sind«, sagte Thirteen. »Weiß das Haus eigentlich alles, was wir tun? Ich meine, wenn uns jede Fliege belauschen kann, dann können wir genauso gut gleich aufgeben.«

»Das weiß ich nicht«, gestand Wusch nach kurzem Zögern. »Viel weiß ich wirklich nicht darüber. Aber ich glaube, es kostet es große Kraft, so etwas wie vorhin zu tun. Seine Macht ist gewaltig, aber doch begrenzt. Wenn es irgendetwas hier draußen tut, erschöpft sie sich sehr schnell.«

»Im Klartext, es ist ziemlich verzweifelt, wenn es zu solchen Maßnahmen greift«, sagte Frank. »Das könnte bedeuten, dass wir eine Zeit lang Ruhe haben.«

»Darauf würde ich mich nicht verlassen«, antwortete Wusch.

»Du hast recht: Es hat große Angst. Es wird rücksichtslos zuschlagen. Und wenn das geschieht, möchte ich lieber nicht in der Nähe sein.«

»Darin hast du ja Übung«, sagte Frank spitz.

Thirteen hob die Hand. »Lass Wusch in Ruhe«, sagte sie. »Wir haben nichts davon, wenn wir uns streiten. Wir sollten lieber gemeinsam überlegen, was wir jetzt tun müssen.«

»Deinem Großvater das Handwerk legen«, antwortete Frank. »Jetzt schrei mich nicht gleich an, aber ... wie wäre es, wenn wir das Haus einfach niederbrennen?«

»Was?!«, keuchte Thirteen entsetzt.

Frank hob beruhigend die Hände. »Natürlich erst, nachdem wir deinen Großvater unter irgendeinem Vorwand hinausgelockt haben«, sagte er. »Vielleicht zerstören wir diesen ... bösen Geist, wenn das Haus niederbrennt.«

»Und Peter, Helen und die anderen?«

»Ihre Seelen sind in dem Haus gefangen«, meinte Wusch.

»Und wer sagt dir, dass wir sie damit nicht befreien?«, fragte Frank.

»Derselbe, der mir sagt, dass wir sie damit nicht umbringen«, antwortete Thirteen. »Niemand.«

»Aber irgendetwas müssen wir gegen dieses Haus unternehmen«, sagte Frank zornig. »Ich habe keine Lust, weiter hier herumzusitzen und die Zielscheibe zu spielen.«

»Das verlangt ja auch niemand«, sagte Thirteen. »Wir werden etwas machen. Aber wir müssen das erst einmal genau überdenken. Wir wissen ja noch nicht einmal, womit wir es überhaupt zu tun haben!«

»Na ja, dann lass uns doch zu einem Wahrsager gehen«, maulte Frank, »oder zu einer Hexe.«

»Wir müssen das Geheimnis des Hauses lüften«, beharrte Thirteen. »Wenn wir wissen, was hinter alldem steckt, finden wir auch eine Lösung, da bin ich sicher. Und es gibt einen Weg.«

»Ach? Was macht dich so sicher?«

»Wenn du nur einen Moment lang nachdenken würdest, statt

bereits die Messer zu wetzen, dann würdest du von selbst draufkommen«, sagte Thirteen. »Überleg doch mal genau, was in der Passage geschehen ist. Ich bin gar nicht mehr so sicher, ob der Angriff wirklich uns gegolten hat.«

»Aber wem denn sonst?«

»Vielleicht wollte jemand verhindern, dass wir zu viel über das Haus erfahren«, sagte Thirteen. »Es ging erst richtig los, nachdem uns der Fotograf von seinen alten Negativen erzählt hat.«

»Die jetzt vernichtet sind«, fügte Frank hinzu. »Da könnte was dran sein. Nur ... was nutzt es uns? Die Negative sind weg.«

»Es muss noch andere Spuren geben«, beharrte Thirteen. »Das Haus ist weit über hundert Jahre alt. Jemand muss etwas darüber wissen.«

»Sicher. Und wir gehen von Tür zu Tür und klopfen an, um uns zu erkundigen.« Er schüttelte heftig den Kopf. »Du hast es anscheinend immer noch nicht verstanden. Ab morgen früh können wir uns draußen nicht mehr blicken lassen. Die ganze Stadt wird Jagd auf uns machen.«

Damit hatte er leider nur zu recht. Es hatte Verletzte gegeben und einen Sachschaden, der in die Millionen gehen musste. Spätestens heute Abend würden ihre Gesichter auf allen Fernsehschirmen der Stadt zu sehen sein und morgen früh auf den Titelseiten sämtlicher Zeitungen. Ihnen waren im wahrsten Sinne des Wortes die Hände gebunden.

»Einen Ort gibt es, an dem sie nicht nach uns suchen werden«, sagte sie langsam.

»So?«

Thirteen nickte. »Das Haus meines Großvaters. Dort vermutet uns garantiert keiner. Und jetzt, wo Phobos und Deimos nicht mehr da sind, kommen wir vielleicht sogar unbemerkt hinein.«

Frank starrte sie aus aufgerissenen Augen an. »Das ... das ist so verrückt, dass es sogar klappen könnte«, sagte er.

»Und wenn wir etwas über das Haus herausfinden, dann dort«, fügte Thirteen hinzu. »Was haben wir zu verlieren? Lass uns aufbrechen.«

Frank zögerte, aber schließlich nickte er, wenn auch sichtlich schweren Herzens. »Also gut«, sagte er. »Sobald es dunkel geworden ist. Und du dich umgezogen hast.«

Es verging noch eine gute Stunde, bis die Sonne sank und sie aufbrechen konnten. Da sie kein Geld hatten und es nicht wagen konnten, per Anhalter zu fahren, schätzte Thirteen, dass sie einen Fußmarsch von mindestens zwei Stunden vor sich hatten. Aber das war ihr nur recht. Wieder zum Haus zurückzugehen war zwar ihre eigene Idee gewesen, aber das bedeutete schließlich nicht, dass sie davon begeistert sein musste. Die Vorstellung, wieder dieses unheimliche Haus zu betreten, machte ihr Angst. Aber sie hatten keine Wahl. Die Ereignisse hatten längst begonnen, die Kontrolle über sie zu übernehmen statt umgekehrt.

Mit dem ersten Grau der Dämmerung verließen sie die Lagerhalle. Es war empfindlich kalt geworden. Ein unangenehmer Wind blies ihnen Staub und Kälte in die Gesichter, und Wusch, die eigentlich vorausfliegen wollte, wurde davongeweht und torkelte einen Moment lang wie eine zu groß geratene Schwalbe in den Böen, ehe sie die Herrschaft über ihren Flug zurückerlangte.

»Ganz schön zugig hier«, beschwerte sie sich.

»Warum fliegst du nicht voraus und hältst ein wenig die Augen offen?«, fragte Thirteen. »Und besser noch die Ohren.«

Wusch keifte eine Antwort, die Thirteen vorzog nicht zu verstehen, flog aber trotzdem gehorsam voraus und verschwand hinter der nächsten Straßenbiegung. Für ungefähr eine Sekunde. Dann kam sie, heftig mit den Flügeln schlagend und lauthals brüllend, zurück.

»Alarm!«, kreischte sie. »Überfall! Heimtücke! Verrat! Eine Falle! Bringt euch in Sicherheit!«

Im nächsten Augenblick trat eine Gestalt um die Ecke, und trotz des schon schwächer werdenden Lichtes erkannte Thirteen sie sofort.

Es war Stefan.

Frank sog hörbar die Luft ein und blieb stehen. Thirteen wollte auf der Stelle herumfahren und davonlaufen, aber Frank ergriff sie am Handgelenk und schüttelte den Kopf. »Warte«, sagte er. »Mit dem Herrn habe ich noch ein Hühnchen zu rupfen.«

Stefan kam langsam näher. Er schien allein zu sein – zumindest konnte Thirteen hinter ihm niemanden mehr entdecken –, aber das machte ihn nicht weniger gefährlich. Sie sah sich hastig nach einem Fluchtweg um. Die Straße hinter ihnen war weiterhin leer, aber sie bezweifelte, dass es überhaupt möglich war, vor Stefan davonzulaufen.

»Hallo, Frank«, sagte Stefan grinsend. »Was für eine Überraschung. Ich hätte nicht gedacht, dass wir uns so schnell wiedersehen.«

»Eine reine Freude wird es für dich bestimmt nicht«, sagte Frank. »Wo sind die anderen?«

Stefan schüttelte den Kopf. »Keine anderen. Nur du und ich. Das waren doch deine Worte, oder? Nur wir zwei.«

»Du spuckst ganz schön große Töne«, sagte Frank. »Aber diesmal bin ich nicht gefesselt.«

»Umso besser.« Stefan ballte die Fäuste und grinste noch breiter. »Das macht es spannender.«

Thirteen wollte Frank am Arm ergreifen, aber er schüttelte energisch ihre Hand ab. »Lass uns lieber verschwinden«, sagte sie.

»Du solltest auf deine Freundin hören«, sagte Stefan. »Diesmal kommst du nämlich nicht so glimpflich davon.«

Frank antwortete nicht mehr – er stürzte sich mit geballten Fäusten auf Stefan, und das so überraschend und mit solchem Ungestüm, dass es ihm tatsächlich gelang, Stefan von den Füßen zu reißen. Mit einem triumphierenden Schrei warf er sich auf ihn, presste seine Arme mit den Knien an den Boden und versetzte ihm zwei schallende Ohrfeigen.

Als er zum dritten Schlag ausholte, zog Stefan die Knie an den Körper und sprang mit einem kraftvollen Satz in die Höhe. Frank wurde von ihm heruntergeschleudert, stürzte zu Boden und rollte davon. Benommen richtete er sich auf, schüttelte ein paarmal den Kopf und stand schließlich auf.

Stefan grinste. »Gar nicht schlecht für den Anfang«, sagte er. »Aber daran müssen wir trotzdem noch ein bisschen arbeiten.«

Frank stürzte sich erneut auf ihn, doch diesmal war Stefan vorbereitet. Er wich mit einer schnellen Bewegung zur Seite, versetzte Frank einen Hieb in den Magen und streckte das Bein vor, als Frank an ihm vorübertaumelte. Frank stolperte, fiel auf die Knie und stürzte dann ganz nach vorne, als Stefan ihm einen Tritt zwischen die Schulterblätter versetzte. Als er am Boden lag, trat ihm Stefan in die Rippen.

»Aufhören!«, schrie Thirteen.

Voll jähem Entsetzen hatte sie begriffen, dass aus der Prügelei ein Kampf auf Leben und Tod geworden war, in dem Frank nicht die Spur einer Chance hatte. Stefan versetzte ihm zwei, drei brutale Fausthiebe ins Gesicht, warf ihn zu Boden und trat ihm in die Seite. Frank keuchte, hatte aber nicht einmal genug Luft zum Schreien.

»Hör auf!«, schrie Thirteen. »Hör sofort auf! Du bringst ihn ja um!« Sie warf sich auf Stefan, klammerte sich mit beiden Armen an ihn und versuchte ihn von Frank wegzureißen. Stefan versuchte sie abzuschütteln, aber sie klammerte sich mit verzweifelter Kraft an ihn. Er trat trotzdem auf Frank ein, aber zumindest nicht mehr ganz so heftig wie bisher.

»Wusch!«, schrie Thirteen. »Hilf mir!«

Die Flederratte kam kreischend herangeflogen, krallte sich in Stefans Haar und schlug ihm die Flügel ins Gesicht. Stefan brüllte vor Wut und Schmerz und schlug nach ihr, traf aber nicht, weil Thirteen ihm gleichzeitig in den Arm fiel. Wütend schüttelte er sie ab, versetzte ihr einen Stoß, der sie zu Boden warf, und packte fast gleichzeitig Wusch, um sie mit aller Kraft gegen die Wand zu schleudern. Dann stürzte er sich wieder auf Frank.

Er schlug weiter auf ihn ein. Frank hatte sich halb aufgerichtet und die Arme über den Kopf gelegt, um sich vor den ärgsten Hieben zu schützen. Ganz plötzlich wurde Thirteen klar, dass ihre schlimmsten Befürchtungen wahr werden würden. Stefan *wollte* Frank umbringen.

Und danach vielleicht sie.

Obwohl sie wusste, wie sinnlos es war, stemmte sie sich in die Höhe und warf sich erneut auf Stefan. Er wehrte sie mit einem Fausthieb ab, versetzte Frank gleichzeitig einen Stoß, der ihn rücklings zu Boden schleuderte, und holte zu einem weiteren Fußtritt aus. Und diesmal zielte er auf seine Kehle.

Wie aus dem Boden gewachsen erschien eine Gestalt hinter ihm. Es war ein schmalschultriger, älterer Mann mit schütterem Haar, der keineswegs kräftiger aussah als Stefan. Offensichtlich war er es aber, denn er packte Stefan, riss ihn von seinem Opfer fort und schleuderte ihn so wuchtig gegen die Wand, dass er keuchend zu Boden sank. Sofort versuchte er wieder aufzuspringen, aber der Fremde war schon bei ihm und schlug ihm die Faust unter das Kinn. Stefan verdrehte die Augen und sank bewusstlos zu Boden.

Als sich der Fremde zu ihnen herumdrehte, erkannte ihn Thirteen. Es war der Mann vom Bahnhof. Der, der ihr zur Flucht verholfen und ihr den Fahrschein mit der hingekritzelten Nummernkombination gegeben hatte.

»Alles in Ordnung?«, fragte er. Er keuchte. Sein Atem ging schwer und seine rechte Hand, mit der er Stefan zu Boden geschlagen hatte, blutete heftig.

Thirteen nickte flüchtig und kniete neben Frank nieder. Er war bei Bewusstsein, aber als sie ihn ansprach, reagierte er nicht. Thirteen versuchte ihn in die Höhe zu ziehen, doch es gelang ihr erst, als ihr der Fremde dabei half.

»Los, weg hier!«, sagte er. »Ich möchte möglichst weit weg sein, wenn er aufwacht.«

Thirteen sah zu Stefan zurück. Er lag reglos am Boden, aber der Fremde hatte recht – der Mann war keineswegs kräftiger als Frank, und wenn Stefan wieder bei Bewusstsein war, würde seine Wut keine Grenzen kennen.

»Wusch!«, rief der Fremde. »Flieg voraus und sieh nach, ob die Luft rein ist!«

Thirteen registrierte überrascht, dass der Fremde Wusch ganz offensichtlich kannte. Aber im Moment war keine Zeit, sich darüber den Kopf zu zerbrechen. Sie nahmen Frank in die Mitte, während Wusch bereits mit heftig schlagenden Flügeln vorausflog. So schnell es mit ihrer fast leblosen Last auf den Schultern möglich war, liefen sie die Straße hinunter und betraten erneut die Lagerhalle, in der sie bereits den Nachmittag verbracht hatten.

Der Fremde deutete mit einer Kopfbewegung in den hinteren Teil der großen, mittlerweile von Schatten und heraufziehender Dunkelheit erfüllten Halle. »Die Treppe hinunter!«

Dass dort eine Treppe war, hatte Thirteen nicht gewusst. Sie sah sie auch erst, nachdem sie fast darüber gestolpert wäre: eine schmale, von Rost zernagte Metallstiege, die so steil in die Tiefe führte, dass es beinahe lebensgefährlich war, zusammen mit Frank hinunterzubalancieren. Sie endete vor einer rostigen Eisentür, die ihr Retter mit einiger Mühe aufstemmte. Dahinter erwartete sie vollkommene Schwärze.

»Einen Moment«, sagte der Fremde. Er löste vorsichtig Franks Arm von seiner Schulter und sah Thirteen prüfend an. »Kannst du ihn ohne mich halten?«

»Kein Problem«, sagte Thirteen und wäre fast in die Knie gebrochen, als sie Franks Körpergewicht plötzlich ganz allein tragen musste. Der Fremde suchte hektisch in den Taschen seiner Jacke herum, förderte schließlich eine Taschenlampe zutage und knipste sie an. Der dünne, zitternde Strahl verlor sich in der Dunkelheit jenseits der Tür. Der Raum musste riesig sein.

»Was ... ist das?«, fragte Thirteen misstrauisch.

»Die Keller.« Der Fremde schob Frank und sie mit sanfter Gewalt durch die Tür, folgte ihnen und drehte sich wieder herum. Metall klapperte. Offensichtlich legte er einen Riegel vor. »Sie erstrecken sich unter dem gesamten Gelände. Der reinste Irrgarten. Hier unten kann er uns suchen, bis er schwarz wird.«

»Irrgarten?«

Der Mann lachte leise. »Keine Angst. Ich kenne mich hier aus. Ich wohne hier.«

»Hier?!«

»Hier, dort, überall.« Der Fremde machte eine wedelnde Handbewegung, wodurch der Strahl seiner Taschenlampe wie ein leuchtender Finger durch den Raum wanderte. In dem bleichen Licht erkannte Thirteen einen wahren Wald aus morschen Stützpfeilern, die die niedrige Decke trugen. Auf dem rissigen Beton des Bodens hatten sich schmutziges Wasser und Öl gesammelt. Hier und da waren noch die Sockel zu erkennen, auf denen einst gewaltige Maschinen gestanden hatten. Verrostetes Eisen und abgerissene Drähte ragten aus den Wänden und mancherorts sogar aus dem Fußboden. Im Dunkeln durch diesen Raum zu gehen, würde nicht ganz ungefährlich sein.

Wusch war mittlerweile vorausgeflogen, wobei sie in regelmäßigen Abständen hohe, spitze Pfiffe ausstieß, um sich auf Fledermausart anhand des zurückgeworfenen Echos zu orientieren.

Ihre Pfiffe wurden rasch leiser. Die Keller mussten wahrhaft gigantisch sein.

»Kommt weiter. Die Tür ist zwar zu, aber ich traue diesem Stefan nicht.« Die Taschenlampe richtete sich für einen Moment direkt auf Franks Gesicht. »Kannst du laufen?«

Frank nickte schwach. Seine Augen waren immer noch trüb. Er blinzelte nicht einmal, obwohl das Licht direkt auf seine Pupillen gerichtet war. »Es … geht schon wieder«, murmelte er. »Ich muss wohl gestolpert sein. Glück für den Kerl. Wenn ich ihn richtig erwischt hätte, könnte er seine Knochen jetzt einzeln nummerieren.«

Thirteen lächelte flüchtig. Frank befand sich offenbar schon wieder auf dem Wege der Besserung. Trotzdem ergriff sie erneut seinen Arm und legte ihn sich um die Schultern, was er sich sogar gefallen ließ.

»Also los. Immer mir nach. Aber seid vorsichtig. Hier liegt jede Menge Müll rum.«

»Ich passe schon auf«, antwortete Thirteen. Als sich der Fremde in Bewegung setzte und sie ihm und dem zitternden Lichtkreis seiner Taschenlampe folgten, fragte sie:

»Warum haben Sie uns geholfen?«

»Ich konnte ja schlecht zusehen, wie er deinen Freund umbringt«, antwortete der Mann. »Du solltest mal ein ernsthaftes Wort mit ihm reden. Er sollte sich die Leute besser ansehen, mit denen er sich anlegt. Mit diesem Stefan ist nicht zu spaßen. Er wird einmal der Schlimmste von allen, fürchte ich.«

Thirteen blieb stehen. »Sie reden vom Bund der Dreizehn«, sagte sie.

»Du weißt also schon darüber Bescheid«, stellte der Fremde fest.

»Nicht mehr als diesen Namen«, antwortete Thirteen. »Und dass Stefan, Peter und die anderen offensichtlich dazugehören. Aber Sie wissen offenbar eine Menge darüber.«

Ein leises Lachen antwortete ihr. »Das kann man so sagen, ja.«

»Sie haben mir schon einmal geholfen«, sagte Thirteen. »Warum? Wer sind Sie?«

»Mein Name ist Nagelschmidt«, antwortete der Fremde. »Aber das tut nichts zur Sache. Ich erkläre euch alles, aber jetzt müssen wir erst einmal weg hier. Ich bin nicht sicher, dass Stefan wirklich allein gekommen ist. Wenn er uns erwischt, sieht es schlecht für uns aus.«

Nagelschmidt ... Sie hatte diesen Namen schon einmal gehört, und einen Moment später fiel ihr auch wieder ein, wo: gestern Nacht, als sie das Streitgespräch in Frau Mörsers Büro belauscht hatte.

»Was haben Sie mit dem Bund der Dreizehn zu tun?«, fragte sie geradeheraus.

Nagelschmidt zögerte mehrere Sekunden lang, dann antwortete er: »Ich gehöre dazu.«

Hinterher wurde ihr klar, dass sie nicht allzu lange unterwegs gewesen waren; allerhöchstens eine halbe Stunde, wahrscheinlich sogar weniger. Aber es war gespenstisch, in fast völliger Dunkelheit durch die leeren Keller zu marschieren, nur geleitet von dem zitternden Lichtstrahl und Wuschs Pfiffen, in die sich manchmal das Tropfen von Wasser mischte oder das gedämpfte Huschen winziger Krallen auf dem harten Betonboden.

Der Raum, in den Nagelschmidt sie schließlich brachte, war kaum weniger unheimlich. Es war ein kleiner, fensterloser Keller, der nur einen schmalen Luftschacht unter der Decke besaß und von einem halben Dutzend flackernder Kerzen erhellt wurde. Auf dem Boden lagen alte Decken, Kleidungsstücke und Lumpen, die Nagelschmidt offensichtlich als Bett dienten, und in einer Ecke stand eine umgedrehte Kiste anstelle eines Tisches. Thirteen entdeckte einen Campingkocher und einige Konservendosen – offenbar Nagelschmidts ganze Habseligkeiten.

Seit Nagelschmidts schockierender Eröffnung hatten sie kein Wort mehr geredet. Thirteen war viel zu durcheinander, um einen klaren Gedanken zu fassen, während Frank sich mühsam neben ihr hergeschleppt hatte. Nagelschmidt selbst hatte einen gewissen Abstand zu ihnen eingehalten, vielleicht durch Zufall, vielleicht auch, weil er nicht reden wollte.

Thirteens erster Impuls auf Nagelschmidts Worte wäre fast gewesen, davonzulaufen. Sie wusste wenig über den Bund der Dreizehn, eines aber ganz bestimmt: Seine Mitglieder waren ihre erklärten Feinde. Und Nagelschmidt gehörte dazu.

Andererseits wusste sie durch das belauschte Gespräch, dass Nagelschmidt und Frau Mörser und ihre Verbündeten nicht unbedingt *Freunde* waren. Und das Wichtigste war: Wusch vertraute ihm.

Nagelschmidt legte Frank auf sein improvisiertes Bett und deckte ihn mit einem zerschlissenen Mantel zu, dann untersuchte er ihn; den Kommentaren Franks nach zu urteilen, vielleicht nicht besonders sanft, dafür aber umso gründlicher. Schließlich richtete er sich wieder auf, seufzte tief und sagte: »Wenigstens scheint nichts gebrochen zu sein. Natürlich wäre es trotzdem besser, wenn er zu einem Arzt gebracht werden würde, aber ich fürchte, das können wir nicht riskieren.«

»Sie hätten keinen Moment später kommen dürfen«, stimmte ihm Thirteen zu.

»Ich hätte etliche Momente früher kommen sollen«, sagte Nagelschmidt ernst. »Ich mache mir Vorwürfe. Aber ich habe Stefan unterschätzt. Ich wusste, dass er brutal ist, aber *damit* hätte ich nicht gerechnet.«

»Sie haben das ernst gemeint, nicht?« Thirteen deutete auf Frank. Er hatte die Augen geschlossen und schien zu schlafen. »Er hätte ihn umgebracht, wenn Sie nicht dazwischengefahren wären.«

Nagelschmidt nickte. Sein Gesicht verdüsterte sich ein wenig. »Ich verabscheue Gewalt«, sagte er. »Aber es musste wohl sein.«

»Wer sind Sie?«, fragte Thirteen noch einmal. »Sie haben mir schon einmal geholfen, damals am Bahnhof. Warum?«

»Jemand muss sie aufhalten«, antwortete Nagelschmidt. »Ich kann es nicht. Vielleicht kannst du es.«

»Aber wieso?«, fragte Thirteen hilflos. »Ich verstehe das alles nicht. Der Bund der Dreizehn! Das Haus! Mein Großvater! Was bedeutet das alles?«

»Das sind viele Fragen auf einmal«, antwortete Nagelschmidt. »Ich glaube nicht, dass ich darüber reden will.«

»Aber –«

»Jemand wird kommen, der alle deine Fragen beantwortet«, sagte Nagelschmidt. »Bald. Jetzt solltest du dich ausruhen. Ihr habt eine anstrengende Zeit hinter euch und noch viel mehr Mühen und Gefahren vor euch.«

Thirteen war von dieser Antwort nicht besonders begeistert, aber sie spürte auch, dass sie von Nagelschmidt keine befriedigendere Auskunft erhalten würde. Er war ohnehin ein sehr sonderbarer Mann. Von seinem Äußeren her hatte er den Eindruck eines Obdachlosen auf sie gemacht, aber es war etwas an ihm, was Thirteen für ihn einnahm. Trotz seiner rauen Stimme strahlte er eine Sanftmut und Güte aus, die sie erstaunten. Seine Augen waren schmal und von einem Netz winziger geplatzter Äderchen durchzogen, aber es waren nicht die Augen eines Säufers, sondern die eines gütigen, alten Großvaters, der keiner Fliege etwas zuleide tun konnte und den man sich gut an einem kalten

Winterabend am Kamin sitzend vorstellen konnte, wie er seinen Enkel auf dem Schoß schaukelte und ihm Geschichten erzählte. Thirteen hatte selten einen Menschen getroffen, zu dem sie so schnell Zutrauen gefasst hatte wie zu Nagelschmidt.

Und Nagelschmidt konnte –

Nagelschmidt.

Plötzlich wusste sie, woher sie diesen Namen kannte. Nicht nur aus dem Gespräch, das sie im Heim belauscht hatte. Es war der Name, der –

auf dem Balken im Haus ihres Großvaters stand. Der Name in der dreizehnten Reihe, der als *einziger nicht durchgestrichen gewesen war!*

»Sie … Sie waren auch im Haus!«, murmelte sie. »Und Sie sind zurückgekommen! Genau wie ich!«

Ein trauriges Lächeln breitete sich auf Nagelschmidts stoppelbärtigem Gesicht aus. »Ja, ich war dort, mein Kind«, sagte er. »Und ich bin zurückgekommen. Aber ich hatte weniger Glück als du. Ich bin … zu lange geblieben.«

Irgendetwas am Klang seiner Stimme hinderte Thirteen daran, ihn nach der Bedeutung dieser Worte zu fragen. Sie musste an einer alten, aber noch lange nicht verheilten Wunde gerührt haben, und das Letzte, was sie wollte, war, diesem freundlichen alten Mann wehzutun. So sagte sie nichts mehr, sondern ließ sich neben Frank auf das Bett aus Kleidungsstücken und alten Decken sinken, zog die Knie an den Körper und umschlang sie mit beiden Armen.

Sie kam sich sehr allein vor und sehr hilflos. Ihr Mut sank. Sie hatten zwar eine schier unglaubliche Kette von gefährlichen, ja lebensbedrohlichen Situationen überstanden, aber im Grunde immer nur mit Glück, und ihre Lage war hinterher stets ein kleines bisschen schlimmer gewesen als zuvor. Selbst jetzt, wo sie anscheinend einen Verbündeten gefunden hatten, war er entweder nicht in der Lage oder nicht willens, ihr *wirklich* zu sagen, was hier vorging.

Wusch ließ sich neben ihr nieder und versank fast bis zum

Hals in den Stoffresten. Schimpfend arbeitete sie sich wieder hoch und sprang mit einem Satz auf Thirteens Schulter hinauf.

»Wird Frank wieder gesund?«, fragte sie nach einer Weile.

Thirteen sah einen Moment auf ihren schlafenden Freund herab. Er war sehr blass und an seinem Hals pochte eine Ader. Aber schließlich nickte sie. »Ich denke schon«, sagte sie. »Er ist zäh. Und ziemlich hart im Nehmen.«

»Und Stefan ist ziemlich hart im Austeilen«, fügte Wusch hinzu. Sie schüttelte den Kopf. »Und dabei ist er drüben so ein netter Kerl.«

Thirteen sah sie nachdenklich an. »Das sind alle, die drüben sind«, sagte sie. »Dafür sind sie hier umso ekelhafter.«

»Aber so ist es mit allen Menschen«, antwortete Wusch ernst. »In jedem von euch ist beides vorhanden. Auch in dir.«

Thirteen spürte ein eisiges Frösteln. Sie wusste, dass Wusch recht hatte, aber der bloße Gedanke an die Kälte und die vollkommene Gefühllosigkeit, die sie in Stefans und auch Helens Augen gelesen hatte, jagte ihr einen kalten Schauer über den Rücken. Sie wollte einfach nicht glauben, dass auch in ihr etwas war, was zu einer solchen Brutalität fähig sein sollte, wie sie sie bei Stefan gesehen hatte.

»Und … er?« Sie deutete verstohlen auf Nagelschmidt.

Wusch versuchte zum hundertsten Male vergeblich, ein menschliches Achselzucken nachzuahmen. »Wenn er nicht darüber reden will, steht es mir nicht zu, es zu tun«, antwortete sie. Thirteen verstand und akzeptierte das.

Nagelschmidt begann indessen, seinen Campingkocher anzuwerfen und eine seiner Konservendosen zu öffnen. Nachdem er sie auf die kleine Gasflamme gestellt hatte, vergingen nur wenige Minuten, bis ein verlockender Duft durch den Raum zu ziehen begann; etwas eigenartig, aber trotzdem verlockend. Thirteens Magen begann fast unverzüglich zu knurren. Die Brötchen, die Frank ihr gebracht hatte, hatten längst nicht gereicht, um ihren Hunger vollends zu stillen.

Nagelschmidt stellte die Dose auf einen verbeulten Blechteller, grub drei Gabeln aus dem Lumpenberg und kam damit zu ihnen. Der Essensgeruch schien auch in Franks Bewusstlosigkeit zu dringen, denn er begann plötzlich hörbar zu schnüffeln, setzte sich auf und öffnete erst dann die Augen.

»Greift nur zu«, sagte Nagelschmidt mit einem gutmütigen Lächeln. »Es ist gut.« Er nahm sich selbst eine Gabel und begann direkt aus der Dose zu essen, und nach kurzem Zögern taten es ihm Frank und Thirteen gleich.

Das Fleisch schmeckte gut – ebenso eigenartig, wie es roch, aber wirklich nicht schlecht – und Thirteen aß mit großem Appetit. Auch Frank langte kräftig zu und das Essen weckte zusehends seine Lebensgeister.

»Esst nur«, sagte Nagelschmidt lächelnd. Dass es ihnen so schmeckte, erfreute ihn sichtlich. »Es ist in Ordnung.«

»Das stimmt«, sagte Frank und schaufelte sich eine weitere Ladung Fleisch in den Mund. »Es schmeckt … eigenartig, aber wirklich gut.« Mit vollem Mund und sichtlichem Genuss kauend, griff er nach der noch immer heißen Konservendose und drehte sie mit spitzen Fingern herum, um auf das Etikett zu sehen. »Es ist …« Er verstummte. Seine Augen wurden rund vor Staunen, und auch Thirteen spürte, wie ihr der Bissen im wahrsten Sinne des Wortes im Hals stecken blieb.

»… Katzenfutter«, führte sie den Satz zu Ende.

»Gutes Essen«, sagte Nagelschmidt. »Und es kostet nicht viel.« Thirteen schluckte mit einiger Mühe den Bissen hinunter, den sie noch im Mund hatte, und ließ die Gabel sinken. Auch Frank legte seine Gabel weg und rutschte ein Stück nach hinten.

»Was habt ihr?«, fragte Nagelschmidt. »Ist etwas damit nicht in Ordnung?«

»Doch, doch«, sagte Thirteen hastig. »Es ist nur … Ich bin satt.«

»Ich auch«, fügte Frank hastig hinzu. »Aber es war gut, wirklich!«

Nagelschmidt sah sie einen Moment lang irritiert an, zuckte aber dann mit den Schultern und aß mit großem Appetit weiter.

Frank und Thirteen sahen fassungslos zu, wie er die Dose Katzenfutter bis auf den letzten Krümel leerte und sich hinterher noch genießerisch mit der Zunge über die Lippen fuhr.

»Das war gut. Ihr solltet mehr essen, wirklich. Man weiß nie, wann man wieder so etwas Gutes bekommt. Soll ich noch eine Dose aufmachen? Nur keine falschen Hemmungen.«

Thirteen und Frank wehrten hastig ab, was Nagelschmidt sichtbar enttäuschte. Er trug die leere Dose zu seiner Kiste zurück. Als er sich wieder setzte, sagte Wusch:

»Jemand kommt!«

Schon im nächsten Augenblick wurde die Tür geöffnet und eine grauhaarige ältere Frau in einem blauen Mantel trat ein. Nagelschmidt sah nur flüchtig auf und blickte dann wieder weg, während auf Franks Gesicht ein misstrauischer Ausdruck erschien.

Thirteen sah eher überrascht drein. Sie hatte die Frau sofort wiedererkannt, obwohl sie sie nur einmal gesehen hatte. Es war die Frau, die mit ihr in dem kleinen Café in der Einkaufspassage gesessen war und das Heimatkundebuch vergessen hatte.

Auch die Frau erkannte Thirteen offenbar sofort wieder, denn sie sah nicht überrascht, sondern eindeutig erleichtert aus. »Anna-Maria!«, sagte sie. »Und dein Freund auch! Gott sei Dank! Ich hatte schon das Allerschlimmste befürchtet!« Sie wandte flüchtig den Blick und sah auf Nagelschmidt herab. »Das hast du gut gemacht.«

»Sie wollen nichts essen«, sagte Nagelschmidt mürrisch. »Es sind störrische Kinder. Du solltest ihnen ins Gewissen reden.«

»Das werde ich«, versprach die Frau. »Aber nicht hier. Sie durchsuchen das gesamte Industriegebiet. Ich hatte Mühe, überhaupt hierherzukommen. Wir müssen uns beeilen, bevor sie den Wagen finden. Schnell.« Sie sah wieder auf Nagelschmidt herab. »Und du kommst besser auch mit. Wenigstens für eine Weile. Bei mir bist du in Sicherheit. Nun los, beeilt euch!«

»Aber … wer sind Sie denn überhaupt?«, fragte Frank. »Ich kenne Sie ja gar nicht!«

»Aber Anna-Maria kennt mich«, antwortete die Frau. »Und ihr beide kennt auch meine Tochter Beate.«

»Ihre … Tochter?«, wiederholte Thirteen stockend. »Beate? Sie … Beate ist Ihre Tochter?«

»Du hast sie gesehen?« Die Frau wirkte plötzlich ein bisschen traurig. »Du warst im Haus. Wie geht es ihr?«

»Gut«, antwortete Thirteen. »Jedenfalls, als ich sie das letzte Mal gesehen habe.«

»Und wie kommen Sie darauf, dass auch *ich sie* kenne?«, fragte Frank. »Ich war nie dort.«

»Ihr kennt sie auch hier. Sie ist die Leiterin des hiesigen Jugendamtes.«

»Frau Mörser?!«, entfuhr es Thirteen.

»Ja«, antwortete die alte Frau. Ein Ausdruck tiefen Kummers erschien in ihren Augen. »Beate Mörser. Sie ist meine Tochter.«

Sie brauchten eine Stunde, um Frau Mörsers Wohnung zu erreichen. Nagelschmidt führte sie durch ein wahres Labyrinth unterirdischer Gänge und Räume bis zu einem verborgenen Seiteneingang, vor dem Frau Mörsers Wagen stand, ein altersschwacher Golf, in den sie sich mit Mühe und Not hineinquetschten. Frau Mörser bestand darauf, dass Thirteen und Frank sich auf den Boden zwischen den Vorder- und Rücksitzen legten, damit man sie nicht sah. Sie fuhren eine ganze Weile, bis sie schließlich vor ihrem Haus anhielten, das in einer kleinen, gepflegten Reihenhaussiedlung in einem Randbezirk der Stadt lag.

Frau Mörser und Nagelschmidt gingen voraus und überzeugten sich sorgfältig davon, dass niemand sie beobachtete, erst dann durften Thirteen und Frank den Wagen verlassen und rasch zum Haus gehen.

»Das wäre geschafft«, sagte Frau Mörser erleichtert. »Ich glaube, jetzt sind wir erst einmal in Sicherheit.« Sie ließ ihren Blick über Thirteen und Frank schweifen. »Ihr beide seht aus, als könntet ihr ein heißes Bad vertragen. Es gibt ein Badezimmer hier unten und eine Dusche im Dachgeschoss. Was haltet ihr davon? Ich mache uns inzwischen ein gutes Abendessen. Und danach unterhalten wir uns. Es gibt viel zu besprechen.«

Die Aussicht auf eine heiße Dusche gefiel Thirteen, aber sie warf einen Seitenblick auf Nagelschmidt, der Frau Mörser zu einem amüsierten Lächeln veranlasste.

»Er badet nicht so oft«, sagte sie. »Es ist noch nicht Weihnachten.«

Thirteen und Frank taten, was Frau Mörser ihnen vorgeschlagen hatte. In Anbetracht von Franks noch immer angeschlagenem Zustand verzichtete Thirteen freiwillig auf das bequemere Bad und ging unter die Dusche. Sie stand fast eine halbe Stunde unter dem heißen, dampfenden Strahl und genoss das Gefühl, allmählich von innen heraus wieder aufzutauen. Hinterher fühlte sie sich auf angenehme Weise müde und entspannt und zum ersten Mal wieder ein bisschen optimistischer gestimmt. Wahrscheinlich lag es einfach an ihrer Umgebung. Sie war, zumindest äußerlich, wieder in die Zivilisation zurückgekehrt. Und sie hatten Verbündete gefunden.

»Ich verstehe euch nicht«, krähte Wusch. Sie hing kopfunter an der Stange des Duschvorhanges und baumelte hin und her. »Ihr schreit Zeter und Mordio, wenn es regnet. Und dann stellt ihr euch freiwillig stundenlang unter strömendes Wasser.«

»Ja, wir Menschen sind manchmal komisch«, antwortete Thirteen. Sie rubbelte sich das Haar trocken und begann sich ohne Hast anzuziehen. »Wir essen zum Beispiel keine Fliegen.«

»Aber Katzenfutter.«

»Hm«, machte Thirteen. Sie schluckte ein paarmal, fuhr sich mit der Zungenspitze über die Lippen und entdeckte eine Zahnbürste und eine Tube Zahnpasta auf dem Waschbeckenrand. Während sie einen Streifen Zahnpasta auf die Bürste drückte, fragte sie: »Warum tut er das?«

»Wer? Was?« Wusch schien offensichtlich Freude am Klimpern der kleinen Metallringe gefunden zu haben, mit denen der Duschvorhang befestigt war. Sie schaukelte immer heftiger hin und her und schaffte sogar einen Überschlag.

»Nagelschmidt«, antwortete Thirteen. »Wieso lebt er so?«

»Weil es ihm nichts bedeutet. Besitz ist ihm gleichgültig, ebenso wie alle anderen weltlichen Dinge.«

»Weltliche Dinge?« Thirteen begann sich die Zähne zu putzen und beobachtete im Spiegel, wie Wusch einen weiteren Überschlag an der Gardinenstange vollführte und dann noch einen und noch einen und noch einen, immer schneller und schneller.

»Er war einmal wie Stefan und die anderen«, erklärte Wusch. »Ziemlich lange sogar. Aber dann hat er den Rückweg gefunden und seitdem ist ihm alles gleich. Er will nur noch allein sein. Dass er Frank geholfen hat, ist ein Wunder, das –«

Sie vollführte einen weiteren Überschlag, verlor an der verchromten Stange den Halt und schoss kreischend davon. Sofort breitete sie die Flügel aus, aber der Raum war viel zu klein: Sie prallte gegen die Wand, kippte nach hinten und segelte in immer enger und schneller werdenden Spiralen zu Boden. Genauer gesagt in die Toilette, deren Deckel unglücklicherweise hochgeklappt war. Das Wasser spritzte fast bis zur Decke hinauf. Thirteen beobachtete im Spiegel, wie es eine ganze Weile darin platschte und spritzte, bis sich Wusch pitschnass über den Rand des Toilettenbeckens zog.

»Ich dachte, du badest nicht gerne«, sagte sie.

Wusch schüttelte sich wie ein nasser Hund. »Schweinerei!«, maulte sie. »Und überhaupt! Wozu braucht ihr eigentlich so kleine Badewannen?«

Thirteen grinste. Während sie sich heftig die Zähne putzte, drehte sie sich herum und sagte: »Soll ich dir verraten, wozu diese *Badewanne* wirklich dient?«

Wusch kreischte, sprang mit einem Satz bis auf die Vorhangstange hinauf und hob schützend die Flügel vor das Gesicht. »Hilfe!«, brüllte sie. »Komm mir bloß nicht zu nahe!«

»Was?«, fragte Thirteen verständnislos.

»Du bist krank!«, keifte Wusch. »Du … du hast dich angesteckt! Du hast die Tollwut!«

»Bist du jetzt vollkommen übergeschnappt?«, fragte Thirteen.

»Aber du hast Schaum vor dem Mund!«, lamentierte Wusch. »Das ist die Tollwut. Ich kenne die Symptome!«

Thirteen seufzte. Kopfschüttelnd drehte sie sich herum und putzte sich die Zähne zu Ende. Wusch beobachtete sie misstrauisch von der sicheren Höhe der Vorhangstange aus. Sie sagte kein Wort mehr, aber sie hütete sich auch, Thirteen in die Nähe zu kommen. Selbst als sie fertig war und das Badezimmer verließ, um wieder nach unten zu gehen, hielt sie einen respektvollen Abstand zu ihr ein.

Der Klang von Frau Mörsers und Franks Stimmen leitete Thirteen in das Wohnzimmer, das im Erdgeschoss gleich neben dem Eingang lag. Frau Mörser und Frank saßen an einem reichlich mit belegten Broten, Obst und Salat gedeckten Tisch und aßen. Der Fernseher lief und Nagelschmidt hockte in einem Sessel und blickte auf den Bildschirm, brachte aber gleichzeitig auch das Kunststück fertig, vollkommen desinteressiert dreinzusehen.

Thirteen nahm am Tisch Platz und griff zu, ohne dass es einer Aufforderung bedurft hätte, und entwickelte einen erstaunlichen Appetit. Frau Mörser sah ihr schweigend zu, aber sie lächelte manchmal gutmütig, und Thirteen verspürte einen schwachen Hauch desselben Gefühles, das sie schon in Nagelschmidts Nähe gespürt hatte. Sie fasste sofort Vertrauen zu dieser grauhaarigen, etwas zur Fülligkeit neigenden Frau.

Umso schwerer fiel es ihr allerdings, sich an den Gedanken zu gewöhnen, dass diese herzensgute Frau die Mutter von Beate Mörser sein sollte – ebenso schwer wie der, dass Frau Mörser und Beate ein und dieselbe Person waren, nur zwanzig oder fünfundzwanzig Jahre auseinander. Die Leiterin des Jugendamtes hatte nicht die geringste Ähnlichkeit mit der Beate, die sie im Haus ihres Großvaters kennengelernt hatte. Nicht äußerlich und schon gar nicht *innerlich*.

Nachdem sie fertig gegessen hatten, stand Frau Mörser auf und schaltete den Fernseher aus. Nagelschmidt blickte weiter auf den Bildschirm, obwohl er jetzt nur noch eine schwarze Fläche war.

»Ich wollte nur die Nachrichten hören«, sagte Frau Mörser. »Ihr beide seid richtige Fernsehstars geworden, wisst ihr das?«

»So?«, fragte Thirteen kleinlaut.

»Die Nachrichten sind voll von Meldungen über euch und das, was ihr angerichtet habt.«

»Aber ... Sie glauben das doch nicht etwa!«, sagte Thirteen erschrocken.

»Es klang sehr überzeugend«, antwortete Frau Mörser. Dann schüttelte sie den Kopf. »Natürlich glaube ich kein Wort. Aber es war perfekt inszeniert. Jede Menge Zeugen, die euch in der Passage gesehen haben und jeden Eid schwören, dass *ihr* den Brand gelegt habt. Es gibt sogar Fotos. Überrascht dich das etwa?«

»Ehrlich gesagt, ja«, antwortete Frank. »Ich dachte nicht, dass sie so einflussreich sind.«

»Dem Bund der Dreizehn gehört praktisch diese Stadt«, antwortete Frau Mörser. »Und vielleicht noch mehr. Auch«, fügte sie mit einem Seitenblick auf Nagelschmidt hinzu, »wenn es eigentlich nur noch zwölf sind.«

Thirteen entging der Ton nicht, der sich bei diesen Worten in ihre Stimme schlich. »Sie müssen sie ziemlich hassen«, sagte sie.

»Worauf du dich verlassen kannst!«

»Aber Ihre eigene Tochter gehört doch dazu.«

»Das ist nicht meine Tochter«, antwortete Frau Mörser heftig. »Meine Tochter ist vor über zwanzig Jahren verschwunden. Zurückbekommen habe ich dieses ... *Wesen,* das nur noch so ausgesehen hat wie sie. Aber es hat –«

»– keine Seele mehr«, sagte Thirteen leise.

Frau Mörser nickte traurig. »Du hast sie gesehen.«

»Sie wird im Haus meines Großvaters gefangen gehalten. Wie alle anderen auch. Aber ich weiß nicht, warum. Nicht einmal von wem. Ich dachte, Sie könnten es mir sagen.«

»Erzähl mir erst deine Geschichte«, sagte Frau Mörser. »Danach erzähle ich euch, was ich weiß. Vielleicht finden wir dann gemeinsam eine Lösung.«

Thirteen war ein bisschen enttäuscht. Sie brannte darauf, endlich das eigentliche Geheimnis zu erfahren, das hinter all den schrecklichen Ereignissen steckte, und nun sollte sie erst einmal selbst erzählen. Aber sie fasste sich in Geduld und fing an zu berichten. Sie brauchte fast eine Stunde dazu, denn sie begann mit dem Tod ihrer Mutter und dem Brief, den sie kurz darauf erhalten hatte, und ließ nichts aus, was seither geschehen war. Sie fühlte sich ziemlich erschöpft, nachdem sie zu Ende gekommen war, und in Frau Mörsers Augen schimmerten Tränen, auch wenn ihr Gesicht wie versteinert wirkte.

»Das erklärt eine Menge, wenn auch längst nicht alles«, sagte sie. »Du hast sie also wirklich gesehen. Und sie ist keinen Tag älter geworden?«

»Wie alle anderen auch«, sagte Thirteen. Dann stellte sie die Frage, die ihr schon die ganze Zeit über auf der Zunge lag. »Sie haben mir erzählt, dass sie alle Waisenkinder sind. Aber wenn Beate Ihre Tochter ist …«

»Es ist die Wahrheit«, sagte Frau Mörser. Ihr Gesicht blieb ausdruckslos, aber aus ihren Augen lief jeweils eine einzelne Träne und zog eine glitzernde Spur über ihre Wangen. »Es war meine Schuld. Ich war sehr jung damals, sehr dumm und sehr verzweifelt. Ich hatte keinen Mann, keine Arbeit und kein Geld, sodass ich glaubte, mich nicht um mein Kind kümmern zu können. Ich habe Beate weggegeben, als sie vier Jahre alt war.«

»Weggegeben? Wohin?«

»In ein Heim«, antwortete Frau Mörser. »Sie hatten mir versprochen, gute Adoptiveltern für sie zu finden.«

»Aber in Wahrheit haben sie sie dem Haus geopfert«, sagte Frank grimmig.

Frau Mörser nickte. »Ja. Aber das habe ich erst viel später erfahren, nachdem ich Nagelschmidt kennengelernt hatte. Ich hatte es mir anders überlegt. Ich konnte mit meinem schlechten Gewissen nicht mehr leben und so habe ich sie zurückgeholt. Aber was sie mir zurückgegeben haben, war … nicht mehr meine Tochter. Ihr habt sie kennengelernt.«

»Zur Genüge, ja«, sagte Frank düster.

»Es war sicher ein Versehen, dass sie Beate genommen haben«, fuhr Frau Mörser fort. »Sie wussten wohl nicht, dass sie noch eine Mutter hat. Normalerweise nehmen sie nur Waisenkinder.«

»Weil es niemandem auffällt, wenn sie sich verändern«, sagte Frank.

»Wen meinen Sie mit *sie?*«, fragte Thirteen.

»Die Dreizehn«, antwortete Frau Mörser. »Die Opfer des Hauses. Ich beobachte sie schon lange. Immer wieder entführen sie ein Kind und opfern es dem Haus. Wenn einer von ihnen zu alt wird oder stirbt.«

»Oder ihn die Dämonen holen«, flüsterte Thirteen.

Frau Mörser und Frank sahen sie eine Sekunde lang schweigend an, dann fuhr Frau Mörser fort: »Es geschieht immer an einem Freitag dem Dreizehnten und bei Vollmond.«

Thirteen spürte erneut ein eisiges Frösteln. Freitag der Dreizehnte und Vollmond – in acht Tagen war es wieder so weit. An ihrem Geburtstag.

»Was ist dieses Haus?«, murmelte Frank.

»Ich kann dir sagen, was es nicht ist«, antwortete Frau Mörser. »Nämlich ein Haus. Es ist ein Ungeheuer. Ein Monster, das nur aussieht wie ein Haus. Wer hineingeht, dessen Seele frisst es auf. Was wieder herauskommt, das ist kein richtiger Mensch mehr. Nur ein … *Ding*. Eine Maschine, die sich bewegt, die aussieht und spricht wie ein Mensch, aber keiner mehr ist. Aber sie sind sehr erfolgreich. Sie machen Karriere und nichts und niemand kann sie aufhalten. Sie sind alle sehr einflussreich geworden und die meisten auch sehr vermögend. Aber sie sind völlig skrupellos. Keiner von ihnen hat eine eigene Familie oder gar Kinder. Und keiner von ihnen hat Freunde.«

Sie deutete auf Nagelschmidt. »Er war früher genau wie sie. Wenn du ihn jetzt siehst, würdest du mir glauben, dass er noch vor zehn Jahren der Inhaber der größten Immobilienfirma der Stadt war?«

»Er?« Frank riss ungläubig die Augen auf. »Dieser Pen…«

Er verstummte und biss sich verlegen auf die Unterlippe, aber

Frau Mörser lächelte nur. »Sprich es ruhig aus. Es beleidigt ihn nicht. Im Gegenteil: Ich glaube, er würde es als Kompliment auffassen. Aber früher war er wie die anderen zwölf. Er war Millionär. Ihm gehörte fast ein Dutzend Mietshäuser hier in der Stadt und er vermietete die Wohnungen zu Wucherpreisen. Niemand wagte es, ihm zu trotzen. Und wer es doch tat, der bekam es mit der Polizei zu tun oder anderen Behörden.«

»Tim«, sagte Thirteen.

»Unter anderem«, erwiderte Frau Mörser. »Ich sagte doch: Dem Bund der Dreizehn gehört praktisch die ganze Stadt. Er war wie sie. Aber eines Tages geschah etwas. Ich wusste bis heute nicht wirklich, was es war, aber nun, mit dem, was ich von dir erfahren habe, wird mir alles klar. Er ist aus dem Haus entkommen. Seine Seele ist wieder bei ihm.«

»Was ist geschehen?«

»Er hat alles verschenkt, von einem Tag auf den anderen. Die Wohnungen schenkte er den Familien, die darin lebten und die er jahrelang ausgebeutet hatte, und sein Vermögen wollte er dem Roten Kreuz vermachen. Zumindest hat er es versucht.«

»Es hat also nicht geklappt«, vermutete Frank.

Nein. Die anderen haben es verhindert. Es war eine lange und hässliche Geschichte, aber am Ende hat Doktor Hartstätt ein Gutachten erstellt, das ihn für unzurechnungsfähig erklärte. Sein Vermögen wurde beschlagnahmt und er selbst in eine Nervenheilanstalt eingeliefert. Vor drei Jahren haben sie ihn freigelassen. Seither lebt er so, wie ihr es gesehen habt.«

»Entsetzlich«, sagte Frank.

Frau Mörser schüttelte den Kopf. »Aber er ist glücklich dabei. Geld bedeutet ihm nichts, ebenso wenig wie Besitz. Er hat andere Werte für sich entdeckt. Ich glaube, das ist der Grund, aus dem sie dich so sehr fürchten. Sie haben Angst, genauso zu werden wie er.«

»Aber was habe ich damit zu tun?«

»Vielleicht nichts, vielleicht alles«, antwortete Frau Mörser. »Auch du hast den Weg aus dem Haus gefunden. Vielleicht haben sie Angst, dass du die Seelen der anderen befreien könntest.«

»Und es hat irgendetwas mit meinem Geburtstag zu tun«, sagte Thirteen. »Ich habe gehört, wie mein Großvater Ihre Tochter beauftragt hat, mich um jeden Preis so lange vom Haus fernzuhalten.«

»Dein Großvater ist nicht dein Großvater«, sagte Frau Mörser.

»Was soll das bedeuten?«

»Er ist wahrscheinlich dein Ururururgroßvater«, antwortete Frau Mörser. »Vielleicht fehlen noch ein paar ›ur‹.«

»Also sooo alt ist er nun auch wieder nicht«, antwortete Thirteen. Sie versuchte zu lachen, aber es gelang ihr nicht.

»Vermutlich sogar noch älter«, sagte Frau Mörser ernst. »Hast du das Bild in dem Buch vergessen, das ich dir gegeben habe? Ich habe in den letzten Jahren viel über diese Stadt herausgefunden, musst du wissen. Ich kenne nicht alle Namen, aber ich weiß, dass es hier immer einen Bund der Dreizehn gegeben hat. Seit mindestens dreihundert Jahren. Und mindestens ebenso lange gibt es dieses Haus – und deinen Großvater. Vielleicht sogar länger.«

»Aber das ist völlig unmöglich!«, protestierte Thirteen. »Niemand wird so alt!«

»Der Mann, den du für deinen Großvater hältst, schon. Ich glaube sogar, dass er noch viel älter ist, aber es ist mir nicht gelungen, seine Spuren weiter als dreihundert Jahre in die Vergangenheit zurückzuverfolgen. Jemand hat sich große Mühe gegeben, sie zu verwischen.«

»*Dreihundert* Jahre?«, murmelte Thirteen fassungslos. Sie war zutiefst erschüttert.

»Es muss irgendetwas mit dem Haus zu tun haben. Er verlässt es so gut wie nie.«

»Sie meinen, es erhält ihn am Leben?«, fragte Frank. »Und der Preis dafür sind die Seelen der Kinder, die es frisst?«

»Das ist *eine* mögliche Erklärung«, antwortete Frau Mörser.

Thirteen weigerte sich einfach zu glauben, was sie hörte. Wenn sie alles in Betracht zog, was bisher geschehen war, dann war diese Erklärung sogar ziemlich nahe liegend, aber der Gedanke, dass ihr Großvater wie ein Vampir in diesem unheimlichen Haus hockte und von den Seelen gefangener Kinder lebte, war einfach … monströs. Es *konnte* nicht so sein!

»Und was hat Thirteen damit zu tun?«, fragte Frank.

»Das müssen wir herausfinden«, antwortete Frau Mörser. »Vielleicht hat er Angst, dass sie etwas … verändern könnte, weil sie mit ihm verwandt ist. Du bist seine letzte lebende Verwandte, nicht wahr?«

»Wenn er die Wahrheit sagt, ja.«

»Dann ist das vielleicht schon die Antwort«, sagte Frank. »Er hat Angst, dass sie die gefangenen Seelen befreit und seine Macht damit zu Ende ist.«

»Nein«, mischte sich Wusch ein. Sie hatte bisher auf dem Fernseher gehockt und dem Gespräch schweigend gelauscht.

»Nein?« Frank blinzelte. »Was soll das heißen?«

»Nicht er ist es, der Angst vor ihr hat. Es fürchtet sie. Das Haus. Der alte Mann ist darin genauso gefangen wie Beate und die anderen.«

Für eine Weile wurde es ganz still im Raum. Alle starrten die Flederratte an und schließlich fragte Frank:

»Du redest dauernd von diesem … *Es*. Was genau soll das sein?«

»Es hat keinen Namen«, antwortete Wusch. »Und es braucht auch keinen. Es ist furchtbar und es hasst Thirteen. Es rast vor Zorn, aber es ist auch fast verrückt vor Angst. Es wird bald wieder zuschlagen, das kann ich fühlen.«

Frank ignorierte den letzten Satz. »Wenn es solche Angst hat, dann bedeutet das wahrscheinlich, dass es einen ganz bestimmten Grund dafür hat«, sagte er. »Wir können ihm schaden. Vielleicht können wir es sogar vernichten!«

»Das könnt ihr nicht«, sagte Wusch ernst. »Niemand kann das. Man kann nicht töten, was niemals gelebt hat.«

»Nagelschmidt ist aus dem Haus entkommen«, beharrte Frank. »Und Thirteen auch. Das heißt, es gibt einen Weg.«

Wusch schwieg.

»Ich nehme an, das bedeutet ja«, sagte Frank.

»Hm«, machte Wusch.

»Nun rede schon«, drängte Thirteen. »Du weißt doch mehr, als du zugibst.«

»Ich weiß vor allem, dass ich mich um Kopf und Kragen rede, wenn ich so weitermache«, nörgelte Wusch.

»Dann lebst du aber immer noch länger, als wenn du nichts sagst«, erklärte Frank mit einem süffisanten Grinsen.

Wusch schluckte hörbar und verschränkte dann trotzig die Flügel vor der Brust. »Du bluffst!«, behauptete sie. »Außerdem: Warum sollte ich irgendein Risiko auf mich nehmen für jemanden, der sowieso nicht mehr lange zu leben hat?«

»Wen meinst du damit?«

Wusch deutete auf Thirteen. »Sie. Hat sie es euch nicht erzählt? Sie ist todkrank! Sie hat die Tollwut! Ich habe mit eigenen Augen gesehen, dass sie Schaum vor dem Mund hatte. Sie hat versucht, ihn mit einer kleinen Bürste wegzuschrubben, aber ich habe es trotzdem genau gesehen!«

Frau Mörser kämpfte mühsam dagegen an, lauthals loszulachen, und Frank sagte grinsend: »Diese Art von Tollwut haben wir alle von Zeit zu Zeit. Sie macht uns nicht viel aus. Aber du hast noch nicht geantwortet.« Er wurde wieder ernst. »Wie können wir es vernichten?«

»Gar nicht«, antwortete Wusch. »Niemand kann das. Aber ihr könnt es vielleicht … vertreiben.«

»Vertreiben?«

»Es lebt von den Seelen der entführten Kinder«, erklärte Wusch. »Wenn man sie befreit, verliert es die Quelle seiner Macht. Aber es gibt nur einen Weg, das zu tun.«

»Und der wäre?«

Wusch drehte sich langsam zu Thirteen herum. »Nur du kannst das tun«, sagte sie. »Aber dazu müsstest du noch einmal in das Haus zurückkehren. Und diesmal ist es gewarnt. Es würde dich erwarten.«

»Und du glaubst, davor hätte ich Angst?« Thirteen schüttelte den Kopf. »Es kann kaum schlimmer kommen als heute Morgen.«

»O doch«, erwiderte Wusch. »Das kann es. Und das wird es. Du hast seine wahre Macht noch gar nicht zu spüren bekommen. Aber das wirst du, wenn du es wirklich wagst, diese Macht noch weiter herauszufordern. Außerdem kämst du nicht einmal in die Nähe des Hauses.«

»Und warum nicht?«

»Es würde dich töten«, antwortete Wusch ernst. »Bisher ist es noch nicht verzweifelt genug dazu gewesen, aber wenn du ihm keine Wahl lässt, wird es selbst das tun.«

»Das reicht«, sagte Frau Mörser in sehr entschiedenem Ton. »Genug für heute. Ich habe eure Zimmer schon vorbereitet. Wir werden uns jetzt alle erst einmal gründlich ausschlafen, bevor wir morgen Kriegsrat halten.«

Es war die erste Nacht seit langer Zeit, die sie in aller Ruhe durchschlief und nach der sie erwachte, ohne sich an wirre Albträume zu erinnern. Sie fühlte sich ausgeruht und optimistisch gestimmt wie schon seit Langem nicht mehr, und als sie sich zum Frühstück trafen, war auch Frank überraschend gut gelaunt; und im Übrigen auch überraschend gut erholt. Sein Gesicht zeigte nicht die mindesten Spuren der Schläge, die Stefan ihm versetzt hatte.

»Ich habe eine gute Nachricht«, sagte Frau Mörser. »Heute Morgen war wieder ein Bericht über euch und eure Missetaten im Fernsehen.«

»Was ist daran gut?«, wollte Frank wissen.

»Sie haben über die Assistentin meiner Tochter berichtet.«

»Die wir umgebracht haben sollen.«

»Eben nicht«, antwortete Frau Mörser. »Sie liegt im Krankenhaus. Sie ist verletzt, aber außer Lebensgefahr. Sobald sie wieder bei Bewusstsein und vernehmungsfähig ist, wird sie euch zweifellos entlasten.«

»Gott sei Dank«, sagte Thirteen. »Es hätte mir unendlich leidgetan, wenn ihr etwas zugestoßen wäre.«

»Ich fürchte, ihr ist genug *zugestoßen*«, sagte Frank.

»Aber sie ist immerhin noch am Leben und sie wird wieder gesund«, antwortete Thirteen. »Das ist mehr, als ich gestern noch zu hoffen wagte.«

»Ich verstehe eure Sorge«, sagte Frau Mörser an Frank gewandt. »Ich beobachte den Bund der Dreizehn nun schon so lange. Sie sind vollkommen skrupellos und sie schrecken vor wenig zurück. Aber *Mord* gehörte bisher nicht zu ihrem Programm.«

»Ein weiterer Hinweis darauf, wie verzweifelt sie sind«, sagte Frank. »Wir sind auf dem richtigen Weg. Also, wie gehen wir weiter vor?«

»Ich habe einige Telefonate geführt, während ihr noch geschlafen habt«, antwortete Frau Mörser. »Mit ein paar Freunden gesprochen. Wie es aussieht, war eure Vorsicht nicht ganz unbegründet. Ihr könnt euch nirgendwo in der Stadt blicken lassen. Das macht es nicht gerade leichter, irgendwelche Nachforschungen anzustellen. Hier seid ihr aber in Sicherheit.«

»Unternehmen können wir aber auch nicht viel«, sagte Frank mürrisch.

»Wenigstens nicht, solange es hell ist«, bestätigte Frau Mörser. »Später würde ich gerne mit euch ins Museum gehen.«

»Wohin?«, fragten Thirteen und Frank wie aus einem Mund.

»Wir haben hier ein kleines Heimatmuseum«, antwortete Frau Mörser lächelnd. »Nichts Großartiges. Nur ein paar alte Bücher und Urkunden und einige Bilder. Ein paar alte Möbel und eine Ritterrüstung … ihr kennt das ja. Vielleicht erfahren wir dort etwas über das Haus und seine Geschichte.«

»Ich dachte, wir können uns draußen nicht blicken lassen«, sagte Frank. »Und jetzt wollen Sie mit uns ins *Museum* gehen?«

»Heute Nachmittag ist es geschlossen. Aber ich kenne die Putzfrau, die dort arbeitet. Sie wird uns hineinlassen.«

»Das ist ein halber Tag, den wir verlieren«, sagte Frank.

»Oder ein halber Tag länger, an dem wir in Sicherheit sind«, sagte Thirteen. »Kommt ganz auf den Standpunkt an.«

»Sicher.« Frank zog eine Grimasse. »Wir haben ja auch sooo viel Zeit.«

»Du kannst es anscheinend gar nicht erwarten«, sagte Thirteen. »Hast du immer noch nicht genug von Stefan?«

Das war nicht besonders klug, wie ihr im selben Moment klar wurde. Sie hatte Franks Stolz verletzt, und das war vielleicht das Schlimmste, was sie tun konnte. In seinen Augen blitzte es auf, und für einen Moment konnte sie regelrecht spüren, wie sich sein Zorn auf sie richtete. »Mit dem Kerl werde ich schon noch fertig«, fauchte er.

»Es ist keine Schande, gegen einen überlegenen Gegner zu verlieren«, sagte Frau Mörser.

»Er ist nicht *überlegen*«, erwiderte Frank in scharfem Ton. »Er ist nur heimtückischer.«

»Und das wird er auch immer bleiben«, sagte Frau Mörser. »Weil er vollkommen gewissenlos ist. Ich glaube, er ist nicht einmal wirklich böse. Das sind sie alle nicht. Sie haben kein Gewissen. Es macht ihnen nichts aus, einem anderen ein Leid zuzufügen.«

Das machte es nicht besser, dachte Thirteen, sondern im Gegenteil eher schlimmer. Sich gegen den Bund der Dreizehn – oder auch nur einen von ihnen – zu stellen, das musste sein, wie gegen eine Maschine zu kämpfen. Schlimmer noch: Eine Maschine wäre in ihren Reaktionen wenigstens noch berechenbar. Die Dreizehn … waren es vielleicht auch.

Ihre Gedanken mussten sich wohl ziemlich deutlich auf ihrem Gesicht abzeichnen, denn sowohl Frau Mörser als auch Frank sahen sie plötzlich sehr aufmerksam an und schließlich fragte Frank: »Was hast du?«

»Mir ist … gerade ein Gedanke gekommen«, sagte Thirteen langsam.

»Und der wäre?«, fragte Frank. »Ich meine, nur wenn du uns an deiner Weisheit teilhaben lassen möchtest.«

»Wie wäre es denn, wenn wir *ihnen* zur Abwechslung mal eine Falle stellen würden?«, fragte Thirteen.

»Und wie soll die aussehen?«

Thirteen hob die Schultern. »Keine Ahnung«, gestand sie. »Vielleicht könnten wir sie ablenken. Nur lange genug, um das Geheimnis des Hauses zu lüften.«

»Warum so umständlich?«, fragte Frank. »Fragen wir sie doch einfach.«

»Wie bitte?«, fragte Thirteen.

Frank ließ ungefähr eine halbe Minute verstreichen, in der er nichts anderes tat, als einfach dazusitzen und zu grinsen. Dann erklärte er ihnen seinen Plan.

Eine gute Stunde später saßen sie wieder zu viert – zu fünft, wenn man Wusch mitrechnete, die kopfunter an der Gardinenstange hing und in regelmäßigen Abständen mehr oder weniger qualifizierte Kommentare abgab – im Wohnzimmer und warteten darauf, dass das Telefon klingelte. Frank hatte ihnen allen seinen Plan lang und breit erklärt und er erschien Thirteen durchaus Erfolg versprechend. Nicht dass er ihr gefiel. Er klang sehr simpel, barg aber bestimmt auch eine Menge Gefahren, die sie jetzt noch gar nicht abschätzen konnten. Trotzdem hatte sie schließlich eingewilligt, zwar mit einem schlechten Gefühl, aber eingedenk des Wissens, dass indirekt ja sie dafür verantwortlich war, dass Frank überhaupt auf die Idee kam.

Das Telefon klingelte. Alle vier fuhren erschrocken zusammen, und selbst Wusch hörte für einen Moment auf, an der Gardinenstange herumzuschaukeln. Nach einer Sekunde, in der sie alle vor Schreck zur Reglosigkeit erstarrten, stand Frau Mörser auf und ging zum Telefon. Sie hob ab, drückte aber auch die Lautsprechertaste, sodass sie alle mithören konnten.

»Mörser«, meldete sie sich.

»Hier auch«, antwortete eine wohlbekannte kühle Stimme am anderen Ende der Verbindung. »Ich sollte zurückrufen. Warum willst du mich sprechen?«

Frau Mörser tauschte einen raschen nervösen Blick mit Thirteen und Frank. Frank nickte ernst, während Thirteen aufmunternd lächelte. Innerlich fühlte sie allerdings nichts von dem Optimismus, den sie auszustrahlen versuchte. Plötzlich fielen ihr tausend Gründe ein, aus denen ihr Plan gar nicht aufgehen *konnte.* Es war vollkommener Wahnsinn, sich nicht nur in die Höhle des Löwen zu wagen, sondern ihm auch noch die Hand in den Rachen zu legen.

»Nein, nicht mit dir«, sagte Frau Mörser nach einer Weile. »Ich möchte mit meiner Tochter sprechen.«

Aus dem Lautsprecher drang ein deutliches Seufzen. »Nicht schon wieder. Das Thema hatten wir in den letzten zehn Jahren wirklich zur Genüge. Ich habe keine Lust, schon –«

»Ich meine es ernst«, unterbrach Frau Mörser ihre Tochter. »Ich möchte mit Beate sprechen. Der *richtigen* Beate. Ich weiß, dass sie noch lebt, und ich bin auch ziemlich sicher, dass du weißt, wo sie heute ist. Ich will nichts weiter, als ein einziges Mal mit ihr reden.«

»Dieses Gespräch ist sinnlos«, antwortete Beate. »Ich werde jetzt auflegen.«

»Aber ich kann auch etwas dafür bieten«, sagte Frau Mörser. »Das Mädchen, das ihr sucht. Und den Jungen.«

Für geschlagene zehn Sekunden herrschte am anderen Ende der Leitung vollkommenes Schweigen. Dann sagte Beate: »Sprich weiter.«

»Nicht, bevor ich nicht deine Zusage habe, mit Beate reden zu können.«

»Ich werde bestimmt nichts sagen, bevor ich nicht weiß, was du zu bieten hast. Du weißt, wo die beiden sind?«

»Nein«, antwortete Frau Mörser. »Aber ich kann es herausfinden. Innerhalb einer Stunde, wenn es sein muss. Ich liefere sie euch aus, wenn ihr mich dafür mit Beate sprechen lasst.«

»Und wieso sollte ich dir glauben?«, fragte Beate misstrauisch. »Warum solltest du die beiden verraten? Ausgerechnet an mich?«

»Welchen Grund hätte ich wohl, euch zu belügen?«, antwortete Frau Mörser. »Wenn ich mein Wort nicht halte, sehe ich meine Tochter niemals wieder. Und ich habe mit den beiden nichts zu schaffen. Nach allem, was ich gehört und gelesen habe, sind es nur zwei Herumtreiber, die schon eine Menge Schaden angerichtet haben. Ich habe nichts zu gewinnen, wenn ich sie beschütze.«

Wieder herrschte eine Weile Schweigen, lange genug, dass Thirteen schon zu befürchten begann, Beate könnte ihren Trick durchschaut haben und einfach auflegen, aber dann sagte sie: »In Ordnung. Sobald die beiden wieder in unserer Obhut sind, kommen wir ins Geschäft. Wo finden wir sie?«

Frau Mörser warf einen raschen Blick auf Nagelschmidt, ehe sie antwortete: »Nicht so schnell. Ich rufe dich in einer Stunde über dein Autotelefon an. Fahr in Richtung Industriegebiet. Und ... komm allein. Wenn ich sehe, dass außer dir noch jemand im Wagen sitzt, werde ich mich nicht zeigen.«

»Aber das ist doch kindisch!«, protestierte Beate. »Wir sind doch hier nicht in –«

Frau Mörser legte auf und Frank führte den Satz grinsend zu Ende: »– in einem Krimi? Klingt aber ganz nach Hollywood, finde ich. Echt spannend.«

Frau Mörser schien die Geschichte nicht annähernd so interessant zu finden wie er, denn sie schüttelte besorgt den Kopf. »Ich hoffe, ich habe nicht zu dick aufgetragen. Darauf fällt sie nie herein.«

»Ganz bestimmt sogar«, behauptete Frank. »Das alles klingt doch vollkommen logisch.«

»Ich würde euch niemals verkaufen«, antwortete Frau Mörser. »Um keinen Preis.«

»Nicht einmal, wenn Sie Ihre Tochter dafür zurückbekämen?«, fragte Frank.

Frau Mörser schwieg. Sie wirkte plötzlich sehr verwirrt, aber auch ein bisschen betroffen.

Die Frage war nach Thirteens Meinung auch höchst überflüssig gewesen. »Wir müssen los«, sagte sie hastig. »Kommt. Reden können wir auch im Wagen.«

Frau Mörser warf ihr einen raschen dankbaren Blick zu, während Frank gar nicht zu begreifen schien, was er da gesagt hatte. Sie verließen das Haus und gingen wieder zu Frau Mörsers Wagen. Wie am Abend zuvor bestand sie darauf, dass Frank und Thirteen sich vor den Rücksitzen auf den Boden legten, und obwohl es unbequem war, fügte sich Thirteen schließlich. Man konnte nicht vorsichtig genug sein. Nach dem, was sie am Morgen in den Nachrichten gehört hatten, suchte wahrscheinlich wirklich schon die ganze Stadt nach ihnen. Der Bund der Dreizehn schien auch bei der Presse über gehörigen Einfluss zu verfügen. Glaubte man den Journalisten, dann waren Bonny und Clyde die reinsten Engel gegen sie gewesen.

Der Weg kam ihr viel weiter vor als in der vergangenen Nacht, vielleicht weil sie viel aufgeregter war. Wusch, die sich zwischen sie gequetscht hatte und die ganze Zeit ununterbrochen nörgelte, machte es auch nicht unbedingt besser. Thirteen war sehr erleichtert, als der Wagen endlich anhielt und Frau Mörser ihnen erlaubte wieder aufzustehen.

Da Frau Mörser von dem alten Industriegebiet gesprochen hatte, hatte Thirteen automatisch die Straße erwartet, in der Frank und sie auf Stefan gestoßen waren, aber ihre Umgebung sah vollkommen anders aus. Zur Linken erstreckte sich ein von Unkraut und blühenden Wildbüschen überwuchertes Feld, das irgendwann einmal bebaut gewesen sein musste, denn hier und da ragten noch ein paar verfallene Mauerreste zwischen dem Grün hervor, während sich auf der anderen Seite eine doppelte Reihe lang gestreckter, halb verfallener Lagerhallen befand.

»Hier?«, fragte sie zweifelnd.

»Das alte Galvanisierwerk«, sagte Frau Mörser. »Nagelschmidt kennt sich hier aus wie in seiner Westentasche. Ich finde es immer gut, die Geländevorteile auf meiner Seite zu haben.«

Thirteen sah die grauhaarige Frau mit einigem Erstaunen an. Die Worte klangen logisch, aber sie hätte sie eher von Frank als von Frau Mörser erwartet. Überhaupt entwickelte sie eine Energie, die Thirteen immer mehr überraschte. Sie war nicht nur zu hundert Prozent bei der Sache, sie schien regelrecht Freude an dem Räuber-und-Gendarm-Spiel entwickelt zu haben; als hätte sie vergessen, dass diese Geschichte möglicherweise lebensgefährlich enden konnte.

»Sucht euch ein Versteck«, sagte Frau Mörser. »Und achtet darauf, möglichst viele offene Fluchtwege zu haben. Ich fahre zurück zur nächsten Telefonzelle und bin gleich wieder da. Gebt ihr mir eure kleine Freundin mit?« Sie deutet auf Wusch. »Sie könnte ganz nützlich sein, falls meine angebliche Tochter doch vorhat, uns zu hintergehen.«

Thirteen nickte, aber Wusch richtete sich auf ihrer Schulter zu ihrer vollen Größe von imponierenden fünfzehn Zentimetern auf. »Was heißt hier mitgeben?«, empörte sie sich. »Bin ich ein Schuh, den man mal eben ausleihen kann, oder eine Taschenlampe?«

Frau Mörser blinzelte verblüfft. »Entschuldigung«, sagte sie. »Ich dachte ja nur –«

»Eben!«, unterbrach sie Wusch. »Sie dachten. Wissen Sie eigentlich, womit die meisten Katastrophen bei euch Menschen anfangen? Mit den Worten: *Ich dachte!*«

Frau Mörser war klug genug, nichts mehr zu sagen, sondern wieder in den Wagen zu steigen und den Motor zu starten, und auch Wuschs Beleidigtsein schien sich in Grenzen zu halten, denn sie breitete die Flügel aus, segelte mit einer eleganten Bewegung durch das offene Fenster auf der Fahrerseite hinein und wäre zweifellos ebenso elegant und schnell auf der anderen Seite wieder hinausgeglitten, wäre die Scheibe auf dieser Seite nicht hochgedreht gewesen.

»Sucht euch ein Versteck!« Frank schüttelte den Kopf und sah dem wegfahrenden Wagen finster nach. »Was für ein grandioser Vorschlag! Hier gibt es Tausende von Verstecken. Wie um alles in der Welt will sie uns wiederfinden?«

»Sie hat Wusch bei sich«, erinnerte ihn Thirteen.

Frank sah nicht überzeugt drein, aber bevor er antworten konnte, sagte Nagelschmidt: »Folgt mir. Ich weiß einen guten Ort.«

Ohne ihre Antwort abzuwarten, drehte er sich herum und schlurfte auf eine der verfallenen Hallen zu. Sie boten auch beim Näherkommen keinen wesentlich erfreulicheren Anblick. In sämtlichen Fenstern fehlte das Glas und auch die meisten Türen waren nicht mehr da. Selbst das Mauerwerk wies überall gewaltige Löcher auf, als hätte hier jemand ein Zielschießen mit großen Kanonen abgehalten. Ein leichter, aber trotzdem sehr unangenehmer Chemikaliengeruch schlug ihnen entgegen, und als sie die Halle betraten, wurde er so intensiv, dass Thirteen den Atem anhielt und auch Frank angewidert das Gesicht verzog.

»Igitt!«, sagte er. »Was ist denn das hier?«

»Das ist kein guter Ort«, sagte Nagelschmidt.

»Vorhin hast du noch das Gegenteil behauptet«, sagte Frank.

»Es ist ein guter Ort, um sich zu verbergen«, antwortete Nagelschmidt ernst. »Aber kein guter Ort an sich. Früher war er noch schlimmer. Viele Menschen sind hier zu Schaden gekommen. Das ist vorbei, aber er ist voller Erinnerungen. Wir sollten nicht zu lange hierbleiben.«

»Zu Schaden gekommen ... Du meinst, es gab einen Unfall? Eine Katastrophe vielleicht? Sieht es hier deshalb überall so schlimm aus?«

Nagelschmidt lächelte, als hätte Frank eine ziemlich dumme Frage gestellt. »Nein. Eine Katastrophe, ja. Aber keinen Unfall. Die schlimmsten Katastrophen sind immer die, die man gar nicht bemerkt, weil sie leise geschehen und sehr langsam. Dies hier war eine schlimme Katastrophe und sie hat lange gedauert. Viele Menschen verloren dabei ihre Gesundheit und manche verloren ihr Leben.«

Frank sah Nagelschmidt nur weiter verstört an, wandte sich schließlich zu Thirteen und tippte sich verstohlen mit dem Zeigefinger an die Schläfe. Thirteen glaubte jedoch zu verstehen, was Nagelschmidt meinte.

»Die Arbeit hier«, sagte sie. »Du meinst, die Arbeit in dieser

Fabrik hat sie krank gemacht«, sagte sie, ebenso wie Frank zum vertrauten *Du* überwechselnd.

»Und manche getötet«, bestätigte Nagelschmidt. »Sie wussten es nicht besser, wenigstens am Anfang. Später haben manche die Wahrheit erkannt, aber sie haben nichts gesagt.«

»Vielleicht haben sie es ja wirklich nicht gewusst«, sagte Frank. »Die Menschen brauchen Arbeit.«

»Nicht, wenn sie sie umbringt«, antwortete Nagelschmidt. Er schüttelte heftig den Kopf. »Die Fabrik wurde geschlossen, aber bis dahin waren Hunderte krank und viele tot.«

»Ach ja«, sagte Frank mit unerwarteter Schärfe. »Und jetzt steht natürlich für dich fest, dass die Betreiber der Fabrik alles gewusst haben. Weil Industrielle ja schon per Definition Verbrecher sind.«

Nagelschmidt sah ihn traurig an. Dann sagte er leise: »*Ich* war der Besitzer. Ich habe es gewusst. Als ich begriff, wie viel Unheil ich den Menschen gebracht hatte, ließ ich sie schließen.«

»Einfach so?«, fragte Frank fassungslos. »Du ... du willst sagen, du hast den Laden einfach dichtgemacht?«

»Das war *nach* deiner Rückkehr aus dem Haus, nehme ich an«, sagte Thirteen. Nagelschmidt antwortete nicht, aber er lächelte auf eine Art, die Antwort genug war.

»Kein Wunder, dass sie versucht haben, dich für verrückt zu erklären«, sagte Frank.

Die Worte machten Thirteen wütend. Sie fuhr auf dem Absatz herum und funkelte ihn an. »Was soll das?«, schnappte sie. »Glaubst du, es wäre besser, Menschen weiter in einer Fabrik arbeiten zu lassen, die sie umbringt?«

»Natürlich nicht«, erwiderte Frank. »Aber alles hinzuschmeißen ist auch keine Lösung. Auf diese Weise finden wir uns in fünfzig Jahren in der Steinzeit wieder. Und ich bezweifle, dass es den Menschen damals besser ging.«

Es kostete Thirteen einige Überwindung, die zornige Antwort hinunterzuschlucken, die ihr auf der Zunge lag. Jetzt war wirklich nicht der richtige Moment für *diese* Diskussion; ganz davon abgesehen, dass Franks Standpunkt vermutlich ebenso wenig vollkommen falsch war, wie ihrer vollkommen richtig. Die Wahrheit lag wohl wie so oft irgendwo in der Mitte. »Wenigstens wissen wir jetzt, wieso du dich hier so gut auskennst«, sagte sie, um das Thema zu wechseln.

»Ja, dann fehlen ja nur noch Frau Mörser und ihre herzallerliebste Tochter«, sagte Frank.

»*Wenn* sie kommt«, erwiderte Thirteen betont.

»Bestimmt«, versicherte ihr Frank. »Sie muss einfach. Für jemanden wie sie ist die Vorstellung, einen anderen Menschen zu verraten, um selbst einen Nutzen daraus zu ziehen, das Selbstverständlichste von der Welt. Ebenso selbstverständlich übrigens, wie sich hinterher nicht an die Vereinbarung zu halten.«

»Das haben wir doch auch nicht vor, oder?«

»Das ist ein Unterschied«, behauptete Frank ernst. »Wir tun es für einen guten Zweck. Wir dürfen das.«

»Was? Lügen?«

»Ich würde es eher eine Kriegslist nennen«, antwortete Frank grinsend. »Wir können ihr natürlich auch die Wahrheit sagen und sie freundlich darum bitten, uns alle unsere Fragen zu beantworten.«

Thirteen gab endgültig auf. Frank war ganz offensichtlich in der Laune, zu streiten. Sie schüttelte nur noch einmal den Kopf und drehte sich dann demonstrativ weg.

Sie waren mittlerweile lange genug in der Halle, sodass sich ihre Augen an das schwache Licht gewöhnt hatten. Ihr erster Eindruck war falsch gewesen. Es war keine Lagerhalle. Der Raum war riesig, aber den größten Teil des vorhandenen Platzes nahm ein halbes Dutzend gewaltiger aus Beton gegossener, rechteckiger Becken ein. Sie waren so groß, dass über jedes einzelne ein metallener Steg hinwegführte, und von nicht feststellbarer Tiefe. Einige schienen mit Müll und Unrat angefüllt zu sein, in anderen schimmerte eine ölige, unangenehm riechende Flüssigkeit. Unter der Decke der Halle zogen sich metallene Stangen und Träger dahin, von denen Ketten und sicher längst festgerostete Laufkräne hingen. Die ganze Anlage machte einen fast unheimlichen Eindruck. Vielleicht, weil es überall Staub und Trümmer gab, aber nicht die Spur von Leben. Keine Spinnweben, kein Ungeziefer, keine Ratten oder Mäuse; nichts von alledem, was man an einem Ort wie diesem erwartete. Nagelschmidt hatte gesagt, dies sei kein guter Ort, aber die Wahrheit war, dass es ein *toter* Ort war. Die leise Katastrophe, von der Nagelschmidt gesprochen hatte, hatte nicht nur alles Leben hier ausgelöscht, sondern auch dafür gesorgt, dass es nicht zurückkam. Vielleicht nie wieder.

Ein Schatten huschte über sie hinweg, zog eine elegante Schleife über einem der riesigen Becken und ließ sich anschließend zielsicher auf Thirteens Schulter nieder.

»Pfui Spinne!«, schimpfte Wusch. »Was ist das nur für ein erbärmlicher Gestank! Kein Wunder, dass ihr alle krank seid, wenn ihr in solchen Häusern lebt!«

»Wo sind die anderen?«, fragte Frank, bevor Thirteen Gelegenheit hatte, zu antworten.

»Auf dem Weg hierher«, sagte Wusch. »Ich bin vorausgeflogen, um euch zu warnen. Ihr hattet natürlich recht. Sie wollen uns betrügen. Beate ist nicht allein im Wagen. Stefan liegt im Kofferraum versteckt, aber ich konnte ihn atmen hören.«

»Na wunderbar!« Frank rieb sich voller Vorfreude die Hände. »Ich brenne darauf, ihn wiederzusehen.«

»Du wirst durch Schaden auch nicht klüger«, stellte Thirteen seufzend fest.

»Pah!«, machte Frank. »Dieser aufgeblasene Wichtigtuer wird sich wundern. Gestern hat er mich überrumpelt, aber ich habe noch eine kleine Überraschung für ihn.«

»Wie viel Blut du verlieren kannst, bevor du ohnmächtig wirst?«, fragte Thirteen neugierig.

Frank machte ein beleidigtes Gesicht. »Habe ich dir eigentlich schon erzählt, dass ich ein Meister in mehreren asiatischen Kampfkünsten bin?«

»So?«, erkundigte sich Thirteen. »Ich nehme an, du hast den schwarzen Löffel in Joghurt?«

»Du nimmst mich nicht ernst«, sagte Frank.

»Kein bisschen.« Thirteen schüttelte lachend den Kopf und wurde dann sofort wieder ernst. »Wir sind nicht hier, um mit Stefan abzurechnen«, sagte sie. »Wir bleiben bei unserem Plan.«

Sie wandte sich wieder an Wusch. »Bist du sicher, dass es nur die beiden sind?«

»Im Auto, ja«, antwortete Wusch. »Aber Beate hat telefoniert, nachdem sie sich mit ihrer Mutter getroffen hat. Wusstet ihr, dass sie in einer Telefonzelle herumfährt? Sie hat vier Räder und sieht aus wie eines von den stinkenden Automobilen, in denen ihr immer herumfahrt, aber ich schwöre euch, dass es eine Telefonzelle –«

»Mit wem hat sie telefoniert?«, unterbrach sie Thirteen ungeduldig.

»Das weiß ich nicht«, sagte Wusch. »Aber sie sprach von irgendwelchen *anderen,* die auf dem Weg sind. Und dass sie versuchen wird ihre Mutter hinzuhalten, bis sie angekommen sind.«

»Die wissen doch gar nicht, wohin sie fährt«, sagte Frank.

»Aber sie hat ein Telefon im Wagen«, erinnerte ihn Thirteen. »Sie muss es nur eingeschaltet lassen und kann ihnen sagen, wohin sie fährt.«

»Vielleicht die Indianer?«, fragte Wusch. »Was, wenn sie doch aus den Zimmern herausgekommen sind? Sie hörten sich ziemlich gefährlich an.«

»Indianer?«, fragte Frank verblüfft.

Thirteen ignorierte ihn. »Dann haben wir noch weniger Zeit, als ich gehofft habe«, sagte sie. »Frank, Nagelschmidt – ihr bleibt hier und tut genau das, was wir besprochen haben. Ich kümmere mich um Stefan. Und die *Indianer.*« Sie tauschte einen Blick mit Nagelschmidt, und zu ihrer Erleichterung schien der alte Mann genau zu wissen, was sie ihm mit diesem Blick sagen wollte, denn er nickte leicht.

»He!«, protestierte Frank. »Das kommt gar nicht infrage! Stefan gehört mir.«

»Später«, sagte Thirteen. Sie nickte und es zeigte sich, dass ihre Hoffnung berechtigt gewesen war. Nagelschmidt trat mit einem schnellen Schritt hinter ihn und umschlang ihn so plötzlich mit beiden Armen, dass Frank vor lauter Überraschung im ersten Moment nicht einmal auf den Gedanken kam, sich zu wehren. Und bevor er darauf kommen konnte, war Thirteen bereits herumgefahren und rannte mit weit ausgreifenden Schritten aus der Halle.

9

Mit ziemlicher Sicherheit würde Nagelschmidt Frank nicht sehr lange festhalten können, aber Thirteen brauchte auch nur wenige Sekunden Vorsprung. Schon als sie aus dem Gebäude rannte, sah sie Frau Mörsers weißen Golf am Ende der Trümmerstraße auftauchen, direkt gefolgt von einem zweiten, größeren Wagen. Thirteen lief ein paar Schritte nach links, duckte sich hinter einem Trümmerhaufen und wartete, bis der weiße Golf ihrer Verbündeten anhielt; ziemlich genau an derselben Stelle, an der auch sie vorhin ausgestiegen waren. Der andere Wagen kam dicht dahinter zum Stehen und beide Frauen stiegen aus.

»Kannst du hören, was sie sagen?«, flüsterte Thirteen.

»Ich kann hören, was sie *denken*«, behauptete Wusch.

»Gut. Dann hör zu und sag mir alles.«

Thirteen huschte geduckt los, wobei sie so geschickt jede Deckung ausnutzte, als gehörte sie zu den *Indianern,* von denen Wusch unentwegt sprach. Während sie sich, von Gebüsch zu Mauerresten, zu Trümmerhaufen und zu Schuttbergen huschend, auf die beiden Wagen zuarbeitete, bewegte sich Wusch in einer komischen Mischung aus kurzen Flügen dicht über dem Boden und ungeschickten Hopsern neben ihr her, wobei sie sie über das Gespräch der beiden ungleichen Frauen getreulich auf dem Laufenden hielt. »Beate traut ihrer Mutter nicht. Sie verlangt jetzt sofort zu erfahren, wo ihr, Frank und du, versteckt seid. Aber sie sagt es ihr nicht. Sie sagt, dass Nagelschmidt irgendwo dort drinnen in der Halle wäre, sie sie aber nur hinbringt, wenn sie endlich erfährt, wo ihre wirkliche Tochter ist.«

»Sie hält sie hin«, flüsterte Thirteen. »Gut.«

»Wohin?«, fragte Wusch. »So stark ist sie nicht, dass sie sie hochhalten kann. Außerdem hat sie sie nicht einmal angefasst.«

Thirteen sparte sich jede Antwort. Sie waren nicht mehr allzu weit von den beiden Wagen entfernt und konnten jetzt sehen, dass Frau Mörser und ihre Tochter dicht beieinanderstanden und sehr heftig stritten. Aber Thirteen sah noch etwas: Der Kofferraum von Beates Wagen stand einen Fingerbreit offen. Und in der Dunkelheit, die diesen Spalt erfüllte, schien sich von Zeit zu Zeit etwas zu bewegen. Stefan!

Sie duckte sich tiefer hinter das umgestürzte Ölfass, hinter dem sie Deckung gesucht hatte. Ihre Gedanken rasten, und sie stellte sich zum ersten Mal die Frage, was sie eigentlich gegen Stefan unternehmen wollte? Sie bildete sich nicht ein, ihn auf irgendeine Weise überwältigen zu können. Sonst könnte sie ihn vielleicht irgendwo einsperren …

Aber im Grunde war er das ja schon.

»Du musst sie einen Moment lang ablenken«, flüsterte sie.

»Beate?«, fragte Wusch.

»Wen denn sonst?«, antwortete Thirteen unwirsch. »Wenn sie auf halbem Weg zur Fabrikhalle sind, musst du sie irgendwie ablenken. Für mindestens fünf Sekunden. Es ist mir egal, wie, aber sie darf sich auf gar keinen Fall umdrehen, ist das klar?«

Während Wusch sich in beleidigtes Schweigen hüllte, behielt Thirteen weiter den Wagen im Auge. Sie hoffte inständig, dass Stefan erst aus dem Kofferraum herauskommen würde, wenn Beate und ihre Mutter in der Halle verschwunden waren.

Endlich gingen die beiden Frauen los. Sie redeten dabei weiter laut und in aufgeregtem Tonfall aufeinander ein. Thirteen sah konzentriert zum Wagen hinüber und versuchte die Zeit abzuschätzen, die sie bis zu ihm brauchte. Zwei, vielleicht drei Sekunden. Das klang nach wenig, aber es konnte durchaus eine sehr lange Zeit sein.

Plötzlich erscholl hinter ihr ein spitzer, zorniger Schrei, gefolgt von einem schrillen Pfiff und einem sonderbar klatschenden Laut. Thirteen widerstand der Versuchung, sich herumzudrehen, sondern schnellte hinter ihrer Deckung hervor und sprintete los, so schnell sie konnte.

Sie brauchte tatsächlich nicht einmal die drei Sekunden, die sie geschätzt hatte, aber es schien, als wären selbst die zu viel. Offenbar hatte auch Stefan seinen Plan kurzfristig geändert und versuchte aus dem Kofferraum herauszukommen. Der Deckel öffnete sich, hochgedrückt von Stefans Kopf und Schultern. Thirteen hatte vorgehabt, den Kofferraumdeckel einfach zuzuwerfen, aber nun überwand sie die restliche Entfernung mit einem einzigen Satz, prallte auf den bereits halb hochgehobenen Kofferraumdeckel und rollte über die Schulter darauf ab. Stefan war für sein Alter außerordentlich kräftig, aber dieser Aufprall war selbst für ihn zu viel. Der Deckel fiel mit einem Knall zu, und während Thirteen noch weiterrollte und auf der anderen Seite des Wagens ins Gras fiel, konnte sie hören, wie das Kofferraumschloss mit einem Klicken einrastete.

Schwer atmend blieb sie einen Moment liegen, ehe sie sich wieder aufrichtete und vorsichtig über den Kofferraum des Mercedes hinwegspähte. Beate hatte sich herumgedreht und sah einige Sekunden lang misstrauisch in ihre Richtung. Aber schließlich wandte sie sich wieder um und folgte ihrer Mutter in die Halle, in der Nagelschmidt und Frank auf sie warteten.

Thirteen atmete erleichtert auf. Sie erhob sich, warf einen aufmerksamen Blick in die Runde und schlug schließlich mit der flachen Hand auf den Kofferraumdeckel, dass der ganze Wagen dröhnte. »Lebst du noch?«, fragte sie.

Aus dem geschlossenen Kofferraum erscholl ein wütender Fluch.

»Ich nehme an, das heißt so viel wie ja«, sagte Thirteen.

»Wenn ich da rauskomme, kannst du was erleben!«, schrie Stefan. »Du hättest mir fast den Schädel eingeschlagen!«

»Na, dann habe ich ja keinen wertvollen Körperteil verletzt«, antwortete Thirteen spitz. Sie schlug noch einmal auf den Kofferraumdeckel; diesmal aber mit der geballten Faust.

»Hör sofort damit auf!«, brüllte Stefan. »Ich warne dich!«

Wusch kam zurück, landete aber nicht auf Thirteens Schulter, sondern setzte mit einem Knall auf dem Kofferraumdeckel auf. »Alles erledigt«, krächzte sie. »Ich habe sie abgelenkt, wie du es verlangt hast. Keine Angst, es ist nichts passiert … Sie braucht jetzt nur eine neue Frisur. Was ist mit Stefan?«

»Keine Angst.« Thirteen schlug grinsend mit der flachen Hand nochmals auf den Kofferraumdeckel. »Der ist gut untergebracht.«

»Das wirst du noch bereuen!«, schrie Stefan.

»Sicher«, antwortete Thirteen. »Irgendwann mal. Aber jetzt mach es dir bequem. Es kann eine Weile dauern, bis wir wiederkommen.« Sie trat einen Schritt vom Wagen zurück und wollte sich abwenden, überlegte es sich dann aber anders und versetzte dem Kofferraum noch einen kräftigen Tritt. Stefan brüllte vor Wut und begann von innen gegen den Kofferraumdeckel zu schlagen, aber er konnte sich nicht aus dem Gefängnis befreien, in das er sich – fast – selbst hineinbegeben hatte.

»Schnell jetzt«, sagte Thirteen. »Wir haben nicht mehr viel Zeit, wenn wirklich noch andere auf dem Weg sind.«

»Die Indianer?« Wusch schüttelte fünf- oder sechsmal hintereinander den Kopf, wobei sie jedes Mal einen lautstarken Hopser auf dem Kofferraum vollführte. »Die kommen nicht.«

»Wieso?«

»Sie hat mit den Indianern telefoniert«, antwortete Wusch. »Sie sollen erst kommen, wenn sie sie anruft.«

Thirteens Blick glitt prüfend über den Wagen. Beate hatte die Tür nicht abgeschlossen. Thirteen öffnete sie, entdeckte das Autotelefon am Armaturenbrett und überlegte einen Moment angestrengt. Sie traute sich nicht zu, Beates Stimme nachzuahmen, aber vielleicht konnte sie etwas anderes tun …

»Wusch«, sagte sie nachdenklich. »Diese Pfiffe, mit denen du dich im Dunkeln orientierst … wie laut können die sein?«

»Sehr laut«, antwortete Wusch. »Warum?«

Thirteen erklärte es ihr, während sie das Telefon einer zweiten, eingehenderen Musterung unterzog. Sie wusste, dass diese Apparate im Allgemeinen eine Taste hatten, die die zuletzt gewählte Nummer automatisch noch einmal wählte. Sie drückte sie. Als das Gerät wählte und sie auf das Freizeichen warteten, sagte Wusch: »Halt dir die Ohren zu!«

Gerade noch rechtzeitig hob Thirteen beide Hände an den

Kopf und presste sie flach auf die Ohren. Sie sah auf dem Display des Telefons, wie die Verbindung zustande kam, und im selben Moment stieß Wusch einen schrillen, unglaublich hohen Schrei aus.

Das Geräusch war nicht einmal so laut, wie Thirteen es erwartet hatte, aber es ertönte mit einer Frequenz, die ihr für eine Sekunde das Gefühl gab, als benütze jemand ihre Zähne als Xylofon, während er gleichzeitig den Takt dazu auf ihrer Schädeldecke trommelte. Für einen Moment wurde ihr schwindelig.

Zögernd nahm sie die Hände nach ein paar Sekunden wieder herunter. Wusch hockte auf dem Lenkrad des Mercedes, grinste sie fröhlich an und sagte etwas, aber Thirteen sah nur, dass sich ihr Mund bewegte. In ihren Ohren war ein anhaltendes hohes Klingeln, das nur langsam wieder leiser wurde.

Das Autotelefon hatte die akustische Attacke weit weniger gut überstanden. Es hing etwas schräg in seiner Halterung. Das Kunststoffgehäuse war geborsten, und aus den Rissen und Sprüngen kräuselte sich dünner grauer Rauch.

»Na, zufrieden?«, fragte Wusch fröhlich. Diesmal konnte Thirteen die Worte wenigstens erraten. Das Klingeln in ihren Ohren ließ allmählich wieder nach. Sie warf dem Telefon noch einen letzten Blick zu und wandte sich dann ab, um zu der Fabrikhalle zu gehen.

Sie trat jedoch nicht sofort durch die Tür, sondern blieb einen Moment lang davor stehen und lauschte, konnte aber nicht verstehen, was geredet wurde. Schließlich ging sie so leise, wie sie konnte, in die Halle hinein und auf Frau Mörser und ihre Tochter zu.

Die beiden Frauen standen am Rande eines der großen Galvanisierbecken und redeten aufeinander ein. Nagelschmidt stand nur ein kleines Stück neben ihnen, machte aber jetzt wieder ein Gesicht, als ginge ihn das alles hier im Grunde gar nichts an. Thirteen bewegte sich so vorsichtig, dass Beate, die mit dem Rücken zu ihr stand, ihr Näherkommen nicht bemerkte.

»Also, was ist jetzt?«, fragte sie gerade. »Hast du mich nur hierherbestellt, um mir meine Zeit zu stehlen? Wo sind sie?«

»Zuerst will ich wissen, wo meine Tochter ist«, beharrte Frau Mörser. Das Gespräch schien sich wohl schon seit einer geraumen Weile im Kreis zu drehen.

»Ich bin deine Tochter«, antwortete Beate seufzend. »Begreif das doch endlich. Seit so vielen Jahren führen wir immer dasselbe Gespräch! Es tut mir ja leid, dass ich dich offensichtlich enttäuscht habe, aber –«

»Das glaube ich nicht«, sagte Thirteen.

Beate brach mitten im Satz ab. Eine Sekunde lang starrte sie ihre Mutter nur an, dann wandte sie sich um. Auf ihrem Gesicht erschien ein Ausdruck maßloser Verblüffung, als sie Thirteen erkannte.

»Du?«, fragte sie stirnrunzelnd.

»Und ich.« Frank trat aus dem Schatten neben der Tür, in dessen Schutz er offenbar die ganze Zeit gestanden und gelauscht hatte. »Sie wollten uns doch, oder?«

Beate warf ihm nur einen flüchtigen Blick zu und wandte sich dann wieder an Thirteen. »Ihr habt euch also entschlossen, euch zu stellen«, sagte sie. »Das ist sehr klug. Das einzig Vernünftige, was ihr in eurer Lage tun könnt.«

»Eigentlich nicht«, antwortete Thirteen. Sie machte eine rasche Handbewegung, als Beate widersprechen wollte. »Aber bevor wir über *uns* reden, sollten wir erst einmal über *Sie* sprechen. Sie hatten eine Abmachung mit Ihrer Mutter.«

Beate sagte nichts. Sie sah Thirteen und Frank abwechselnd an, dann wanderte ihr Blick nervös zur Tür.

»Falls Sie auf Stefan warten, muss ich Sie enttäuschen«, sagte Thirteen. »Ich fürchte, der hat im Moment gewisse Schwierigkeiten, den Kofferraum aufzubekommen. Infolgedessen wird er auch kaum das Telefon bedienen können … ganz davon abgesehen, dass einer ihrer Freunde im Augenblick vermutlich voll und ganz damit beschäftigt ist, sich einen guten Ohrenarzt zu suchen.«

Natürlich verstand Beate nicht, was sie damit meinte, aber sie begriff ganz sicher, dass hier irgendetwas ganz und gar nicht so ablief, wie sie sich vorgestellt hatte.

»Ich nehme an, Ihr Schweigen bedeutet, dass Sie Ihre Zusage nicht einhalten wollen?«, fragte Thirteen nach einer Weile.

»Ich weiß nicht, was meine Mutter euch erzählt hat«, antwortete Beate. »Aber wenn es derselbe Unsinn ist, den sie seit zwanzig Jahren jedem erzählt, dann hat sie euch reingelegt. Sie ist vollkommen verrückt.«

»Nett, wie Sie über Ihre Mutter sprechen.«

»Aber es ist die Wahrheit. Außerdem tut es nichts zur Sache. Ihr beide werdet mich jetzt begleiten. Ich gebe euch mein Wort, dass ich mich für euch einsetzen werde. Es wird schon nicht so schlimm.«

»Umgekehrt«, sagte Frank.

»Umgekehrt?« Beate blinzelte. »Was soll das heißen?«

»Sie werden uns begleiten«, antwortete Frank.

»Soll das heißen, ihr wollt mich entführen?«, vergewisserte sich Beate.

»So kann man es nennen«, bestätigte Frank. »Es sei denn, Sie beantworten uns freiwillig unsere Fragen.«

Beate seufzte. »Macht doch keinen Unsinn!«, sagte sie. »Nach allem, was ihr schon getan habt, wollt ihr euch jetzt auch noch eine Entführung aufhalsen. Wollt ihr unbedingt ins Gefängnis?«

»Warum machen wir nicht kurzen Prozess und schmeißen sie einfach da rein?« Frank deutete in das Betonbecken, auf dessen Grund eine ölige, streng riechende Flüssigkeit schimmerte. »Das bringt sie schon zum Reden, wetten wir?«

Beate bedachte ihn nur mit einem mitleidigen Blick, aber Thirteen sagte: »Mach dich nicht lächerlich, Frank. Sie weiß genau, dass wir so etwas nicht tun würden.«

Beate schwieg, doch ihr Blick war genug Bestätigung für Thirteens Worte. »Aber wir werden etwas anderes tun«, fuhr sie nach einer Weile fort. »Wir werden ihr zeigen, wie es ist, wenn man sein Wort hält.«

»Wie meinst du das?«, fragte Beate misstrauisch.

»Nun, eure Verabredung war doch, dass Sie Ihre Mutter dorthin bringen, wo Beate ist – die *wirkliche* Beate.«

»Du weißt genau, dass das nicht geht«, sagte Beate. Mit einem Mal klang sie doch etwas nervös.

»Aber sicher doch«, antwortete Thirteen. »Ich weiß, wo Beate ist. Ich habe mit ihr gesprochen. Vor ein paar Tagen erst. Und ich werde euch hinbringen. Euch beide.«

Beate wurde kreidebleich. »Das ... ist vollkommen unmöglich«, sagte sie stockend.

»Keineswegs«, sagte Frank. »Thirteen war schon einmal drüben im Haus. Auf der anderen Seite. Und sie ist zurückgekommen.«

»Das war etwas völlig anderes«, behauptete Beate. Sie sah immer nervöser zur Tür und begann sich unruhig auf der Stelle zu bewegen. »Das dürft ihr nicht tun!«

»Warum nicht?«, fragte Frank. »Weil Sie Angst haben, so zu werden wie er?« Er deutete auf Nagelschmidt.

»Ich kann nicht in das Haus zurück«, antwortete Beate. »Es ... wäre mein Tod.«

»Das glaube ich nicht.« Frank schüttelte den Kopf und trat einen halben Schritt zur Seite, wodurch er Beate einen möglichen Fluchtweg zur Tür nunmehr vollends abschnitt. »Thirteen hat es auch überlebt.«

»Das war etwas anderes!«

»Kaum«, sagte Frank. »Und selbst wenn – das Risiko müssen wir eben eingehen.«

Thirteen registrierte mit einem gewissen Erstaunen, wie sich ein immer stärker werdender Ausdruck von Angst auf Beates Gesicht breit zu machen begann. Schließlich drehte sie sich herum und wandte sich mit beinahe flehender Stimme an ihre Mutter.

»Bitte, das ... das kannst du nicht zulassen! Es würde mich umbringen! Du musst mich beschützen. Ich bin doch deine Tochter!«

»Meine Tochter ist schon seit zwanzig Jahren nicht mehr hier«, antwortete Frau Mörser leise.

»Ich komme nicht mit«, sagte Beate. »Ihr könnt mich nicht dazu zwingen!«

»Und ob wir das können!« Frank hob kampflustig die Hände. »Es wäre mir ein Vergnügen, Sie zu fesseln. Und glauben Sie bloß nicht, ich täte das nicht. Ich habe sowieso noch ein Hühnchen mit Ihnen zu rupfen!«

Er trat auf Beate zu. Einen Moment lang blickte sie ihm trotzig entgegen, aber dann schien es, als wiche schlagartig jedes bisschen Energie aus ihrem Körper. Sie sackte regelrecht in sich zusammen. »Also gut«, sagte sie. »Was wollt ihr wissen?«

Thirteen war im ersten Moment überrascht. Sie hatte nicht damit gerechnet, dass Beate so schnell aufgeben würde. Aber sie vergaß immer wieder, mit wem sie es eigentlich zu tun hatten: mit einem Menschen der nicht nur kein Gewissen hatte, sondern gar nicht wusste, was Gefühle und Skrupel eigentlich waren. Thirteen würde Beate niemals ins Haus ihres Großvaters zurückbringen, wenn sie wüsste, dass dies tatsächlich ihren Tod bedeutete. Ganz egal was diese Frau ihr angetan hatte, sie würde nicht ihr Leben aufs Spiel setzen, ebenso wenig wie Frank oder die anderen. Aber für einen Menschen wie Beate, der nur an seinen eigenen Vorteil dachte und Entscheidungen fast wie ein Computer nach streng logischen Kriterien fällte, musste eine solche Drohung ganz normal sein.

»Alles«, antwortete sie. »Alles, was Sie über das Haus wissen. Warum legt mein Großvater solchen Wert darauf, mich von ihm fernzuhalten? Was geschieht dort am Dreizehnten?«

»Das Tor«, antwortete Beate unwillig. »Es öffnet sich für eine Stunde. Nur in dieser Nacht. In einer Vollmondnacht am Freitag dem Dreizehnten. In der Stunde zwischen zwölf und Mitternacht kann man das Haus betreten, ohne seiner Macht ausgeliefert zu sein.«

»Die Stunde zwischen zwölf und Mitternacht?« Frank runzelte die Stirn. »Was ist denn das für ein Blödsinn?«

Thirteen hob rasch die Hand, um ihn zum Schweigen zu bringen. »Sie meinen, es gibt eine Stunde, in der man nicht seine

Seele verliert, wenn man das Haus betritt«, vergewisserte sie sich. »Und in dieser einen Stunde bringen Sie das nächste Opfer hinüber, auf die andere Seite?«

Erneut nickte Beate so mühsam und widerwillig, als müsse sie gegen einen fühlbaren körperlichen Widerstand ankämpfen.

»Das bedeutet, dass es verwundbar ist«, sagte Frank. Darauf antwortete Beate nicht. Es war auch nicht nötig. Ihr Blick sagte genug.

»Wie viele unschuldige Kinder habt ihr ihnen schon geopfert?«, fragte Frau Mörser mit leiser bitterer Stimme.

Ihre Tochter drehte sich langsam zu ihr herum und sah sie trotzig an, und nach einer Weile geschah etwas, womit Thirteen niemals gerechnet hätte: Beate senkte schließlich den Blick. Offensichtlich hatten die Opfer des Hauses doch noch eine Spur menschlicher Gefühle zurückbehalten. Beate hatte jedenfalls nicht die Kraft, dem Blick ihrer Mutter standzuhalten. Aber ihre Stimme klang noch immer widerspenstig, als sie antwortete.

»Wir haben niemandem etwas getan. Das Haus gibt uns alles, was wir brauchen. Niemandem geschieht etwas. Sieh uns doch an! Wir haben Erfolg. Wir haben Einfluss, Macht, Geld ... alles, was sich die meisten Menschen ihr Leben lang wünschen, ohne es je zu bekommen. Keiner von uns ist jemals krank gewesen!«

»Und der Preis, den Sie dafür bezahlen?«, fragte Thirteen. »Sind Sie nicht der Meinung, dass er ein bisschen zu hoch ist?«

Beate sah zu ihr hinüber. Sie wirkte völlig verstört und sie musste gar nicht antworten, damit Thirteen wusste, dass sie überhaupt nicht verstand, wovon sie redete.

»Also, jetzt mal Klartext!«, sagte Frank in scharfem Ton. »Wie kommen wir in dieses Haus hinein? Sie haben die Wahl: Sie können es uns sagen oder wir versuchen es auf eigene Faust. Aber dann nehmen wir Sie mit.«

»Das ist gar keine schlechte Idee«, sagte eine wohlbekannte Stimme hinter ihnen. »Aber was haltet ihr davon, wenn wir es genau andersherum machen?«

Sie sollte nie erfahren, wie es Stefan gelungen war, so schnell aus dem Kofferraum herauszukommen, aber diese Frage interessierte sie im Augenblick auch nicht besonders. Stefan brodelte vor Wut. Sein Gesicht war zu einer Grimasse verzerrt und er hatte die Hände halb erhoben und zu Fäusten geballt. Wie er so unter der Tür stand, kaum mehr als ein Schatten gegen den helleren Hintergrund, wirkte er ungemein bedrohlich, sodass Thirteen einen halben Schritt zurücktrat.

Beate reagierte blitzschnell. Sie fuhr herum und trat an Stefans Seite. Stefan warf ihr einen flüchtigen Blick zu und sagte: »Wir beide unterhalten uns später, Verräterin.«

Hinter den beiden bewegten sich Schatten. Thirteen konnte nicht genau erkennen, was es war, aber sie fragte sich, ob ihre Vorsichtsmaßnahmen vielleicht doch nicht ganz so gut funktioniert hatten. Die Indianer waren im Anmarsch.

Frank hatte seine Überraschung mittlerweile überwunden und wollte sich auf Stefan stürzen, aber Thirteen hielt ihn zurück. »Nicht«, flüsterte sie. »Er ist nicht allein.«

»Darauf kannst du Gift nehmen.« Obwohl sie sehr leise gesprochen hatte, hatte Stefan offensichtlich jedes Wort verstanden. Und wie auf ein Stichwort hin erschienen in diesem Moment zwei weitere Gestalten unter der Tür. Einen der beiden kannte Thirteen nicht. Der andere war Volkner, der Mann aus dem Flugzeug, jetzt hatte er kein Messer dabei.

Stefan trat mit einem energischen Schritt in die Halle hinein. »Ihr habt zwei Möglichkeiten«, sagte er mit einem bösen Grinsen. »Ihr könnt aufgeben oder ihr könnt mir einen Gefallen tun und euch wehren.«

»Mit einer ganzen Armee hinter mir hätte ich auch so ein großes Maul«, sagte Frank. »Traust du dich auch allein?«

»Kein Problem«, grinste Stefan. »Keiner wird sich einmischen. Habt ihr gehört?« Er hob die Stimme. »Ihr haltet euch raus. Wenn er mit mir fertigwird, dann dürfen sie gehen.«

»Wir müssen weg hier«, flüsterte Nagelschmidt. »Er soll ihn einen Moment lang ablenken. Ich weiß einen Weg nach draußen.«

Thirteen war nicht begeistert davon. Ein Ablenkungsmanöver

dieser Art konnte durchaus dazu führen, dass sie Frank hier hinaustragen mussten. Vielleicht hatte sie eine bessere Idee.

»Wusch?«, flüsterte sie.

Ihre Hoffnung erfüllte sich. Wusch war zwar nirgendwo zu sehen, aber sie schien sowohl Nagelschmidts Worte gehört als auch Thirteens Gedanken erraten zu haben, denn schon in der nächsten Sekunde schoss ein schwarzer geflügelter Schatten nahezu senkrecht von der Decke herab und stürzte sich auf Stefan.

»Los jetzt!«, schrie Nagelschmidt. »Folgt mir!«

Während Stefan kreischend zurücktaumelte und sich der Flederratte zu erwehren versuchte, die mit Zähnen, Klauen und Flügeln zugleich sein Gesicht bearbeitete, fuhren Frau Mörser und sie herum und liefen hinter ihm her. Sie waren direkt am Rande eines der großen Betonbecken gestanden, aber Nagelschmidt wandte sich weder nach rechts noch nach links, sondern stürmte mit einer Behändigkeit, die Thirteen bei ihm niemals erwartet hätte, direkt auf einen der schmalen Metallstege hinauf, die über die Galvanisierbecken hinwegführten.

Der Steg war kaum einen halben Meter breit, und falls er überhaupt jemals zwei Geländer gehabt hatte, musste das Jahre her sein. Es gab nur noch auf der linken Seite einen schmalen, von Rost zerfressenen Handlauf, der nicht so aussah, als könnte er das Gewicht eines Menschen tragen, und auf der anderen Seite gähnte der Abgrund. Dazu kam, dass die gesamte Konstruktion unter ihren Schritten dröhnte und zitterte, als wollte sie jeden Moment zusammenbrechen. Und dass sie durch das rostige Drahtgeflecht unter ihren Füßen bis auf den Grund des Beckens sehen konnten, tat noch ein Übriges.

Gottlob blieb Thirteen gar keine Zeit mehr, darüber nachzudenken. Sie hetzte hinter Nagelschmidt, Frau Mörser und Frank über den Steg und warf einen raschen Blick über die Schulter zurück. Stefan kämpfte noch immer mit Wusch, während Beate wie versteinert daneben stand und offensichtlich nicht wusste, was sie tun sollte. Volkner jedoch und der zweite Mann rannten bereits auf den Steg herauf, der unter dem Gewicht von mittlerweile sechs Menschen spürbar zu wanken begann. Und als wäre dies alles noch nicht genug, flog plötzlich auch am anderen Ende der Halle eine Tür auf und einige schattenhaft erkennbare Gestalten stürmten herein.

»Nach links!« Nagelschmidt deutete in die entsprechende Richtung und Thirteen sah erst jetzt, dass sich der Steg dort mit einem zweiten kreuzte. Aber sie sah auch noch mehr: Der Steg führte in dieser Richtung über ein zweites Galvanisierbecken hinweg bis zu einem dritten – und endete dort im Nichts. Doch sie konnten auch nicht mehr zurück. Volkner und der andere Mann liefen mit Riesenschritten hinter ihnen her, und auch von rechts und links näherten sich Verfolger.

Die größte Gefahr aber drohte nach wie vor von Stefan. Irgendwie war es ihm gelungen, sich seiner geflügelten Angreiferin zu entledigen, und jetzt stürmte er nach links, nahm Anlauf und sprang mit weit vorgestreckten Armen nach einer der Ketten, die von der Decke hingen. Wie Tarzan an einer Liane schwang er sich über das Becken, streckte die Beine nach vorne und versuchte Nagelschmidt vom Steg hinunterzustoßen.

Der alte Mann überraschte sie alle ein weiteres Mal. Er drehte sich blitzschnell zur Seite und versetzte Stefans Beinen einen kräftigen Schubs, als er an ihm vorüberpendelte. Stefan keuchte vor Wut und Überraschung, strampelte mit den Beinen und geriet dadurch ins Pendeln.

Möglicherweise hätte er sich trotzdem noch einmal gefangen, aber er hatte die Rechnung ohne Wusch gemacht. Die Fledderratte stieß mit einem schrillen Pfiff auf ihn herab, zerkratzte ihm das Gesicht und schlug mit den Flügeln nach ihm. Er versuchte sich zu schützen, und dazu musste er natürlich seinen Halt loslassen. Von seinem eigenen Schwung getragen, segelte er noch ein Stück weiter, überschlug sich in der Luft und verschwand mit einem gewaltigen Platschen in der schwarzen Brühe, die den Grund des Galvanisierbeckens bedeckte. Schon eine Sekunde später tauchte er fluchend und über und über mit der glibberigen Flüssigkeit bedeckt wieder auf. Der schwarze Tümpel reichte ihm gerade bis an die Oberschenkel. Aus Thirteens Schrecken wurde Schadenfreude, als sie sah, welch erbärmlichen Anblick er bot.

Die Gefahr war jedoch keineswegs vorüber. Sie hatten das zweite Becken überquert und näherten sich der Mitte des dritten und damit dem verbogenen Ende des abgebrochenen Steges. Nagelschmidt erreichte das Ende – und rannte weiter, ohne auch nur einen Sekundenbruchteil zu zögern. Mit einem behänden Satz sprang er in das gut drei Meter tiefer gelegene Becken hinab, dass es fast bis zu ihnen herauf spritzte. Allein bei dem Gedanken, in diese übel riechende Flüssigkeit hineinzutauchen, verspürte Thirteen einen würgenden Kloß im Hals, aber sie raffte all ihren Mut zusammen, schickte ein Stoßgebet zum Himmel, dass Nagelschmidt wusste, was er tat, und sprang als Letzte in die Tiefe.

Die hüfthohe Brühe dämpfte den Aufprall ein wenig, aber sie spritzte bis weit über ihre Köpfe hoch. Es war kein Wasser, wie sie erwartet hatte, es war zäh wie ganz dünnflüssiger Sirup und verströmte einen stechenden, unbeschreiblich ekelhaften Geruch.

»Folgt mir!«, keuchte Nagelschmidt. »Schnell! Und seht nicht zurück!«

Thirteen wischte sich mit dem Handrücken die Spritzer aus dem Gesicht und watete keuchend hinter den anderen her. Sie steuerten den gegenüberliegenden Rand des Beckens an: einen Viertelkreis aus rostzerfressenem Metall, der wie ein Torbogen aus der Flüssigkeit ragte. Es war ein gewaltiges Metallrohr, das früher einmal als Zu- oder Ablauf des Beckens gedient haben musste.

»Das meinst du nicht wirklich!«, jammerte Frank. »*Da* hinein?« Er hustete, spuckte Flüssigkeit aus und fuhr sich angeekelt mit dem Handrücken über den Mund.

»Du kannst ja hierbleiben und auf Stefan warten«, antwortete Thirteen. Sie schob Frank kurzerhand zur Seite und trat hinter Nagelschmidt, aber dann blieb sie doch stehen. Das Rohr war so lang, dass sich sein Ende in undurchdringlicher Schwärze verlor, und besaß sicher einen Meter Durchmesser. Sie würden auf Händen und Knien kriechen müssen, um sich darin fortzubewegen. Aber es gab kein Zurück. Ein Blick in die Höhe zeigte ihr, dass Volkner und sein Begleiter das Ende des Steges erreicht hatten. Noch zögerten sie, ihnen zu folgen, aber ein Stück hinter ihnen kam ein völlig verdreckter und wütender Stefan gelaufen, den die Aussicht auf ein zweites Schlammbad keinen Sekundenbruchteil aufhalten würde. Sie drängte ihren Ekel zurück, ließ sich auf Hände und Knie niedersinken und hob den Kopf, so weit sie konnte.

Im Inneren des Rohres stand die Flüssigkeit so hoch, dass kaum genug Platz zum Luftholen blieb. Sie kroch auf Händen und Knien los, so schnell sie konnte, und sah über die Schulter zurück. Auch Stefan hatte das Ende des Steges erreicht, aber er stürmte nicht weiter, wie sie erwartet hatte. Er war stehen geblieben und debattierte lautstark mit Volkner und dem anderen Mann. Dabei hielt er einen kleinen Gegenstand in der rechten Hand, mit dem er hektisch herumfuchtelte. Thirteen konnte nicht genau erkennen, was es war, aber sie hatte das Gefühl, dass es ihnen gefährlich werden konnte.

Vor ihnen wurde es immer dunkler. Sie sah nur noch Schatten. Dafür wurde der Gestank immer unerträglicher. Sie bekam kaum noch Luft und sie wagte gar nicht daran zu denken, wie es sich auswirken würde, wenn sie den Fehler beging, etwas von der Chemiebrühe hinunterzuschlucken.

»Seid vorsichtig!«, drang Nagelschmidts Stimme durch die Dunkelheit zu ihnen. »Hier vorne ist eine Leiter. Ein paar Stufen sind locker!«

Sie konnte hören, wie Nagelschmidt und kurz darauf Frau Mörser die Leiter hinaufzusteigen begannen, wobei ihre Bewegungen lang nachhallende, dröhnende Echos hervorriefen, aber sie sah absolut nichts mehr. Nach einigen weiteren Metern ertasteten ihre Hände jedoch die rostzerfressenen Sprossen einer Eisenleiter, die rechts von ihr steil in die Höhe führte. Sie kletterte nicht sofort hinauf, sondern wartete auf Frank. Das Ende des Rohres weit hinter ihm war zu einem unsichtbaren flachen Viertelkreis aus trübem Grau geworden, in dem sich irgendetwas bewegte. Sie konnte nicht genau erkennen, was. Stefan hatte etwas in der Hand gehalten …

»Worauf wartest du?«, fragte Frank.

Statt zu antworten, versetzte sie Frank einen Stoß, der ihn zur Leiter hinaufschubste, und er kletterte sofort weiter. Vor dem grauen Halbmond aus Licht am Ende des Rohres bewegten sich noch immer Schatten, aber von Stefan oder irgendeinem der anderen Verfolger war noch immer nichts zu sehen. Dabei hätten sie längst hier sein können, wenn sie es wirklich gewollt hätten. Es sei denn, sie hätten etwas ganz anderes vor …

Thirteen wartete ungeduldig, bis Frank weit genug in die Höhe geklettert war, um ihr Platz zu machen, dann griff auch sie nach den rostigen Eisensprossen, die eigentlich gar keine richtigen Sprossen waren, sondern u-förmig gebogene Eisen, die direkt in der Wand verankert waren. Sie folgte Frank jedoch nicht unmittelbar, denn gerade in diesem Moment erschien Wusch am Ende des Rohres und jagte mit hektisch schlagenden Flügeln auf sie zu.

»Verschwindet!«, kreischte sie. *»Todesgefahr!«*

Thirteen verstand nicht, was sie meinte, aber in Wuschs Stimme war etwas, was sie jeden Zweifel vergessen und auf der Stelle losklettern ließ. Wusch jagte nur Zentimeter über ihren Kopf hinweg und schoss dann senkrecht in die Höhe, und fast im selben Augenblick hörte sie von weit her Beate gellend aufschreien. *»Stefan! Bist du wahnsinnig geworden?!«*

Dann sah sie das Licht, und im selben Moment wurde ihr klar, was sie in Stefans Hand gesehen hatte.

Ein Feuerzeug.

Es war auch kein richtiges Licht, sondern eher ein Funkeln, als wäre dort hinten plötzlich ein glühendes Auge erwacht, das ihr zublinzelte. Frau Mörsers Stimme ging in erschrockenen Rufen und Schreien unter und dann in einem bösen, immer lauter und lauter werdenden Zischen. Und im selben Maße, in dem das Geräusch an Lautstärke zunahm, wurde auch das Licht heller – und *bewegte sich auf sie zu!*

Thirteen flog regelrecht die Leiter hinauf. Sie vergaß Nagelschmidts Warnung, was die lockeren Trittstufen anging. Tatsächlich gaben zwei der rostigen Eisenstäbe unter ihrem Gewicht nach und brachen aus der Wand, aber sie kletterte so schnell nach oben, dass sie es gar nicht merkte.

Trotzdem hätte sie es wahrscheinlich nicht geschafft, wäre es auch nur noch eine einzige Sprosse mehr gewesen.

Unter ihr hob plötzlich ein unheimliches Zischen und Brodeln an und zugleich wich die Dunkelheit einem bösen, flackernden blauen Licht. Thirteen sah nach unten und erblickte eine regelrechte Feuerwalze, die unter ihr herangerast kam. Es war nicht die Flüssigkeit selbst, die brannte, wohl aber die Chemiedämpfe, die von ihrer Oberfläche emporstiegen, und das war sogar noch schlimmer. Thirteen schrie auf, versuchte noch schneller zu klettern und stieß sich schließlich mit verzweifelter Kraft ab. Mehr von der Druckwelle der Explosion geschoben als aus eigener Kraft, flog sie aus dem Schacht heraus und stürzte einige Meter entfernt zu Boden, und für die anderen sah es tatsächlich aus, als würde sie von den Flammen aus dem Schacht herausgeschleudert. Noch bevor sie ganz zu Boden gestürzt war, schoss eine brüllende, rot-blaue Feuersäule hinter ihr bis zur Decke hinauf, wo sie zu einem lodernden Pilz aus Flammen auseinanderbrach.

Frank, Frau Mörser und Nagelschmidt schrien alle zugleich auf sie ein und rannten in ihre Richtung – das hieß, Frank hüpfte auf einem Bein auf sie zu, während er gleichzeitig versuchte, die kleinen Flämmchen auszuschlagen, die aus seinem anderen Hosenbein züngelten.

»Ist dir etwas passiert?«, rief Frau Mörser entsetzt. »Bist du verletzt?«

Thirteen setzte sich mühsam auf und schüttelte den Kopf. »Ich glaube nicht«, sagte sie.

Nagelschmidt kniete neben ihr nieder und schlug plötzlich

mit beiden Händen auf ihre Hosenbeine ein. Als Thirteen hinsah, stellte sie fest, dass auch im Stoff ihrer Jeans Hunderte winziger weißer Funken glommen. Erst als sie sie sah, spürte sie die Hitze und verzog das Gesicht.

»Stefan muss vollkommen den Verstand verloren haben«, sagte Frank. Er zog eine Grimasse, ging neben Thirteen und Nagelschmidt in die Hocke und sah zu dem Schacht hinüber, aus dem noch immer Flammen züngelten wie aus einem brennenden Kamin. »Was ist das für ein Teufelszeug?«

»Wasser, Öl, Benzin und die Reste von hundert verschiedenen Chemikalien«, antwortete Nagelschmidt. Für einen Moment schien er ganz klar zu sein und hatte nichts mehr von dem weltfremden, naiven alten Mann, als den Thirteen ihn kennengelernt hatte. »Aber es sind nur die flüchtigen Gase, die brennen. Nicht sehr heiß. Trotzdem: Wärst du noch dort drinnen gewesen …«

Er führte den Satz nicht zu Ende, sondern überließ es Thirteens Fantasie, sich auszumalen, was ihr passiert wäre, wäre sie auch nur eine Sekunde länger in dem Schacht geblieben.

»Ich verstehe das nicht«, sagte Frau Mörser leise. »Das … das war ein glatter Mordanschlag! Stefan hätte uns alle damit töten können!«

»Ich hatte auch vorher nicht den Eindruck, dass er uns nur zu Kaffee und Kuchen einladen wollte«, sagte Frank spitz, aber Frau Mörser schüttelte den Kopf.

»Ich kenne den Bund der Dreizehn«, sagte sie. »Sie sind völlig rücksichtslos und nur auf ihren eigenen Vorteil bedacht, das stimmt – aber sie haben nie jemanden getötet.«

»Tja, dann führt Stefan eben neue Methoden ein«, sagte Frank. »Ich hätte ihn unschädlich machen sollen, als ich die Gelegenheit dazu hatte.«

»Hör endlich auf«, sagte Thirteen müde. »Es wird langweilig.« Frank setzte zu einer scharfen Antwort an, doch in diesem Moment glitt Wusch flügelschlagend zwischen ihnen zu Boden. Ihr Fell schwelte an verschiedenen Stellen und ihre Flügelspitzen waren angesengt. »Es ist nicht Stefan«, sagte sie.

»Nicht Stefan?« Frank zog eine Grimasse. »Wer denn sonst? Sein Doppelgänger vielleicht?«

»Es ist das Haus«, sagte Wusch ernst. »Es beherrscht ihn vollkommen. Und es will euch töten.« Sie sah auf eine Art zu Thirteen hoch, die sie schaudern ließ. »Durch Stefan weiß es jetzt, dass ihr sein Geheimnis kennt. Es hat alles gehört, was Beate euch erzählt hat. Jetzt muss es euch töten.«

»Na, wunderbar«, maulte Frank. »Hast du noch mehr gute Nachrichten?«

»Ja«, antwortete Wusch. »Sie wissen, wo wir sind. Und sie suchen gerade Werkzeug, um die Tür aufzubrechen …« Sie lauschte einen Moment mit schräg gehaltenem Kopf und verbesserte sich dann: »Nein. Sie haben es schon gefunden.«

Thirteen seufzte und wandte sich wieder an Nagelschmidt. »Weißt du, wie wir hier herauskommen?«

Sie konnten nicht mehr zurück in Frau Mörsers Haus, aber das erwies sich als das kleinste Problem: Nagelschmidt führte sie in eines seiner zahllosen Verstecke unter der Stadt und verschwand dann zusammen mit Frau Mörser, um saubere Kleidung und etwas Essen zu besorgen. Thirteen, Frank und Wusch ließen unterdessen noch einmal alles Revue passieren, was geschehen war, ohne zu irgendeinem Ergebnis zu kommen. Frank erging sich immer noch in den wüstesten Drohungen gegen Stefan, die Thirteen allmählich wirklich auf die Nerven zu gehen begannen, während sie selbst versuchte, sich an den Gedanken zu gewöhnen, dass aus dem Spiel nun endgültig tödlicher Ernst geworden war. Stefan hatte eine neue Facette in das Geschehen gebracht. Es ging jetzt nicht mehr darum, sie für ein paar Tage vom Haus fernzuhalten. Von nun an mussten sie um ihr Leben fürchten.

Nach überraschend kurzer Zeit kehrten Frau Mörser und Nagelschmidt zurück. Sie brachten neue Kleider und etwas zu essen – und ein kleines Radio, das hier, eine Etage unter der Erde, zwar nur einen eingeschränkten Empfang hatte, zumindest aber gut genug war, um den lokalen Radiosender zu empfangen. Da sich die Zeiger der Uhr der vollen Stunde näherten, fieberten sie alle den Nachrichten entgegen, während sie sich umzogen und die Hamburger mit Pommes frites verzehrten, die Frau Mörser mitgebracht hatte.

Der Radiosprecher las zuerst die Weltnachrichten vor, danach die lokalen Begebenheiten und anschließend den Wetterbericht und die Verkehrsnachrichten. Thirteen wollte sich schon enttäuscht abwenden, als der Sprecher plötzlich sagte: »Und hier noch eine Meldung, die uns gerade erst erreicht hat. Aus bisher unbekannten Gründen ist in den stillgelegten Galvanisierungswerken am nördlichen Stadtrand heute Vormittag ein Brand ausgebrochen. Polizei und Feuerwehr sind bereits vor Ort. Einzelheiten über die Brandursache und den genauen Hergang sind uns noch nicht bekannt, aber nach den ersten Meldungen der Feuerwehr sind bei dem Brand keine Menschen zu Schaden gekommen. Die Polizei schließt Brandstiftung als Ursache des Feuers aus. Und nun wieder Musik.«

»Sie schließen Brandstiftung *aus?*«, vergewisserte sich Frank. »Das verstehe ich nicht. Das wäre doch *die* Gelegenheit gewesen, uns die Sache in die Schuhe zu schieben.«

Thirteen verstand das ebenso wenig, aber Frau Mörser nickte mit düsterem Gesicht. »Sie wollen nicht, dass eure Namen zu oft im Zusammenhang mit einem von ihnen genannt werden«, sagte sie. »Die Spielregeln haben sich geändert. Sie versuchen es nun anders.«

Sie lächelte, als sie Thirteens Erschrecken bemerkte. »Keine Sorge. Hier unten sind wir in Sicherheit.«

»Sie finden uns nie«, bestätigte Nagelschmidt. »Es ist ein guter Ort.«

»Da wäre ich nicht so sicher«, sagte der Radiosprecher.

»Wir sitzen hier aber auch hilflos rum und können nichts tun«, sagte Frank. »Damit haben sie gewonnen.«

»Das wäre eine Möglichkeit«, sagte der Radiosprecher. »Ich fürchte nur, ihr seid nicht vernünftig genug dazu.«

Frank warf dem Radio einen kurzen Blick zu, runzelte die

Stirn und schüttelte dann den Kopf, als hätte er sich in Gedanken eine Frage gestellt und sie auch gleich beantwortet. »Bleiben wir dabei, dem Haus auf die Pelle zu rücken?«

»Hast du eine bessere Idee?«, fragte Thirteen.

»Wir kommen erst am Dreizehnten hinein«, erinnerte Frau Mörser.

»Dann brauchen wir für diese Zeit ein gutes Versteck«, sagte Frank.

»Es gibt kein Versteck für euch«, sagte das Radio.

»Und einen Plan, der vielleicht etwas durchdachter ist als der von heute«, fuhr Frank fort. »Und außerdem …« Er verstummte, drehte sich langsam herum und starrte das Radio an. Seine Augen wurden groß.

»Was war das?«, flüsterte er.

»Ihr könnt euch nirgendwo verstecken«, antwortete es aus dem Radio. Es war nicht mehr die Stimme des Sprechers, die sie hörten. Thirteen hatte plötzlich das Gefühl, von einem Pfeil aus brennendem Eis durchbohrt zu werden, der tief in ihr Herz drang und dort explodierte, um ihren ganzen Körper mit Millionen winziger scharfkantiger Eissplitter zu überschwemmen. Ein tiefes, lang nachhallendes Dröhnen und Grollen kam aus dem Radio, ein vibrierender Laut wie aus dem tiefsten Pfuhl der Hölle, als lausche sie zugleich den Stimmen unendlich vieler verdammter Seelen. Es war die Stimme des Hauses.

Und diesmal konnte sie sich nicht einreden, sich den grauenhaften Laut nur einzubilden, denn nicht nur sie und Frank, sondern auch Frau Mörser und Nagelschmidt starrten das Radiogerät aus ungläubig aufgerissenen Augen an. Thirteen hockte ein Stück abseits auf einem Gerümpelhaufen und war zur Reglosigkeit erstarrt. Sie sah aus wie die personifizierte Verkörperung des Wortes Angst.

Die unheimliche Stimme fuhr fort. »ICH HABE EUCH GEWARNT! JETZT MÜSST IHR ALLE STERBEN!«

Und dann geschah es wieder:

Das Radio *veränderte* sich. Die tellergroße Abdeckung des

Lautsprechers begann Blasen zu werfen und zu zerfließen, als wäre der Kunststoff plötzlich so heiß geworden, dass er wie weiche Butter in der Sonne zerschmolz. Dann erschienen Beulen und Ausbuchtungen darin, die sich binnen Sekunden zu einem Gesicht formten.

Und Thirteen kannte dieses Gesicht!

Es war dieselbe gehörnte Grimasse, die sie schon vor der Einkaufspassage gesehen hatte, nur dass sie dort gigantisch groß und aus Milliarden schwirrender Fliegen zusammengesetzt gewesen war. Jetzt war das Gesicht kaum so groß wie eine Kinderhand, aber trotzdem genauso entsetzlich anzuschauen wie gestern, denn es drückte sich langsam, aber mit furchtbarer Unaufhaltsamkeit aus dem Kunststoff der Lautsprecherverkleidung heraus und es *lebte!*

Frank stieß einen Schrei aus, fuhr herum und versetzte dem Radio mit aller Gewalt einen kräftigen Fußtritt. Das Gerät flog im hohen Bogen durch die Luft, knallte gegen die Wand und explodierte zu Tausenden von Bruchstücken.

Die Stille, die darauf folgte, war auf ihre Weise fast noch schlimmer als die höllische Stimme.

»Aber ... aber wie ist das denn ... nur möglich?«, murmelte Frank. »Wie kann denn das sein? Es ... es kann doch gar nicht wissen, wo wir sind. Und was wir planen!«

»Offensichtlich ist es aber so«, sagte Thirteen düster. Plötzlich fühlte sie sich unglaublich mutlos und, obwohl ihre Freunde alle bei ihr waren, vollkommen allein. Hätte es noch eines Beweises bedurft, mit welch unvorstellbarem Feind sie sich eingelassen hatte, er hätte nicht schlimmer ausfallen können. Nicht einmal der lebensbedrohliche Angriff Stefans und seiner Freunde hatte sie annähernd so sehr erschreckt wie diese Worte. Ihre Augen füllten sich mit Tränen. Sie versuchte dagegen anzukämpfen, aber sie konnte es nicht.

»Ihr müsst gehen«, sagte sie plötzlich.

Frau Mörser und Nagelschmidt sahen sie nur wortlos an, aber Frank fragte vollkommen verdutzt: »Wie bitte?!«

»Du hast mich richtig verstanden«, antwortete Thirteen. Sie hatte Mühe, ihre Stimme unter Kontrolle zu halten, aber sie sprach trotzdem so ruhig und fest, wie sie konnte, weiter: »Ihr alle habt mich verstanden. Geht! Verschwindet! Lasst mich in Ruhe, hört ihr?«

»Bist du verrückt geworden?«, fragte Frank. »Was ist denn in dich gefahren?«

»Ich kann euch nicht länger in Gefahr bringen«, antwortete Thirteen. »Ich … ich weiß, was ihr alle für mich getan habt, und ich bin euch unendlich dankbar dafür. Aber jetzt müsst ihr gehen. Das hier geht nur noch mich etwas an. Ich bin sicher, es lässt euch in Ruhe, wenn … wenn ihr sofort geht.«

»Ich denke ja nicht daran«, sagte Frank. Frau Mörser schüttelte nur den Kopf, während Nagelschmidt gar nicht reagierte.

»Aber versteht ihr denn nicht?!« Thirteen schrie fast. Sie spürte, dass das wenige, was von ihrer Selbstbeherrschung überhaupt noch geblieben war, nur noch kurz vorhalten würde. »Habt ihr die Warnung nicht gehört? Es wird euch vernichten, wenn ihr bei mir bleibt!«

»Das soll es mal versuchen«, antwortete Frank patzig. Nagelschmidt lächelte nur und Frau Mörser sagte leise und mit großem Ernst: »Es kann mir nicht mehr antun, als es bereits getan hat.«

Thirteen sah die drei der Reihe nach an, und gerade in dem Moment, in dem sie zu einer Antwort ansetzen wollte, drang aus dem völlig zertrümmerten Radio erneut die höllische Stimme:

»ALSO HABT IHR EUCH ENTSCHIEDEN. WIE IHR WOLLT!«

Thirteen hielt den Atem an.

Und nicht nur sie, auch die anderen.

Etwas geschah. Thirteen konnte nicht sagen, was. Sie konnte das Gefühl nicht in Worte kleiden, nicht einmal in Gedanken, aber es war ganz deutlich und es war das mit Abstand Entsetzlichste, was sie in ihrem ganzen Leben erlebt hatte. Für einen Moment war ihr, als hielte die Zeit selbst den Atem an, und als sie sich weiterbewegte, schien sich das Universum irgendwie verändert zu haben; als wäre die ganze Welt ein Stück weit in die Richtung gekippt, in der das Böse beheimatet war.

Dann traf etwas mit ungeheurer Wucht die Kellerdecke und brachte sie zum Einsturz.

Der Schlag war so gewaltig, dass Thirteen in die Luft geschleudert wurde, sich überschlug und hart auf den Betonboden zurückfiel. Der Raum war voller Staub und wirbelnder Schatten, dass sie fast nichts sah. Schreie, Poltern und Krachen und ein nicht enden wollendes tiefes Dröhnen und Vibrieren erfüllte ihre Ohren, und der Boden unter ihr zitterte immer noch, als sie sich auf Hände und Knie hochstemmte. Sie holte tief Atem und musste schrecklich husten, denn mit der Luft waren Staub und feine, fliegende Zementpartikel in ihren Hals gelangt.

»Was ist passiert?«, keuchte Frank. Er hustete ebenfalls. »Ist jemand verletzt?«

Thirteen wischte sich mit den Handrücken den Staub aus dem Gesicht und sah sich um. Was sie erblickte, das jagte ihr einen eisigen Schauer über den Rücken. Die Kellerdecke bestand aus massivem Beton und sie wurde von einer Anzahl fast meterdicker, rechteckiger Stützpfeiler getragen. Trotzdem war das hintere Drittel des Raumes zusammengequetscht, als hätte ein Riese in einem Wutausbruch auf einem Pappkarton herumgetrampelt. Die Stützpfeiler waren wie Streichhölzer geknickt und einfach weggebrochen, und einer war sogar zur Gänze in den Boden hineingetrieben worden, als hätte derselbe Riese mit einem gigantischen Vorschlaghammer auf einen Zaunpfahl geschlagen. Zentnerschwere Trümmerstücke lagen auf dem Boden und aus der zerborstenen Decke ragten die abgebrochenen Enden rostiger Moniereisen wie tödliche Speerspitzen. Hätte sich einer von ihnen in *diesem* Teil des Kellers aufgehalten …

»Was … war das?«, murmelte Frank noch einmal. Er rappelte sich mühsam auf, hustete erneut, und wie zur Antwort auf seine Frage erzitterte der Keller unter einem zweiten, allerdings nicht ganz so heftigen Schlag. Er reichte nicht aus, um sie wieder von den Füßen zu reißen, löste aber eine ganze Lawine kleiner Trümmer und Betonbrocken aus, die von der Decke regneten, sodass sie sich hastig in Richtung Tür zurückzogen.

»Das Haus bricht zusammen«, schrie Frank überflüssigerweise. »Raus hier!«

Hustend und halb blind von dem wirbelnden Staub, drängten sie sich aus der Tür und die baufällige Treppe hinauf. Als sie die Hälfte hinter sich hatten, erzitterte das Haus unter einem dritten, diesmal wieder viel heftigeren Schlag, der Thirteen gegen die Wand taumeln ließ. Die Mauer links von ihr barst auf voller Länge auseinander. Trümmer regneten auf sie herab und etwas traf Thirteens Schulter wie ein Faustschlag. Sie keuchte vor Schmerz und taumelte weiter. Rings um sie herum bewegten sich die anderen wie schattenhafte Gespenster in der stauberfüllten Luft und Frank schrie:

»Ich glaube, wir haben es echt verärgert. Es will uns wirklich an den Kragen!«

Thirteen antwortete nicht, sondern sparte sich ihren Atem, um vorwärts zu kommen. Über ihnen schimmerte es hell durch den Staubvorhang, und sie hörte noch immer jenes schreckliche dröhnende Geräusch, als hätte die ganze Welt begonnen auseinanderzubrechen.

Kurz bevor sie das Ende der Treppe erreichten, erbebte das Haus unter einem vierten gewaltigen Schlag, der sie diesmal allesamt von den Füßen riss und kopfüber wieder die Treppe hinunterschleuderte.

Wie durch ein Wunder wurde auch diesmal niemand verletzt, aber über ihren Köpfen brach das Haus zusammen, und es war nur eine Frage der Zeit, bis einer von ihnen ernsthaft verletzt oder gar getötet wurde.

Frank und Thirteen halfen Frau Mörser, wieder auf die Füße zu kommen, und nahmen sie in die Mitte, als sie die Treppe erneut hinaufliefen. Der helle Fleck an ihrem Ende kam wieder näher, und Thirteen begriff jetzt, dass es sich um den Ausgang handelte. Etwas bewegte sich hinter dem Staub. Etwas Gigantisches, Helles mit sonderbar kantigen, bösartig wirkenden Formen.

Als sie fast oben waren, erzitterte das Haus unter einem weiteren furchtbaren Schlag, aber diesmal waren sie vorbereitet und fielen nicht. Unter ihnen brach jedoch die gesamte untere Hälfte der Treppe zusammen. Ein weiterer Sturz würde jetzt tödlich enden.

Sie erreichten das Ende der Treppe, taumelten ins Freie und blieben keuchend und mühsam um Atem ringend stehen.

Thirteen sah sich aus brennenden Augen um. Die Luft war auch hier so voller Staub, dass sie fast blind war. Sie sah nur wirbelnde graue Schwaden und Schatten, die sich darin bewegten, und sie hörte noch immer diesen unheimlichen dröhnenden Laut, der ihr jetzt aber irgendwie bekannt vorkam …

Dann ging alles unglaublich schnell. Frank stieß einen warnenden Schrei aus, versetzte Frau Mörser einen Stoß, der sie zur Seite stolpern ließ, und warf sich mit weit ausgebreiteten Armen auf Thirteen. Noch während sie eng aneinandergeklammert zu Boden fielen, tauchte etwas Gigantisches, Dunkles aus den Staubschwaden auf: eine mehr als einen Meter große Kugel aus massivem Eisen, die an einer armdicken Kette hing wie der Morgenstern eines Giganten. Sie verfehlte Thirteen und Frank so knapp, dass sie den Luftzug spüren konnten, prallte mit unvorstellbarer Wucht gegen die Wand hinter ihnen und zertrümmerte sie. Thirteen vergrub entsetzt das Gesicht zwischen den Armen, als die Kugel zurückschwang und dabei so dicht über sie hinwegglitt, dass sie sie mit der ausgestreckten Hand hätte berühren können.

Plötzlich verstummte das Dröhnen und Vibrieren. Aus dem Staub drang ein überraschter Schrei, und dann waren zahlreiche andere Stimmen zu hören und das Geräusch hastiger Schritte, die näher kamen. Nur einen Moment später tauchte ein Mann in einem blauen Overall und einem orangeroten Schutzhelm aus den wirbelnden Schwaden auf, dicht gefolgt von weiteren ebenso gekleideten Männern. Sein Gesicht war kreidebleich und Thirteen hatte noch nie zuvor einen Ausdruck solchen Entsetzens in den Augen eines Menschen gesehen.

»Großer Gott!«, keuchte er. »Seid ihr verletzt? Was tut ihr denn hier, um Himmels willen! Ihr hättet getötet werden können! Ogottogottogott!«

Thirteen richtete sich benommen auf und sah sich um, während der Mann neben ihr und Frank niederkniete und fortfuhr, unentwegt »ogottogott« und »um Himmels willen« zu stammeln. Der Staub legte sich jetzt rasch, und Thirteen sah jetzt nicht nur immer mehr Männer in blauen Overalls und Schutzhelmen, die aus allen Richtungen herangestürmt kamen, sondern auch noch etwas anderes. Nur ein kleines Stück entfernt stand ein gewaltiger, signalgelb lackierter Bagger, an dessen Ausleger anstelle einer Schaufel eine Kette mit einer riesigen Abrisskugel montiert war. Dahinter erhoben sich andere, noch größere Baumaschinen sowie eine Anzahl Lastwagen. Ihr wurde klar, was hier vor sich ging.

»Was ist ... passiert?«, murmelte Frank.

»Was passiert ist?!« Der Mann wäre wahrscheinlich noch bleicher geworden, wäre das überhaupt möglich gewesen. Er riss Mund und Augen auf und rang japsend nach Luft, wie ein Fisch auf dem Trockenen. »Ihr ... ihr wärt um ein Haar getötet worden, das ist passiert! Mein Gott, ich ... ich hätte euch umbringen können! Seid ihr denn völlig wahnsinnig! Dieses Haus ist zum Abbruch freigegeben! Das Betreten ist strengstens verboten! Könnt ihr denn nicht lesen! Es stehen überall Warnschilder!«

»Die stehen seit Jahren hier.« Nagelschmidt kam gebeugt herbeigeschlurft. Er war voller Staub und Schmutz, und auf seiner rechten Wange befand sich eine tiefe Schramme, die heftig blutete.

»Ja, und heute Morgen kam der Auftrag, endgültig damit anzufangen!« Die Angst des Mannes schien urplötzlich in Zorn umzuschlagen. »Sind Sie völlig lebensmüde, Mann, oder nur verrückt? Wenn Sie sich umbringen wollen, ist das Ihre Sache, aber diese beiden Kinder hier hätten ebenfalls sterben können, ist Ihnen das eigentlich klar? Um Gottes willen, ich ... ich hätte beinahe drei Menschenleben auf dem Gewissen gehabt!«

»Vier«, sagte Frau Mörser, hob die Hand und machte eine

rasche Geste, als der Mann antworten wollte. »Aber das spielt keine Rolle. Es ist ja nichts geschehen. Darf ich fragen, von wem der Auftrag zum Abriss gekommen ist? Vielleicht zufällig vom stellvertretenden Bürgermeister?«

»Ja, aber was tut das zur Sache?«, empörte sich der Mann. »Verdammt, ich hätte gute Lust, die Polizei zu rufen und Sie allesamt verhaften zu lassen!«

»Nur zu«, sagte Frank. »Aber dann erklären Sie den Beamten auch, wieso Sie das Haus nicht vorher noch einmal durchsucht haben, wie es Vorschrift ist.«

»Halt lieber die Klappe, mein Junge«, sagte einer der anderen Männer. »Ihr wärt um ein Haar draufgegangen, ist dir das eigentlich klar?«

»Wir sollten die Polizei rufen«, fügte ein dritter hinzu.

»Und einen Krankenwagen«, sagte ein vierter. »Nur für alle Fälle.

»Aber wozu denn?«, fragte Thirteen. »Es ist doch niemandem etwas passiert.«

»Niemandem etwas passiert?« Der Arbeiter, der Thirteen zuerst angesprochen hatte, keuchte ungläubig. »Ich hätte euch alle beinahe umgebracht, und du sagst, es wäre *nichts passiert?!*«

Thirteen tauschte einen hastigen Blick mit Frau Mörser. »Wir müssen jetzt weg«, sagte sie. »Es ist ja wirklich niemand verletzt. Es besteht kein Grund, die Sache an die große Glocke zu hängen.«

»Ich fürchte, so einfach ist das nicht«, antwortete der Mann. »Ihr müsst euch auf jeden Fall von einem Arzt untersuchen lassen.«

»Unsinn«, sagte Frank. »Uns fehlt nichts.« Er wollte sich herumdrehen, aber einer der Arbeiter ergriff ihn plötzlich am Arm und hielt ihn fest.

»Nicht so eilig, mein Junge«, sagte er. Ein nachdenklicher Ausdruck erschien auf seinem Gesicht. »Ich kenne dich doch«, sagte er. »Du bist … Natürlich! Das sind die beiden aus dem Fernsehen. Die Ausreißer, die alle suchen!«

»Lassen Sie mich los!« Frank versuchte sich loszureißen, aber der Mann war viel zu stark.

»Ruft die Polizei«, sagte er grimmig. »Wie es aussieht, haben wir da einen guten Fang gemacht!«

»Sie täuschen sich«, sagte Frau Mörser nervös. »Es ist alles ganz anders.«

»Das können Sie gleich alles der Polizei erklären«, antwortete der Mann. Er nickte einem seiner Kollegen zu. »Geh und ruf sie. Vielleicht können wir ja dann heute noch einmal weiterarbeiten.«

Der Mann ging, um den Auftrag auszuführen, aber er kam nur wenige Schritte weit.

Es war dasselbe wie vorhin, nur noch deutlicher: das Gefühl, dass irgendetwas geschah, etwas Böses, Unheimliches. Und diesmal war es so intensiv, dass nicht nur Thirteen und die drei anderen es bemerkten, sondern auch die Arbeiter. Die Männer verstummten. Einige sahen auf und blickten sich schaudernd um, und auf den meisten Gesichtern erschien ein erschrockener, fragender Ausdruck. Selbst der Mann, der losgegangen war, um die Polizei zu rufen, blieb mitten in der Bewegung stehen und sah sich irritiert um.

»Was … ist das?«, murmelte einer der Männer.

Wind kam auf, ein kalter, böiger Wind, der aus dem Nichts zu kommen schien und Staub und Unrat vor sich hertrieb. Der Staub bildete Wirbel und Schlieren, die sich immer schneller und schneller drehten, bis die wirbelnden Staubteufel fast wie Gespenster aussahen, formlose, rotierende Schemen, die manchmal Arme und Beine zu bilden schienen, manchmal sogar so etwas wie Gesichter, stets aber sofort wieder auseinandertrieben, ehe sie *wirklich* Gestalt annehmen konnten. Mit dem Wind drang ein unheimliches Heulen und Jammern an Thirteens Ohr, in dem sie die höllische Stimme des Hauses wiederzuerkennen glaubte.

»Was ist das?«, fragte der Arbeiter noch einmal, diesmal fast schreiend.

Der Wind wurde schlagartig zum Sturm. Die Staubteufel barsten auseinander und regneten als prasselnder Hagelschauer auf den Bagger herunter, und für einen Moment duckten sich alle unter einem Bombardement winziger scharfkantiger Sandkörner.

Dann erwachte der Motor des Baggers zum Leben. Aus dem Auspuff der Maschine drang eine schwarze Qualmwolke und der gewaltige Ausleger mit der Kugel hob sich ein Stück.

Der Mann neben Thirteen sah fassungslos zu dem Bagger hoch. »Aber wie … ist denn das möglich?«, stammelte er.

Der Bagger setzte sich langsam in Bewegung. Die gewaltigen Raupenfahrwerke mahlten über Stein- und Betontrümmer, und die Kugel am Ende der Kette begann langsam hin und her zu pendeln. Thirteen beobachtete voll ungläubigen Entsetzens, wie sich das Fahrzeug auf der Stelle zu drehen begann, bis seine gelb lackierte Kühlerhaube direkt auf Frank und sie zeigte.

»Um Gottes willen!«, rief der Arbeiter. »Haltet ihn auf! Schaltet den Motor ab!«

Einer der Männer setzte sich tatsächlich in Bewegung, tauchte mit einem geschickten Satz unter der pendelnden Kugel hindurch und versuchte auf den Bagger zu springen. Als er das Metall berührte, zischte ein blauer Funke hoch. Der Mann schrie auf, taumelte zurück und stürzte knapp neben den mahlenden Raupenketten des Baggers zu Boden.

»Haltet ihn auf!«, brüllte ein anderer. Er sprang auf und rannte auf den Bagger zu, ebenso wie einige seiner Kollegen. Keiner konnte sein Vorhaben durchführen. Zwei wurden von der heftig pendelnden Kugel von den Füßen gerissen, die anderen handelten sich genau wie ihr Vorgänger einen so heftigen elektrischen Schlag ein, dass sie ebenfalls zu Boden stürzten. Der Bagger rollte langsam weiter auf Thirteen und Frank zu.

»Weg hier!«, keuchte Frank. Sie wichen hastig vor dem näher kommenden Bagger zurück, mussten aber aufpassen, um nicht über die Trümmer zu stolpern oder in das bodenlose Loch zu fallen, in dem einmal die Treppe gewesen war. Der Bagger kannte solche Hindernisse anscheinend nicht. Er walzte rücksichtslos über Steine, Betonbrocken und Mauerreste hinweg, wobei er zwar ein wenig ins Schwanken geriet, aber kein bisschen langsamer wurde.

Frank und sie versuchten weiterhin dem Bagger auszuweichen. Frau Mörser und Nagelschmidt liefen zur Seite, und der Bagger blieb tatsächlich einen Moment stehen, fast als wäre er unschlüssig, welches seiner Opfer er nun verfolgen sollte. Dann walzte er weiter, direkt auf Thirteen zu.

Sie fuhren herum, sprangen über einen kniehohen Mauerrest und rannten ein Stück weit über Trümmer und Steine, bis sie vor einer nahezu unbeschädigten Wand standen, in der eine massive Feuerschutztür aus Eisen war. Sie war nur mit einem einfachen Riegel verschlossen, aber der klemmte.

Während Frank mit verzweifelter Kraft an dem Riegel zu zerren begann, sah Thirteen über die Schulter zurück. Der Bagger walzte gerade die Mauer nieder, über die sie gesprungen waren. Verzweifelt sah sie sich um. Zur Rechten erhob sich eine weitere Mauer, in der sich allerdings keine Tür befand, während sich auf der anderen Seite ein gewaltiger Schuttberg türmte; groß genug, um selbst den Bagger aufzuhalten. Hätten sie Zeit genug gehabt, ihn zu erreichen. Aber die hatten sie nicht. Der Bagger war bereits fast heran. Thirteen starrte entsetzt auf die riesigen Ketten, unter denen Ziegelsteine und kopfgroße Betonbrocken einfach zu Staub zermahlen wurden. Die gewaltige Eisenkugel begann immer heftiger zu pendeln.

»Schnell!« Frank hatte den Riegel zurückgeschoben und warf sich mit der Schulter gegen die Tür, um sie aufzusprengen. Gleichzeitig ergriff er Thirteens Arm und zerrte sie hinter sich her. Und wie sich zeigte, keine Sekunde zu früh. Die Eisenkugel traf den Türrahmen und sprengte ihn mitsamt der Tür aus der Wand. Thirteen sprang zur Seite und zog den Kopf ein, als die schwere Eisentür wie ein Blatt Papier durch die Luft gewirbelt wurde und gegen die Wand auf der anderen Seite prallte.

»Puh!«, sagte Frank. »Das war knapp.«

Noch bevor Thirteen irgendetwas antworten konnte, erzitterte die Wand hinter ihnen unter einem gewaltigen Schlag. Sie barst vom Boden bis zur Decke, und inmitten einer Lawine aus niederstürzenden Ziegelsteinen und Staub erschien ein riesiges, gelb lackiertes Ungeheuer, das schnaufend und dröhnend auf sie zurollte. Ein Teil des Wellblechdaches neigte sich, brach aber nicht zusammen, wie Thirteen gehofft hatte, um den Bagger unter sich zu begraben.

Verzweifelt wichen sie zurück und suchten nach einem Fluchtweg.

Es gab keinen. Die Halle bestand aus einem einzigen großen Raum und hatte nur ein weiteres, großes Tor auf der anderen Seite, das aber von einem Gewirr aus Trümmerstücken und Schutt hoffnungslos versperrt war. Sie saßen in der Falle.

»Zur Seite!«, schrie Frank. »Wir teilen uns! So kann er nur einen erwischen!«

Das schien Thirteen ein guter Plan. Sie wich mit raschen Schritten nach links aus und erwartete natürlich, dass Frank dasselbe tun würde, nur in die entgegengesetzte Richtung. Aber er machte keine Anstalten dazu. Er blieb stehen, wo er war, begann plötzlich auf der Stelle zu hüpfen und riss beide Arme in die Höhe.

»Hierher!«, schrie er. »Ich bin hier, du Monstrum!«

Thirteen erstarrte mitten im Schritt. War Frank verrückt geworden?

»Ich bin hier!«, brüllte er. »Krieg mich doch, wenn du kannst!«

Aber es nutzte nichts. Der Bagger verharrte wie vorhin auf der Stelle und begann sich dann wieder in Thirteens Richtung zu drehen. Die gewaltigen Ketten gruben zentimetertiefe Spuren in den Boden, während er sich auf der Stelle drehte.

Unter der Lagerhalle musste sich ebenfalls ein Keller befinden, gleich dem, in dem sie gerade selbst gewesen waren. Und das Gewicht des tonnenschweren Baggers war für die baufällige Decke einfach zu viel. Sie bekam Risse, senkte sich – und dann brach die linke Kette des Baggers krachend durch den Fußboden. Ein Spinnennetz von Rissen und Sprüngen erschien in dem vermeintlich massiven Beton. Für eine Sekunde stand der Bagger noch schräg wie ein aufgelaufenes Schiff da, dann gab der Fußboden der Belastung endgültig nach und das gelb lackierte Ungeheuer fiel zusammen mit der Decke und einem ohrenbetäubenden Krachen in den fünf Meter tiefer gelegenen Keller hinab. Eine ganze Lawine aus Steinen und Trümmerstücken folgte ihm und begrub einen Großteil des Fahrzeuges unter sich. Erstaunlicherweise lief der Motor immer noch, aber selbst wenn der Bagger nicht zertrümmert gewesen wäre, wäre er in dem Kellerraum gefangen gewesen.

Frank kam mit großen Schritten um das gewaltige Loch im Boden herumgelaufen und grinste über das ganze Gesicht. »Den hätten wir erledigt«, sagte er fröhlich. »Wenn das alles ist, was dieser größenwahnsinnige Poltergeist zu bieten hat, brauchen wir uns keine Sorgen zu machen.«

»Bist du völlig verrückt geworden?«, fragte Thirteen fassungslos. »Was sollte denn diese kleine Einlage gerade? Hältst du dich für Superman?«

»Es hat doch geklappt, oder?«, grinste Frank.

»Ja, weil du mehr Glück als Verstand gehabt hast!«

»Blödsinn!« Frank grinste immer noch und schüttelte den Kopf. »Alles Berechnung«, behauptete er.

»Sicher. Ich glaube dir jedes Wort.« Thirteen seufzte, sprach aber nicht weiter, sondern drehte sich kopfschüttelnd herum und trat durch das ausgezackte Loch, das dort gähnte, wo vorhin noch die Tür gewesen war, wieder ins Freie hinaus.

Mindestens ein Dutzend Arbeiter rannte gleichzeitig aus verschiedenen Richtungen auf sie zu und ebenso viele Stimmen redeten zugleich auf sie ein. Unter ihnen war auch der Mann, mit dem Thirteen zuerst gesprochen hatte.

»Um Gottes willen!«, rief er. »Ist euch etwas passiert? Bist du verletzt? Wo ist der Junge?«

Ehe Thirteen antworten konnte, trat Frank aus dem Haus.

»Aber wie ist denn das möglich?«, murmelte der Mann. »Der

Bagger ist einfach losgefahren! Ganz von selbst! Ich habe es ganz deutlich gesehen! Es … es saß niemand hinter dem Steuer!«

Niemand …?

Thirteen dachte an die wirbelnden Staubgespenster, die sie gesehen hatte. Sie *hatten* ausgesehen wie Geister. Oder Dämonen. Körperlose, schreckliche Geschöpfe, die sich jedem wirklichen Erkennen entzogen und sich schneller bewegten, als das Auge ihnen zu folgen vermochte. Sie war nicht ganz sicher, aber sie glaubte, dass es sechs gewesen waren, und aus irgendeinem Grund erschien ihr das wichtig.

»Es ist nicht Ihre Schuld«, sagte sie, und im selben Moment sprang der Motor eines zweiten Baggers an, der nur ein kleines Stück hinter ihnen stand. Thirteen drehte sich erschrocken herum, aber es hätte des Ausdrucks von Entsetzen auf dem Gesicht des Arbeiters gar nicht mehr bedurft, um sie auf das vorzubereiten, was sie hinter dem Steuer der riesigen Baumaschine sah: nämlich nichts. Welcher Natur auch immer ihr unsichtbarer Gegner sein mochte, eines war er ganz sicher – hartnäckig.

Die Arbeiter flohen panisch in alle Richtungen, als die Maschine mit aufheulendem Motor losschoss. Unter ihren Raupenketten spritzten Kieselsteine und scharfkantige Trümmer wie kleine gefährliche Geschosse hervor, und die gewaltige Baggerschaufel öffnete sich und grapschte mit handlangen Zähnen aus rostigem Eisen nach Thirteen.

Was sie rettete, war vermutlich allein der Umstand, dass sie nicht im Geringsten überrascht war. Statt vor Schrecken zu erstarren, duckte sie sich in derselben Sekunde, in der sie die Bewegung der Baggerschaufel wahrnahm, und entging den zuschnappenden Eisenkiefern so um Haaresbreite. Blitzschnell ließ sie sich zur Seite fallen, rollte über den Boden, kam mit einer kraftvollen Bewegung wieder auf die Füße und lief davon. Keinen Sekundenbruchteil zu früh, wie sich im nächsten Moment zeigte, denn die Baggerschaufel stanzte wie die eiserne Faust eines Riesen dort in den Boden, wo sie gerade noch gewesen war. Einen Augenblick später hob sie sich wieder, und der Bagger drehte sich auf der Stelle herum und rollte dröhnend hinter ihr her.

Thirteen schlug einen Haken, entging auch dem zweiten Angriff und änderte blitzschnell ihre Richtung. Sie rannte auf eine Reihe geparkter Wagen zu; wahrscheinlich die Autos der Arbeiter. Der Bagger folgte ihr unbarmherzig, seinerseits verfolgt von Frank und den anderen, die wild durcheinanderschrien und mit den Armen wedelten, als könnten sie die auf so unheimliche Weise zum Leben erwachte Maschine damit zum Anhalten bringen.

Thirteen erreichte die Autos, quetschte sich zwischen zwei dicht nebeneinander geparkten Wagen hindurch und rannte weiter. Nur Sekunden später erreichte auch der Bagger das Hindernis. Er überwand es auf seine Weise: Sämtliche Scheiben explodierten, als die Dächer eingedrückt wurden, dann rollte die gewaltige Maschine auf klirrenden Ketten vollends über die beiden Automobile hinweg und quetschte sie wie Pappkartons zusammen.

Immerhin hatte sie bei diesem Manöver genug an Tempo verloren, sodass einer der Arbeiter sie einholen konnte. Mit einem verwegenen Satz versuchte er hinaufzuspringen, aber was vorhin schon einmal geschehen war, wiederholte sich: Ein blauer Funke stob hoch und der Mann stürzte mit einem Schmerzensschrei zurück.

Aber Thirteen sah auch noch etwas, was sie noch mehr erschreckte: Nicht sehr weit von ihr entfernt erwachte eine weitere riesige Baumaschine zum Leben; ein gewaltiger Räumer, der fast noch größer war als der Bagger, der sie verfolgte. Mit erschreckender Geschwindigkeit setzte er sich in Bewegung und rollte auf sie zu. Jetzt blieb ihr nur noch eine Richtung, aber dort stand in zwanzig oder dreißig Metern Entfernung ein Gebäude. Es hatte einige Türen, und Thirteen betete, dass sie nicht verschlossen waren. Die Zeit würde nicht reichen, um von einer zur anderen zu laufen.

Sie erreichte die erste Tür und hätte vor Enttäuschung fast

aufgeschrien, als sie feststellte, dass sie verschlossen war. Der Bagger raste heran. Die Schaufel klappte auseinander wie ein Paar stählerner Kiefer und von rechts näherte sich der Räumer. Seine Schaufel war heruntergelassen und zog eine Funkenspur über den Boden.

Thirteen wirbelte auf dem Absatz herum und rannte zur nächsten Tür. Mit aller Macht warf sie sich dagegen und drückte die Türklinke hinunter. Auch diese Tür war verschlossen. Und die Zeit, eine dritte auszuprobieren, blieb ihr nicht. Der Bagger war heran. Dröhnend tauchte er hinter ihr auf. Die Baggerschaufel schnappte zu, verfehlte Thirteen wieder um Haaresbreite und schlug ein gewaltiges Loch in die Mauer über ihr. Sie machte ein paar hastige Schritte zur Seite und quetschte sich zwischen den mahlenden Panzerketten und der Wand hindurch. Der Bagger setzte zurück, wendete auf der Stelle und verfolgte sie weiter.

Die Baggerschaufel durchbrach die Wand und schien sich irgendwo im Inneren des Gebäudes zu verhaken. Für eine Sekunde drehten die Ketten des Fahrzeuges durch. Doch noch bevor Thirteen ihre Chance ergreifen konnte, gab es einen gewaltigen Knall und ein fast fünf Meter breiter Abschnitt der Gebäudefront flog in einem Trümmerregen nach draußen. Steine und größere Mauerstücke prasselten auf die Baumaschine herunter, ohne sie ernsthaft zu beschädigen. Die Schaufel war frei und der Bagger drehte sich auf der Stelle herum und rollte erneut auf sie zu.

Thirteen wich weiter vor ihm zurück, aber sie begann zu ahnen, dass sie keine Fluchtmöglichkeit mehr hatte. Noch ein paar Schritte und sie stand buchstäblich mit dem Rücken zur Wand, und dann hatte sie nur noch die Wahl, entweder von der Baggerschaufel erwischt oder unter den gewaltigen Ketten zermalmt zu werden. Sie wich trotzdem weiter zurück, bis sie mit dem Rücken gegen die rauen Ziegelsteine stieß. Ihre Fingernägel scharrten verzweifelt über die Mauer, als könnte sie sich mit bloßen Händen einen Weg hindurchgraben.

Der Bagger kam unbarmherzig näher. Seine Schaufel klappte wie ein zu groß geratenes Krokodilgebiss auseinander und seine

Ketten zermalmten Stein und Beton. Er war noch zehn Meter entfernt, dann noch fünf, drei …

Als sich die geöffnete Schaufel Thirteen bis auf zwei Meter genähert hatte, erschien der Räumer schräg hinter dem Bagger. Der Motor der Baumaschine heulte auf, und seine Ketten mahlten so schnell, dass die Funken nur so stoben. Die Schaufel senkte sich um eine Winzigkeit –

und dann stießen die beiden Fahrzeuge mit unvorstellbarer Wucht zusammen.

Der Knall war so gewaltig, dass Thirteen glaubte, ihre Trommelfelle würden platzen. Die beiden riesigen Baumaschinen gruben sich regelrecht ineinander. Ein gewaltiger Funkenschauer stob auf. Metall zerriss kreischend und gelb lackierte Eisentrümmer flogen in alle Richtungen. Die Schaufel des Räumers verbog sich wie dünnes Konservendosenblech und brach ab, aber die Wucht des Zusammenpralls war trotzdem groß genug, die linke Kette des Baggers einfach in Stücke zu reißen.

Der gesamte Bagger wankte. Stücke der zerbrochenen Kette flogen in alle Richtungen. Der Ausleger wirbelte mit schier unglaublicher Schnelligkeit herum, und die Schaufel griff wie eine stummelfingrige Riesenhand nach dem Führerhaus des Räumers und zermalmte es. Thirteen sah eine schattenhafte Gestalt, die im allerletzten Moment aus dem Aufbau des Räumers sprang, zu Boden stürzte und hastig davonkroch.

Die Baggerschaufel griff noch einmal zu und noch einmal und noch einmal. Wie ein lebendes Wesen, das einen Wutanfall hatte, schlug und drosch der Bagger mit immer größerer Wucht auf den Räumer ein, bis von dem Fahrzeug nur noch ein formloser Trümmerhaufen geblieben war, aus dem Funken, fettiger schwarzer Qualm und kleine gelbe Flämmchen drangen.

Aber auch der Bagger hatte diesen Kampf der Titanen nicht unbeschadet überstanden. Die Schaufel drehte sich wieder herum und versuchte nach Thirteen zu greifen. Sie befand sich dicht außerhalb ihrer Reichweite und nur auf einer Kette konnte er sich nicht bewegen. Der Motor heulte wütend auf, aber das einzige Ergebnis war, dass sich der Bagger auf der Stelle zu drehen begann. Das zerschlagene Wrack des Räumers, das sich in seiner linken Seite verkeilt hatte, zerrte er dabei klirrend hinter sich her. Dann, ganz plötzlich, hörte er auf sich zu bewegen. Der Motor erstarb und für einen Moment glaubte Thirteen etwas wie eine Staubfahne zu sehen, die sich hinter dem Steuer des Baggers erhob und davonwehte. Dann war es vorbei. Thirteen konnte regelrecht spüren, wie die Welt wieder das wurde, was sie gewesen war, bevor sie in die Richtung abgerutscht war, in der die Albträume und das Entsetzen wohnten.

Thirteen fand nur langsam in die Wirklichkeit zurück. Jetzt, wo die unmittelbare Gefahr vorüber war, begannen ihre Knie plötzlich so heftig zu zittern, dass sie sich gegen die Wand stützen musste. Aus allen Richtungen rannten Gestalten auf sie zu, und die Luft schwirrte nur so von durcheinanderschreienden Stimmen, aber Thirteen war für einen Moment nicht fähig, auf irgendetwas zu reagieren. Sie zitterte am ganzen Leib. Die Luft, die sie atmete, schmeckte scharf; nach Eisen.

Der erste Mann, der sie erreichte, war ein Arbeiter, der ein wenig humpelte. Sein Overall war völlig verdreckt und an mehreren Stellen zerrissen, und plötzlich erkannte Thirteen in ihm die Gestalt wieder, die im letzten Moment aus dem Führerhaus des Räumers gesprungen war, ehe die Baggerschaufel ihn zermalmte.

»Sie … Sie haben mir das Leben gerettet«, sagte sie stockend. »Vielen Dank.«

»Ist dir etwas passiert?« Der Mann sah Thirteen nur flüchtig an, dann glitt sein Blick wieder über die beiden hoffnungslos ineinander verkeilten Baumaschinen. Auf seinem Gesicht lag ein Ausdruck vollkommener Fassungslosigkeit.

»Nein«, antwortete Thirteen. »Aber ohne Sie wäre ich jetzt tot.«

»Aber wie ist das denn nur möglich?«, murmelte der Mann. »Wie … wie soll ich das nur meinen Vorgesetzten erklären und der Polizei?«

Mittlerweile waren auch die anderen Männer herangekommen und bestürmten ihren Kollegen und Thirteen mit Fragen oder starrten die beiden zertrümmerten Baumaschinen an.

»Es ist wirklich nicht Ihre Schuld«, sagte Thirteen noch einmal. »Machen Sie sich keine Gedanken.«

Damit drehte sie sich herum und ging mit hängenden Schultern auf Frank und die beiden anderen zu, die in einiger Entfernung stehen geblieben waren.

»Verschwinden wir, solange sie abgelenkt sind«, sagte Frau Mörser. Sie sah Nagelschmidt an. »Wissen Sie einen Weg hier heraus?«

»Wenn er nicht verschüttet ist …«

»Dann nichts wie weg«, sagte Frank. »Wenn sie erst einmal die Polizei rufen, haben wir keine Chance mehr.«

10

Es lag Thirteen auf der Zunge, zu sagen, dass sie das sowieso nicht hatten, aber sie schluckte die Bemerkung im letzten Moment hinunter. Vielleicht war ja *das* überhaupt der Sinn dieser ganzen immer mörderischer werdenden Aktion: ihr jeglichen Mut zu nehmen. Wenn sie erst einmal der Meinung war, dass ohnehin nichts mehr einen Sinn hatte, dann hatte der Geist des Hauses gewonnen.

Nagelschmidt drehte sich herum und schlenderte scheinbar gemächlich zu der Halle, durch deren Boden der Bagger gebrochen war. Thirteen wollte ihn zur Eile antreiben, begriff dann aber im letzten Moment, dass er ganz absichtlich so tat, als hätte er alle Zeit der Welt. Falls sich einer der Arbeiter zu ihnen herumdrehen sollte, würde er glauben, dass sie noch einmal zurückgingen, um sich den Ort der Katastrophe anzusehen. Tatsächlich blickten auch einige der Männer in ihre Richtung, aber niemand machte Anstalten, ihnen zu folgen.

Sie betraten das Haus und blieben am Rande des gewaltigen Loches stehen, das der Bagger in den Fußboden gerissen hatte. Thirteen spürte erneut ein eisiges Frösteln, als sie die zerschmetterte Baumaschine sah, die fünf oder sechs Meter unter ihnen lag. Sie sah aus wie ein toter Dinosaurier aus Stahl, der verendet auf der Seite lag.

»Die Treppe ist zerstört«, sagte Nagelschmidt. »Wir werden klettern müssen.«

Sie machten sich ohne weiteren Kommentar an das nicht unbedingt schwierige, aber gefährliche Unternehmen. Über den verbogenen Ausleger des Baggers konnten sie ohne Probleme in die Tiefe steigen, aber es gab überall scharfkantige Trümmerstücke und lose Steine, die den an sich gut gangbaren Weg zu einem halsbrecherischen Abenteuer machten. Thirteen atmete zutiefst erleichtert auf, als sie endlich den Keller erreichten und sich in dem schmalen Spalt zwischen der Wand und dem verbeulten Wrack des Baggers aufrichten konnten.

»Dort hinten!« Nagelschmidt deutete in eine finstere Ecke des Kellers. Es dauerte einen Moment, bis Thirteen zwischen all dem Staub und den Schatten den kaum kniehohen Durchgang entdeckte, der noch übrig geblieben war. Thirteen hoffte nur, dass der Gang dahinter nicht ebenfalls zusammengebrochen war.

Nagelschmidt humpelte voran und duckte sich, dicht gefolgt von Frau Mörser, als Erster unter dem niedergebrochenen Türsturz hindurch und Thirteen und dann Frank folgten ihnen. Der Raum hinter der Tür war voller Staub und Trümmer. Sie sah so gut wie nichts und orientierte sich nur an den Geräuschen, die Nagelschmidt und die anderen verursachten. Ein paarmal stolperte sie über Trümmerstücke und herumliegende Steine, und den gemurmelten Flüchen und Verwünschungen nach zu schließen, die Frank von sich gab, erging es ihm wohl nicht besser. Aber schließlich begann sich der Staub zu lichten, und sie sah, dass sie sich in einem weiteren, mit Unrat und Abfällen übersäten Kellerraum befanden. Nagelschmidt kniete neben einem großen gusseisernen Deckel am Boden und bemühte sich, ihn zur Seite zu schieben, aber es gelang ihm erst, als Frank hinzutrat und ihm half. Darunter kam ein runder Schacht zum Vorschein, der in eine vollkommen schwarze Tiefe hinabführte. Ein erbärmlicher Gestank drang aus dieser Dunkelheit zu ihnen empor.

Frank beugte sich über den Schacht und verzog angewidert das Gesicht. »O Sch…«, begann er.

»Ganz recht«, sagte Nagelschmidt grinsend. »Die Kanalisation. Es riecht nicht besonders gut, aber dort sind wir sicher.«

»Stimmt«, maulte Frank. »Selbst einem Gespenst dürfte es dort zu sehr stinken. Aber was tut man nicht alles für seine Freunde …« Er seufzte, drehte sich herum und wollte rücklings in die Tiefe klettern, aber Nagelschmidt hielt ihn zurück. »Einer muss den Deckel hinter uns schließen«, sagte er. »Sonst wissen sie gleich, wo wir sind. Schaffst du das?«

»Kein Problem«, sagte Frank großspurig. »So was benutze ich normalerweise als Frisbee-Scheibe.«

Thirteen dachte daran, mit welcher Mühe Nagelschmidt und

er gerade gemeinsam den Deckel zur Seite gewuchtet hatten, sagte aber nichts. Und tatsächlich gelang es Frank irgendwie, den Deckel über sich zuzuziehen, wenngleich Thirteen aus seinen Kommentaren schloss, dass er sich gehörig die Finger einklemmte. Als er neben ihr am Grunde des Schachtes ankam, hatte er Daumen und Zeigefinger der rechten Hand im Mund und lutschte heftig daran. Thirteen warf nur einen einzigen Blick in sein Gesicht und zog es vor, ihn *nicht* zu fragen, was passiert war.

Stattdessen sah sie sich schaudernd um. Von irgendwoher kam Licht, sodass sie ihre Umgebung wenigstens schemenhaft erkennen konnte. Sie befanden sich in einem halbrunden, sehr langen Tunnel von erstaunlicher Höhe, in dessen Mitte ein träger, übel riechender Wasserstrom floss. Hier und da endeten runde Schächte in den Wänden, aus denen dieser Strom gespeist wurde, und mancherorts regnete es sogar von der Decke. Der Gestank war zum Würgen.

»Dorthin.« Nagelschmidt deutete nach links. »Passt auf, wo ihr hintretet. Hier liegt alles mögliche Zeugs rum.«

Frank schnüffelte hörbar. »Und schwimmt.«

»Man gewöhnt sich an den Geruch«, sagte Nagelschmidt. »In einer Stunde spürst du ihn gar nicht mehr.«

»Eine Stunde?!«, kreischte Frank. »Wo um alles in der Welt bringst du uns hin?«

Nagelschmidt deutete auf Thirteen. »Zum Haus.«

»Eine prachtvolle Idee.« Frank zog eine Grimasse. »Warum lassen wir uns nicht gleich eine Zielscheibe auf die Stirn tätowieren?«

»Er hat recht«, sagte Thirteen und machte eine beruhigende Geste. »Du hast doch gesehen, was passiert ist. Wir können uns nirgendwo verstecken. Es findet uns überall.«

»Und deshalb stellen wir uns ihm freiwillig?«

»Nein. Wir gehen zum Angriff über.« Ein geflügelter Schatten schoss zwischen ihnen hindurch und ließ sich auf Thirteens Schulter nieder. »Ich überbringe ja ungern schlechte Nachrichten, aber ich fürchte, ihr habt gar keine andere Wahl mehr. Es ist ziemlich wütend. Um nicht zu sagen: Es tobt.«

»Davon merke ich im Moment nichts«, antwortete Frank.

»Der letzte Angriff hat es erschöpft«, sagte Wusch ernsthaft. »Seine Macht ist gewaltig, aber es kostet es große Kraft, in eure Welt hinauszugehen. Es braucht eine Weile, um sich zu erholen. Aber sobald es wieder ein wenig zu Kräften gekommen ist …« Sie schüttelte sich. »Unterschätzt niemals seine Macht.«

»Bisher haben wir uns ganz gut gehalten«, sagte Frank.

»Ihr hattet Glück, mehr nicht«, behauptete Wusch. »Aber irgendwann endet auch die längste Glückssträhne.«

»Du hast wirklich eine reizende Art, einem Mut zu machen«, sagte Thirteen. »Willst du uns auf diese Weise vielleicht schonend beibringen, dass es sowieso keinen Zweck hat und wir lieber gleich aufgeben sollten?«

Wusch schüttelte so heftig den Kopf, dass sie fast von Thirteens Schulter gefallen wäre. »Nein. Aber vielleicht wäre es nicht die allerdümmste Idee, wenn ihr euch mal langsam in Bewegung setzen würdet, statt hier herumzustehen und noch mehr kostbare Zeit zu vertrödeln.«

Frank schnappte hörbar nach Luft, aber Thirteen machte eine energische Handbewegung, bevor er auch nur einen Ton hervorbringen konnte. »Sie hat recht«, sagte sie. »Ganz davon abgesehen, dass sie sich dort oben mittlerweile bestimmt fragen, wo wir geblieben sind.«

Sie machten sich auf den Weg. Der schmale, halbwegs trockene Pfad, der zu beiden Seiten des Abwasserflusses entlangführte, verschwand nach einer Weile mehr und mehr, sodass sie zuerst durch knöcheltiefes, bald aber fast wadenhohes, übel riechendes Wasser wateten. Der Gestank wurde immer schlimmer, was sie aber alle – bis auf Frank – klaglos hinnahmen. Frank nörgelte allerdings ununterbrochen; so lange, bis es Thirteen zu viel wurde und sie mit einigen schnelleren Schritten zu Nagelschmidt aufschloss. Der alte Mann sah sie mit einem sonderbaren Lächeln an, aber er sagte nichts und auch Thirteen schwieg eine geraume Weile. Schließlich aber fragte sie:

»Wie weit ist es noch?«

»Zwei Stunden«, antwortete Nagelschmidt nach kurzem Überlegen. »Vielleicht etwas mehr. Ich weiß es nicht genau.«

»Ich dachte, du kennst dich hier aus.«

»Manchmal sind die Tunnel überflutet und man muss Umwege machen. Und es gibt Ratten.« Er machte eine beruhigende Geste. »Sie sind harmlos. Aber es ist besser, ihnen aus dem Weg zu gehen.«

Thirteen warf einen Blick über die Schulter zurück, dann wieder nach vorne. Der gewaltige Stollen erstreckte sich in beide Richtungen, so weit sie nur sehen konnte, und wahrscheinlich noch weit darüber hinaus. »Und dieser Tunnel führt wirklich bis zum Haus meines Großvaters?«, fragte sie.

»Nicht dieser Tunnel«, antwortete Nagelschmidt. »Aber ein anderer, auf den wir bald stoßen werden.«

»Und du kennst alle diese Stollen und Gänge?«

Nagelschmidt schüttelte mit einem nur angedeuteten Lächeln den Kopf. »Nicht alle. Niemand kennt alle Gänge und Kanäle hier. Dieses System ist uralt, weißt du. Sie haben angefangen es zu bauen, als die Stadt gegründet wurde, und seither nicht mehr damit aufgehört. Es ist ein gewaltiges Labyrinth, dessen wirkliche Größe niemand mehr kennt.«

Er war von einer erstaunlichen Redseligkeit, deren Grund Thirteen im ersten Moment gar nicht verstand; zumal sie aus seiner Stimme eine Begeisterung herauszuhören glaubte, die ihr angesichts dieser düsteren, kalten und nach Unrat riechenden Umgebung geradezu absurd erschien. Aber dann begriff sie, dass das hier unten in den letzten Jahren wohl so etwas wie Nagelschmidts Heimat geworden war. Er hatte sich von der Welt der Menschen abgewandt, von ihrem Lärm, ihrer Hektik und all ihren vermeintlichen Vorzügen. Vor zwei- oder dreihundert Jahren wäre er wahrscheinlich in die Wälder geflohen, um dort allein zu sein, aber es gab keine Wälder mehr, die groß genug waren, um ein Leben als Einsiedler zu führen, und so war er hierhergekommen, in dieses menschenleere Labyrinth unter der Erde, um seinen Frieden zu finden.

»Warum tust du das?«, fragte sie plötzlich.

Nagelschmidt sah sie fragend an. »Was?«

»Das alles.« Thirteen deutete auf die Platzwunde in seinem Gesicht. Sie hatte aufgehört zu bluten, aber sie war tiefer und sicher sehr viel schmerzhafter, als sie bisher angenommen hatte. »Du riskierst dein Leben für mich. Dabei bin ich im Grunde doch eine Wildfremde für dich. Du kennst mich doch kaum.«

»Ich tue es nicht für dich«, antwortete Nagelschmidt. »Ich meine: Ich tue es natürlich für dich, aber nicht für dich persönlich. Verstehst du?«

»Ja«, sagte Thirteen und schüttelte den Kopf.

Nagelschmidt lächelte. »Ich habe immer gehofft, dass jemand wie du kommt«, sagte er. »Jemand, der die Macht hat, es zu beenden.«

»Und das ist dir dein eigenes Leben wert?«, fragte Thirteen. »Warum?«

»Vielleicht aus Sühne«, antwortete Nagelschmidt mit unerwarteter Ernsthaftigkeit. »Ich habe so viel Schuld auf mich geladen, dass mein Leben auch dann nicht mehr zählt, wenn ich die Möglichkeit habe, ein bisschen davon wiedergutzumachen.«

»Aber es war nicht *deine* Schuld!«, protestierte Thirteen.

»Ich habe es getan, das allein ist wichtig.«

»Nein«, beharrte Thirteen. Warum bestand Nagelschmidt nur darauf, die Schuld für etwas auf sich zu nehmen, wofür er absolut nichts konnte? »Was du getan hast, während deine Seele im Haus gefangen war, das zählt eben nicht. Du konntest nicht anders handeln.«

»Wenn du das wirklich glaubst, dann dürftest du auch Stefan und Beate nicht böse sein«, antwortete Nagelschmidt. »Und den anderen auch nicht.«

Dieses Argument verblüffte Thirteen im ersten Moment so sehr, dass sie keine Antwort fand – obwohl es doch eigentlich auf der Hand lag. Dann sagte sie: »Das bin ich auch nicht.«

Erst als sie sich selbst diese Worte sagen hörte, wurde ihr klar, dass sie tatsächlich der Wahrheit entsprachen. Sie war nicht wirklich zornig auf Beate, Helen, Peter und die anderen. Nicht einmal auf Stefan. Sie fürchtete sie und sie hasste sie für das, was sie ihr und Frank angetan hatten, aber diese Gefühle galten eigentlich nicht ihnen selbst, sondern dem, was sie waren; genauer gesagt dem, wozu das Haus sie gemacht hatte. Wenn sie an Helen, Stefan und all die anderen dachte, dann sah sie nicht die Kinder und Erwachsenen vor sich, denen sie im Agnesheim und anderswo begegnet war, sondern vielmehr die, auf die sie im Haus ihres Großvaters gestoßen war. Und sie hatte keine Sekunde lang Wuschs Worte vergessen. Das, was ihr hier draußen begegnet war, diese kalten, seelenlosen Maschinen-Menschen, das existierte in jedem von ihnen. In Frank, in Frau Mörser, selbst in ihr. Gut und Böse ließen sich nicht voneinander trennen.

Sie war sehr nachdenklich geworden, und es verging eine geraume Weile, in der sie einfach schweigend nebeneinander hergingen. Dann sagte Nagelschmidt unvermittelt: »Du hast dich wirklich um mich gesorgt, nicht?«

»Natürlich!«, antwortete Thirteen.

»Und deine Freunde?«

»Du *gehörst* zu meinen Freunden«, sagte Thirteen heftig.

Nagelschmidt lächelte. »Deine *anderen* Freunde.«

»Ich kann schon auf mich aufpassen«, krächzte Wusch. »Das ist das kleinste Problem. Viel schwieriger ist es, auch noch auf diese großen, schwerhörigen Tölpel aufzupassen, die –«

»Ich fürchte, keine zehn Pferde könnten Frank abhalten, mich zu begleiten«, fiel ihr Thirteen ins Wort.

»Und sie?« Nagelschmidt machte eine Kopfbewegung nach hinten. Thirteen musste sich nicht herumdrehen, um zu wissen, dass er auf Frau Mörser gedeutet hatte. »Du solltest ihr die Wahrheit sagen.«

»Welche *Wahrheit?*«, fragte Thirteen verständnislos.

»Ich dachte, du wüsstest es«, sagte Nagelschmidt. »Sie sucht etwas, was sie nicht finden wird.«

»Wenn wir Erfolg haben, vielleicht doch«, antwortete Thirteen. »Ich weiß ja selbst nicht, wie, aber … aber wenn wir die anderen befreien können …«

»… wird sie ihre Tochter trotzdem nicht zurückbekommen«, führte Nagelschmidt den Satz zu Ende. »Nicht die Beate, die sie verloren hat. Im Haus bist du der Seele eines Kindes begegnet, und die Beate, die hier draußen lebt, ist eine Erwachsene ohne Seele.«

»Aber wir können beides wieder vereinen!«, protestierte Thirteen. »Wie bei dir.«

»Es wird eine andere Beate sein«, sagte Nagelschmidt ruhig. »Nicht die, die sie verloren hat. Auch ich kam als ein anderer wieder aus dem Haus heraus als der, der hineingegangen ist.«

Thirteen erschauerte sichtbar. »Du meinst, sie … sie werden alle so sein, wie … wie …«

»Wie ich?« Nagelschmidt lächelte verzeihend. »Sprich es ruhig aus. Ein komischer alter Kauz, der in der Kanalisation lebt und Katzenfutter isst.«

»Das meine ich nicht«, sagte Thirteen hastig – obwohl sie in Wahrheit ganz genau das gemeint hatte. Und Nagelschmidt wusste es auch.

»Aber es ist die Wahrheit«, fuhr er fort. »Es macht mir nichts aus. Ich weiß, was die Leute über mich denken und sagen. Es stört mich nicht. Ich weiß nicht, ob sie alle so sein werden wie ich. Aber sie werden *anders* sein. Die Menschen, die in das Haus hineingegangen sind, existieren nicht mehr.«

»Und warum dann das alles?«, fragte Thirteen. »Wozu all diese Mühen und Gefahren, wenn wir sie ja doch nicht retten können?«

»Damit es aufhört, Thirteen«, antwortete Nagelschmidt ernst. »Es muss endlich ein Ende haben. Auf welche Art und Weise auch immer.«

Wie Nagelschmidt gesagt hatte, handelte es sich bei dem Abwassersystem tatsächlich um ein gewaltiges Labyrinth, das sich unter der gesamten Stadt dahinzog; wirklich eine Art Stadt unter der Stadt. Hatten sie am Anfang noch das Gefühl gehabt, über eine unterirdische Autobahn zu laufen, die manchmal tatsächlich so breit war, dass bequem zwei Lastwagen darauf hätten fahren können, so verengten sich die Stollen mehr und mehr, bis sie schließlich hintereinander durch ein kaum noch zwei Meter messendes Betonrohr wateten, das zu allem Überfluss auch noch fast wadenhoch mit eiskaltem, übel riechendem Wasser gefüllt war.

Noch etwas kam dazu – sie waren nicht allein. Am Anfang waren es nur Geräusche: ein fast unmerkliches Huschen und Trippeln in der Dunkelheit; ein Schatten, der sich bewegte; das Glitzern eines verirrten Lichtstrahles auf winzigen, dunklen Augen…

Ratten!

Nagelschmidt hatte es ihnen zwar gesagt, aber Thirteen schrak trotzdem zusammen, als ihr die Ursache der Laute klar wurde. Die Ratten kamen ihnen niemals wirklich nahe, aber allein die Vorstellung, sich sozusagen inmitten einer ganzen Armee der pelzigen Nager zu befinden, ohne sie auch nur zu sehen, jagte ihr einen eisigen Schauer über den Rücken. Sie war mehr als erleichtert, als Nagelschmidt endlich stehen blieb und auf eine Reihe rostiger Metallsprossen deutete, die neben ihm in die Höhe führten.

»Wir sind da«, sagte er. Der Blick, den er mit Thirteen tauschte, sagte allerdings noch mehr. Auch wenn sie auf das Thema nicht weiter eingegangen waren, so war das Gespräch von vorhin doch noch längst nicht erledigt. Thirteen deutete ein Nicken mit den Augen an und wandte sich zu Frau Mörser um, während Frank bereits die Sprossen hinaufzuklettern begann.

»Ich möchte Ihnen noch einmal danken, dass Sie so viel für uns getan haben«, sagte sie. »Sobald das alles hier … vorbei ist, möchte ich es wiedergutmachen.«

Frau Mörser sah sie vollkommen verständnislos an. Hinter ihr in der Dunkelheit raschelte etwas, aber darauf achtete Thirteen nicht. »Was soll das heißen?«

Thirteen deutete auf Nagelschmidt, der am Fuße der Treppe

stand, aber scheinbar wieder in dumpfes Brüten versunken war. »Er führt Sie zurück«, sagte sie. »Sie können ruhig auf der Straße gehen oder einen Wagen anhalten. Jetzt, wo wir nicht mehr bei Ihnen sind, wird niemand auf Sie achten.«

Auf Frau Mörsers Gesicht machte sich langsam so etwas wie Begreifen breit und sie schüttelte heftig den Kopf.

»Du glaubst doch wohl nicht im Ernst, dass ich dir jetzt einen schönen Tag wünsche und nach Hause gehe«, sagte sie. »Kommt nicht infrage.«

»Sie können nicht weiter mitkommen«, sagte Thirteen, aber Frau Mörser unterbrach sie sofort und in scharfem Ton:

»Wir haben die Geschichte zusammen angefangen und wir werden sie zusammen zu Ende bringen.«

Thirteen seufzte. Sie ahnte, dass sie Frau Mörser nicht dazu bewegen würde, zurückzubleiben – aber sie konnte sie auch nicht weiter mitnehmen. Die Stimme aus dem Radio hatte an Deutlichkeit nichts zu wünschen übrig gelassen. Es konnte gut sein, dass ihr Abenteuer tödlich endete. Und das vielleicht schon in den nächsten zehn Minuten.

»Worauf wartet ihr eigentlich?«, drang Franks Stimme aus dem Schacht heraus. »Ich kriege den Deckel nicht allein auf!«

»Wir werden Ihre Tochter nicht zurückbringen können«, sagte Thirteen leise. »Es tut mir leid, aber ich fürchte, dass nichts und niemand Ihnen Beate zurückbringen kann. Selbst wenn wir die gefangenen Seelen befreien, wird sie … anders sein als die Beate, an die Sie sich erinnern.«

Frau Mörser sah sie einige Sekunden lang wortlos an. Ein Ausdruck von Trauer erschien in ihren Augen, der Thirteen schier das Herz brach. Aber ihre Stimme war fest, als sie antwortete. »Glaubst du denn, das wüsste ich nicht? Ich weiß, dass ich meine Tochter verloren habe. Für immer. Aber ich bin es ihr schuldig, sie zu befreien. Ganz egal, was sie hinterher sein wird – es kann nicht so schlimm sein wie das, was sie jetzt ist. Ich komme mit.«

Thirteen wollte widersprechen, obwohl sie gar nicht wusste, was sie sagen sollte, doch sie kam nicht mehr dazu. Die Bewegung in der Dunkelheit hinter ihnen hatte nicht aufgehört und das Rascheln, Trippeln und Rumoren war in den letzten Augenblicken immer lauter geworden. Plötzlich schoss ein geflügelter Schatten in rasendem Tempo auf sie zu und segelte so dicht über Frau Mörser hinweg, dass diese erschrocken den Kopf einzog.

»Lauft!«, kreischte Wusch. *»Sie kommen! Lauft um euer Leben!«*

Thirteen sah der Flederratte eine Sekunde lang mit offenem Mund hinterher, drehte sich dann in die Richtung, aus der Wusch gekommen war –

und stieß einen entsetzten Schrei aus.

Die Schwärze hinter Frau Mörser war lebendig geworden. Durch das Rohr wälzte sich eine brodelnde, pelzige, pfeifende Flut heran, die nur aus struppigem, braunem Fell und Krallen und Zähnen zu bestehen schien. Ratten. Es mussten Tausende sein, wenn nicht Hunderttausende, die rasend schnell herankamen!

»Schnell!«, schrie Frank. »Kommt raus!«

Seine Aufforderung war höchst überflüssig. Frau Mörser war bereits herumgefahren und kletterte die Eisensprossen hinauf, und auch Nagelschmidt hatte seine gewohnte Behäbigkeit schlagartig vergessen und turnte behände hinter ihr her.

Thirteen war die Letzte, die die Leiter erreichte; im buchstäblich allerletzten Moment. Die Ratten kamen mit erschreckender Schnelligkeit heran. Und an ihnen war nichts Scheues oder gar Friedfertiges mehr. Thirteen spürte den Zorn und Hass, den die wimmelnden braunen Tiere verströmten, mit fast körperlicher Intensität. Diese Ratten waren nicht gekommen, um sie zu erschrecken oder bloß zu verjagen. Sie waren gekommen, um sie zu töten.

Sie überwand das letzte Stück mit einem verzweifelten Satz, klammerte sich an den rostigen Sprossen fest und zog blitzschnell die Beine an. Keine Sekunde zu früh. Unter ihr schoss eine brodelnde braune Flutwelle dahin und einige Ratten versuchten, in die Höhe zu springen und nach ihr zu schnappen.

Eine schaffte es.

Thirteen schrie vor Schmerz auf, als sich rasiermesserscharfe Zähne in ihre Wade gruben. Verzweifelt schlenkerte sie das Bein hin und her, um die Ratte abzuschütteln, erreichte damit aber nur, dass sich das kleine Tier noch tiefer in ihre Wade verbiss. Es tat unglaublich weh; so sehr, dass sie um ein Haar ihren Halt losgelassen hätte und rücklings in die Tiefe gefallen wäre.

Gerade als sie glaubte, es nicht mehr aushalten zu können, schoss Wusch wie ein lebender Pfeil aus der Höhe herab, stürzte sich auf die Ratte und brach ihr mit einem einzigen Biss das Genick. Das Tier stürzte leblos auf seine Artgenossen hinab und Thirteen beobachtete voller Entsetzen, wie es von den anderen Ratten in Stücke gerissen und auf der Stelle aufgefressen wurde. Eine Sekunde später und ihr wäre dasselbe Schicksal zuteilgeworden.

»Danke«, sagte sie mit zusammengebissenen Zähnen, weil ihr der Schmerz die Tränen in die Augen trieb. Die an sich winzige Verletzung in ihrer Wade brannte wie Feuer. Sie spürte, wie warmes Blut an ihrem Bein herablief.

»Bedank dich später«, antwortete Wusch. »Jetzt beeil dich lieber. Ihr seid noch lange nicht in Sicherheit!«

Ein einziger Blick in die Tiefe bestätigte ihre Behauptung. Die Rattenarmee war weiter angeschwollen und mittlerweile so gewaltig, dass sie zu beiden Seiten an den Wänden des Stollens emporzuwachsen begann. Und aus der Dunkelheit dahinter quollen immer noch mehr und mehr Ratten. Fliegen waren beileibe nicht das Schlimmste, was ihr Gegner auf Lager hatte. So schnell sie konnte, kletterte sie weiter. Über ihr mühten sich Nagelschmidt und Frank, den zentnerschweren Kanaldeckel hochzustemmen, unter dem die Sprossen endeten.

»Ich denke, die Ratten sind so harmlos?«, fragte Frank, während er sich mit aller Kraft gegen den Deckel stemmte.

»Ich verstehe das auch nicht«, antwortete Nagelschmidt. Seine Stimme klang gepresst und sein Gesicht war ganz rot vor Anstrengung. »Sie haben mir nie etwas getan in all diesen Jahren! Wir müssen ihrem Nest zu nahe gekommen sein!«

Der Deckel löste sich mit einem schweren saugenden Geräusch, und Frank und Nagelschmidt versetzten ihm mit vereinten Kräften noch einen Schubs, der ihn in die Höhe und dann zur Seite kippen ließ. Hintereinander kletterten sie aus dem Schacht und ließen sich erschöpft daneben im Gras zu Boden sinken.

»Das war knapp«, sagte Frau Mörser. Sie lächelte gequält. »So viel zu deinem Vorschlag, zurückzubleiben.«

»Es hätte schlimmer kommen können«, sagte Frank. Er schüttelte sich. »Allmählich wird unser gespenstischer Freund echt ruppig. Ich glaube, ich muss ein ernstes Wörtchen mit ihm reden.«

Niemand lachte. Aber nach einigen Augenblicken sagte Wusch: »Das Haus hat sie nicht geschickt.«

Nicht nur Frank sah verblüfft drein. »Was soll das heißen?«

»Was es heißt«, antwortete Wusch patzig. »Es hat sie nicht geschickt. Seine Kraft reicht noch nicht aus, um uns wieder anzugreifen. Aber bald. Euch bleibt nicht mehr sehr viel Zeit. Davon einmal abgesehen: Ich habe einen meiner Brüder getötet, um euch zu retten. Ich möchte nicht, dass es umsonst gewesen ist.«

Während Frank und Nagelschmidt mit vereinten Kräften den Kanaldeckel wieder an seinen Platz wuchteten, sah sich Thirteen aufmerksam um. Sie waren zwischen wild wuchernden Büschen und kniehohem Unkraut herausgekommen, aber durch das wuchernde Grün hindurch erkannte sie auch die Straße und auf der anderen Seite die Mauer, die das Grundstück ihres Großvaters umgab. Nagelschmidt hatte sie tatsächlich so nahe an das Haus herangeführt, wie es nur ging. Thirteen bahnte sich mühsam einen Weg durch das Gestrüpp und wollte schon auf die Straße hinaustreten, als Frau Mörser sie rasch am Arm ergriff, den Kopf schüttelte und mit der freien Hand nach links deutete. Thirteens Blick folgte der Geste, aber sie sah nichts Auffälliges; abgesehen vielleicht von einem weißen VW-Golf, der unweit des Tores vor der Mauer stand. »Was ist los?«, fragte sie.

»Der Wagen«, antwortete Frau Mörser. »Es ist mein Wagen.«

Thirteen runzelte überrascht die Stirn. »Sind Sie sicher? Ich meine: Weiße Golfs muss es zu Hunderten geben …«

»Wohl eher zu Tausenden«, verbesserte sie Frau Mörser. »Aber ich kenne mein eigenes Auto.«

Nagelschmidt und Frank langten bei ihnen an, und zumindest Frank musste einen Teil ihres Gesprächs mit angehört haben, denn er knüpfte an Thirteens Frage an. »Aber wie kommt er hierher? Wir haben ihn doch vor der Fabrik stehen gelassen.«

»Das ist nicht die Frage«, sagte Thirteen düster. »Die Frage ist eher: *Wer sitzt drin?*«

Aber eigentlich wusste sie die Antwort. Nach allem, was sie in Beates Gegenwart besprochen hatten, war es für sie und Stefan wirklich nicht schwer zu erraten gewesen, wohin sie gehen würden …

»Die gehören garantiert zu Beate und Stefan«, sagte Frank düster. Er schüttelte den Kopf. »Ich frage mich nur, warum sie mit einem geklauten Auto hier auftauchen, statt uns einfach die Polizei auf den Hals zu hetzen …«

»Vielleicht müssten sie dann zu viele Fragen beantworten«, sagte Nagelschmidt. Frank blickte ihn fragend an und Nagelschmidt fuhr nach einer kurzen Pause fort. »Ich habe einmal dazugehört, vergiss das nicht. Sie sind sehr mächtig, aber ein Großteil ihrer Macht beruht darauf, dass sie im Verborgenen wirken.«

»Wieso?«

»Weil dies nun einmal das Wesen der Macht ist«, antwortete Nagelschmidt. »Ein Feind, den man kennt, ist angreifbar. Aber wie willst du einen Gegner bekämpfen, von dessen Existenz du nicht einmal etwas weißt?«

Thirteen seufzte. »Wenn ihr damit fertig seid, die großen philosophischen Fragen unseres Jahrhunderts zu diskutieren, dann könntet ihr ja vielleicht einmal darüber nachdenken, wie wir an den Typen da vorbeikommen.«

»So schwer kann das doch nicht sein«, sagte Frank großspurig. »Soweit ich erkennen kann, sind es nur zwei.«

»Ach?«, sagte Thirteen spitz. »Und was schlägst du vor? Sollen wir sie erschießen?«

Frank wollte antworten, aber Frau Mörser brachte ihn mit einer energischen Handbewegung zum Schweigen. »Für solchen Unsinn ist jetzt wirklich keine Zeit«, sagte sie. Sie deutete auf den Wagen. »Wo zwei von denen sind, sind die anderen wahrscheinlich auch nicht mehr weit. Wir müssen irgendwie an ihnen vorbeikommen. *Ohne* dass sie uns bemerken.«

»So schwer kann das doch nicht sein«, wiederholte Frank. Er trat einen halben Schritt vor, wobei er darauf achtete, die Deckung des Gebüsches nicht zu verlassen, sah rasch nach rechts und links und dann zum weißen Golf und dem schmiedeeisernen Tor in der Mauer hinüber. »Wenn wir sie ein paar Sekunden lang ablenken könnten ...«

»Das kann ich übernehmen«, sagte Wusch. Sie plusterte sich auf und machte ein grimmiges Gesicht. »Braucht ihr sie lebend oder ist es nur wichtig, dass genug von ihnen übrig bleibt, um sie zu identifizieren?«

Noch vor zehn Minuten hätte Thirteen über die großspurigen Worte der Flederratte gelacht. Aber seit sie erlebt hatte, wie blitzschnell und mühelos Wusch die Ratte getötet hatte, sah sie ihre kleine geflügelte Freundin mit anderen Augen.

»Lass diesen Unsinn, Wusch«, sagte sie streng. »Es reicht, wenn du ihnen einen gehörigen Schrecken einjagst. Mehr nicht!«

Wusch warf ihr einen schrägen Blick zu, aber sie sagte nichts, sondern schwang sich in die Höhe und war einen Moment später verschwunden.

Thirteen und die anderen traten wieder ein paar Schritte zurück und bewegten sich hinter den Gebüschen auf das Tor und den daneben geparkten Wagen zu. Als sie sich auf gleicher Höhe mit ihm befanden, näherten sie sich wieder dem Straßenrand, blieben aber noch im Schutz der wuchernden Äste.

»Wusch!«, sagte Thirteen. »Worauf wartest du?«

Sie konnten die Flederratte nirgends entdecken, aber Thirteen vertraute auf das überscharfe Gehör Wuschs. Zweifellos konnte sie selbst ein geflüstertes Wort auch dann noch verstehen, wenn sie hundert Meter entfernt war. Jetzt aber war von der Flederratte nichts zu hören und zu sehen – aber dafür vernahm Thirteen etwas anderes. Bisher hatte sie das leise Knacken und Rascheln, das sie begleitete, für das Geräusch ihrer eigenen Schritte gehalten. Aber es hörte nicht auf, nachdem sie stehen geblieben waren. Es war ein beständiges Knistern und Rascheln ringsum, das von einer vagen, aber anhaltenden Bewegung im Gebüsch begleitet wurde.

Sie begegnete Franks Blick. »Du hörst es auch, nicht?«, murmelte er.

Thirteen deutete ein Nicken an und konzentrierte sich dann wieder auf Frau Mörsers weißen Golf. Die beiden Männer, die darin saßen, schienen ihre Aufgabe nicht besonders ernst zu nehmen. Es war auch nicht nötig. So, wie der Wagen geparkt war, konnte nicht einmal eine Maus an ihm vorbei und durch das Tor huschen, ohne von seinen Insassen bemerkt zu werden.

Frau Mörser berührte sie am Arm und deutete nach oben. Direkt aus der Sonne heraus näherte sich ein winziger schwarzer Punkt. Er bewegte sich sehr schnell, sodass sich Thirteen erschrocken fragte, ob Wusch den Wagen vielleicht im Sturzflug rammen wollte. Im allerletzten Moment erst breitete die Flederratte die Schwingen aus, fing ihren Sturz so ab und landete mit einem hörbaren Plumps auf dem Dach des Golfs. Die beiden Männer fuhren erschrocken hoch und sahen sich nach allen Seiten um. Wusch blieb einen Moment reglos sitzen, richtete sich dann auf und trippelte über das Dach bis zum offenen Fenster auf der Fahrerseite. Sie krallte sich mit den Hinterläufen an dem schmalen Regenfalz darüber fest, breitete die Schwingen aus und ließ sich dann nach vorne kippen, sodass sie kopfunter vor dem offenen Fenster hing und genau in das vollkommen verblüffte Gesicht des Fahrers blickte. Dann sagte sie laut und deutlich:

»Guten Tag, meine Herren.«

Der Mann hinter dem Steuer erstarrte zur Salzsäule, aber sein Kollege auf dem Beifahrersitz stieß einen gellenden Schrei aus und sprang entsetzt in die Höhe. Dummerweise hatte er vergessen, dass er sich in einem geschlossenen Wagen befand. Er knallte so heftig mit dem Kopf gegen das Wagendach, dass selbst Thirteen auf der anderen Straßenseite das Gesicht verzog, und fiel dann stöhnend wieder in seinen Sitz zurück.

Endlich überwand der Mann hinter dem Steuer seine Überraschung. Er fuhr herum, griff blitzschnell zu und zerrte Wusch zu sich herein.

Das hätte er besser nicht getan.

In dem Wagen brach jetzt die Hölle los. Hinter den Scheiben waren plötzlich nur noch Schatten und wirbelnde Bewegung. Der ganze Wagen begann zu wackeln. Eines der hinteren Fenster zerbrach und Fetzen der Polsterung flogen heraus. Schließlich gelang es dem Fahrer irgendwie, den Motor zu starten. Der Golf setzte sich mit durchdrehenden Reifen in Bewegung und schoss quietschend und schaukelnd davon.

Frank starrte ihm mit aufgerissenen Augen und offenem Mund nach. »Das ... das nennt sie *unauffällig?*«, keuchte er. »Dieses Vieh ist ja total übergeschnappt!«

Thirteen ging nicht darauf ein. »Schnell«, sagte sie, »bevor sie zurückkommen!«

Sie überquerten die Straße und liefen zum Tor. Es war nicht verschlossen, klemmte aber, sodass sich Frank und Nagelschmidt mit vereinten Kräften dagegenstemmen mussten, um es aufzubekommen. Während sie es taten, sah sich Thirteen nervös um. Der Wagen war am Ende der Straße verschwunden, und irgendetwas sagte ihr, dass er so schnell auch nicht zurückkehren würde. Sie wollte sich schon wieder herumdrehen, als sie eine Bewegung auf der anderen Straßenseite gewahrte; ungefähr dort, wo sie selbst gerade das Gebüsch verlassen hatte.

Für eine Sekunde teilte sich das Unterholz und ein spitzes, von braunem Fell bedecktes Gesicht blickte zu ihnen heraus. Ein Paar dunkler Knopfaugen musterte Thirteen mit einer Mischung aus Hass und fast menschlicher Neugier. Dann zog sich die Ratte wieder in den Schutz der Büsche zurück.

Thirteen verspürte ein eiskaltes Schaudern. Es war nur eine Ratte, die ganz bestimmt nicht zu denen gehörte, denen sie im

Kanal begegnet waren. Und trotzdem wusste sie einfach, dass dieses Tier nicht durch Zufall hier aufgetaucht war.

»Worauf wartest du?«

Franks Stimme riss sie jäh in die Wirklichkeit zurück. Thirteen fuhr herum und folgte hastig ihm und den beiden anderen. Nachdem sie als Letzte durch das Tor geschlüpft war, schloss Frank das Gitter wieder. Thirteen sah sich nervös um. Vor ihnen lag der verwilderte Garten ihres Großvaters, aber er kam ihr plötzlich viel unwirklicher und düsterer vor als bisher. Die ersten Male, als sie hier gewesen war, hatte sie der Dschungel aus ineinandergewachsenen Baumästen und Büschen und die Vorstellung, sich darin zu verirren, erschreckt. Jetzt war es mehr. Sie hatte das Gefühl – nein, sie *wusste* –, dass in dieser schier undurchdringlichen Wildnis etwas auf sie und die anderen lauerte. Etwas Unsichtbares und Tödliches.

Sie war nicht die Einzige, der es so erging. Frank schüttelte sich und auch auf Frau Mörsers Gesicht erschien ein angespannter Ausdruck. »Bleibt dicht zusammen«, sagte sie leise. »Irgendetwas gefällt mir hier nicht!«

»Wir sind ihm sehr nahe«, stimmte ihr Nagelschmidt zu. »Ich … kann es spüren.« Seine Stimme zitterte und es war ein Ton darin, der Thirteen bewog, noch einmal stehen zu bleiben und sich direkt an ihn zu wenden.

»Du musst nicht mitkommen«, sagte sie. »Du hast mir sehr geholfen, aber jetzt komme ich schon allein zurecht.«

»Das bezweifle ich«, antwortete Nagelschmidt. »Außerdem ist es längst zu spät für mich, umzukehren. Und du täuschst dich. Das hier geht nicht nur dich etwas an. Ich habe auch eine Rechnung mit diesem … Ding *offen*. Und das schon länger als du.«

»Es könnte dich töten«, sagte Thirteen ernst.

»Es *wird* mich töten«, verbesserte sie Nagelschmidt betont. Er lächelte. »Bitte entschuldige, wenn ich ein bisschen theatralisch werde, aber ich fürchte, dass du immer noch nicht richtig verstanden hast, was hier geschieht. Wir können nicht mehr zurück. Keiner von uns. Wir werden entweder alle sterben oder dieses *Ding* vernichten.« Und damit wandte er sich um und trat so schnell in das wuchernde Dickicht hinein, dass sie ihm hastig folgen mussten, um nicht den Anschluss zu verlieren. Das Gestrüpp nahm sie auf wie ein lebender Tunnel. Obwohl die Sonne von einem wolkenlosen Himmel schien, war es hier drinnen so dunkel, dass Thirteen die anderen nur als Schatten wahrnehmen konnte, und der Boden schien eine unwirkliche Kälte auszustrahlen, die weniger ihren Körper als vielmehr ihre Seelen zu streifen schien. Es war die Nähe des Hauses, die sie spürte. Ganz anders als das erste Mal, als sie hier gewesen war, spürte sie die Anwesenheit seines bösen Geistes jetzt ganz deutlich.

Etwas raschelte hinter ihr. Thirteen fuhr erschrocken herum und hätte beinahe aufgeschrien, als sie einen Schatten auf sich zufliegen sah. Dann erkannte sie, dass es Wusch war.

»Worauf wartet ihr?«, keifte die Flederratte. »Beeilt euch! Es beginnt zu erwachen! Ihr habt nicht mehr viel Zeit!«

Sie rannten los. Wusch jagte dicht über ihre Köpfe hinweg, wobei sie ihnen ununterbrochen zuschrie sich zu beeilen, aber Thirteen hatte plötzlich das furchtbare Gefühl, dass sie es trotz allem nicht schaffen würden.

Sie hatte recht.

Es war wie vorhin, als sie die furchtbare Stimme aus dem Radio hörten, und danach noch einmal, als die Baumaschinen zu so schrecklichem Leben erwachten. *Etwas* geschah. Sie konnte fast körperlich spüren, wie die Wirklichkeit ein Stück zur Seite glitt und die Welt ein bisschen düsterer und kälter wurde, und dann war es, als spaltete ein gezackter schwarzer Blitz den Himmel.

Die Realität zerbrach.

Thirteen stolperte hinter Frank und den beiden anderen aus dem Gestrüpp heraus, und vor ihnen hätte jetzt eigentlich der verwachsene Teich und das Haus liegen müssen, aber alles, was sie sah, war ein brodelndes silberweißes Chaos, das sich ständig bog und verzerrte, hin und her wand und auf und ab hüpfte, sodass ihr schon vom bloßen Hinsehen beinahe schwindelig wurde. Sie sah das Haus und seine Umgebung, als wären sie nur ein Spiegelbild auf kochendem Quecksilber, und plötzlich zogen sich Hunderte und Aberhunderte von Rissen durch dieses Bild. Von einer Sekunde auf die andere kam Sturm auf, der wie mit unsichtbaren Fäusten auf sie einschlug, und die Luft war plötzlich so kalt, dass es fast wehtat zu atmen, und tausend winzige Messerklingen in ihre bloße Haut zu schneiden schienen.

Thirteen schrie vor Schmerz und Schrecken auf, taumelte zurück und hob schützend die Hände vor das Gesicht. Sie sah aus den Augenwinkeln, wie Wusch von einer Sturmböe ergriffen und einfach davongewirbelt wurde, dann traf auch sie ein so heftiger Windstoß, dass sie sich nicht mehr auf den Beinen halten konnte und hilflos in das Gebüsch hineinfiel.

Es war, als wäre sie in Glas gestürzt. Die Äste und Blätter waren zu Eis erstarrt, das unter ihrem Aufprall zu Millionen von Splittern zerbrach. Plötzlich war die Luft voller Schnee, wirbelnd und so rasend schnell, dass ihr Haar und ihre Kleider bereits weiß glitzerten, noch bevor sie ganz zu Boden stürzte. Ein infernalisches Heulen und Brüllen erfüllte ihre Ohren und die Erde unter ihr erzitterte.

Thirteen drehte sich mühsam herum, stemmte sich auf Hände und Knie hoch und wischte sich mit dem Unterarm den Schnee aus den Augen. Sie konnte trotzdem kaum mehr sehen als zuvor. Rings um sie herum tobte ein unvorstellbarer Schneesturm, dessen Heulen jeden anderen Laut verschluckte. Das Haus wogte, zitterte und bebte noch immer, aber die zahllosen Risse in dem unheimlichen Bild waren breiter geworden und begannen sich hier und da zu dunklen, formlosen Flecken zu vereinen. Auch der Himmel über ihnen war nicht mehr da. Die Sonne war erloschen und es gab keine Wolken, keinen Horizont, überhaupt keine Unterschiede mehr, sondern nur eine endlose schwarze Fläche; wie ein Nachthimmel ohne Sterne.

Endlich entdeckte sie Frank und die anderen in dem tobenden weißen Chaos. Sie mussten sich Schritt für Schritt mühsam erkämpfen, denn der Sturm nahm immer noch an Gewalt zu, und die Temperaturen schienen noch mehr zu fallen. Frank schrie ihr etwas zu, aber das Heulen des Sturmes verschluckte seine Worte. Sie sah nur, wie sich seine Lippen bewegten, ohne irgendeinen

Laut zu hören. Aber er gestikulierte heftig mit beiden Händen, sodass sich Thirteen hastig wieder herumdrehte und zum Haus zurücksah.

Der Anblick ließ sie vor Schrecken aufschreien.

Das Schneetreiben war so dicht geworden, dass sie das Haus kaum noch erkennen konnte, aber inmitten des weißen Wirbelns bewegte sich eine Anzahl schwarzer Punkte, die so rasend schnell näher kamen, als wären sie gegen das Toben des Sturmes vollkommen immun. Zuerst glaubte Thirteen Fledermäuse zu erkennen, aber sie waren mindestens zehnmal größer als Wusch und ungefähr hundertmal hässlicher. Und es war nicht das erste Mal, dass Thirteen diese Geschöpfe erblickte.

Es waren Flederratten. Dieselben Monster, denen sie im Haus ihres Großvaters schon einmal begegnet war!

Der Anblick lähmte sie so sehr, dass sie einfach reglos stehen blieb und den heranjagenden Ungeheuern entgegensah, und vermutlich wäre sie schon dem ersten Angriff zum Opfer gefallen, hätte sich nicht Frank mit weit ausgebreiteten Armen auf sie gestürzt und sie zu Boden gerissen.

Die angreifende Flederratte verfehlte sie um Haaresbreite. Die nächste nicht.

Thirteen war durch den Schnee gerollt und richtete sich wieder auf die Knie hoch, als ein weiteres lederflügeliges Ungeheuer herangejagt kam. Thirteen erstarrte innerlich schier vor Entsetzen, als sie sah, *wie* groß die Bestie war. Sie sah nicht etwa aus wie Wuschs großer Bruder. Sie sah aus wie ihr übelster Albtraum.

Der Körper der Flederratte war so groß wie der eines ausgewachsenen Pudels, und die ausgebreiteten Schwingen mochten die Spannweite eines Adlers erreichen. Wo Wusch winzige, nadelspitze Krallen an den Hinterpfoten hatte, da blitzten bei diesem Monster gebogene, rasiermesserscharfe Klauen wie geschliffene Dolche, und das Gebiss hätte sogar einem Schäferhund Angst eingejagt.

Thirteen reagierte im letzten Augenblick und wich dem zuschnappenden Gebiss aus, aber die Flederratte prallte wie eine lebende Kanonenkugel gegen ihre Schulter und fegte sie zu Boden. Auch Frank stürzte, sprang aber sofort wieder hoch und versetzte dem fliegenden Monster einen Faustschlag. Mehr zornig als wirklich getroffen schwankte die Flederratte zur Seite, zog mit der Flügelspitze eine hochstiebende Spur in den Schnee und schwang sich dann wieder in die Luft. Einen Augenblick später fielen gleich drei der geflügelten Monster über Frank her und warfen ihn zu Boden. Sofort sprangen Thirteen, Nagelschmidt und auch Frau Mörser zu ihm. Mit vereinten Kräften gelang es ihnen, die Flederratten in die Flucht zu schlagen, doch obwohl der Überfall nur wenige Augenblicke gedauert hatte, bot Frank einen schrecklichen Anblick. Seine Kleider waren zerfetzt und sein Gesicht und seine Hände waren mit Kratzspuren übersät und bluteten.

»Was ist das?«, schrie Frau Mörser über das Toben des Schneesturmes hinweg. »Um Himmels willen, was geschieht hier?!«

Der Sturm war mittlerweile beinahe zu einem Orkan geworden und der Schnee jagte waagrecht heran, sodass Thirteen das Gefühl hatte, mit Millionen winziger spitzer Nadeln bombardiert zu werden. Sie richtete sich auf und versuchte mit aller Kraft, weiter auf das Haus zuzugehen, aber es gelang ihr nicht.

Schräg gegen den Sturm gestemmt, taumelte sie rückwärts wieder in das Gestrüpp hinein, das unter ihren Schritten zerbarst wie Glas. Den anderen erging es nicht besser. Der Sturm prügelte sie regelrecht in das verfilzte Unterholz hinein, und als wäre all dies noch nicht genug, kehrten nun auch die Flederratten zurück.

Thirteen duckte sich und hob beide Hände über den Kopf, als messerscharfe Klauen nach ihrem Haar und ihrem Gesicht schnappten. Ein Schlag mit einer der gewaltigen schwarzen Schwingen schleuderte sie zu Boden, doch die Flederratten setzten ihr sofort nach und schlugen mit Klauen und Zähnen nach ihr. Sie rollte sich zusammen, zog die Knie an den Körper und versuchte das Gesicht zwischen den Händen zu verbergen, aber es nutzte nichts: Die Flederratten stießen immer heftiger auf sie herab und attackierten sie mit Klauen, Zähnen und Flügeln, und diesmal war niemand da, der ihr zu Hilfe kam, denn auch Frank,

Frau Mörser und Nagelschmidt wurden von den gewaltigen fliegenden Bestien angegriffen.

»Thirteen! Hierher!«

Die Stimme ging fast im Heulen des Sturmes unter, sodass sie nicht sicher war, ob sie sie tatsächlich hörte oder sie sich nur einbildete. Aber dann vernahm sie sie wieder und Thirteen hob mühsam den Kopf und sah zum Haus zurück. Hinter den tobenden Schneemassen war es nur noch als verschwommener Umriss zu erkennen. Trotzdem sah sie, dass sich die Tür geöffnet hatte und eine hochgewachsene, dunkle Gestalt ins Freie getreten war.

Es war ihr Großvater. Er wagte es ganz offensichtlich nicht, ganz in den tobenden Sturm herauszutreten, gestikulierte aber wild mit beiden Armen in ihre Richtung und schrie dabei ununterbrochen ihren Namen.

Der Anblick gab Thirteen noch einmal neue Kraft. Mit einer verzweifelten Anstrengung stemmte sie sich in die Höhe, schlug mit beiden Armen um sich und verschaffte sich auf diese Weise für einen Augenblick Luft. Sie machte einen Schritt auf das Haus zu und dann noch einen und noch einen, und mit jedem Schritt, den sie tat, schien das Heulen des Sturmes noch wütender zu werden.

Ganz plötzlich wurde ihr klar, was hier wirklich geschah. Sie hatten sich geirrt. Es war keine Falle, in die sie blind hineingestolpert waren: Das Haus bot verzweifelt jedes bisschen seiner düsteren Macht auf, um sie von sich fernzuhalten! Und das konnte nur bedeuten, dass es Angst vor ihr hatte, wahrscheinlich sogar noch viel mehr, als sie bisher geglaubt hatte.

»Kommt hierher!«, schrie ihr Großvater. *»Hier drinnen seid ihr in Sicherheit! Im Haus kann es euch nichts tun!«*

Thirteen erriet die Worte mehr, als sie sie verstand – sie wusste einfach, dass es so war. Hier draußen war ihnen der Tod gewiss. Wenn der Sturm sie nicht umbrachte, dann würden es die Flederratten tun.

Auch die anderen hatten sich ihrer Angreifer für den Moment entledigt und waren aufgestanden. Die Flederratten attackierten sie weiter, doch ihren Angriffen fehlte plötzlich die mörderische

Entschlossenheit, die sie bisher ausgezeichnet hatte. Statt ihre Opfer mit Zähnen und Klauen zu bearbeiten, wie sie es gerade noch getan hatten, stießen sie nun nur im Tiefflug auf sie herab und versuchten sie mit den Flügeln zu treffen, wagten es aber nicht mehr, sich wirklich auf sie zu stürzen. Vielleicht lag es an der Gegenwart ihres Großvaters, vielleicht hatte es auch andere Gründe, gleich wie – sie hatten vielleicht doch noch eine Chance, mit dem Leben davonzukommen. Thirteen biss die Zähne zusammen, bot noch einmal alle Kraft auf, die sie in sich fand, und kämpfte sich Schritt für Schritt auf das Haus zu.

Trotzdem fiel sie immer weiter zurück. Es war, als ob der Sturm sich nun mit all seiner Macht auf sie konzentrierte. Sie kam nun so langsam voran, dass Frank und die beiden anderen sie bald überholten und als Erste das Haus erreichten. Ihr Großvater streckte die Hand aus, zerrte zuerst Frau Mörser und dann Nagelschmidt und als Letzten Frank an sich vorbei durch die Tür und klammerte sich dann mit der Linken am Türrahmen fest, während er sich vorbeugte und den rechten Arm in Thirteens Richtung ausstreckte.

Thirteen war noch fünf Meter vom Haus entfernt, dann noch drei, zwei … Ihre Hände griffen nach der ihres Großvaters, und sie sah, wie sich seine Lippen bewegten, als er ihr etwas zuschrie, konnte aber die Worte wegen des Brüllen des Sturmes nicht hören.

Gerade als ihre Finger die ihres Großvaters zu berühren schienen, senkte sich ein gewaltiger Schatten auf sie herab und zerfiel zu vier einzelnen struppigen Umrissen, und Thirteen fühlte sich gepackt und in die Höhe gehoben.

Die Kraft der Flederratten reichte nicht aus, sie weiter als zwanzig oder dreißig Zentimeter anzuheben, aber sie zerrten sie auf diese Weise wieder ein gutes Stück von der Tür weg. Thirteen schlug und trat verzweifelt um sich, konnte sich aber nicht befreien. Aus den Augenwinkeln sah sie, wie ihr Großvater plötzlich herumfuhr, ins Haus zurückrannte und die Tür hinter sich zuwarf.

Endlich gelang es ihr, den rechten Arm loszureißen und der Flederratte, die sie hielt, gleichzeitig einen wuchtigen Fausthieb zu versetzen. Das Geschöpf torkelte kreischend davon, und die Kraft der drei anderen reichte nicht aus, um ihr Gewicht zu halten. Thirteen stürzte zu Boden, fiel auf die Knie und sprang sofort wieder auf.

Eine Sturmböe traf sie mit solcher Gewalt, dass sie sich beinahe in der Luft überschlug, ehe sie abermals stürzte. Diesmal blieb sie einen Moment lang benommen liegen. Etwas Dunkles, verlockend Warmes stieg aus der Tiefe ihrer Gedanken empor, aber Thirteen wusste, dass sie wahrscheinlich nie wieder erwachen würde, wenn sie dieser Versuchung nachgab. Mühsam stemmte sie sich in die Höhe, blinzelte in den Sturm und versuchte sich an die Richtung zu erinnern, in der das Haus lag. Sehen konnte sie es nicht mehr. Sie war in einem weißen, tobenden Chaos gefangen, hinter dem alles verschwand, das weiter als anderthalb oder zwei Meter entfernt war.

Und aus allen Richtungen stürmten Flederratten auf sie ein.

Thirteen keuchte vor Schmerz, als das erste Tier sie erreichte und seine Zähne tief in ihren Oberarm grub. Sie schüttelte es ab und versetzte ihm einen Faustschlag, der es mit weit ausgebreiteten Flügeln in den Schnee stürzen und liegen bleiben ließ, aber sofort war eine zweite Flederratte heran, die versuchte, ihr mit den Krallen das Gesicht zu zerreißen. Thirteen wehrte auch diesen Angreifer ab, sah sich aber sofort einer weiteren geflügelten Bestie gegenüber. Und noch einer und noch einer. Es war aussichtslos. Sie stolperte noch ein paar Schritte weit, fiel auf die Knie und hatte nicht mehr die Kraft, sich wieder in die Höhe zu stemmen. Hilflos hob sie die Hände, um wenigstens ihr Gesicht vor den Zähnen und Krallen der Flederratten zu schützen.

Plötzlich teilte sich der Sturm und eine riesenhafte Gestalt wuchs über ihr empor. Es war ihr Großvater – aber wie hatte er sich verändert!

Trotz seiner gewohnten Kleidung – kariertes Hemd und Jeans – schien er sich in einen nordischen Krieger verwandelt zu haben. Der Sturm ließ sein langes graues Haar hinter ihm wehen und in seinem Bart glitzerten Eiskristalle. Statt mit Schild und

Schwert war er mit einem abgebrochenen Tischbein und einem Mülleimerdeckel aus Blech bewaffnet, aber das tat seiner imposanten Erscheinung keinerlei Abbruch, denn er handhabte seine improvisierten Waffen mit einer Meisterschaft, auf die jeder wirkliche Ritter neidisch gewesen wäre. Mit einem einzigen gewaltigen Schlag fegte er gleich drei der Flederratten aus der Luft, riss gleichzeitig seinen Schild in die Höhe und wehrte damit den Angriff eines vierten Ungeheuers ab.

Für einen Moment schienen die Bestien unentschlossen, auf welchen ihrer beiden Gegner sie sich nun stürzen sollten, und das verschaffte ihrem Großvater einen Vorteil. Er stürmte heran, schwang seinen Knüppel und erledigte auf diese Weise zwei, drei weitere Flederratten, ehe sie auch nur wussten, wie ihnen geschah.

»*Thirteen!*«, schrie er. »*Zu mir!*«

Mühsam stemmte sich Thirteen in die Höhe und taumelte an seine Seite. Ihr Großvater schlug weiter mit ungebrochener Kraft nach den Flederratten, und jeder seiner Hiebe kostete einem der Ungeheuer das Leben. Der Weg, den sie nahmen, wurde bald von einer Spur reglos daliegender schwarzer Kadaver markiert. Aber die Zahl der Flederratten schien kein Ende zu haben. Für jedes der schwarzen Ungeheuer, das ihr Großvater erschlug, schienen zwei neue aus dem Sturm aufzutauchen. Auch ihr Großvater blutete bald aus einem halben Dutzend hässlicher Schnitt- und Bisswunden und sein Hemd hing in Fetzen.

Und schließlich kam es, wie es kommen musste: Ihr Großvater erschlug eine weitere Flederratte mit seinem Knüppel und schmetterte ein zweites Tier mit dem Mülleimerdeckel aus der Luft, aber in derselben Sekunde stürzte sich eine dritte geflügelte Bestie von hinten auf ihn, grub ihre Zähne in seinen Nacken und die messerscharfen Klauen in seine Schultern. Thirteens Großvater schrie auf, ließ seine Waffen fallen und griff hinter sich, um das Ungeheuer abzuschütteln. Er handelte sich einen furchtbaren Biss an der rechten Hand ein, aber die Bestie blieb, wo sie war, und schlug nun auch noch mit den Schwingen auf ihn ein. Ihr Großvater fiel auf die Knie und krümmte sich vor Schmerz.

Endlich überwand Thirteen ihre Starre. Mit dem Mut der Verzweiflung warf sie sich vor, umschlang die Flederratte mit beiden Armen und wollte so ihren Großvater von ihr befreien. Es war, als versuche sie mit bloßen Händen einen Baum auszureißen, aber dann, ganz plötzlich, ließ die Flederratte los. Thirteen stolperte zurück und fiel in den Schnee, ohne ihren Würgegriff um den Hals des Monsters zu lockern, während ihr Großvater nach vorne kippte und stöhnend auf die Seite rollte.

Thirteen hätte ihm gerne geholfen, aber sie konnte es nicht. Sie hatte beide Arme voll Gestalt gewordener Wut, die mit schier unvorstellbarer Kraft um sich schlug und biss. Trotzdem registrierte sie, dass dieses Tier das allerletzte war. Aus dem Sturm kamen keine weiteren Flederratten mehr. Ihr Großvater hatte offenbar alle anderen erschlagen.

Aber das nutzte ihr nichts. Ohne ihren Großvater war sie auch diesem einen Tier nicht gewachsen. Noch umklammerte sie es mit aller Kraft, sodass die tödlichen Klauen und Zähne ins Leere schnappten, aber sie würde es nicht mehr lange halten können. Das Ungeheuer schlug immer heftiger mit den Flügeln –

und riss sich mit einem jähen Ruck los.

Thirteen rappelte sich hastig hoch und kroch auf Händen und Knien zu ihrem Großvater hinüber. Ihr Herz machte einen entsetzten Sprung in ihrer Brust, als sie sah, wie schwer ihr Großvater verletzt war. Der Schnee unter ihm färbte sich dunkel von seinem Blut, und sein Gesicht war eine glitzernde Maske aus Schnee und Eiskristallen. Aber er war bei Bewusstsein. Seine Augen standen offen und er versuchte etwas zu sagen. Thirteen verstand jedoch nur Fetzen von seinen Worten; den Rest verschluckte der Sturm.

»… dich in Sicherheit … nicht um mich …«

Thirteen schüttelte heftig den Kopf. »Ich lasse dich bestimmt nicht hier!«, sagte sie entschlossen. »Los! Zusammen schaffen wir es!«

Sie wollte die Hände nach ihrem Großvater ausstrecken, aber er wehrte mühsam ab. »Kümmere dich nicht um mich!«, sagte er. »Was mit mir geschieht, spielt keine Rolle mehr! Der Fluch muss gebrochen werden! Es ist genug!«

Offenbar sprach er im Fieber. Thirteen achtete jedenfalls nicht darauf, sondern kniete entschlossen neben ihm nieder, schob die Hände unter seine Achseln und versuchte ihn hochzuheben.

Natürlich schaffte sie es nicht. Und selbst wenn sie kräftig genug gewesen wäre, ihren Großvater zu tragen, hätte es wohl nichts genutzt, denn sie hatte die Flederratte vergessen. Diese *sie* nicht.

Thirteen sah einen Schatten über sich, zog instinktiv den Kopf zwischen die Schultern und stürzte hilflos nach vorne, als sie ein furchtbarer Schlag genau zwischen die Schulterblätter traf.

Der knöchelhohe Schnee nahm dem Aufprall die schlimmste Wucht, aber sie schlitterte trotzdem ein Stück davon und war im ersten Moment blind, weil ihr der Schnee die Augen verklebte. Hustend und heftig atmend kam sie wieder hoch, fuhr herum und hielt nach ihrem Großvater Ausschau. Er lag wenige Meter entfernt auf der Seite und tastete mit der rechten Hand durch den Schnee; vermutlich suchte er seine Waffe.

Aber sie sah auch noch mehr. Der Sturm musste nachgelassen haben, denn sie konnte jetzt wieder das Haus erkennen. Sie waren nur wenige Schritte davon entfernt. Die Tür stand einen Spaltbreit offen und hinter den Fenstern brannte Licht; sie konnte Schatten erkennen, die sich bewegten. Frank und die beiden anderen mussten doch sehen, in welcher Situation sie sich befanden! Wieso kamen sie nicht heraus, um ihr zu helfen? Die Flederratte raste schon wieder heran, kaum einen Meter über dem Boden und mit scheinbar gemächlich schlagenden Flügeln, aber trotzdem mit entsetzlicher Schnelligkeit. Thirteen kam sie in diesem Moment wie der Drache aus einem bösen Märchen vor. Ihr Rachen war weit aufgerissen. Die nadelspitzen Zähne blitzten wie Dolche und in den Augen loderte eine unstillbare Mordlust.

Einen Sekundenbruchteil bevor das Tier heran war, schoss eine zehnmal kleinere Ausgabe desselben Geschöpfes schräg von oben auf sie herab, traf sie wie eine lebende Kanonenkugel zwischen Kopf und Schultern und schmetterte sie regelrecht in den Schnee hinab.

Wusch keifte und schrie, als hätte sie den Verstand verloren.

Mit Zähnen, Klauen und Flügeln prügelte sie auf die Flederratte ein, die benommen im Schnee lag. Thirteen war klar, dass Wusch die riesige Flederratte nur ein paar Sekunden lang in Schach halten konnte. Sobald die Bestie ihre Überraschung überwunden hatte, war es um Wusch geschehen.

Als hätte die Flederratte ihre Gedanken gelesen, richtete sie sich mit einem Ruck auf und schüttelte Wusch einfach ab. Sie fuhr mit einem wütenden Zischen herum und hätte Wusch wahrscheinlich entzweigebissen, hätte Thirteen ihr nicht in diesem Moment einen Tritt verpasst, der sie zur Seite schleuderte. Sofort setzte sie ihr nach, faltete die Hände und schmetterte sie dem Monster mit aller Kraft gegen den Schädel.

Sie hatte das Gefühl, sich beide Hände verstaucht zu haben; aber die Wirkung war gleich null. Die Flederratte stieß nur einen zornigen Pfiff aus, versetzte Thirteen einen Hieb mit dem Flügel, der sie nach hinten stürzen ließ, und warf sich sofort wieder auf Wusch. Das viel kleinere Tier verschwand unter einer Woge aus schwarzem Fell und nass glänzendem Leder, und alles, was Thirteen noch vernahm, waren ihre spitzen Pfiffe, die sich zuerst entsetzt, aber dann plötzlich nur noch kläglich anhörten.

Die Angst um ihre geflügelte Freundin ließ Thirteen für einen Moment sogar die Gefahr vergessen, in der sie sich selbst befand. Sie sprang hoch, warf sich auf die Flederratte und schlug mit beiden Fäusten auf sie ein.

Das Ungeheuer brüllte, versetzte ihr einen Schlag mit den Flügeln und schnappte blitzschnell zu. Ihre Zähne gruben sich tief in Thirteens Fußgelenk. Sie kreischte vor Schmerz, fiel auf die Seite und versuchte nach der Flederratte zu schlagen, aber nicht einmal mehr dazu reichten ihre Kräfte. Ihr wurde übel. Dann, endlich, ließen die Zähne ihren Knöchel los. Der Schmerz ließ zwar nicht nach, aber sie konnte sich wenigstens wieder bewegen. Wimmernd, das verletzte Bein wie eine leblose Last hinter sich herziehend, kroch sie rücklings durch den Schnee davon.

Ihr war immer noch übel. Vor ihren Augen wogten rote Schleier und sie spürte, dass sie gleich das Bewusstsein verlieren würde. Die

Flederratte richtete sich auf und kam mit weit ausgebreiteten Flügeln auf sie zu, und diesmal hatte Thirteen nicht mehr die Kraft, sich zu wehren. Es war zu Ende. Sie hatte diesen Kampf gewollt und war nun dabei, ihn zu verlieren. Plötzlich wuchs ein gewaltiger Schatten hinter der Flederratte empor. Wie ein Rachegott stand ihr Großvater da. Seine Kleider hingen in Fetzen und er war über und über mit Blut beschmiert, aber er schwang seinen Knüppel trotzdem mit aller Gewalt. Mit einem einzigen furchtbaren Schlag tötete er die Flederratte. Dann ließ er seinen Knüppel fallen, taumelte auf Thirteen zu und sank neben ihr auf die Knie.

»Kannst du gehen?«, fragte er schwer atmend.

Thirteen konnte nicht einmal antworten. Sie schüttelte den Kopf und musste dabei die Zähne zusammenbeißen, um nicht vor Schmerz aufzuschreien. Ihr Großvater seufzte und machte dann Anstalten, sie auf die Arme zu nehmen.

»Wusch«, presste Thirteen zwischen zusammengebissenen Zähnen hervor. »Was ist mit Wusch?«

Ihr Großvater starrte sie verblüfft an. Aber nach einer Sekunde drehte er sich tatsächlich herum, beugte sich vor und hob Wusch mit beiden Händen hoch.

Thirteen fuhr erschrocken zusammen, als sie sah, in welch bemitleidenswertem Zustand sich die kleine Flederratte befand. Sie hing wie leblos in den Händen ihres Großvaters. Ihr Fell war völlig zerfetzt und einer ihrer Flügel war zerrissen.

»Nein!«, murmelte sie. »Wusch! Sie ist –«

»Sie lebt«, unterbrach sie ihr Großvater. »Keine Angst. Es hat sie übel erwischt, aber ich denke, sie wird es überstehen. Diese kleinen Biester sind zäh.« Er faltete Wuschs Flügel behutsam um ihren Körper zusammen, knöpfte sein Hemd ein kleines Stückchen weiter auf und schob die Flederratte darunter. Dann beugte er sich abermals zu Thirteen hinab.

Aber er kam auch jetzt nicht dazu, sie hochzuheben, denn in diesem Moment geschah etwas Unheimliches –

der Sturm erlosch.

Er hörte nicht etwa auf, sondern war von einem Augenblick

zum anderen einfach nicht mehr da, und mit ihm verschwanden der Schnee und die Kälte, aber auch der Garten und die toten Flederratten, einfach alles. Plötzlich gab es nur noch Thirteen, ihren Großvater, Wusch und das Haus.

Aber es war nicht mehr das Haus, das sie kannte. Sie konnte nur die Umrisse erkennen und nichts daran hatte sich verändert und trotzdem war es auf eine unsagbar grässliche Weise *anders* geworden; *böser, düsterer. Höllischer.*

Vielleicht sah sie das Haus jetzt zum ersten Mal so, wie es *wirklich war.* Nicht als Teil ihrer Welt, nicht als ein seltsames, vielleicht etwas unheimliches Gebäude, sondern als ein düsteres, dräuendes Etwas, das in den tiefsten Abgründen der Hölle geschmiedet worden war.

Und dann sah sie den Herrn des Hauses.

Die Tür öffnete sich und hinter ihr war jetzt keine Dunkelheit mehr, sondern ein loderndes, blutrotes Licht, so grell, dass es ihr sofort die Tränen in die Augen trieb und einen wütenden Schmerz tief in ihrem Schädel hervorrief.

Trotzdem war sie nicht imstande, den Blick von diesem furchtbaren Licht zu wenden, denn die Tür war nicht leer. Eine dunkle, schattenhafte Gestalt erschien darin. Sie war gigantisch und in einen schwarzen, wehenden Umhang gehüllt. Etwas unbeschreiblich BÖSES ging von dieser Gestalt aus. Thirteen konnte sie nur als Umriss erkennen und nicht einmal das wirklich, weil ihre Konturen sich in dem grellen Licht wie in leuchtender Säure aufzulösen schienen.

NEIN!

Die Stimme des Unheimlichen rollte wie Donner über sie hinweg. Thirteen hielt sich entsetzt die Ohren zu, aber es nutzte nichts. Die fürchterliche Stimme füllte die gesamte Welt aus.

KOMMT NICHT NÄHER ODER ICH VERNICHTE EUCH BEIDE!

Thirteen krümmte sich unter den Worten wie unter Fausthieben, aber ihr Großvater tat genau das Gegenteil dessen, was der Unheimliche gesagt hatte: Er beugte sich herab, lud Thirteen auf beide Arme und richtete sich mit einer unglaublich kraftvollen Bewegung wieder auf. Plötzlich schien er wirklich nicht mehr ihr Großvater zu sein, sondern sich nun tatsächlich in das verwandelt zu haben, womit sie ihn schon einmal verglichen hatte: in einen Ritter in einer schimmernden Rüstung aus Eis, der gekommen war, um sie aus höchster Not zu erretten.

So rasch und mühelos, als spüre er ihr Gewicht auf den Armen gar nicht, drehte er sich herum und ging auf das Haus zu.

Thirteens Herz begann vor Entsetzen zu hämmern. Obwohl ihr jede Bewegung schier unerträgliche Mühe bereitete und auch ihr Bein immer schlimmer wehtat, drehte sie den Kopf und sah zum Haus hin, darauf gefasst, die furchtbare Schattengestalt zu erblicken, die unter der Tür stand und sie und ihren Großvater mit einer einzigen zornigen Bewegung vernichten würde, weil sie ihre Warnung nicht beachtet hatten.

Sie war nicht mehr da. Auch das unheimliche Höllenlicht

auf beide Arme und richtete sich mit einer unglaublich kraftvollen Bewegung wieder auf. Plötzlich war es nicht mehr ihr Großvater. Sie konnte sein Gesicht erkennen, seinen Körper und jedes noch so winzige Detail an ihm, aber sonderbarerweise nur, solange sie ihn direkt ansah. Wandte sie auch nur für den Bruchteil einer Sekunde den Blick, schien die Erinnerung sofort aus ihrem Gedächtnis zu verschwinden, als wäre er niemals wirklich da gewesen, sondern nur ein Trugbild.

Es war der Schattenmann aus dem Flugzeug, der ihr das Leben gerettet hatte, als Volkner mit dem Messer auf sie losgegangen war. Später hatte er ihr noch einmal geholfen, in Frau Mörsers Büro, als er aus dem Nichts erschien, um sie zu warnen, aber dann hatte sie ihn einfach vergessen. Und niemals – niemals! – hätte sie ihn mit ihrem Großvater in Verbindung gebracht, denn ihr Großvater schien bei dieser ganzen unheimlichen Geschichte wohl doch eher zur Gegenseite zu gehören statt zu denen, die ihr halfen.

war verschwunden. Die Tür war wieder eine ganz normale Tür, und auch das Haus hatte seine düstere Ausstrahlung verloren. Plötzlich war auch der Himmel wieder da, das Tageslicht und auch der Garten. Was immer ihr Großvater getan hatte – die Welt war wieder so, wie sie sein sollte. Ihr Großvater begann zu taumeln, während sie sich dem Haus näherten. Obwohl Thirteen selbst nur noch mit Mühe gegen die Ohnmacht ankämpfen konnte, spürte sie doch auch, wie die Kräfte des alten Mannes immer rascher nachließen. Aus dem Haus kam immer noch niemand, um ihnen zu helfen.

Irgendwie schafften sie es trotzdem. Ihr Großvater sank kraftlos gegen den Türrahmen und blieb zwei, drei Sekunden lang stehen, um noch einmal neue Energien zu gewinnen, dann machte er einen letzten, torkelnden Schritt, der ihn vollends in das Haus hineintrug, fiel auf ein Knie herab und sank dann stöhnend nach vorne.

Thirteen rutschte von seinen Armen und rollte ein Stück über den hölzernen Fußboden

Wenn er ihr half!

Plötzlich war sich Thirteen nicht mehr sicher, ob sie wirklich gerettet war, denn die höllische Gestalt stand immer noch unter der Tür, als sich der Schattenmann herumdrehte und auf das Haus zuzugehen begann. Sie wollte sich aufbäumen, seinen Griff sprengen und sich losreißen, aber ihre Kraft reichte nicht einmal aus, um den Arm zu heben.

NICHT WEITER! dröhnte die unheimliche Stimme. ES WIRD EUER BEIDER VERDERBEN SEIN, WENN IHR WEITERGEHT! ICH WARNE EUCH! FORDERT MICH NICHT HERAUS!

Der Schattenmann ging unbeirrbar weiter, und irgendwie fand Thirteen doch noch die Kraft, den Kopf zu drehen und sich umzusehen.

Fast wünschte sie sich, es nicht getan zu haben.

Es gab nichts mehr, was sie sehen konnte. Der Garten, die Mauer, der Himmel – die ganze Welt! – waren einfach verschwunden. Es gab nur noch sie, den Schattenmann und die unheimliche Gestalt unter der Tür, und ganz plötzlich begriff davon. Die unheimliche Gestalt war verschwunden, aber die Gefahr war noch nicht vorbei.

Mühsam hob sie den Blick und sah sich um. Alles verschwamm vor ihren Augen, als betrachte sie die Wirklichkeit durch einen Zerrspiegel, der sich noch dazu in ununterbrochener Bewegung befand. Die drei anderen waren da, aber auch mit ihnen stimmte etwas nicht. Frau Mörser stand wie versteinert neben der Tür und starrte ihren Großvater an, und Nagelschmidt stand mit leerem Blick neben ihr. Alle Kraft schien aus ihm gewichen.

Am meisten erschreckte sie Franks Anblick. Er lag verkrümmt auf dem Boden, nur ein kleines Stück neben der Tür, und stöhnte leise. Er hatte beide Hände vor das Gesicht geschlagen und zwischen seinen Fingern lief Blut hervor.

Dann hörte sie ein Geräusch hinter sich. Sie wandte den Kopf, und hätte sie noch die Kraft dazu gehabt, dann hätte sie aufgeschrien, als sie die beiden Gestalten erkannte, die auf sie zutraten.

Die Kleinere von ihnen war sie einen Teil des Geheimnisses, das dieses Haus umgab: Sie sah, was hinter seinen Mauern lag.

Das absolute Nichts.

Das war es, was sie gefunden hätten, hätten sie damals tatsächlich das Dach und den Weg auf die andere Seite erreicht.

Es gab keine andere Seite.

NEIN! dröhnte die Stimme des Unheimlichen. KOMMT NICHT NÄHER! ICH LASSE ES NICHT ZU!

Der Schattenmann ging unbeirrbar weiter, trat auf den Unheimlichen zu –

und durch ihn hindurch. Thirteen schrie vor Qual auf. Es dauerte vielleicht nur den millionsten Teil einer Sekunde, und doch war es beinahe mehr, als sie ertragen konnte. Ein Hauch der Hölle selbst streifte ihre Seele und verbrannte etwas in ihr. Es tat nicht auf die Art, die sie kannte, weh, sondern es war eine vollkommen neue Art von Pein, wie sie vielleicht noch kein lebender Mensch auf der Welt vor ihr verspürt hatte. Thirteen wand sich in höllischer Qual. Sie bekam nicht einmal richtig mit,

Beate, Frau Mörsers Tochter. Sie stand einfach nur da und sah wortlos auf Thirteen herab.

Der andere war Stefan. Er schüttelte seine rechte Hand, die allmählich anzuschwellen begann, aber wenn sie wehtat, so schien ihn der Schmerz nicht besonders zu stören, denn er grinste breit und hässlich.

»Na, das war ja eine tolle Vorstellung, die ihr zwei da gegeben habt«, sagte er. »Wirklich, nicht schlecht. Aber ihr habt euch verdammt viel Zeit damit gelassen, hierherzukommen.«

Thirteen wollte antworten, aber sie kam nicht mehr dazu. Sie verlor – endlich – das Bewusstsein.

wie der Schattenmann mit ihr das Haus betrat, niederkniete und sie auf den Boden legte.

Aber sie war auch keineswegs überrascht, als sich ihr Blick klärte und sie sah, wo sie war. Der Schattenmann stand über ihr und sah sehr ernst auf sie herab, seine Stimme und seine Worte, die er sprach, erfüllten ihren ganzen Körper.

»Ruh dich aus«, sagte er. »Du wirst jedes bisschen Kraft brauchen bei dem, was vor dir liegt, und ich werde dir nicht mehr helfen können. Nutze deine Chance gut – du wirst nur diese eine bekommen. Und vergiss nie: Der Fluch muss gebrochen werden!«

Thirteen wollte antworten, aber sie kam nicht mehr dazu. Sie verlor – endlich – das Bewusstsein.

11

Die nächsten vier oder fünf Tage kamen ihr nicht nur im Nachhinein wie ein Albtraum vor – sie waren es. Sie hatte keine klare Erinnerung daran, wie sie aus dem Haus ihres Großvaters herausgebracht worden war, aber woran sie sich sehr deutlich erinnerte, das war ihre tiefe Verwunderung über die Umgebung, in der sie wieder erwachte: in dem Zimmer im Agnesheim, in dem sie schon einmal gewesen war. Dabei hatte sie damit gerechnet, ins Krankenhaus gebracht zu werden.

Ihre Glieder waren schwer wie Blei und ihr rechter Fuß fühlte sich taub an. Mit mühsamen, kleinen Bewegungen stemmte sie sich auf die Ellbogen hoch, sah an sich herab und schlug die Bettdecke zur Seite. Ihr rechtes Bein war bis dicht unter das Knie eingegipst, und als sie versuchte den Fuß zu bewegen, wich das taube Gefühl schlagartig einem pochenden Schmerz, der nur ganz allmählich wieder verging.

Niedergeschlagen sah sie sich um. Das Zimmer hatte sich verändert. Es waren nur Kleinigkeiten, die aber insgesamt doch beunruhigend waren. Das Fenster war trotz der Gitterstäbe davor mit einem Vorhängeschloss gesichert, sodass es sich nicht mehr öffnen ließ. Auf dem kleinen Nachttischchen neben ihrem Bett stand ein ganzes Sammelsurium von Medikamentenröhrchen und -flaschen, und auf der anderen Seite entdeckte sie auf einem Stuhl einen Gegenstand, den man sonst tatsächlich nur in Krankenhäusern sah und dessen bloße Gegenwart sie schon peinlich berührte: eine Bettpfanne. Und noch etwas: Dicht neben ihrem Gesicht baumelte eine Schnur von der Decke, an der ein Klingelknopf befestigt war, ebenfalls wie in einem Krankenhaus.

Was sie erneut zu der Frage brachte, wieso sie hier war, in einem Kinderheim, statt im Krankenhaus, wohin sie eigentlich gehörte.

Natürlich kannte sie die Antwort: Ihre Gegner konnten es sich nicht leisten, sie irgendwohin zu bringen, wo sie mit Fremden reden konnte. Wahrscheinlich konnte sie noch von Glück sagen, dass Stefan sie nicht kurzerhand umgebracht hatte.

Eigentlich nur um zu sehen, was passierte, drückte sie den Klingelknopf. Im ersten Moment geschah gar nichts. Sie wollte den Knopf schon ein zweites Mal drücken, als sie Schritte hörte und einen Moment später das Geräusch eines Schlüssels im Schloss. Die Tür wurde geöffnet und ein bulliger, blonder Mann mit Stoppelhaarschnitt trat ein. Thirteen schätzte sein Alter auf Mitte dreißig und er trug einen Gesichtsausdruck zur Schau, als wäre er der Erfinder der Zahnschmerzen.

»Was?«, fragte er unfreundlich.

Thirteen blinzelte verwirrt. »Ich bin ... wach«, sagte sie zögernd.

»Das sehe ich«, antwortete der Blonde. »Wenn nicht, hättest du kaum den Klingelknopf drücken können. Was willst du?«

»Nichts«, murmelte Thirteen. Der Blonde hatte eine Art, die sie schon einschüchterte, wenn er einfach nur dastand, ohne etwas zu sagen. »Ich dachte nur, dass ... dass es vielleicht jemanden interessiert.«

»Kann ich mir nicht vorstellen«, sagte der Blonde. »Wenn du nichts willst, dann lass gefälligst die Finger von der Klingel.«

»Ich möchte Beate sprechen«, sagte Thirteen rasch, als er die Tür hinter sich schließen wollte.

Der Blonde überlegte einen Moment. Seinem Gesichtsausdruck nach zu schließen, schien ihm das weitere körperliche Schmerzen zu bereiten. Schließlich sagte er: »Wenn du Frau Mörser meinst, dann sage ich ihr Bescheid. Mal sehen, ob sie Zeit hat. Und gib gefälligst Ruhe, solange nichts anliegt. Ich kann Querulanten nicht ausstehen.«

Thirteen war erstaunt, dass ihm dieses komplizierte Wort so glatt von den Lippen kam, aber sie war klug genug, sich jede entsprechende Bemerkung zu verkneifen. Sie glaubte nicht, dass der Bursche besonders viel Humor hatte.

Frau Mörser – Beate – hatte ganz offensichtlich Zeit für sie, denn es vergingen nicht einmal fünf Minuten, bis die Tür wieder geöffnet wurde und sie in Begleitung des Dicken hereinkam. Auf ihrem Gesicht lag ein Ausdruck, den Thirteen bisher nur höchst selten an ihr gesehen hatte: ein Lächeln. Es wirkte sogar echt.

»Thirteen!«, sagte Beate erfreut. »Du bist wach! Wie schön! Wie fühlst du dich?«

»Ich warte draußen vor der Tür«, sagte der Blonde. »Rufen Sie mich, wenn sie renitent wird.«

Er zog die Tür hinter sich zu. Thirteen sah Beate fragend an. »Wo haben Sie den denn ausgegraben?«, fragte sie. »Auf der Geisterbahn?«

»Unterschätz ihn nicht«, antwortete Beate. »Roller spielt gern den Grobian, aber er ist in Wahrheit ein netter Kerl. Und alles andere als dumm.«

»Wer hat ihn für mich ausgesucht?«, fragte Thirteen. »Stefan?«

»Er ist unser Spezialist für … schwierige Fälle«, sagte Beate mit sonderbarer Betonung. »Aber das spielt jetzt keine Rolle. Ich bin jetzt hier. Wie geht es deinem Bein?«

»Deswegen wollte ich Sie gerade fragen.« Thirteen deutete missmutig auf ihren eingegipsten Fuß. Er tat nicht mehr weh, aber sie spürte das Gewicht des Gipsverbandes immer deutlicher. »Was ist damit?«

»Willst du die Wahrheit hören oder die offizielle Version?«

Diese unerwartete Offenheit überraschte Thirteen, sodass sie gar nichts zu antworten wusste. Überhaupt war irgendetwas an Beate … anders. Sie wirkte viel freundlicher, als Thirteen sie jemals erlebt hatte.

»Dein Knöchel ist gebrochen«, fuhr Beate fort. »Ziemlich kompliziert, fürchte ich.«

»Ist das jetzt die offizielle Version oder die Wahrheit?«, fragte Thirteen.

»Beides, fürchte ich.« Beate seufzte, schüttelte bedauernd den Kopf und ließ sich vorsichtig auf die Bettkante sinken. »Die offizielle Erklärung ist ein Hundebiss. Es ist ja allgemein bekannt, dass dein Großvater zwei scharfe Hunde hat.«

»Und die Wahrheit?«

»Die kennst du doch.«

»Sie geben es also zu?«, fragte Thirteen überrascht.

»Hier, in diesem Zimmer, ja«, antwortete Beate. »Und ehe du fragst: Niemand wird versuchen, dich davon abzuhalten, es jedem zu erzählen.«

Thirteen starrte sie verblüfft an. »Und … es ist Ihnen egal?!«

»Wenn du gerne in der Klapsmühle landen willst …« Beate zuckte mit den Schultern. »Niemand wird dir glauben.«

Thirteen verspürte ein kurzes, heftiges Aufwallen von Zorn. Aber sie sprach nichts von alledem aus, was ihr auf der Zunge lag. Beate hatte recht. Die Geschichte, die sie zu erzählen hatte, war so bizarr, dass ihr *niemand* glauben würde.

»Also habe ich verloren«, murmelte sie traurig.

»Was heißt ›verloren‹«, antwortete Beate. »Dir ist nichts weggenommen worden.«

»Mir nicht. Aber Ihnen und den anderen.«

Seltsamerweise antwortete Beate nicht sofort darauf, sondern starrte einen Moment lang an Thirteen vorbei ins Leere, und als sie weitersprach, klang ihre Stimme ein bisschen traurig.

»Vielleicht hast du sogar recht«, sagte sie. »Aber was geschehen ist, ist nun einmal geschehen. Und unser Schicksal ist nicht so schlimm, wie du zu glauben scheinst. Möglicherweise ist uns wirklich etwas genommen worden. Manchmal habe ich das Gefühl, dass da … eine Art Leere in mir ist. Aber wir haben auch etwas dafür bekommen. Erfolg. Gesundheit. Einfluss. Viele Menschen würden freiwillig ihre Seele verkaufen, um all dies zu erhalten.«

»So wie Stefan?«

»Stefan ist ein Sonderfall«, antwortete Beate ernst. »Er war schon immer schwierig, und ich glaube, dass er auch ohne den Einfluss des Hauses ein schlechter Mensch geworden wäre. Die Macht dieses Hauses kann nichts in einem Menschen wecken, was nicht schon in ihm ist. Wir werden gut auf Stefan achtgeben müssen. Ich fürchte, er wird uns allen noch große Schwierigkeiten bereiten. Nicht nur dir.«

»Und Sie nehmen das einfach so hin?«

»Es gibt Dinge, die kann man nicht ändern«, antwortete Beate. »Du machst dir anscheinend immer noch keine Vorstellung von der Macht, mit der du dich eingelassen hast.«

»Wissen Sie es denn?«

»Nein!« Beate schrie das Wort fast. »Und ich will es auch nicht wissen. Aber seine Macht ist unvorstellbar. Du hast sehr großes Glück, dass du überhaupt noch lebst, weißt du das?«

»Und die anderen?«

»Niemand ist ernsthaft zu Schaden gekommen«, antwortete Beate. Nach einem kurzen Zögern fügte sie hinzu: »Bis auf deinen Großvater.«

»Mein Großvater?« Thirteen fuhr so erschrocken hoch, dass ihr Fuß sich mit einem pochenden Schmerz zurückmeldete. »Was ist mit ihm?«

»Es geht ihm nicht gut«, antwortete Beate. »Er liegt im Krankenhaus. Aber es sind nicht die Verletzungen, die er davongetragen hat.«

»Was dann?«, fragte Thirteen.

»Es war einfach zu viel«, antwortete Beate. »Er ist ein alter Mann, der eine solche Anstrengung nicht so einfach wegsteckt.«

»Wird er … sterben?«, fragte Thirteen. Das Wort schien sich zu weigern, über ihre Lippen zu kommen.

»Vielleicht«, sagte Beate. »Er ist sehr alt. Irgendwann sterben wir alle.«

»Wie alt?«, fragte Thirteen. »Dreihundert Jahre? Vierhundert?«

»Das weiß niemand genau«, antwortete Beate. »Ich – glaube, nicht einmal mehr er selbst. Aber auch rein körperlich ist er ein alter Mann. Sicherlich über achtzig, wenn nicht neunzig Jahre alt. Der Chefarzt im Krankenhaus schätzt das jedenfalls.«

»Aber er war doch noch so rüstig!«, protestierte Thirteen.

»So etwas kommt vor«, sagte Beate. »Manche Menschen bleiben bis ins hohe Alter rüstig. Aber wenn der Zusammenbruch dann kommt, geht es meist sehr schnell.«

»Kann ich … ihn sehen?«, fragte Thirteen stockend.

»Ich glaube nicht, dass das gut wäre«, sagte Beate. »Er liegt im Koma. Der Arzt meint, er würde nicht wieder daraus erwachen.«

Das konnte nicht sein, dachte Thirteen. Das *durfte* nicht sein! Wenn ihr Großvater jetzt starb, dann wäre das genauso, als hätte sie ihn selbst umgebracht!

»Ich will ihn sehen«, beharrte Thirteen. »Ich muss, verstehen Sie doch!«

»Ich werde sehen, was ich tun kann«, antwortete Beate. »Aber ich verspreche dir nichts.«

»Warum *jetzt*?«, fragte Thirteen. Ihre Augen füllten sich mit Tränen, aber sie versuchte nicht dagegen anzukämpfen. »Er hat all diese Jahre gelebt! Und jetzt soll er sterben! Warum?«

»Vielleicht weil du gekommen bist«, antwortete Beate leise. Sie hob beruhigend die Hand. »Versteh mich nicht falsch. Es ist nicht deine Schuld. Das Alte muss dem Neuen weichen, das ist nun einmal der Lauf der Dinge. Vielleicht ist es auch bei deinem Großvater so. Es hat nur länger gedauert, das ist alles.«

Thirteen schwieg. Für ihren Geschmack benutzte Beate das Wort *vielleicht* ein bisschen zu oft. Aber möglicherweise wusste ja auch sie tatsächlich nicht mehr als Thirteen. Und sei es nur, weil sie gar nicht mehr wissen *wollte.*

»Was ist … mit den anderen?«, fragte sie.

»Meine Mutter ist wieder zu Hause«, antwortete Beate. »Es geht ihr gut. Aber bevor du fragst: Ich will nicht, dass du sie siehst. Wenigstens für eine Weile nicht. Die ganze Geschichte hat sie sehr mitgenommen.«

»Ach, und das ist meine Schuld?«, fragte Thirteen spitz.

»Es gibt kaum etwas Schlimmeres als enttäuschte Hoffnungen«, sagte Beate, ohne direkt auf ihren Vorwurf einzugehen. »Sie wird eine Weile brauchen, um darüber hinwegzukommen. Und das Gleiche gilt für Nagelschmidt. Der arme alte Mann ist vollkommen verwirrt, aber wir kümmern uns um ihn.

»Das kann ich mir lebhaft vorstellen«, sagte Thirteen.

Beate sah sie stirnrunzelnd an. »Wofür hältst du uns?«, fragte sie. »Für Unmenschen? Wir tun niemandem etwas zuleide.«

»Wenn es nicht unbedingt sein muss.« Thirteen verstand sich selbst nicht mehr. Beate war vielleicht nicht hierhergekommen, um Frieden zu schließen, aber auch nicht, um sie zu quälen. Dafür gab *sie* sich alle Mühe, einen Streit vom Zaun zu brechen. Warum eigentlich?

»Wir tun nichts, was uns keinen Nutzen brächte«, antwortete Beate, nun schon in merklich kühlerem Ton. »Sinnlose Grausamkeit nutzt keinem. Sie erweckt nur Aufmerksamkeit.«

»Das sieht Stefan anscheinend etwas anders«, sagte Thirteen böse.

»Es geht deinem Freund gut, wenn es das ist, worauf du hinauswillst«, sagte Beate.

»Aber ich nehme an, ich kann ihn nicht sehen?«

»Selbstverständlich kannst du das«, erwiderte Beate. »In ein paar Tagen. Vielleicht schon übermorgen.«

»Und warum nicht gleich?«

Beate deutete auf ihren eingegipsten Fuß. »Du kannst nicht laufen«, erinnerte sie. »Und ich kann ihn im Moment nicht hierherbringen.«

»Wieso nicht?«

»Es geht nicht«, antwortete Beate. »Dein Freund … wird zurzeit von der Polizei verhört.«

Thirteen dachte daran, wie sie Frank kennengelernt hatte. Sie schwieg.

»Keine Sorge, er ist kein Schwerverbrecher«, fuhr Beate fort. »Es sind nur ein paar Kleinigkeiten. Ich denke, ich kann sie geradebiegen. Schließlich verschafft mir meine Position hier schon gewisse Möglichkeiten. Mit ein bisschen Glück schaffe ich es, ihn in dieses Heim überstellen zu lassen. Dann könntet ihr euch jeden Tag sehen. Du musst nur noch ein wenig Geduld haben.«

»Warum tun Sie das?«, fragte Thirteen.

»Was?«

»Wieso sind Sie plötzlich so … *nett* zu mir?«

»Du traust mir nicht.« Beate seufzte. »Das kann ich verstehen. Du musst begreifen, dass wir nicht deine Feinde sind.«

»Nein – Sie haben nur versucht mich umzubringen.«

Der böse Spott in ihrer Stimme traf Beate sichtbar. »Das wollte ich niemals«, sagte sie ernst. »Die Dinge haben sich anders entwickelt, als wir wollten. Was geschehen ist, tut mir leid. Ehrlich.«

Sie stand auf, drehte sich langsam herum und trat ans Fenster. »Ich will ganz ehrlich zu dir sein, Thirteen. Wenn dein Großvater stirbt – und das ist wahrscheinlich –, dann ändert das alles.«

»Ich verstehe«, sagte Thirteen grimmig. »Ihr braucht mich.«

»Und du uns. Auch wenn du das jetzt wahrscheinlich noch nicht begreifst.«

»*Sie* begreifen nicht«, antwortete Thirteen. »Ich bin die letzte Verwandte meines Großvaters. Außer mir gibt es niemanden mehr.«

»Das stimmt.«

»Und das heißt, dass *ich* das Haus erben werde.«

»Und alles andere auch«, sagte Beate.

»Ich werde es niederreißen lassen«, sagte Thirteen. »Ich werde mir denselben Bagger besorgen, der mich beinahe platt gewalzt hätte, und dieses Höllenhaus höchstpersönlich dem Erdboden gleichmachen!«

Beate drehte sich vom Fenster weg, verschränkte die Arme vor der Brust und sah mit einem sonderbaren Lächeln auf sie herab. »Das kannst du nicht«, sagte sie.

»Wetten, dass?«

Beate schüttelte den Kopf. »Du bist noch nicht volljährig. Das Vermögen deines Großvaters wird einem Treuhänder übergeben werden, der es bis zu deinem achtzehnten Geburtstag für dich verwaltet. Kannst du dir denken, wer dieser Treuhänder sein wird?«

»Und?«, fragte Thirteen. »Dann warte ich eben fünf Jahre! Darauf kommt es jetzt auch nicht mehr an!«

»Du verstehst immer noch nicht«, sagte Beate. »Selbst wenn du das Haus zerstören könntest, wirst du es nicht tun.«

»Ach! Und wieso nicht?«

»Weil du mich und Stefan und Helen und all die anderen damit umbringen würdest«, antwortete Beate. »Zerstöre das Haus und du tötest unsere Seelen. Wir würden alle zugrunde gehen.«

»Ihre Seele ist doch sowieso schon verloren!«

»Aber sie lebt. Ich bin sicher, dass nur beides zusammen existieren kann. Vernichte das eine und auch das andere stirbt.«

»Und wenn Sie sich irren?«, sagte Thirteen heftig.

»Das ist nicht die Frage«, sagte Beate kühl. »Die Frage ist, was ist, wenn ich recht habe? Du hättest unser aller Leben auf dem Gewissen. Dieses Risiko wirst du nicht eingehen.«

Das Schlimme war, dass sie damit vollkommen recht hatte. Thirteen widersprach ihr nicht. Sie hätte sich nur lächerlich gemacht, wenn sie es versucht hätte.

»Du wirst für eine Weile hier im Zimmer bleiben müssen«, fuhr Beate nach einigen Sekunden fort. »Schon wegen deines Beines. Du hast also reichlich Zeit, über alles nachzudenken. Ich mache dir einen Vorschlag. Wir lassen dich in Ruhe und du unternimmst nichts gegen uns oder das Haus.«

»Was wollen Sie mir schon tun?«, fragte Thirteen. »In spätestens fünf Jahren –«

»Du dummes Kind«, unterbrach sie Beate. »Glaubst du wirklich, es wäre so einfach? Nicht alle sind so geduldig wie ich. Sie kämpfen um ihr Leben, vergiss das nicht! Glaubst du denn, wir könnten dir nicht einfach dein Erbe wegnehmen, wenn wir das wollten? Oder dich einfach verschwinden lassen? Du kannst keine Forderungen stellen! Wenn die anderen wüssten, dass ich dieses Gespräch mit dir führe, würde ich eine Menge Ärger bekommen. Ich mache dir trotzdem diesen Vorschlag, und ich rate dir sehr, in Ruhe darüber nachzudenken. Warte einfach ab. Ein Jahr. Zwei. Von mir aus fünf.«

»Ich würde in dieser Zeit über nichts anderes nachdenken als darüber, wie ich den Fluch des Hauses brechen kann.«

»Natürlich«, antwortete Beate gelassen. »Und du wirst herausfinden, dass es unmöglich ist. Es gibt Dinge, die kann man nicht vernichten. Und das Haus gehört dazu. Wirst du über meinen Vorschlag nachdenken?«

»Unter einer Bedingung«, sagte Thirteen.

»Und welcher?«

»Ich will zu meinem Großvater«, antwortete Thirteen. »Ich will ihn sehen, auch wenn er ohne Bewusstsein ist.«

»Und wenn nicht?«, fragte Beate.

»Dann rede ich kein Wort mehr mit Ihnen«, sagte Thirteen. »Und sobald ich wieder gehen kann, wird die ganze Stadt erfahren, dass es hier einen Bund der Dreizehn gibt.«

»Das ist Erpressung«, sagte Beate.

»Stimmt. Und Ihre Antwort?«

Es dauerte ein paar Sekunden, bis Beate reagierte. Aber schließlich deutete sie ein Nicken an und ging zur Tür. »Ich werde sehen, was ich tun kann«, sagte sie. »Es wird mir Mühe bereiten und ich werde einige unangenehme Fragen beantworten müssen, aber du lässt mir ja anscheinend keine andere Wahl.«

»Ich bin eben lernfähig«, sagte Thirteen kühl.

»Das scheint mir auch so«, erwiderte Beate. »Aber beantworte mir doch bitte eine Frage: Wo ist jetzt eigentlich noch der Unterschied zwischen uns und dir?«

* * * * *

Da die Zeit auf dieser Seite der Wirklichkeit nach anderen Regeln und Gesetzmäßigkeiten ablief, konnte sie nicht sagen, wie lange sie durch die endlosen Korridore und Gänge des Hauses irrte. Ihr kam es vor wie Wochen. Sie traf keinen Menschen, überhaupt keine Spur von Leben, aber sie wanderte Stunden um Stunden durch die leeren Korridore. Schließlich wurde sie müde und legte sich in einem der zahllosen Zimmer zum Schlafen nieder.

Danach marschierte sie weiter, einen zweiten Tag – der vielleicht nur wenige Stunden währte, vielleicht auch sehr viel länger, bis sie wieder müde wurde und wieder schlief, und dann noch ein weiteres Mal. Sie musste daran denken, was ihr Peter bei ihrem ersten Aufenthalt hier erzählt hatte: wie all die zahllosen Neuankömmlinge Tage oder auch Wochen durch dieses Labyrinth geirrt waren, ohne einen Ausweg zu finden oder auch nur irgendetwas anderes außer leeren Korridoren und unbewohnten Zimmern zu finden. Jetzt spürte sie am eigenen Leib, wie es ihnen ergangen war. Sie verlor vollkommen die Orientierung, nicht nur im Raum, sondern auch in der Zeit. Schon am zweiten Tag hätte sie nicht mehr sagen können, ob sie seit ihrem Erwachen nur zwei oder zwanzig Stunden unterwegs gewesen war, ob sie hinter zehn, hundert oder auch tausend Türen geblickt hatte. Sie entwickelte einmal sogar ein wenig Initiative und kam auf die Idee, einfach die Türen der Räume, in denen sie schon gewesen war, offen zu lassen, um so wenigstens zu sehen, ob sie dort bereits gewesen war oder nicht. Aber als sie es tat und sich wenige Augenblicke später wieder herumdrehte, war die Tür wie von Geisterhand wieder zugezogen und der Korridor hinter ihr unterschied sich in nichts von dem vor ihr.

Irgendwann verfiel sie in einen Zustand der Mutlosigkeit, in dem ihr alles sinnlos vorzukommen begann. Sie war nicht mehr sicher, ob sie die anderen überhaupt noch finden würde. Und selbst wenn – was würde es nutzen? Sie gelangte immer mehr zu der Auffassung, dass sie den Rückweg aus diesem Labyrinth niemals finden würde. Der Schattenmann hatte ihr zwar das Leben gerettet, aber sie war ganz und gar nicht mehr davon überzeugt, dass er ihr damit auch tatsächlich einen Gefallen getan hatte. Vielleicht war dies ja ihr Schicksal: bis ans Ende ihres Lebens durch diese unendlichen Korridore und Gänge zu irren, ohne jemals einen anderen Menschen zu treffen, ohne älter zu werden oder krank oder auch nur hungrig, zwanzig Jahre lang oder auch dreißig, fünfzig oder gar neunzig, falls ihr anderes Ich außerhalb des Hauses das Pech hatte, hundert zu werden. Es war die entsetzlichste Vorstellung, die sie jemals in ihrem Leben gehabt hatte.

Und trotzdem ließ sie sie auf eine sonderbare Weise kalt. Und das war vielleicht das Schlimmste. Sie *machte* ihr Angst, aber genauso wie ihre Müdigkeit, Erschöpfung und die dumpfe Mutlosigkeit, die auf einer tiefer gelegenen Ebene ihres Bewusstseins von ihr Besitz ergriffen hatte, schien diese Angst gar nicht zu ihr zu gehören. Es war, als beträfen all diese Gefühle eine andere, ja, als wäre sie eine andere, die nur noch zufällig in ihrem eigenen Körper weilte und von außen beobachtete, was geschah. Ohne dass es sie wirklich interessierte. Noch war die Versuchung nicht stark genug, um zu einer wirklichen Gefahr zu werden, aber ganz tief in sich drinnen hörte sie bereits eine leise Stimme, die ihr zuflüsterte, dass ja doch alles sinnlos war und dass sie sich ebenso gut auch irgendwo hinsetzen und aufgeben konnte. Sie wies den Gedanken beinahe entsetzt zurück, aber sie fühlte auch, dass er nicht *wirklich* verschwand, sondern sich nur in irgendeinem dunklen Winkel ihres Bewusstseins verkroch, wo er wie eine giftige Spinne lauern würde, um in einem Moment der Unaufmerksamkeit wieder über sie herzufallen.

Noch aber war es nicht so weit. Sie schlief ein weiteres Mal und setzte ihre Wanderung dann fort.

Am Anfang war es wie an den Tagen zuvor: Zimmer reihte sich an Zimmer, Tür an Tür, und der Korridor erstreckte sich in beiden Richtungen so gleichförmig und endlos, dass sich seine Umrisse in verschwimmender Entfernung auflösten.

Und doch gab es einen Unterschied. Er fiel ihr im ersten Moment nur nicht auf, weil es ganz unmerklich begann, und vielleicht hätte sie es gar nicht gemerkt, wäre sie nicht an eines der Regale getreten, die es in manchen Zimmern gab, und hätte eines der Bücher vom Brett genommen.

Es zerfiel unter ihren Händen.

Thirteen starrte verblüfft auf das graue, unansehnliche Etwas, in das sich das ledergebundene Buch in ihren Händen verwandelte. Der Einband löste sich auf wie mürbe Pappe, die hundert Jahre lang in der Sonne gelegen hatte, und das Papier zerfiel regelrecht zu Staub, der zwischen dem Einband herausrieselte.

Verwirrt ließ sie die kümmerlichen Überreste des Buches fallen und griff nach einem weiteren.

Diesmal war das Ergebnis noch schlimmer. Als sie versuchte, den Band aus dem Regal zu nehmen, zerplatzte er mit einem halblauten *Plopp* einfach zwischen ihren Fingern, und alles, was blieb, war eine aufwirbelnde Staubwolke. Auch die beiden Bücher, die rechts und links davon standen, fielen auseinander, und durch den gesamten Rest der Reihe lief ein hörbares unheimliches Rascheln und Knistern; als bewegten sich Ratten im Gebälk eines uralten Hauses. Ein Wasserfall aus grauem Staub ergoss sich über den Rand des Regalbrettes und verteilte sich als Dunst in der Luft, ehe er den Boden erreichen konnte. Thirteen trat erschrocken von dem Regal zurück und sah sich im Zimmer um, und plötzlich war es ihr, als würde ein unsichtbarer Schleier von ihren Augen weggezogen. Plötzlich erkannte sie, wie dieses Zimmer wirklich aussah, und sie begriff auch im selben Augenblick, dass es schon die ganze Zeit über so gewesen war. Sie hatte es einfach nur nicht gesehen. Dafür erkannte sie es jetzt umso deutlicher: Der unheimliche Verfall beschränkte sich nicht nur auf die Bücher im Regal. Auch das Bücherbord selbst, die Möbel, die Tapeten, ja selbst Decke und Fußboden des Zimmers boten keinen wesentlich anderen Anblick. Die Möbel waren abgewetzt und zerschlissen, die Farben und Bezüge verblasst. Von der Couch war ein Bein abgebrochen, sodass sie ein wenig schräg stand und vermutlich bei der geringsten Belastung vollends umkippen würde. Die Glasplatte des Tisches war gesprungen und so staubig, dass man nicht mehr hindurchsehen konnte. Die Tapeten schälten sich in großen, vergilbten Fetzen von den Wänden, und auch der Verputz dahinter begann abzubröckeln, sodass sie hier und da das nackte Mauerwerk sehen konnte. Die Stuckarbeiten an der Decke waren fast gänzlich verschwunden und der Teppich bestand im Grund nur noch aus zerschlissenen Fasern.

Es war eindeutig: Dieses Zimmer war alt.

Thirteen fror plötzlich. Die Luft roch muffig und so sehr nach trockenem Staub, Alter und Verfall, dass sie ein heftiges Kratzen im Hals verspürte. Aber sie wagte nicht, zu husten, denn sie hatte plötzlich das absurde Gefühl, dass allein das ausreichen könnte, um das gesamte Zimmer zusammenbrechen zu lassen.

Und vielleicht war es gar nicht so absurd. Als sie sich umwandte und zur Tür ging, da ächzte der Fußboden so hörbar unter ihrem Gewicht, dass sie die Füße nur noch mit äußerster Vorsicht aufzusetzen wagte und auf Zehenspitzen auf den Korridor zurückging.

Der unheimliche Alterungsprozess hatte nicht vor der Tür haltgemacht, sondern sich ausgebreitet, so weit sie sehen konnte. Und vermutlich noch ein gutes Stück weiter. Auch hier draußen waren die Tapeten verblichen und zerfetzt. Von der Decke bröckelte der Putz, und die morschen Fußbodenbretter ächzten unter jedem Schritt, den sie tat. Zum allerersten Mal sah dieses Haus *wirklich* so alt aus, wie es war.

Aber vielleicht stimmte das ja nicht. Was, überlegte sie, wenn es in Wahrheit genau andersherum war und das *hier* die Wirklichkeit war, die sie bisher aus irgendeinem Grund nur nicht gesehen hatte? Vielleicht hatte ein düsterer Zauber ihr und den anderen bisher nur ein Trugbild vorgegaukelt, das nie echt gewesen war? Vielleicht war Zauber ja das falsche Wort. Vielleicht war es einfach eine Macht, die sie nicht verstehen konnte – die kein Mensch auf der Welt verstehen konnte! Sie hatte sich mit etwas eingelassen, dem sie nicht gewachsen war, und –

Thirteen begriff im letzten Moment, dass sie auf dem besten Wege war, dem lautlosen Flüstern in ihrem Inneren zu erliegen. Zornig über sich selbst schüttelte sie den Kopf, warf dem verfallenden Zimmer hinter sich einen letzten Blick zu und ging weiter.

Schon nach wenigen Schritten hörte sie Stimmen.

Sie blieb wieder stehen und lauschte angestrengt.

Helen.

Sie konnte die Worte nicht verstehen, aber sie erkannte eindeutig Helens Stimme, und sie hörte auch, dass sie aufgeregt und ein bisschen besorgt klang. Nur einen Moment später hörte sie

Peters vertraute Stimme in beruhigendem Ton antworten, und das reichte, um auch die letzten Zweifel zu zerstreuen. Sie hatte die anderen gefunden. Thirteen rannte los.

* * * * *

Sie hörte und sah zwei weitere Tage nichts von Beate, und mit Ausnahme Rollers bekam sie auch sonst niemanden zu Gesicht. Am Anfang machte es ihr noch einen gewissen Spaß, den Klingelknopf neben ihrem Bett möglichst oft zu drücken, um den stoppelhaarigen Aufseher wegen jeder Kleinigkeit herbeizuzitieren. Aber sie merkte rasch, dass sie bei diesem Spielchen den Kürzeren zog. Roller ließ sich nicht provozieren, sondern nahm all ihre Versuche, ihn aus der Reserve zu locken, mit stoischer Gelassenheit hin, sodass sie irgendwann einfach das Interesse daran verlor. Es war wohl so, wie Beate gesagt hatte: Sinnlose Grausamkeit brachte nichts ein. Sie hatte keinen Nutzen davon, sondern fühlte sich hinterher einfach nur mies. Dann kam der Morgen, an dem sie, schon bevor sie die Augen aufschlug, spürte, dass sie nicht allein im Zimmer war. Sie hob die Lider und erwartete, Roller neben ihrem Bett stehen zu sehen, aber stattdessen blickte sie in Beates Gesicht.

»Guten Morgen!«, sagte Frau Mörsers Tochter fröhlich. »Und herzlichen Glückwunsch zum Geburtstag!«

Thirteen setzte sich blinzelnd auf. Sie war noch nicht vollkommen wach. Beates Worte benötigten einige Sekunden, um ganz in ihr Bewusstsein zu sickern. »Geburtstag?«, murmelte sie. »Heute?«

Beate nickte. »Heute ist Freitag«, bestätigte sie. »Der Dreizehnte. Aber keine Angst – ich glaube nicht, dass es für dich ein Unglückstag ist. Ganz im Gegenteil. Ich habe gleich einen ganzen Haufen guter Nachrichten für dich. Willst du ein paar davon hören?«

»Heute?« Thirteen setzte sich auf, soweit es ihr eingegipster Fuß zuließ, und schüttelte benommen den Kopf. »Bin ich … schon so lange hier? Aber das kann doch gar nicht sein!«

»Du hast eine Menge mitgemacht«, antwortete Beate. »Wie die meisten jungen Menschen neigst du dazu, deine Kräfte zu überschätzen. Aber der Arzt sagt, du hättest dich prächtig erholt.«

»Hier war kein Arzt«, murmelte Thirteen. Es fiel ihr immer noch schwer, zu glauben, dass heute tatsächlich ihr Geburtstag sein sollte! Irgendwie waren ihr wohl einige Tage abhandengekommen.

»Du hast geschlafen«, antwortete Beate. »Wir wollten dich nicht wecken. Aber jetzt Schluss mit den finsteren Gedanken. Kommen wir zu den guten Nachrichten: die erste ist, dass meine Assistentin endlich das Bewusstsein wiedererlangt hat.«

»Wie geht es ihr?«, fragte Thirteen.

»Nicht besonders gut«, antwortete Beate. »Aber sie wird sich wieder erholen, und die Ärzte sagen, dass sie wieder ganz gesund wird. Ihre Aussage hat dieses dumme Missverständnis aufgeklärt. Du und dein Freund, ihr werdet nicht mehr verdächtigt, sie die Treppe hinuntergestoßen zu haben.«

»Dafür aber Stefan.«

»Es war ein Unfall«, sagte Beate.

»Aber Sie wissen, dass es nicht die Wahrheit ist«, sagte Thirteen.

Für einen Moment erlosch Beates Lächeln, und ein Hauch der alten Kälte schimmerte durch die aufgesetzte Freundlichkeit auf ihrem Gesicht. »Es ist das Beste, was du bekommen kannst«, sagte sie kühl. »Du solltest es nehmen.«

Thirteen widersprach nicht. Beate hatte recht. Alles, was im Grunde zählte, war, dass Frank und sie nicht mehr verdächtigt wurden.

»Es kommt noch besser«, fuhr Beate fort, jetzt wieder perfekt in der Rolle der freundlichen jungen Frau. »Nachdem sich dieser böse Verdacht gegen deinen Freund aufgelöst hatte, war es für mich eine Kleinigkeit, auch den Rest aus der Welt zu schaffen. Eine Sache von zwei, drei Telefongesprächen. Er kann hierherkommen.«

»Ist er schon hier?«, fragte Thirteen hoffnungsvoll.

»Noch nicht«, antwortete Beate. »Aber morgen. Spätestens morgen Nachmittag ist er hier. Und ich verspreche dir, dass ich ihn als Allererstes zu dir gehen lasse. Und das ist noch nicht alles. Das Allerbeste kommt noch. Dein Großvater.«

Thirteen richtete sich kerzengerade auf. »Was ist mit ihm?«

»Es geht ihm besser«, sagte Beate. »Der Arzt im Krankenhaus steht zwar vor einem Rätsel, aber du und ich, wir wissen ja, dass dein Großvater über gewisse Möglichkeiten verfügt, die nicht unbedingt jedem offenstehen.«

»Ist er wach?«, fragte Thirteen.

»Er ist ein paarmal aufgewacht«, sagte Beate. »Natürlich ist er noch immer sehr schwach. Erwarte also nicht zu viel. Aber er ist immerhin lange genug wach gewesen, um nach dir zu fragen.«

»Ich darf ihn also sehen?«

»Du musst sogar.« Ein flüchtiges Lächeln stahl sich in Beates Mundwinkel. »Du kennst deinen Großvater. Wenn er auf etwas besteht, dann sehr nachdrücklich.« Sie lachte leise. »Der Arzt meinte, es wäre sicherer für die gesamte Klinik, wenn du an seinem Bett sitzt, wenn er das nächste Mal aufwacht. Roller bereitet schon alles vor. Ich kann leider selbst nicht mitkommen, aber er wird dich hinbringen, wenn du willst.«

»Jetzt?«, fragte Thirteen überrascht.

»Warum nicht? Nimm es als eine Art zusätzliches Geburtstagsgeschenk von mir. Schließlich will ich doch, dass wir Freunde werden.«

Irgendetwas stimmte hier nicht. Und es war nicht nur Beates plötzliche Großzügigkeit. Es war …

»Mein Geburtstag.« Sie sah Beate an. »Heute ist mein Geburtstag.«

»Natürlich ist heute dein Geburtstag«, sagte Beate. »Deshalb –«

»Was geschieht heute?«, unterbrach sie Thirteen. »Irgendetwas geschieht heute. Mit dem Haus. Oder *im* Haus. Was?«

Beate sah sie einige Sekunden lang durchdringend an. »Nichts, woran du noch etwas ändern könntest«, sagte sie schließlich. »In gewissem Sinne ist es bereits geschehen.«

»Und was?«

»Du wirst mir nicht glauben, aber ich weiß es selbst nicht genau«, antwortete Beate. »Es hat etwas mit der Geschichte des Hauses zu tun und der dieser ganzen Stadt. Ich werde versuchen, es dir zu erklären. Aber nicht jetzt.«

»Warum nicht?«

»Weil es eine sehr lange und sehr komplizierte Geschichte ist«, sagte Beate. »Und weil dein Großvater es dir viel besser erklären kann. Sprich mit ihm. Wenn du danach noch Fragen hast, können wir uns gerne unterhalten. Vielleicht heute Abend?«

»Was ist heute Abend?«, fragte Thirteen mit einem leisen Gefühl der Beunruhigung. Vielleicht war es auch nicht ganz so leise, denn Beate blickte sie eine Sekunde lang irritiert an und lachte plötzlich.

»Also, nicht das, was du denkst«, sagte sie. »Helen, ich und einige andere dachten uns, dass wir eine kleine Geburtstagsfeier für dich arrangieren. Natürlich nichts Besonderes …« Sie sah bezeichnend auf Thirteens eingegipsten Fuß herab. »Mit dem Tanzen wirst du vielleicht ein paar Schwierigkeiten haben. Aber wir holen die richtige Feier nach, sobald du wieder ganz gesund bist.«

Thirteens Misstrauen war noch immer nicht ganz besänftigt. Das alles klang fast zu schön, um wahr zu sein. Noch vor ein paar Tagen hatten ihr Beate und die anderen nach dem Leben getrachtet, und jetzt überschlug sie sich geradezu, um ihr zu Gefallen zu sein.

»Was haben Sie wirklich vor?«, fragte sie misstrauisch. »Ich bin nicht daran interessiert, Ihre Freundin zu werden. Oder die der anderen.«

Beates Lächeln blieb unverändert. »Das wird schon«, sagte sie. »Du gehörst jetzt zu uns, ob es dir passt oder nicht. Früher oder später wirst du dich daran gewöhnen. Und vielleicht wirst du feststellen, dass es gar nicht so schlimm ist, wie du offenbar glaubst.«

»Niemals«, sagte Thirteen.

Beate seufzte. »Wir werden sehen. Ich muss jetzt leider gehen, aber wir sehen uns ja heute Abend. Jetzt zieh dich an. Roller wartet bereits auf dich. Soll er dir beim Anziehen helfen?«

»Lieber gehe ich nackt«, grollte Thirteen.

Beate lachte, verabschiedete sich mit einem Kopfnicken und ging. Thirteen sah ihr nachdenklich hinterher, aber schließlich gab sie es auf, sich über diesen unerwarteten Gesinnungswechsel den Kopf zu zerbrechen. Möglicherweise war die Wahrheit so simpel wie niederschmetternd: Sie hatte verloren. Beate war so freundlich zu ihr, weil sie keine Gefahr mehr für sie und die anderen darstellte.

Es wurde Zeit, dass sie sich an diesen Gedanken gewöhnte.

Vorsichtig, mit zusammengebissenen Zähnen und unendlich behutsam, schwang sie die Beine aus dem Bett. Trotzdem schoss ein glühender Schmerz durch ihren Knöchel. Sie bewegte sich noch vorsichtiger weiter und brauchte auf diese Weise mehr als zwanzig Minuten, um sich anzuziehen.

Kaum war sie damit fertig, ging die Tür auf und Roller kam herein. Er schob einen verchromten Rollstuhl vor sich her und sah geradezu unverschämt fröhlich drein. »Klasse, nicht?«, sagte der Aufseher grinsend. »Darf ich vorstellen: der Krankenkassen-Chopper. Das allerneueste Modell. Komplett mit ABS, Airbag und Seitenaufprallschutz.«

»Wo sind die Fesseln?«, fragte Thirteen. »Und die Kabel für die Elektroschocks?« Sie lächelte nicht und auch Rollers Grinsen erlosch. Ganz plötzlich trat ein Ausdruck in seine Augen, den Thirteen nur zu gut kannte.

»Du … du gehörst dazu«, murmelte sie. »Du bist einer der Dreizehn.«

»Natürlich«, sagte Roller.

»Dann komm mir bloß nicht zu nahe!«, sagte Thirteen. »Rühr mich nicht an.«

»Das habe ich auch nicht vor«, antwortete Roller. »Solange du mich nicht dazu zwingst.« Er machte eine herrische Bewegung mit beiden Händen. »Wir zwei fahren jetzt zu dem alten Mann in die Klinik. Und ich möchte vorher ein paar Dinge klarstellen. Ich arbeite seit mehr als zehn Jahren hier. Ich bin für die zuständig, mit denen die anderen Erzieher nicht fertigwerden. Für die Querulanten und die ganz harten Jungs und Mädchen, verstehst du?«

»Der Mann fürs Grobe sozusagen?«

Roller nickte grimmig. »Ja. Und es macht mir Spaß, kapiert? Ich kenne zehnmal mehr Tricks und linke Touren, als du dir auch nur vorstellen kannst. Und ich bin mindestens zwanzigmal so gemein wie du.«

»Das glaube ich aufs Wort«, sagte Thirteen.

Roller lächelte dünn. »Ich werde keine Sekunde zögern, dir wehzutun, Kleines. Ich warte nur auf einen Vorwand dazu, kapiert? Also schlage ich vor, dass du dich zusammenreißt und mir keinen Grund gibst, gemein zu dir zu sein, und im Gegenzug verspreche ich dir, mich zurückzuhalten und dir keinen Grund zu geben, abzuhauen. Du genießt ja in dieser Beziehung einen gewissen Ruf.«

Thirteen deutete auf ihr Gipsbein. »Wohin sollte ich schon gehen?«

»Mit einem gebrochenen Bein läuft es sich schlecht«, bestätigte Roller. »Aber mit zweien noch viel schwieriger, glaub mir.«

Das war deutlich und zugleich so absurd, dass Thirteen beinahe laut aufgelacht hätte. Aber in diesem Moment hob Roller sie hoch und setzte sie unsanft in den Rollstuhl.

Als der Schmerz in ihrem Fuß so weit verebbt war, dass sie wieder halbwegs klar denken konnte, hatten sie das Gebäude bereits verlassen und Roller schob sie in einen kleinen Lieferwagen, der extra mit einer elektrischen Hebebühne ausgestattet war, um Rollstühle aufzunehmen.

Sie kochte innerlich vor Wut. Roller war keineswegs aus Unachtsamkeit so grob mit ihr umgesprungen. Er hatte ihr ganz absichtlich wehgetan, weil es ihm Spaß machte – ganz wie er selbst gesagt hatte.

Trotzdem ersparte sie es sich, Roller mit Beschimpfungen zu überschütten, wonach ihr durchaus zumute war. Es würde ihm nur bestätigen, dass es ihm gelungen war, sie zu quälen.

Dabei hatte er absolut keinen Nutzen davon, und das wollte so gar nicht zu dem passen, was Beate ihr erzählt hatte. Überhaupt ähnelte er ihr kein bisschen, auch wenn sie beide erklärtermaßen zum Bund der Dreizehn gehörten. Konnte es sein, dass es Unterschiede zwischen den Mitgliedern des Bundes gab? Immerhin hatte sie bei Beate noch so etwas wie eine Spur menschlicher Gefühle bemerkt und bei Dr. Hartstätt – Peter – auch. Wenn sie allerdings an Stefan und Roller dachte …

Für einen winzigen Moment hatte sie die Lösung. Eine Sekunde lang wusste sie, was das wahre Geheimnis des Hauses war. Aber der Gedanke verschwand wieder aus ihrem Bewusstsein, ebenso schnell, wie er gekommen war, und was zurückblieb, das war ein Gefühl tiefer, bodenloser Leere. Es war so, wie Beate gesagt hatte: Es war, als … fehle etwas. Etwas, was immer da gewesen war und von dem sie nun, als es nicht mehr da war, nicht einmal mehr wusste, was es gewesen war. Was hatte Beate noch gesagt: Du gehörst jetzt zu uns. Ob es dir passt oder nicht.

Sie verjagte den Gedanken. Sie würde niemals so werden wie Beate oder Helen oder gar wie Stefan oder dieser Roller. Und sie hatte im Moment wahrlich andere Sorgen!

Da war zum Beispiel Frank. Natürlich war sie erleichtert gewesen, als Beate ihr mitgeteilt hatte, dass er nicht mehr im Verdacht stand, ihre Assistentin die Treppe hinuntergestoßen zu haben, und sie hätte eigentlich auch froh sein müssen, ihn spätestens morgen wiederzusehen. Aber war sie es wirklich?

Tatsache war: Sie wusste es nicht.

Sicher: Frank hatte ihr ganz uneigennützig geholfen. Er war sehr nett zu ihr gewesen, mehr noch, er hatte sein Leben für sie riskiert. Aber Tatsache war auch, dass sie im Grunde nichts über ihn wusste. Nicht einmal seinen vollen Namen. Er war ein Wildfremder für sie. Wie Beate gesagt hatte: ein Herumtreiber, der schon das eine oder andere ausgefressen hatte. Möglicherweise sogar ein Krimineller. Natürlich freute sie sich darauf, ihn wiederzusehen – sie hatte sich darauf zu freuen, nach allem, was er für sie getan hatte, verdammt noch mal! –, aber sie würde trotzdem noch einmal mit Beate über ihn reden, bevor sie sich endgültig entschied, wie ihr Verhältnis in Zukunft aussehen würde.

Überhaupt hatte sie das Gefühl, dass sich in nächster Zeit das eine oder andere ändern würde …

* * * * *

Hätte sie eine Bombe in das Zimmer geworfen, so hätte die Überraschung kaum größer sein können. Peter und Helen verstummten mitten in ihrem Gespräch und starrten sie aus weit aufgerissenen Augen an. Helen wurde kreidebleich und Peters Mund stand offen, wie der eines Fisches auf dem Trockenen, weil er mitten im Wort abgebrochen und den Rest offensichtlich vergessen hatte. Tim lehnte an einem der Bücherregale und sah aus, als hätte er gerade ein Gespenst gesehen, während Beate und Angela nebeneinander auf der zerschlissenen Couch hockten und sich vor Schrecken an den Händen ergriffen hatten. Niemand sprach. Es war mucksmäuschenstill. Für eine Sekunde schien sogar die Zeit den Atem anzuhalten.

Schließlich war es Thirteen selbst, die das Schweigen brach, indem sie vollends in das Zimmer hineintrat und einen langen Blick in die Runde warf. Sie bemerkte, dass Stefan nicht da war, aber sie vermisste ihn nicht.

»Hallo«, sagte sie.

»Hal…lo«, stammelte Peter. Helen fügte mit flacher Stimme und stockend hinzu: »Wo … wo kommst … wo kommst du denn her?«

»Och, ich war nur mal kurz draußen vor der Tür«, antwortete Thirteen grinsend, »mir die Füße vertreten. Habt ihr mich vermisst?«

»Aber das ist doch unmöglich«, murmelte Peter. Er fand seine

Fassung nur mühsam wieder – aber immer noch schneller als die anderen. »Du … du bist doch tot!«

Thirteen sah ihn einen Moment lang mit schräg gehaltenem Kopf an, dann hob sie den linken Arm und kniff sich selbst ins Handgelenk. »Au!«, sagte sie. »Nein. Bin ich eindeutig nicht.«

Peter kam näher und hob ebenfalls den Arm, als müsse er sie tatsächlich anfassen, um zu glauben, dass sie auch wirklich da war. Aber dann ließ er die Hand wieder sinken und maß sie mit einem neuerlichen fassungslosen Blick von Kopf bis Fuß. »Du bist es tatsächlich. Aber wie ist das nur möglich?«

Das brach den Bann. Plötzlich war es vorbei mit der Stille, und nun stürmten sie alle zugleich auf sie ein, überschütteten sie mit Fragen, lachten, fassten sie an, umarmten sie und fragten, fragten, fragten …

Thirteen ließ die überschwängliche Begrüßung eine ganze Weile über sich ergehen, aber schließlich machte sie sich lachend los und trat einen Schritt zurück. »Es sieht so aus, als hättet ihr mich wirklich vermisst«, sagte sie.

»Wir haben gedacht, du bist tot«, sagte Peter ernsthaft. Sein Gesicht glühte vor Freude, sie wiederzusehen.

»Und wieso?«

»Na, hör mal!«, sagte Beate aufgeregt. »Du bist schließlich von diesem Balken gefallen! Vor unser aller Augen!«

»Wir sind sofort wieder runtergeklettert«, fügte Tim hinzu. »Wir haben gedacht, dass wir dich tot irgendwo finden. Aber du warst nicht da. Wie hast du es überlebt?«

»Es müssen doch mindestens hundert Meter gewesen sein!«, sagte Angela.

»Ich bin niemals unten angekommen«, antwortete Thirteen. »Aber bevor ihr fragt: Ich weiß selbst nicht genau, wieso. Wusch hat mich gerettet.«

»Wusch?« Peter riss ungläubig die Augen auf.

»Sie hat mich … auf die andere Seite gebracht«, bestätigte Thirteen. »Der Dachboden ist dort nicht ganz so hoch.«

»Auf die andere Seite?«, wiederholte Peter. »Soll … soll das heißen, du hast den Ausgang gefunden? Du weißt, wie wir hier herauskommen?!«

Thirteen machte eine besänftigende Geste. »Ich fürchte, ganz so einfach ist es nicht«, sagte sie rasch. Sie sah die jähe Hoffnung in den Augen der zwei Jungen und drei Mädchen aufflammen, aber sie wusste ja auch aus eigener schmerzhafter Erfahrung, dass nichts so sehr wehtat wie enttäuschte Hoffnungen.

»Was soll das heißen?«, fragte Angela.

»Ich weiß nicht, wie sie es gemacht hat«, antwortete Thirteen. »Sie hat es mir nicht gesagt. Und ich weiß auch nicht, wo sie ist. Ich dachte, ihr wüsstet es vielleicht ...«

Peter unterbrach sie mit einem Kopfschütteln. »Wir haben sie nicht gesehen, seit du ...« Er verbesserte sich: »Seit ihr verschwunden seid.«

»Und du warst wirklich *draußen?*«, fragte Helen zweifelnd. »Warum bist du zurückgekommen?«

»Wer sagt, dass es freiwillig war?«, antwortete Thirteen. Die Worte taten ihr sofort wieder leid, als sie den betroffenen Ausdruck auf den Gesichtern der anderen sah. Die Antwort war ihr einfach so herausgerutscht und sie hatte sich nichts dabei gedacht – aber es war nicht unbedingt klug gewesen. Und schon gar nicht *feinfühlig*.

»Entschuldigung«, murmelte sie.

Peter winkte ab. Er versuchte zu lächeln, aber es scheiterte kläglich. »Schon gut«, sagte er. »Ich kann das verstehen. Niemand ist so verrückt, freiwillig hierher zurückzukehren. Ich wäre es jedenfalls nicht.«

»Aber so war es nicht«, protestierte Thirteen. »Ich meine: Ich *wollte* zu euch zurück. Nur nicht ... auf diese Art und Weise.«

Peter blinzelte. »Was soll das jetzt wieder heißen?«

»Das ist nicht so einfach zu erklären«, antwortete Thirteen. »Ich habe eine Menge herausgefunden, während ich draußen war. Alles weiß ich noch nicht, aber einiges. Über euch und das Haus und meinen Großvater. Aber es ist eine ziemlich lange Geschichte.«

»Ach, wenn das alles ist …« Peter machte eine wegwerfende Handbewegung, und diesmal war sein Grinsen vollkommen echt. »Wir haben Zeit, weißt du?«

*****

Sie sah auch der Begegnung mit ihrem Großvater mit gemischten Gefühlen entgegen. Die Fahrt zum Krankenhaus verlief sehr schweigsam, und es herrschte dichter Verkehr, sodass sie nur langsam vorwärts kamen und Thirteen hinlänglich Zeit blieb, über so manches nachzudenken. Sie freute sich darauf, ihren Großvater wiederzusehen, aber zugleich sah sie dem Moment auch mit heftig klopfendem Herzen entgegen, und das aus gleich mehreren Gründen. Sie fühlte sich verantwortlich für das, was passiert war. Ihrem Großvater wäre nichts zugestoßen, hätte er das Haus nicht verlassen, um ihr beizustehen. Der andere Grund war, dass sie mittlerweile immer intensiver darüber nachzudenken begonnen hatte, welche Rolle dieser sonderbare alte Mann in dieser noch viel sonderbareren Geschichte eigentlich spielte. Er war der Einzige, den sie noch nicht richtig einordnen konnte, denn während alle anderen ihre Plätze in der Rolle der Guten oder Bösen ganz klar eingenommen hatten, blieb er vollkommen undurchschaubar. Manchmal arbeitete er ganz eindeutig gegen sie und dann wieder riskierte er sogar sein Leben, um sie zu retten.

Endlich erreichten sie die Klinik. Es war ein großer mehrgeschossiger Bau, der inmitten einer gepflegten Parkanlage am Stadtrand lag. Der Parkplatz war hoffnungslos überfüllt, sodass sie am anderen Ende anhalten mussten und Roller sie in ihrem »Krankenkassen-Chopper« zwischen endlosen Reihen geparkter Wagen hindurchschob.

Sie waren die einzigen Menschen auf dem Parkplatz. Und trotzdem hatte Thirteen das intensive Gefühl, nicht allein zu sein. Es war unheimlich und ein bisschen erschreckend: Sie glaubte angestarrt zu werden. Manchmal bewegte sich etwas am Rande ihres Gesichtsfeldes, und ein paarmal glaubte sie kleine, wieselflinke Schatten unter den Autos herumhuschen zu sehen. Aber sie verschwanden immer sofort, wenn sie versuchte genauer hinzusehen. Sie war sehr froh, als sie das Klinikgebäude erreichten und die großen Glastüren vor ihnen auseinanderglitten.

In der Eingangshalle herrschte weitaus weniger Betrieb, als sie nach der Anzahl der Autos draußen auf dem Parkplatz erwartet hatte. Nur am Empfang selber war ein kleines Gedränge: Vier Männer in grau-gelben Overalls redeten auf einen anderen ein, der einen weißen Arztkittel trug.

»... kann Sie ja gut verstehen, Herr Professor«, sagte einer der Männer gerade. »Aber es ist einfach nicht möglich, ohne das gesamte Gebäude zu evakuieren.«

»Das ist doch lächerlich!«, antwortete der Professor. Er sah die vier über den Rand seiner goldgefassten Brille hinweg strafend an. »Das hier ist ein Krankenhaus. Wie stellen Sie sich das vor? Wir können es nicht so einfach leer räumen! Die Biester werden immer frecher! Unternehmen Sie etwas dagegen, und zwar schnell!«

»Das ist unmöglich«, seufzte der andere. »Ratten sind nicht irgendwelches Ungeziefer. Sie sind schlau und unglaublich zäh. Das Einzige, was wirklich hilft, ist, sie zu vergasen, und –«

»Und das kommt überhaupt nicht infrage«, fiel ihm der Professor scharf ins Wort. »Meinetwegen fangen Sie sie einzeln. Oder gehen Sie ins Museum und holen sich dort ein paar Tipps, wie man mit einer Situation wie dieser fertigwird. Aber tun Sie gefälligst Ihre Arbeit. Guten Tag, meine Herren!«

Damit wandte er sich mit einem Ruck um und eilte davon. Die Arbeiter sahen ihm kopfschüttelnd nach und Thirteen spürte plötzlich ein eiskaltes Frösteln, das ihr den Rücken hinunterlief.

Ratten! Das Krankenhaus erlebte eindeutig eine Rattenplage. Das also war die Bewegung gewesen, die sie draußen auf dem Parkplatz gesehen hatte.

Aber nicht nur dort. Sie dachte plötzlich wieder an die Ratten zurück, die sie in der Kanalisation gesehen hatte, und an das einzelne Tier im Gebüsch. Und plötzlich war es, als ordneten sich die einzelnen Teile des Bildes in ihrem Kopf ganz von allein, um die Antwort auf all ihre Fragen zu ergeben. Ratten. Ihr Großvater. Das Museum. Der Name dieser Stadt! Verschwundene Kinder. Der Fluch.

Sie wusste es! Plötzlich war alles ganz klar. Ihr Großvater war kein anderer als –

»Diese kleinen Biester sind wirklich eine Pest«, sagte Roller. »Ich habe draußen auf dem Parkplatz auch ein paar gesehen. Widerlich.«

Der Gedanke entschlüpfte ihr und Thirteen hätte vor Enttäuschung am liebsten laut aufgestöhnt. Gerade noch hatte sie es gewusst. Sie hatte die Antwort auf all ihre Fragen gehabt und damit auch die Auflösung, den Weg, wie sie alles beenden konnte, und nun war sie wieder fort. In ihrem Kopf purzelten wieder die einzelnen Stücke des Puzzles durcheinander und sie fühlte sich verwirrter und hilfloser denn je. Hätte Roller auch nur noch eine einzige Sekunde lang die Klappe gehalten! Die Kammerjäger gingen und Roller schob sie auf den Empfang zu. Die Schwester dahinter blickte ihnen mit finsterem Gesicht entgegen, aber Thirteen spürte auch, dass ihre Feindseligkeit nicht wirklich ihr galt. Vielmehr schien es Roller zu sein, dessen bloßer Anblick ihr die Laune verdarb. Thirteen konnte sie gut verstehen …

Bevor Roller auch nur ein Wort sagen konnte, deutete die Schwester mit einer Kopfbewegung auf den Lift. »Da sind Sie ja endlich. Sie sollten sich besser beeilen. Ihr Großvater ist wach und brüllt seit einer halben Stunde die ganze Station zusammen, weil er seine Enkeltochter sehen will.«

Roller schwenkte den Rollstuhl mitten in der Bewegung herum und steuerte den Aufzug an, und die Schwester rief ihnen nach: »Ach ja: Tun Sie sich selbst einen Gefallen und gehen Sie dem Professor aus dem Weg. Seit wir dieses Rattenproblem haben, ist er miserabler Laune!«

Roller antwortete auch darauf nicht, sondern schob den Rollstuhl in den Lift und drückte den Knopf für die oberste Etage.

Erst nachdem sich die Türen geschlossen hatten, schüttelte er den Kopf und sagte: »Ratten in einem Krankenhaus! Da hätte ich auch schlechte Laune. Aber so etwas hat hier bei uns ja Tradition.«

Der Aufzug hatte sein Ziel erreicht und hielt an. Die Türen glitten auf und Roller beförderte sie mit einem unsanften Stoß auf den Flur hinaus. Es war ein sehr langer, von kaltem weißem Neonlicht erhellter Gang, von dem zahlreiche Türen abzweigten. Ein typischer Krankenhauskorridor eben, nur dass er wirklich *extrem* lang war. Viel länger, als das Gebäude eigentlich sein konnte. Seine Umrisse schienen sich in grauer Entfernung zu verlieren, und dahinter …

Thirteen blinzelte und der Gang war wieder, was er immer gewesen war. Wahrscheinlich hatte sie sich alles nur eingebildet.

Roller schob sie in scharfem Tempo weiter und hielt vor dem Schwesternzimmer an. Eine grauhaarige, sehr freundlich aussehende Krankenschwester kam ihnen entgegen und deutete heftig gestikulierend weiter den Gang hinab. »Zeit, dass ihr kommt«, sagte sie, ohne Roller auch nur zu Wort kommen zu lassen. »Wir dachten schon, wir müssten Katastrophenalarm auslösen. Du bist Anna-Maria?«

Die letzte Frage galt Thirteen, die sie erst zögernd mit einem stummen Kopfnicken beantwortete. Sie war es einfach nicht gewohnt, mit ihrem richtigen Namen angesprochen zu werden.

»Dein Großvater ist ja ganz aus dem Häuschen«, fuhr die Schwester fort. »Er tobt und schreit seit einer halben Stunde nach dir. Was ist denn nur los, dass es so wichtig …«

Sie hatten mittlerweile das Zimmer ihres Großvaters erreicht, und die Schwester drückte im Reden die Klinke hinunter, öffnete die Tür und brach mitten im Satz ab. Mit einem erschrockenen Schrei schlug sie die Hand vor den Mund, und als Thirteen an ihr vorbei einen Blick in das Zimmer warf, konnte sie das auch sehr gut verstehen.

Das Krankenhaus erlebte offenbar *wirklich* eine Rattenplage. Im Zimmer ihres Großvaters jedenfalls hielten sich mindestens ein Dutzend der kleinen Nager auf, vielleicht auch mehr. Sie wuselten auf dem Boden herum, saßen auf den Schränken und der Fensterbank, krochen über medizinische Geräte und Möbel, und ein ganz besonders fettes, hässliches Exemplar saß sogar auf der Bettdecke ihres Großvaters.

Es war ein unheimlicher Anblick. Die Ratte war nicht einfach zufällig dort, das begriff Thirteen sofort. Sie hockte reglos auf der Brust ihres Großvaters und starrte ihm ins Gesicht, und ihr Großvater erwiderte den Blick der großen Augen des Geschöpfes ebenso ausdauernd und ernsthaft. Das waren nicht einfach nur ein Mann und ein Tier, die sich anstarrten, begriff Thirteen. Sie wurde Zeuge einer stummen Zwiesprache zwischen zwei vollkommen ebenbürtigen Wesen.

Die Krankenschwester schien das ein wenig anders zu sehen, denn sie stieß einen gellenden Schrei aus und jagte aus dem Zimmer.

Roller reagierte auf seine ganz eigene Art: Er ließ Thirteens Rollstuhl los und stürmte in das Zimmer hinein. »Na wartet, ihr Mistviecher!«, brüllte er. »Euch werd ich's zeigen!«

»Nein!«, rief Thirteen. »Nicht!«

Die Ratten waren nicht gekommen, um ihrem Großvater etwas zu tun, das wusste sie einfach. Aber es war zu spät – mit weit vorgestreckten Armen stürzte Roller auf das Bett zu, wohl um die Ratte zu packen, die darauf saß.

Er erreichte es nicht.

Die Ratte fuhr herum, starrte ihn aus ihren großen erschreckend klugen Augen an und stieß einen schrillen Pfiff aus, und im selben Augenblick sprangen fünf oder sechs ihrer Brüder Roller an.

Roller stolperte. Er fiel nicht, sondern schaffte es irgendwie, auf den Beinen zu bleiben, aber nun stürzten sich auch die übrigen Ratten – mit Ausnahme der einen, die auf dem Bett saß – auf ihn. Sie verbissen sich in seine Arme, seine Beine, krallten sich in sein Haar, klammerten sich an seinem Rücken und seiner Brust fest und zerkratzten ihm das Gesicht. Roller schrie jetzt nicht mehr vor Wut, sondern vor Angst und Schmerz. Er taumelte blind durch das Zimmer, schlug und trat um sich und versuchte vergebens die winzigen Angreifer abzuschütteln. Glas zerbrach, als er in seinem Toben gegen den Tisch prallte und eine Blumenvase herunterstieß, dann torkelte er gegen das Bett ihres Großvaters und wieder zurück. Die Ratten hockten noch immer auf ihm und bearbeiteten ihn mit Zähnen und Krallen. Thirteen sah, was kommen musste, und hob schützend die Hände vor das Gesicht. Roller prallte mit voller Wucht gegen den Rollstuhl, der daraufhin zur Seite kippte und Thirteen abwarf wie ein bockendes Pferd seinen Reiter. Der Rollstuhl fiel nicht ganz um, sondern landete mit einem metallischen Klappern wieder auf seinen Rädern, aber Thirteen fand sich der Länge nach auf dem Boden liegend wieder. Der Sturz verlief ziemlich glimpflich, aber ihren eingegipsten Fuß durchfuhr ein stechender Schmerz.

Als sie wieder die Augen öffnete, bot sich ihr ein geradezu grotesker Anblick: Der Rollstuhl war nicht nur wieder auf seine Räder zurückgekippt, er hatte auch wieder einen – wenn auch unfreiwilligen – Passagier. Roller war in den Stuhl hineingestürzt, und das so heftig, dass ihn sein Schwung in rasantem Tempo über den Krankenhausflur schießen ließ, bis er schließlich gegen die Wand auf der anderen Seite prallte, wo der Rollstuhl endgültig umfiel. Roller stürzte zu Boden und die Ratten purzelten von ihm herunter.

Die große Ratte auf dem Bett ihres Großvaters stieß wieder einen schrillen, abgehackten Pfiff aus, und sämtliche Tiere drehten sich im selben Augenblick um und wirbelten davon. Thirteen starrte ihnen fassungslos nach. Es gab keinen Zweifel an dem, was sie gesehen hatte – auch wenn es ihr selbst vollkommen unmöglich schien. Die Ratten hatten Roller nicht nur ganz eindeutig auf den Befehl dieses einen Tieres hin angegriffen, sie hatten auf denselben Befehl hin auch wieder gemeinsam von ihm abgelassen!

Die Krankenschwester kam in Begleitung mehrerer mit Pfannen, Coca-Cola-Flaschen und anderen Gegenständen ausgestatteter Kolleginnen und Pfleger zurück. Aber das war gar nicht mehr nötig. Die Ratten waren mittlerweile völlig verschwunden, und als Thirteen hochsah, stellte sie fest, dass auch das Tier, das auf der Brust ihres Großvaters gesessen hatte, nicht mehr da war.

Die ältere Krankenschwester kniete neben ihr nieder, während sich zwei ihrer Kolleginnen um Roller bemühten und die anderen jede Ecke und jeden Winkel des Raumes abzusuchen begannen. Thirteen wusste, dass sie nichts finden würden.

»Ist dir etwas passiert?«, fragte die ältere Krankenschwester Thirteen.

Thirteen schüttelte den Kopf, und das war nicht gelogen. Ihr Fuß hatte aufgehört zu schmerzen. Mehr noch: Nachdem das Pochen und Klopfen in ihrem Knöchel nachgelassen hatte, war zum ersten Mal seit Tagen auch das dünne Stechen und Piksen nicht mehr da, das sie im Grunde ununterbrochen gespürt hatte, seit sie im Heim aufgewacht war.

Verblüfft sah sie an sich herab. Der Gipsverband hatte einen deutlichen Riss bekommen.

»Das sieht aber gar nicht gut aus«, sagte die Schwester. »Den werden wir erneuern müssen. Was ist passiert?«

»Er ist gebrochen«, antwortete Thirteen. »Aber kümmern Sie sich lieber um ihn.«

Sie deutete auf Roller, der sich, gestützt von gleich drei Krankenschwestern, taumelnd in die Höhe stemmte. Seine Kleider waren zerrissen und er blutete aus zahllosen winzigen Kratzern. Trotzdem war Thirteen fast überrascht, wie glimpflich er davongekommen war. Er hatte keinen einzigen ernsthaften Biss abbekommen. Die Ratten hatten ihn nicht wirklich verletzen wollen. Wäre das ihre Absicht gewesen, dann wäre Roller jetzt vielleicht nicht mehr am Leben. Ein Dutzend ausgewachsener Ratten war durchaus in der Lage, einen Menschen binnen weniger Augenblicke zu töten.

»Das muss sich ein Arzt ansehen«, sagte die Krankenschwester. »Sofort.«

»Nicht nötig«, sagte Roller. »Lassen Sie nur. Sie brauchen wirklich keinen Arzt rufen.«

»Kommt überhaupt nicht infrage«, beharrte die Schwester. »Sie brauchen eine Tetanusspritze und wir müssen Sie gründlich untersuchen. Mit Tierbissen ist nicht zu spaßen.«

»Blödsinn!«, sagte Roller. »Ich denke ja nicht –«

»Sie werden sich jetzt schön untersuchen lassen«, unterbrach ihn die Schwester in so energischem Ton, dass Roller nicht mehr zu widersprechen wagte. »Sie könnten sich die Tollwut eingehandelt haben oder sonst was. Ratten greifen nicht grundlos einen Menschen an. Es sei denn, sie sind krank. Wir werden Sie sehr gründlich untersuchen. Es wird eine Weile dauern und ich fürchte auch, dass es ein wenig unangenehm werden könnte, aber das lässt sich nun einmal nicht ändern.« Sie klang nicht so, als ob ihr vor Bedauern gleich das Herz bräche, fand Thirteen. Roller schien sich in diesem Krankenhaus allgemeiner *Beliebtheit* zu erfreuen.

»Und die Ratten?«, fragte Thirteen. Die Krankenschwester blickte sie fragend an.

»Wer kümmert sich um die armen Tiere? Sie haben ihn gebissen. Sie können sich wer weiß was geholt haben!«

Die Krankenschwester unterdrückte mit Mühe ein Lachen und versuchte Thirteen möglichst strafend anzusehen, was ihr allerdings nicht ganz gelang. Roller hingegen spießte Thirteen mit Blicken regelrecht auf.

»Ich muss sie zurückbringen«, beharrte er. »Sie sehen ja selbst, wie sie ist. Wenn ich sie nicht wieder pünktlich im Heim abliefere, bin ich meinen Job los!«

»Sie könnten mehr verlieren als ihren Job«, sagte die Krankenschwester, nun wieder sehr ernst. »Haben Sie schon einmal einen Menschen gesehen, der die Tollwut hat? Das ist keine schöne Sache, kann ich Ihnen sagen. Jetzt machen Sie sich keine Sorgen. Ich kümmere mich persönlich darum, dass sie zurückgebracht wird. Und weglaufen wird sie mit ihrem Gipsbein wohl kaum.«

Sie winkte einem der Pfleger, der den Rollstuhl brachte und

ihr dabei half, Thirteen wieder hineinzusetzen. »Und dir ist auch wirklich nichts passiert?«, vergewisserte sie sich.

»Nein«, sagte Thirteen beruhigend. »Wirklich nicht. Ich würde jetzt nur gerne mit meinem Großvater sprechen. Der Gipsverband hat doch Zeit bis später, oder?«

Die Krankenschwester schüttelte den Kopf. »Also, was ihr zu besprechen habt, muss ja wirklich furchtbar wichtig sein«, sagte sie. Sie trat hinter Thirteens Stuhl und schob sie in das Krankenzimmer hinein.

Ihre Kolleginnen hatten die schlimmsten Folgen von Rollers Tobsuchtsanfall mittlerweile beseitigt, und zwei Pfleger blickten in jeden Winkel, jede Schublade und hinter jede Tür, um sich davon zu überzeugen, dass sich auch ja keine Ratte mehr im Zimmer aufhielt. Thirteen hätte ihnen sagen können, dass die Mühe umsonst war. Ebenso wie ihre Panik. Die Ratten waren nicht gekommen, um ihren Großvater anzugreifen.

Aber warum sonst? Um mit ihm zu *reden?* Das war lächerlich. Ihr Großvater war noch immer wach und ließ die diversen Fürsorglichkeiten der Krankenschwester klaglos, aber mit finsteren Blicken über sich ergehen.

»Könnte ich … einen Moment lang mit ihm allein sein?«, fragte Thirteen.

Die Krankenschwester zögerte. Thirteen konnte regelrecht sehen, wie es hinter ihrer Stirn arbeitete. »Eigentlich darf ich das nicht«, sagte sie. Dann blickte sie auf Thirteens Gipsbein hinunter und lächelte plötzlich. »Also gut. Fünf Minuten kann ich verantworten, denke ich. Aber nicht länger. Dein Großvater ist noch sehr schwach. Und falls der Professor kommt …«

»Ich werde kein Wort sagen«, versprach Thirteen. »Ehrenwort!«

Die Schwester ging und nach einigen Augenblicken verließen auch die anderen den Raum. Thirteen wartete, bis sie die Tür hinter sich geschlossen hatten. Dann bugsierte sie den Rollstuhl dichter an das Krankenbett heran.

Ihr Großvater sah ihr ernst und schweigend entgegen. Thirteen erschrak, als sie ihm aufmerksam ins Gesicht blickte und sah, in welch einem erbärmlichen Zustand sich ihr Großvater befand. Seine Haut war grau und schien so rissig und trocken wie altes Papier geworden zu sein, das zu lange in der Sonne gelegen hatte. Seine Augen hatten ihren gewohnten Glanz verloren, und er sah sehr schwach und vor allem sehr alt aus.

»Schön, dass du gekommen bist«, sagte er. Seine Stimme war so leise, dass Thirteen sich vorbeugen musste, um sie überhaupt noch zu verstehen. »Ich war nicht sicher, ob du es schaffen würdest.«

»Aber natürlich bin ich gekommen«, antwortete Thirteen. »Du bist doch mein Großvater.«

Der alte Mann lächelte müde. »Genau genommen bin ich das nicht«, sagte er.

»Wie?«

»Genau genommen bin ich dein Ur-Ur-Ur-Ur-Ur-Ur-Ur-Ur-Ur-Ur-Ur-Großvater«, antwortete er. »Ich hoffe, ich habe mich jetzt nicht verzählt.«

Thirteen war nicht besonders überrascht über die Menge der »ur«, die sie gehört hatte. »Ich bin deine Urenkelin in der dreizehnten Generation«, vermutete sie. »Irgendwie läuft es immer wieder auf die Dreizehn hinaus. Was ist los? Wieso bin ich so … mit dieser Zahl verbunden?«

»Es waren dreizehn, damals«, antwortete ihr Großvater. Ein seltsamer Klang trat in seine Stimme. »Dreizehn Generationen sind vergangen, aber nun muss es aufhören. Du musst es beenden, Thirteen. Ich kann es nicht.«

»Ich weiß ja nicht einmal, was«, sagte Thirteen traurig.

»Du musst es beenden, Thirteen«, wiederholte ihr Großvater. Er sah sie an, aber sein Blick schien zugleich durch sie hindurchzugehen. Wahrscheinlich hatte er Fieber. »Ich kann es nicht. Ich habe es versucht, aber ich … ich konnte es nicht. Vielleicht gelingt es dir. Du bist die Letzte meines Blutes, Thirteen. Wenn du den Fluch nicht brichst, dann wird er ewig andauern. So viel Leid … so viele verlorene Seelen …«

Er sprach im Fieber, das war Thirteen jetzt ganz klar. Sie überlegte einen Moment, ob sie die Schwester rufen sollte, entschied aber dann dagegen. Es war vielleicht das letzte Mal, dass sie ihren Großvater sah, und sie hatte noch so viele Fragen. Sie beugte sich vor, soweit es in dem unbequemen Rollstuhl möglich war, und griff nach seiner Hand. Die fühlte sich so trocken und fiebrig an, dass sie zusammenzuckte.

»Es tut mir so leid«, murmelte sie. »Das alles ist meine Schuld. Wenn … wenn ich gewusst hätte, was passiert, dann … dann wären wir nie zurückgekommen.«

Ihr Großvater öffnete die Augen und plötzlich war sein Blick wieder ganz klar. Seine Stimme blieb leise, klang aber jetzt wieder kraftvoller. Er brachte sogar die Andeutung eines Lächelns zustande.

»Es ist nicht deine Schuld«, sagte er.

»Diese Biester haben dich doch nur angegriffen, weil du mich beschützen wolltest!«, widersprach Thirteen. Aber ihr Großvater schüttelte nur den Kopf.

»Es waren nicht die Flederratten«, sagte er. »Die paar Kratzer bringen mich nicht um. Es ist das Haus, Thirteen.«

»Das *Haus!*«, wiederholte Thirteen ungläubig.

»Ich habe so lange darin gelebt«, murmelte ihr Großvater, nun wieder mehr zu sich selbst als an Thirteen gewandt. »So viele Jahre. So unendlich viele Tage … Weißt du, wie alt ich bin?«

»Nein«, antwortete Thirteen.

»Älter, als du dir vorstellen kannst«, sagte ihr Großvater. »Älter, als ein Mensch werden sollte. Es war das Haus, das mir dieses Leben geschenkt hat. Seine Magie hielt mich jung.«

»Wie … meinst du das?«

»Es ist das wahre Geheimnis des Hauses, Thirteen«, antwortete ihr Großvater. »Für den, der in ihm lebt, vergeht keine Zeit. Solange du darin bist, alterst du nicht.«

»Das verstehe ich nicht«, sagte Thirteen.

»Wer sich in diesem Haus aufhält, der altert nicht«, wiederholte ihr Großvater ernst. »Das ist das Geschenk, das das Haus dir macht. «

»Soll das heißen, du … du bist … unsterblich?«

»Nicht nur ich«, antwortete ihr Großvater. »Jeder, der dieses Haus betritt, hört auf zu altern. Der normale Zyklus von Werden und Vergehen ist in diesem Haus aufgehoben, Thirteen. Es hat lange gedauert, bis ich es begriffen habe. Und am Anfang war es mir beinahe gleich. Ich war ein junger Mann damals, weißt du? Nicht viel älter als du oder dein Freund. Ich verließ das Haus in jener Zeit noch oft, manchmal blieb ich Tage fort oder auch Wochen. Ich hatte Zeit. So viel Zeit. Ein ganzes Leben.«

Er brach ab. Sein Atem ging ein bisschen schneller, als hätte ihn das Reden erschöpft, aber Thirteen war ziemlich sicher, dass es wohl eher die Erinnerungen waren, die ihm zu schaffen machten. Sie sagte nichts, sondern wartete, bis er von sich aus weitersprach.

»Aber das änderte sich. Ich wurde älter. Nicht rasch, nicht sehr, aber ich wurde älter. Und je älter ich wurde, desto seltener verließ ich das Haus. Ich begann mit den Tagen zu geizen, die ich außerhalb des Hauses verbrachte, dann mit den Stunden und am Ende mit den Minuten. Schließlich ging ich überhaupt nicht mehr hinaus. Während der letzten hundert Jahre habe ich das Haus nur fünf- oder sechsmal verlassen. Und nie für lange.«

»Aber jetzt bist du hier«, sagte Thirteen.

»Ich sterbe«, antwortete ihr Großvater ruhig. »Es sind nicht die Verletzungen, Thirteen. Es ist die Zeit, die endlich ihren Tribut fordert.«

»Dann … dann musst du zurück!«, sagte Thirteen aufgeregt. »Sofort! Wir müssen dich zurückbringen. Auf der Stelle!«

»Nein!«, antwortete ihr Großvater mit unerwarteter Heftigkeit.

»Aber dann stirbst du!«

»Ja«, sagte ihr Großvater. »Ich habe schon viel zu lange gelebt. Und so will ich nicht leben. Sieh mich an: Ich bin ein uralter, kranker Mann, der sich nicht einmal mehr aus eigener Kraft bewegen kann. Soll ich so weiterleben? Und wie lange? Zehn Jahre? Hundert?«

»Aber wenn du zurück im Haus bist –«

»– wird sich nichts ändern«, unterbrach sie ihr Großvater. »Das Haus bewahrt dich vor dem Altern, aber es gibt dir deine Jugend nicht zurück. Ich sterbe, aber das allein ist nicht schlimm.«

»Es ist *immer* schlimm, wenn jemand stirbt«, antwortete Thirteen. Sie kämpfte mit den Tränen. Sie verstand nicht, wie es ihr Großvater fertigbrachte, so gelassen über seinen eigenen Tod zu reden.

»Nicht, wenn er so alt ist«, widersprach er. »Ich habe länger gelebt als die meisten anderen Menschen. Es ist gut, dass es jetzt zu Ende geht. Ich … ich will nicht mehr. Ich wollte schon lange nicht mehr, aber ich glaube, ich hatte einfach nie den Mut, es zu Ende zu bringen.«

Thirteen starrte ihren Großvater aus tränenverschleierten Augen an. Ihr war der Unterschied durchaus aufgefallen – er hatte gesagt: die meisten anderen Menschen, nicht alle.

»Was schlimm ist«, fuhr ihr Großvater mit zunehmend schwächer werdender Stimme fort, »ist, dass ich dir jetzt nicht mehr helfen kann. Du bist nun ganz auf dich allein gestellt.«

»Aber was soll ich denn tun?«, murmelte Thirteen niedergeschlagen. »Ich … ich kann mich ja nicht einmal richtig bewegen.«

»Du musst … es beenden«, wiederholte ihr Großvater nur. Seine Augen waren geschlossen und seine Stimme zu einem kaum noch verständlichen Flüstern geworden. Thirteen war sicher, dass er ihre letzten Worte gar nicht mehr gehört hatte. »Heute. Heute ist … die letzte Gelegenheit. Heute um Mitternacht. Wenn … wenn du … es nicht beendest, dann wird es ewig währen. Der Fluch muss gebrochen werden!«

»Aber wie denn? Sag es mir!« Thirteen schrie fast. Tränen liefen über ihr Gesicht.

»Museum«, flüsterte ihr Großvater. »Geh ins Museum … alle Antworten … dort. Die Legende … alles ist … wahr … Ich bin der … der …«

Und damit erstarb seine Stimme.

Thirteen blickte erschrocken zu den Apparaten hoch, die auf

dem kleinen Tischchen neben seinem Bett standen. Kein Alarm. Kein rotes Licht. Ihr Großvater war einfach nur eingeschlafen.

Sie fühlte sich niedergeschlagen und mutlos wie niemals zuvor. Nicht einmal nach dem Tod ihrer Mutter hatte sie sich so einsam und alleingelassen gefühlt wie jetzt. Ihr Großvater war nicht tot, aber er würde sterben, und der Gleichmut, mit dem er über seinen eigenen Tod sprach, schockierte sie regelrecht. Und was hatte er damit gemeint: Sie müsse es *beenden?* Sie wusste ja nicht einmal, was; geschweige denn, *wie!*

Niedergeschlagen griff sie nach den verchromten Ringen an den Rädern ihres Rollstuhles und bewegte sich ein Stück vom Bett zurück. Ein scharfer Schmerz schoss durch ihren Fuß; viel schlimmer als bisher, und diesmal spürte sie, wie warmes Blut an ihrem Fuß hinunterlief.

Stöhnend beugte sie sich vor und tastete über den Gipsverband. Er war an einigen Stellen geborsten. Sie tastete mit den Fingerspitzen über den Gips, fühlte die haarfeinen Risse und Sprünge – und brach den Gipsverband mit einem entschlossenen Ruck auseinander. Schlimmer als jetzt konnte es auch nicht mehr werden.

Thirteens Augen wurden groß, als sie ihr Fußgelenk sah.

Es blutete heftig, aber das war keine Folge des *komplizierten Splitterbruches,* von dem Beate erzählt hatte. Vielmehr war ein scharfkantiger Plastiksplitter in den Gips eingebettet, der sich tief in ihr Fleisch gebohrt hatte.

Eine geraume Weile starrte Thirteen ihren Fuß und das so harmlos aussehende Kunststoffteil einfach fassungslos an. Was sie sah, das war so unglaublich, dass sie es im ersten Moment einfach nicht glauben konnte. Jemand hatte ein Stück Kunststoff in ihrem Gipsverband vergessen.

Oder mit Absicht hineinpraktiziert.

Zum Beispiel, damit sie keinen Schritt tun konnte, ohne vor Schmerz aufzuheulen …

Sie entfernte den Gipsverband vollständig und betastete vorsichtig ihren Knöchel. Er war tatsächlich ein bisschen angeschwollen und selbst diese leise Berührung tat schon erbärmlich weh. Aber er war keineswegs *gebrochen* …

So also hatten sich Beate und die anderen die Sache gedacht! Wenn sie nicht laufen konnte, stellte sie keine Gefahr dar. Und solange sie davon überzeugt gewesen war, einen gebrochenen Fuß zu haben, hatte sie es natürlich auch erst gar nicht versucht.

Kalte Wut packte Thirteen, aber in ihr kam auch jäh Hoffnung auf. Wenn sich Beate und die anderen solche Mühe gaben, um sie auszuschalten, dann konnte das nur eines bedeuten: Beate hatte gelogen, als sie behauptete, dass Thirteen keine Gefahr mehr darstellte. Was immer auch an diesem Abend geschehen mochte – sie hatte durchaus noch eine Chance, es aufzuhalten! Und das würde sie. Koste es, was es wolle.

12

»Diese Geschichte gefällt mir nicht«, sagte Helen. Es waren die ersten Worte, die einer von ihnen sprach, seit Thirteen mit ihrem Bericht zu Ende gekommen war. Sie saßen im Kreis auf dem Boden – keiner von ihnen hatte der morschen Couch noch zugetraut, das Gewicht von sechs Menschen zu tragen – und Thirteen war sich sehr unangenehm des Umstandes bewusst, dass die fünf anderen sie durchdringend anstarrten.

»Sie gefällt mir überhaupt nicht«, fuhr Helen fort, als keiner der anderen etwas sagte. »Wenn du recht hast, dann ... dann heißt das ja, dass –«

»Ich weiß, was es heißt«, unterbrach sie Peter; nicht besonders laut, aber in einem für ihn ungewöhnlich scharfen Ton. Fast, als hätte er Angst davor, dass Helen weitersprach. Er sah das Mädchen einen Moment lang beinahe feindselig an, aber dann gab er sich einen Ruck, zuckte mit den Schultern und schenkte Helen ein entschuldigendes Lächeln.

»Wenn ... wenn du die Wahrheit sagst«, ließ sich Tim stockend vernehmen, »dann bedeutet das, dass ... dass unser Leben fast vorbei ist.« Er schluckte. Das Weitersprechen schien ihm sichtbar schwerzufallen. »Ich meine ... Peter ist ein alter Mann und ich ...«

»Nichts ist vorbei«, sagte Thirteen laut. »Ihr lebt, oder? Der Teil von euch, der draußen geblieben ist, erfreut sich bester Gesundheit, und auch ihr seid am Leben und unversehrt, oder etwa nicht? Und es gibt einen Weg hier heraus.«

»Für dich bestimmt«, sagte Helen bitter. »Du bist ja auch seine Enkelin.«

Thirteen setzte zu einer scharfen Antwort an, aber dann blickte sie in Helens Gesicht, und was sie darin las, das erschreckte sie so sehr, dass sie einige Sekunden lang gar nichts sagte.

Peter kam ihr zu Hilfe. »Helen!«, sagte er streng. »Du redest Unsinn! Thirteen kann nichts dafür!« Er wandte sich direkt an

Thirteen und versuchte zu lächeln. »Nimm es ihr nicht übel«, sagte er. »Niemand hier gibt dir die Schuld.«

Aber das stimmte nicht. Sie las die Wahrheit in seinen Augen, und diese Wahrheit tat furchtbar weh. Plötzlich hatte sie einen harten, bitteren Kloß im Hals.

»Aber es gibt einen Ausweg«, sagte Angela plötzlich. »Nicht nur für Thirteen. Habt ihr denn nicht zugehört?« Sie deutete auf Thirteen. »Sie hat es doch gerade erzählt! Nagelschmidt! Der Name auf dem Balken, der nicht durchgestrichen ist! Er hat den Weg nach draußen gefunden!«

Einen Moment lang sah sie sehr nachdenklich in Peters Gesicht, dann fuhr sie in leiserem Tonfall fort: »Eigentlich müsstest du ihn gekannt haben. Und du doch auch, Tim! Ihr beide seid am längsten hier.«

Peter und Tim tauschten einen vielsagenden Blick. Schließlich zuckte Peter unbehaglich mit den Schultern und sagte: »Es ist lange her. So lange, dass ich es schon fast vergessen habe.«

»Aber du kanntest ihn«, sagte Thirteen. »Wie ist er verschwunden? Wann?«

»Niemand weiß das«, antwortete Tim an Peters Stelle. »Eines Tages war er einfach nicht mehr da. Wir haben nach ihm gesucht, aber kurz darauf tauchte Angela bei uns auf und wir haben uns nichts weiter dabei gedacht.«

»Weil immer ein Neuer erscheint, wenn einer von euch geht«, sagte Thirteen.

Peter und Tim tauschten wieder diesen sonderbaren Blick. Sie schwiegen.

»Was war damals anders?«, fragte Thirteen.

Peter seufzte. »Es waren … zwei«, sagte er schließlich.

»Zwei?«

»Kurz nach Nagelschmidt verschwand ein anderes Mädchen«, sagte Tim. »Aber nur *ein* Neuer kam zu uns.«

»Und ihr habt euch nie etwas dabei gedacht?«, fragte Thirteen fassungslos. »Auch später nicht? Als euch aufgefallen ist, dass sein Name nicht ausgelöscht wurde?«

»Aber was hätten wir denn tun sollen?«, fragte Peter.

»Ja versteht ihr denn nicht?«, fragte Thirteen. »Wenn eine neue Seele zu euch kommt, dann … dann muss die Tür geöffnet sein! Das ist die einzige Erklärung! Nagelschmidt kam hier heraus, während sie hereinkam!« Sie deutete auf Angela.

»Stell dir vor, auf den Gedanken sind wir auch schon gekommen«, sagte Tim abfällig. »Aber was nutzt er uns?«

»Wie meinst du das?«

»Keiner von uns weiß, wann eine neue Seele bei uns auftaucht«, sagte Peter.

»Immer wenn einer verschwunden ist.«

»Ja. Manchmal am selben Tag, manchmal an dem danach. Oder nach einer Woche …« Peter zuckte müde mit den Schultern. Er wirkte sehr mutlos. »Ganz davon abgesehen, dass wir ja nicht einmal wissen, wo diese Tür ist.«

»Nagelschmidt wusste es offensichtlich«, sagte Thirteen.

»Warum hast *du* ihn dann nicht gefragt?«, meinte Tim spitz.

Peter hob beruhigend die Hand. »Vielleicht hatte er einfach Glück«, sagte er. »Glaub mir, Thirteen – ich habe immer und immer wieder darüber nachgedacht. Aber wir wissen es einfach nicht. Weder wo noch wann.«

»Diesmal schon«, antwortete Thirteen.

Alle sahen sie überrascht an und Thirteen fuhr nach einer bewussten Pause fort: »Vielleicht nicht das Wo. Aber zumindest das *Wann* kann ich euch sagen: an meinem Geburtstag. Am dreizehnten, bei Vollmond. Mein Großvater hat es mir gesagt. Erinnert euch: noch eine Chance. Es gibt noch eine Möglichkeit, den Fluch zu brechen. Wir wissen, wann. Ich … ich weiß selbst nicht genau, wie lange ich schon hier bin, aber es kann nicht mehr lange dauern. Vielleicht sind es nur noch wenige Tage. Vielleicht ist es sogar schon heute – aber ich spüre einfach, dass es noch nicht zu spät ist. Wir müssen nur herausfinden, *wo* die Tür ist, durch die die neuen Seelen in dieses Haus gelangen.«

»Prima Idee«, sagte Tim. »Und wie?«

»Sobald der Nächste von euch verschwindet, gehen wir ihm einfach nach.«

Plötzlich wurde es sehr still. Alle senkten die Blicke und ein fast greifbares Gefühl von Enttäuschung begann sich im Zimmer breit zu machen.

»Was ist los?«, fragte sie. »Habe ich etwas Falsches gesagt?«

»Nein«, antwortete Peter leise. »Du hast nichts Falsches gesagt. Ich fürchte nur, dass es zu spät ist. Ist dir denn nicht aufgefallen, dass wir nur noch fünf sind?«

Thirteen sah ihn erschrocken an. Dann hob sie den Kopf und ließ den Blick in die Runde schweifen. »Stefan«, flüsterte sie.

»Die Dämonen haben ihn geholt«, sagte Helen tonlos. »Nicht lange, nachdem du verschwunden warst.«

Thirteen fühlte sich wie betäubt. Natürlich war ihr sofort aufgefallen, dass Stefan nicht hier war – aber sie war darüber so erleichtert gewesen, dass sie diesem Umstand keine Bedeutung beigemessen hatte. »Die … Dämonen?«, murmelte sie.

»Sie haben uns überrascht«, antwortete Peter. »Vielleicht waren wir auch einfach zu leichtsinnig. Sie jagen uns, seit wir hier sind, aber wir sind ihnen bisher immer entkommen. An diesem Tag nicht. Sie haben uns überrumpelt. Wir konnten entkommen, aber … Stefan war nicht schnell genug. Sie haben ihn erwischt. Wir hörten noch seine Schreie, aber wir konnten nichts tun. Sie haben ihn weggeschnappt, vor unseren Augen. Wir haben ihn seither nicht wiedergesehen.«

Die *Dämonen* … Thirteen verspürte ein eisiges Frösteln. Nach allem, was Stefan ihr und Frank angetan hatte, war sie beinahe selbst ein wenig erstaunt, wie heftig ihr Erschrecken war und wie tief das Mitleid, das sie mit Stefan empfand. Ganz gleich, wie bösartig und gemein er auch immer gewesen war: Dieses Schicksal hatte er nicht verdient. Niemand hatte es verdient, so zu enden.

Dann fiel ihr der Fehler in ihren eigenen Gedanken auf. »Moment mal«, murmelte sie.

Peter sah sie aufmerksam an. »Ja?«

»Wann genau ist es passiert?«, fragte sie. »Ein paar Tage, nachdem ich verschwunden war?«

»Noch am selben Tag«, antwortete Peter. »Nur ein paar Stunden später. Warum?«

»Aber da bin ich Stefan noch begegnet!«, sagte Thirteen. »Er lebte noch. Und er lebt immer noch, drüben auf der anderen Seite. Begreift ihr denn nicht, was das bedeutet?«

»Nicht … genau«, gestand Peter.

»Ihr glaubt, es wäre euer Tod, von den Dämonen verschleppt zu werden«, sagte Thirteen. »Stimmt's?«

»Keiner, den sie jemals erwischt haben, ist je wieder aufgetaucht«, sagte Tim.

»Natürlich nicht!«, antwortete Thirteen. »Weil sie zu *Dämonen geworden sind,* begreifst du das denn nicht?« Sie sah sich mit klopfendem Herzen um. Die anderen starrten sie an, teilweise verblüfft, teilweise aber auch vollkommen verständnislos.

»Das ist etwas, was ich die ganze Zeit über nie richtig verstanden habe«, fuhr Thirteen aufgeregt fort. »Wisst ihr noch, was ich euch über Beate erzählt habe und Peters anderes Ich, Doktor Hartstätt?«

»Dass sie zu seelenlosen Zombies geworden sind«, sagte Peter leise. Er klang sehr bitter.

»Ja. Und trotzdem ist noch ein kleiner Rest von Menschlichkeit in ihnen geblieben. Beate hat mir das Leben ziemlich schwer gemacht, und trotzdem wäre sie niemals auf die Idee gekommen, mich umzubringen, ebenso wenig wie Peter oder Helen. Dieser Volkner hatte da weniger Skrupel. Ich nehme an, ihr kanntet ihn auch?«

Die Frage galt Peter, der sie zwar mit einem Kopfschütteln beantwortete, aber trotzdem sagte: »Ich habe nur von ihm gehört. Er war vor mir hier.«

»Die Dämonen haben ihn erwischt«, vermutete Thirteen. Peter nickte. Er sagte nichts mehr.

»Genau wie Stefan«, sagte Thirteen. »Ich hatte wirklich Angst vor ihm, wisst ihr? Er war vollkommen rücksichtslos. Wie ein

Dämon. Weil seine Seele hier, auf dieser Seite, zu einem Dämon geworden ist. Ich gehe jede Wette ein, dass es sieben Dämonen gibt.«

»Wir haben sie nie gezählt«, sagte Angela und kniff ein Auge zu. »Aber sieben und fünf macht nur zwölf.«

»Eben!«, sagte Thirteen triumphierend. »Einer fehlt! Sie haben Nagelschmidt immer noch nicht ersetzt. Aber das werden sie tun. Bald. Vielleicht schon heute! *Das* muss es gewesen sein, was mein Großvater meinte, als er sagte, dass ich noch eine Chance habe, es zu beenden!«

»Du vergisst dich selbst«, sagte Peter. »Mit dir *sind* wir dreizehn.«

»Das ist etwas anderes«, widersprach Thirteen überzeugt. Um einiges überzeugter sogar, als sie in Wirklichkeit war. Sie hoffte, dass es so sein würde. Sie betete, dass es so war. Es *musste* einfach so sein, wenn nicht alles umsonst gewesen sein sollte!

»Wieso?«, fragte Tim.

»Weil ich nicht auf demselben Weg wie ihr alle hierhergekommen bin«, antwortete Thirteen. »Es muss etwas mit meiner Verwandtschaft zu Großvater zu tun haben. Offensichtlich kann *ich* tatsächlich in das Haus herein und wieder hinaus. Fragt mich nicht, warum, aber es ist so. Es … es muss irgendetwas mit meinem Geburtsdatum zu tun haben. Freitag der Dreizehnte und Vollmond!« Thirteen nickte aufgeregt. »Ich bin sicher, dass es so ist. Immer der Dreizehnte und immer bei Vollmond. Beate – die andere Beate, drüben auf unserer Seite – hat es mir selbst gesagt: An einem bestimmten Tag ist die Tür geöffnet. Vielleicht in *beide* Richtungen.«

Peters Augen wurden groß. »Das … das heißt, wir könnten … hinaus?«

»Wie Nagelschmidt«, bestätigte Thirteen. »Wir müssen nur den Ort finden, an dem sich die Tür befindet.«

»Und wie?«, fragte Tim leise. Es klang sehr niedergeschlagen und sein Gesicht war das einzige, das nicht vor plötzlicher Erregung leuchtete. Thirteen glaubte den Grund dafür zu kennen. Er *gestattete* sich nicht, Hoffnung zu schöpfen, weil er Angst hatte, wieder enttäuscht zu werden.

»Das weiß ich nicht«, gestand Thirteen. »Aber es ist möglich. Nagelschmidt hat es geschafft. Was ist los mit euch? Wollt ihr es nicht wenigstens *versuchen?*«

»Natürlich!«, sagte Angela.

»Auf jeden Fall!«, bestätigte Helen mit einem heftigen Kopfnicken.

Peter schwieg. Aber nach einer Weile nickte er; wenn auch beinahe widerwillig.

»Und du?« Thirteen sah Tim an.

»Ich ... weiß es nicht«, gestand Tim, ohne sie anzusehen.

»Du *weißt* es nicht? Was soll das heißen?«

»Dass ich es nicht weiß!«, polterte Tim. »Verdammt, ich ... ich weiß nicht, ob ich zurückwill! Du hast es mir selbst gesagt: Mein anderes Ich dort drüben ist ... ist ein vollkommen fremder Mensch.«

»Er ist *du*«, sagte Thirteen, aber Tim verneinte mit einem heftigen Kopfschütteln.

»Das ist er nicht. Er ist ein völlig Fremder. Ich weiß nichts von seinem Leben. Und nach allem, was du uns erzählt hast, will ich auch gar nichts darüber wissen, glaube ich. Verdammt, ich ... ich habe Angst davor, in dieses Leben zurückzukehren, versteht ihr das denn nicht?«

»Das haben wir alle«, sagte Helen. »Trotzdem gäbe ich alles dafür, um nicht hierbleiben zu müssen.«

»Du bist ja auch noch jung«, antwortete Tim bitter. »Glaubst du, ich hätte nicht gehört, was Thirteen erzählt hat? Du bist auch drüben noch ein Kind, und Beate ist noch immer eine junge Frau. Ihr beide habt euer ganzes Leben noch vor euch. Aber Peter und ich, wir sind alt. Unser Leben ist fast vorbei. Dieses ... dieses verdammte Haus hat uns unser Leben gestohlen! *Warum?*«

Das letzte Wort hatte er geschrien.

»*Tim!*«, sagte Peter scharf.

»Nicht!« Thirteen hob beruhigend die Hand. »Lass ihn. Ich

kann ihn verstehen. Was euch angetan wurde, das ist grausam und fürchterlich. Es tut mir unendlich leid.« Sie streckte die Hand aus, berührte Tim an der Schulter und sprach mit leiser Stimme weiter.

»Aber du darfst nicht aufgeben, Tim. Ich kann verstehen, dass du Angst vor dem hast, was dich erwartet. Hierzubleiben macht es nicht besser. Im Gegenteil. Wenn wir nicht versuchen, dieses … Ding zu besiegen, was immer es auch sein mag, dann wird es vielleicht ewig so weitergehen. Gib nicht auf, Tim. Wenn schon nicht um deinetwillen, dann wenigstens, um es zu beenden und vielleicht andere zu retten, die sonst dasselbe Schicksal erleiden müssen wie ihr.«

»Es ist doch vollkommen sinnlos«, murmelte Tim. »Wo sollen wir denn suchen?«

»Ich habe nicht die geringste Ahnung«, gestand Thirteen. »Aber das macht die Geschichte nur umso spannender, meinst du nicht auch?«

* * * * *

Ihr verletzter Fuß behinderte sie doch mehr, als sie angenommen hatte. Er war zwar nicht gebrochen, nicht einmal verstaucht, aber sie hatte ihn fast eine Woche lang nicht bewegt, und die Wunde, die das Plastikstück hineingescheuert hatte, tat erbärmlich weh. Irgendwie gelang es ihr zwar, aus dem Zimmer zu entkommen und sogar die Klinik zu verlassen, ohne entdeckt zu werden, aber als sie im Freien war, humpelte sie so heftig, dass sie kaum noch von der Stelle kam, und der Schmerz trieb ihr fast die Tränen in die Augen.

Ihre Entschlossenheit hatte einen gehörigen Dämpfer bekommen, als sie auf den Parkplatz hinaushinkte. Ihr Großvater hatte ihr zwar gesagt, wo sie die Antworten auf die Fragen finden würde, die sie ihm nicht mehr hatte stellen können – im Museum nämlich (und hatte nicht auch Beates Mutter vom Museum gesprochen?) –, aber zum einen wusste sie nicht einmal, wo dieses

Museum war, und zum anderen hatte sie in ihrem Zustand nicht die mindeste Aussicht, dorthin zu kommen.

Hilflos sah sie sich auf dem großen Parkplatz um. Rollers Wagen stand noch immer dort, wo er ihn geparkt hatte. Sie fragte sich, ob ihm ihr Verschwinden mittlerweile aufgefallen war, und wenn ja, wie er wohl darauf reagieren würde. Höchstwahrscheinlich mit einem Wutanfall.

In einiger Entfernung entdeckte sie eine Bushaltestelle. Mit zusammengebissenen Zähnen und sich immer auf den Kühlerhauben der geparkten Wagen abstützend, humpelte sie darauf zu. Sie hatte zwar kein Geld, um den Bus zu bezahlen, aber in Anbetracht dessen, was sie zu tun hatte, war Schwarzfahren vielleicht eine der Sünden, die ihr beim Jüngsten Gericht vergeben werden würden.

Etwas Kleines, Dunkles huschte quiekend zwischen ihren Füßen hindurch und verschwand unter einem geparkten Wagen. Thirteen schrie vor Schreck auf, verlor ihren Halt und schlug der Länge nach hin, als ihr verletzter Fuß unter dem plötzlichen Gewicht ihres Körpers nachgab.

Es gelang ihr, dem Aufprall mit ausgestreckten Händen die schlimmste Wucht zu nehmen, aber ihr Fuß pochte so heftig, dass ihr nun wirklich die Tränen über das Gesicht liefen und sie einen Moment lang benommen war.

Als sie die Augen wieder öffnete, beugte sich eine Gestalt über sie. Thirteen sah erschrocken hoch, für einen Moment felsenfest davon überzeugt, in Rollers Gesicht zu blicken. Stattdessen sahen ein Paar dunkle Augen aus einem gutmütigen Frauengesicht besorgt auf sie herab.

»Was ist mit dir, mein Kind?«, fragte die Frau. »Bist du verletzt?«

»Nein«, antwortete Thirteen schnell. »Es geht schon.«

Um ihre Behauptung unter Beweis zu stellen, versuchte sie sich in die Höhe zu stemmen – und sank mit einem Schrei wieder zurück.

»Ja, das sieht man«, sagte die Frau. Sie beugte sich vor und streckte die Hand aus, um Thirteen beim Aufstehen behilflich zu sein. »Was ist mit deinem Fuß? Hat die Ratte dich etwa gebissen?«

Ratte? Thirteen sah erschrocken in die Richtung, in die das kleine dunkle Wesen verschwunden war. Sie hatte nicht viel mehr als einen Schatten gesehen. Trotzdem schüttelte sie den Kopf und sagte: »Nein. Ich war nur erschrocken.«

»Kein Wunder«, antwortete die fremde Frau. »Dieses Ungeziefer wird immer dreister! Und noch dazu in der Nähe des Krankenhauses. Ein Skandal ist das!« Sie schüttelte heftig den Kopf und wechselte das Thema. »Na ja, ich bringe dich jetzt erst einmal zurück in die Klinik, damit sich ein Arzt um deinen Fuß kümmert.«

»Nein!«, sagte Thirteen erschrocken. Die Fremde runzelte die Stirn und Thirteen fuhr mit einem nervösen Lächeln fort: »Ich meine: Das ist nicht nötig. Ich komme ja gerade aus dem Krankenhaus. Ich habe mir den Fuß verstaucht, schon heute Morgen. Es hat nichts mit der Ratte zu tun. Ich war nur erschrocken, das ist alles.« Sie deutete mit einer Kopfbewegung auf die Bushaltestelle. »Ich muss jetzt los. Vielen Dank für Ihre Hilfe.«

»Du willst mit dem Bus fahren? Mit dem wehen Fuß?«

»Gehen kann ich ja schlecht«, antwortete Thirteen mit einem gequälten Lächeln.

»Wohin willst du denn?«, erkundigte sich die Frau.

»Ins Museum«, antwortete Thirteen nach kurzem Nachdenken. Nach einer weiteren Pause fügte sie hinzu: »Meine Mutter arbeitet dort.«

»Und wieso ist sie nicht hier, um dich abzuholen?«

»Weil … weil sie keinen Wagen hat«, improvisierte Thirteen. Sie zuckte mit den Schultern und versuchte möglichst verlegen auszusehen – was ihr im Moment nicht besonders schwerfiel. »Ehrlich gesagt, sie … sie weiß nicht, dass ich hier bin. Ich sollte jetzt eigentlich in der Schule sein. Aber ich habe geschwänzt. Und da ist eben der Unfall passiert.«

»Ich verstehe.« Die Frau zog einen Schlüsselbund aus der

Handtasche und deutete auf einen Wagen, der ein paar Schritte entfernt stand. »Steig ein.«

Thirteen blickte sie fragend an.

»Steig ein«, wiederholte die Frau. »Ich fahre dich zum Museum.«

»Sie?«

»Warum nicht? Mit deinem Fuß kannst du nicht mit dem Bus fahren. Es liegt zwar nicht unbedingt auf meinem Weg, aber ich bringe dich dorthin.« Sie blinzelte ihr zu. »Und wenn du willst, rede ich mit deiner Mutter – damit sie dir nicht den Kopf abreißt.«

Obwohl ihr Fuß immer noch heftig wehtat, musste Thirteen plötzlich lächeln. Es war einfach ein schönes Gefühl, zur Abwechslung einmal auf einen Menschen zu treffen, der es ganz uneigennützig gut mit ihr meinte.

Sie humpelte zum Wagen, nahm auf dem Beifahrersitz Platz und schnallte sich an, während die Fremde den Motor startete und den Wagen vom Parkplatz heruntersteuerte.

»Diese Ratten sind wirklich eine Plage«, fuhr die Frau fort. »In den letzten Tagen sind sie richtig aggressiv geworden.« Sie lachte. »Wenn du im Museum bist, dann solltest du nach ein paar guten Tipps fragen, wie man mit diesen Biestern fertigwird.«

Thirteen sah sie verständnislos an. Die Frau schien einen Moment lang ziemlich irritiert zu sein. Dann fragte sie: »Was tut deine Mutter im Museum?«

»Sie ... ist in der Verwaltung«, antwortete Thirteen. »Aber erst seit ein paar Tagen. Ich selbst bin noch nie dort gewesen.«

»Dann wird es dir gefallen«, sagte die Frau. »Es ist zwar nicht groß, aber sehr hübsch. Mir gefällt es jedenfalls. Ich war als Kind oft da und ich gehe auch heute noch manchmal hin.«

Thirteen beließ es bei einem Lächeln als Antwort. Vielleicht war es besser, wenn sie jetzt nichts mehr sagte. Die Frau war zwar sehr nett, aber sie war auch eine aufmerksame Zuhörerin, und sie hatte wahrscheinlich schon zu viel gesagt. Es war besser, ihr Misstrauen nicht noch weiter zu verstärken. So antwortete sie immer einsilbiger auf ihre Fragen, bis ihr Gespräch schließlich ganz aufhörte. Die Frau wirkte daraufhin ein bisschen distanziert, aber sie war auch diskret genug, Thirteen nicht weiter zu bedrängen. Der Rest der Fahrt – die so lange war, dass Thirteen trotz allem heilfroh war, das Angebot angenommen zu haben und nicht mit dem Bus gefahren zu sein – verlief in beinahe völligem Schweigen.

Schließlich hielt der Wagen an und ihre unbekannte Wohltäterin machte eine entsprechende Kopfbewegung. »Wir sind da.«

Thirteen hatte Mühe, sich ihre Überraschung nicht anmerken zu lassen. Bei dem Wort Museum hatte sie natürlich an ein großes, altehrwürdiges Gebäude mit Marmorsäulen und einer weitläufigen Eingangshalle gedacht, einer großen Freitreppe und langen, indirekt beleuchteten Korridoren voller Glasvitrinen, aber das genaue Gegenteil war der Fall. Sie standen vor einem eher unauffälligen Gebäude, dessen einziges Außergewöhnliches sein unübersehbares Alter war.

»Du warst wirklich noch nie hier«, sagte die Frau. Ganz offensichtlich war es Thirteen doch nicht gelungen, ihre Überraschung zu verhehlen. »Also, wie ist es? Soll ich mitkommen und mit deiner Mutter reden?«

»Das ist wirklich nicht nötig«, sagte Thirteen hastig. »Vielen Dank, dass Sie mich hergefahren haben.«

Sie stieg aus, schloss rasch die Tür und wartete, bis der Wagen abgefahren war. Erst dann wandte sie sich wieder zum Museum um und betrachtete das Gebäude. Es war ein ganz normales altes Stadthaus mit einer schön verzierten Holztür, neben der ein kleines Messingschildchen verkündete: HEIMATMUSEUM HAMELN. Darüber befand sich ein kleiner, fast ungelenk wirkender Holzschnitt, der einen Mann mit einer Flöte zeigte, dem eine ganze Heerschar von Ratten folgte.

Thirteen starrte das Schild und den Holzschnitt an.

Geh ins Museum.

Sie starrte das Schild an. Ihre Gedanken rasten.

Alle deine Fragen werden beantwortet.

Sie atmete kaum. Es war unmöglich. Das war vollkommen unmöglich!

Die alten Legenden sind wahr.

Es konnte nicht sein. Trotz allem, was sie erlebt hatte, weigerte sie sich einfach, das zu glauben!

Ich bin der …

Der Rattenfänger, dachte Thirteen. Sie fühlte sich wie betäubt. Das war es, was ihr Großvater ihr hatte sagen wollen, bevor ihn die Kräfte verließen. Der Rattenfänger von Hameln. Die Märchengestalt, die diese Stadt angeblich im Mittelalter von einer Rattenplage befreit hatte, indem sie auf ihrer magischen Flöte spielte und die Tiere damit weglockte. Die Legende erzählte weiter, dass die Stadtväter den Rattenfänger danach um den versprochenen Lohn betrogen hatten, und aus Rache hätte er seine magische Flöte ein zweites Mal benutzt, um diesmal die Kinder von Hameln wegzulocken. Weder er noch sie wurden jemals wieder gesehen.

Aber es war keine Legende.

Thirteen starrte weiter das Schild an und sie begriff mit fürchterlicher Klarheit, dass das Märchen kein Märchen war. Es war die Wahrheit. Alles hatte sich ganz genauso abgespielt; mit einer einzigen Ausnahme: Der Flötenspieler hatte weder die Ratten noch die Kinder in den Tod gelockt, sondern in ein altes Haus im Nachbarort, kaum eine Stunde Fußmarsch entfernt.

Und dort waren sie heute noch.

* * * * *

»Was ist hier eigentlich passiert?«, fragte Thirteen und deutete den Korridor hinunter. »Als ich das letzte Mal da war, sah es hier noch anders aus.«

Sie hatten das Zimmer schließlich doch verlassen und sich auf die Suche gemacht. Jetzt waren sie seit einer guten Stunde unterwegs – soweit Thirteen ihrem Zeitgefühl in dieser unheimlichen Welt jenseits der Wirklichkeit noch trauen konnte – und die zu

Anfang fast euphorische Stimmung hatte sich wieder ziemlich gelegt. Ihre Gespräche waren nach und nach verstummt und das begeisterte Leuchten in den Augen der meisten war verschwunden. Es war derselbe beunruhigende Effekt, den Thirteen auch schon mehrmals am eigenen Leibe erlebt hatte: Es musste in diesem Haus etwas geben, was seinen Bewohnern den Mut nahm; wie ein schleichendes Gift, das auf ihre Gedanken und ihre Seelen wirkte.

Mit einiger Verspätung antwortete Peter auf ihre Frage. »Es hat vor ein paar Tagen angefangen«, sagte er achselzuckend. »Das Haus scheint zu altern. Ziemlich unheimlich, wie?«

Thirteen fand es eher erschreckend als unheimlich. Was ihr auf dem Weg hierher bereits aufgefallen war, hatte sich fortgesetzt und schien sogar noch schlimmer geworden zu sein. Das Haus befand sich auch hier in einem fast bemitleidenswerten Zustand. Tapeten und Putz schälten sich von den Wänden, die Stuckverzierungen bröckelten von der Decke, und der Boden war so morsch, dass sie manchmal fast Angst hatte, die Füße aufzusetzen. Die Türrahmen waren abgesplittert und eine Tür war sogar aus den Angeln gebrochen und nach außen gekippt.

»Wohin gehen wir eigentlich?«, fragte Tim plötzlich. Er war ihnen schließlich, ohne zu protestieren, gefolgt, aber so missmutig und still geblieben wie am Anfang. Thirteen musste zugeben, dass seine Frage einer gewissen Berechtigung nicht entbehrte. Sie war auf gut Glück losmarschiert und hatte gehofft, schon irgendwie den richtigen Weg zu finden. Sie bekam noch einmal eine kurze Gnadenfrist geschenkt, in der sie nicht antworten musste, denn am Ende des Korridors tauchte in diesem Moment wieder einmal eine Treppe auf, und sie gingen schweigend weiter, bis sie sie erreichten und stehen blieben.

»Und jetzt?«, fragte Tim.

Thirteen antwortete nicht gleich, sondern ließ ihren Blick nachdenklich die ausgetretenen Stufen hinauf- und wieder herunterwandern. Sie glaubte das Geheimnis dieser Treppen erkannt zu haben: Sie waren nicht willkürlich oder regelmäßig in den Korridoren verteilt, sondern tauchten stets dann auf, wenn man sie brauchte. Sie sah schweigend nach oben.

»Da waren wir schon«, sagte Tim.

»Aber vielleicht nicht weit genug«, fügte Helen hinzu. »Wir haben kehrtgemacht, bevor wir das Dach erreichten.«

Tim schauderte. Sein Blick folgte dem Thirteens in die Höhe. »Danke, mir hat es gereicht. Noch einmal bekommen mich keine zehn Pferde da rauf. Das letzte Mal hätte es uns beinahe alle das Leben gekostet.«

Auch Thirteen spürte ein unangenehmes Frösteln, als sie an ihre Expedition auf die Dachbalken hinauf zurückdachte. Allerdings weniger deshalb, was ihr zugestoßen war, als vielmehr dessentwegen, was sie *gesehen* hatte. Das, was sich hinter den Vorhängen aus staubverkrusteten Spinnweben erstreckte, war so vollkommen fremdartig und anders gewesen, dass ihr schon die bloße Erinnerung ein fast körperliches Unbehagen bereitete. Was hatte Wusch noch darüber gesagt: Ihr seid dem, was das Haus wirklich ist, sehr nahegekommen …

»Also, was jetzt?«, fragte Tim ungeduldig. »Willst du wirklich noch einmal da rauf?«

Thirteen blickte ihn einen Moment lang an, dann sah sie die Treppe hinab. Die Stufen unterschieden sich nicht von denen, die nach oben führten. Und doch … es *gab* einen Unterschied. Sie konnte ihn nur nicht in Worte fassen.

»Und wenn es nun genau umgekehrt ist?«, fragte sie. »Wenn der Ausgang unten liegt?«

Tim erschrak sichtbar, und auch die anderen sahen alles andere als begeistert aus. »Wie kommst du darauf?«, erkundigte sich Peter. Er klang ein bisschen nervös.

»Nur so«, gestand Thirteen. Sie blickte die Treppe hinab. Sie konnte beim besten Willen nicht begründen, warum es so war, aber der Anblick bereitete ihr Unbehagen. »Außerdem ist es die einzige Richtung, in der wir noch nicht nachgesehen haben. Hier ist nichts und auf dem Dach gibt es auch keinen Ausgang. Es bleibt nur der Weg nach unten.«

»Niemand geht die Treppe *hinunter*«, sagte Tim überzeugt.

Thirteen wandte sich an Peter. »Hast du mir nicht erzählt, dass manche von euch die Treppe hinuntergegangen sind?«

»So sagt man«, antwortete Peter ausweichend. »Aber das sind nur Geschichten. Keiner ist jemals zurückgekommen.«

»Und keiner von uns geht dort hinunter«, fügte Tim in einem Tonfall grimmiger Entschlossenheit hinzu.

»Warum?«, fragte Thirteen.

»Warum?«, wiederholte Tim. Die Frage allein schien ihn zu verunsichern. »Nun, weil ... weil ... weil es eben niemand tut, basta.«

»Du meinst, weil euch das, was da unten ist, Angst macht.«

»Quatsch«, antwortete Tim. »Dort unten ist nichts anderes als hier auch.«

»Ach?«, sagte Thirteen. »Und woher willst du das wissen, wenn doch noch nie jemand von dort zurückgekommen ist?«

Tim starrte sie betroffen an und schwieg.

»Ich will euch sagen, warum keiner von euch jemals diese Treppe hinuntergegangen ist«, fuhr Thirteen in leicht erhobenem Ton und an alle zugleich gewandt fort. »Allein der Gedanke bereitet euch schon Unbehagen, stimmt's? Mir geht es jedenfalls so. Etwas dort unten macht uns allen Angst. Und wisst ihr auch, warum?« Thirteen machte eine Geste zur Treppe hin. »Weil dasselbe Etwas nicht will, dass ihr dort hinuntergeht.«

Niemand antwortete. Aber das war auch nicht nötig. Thirteens Schlussfolgerung war so klar, dass jeder Widerspruch einfach lächerlich gewesen wäre.

»Die Dämonen leben dort unten«, sagte Beate nach einer kleinen Weile.

Thirteen seufzte. »Niemand hat gesagt, dass es ungefährlich wäre«, sagte sie. »Aber ich verlange auch von keinem, dass er mitkommt. Ich werde dort hinuntergehen, aber ihr könnt hierbleiben. Ich meine es ehrlich: Ich bin keinem böse, der nicht mitkommen will. Wirklich nicht. Ich kann euch gut verstehen.«

»Unsinn!«, sagte Peter. »Keiner von uns bleibt hier. Glaubst du wirklich, wir lassen dich allein da runter?«

»Ich bin nicht einmal sicher, ob ihr mir überhaupt helfen könnt«, antwortete Thirteen. Aber sie lächelte und ein tiefes Gefühl von Dankbarkeit und Freundschaft ergriff für einen Moment von ihr Besitz. Trotzdem fuhr sie fort: »Mein Großvater hat gesagt, dass nur ich allein die Macht habe, den Fluch zu brechen, der auf diesem Haus liegt.«

»Hat er auch gesagt, dass du dabei keine Hilfe brauchst?«, fragte Peter. Als sie nicht antwortete, nickte er heftig und wies zur Treppe. »Also, gehen wir.«

* * * * *

Für endlose Minuten stand Thirteen reglos und wie erstarrt da und starrte das Messingschild und den Holzschnitt an. Schließlich löste sie sich mit größter Anstrengung aus ihren Grübeleien und streckte die Hand nach dem Türgriff aus, als eine wohlbekannte Stimme hinter ihr sagte:

»Ich an deiner Stelle würde das nicht tun.«

Gleichermaßen überrascht wie freudig fuhr Thirteen herum und blickte in ein runzeliges, stoppelbärtiges Gesicht und in ein Paar Augen, das von winzigen roten Äderchen durchzogen war.

»Nagelschmidt!«, sagte sie lebhaft. Erst dann bemerkte sie die kleine Gestalt, die auf seiner Schulter hockte und sie aus glitzernden Knopfaugen ansah. »Und Wusch! Du auch!«

»Nett, dass du dich noch an meinen Namen erinnerst«, sagte Wusch giftig. »Ich fühle mich geehrt.«

»Aber … aber ich dachte, du wärst tot!«

»Das wäre ich auch, wenn ich mich auf deine Hilfe verlassen hätte«, versetzte Wusch patzig. »Vielen Dank auch!«

»Aber wo … wo kommt ihr denn her?«, sagte Thirteen verwirrt. »Ich dachte … ich … Ich meine … Beate hat mir erzählt, dass …«

»Sie hat versucht mich einsperren zu lassen«, sagte Nagelschmidt grimmig. »Aber ich bin ihnen entwischt. Mit ihrer Hilfe.« Er deutete auf Wusch.

»Genau!«, piepste die Flederratte. »*Ich* kümmere mich um meine Freunde.«

Thirteen zog es vor, nicht zu antworten. Sie war bisher felsenfest davon überzeugt gewesen, dass ihre kleine Freundin nicht mehr am Leben wäre. Immerhin hatte sie mit eigenen Augen gesehen, wie gleich mehrere der riesigen geflügelten Bestien über sie hergefallen waren. Ihr schlechtes Gewissen meldete sich ziemlich heftig.

»Wieso soll ich nicht ins Museum gehen?«, fragte Thirteen. »Mein Großvater hat gesagt …«

Sie unterbrach sich, als Nagelschmidt plötzlich nach ihrem Handgelenk griff und sie ziemlich unsanft hinter einen geparkten Wagen zerrte. Überrascht sah sie den alten Mann an, dann folgte sie seinem Blick und war in der nächsten Sekunde sehr froh, dass sie nicht mehr vor der Museumstür stand.

Diese war von innen geöffnet worden, und eine vielleicht vierzigjährige füllige Frau mit dauergewelltem dunklem Haar war einen Schritt ins Freie getreten und sah sich suchend um. Obwohl sie mindestens fünfundzwanzig Jahre älter war und gehörig an Gewicht zugelegt hatte, erkannte Thirteen sie sofort wieder.

Es war Angela. Sie war nicht nur älter und fülliger geworden, ihr Gesicht hatte auch einen harten, verbitterten Zug angenommen, und in ihren Augen war etwas, was Thirteen nur zu gut kannte.

»Damit sind sie ja komplett«, sagte Thirteen. »Wonach sucht sie? Nach mir?«

Die Antwort erübrigte sich im nächsten Augenblick. Ein schwerer Wagen rollte um die Ecke und hielt auf das Museum zu, und Thirteen erkannte sowohl das Automobil als auch die junge Frau hinter dem Steuer sofort. Es war Beate.

»Das war knapp«, sagte Thirteen. »Danke. Was sucht Angela hier?«

»Sie ist die Leiterin des Museums«, antwortete Nagelschmidt. »Hast du das nicht gewusst?«

Thirteen wich einen halben Schritt weiter hinter den Wagen zurück und sah zu, wie Beate anhielt und ausstieg. Angela trat ihr entgegen.

»Schade, dass man nicht verstehen kann, was sie reden«, sagte Thirteen. »Es wäre vielleicht ganz interessant.«

»Wer sagt, dass ich es nicht verstehe?«, piepste Wusch. »Willst du wissen, was sie sprechen?«

Thirteen warf ihr nur einen strengen Blick zu, und Wusch beeilte sich, das Gespräch der beiden Frauen zu wiederholen. Sie sprach so synchron, dass ihre Worte im selben Moment wie die Lippenbewegungen Beates und Angelas kamen, sodass es so realistisch war, als könnte Thirteen sie hören; auch wenn sie beide mit derselben Stimme sprachen.

»... noch nicht aufgetaucht«, sagte Angela gerade. »Bist du denn sicher, dass sie herkommt?«

»Ich habe nicht die geringste Ahnung, was sie tun wird«, antwortete Beate kopfschüttelnd. »Aber sie wird bestimmt nicht die Hände in den Schoß legen und abwarten, dass es Mitternacht wird. Ich kenne sie mittlerweile. Die Kleine ist immer für eine Überraschung gut und sie ist nicht dumm. Es ist wirklich besser, wenn wir auf alles vorbereitet sind.«

»Ich halte die Augen auf«, versprach Angela. »Alles andere ist vorbereitet?«

»Wir treffen uns um elf«, bestätigte Beate. »Mach's gut. Ich muss jetzt weiter, um die anderen zu warnen. Heute darf nichts schiefgehen. Du weißt, was auf dem Spiel steht.«

Sie verabschiedete sich, stieg in den Wagen und fuhr davon. Angela sah ihr nach, bis der Wagen hinter der nächsten Biegung verschwunden war, dann ging sie ins Museum zurück und schloss die Tür hinter sich.

»Das war wirklich knapp«, sagte Thirteen und atmete erleichtert auf. »Wenn ich da reingegangen wäre ... Und ich hatte gerade angefangen, meinem Großvater zu vertrauen.«

»Er kann nichts dafür«, sagte Nagelschmidt.

»Erzähl mir jetzt nicht, dass er nicht gewusst hat, *wer* dieses Museum leitet«, grollte Thirteen. »Wäre ich hineingegangen, dann hätten sie mich erwischt.«

»Dein Großvater ist genauso ein Opfer wie wir«, sagte Nagelschmidt. »Er hat schon lange bereut, was er getan hat. Aber es steht nicht in seiner Macht, es rückgängig zu machen. Nur du kannst es beenden. Deshalb fürchten sie dich ja so.«

»Das scheint mir auch so«, murmelte Thirteen. In Gedanken fügte sie hinzu: *Dummerweise habe ich nicht die geringste Ahnung, weshalb.* Vorsichtshalber sprach sie das aber nicht laut aus.

»Sie treffen sich also heute Abend«, sagte sie stattdessen. »Um elf. Die Frage ist nur, wo.«

»Das kann ich rauskriegen«, sagte Wusch. »Allerdings ist es gar nicht nötig. Wir wissen ja, wo sie hinwollen. Zum Haus.«

»Und du weißt auch, was heute Abend dort passiert«, vermutete Thirteen.

Wusch grinste.

»Bis dahin ist noch eine Menge Zeit«, sagte Nagelschmidt. »Warum suchen wir uns nicht ein sicheres Plätzchen, wo wir uns ausruhen und gemeinsam beraten können, was wir tun?«

»Irgendeine gemütliche Kanalisation?«, schlug Thirteen vor.

Nagelschmidt lachte. »Ich glaube, da weiß ich etwas Besseres«, sagte er. Er drehte sich herum und deutete mit einer Kopfbewegung auf einen weißen VW-Golf, der ein Stück entfernt am Straßenrand geparkt war.

»Beates Mutter?«, fragte Thirteen überrascht. »Aber das … Ich … ich dachte, dass …«

»… deine Freunde dich im Stich lassen?«, unterbrach sie Wusch. Thirteen sah sie betroffen an und Nagelschmidt drehte sich vollends herum, machte eine einladende Geste zum Wagen hin und sagte: »Also! Worauf warten wir noch?«

*****

Die Etage, in die sie gelangten, unterschied sich äußerlich in nichts von der, aus der sie gekommen waren. Auch nicht in ihrem Zustand. Er war eher noch schlimmer: Wände, Fußböden und Decken waren nicht nur hoffnungslos heruntergekommen und verfallen, hier unten lagen auch Trümmerstücke und Unrat herum, manchmal zu regelrechten Bergen aufgetürmt, über die sie mühsam hinwegsteigen mussten. Viele Türen hingen nur noch schräg in den Angeln oder waren ganz herausgebrochen und die Zimmer dahinter boten keinen erfreulicheren Anblick. Die meisten Möbel waren zusammengebrochen und zu Staub zerfallen, und in mehr als einem Zimmer, in das sie blickten, gab es nicht einmal mehr Tapeten oder Putz an den Wänden, sondern nur noch das nackte Mauerwerk. Die Luft roch durchdringend nach Staub und Moder, nach Trockenheit und Fäulnis und vor allem nach *Alter.*

Das war es. Tim sprach den Gedanken laut aus, eine halbe Sekunde bevor Thirteen es tun konnte. »Unheimlich«, sagte er. »Als ob es plötzlich altern würde. In jeder Minute um ein Jahr.«

Auch Helen sah sich im Gehen schaudernd um. »Vielleicht liegt es an dieser Etage hier«, sagte sie. »Ich meine: Vielleicht wird das Haus umso älter, je weiter wir nach unten kommen.«

»Oben sah es doch auch nicht besser aus«, sagte Peter.

»So schlimm nicht«, widersprach Helen.

»Es scheint schlimmer zu werden, je weiter wir nach unten kommen«, sagte Tim. »Oder je länger wir hier sind.«

Beides klang überzeugend und auch naheliegend. Und beides war nicht die richtige Erklärung. Dieser plötzliche unheimliche Verfall hatte einen Grund, aber es war nicht der, den Tim und die anderen vermuteten. Thirteen hatte das Gefühl, dass sie diesen Grund kannte. Es war …

»Es ist erschöpft«, sagte sie. Sie war stehen geblieben, und auch die anderen hielten an und blickten fragend auf sie.

»Wer ist erschöpft?«, fragte Peter.

Thirteen zögerte zu antworten. Es war nur eine Idee – aber sie passte zu allem, was in der letzten Zeit geschehen war – und auch zu etwas, was sie tief in sich schon seit einer geraumen Zeit spürte, auch wenn sie dieses Wissen vielleicht noch nicht in Worte fassen konnte. »Das Haus«, murmelte sie. »Sein Geist … sein böses Ich … das Wesen, das es beherrscht. Nennt es, wie ihr wollt. Wusch hat erzählt, dass es all seine Kraft aufbieten musste, um uns außerhalb seines Machtbereiches anzugreifen. Vielleicht ist es einfach erschöpft.«

»Und deshalb altert es?«, fragte Tim zweifelnd.

»Nein«, antwortete Thirteen. »Aber vielleicht hat es nicht mehr die Kraft, die Illusion aufrechtzuerhalten.«

»Du meinst, es … es sieht hier immer so aus?«, fragte Helen. Sie riss erschrocken die Augen auf.

»Wenn das, was Thirteen erzählt hat, die Wahrheit ist, dann muss dieses Haus drei- oder vierhundert Jahre alt sein«, sagte Peter. Er sah sich demonstrativ um. »So ungefähr stelle ich mir ein dreihundert Jahre altes Haus schon vor.«

»Aber es war doch bisher vollkommen in Ordnung!«, protestierte Angela.

Peter schnaubte. Sein Gesicht verdüsterte sich. »Wir haben geglaubt, es wäre in Ordnung«, sagte er. »Thirteen hat recht. Wir haben unser Leben in … in dieser Ruine verbracht. Wie die Ratten!«

Doch auch das war noch nicht die ganze Wahrheit. Etwas … fehlte. Thirteen behielt das Gefühl wohlweislich für sich, aber sie spürte ganz deutlich, dass da noch mehr war. Hinter dem Geheimnis lauerte noch ein zweites, viel schrecklicheres. Nachdenklich ging sie an Peter vorbei zu einer der offen stehenden Türen und blickte in das verwüstete Zimmer, das dahinter lag. Seine Einrichtung bestand nur noch aus halb vermoderten Trümmern und Schutt, der sich fast kniehoch türmte, sodass sie sich hütete, das Zimmer zu betreten. Selbst der Putz war von den Wänden gefallen. Sie sah nur noch das nackte, von Flecken und hässlichen Modergewächsen bedeckte Mauerwerk.

Ganz unabsichtlich lehnte sie sich gegen den Türrahmen – und fuhr entsetzt zurück, als ihre Finger das vermoderte Holz berührten.

»Was hast du?«, fragte Peter alarmiert.

Thirteen antwortete nicht, sondern blickte mit klopfendem Herzen auf das Holz hinab. Zögernd, so vorsichtig, als hätte sie Angst, einer glühenden Herdplatte zu nahe zu kommen, streckte sie die Hand aus und berührte es ein zweites Mal.

Das unglaubliche Gefühl blieb.

Das Holz fühlte sich nicht wie Holz an.

Es war warm. Weich. Es fühlte sich lebendig an.

»Was hast du?«, fragte Peter noch einmal.

»Die Tür«, murmelte Thirteen. »Irgendetwas ... stimmt nicht damit.«

Peter streckte ebenfalls die Hand aus, berührte den Türrahmen und riss verblüfft die Augen auf. »Unheimlich«, murmelte er.

»Ekelhaft«, fügte Angela hinzu, nachdem auch sie die Tür angefasst hatte.

Die anderen taten dasselbe und jeder wich entsetzt zurück.

Schließlich deutete Peter den Gang hinab. »Gehen wir weiter«, sagte er. »Das gefällt mir nicht.«

Niemand widersprach.

* * * * *

Obwohl Thirteen heftige Bedenken hatte, fuhren sie wieder zu Frau Mörsers Haus zurück, um den Tag abzuwarten und – wie Wusch es ausdrückte – Kriegsrat zu halten.

Viel zu beraten gab es allerdings nicht. Frau Mörser versorgte Thirteens Fuß und legte einen festen Verband an, der den Schmerz zwar nicht linderte, das Laufen aber sehr viel leichter machte; sie humpelte jetzt nur noch ein bisschen und hoffte, dass sie bis zum Abend wieder ganz in Ordnung sein würde. Anschließend setzten sie sich ins Wohnzimmer, um zu reden.

Thirteen war immer noch nicht sonderlich wohl in ihrer Haut. Sie hatte auf dem Weg hierher jeden Wagen misstrauisch beäugt, ohne dass ihr irgendetwas Außergewöhnliches aufgefallen wäre, und auch draußen auf der Straße rührte sich nichts. Trotzdem fühlte sie sich wie auf dem Präsentierteller. Beate und die anderen mussten nun wirklich nicht lange nachdenken, um herauszubekommen, wo sie war. So viele Plätze gab es nicht in der Stadt, an denen sie unterkriechen konnte. Schließlich kleidete sie ihre Bedenken auch in Worte.

»Und wenn sie hierherkommt?«

»Meine Tochter?«, Frau Mörser schüttelte heftig den Kopf. »Ganz bestimmt nicht.«

»Wieso sind Sie da so sicher?«, fragte Thirteen.

»Weil sie schon hier war«, antwortete Frau Mörser. »Heute Morgen, ganz früh. Noch bevor du zu deinem Großvater ins Krankenhaus gefahren bist.«

Thirteen sah überrascht auf, was Frau Mörser zu einem Lächeln veranlasste. »Wir wussten die ganze Zeit über, wo du warst«, sagte sie mit einer erklärenden Geste auf Wusch.

»Und was wollte sie?«, fragte Thirteen. »Beate, meine ich.«

»Ehrlich gesagt: Völlig verstanden habe ich es nicht«, sagte Frau Mörser. »Ich hatte das Gefühl, dass sie es im Grunde selbst nicht genau wusste. Sie war sehr nervös.«

»Sie sind alle sehr nervös«, pflichtete ihr Wusch bei. »Heute ist ein sehr wichtiger Tag für sie.«

»Beate wollte, dass ich die Stadt verlasse«, sagte Frau Mörser.

»Wie?«, Thirteen riss ungläubig die Augen auf. »Aber das ist doch lächerlich. Wir sind doch nicht im Wilden Westen!«

»Sie hat auch nicht damit gedroht, mich zu erschießen, wenn ich um zwölf noch in der Stadt bin«, erklärte Frau Mörser amüsiert. »Im Gegenteil: Sie kam hierher und spielte die Zerknirschte. Wie leid ihr alles täte und wie gerne sie es wiedergutmachen würde …« Sie seufzte. »Es war eine bühnenreife Vorstellung. Ohne deine kleine Freundin da wäre ich vielleicht sogar darauf hereingefallen. Denn als Ausdruck ihres schlechten Gewissens und zur Wiedergutmachung sozusagen wollte mir Beate eine Reise schenken. Ihr müsst wissen, dass ich mir seit zwanzig Jahren sehnlich wünsche, einmal nach Ägypten zu reisen und die Pyramiden zu sehen.«

»Und wie es der Zufall wollte, hatte sie gerade ein Flugticket nach Kairo in der Tasche«, vermutete Thirteen.

»Ja.« Frau Mörser nickte. »Der einzige Schönheitsfehler war, dass ich sofort abreisen musste«, fuhr Frau Mörser fort. »Ehrlich gesagt: Für einige Augenblicke war ich ernsthaft in Versuchung. Wenn Wusch mir nicht gesagt hätte, was sie wirklich bezweckt, hätte ich die Reise vielleicht tatsächlich angetreten.«

»Aber so haben Sie abgelehnt.«

Frau Mörser schüttelte den Kopf. »Selbstverständlich nicht. Ich habe mich im Gegenteil sehr gefreut und in aller Eile einen Koffer gepackt. Meine Tochter hat mich höchstpersönlich. zum Bahnhof gebracht und gewartet, bis ich in den Zug gestiegen bin.« Sie lachte leise. »Allerdings nur, um an der nächsten Station wieder auszusteigen. Schade um die Flugkarte, aber die Maschine nach Kairo wird nun wohl ohne mich abfliegen.«

»Aber warum das alles?«, wunderte sich Thirteen.

»Damit sie glaubt, dass ich auch wirklich fort bin«, antwortete Frau Mörser.

Thirteen schüttelte den Kopf. »Das meine ich nicht. Ich frage mich, warum Beate sich all diese Mühe macht.«

»Wie bereits erwähnt wurde, sie sind sehr nervös«, sagte Frau Mörser. »Ich nehme an, sie wollen jede mögliche Gefahr ausschließen. Vergiss nicht: Heute ist ein entscheidender Tag für sie. Ein gefährlicher Tag. Und der Umstand, dass Nagelschmidt vor ein paar Tagen aus der Anstalt entwichen ist, dürfte sie zusätzlich nervös gemacht haben.«

»Anstalt? Was für eine Anstalt?«

Frau Mörsers Gesicht umwölkte sich. »Sie haben ihn in eine Trinkerheilanstalt einweisen lassen«, sagte sie.

»Nagelschmidt? Aber er ist doch kein Trinker!«

»Natürlich nicht. Wahrscheinlich hätten sie ihn in ein paar Tagen auch wieder entlassen. Wenn alles vorbei ist.«

»Womit wir beim Thema wären«, sagte Thirteen. Sie starrte einige Sekunden lang ins Leere, dann drehte sie sich im Sessel herum und sah die Flederratte an. »Wusch?«

»Das ist mein Name«, bestätigte Wusch. »Nett, dass du dich noch erinnerst.«

»Ich habe jetzt wirklich keinen Sinn für deine Späße, Wusch«, sagte Thirteen ernst. »Du weißt genau, was ich von dir will. Was geschieht heute Abend?«

»Aber das weißt du doch«, krähte Wusch. »Das Tor wird sich öffnen. Die beiden Welten werden eins. Dem Haus wird eine neue Seele zugeführt.«

»Und eine alte wird gehen«, sagte Thirteen. »Heißt das, dass einer von ihnen ... sterben wird?«

»Normalerweise schon«, antwortete Wusch. »Aber heute nicht. Sie sind nur noch zwölf. Aber es müssen dreizehn sein.«

»Wieso?«

»Weil ich ihnen entwischt bin«, sagte Nagelschmidt fröhlich. »Ich schätze, das war nicht vorgesehen.«

Thirteen empfand eine spürbare Erleichterung. Auch wenn Beate und die anderen ihr in den vergangenen Tagen heftig zugesetzt hatten, so wünschte sie sich doch nicht, dass einer von ihnen ernsthaft zu Schaden kam oder gar starb.

»Genau«, sagte Wusch. »Die Magie des Hauses beruht auf ihrer Zahl. Es müssen dreizehn sein. Keiner mehr und keiner weniger. In den letzten Jahren waren es nur zwölf – die sechs, die du kennst, und die, deren Seelen zu Dämonen geworden sind. Das Haus war nie im Vollbesitz seiner ganzen Kraft. Nicht einmal annähernd.«

»Danke«, sagte Thirteen säuerlich. »Mir hat es gereicht.«

Wusch blickte sie auf eine Weise an, die Thirteen schaudern ließ. »Oh, du meinst das Feuer, die Fliegen und alles andere?« Sie schüttelte heftig den Kopf. »Das war nichts. Gar nichts.«

»Das nennst du ›gar nichts‹?!«, ächzte Thirteen. »Wir wären um ein Haar getötet worden.«

»Du Närrin!«, sagte Wusch. »Bildest du dir wirklich ein, ihr hättet auch nur die winzigste Chance gehabt, dem Geist des Hauses zu widerstehen? Er hätte euch binnen einer einzigen Sekunde zermalmt, wäre er im Vollbesitz seiner Kräfte!«

Thirteen starrte die Flederratte an. Von der normalerweise so witzigen Art des kleinen Geschöpfes war nichts mehr geblieben; im Gegenteil. Wuschs Worte hatten sie getroffen wie eine Ohrfeige.

»Wenn das stimmt, warum haben sie Nagelschmidt dann nicht längst ersetzt?«, fragte Frau Mörser.

»Freitag der Dreizehnte und Vollmond?« Wusch schüttelte den Kopf. »So oft kommt das nicht vor. Aber heute ist es so weit. Heute um Mitternacht bekommt das Haus ein neues Opfer. Und dann wird es nichts mehr geben, was noch in der Lage ist, es zu stoppen.«

»Und dann?«, fragte Thirteen. »Was ... was wird dann geschehen?«

Wusch blinzelte. Sie schien die Frage nicht zu verstehen. »Geschehen?«

»Was passiert, wenn es seine vollständige Macht zurückhat?«, fragte Thirteen. »Wird es immer mehr und mehr Menschen verschlingen? Wird es ... wachsen? Vielleicht die ganze Stadt verschlingen? Oder das ganze Land?«

»Oder gleich die ganze Welt?« Wusch lachte. »Jetzt bleib mal auf dem Teppich, Kleines. Das Schicksal hat dich nicht dazu auserkoren, diesen Planeten vor dem Untergang zu bewahren, weißt du? Dreizehnjährige, die die Welt retten, kommen normalerweise nur in Abenteuergeschichten gewisser Autoren vor, denen nichts mehr einfällt.«

»Ist ja schon gut«, sagte Thirteen ein bisschen verlegen. »Entschuldige. Aber was wird geschehen, wenn es wieder dreizehn sind?«

»Nichts«, antwortete Wusch. »Oder alles. Es wird immer so weitergehen. Vielleicht für alle Zeiten. Niemand wird es mehr beenden können. Ich finde das schlimm genug.«

»Da hat sie recht«, sagte Frau Mörser. »Es muss aufhören, Thirteen. Wir können es nicht beenden, aber du kannst es. Wir vermögen dir nur dabei zu helfen.«

Thirteen schwieg lange Zeit. Schließlich stand sie auf, trat ans Fenster und blickte hinaus. Aber sie sah die Straße nicht wirklich. Ihre Gedanken kreisten wild in ihrem Kopf. Sie hatte furchtbare Angst und sie wollte nichts anderes, als sich irgendwo zu verkriechen und abzuwarten, bis alles vorbei war. Aber dies war wohl eine von jenen Situationen, in denen es nicht darum ging, was sie wollte.

»Das Opfer, das sie heute Abend bringen wollen«, murmelte sie. »Du kennst es, nicht wahr, Wusch?«

Sie blieb weiter am Fenster stehen und sie wandte sich auch nicht zu Wusch um, aber sie konnte in der Spiegelung auf der Fensterscheibe sehen, wie die Flederratte unruhig wurde.

»Du weißt, wer es ist«, sagte Thirteen noch einmal. »Stimmt's?«

»Hm«, machte Wusch. Erst nach einigen Sekunden quetschte sie widerwillig heraus: »Ja.«

Thirteen atmete hörbar ein, drehte sich endlich vom Fenster weg und sah die Flederratte fest an. Es fiel ihr unendlich schwer, weiterzusprechen, und noch bevor sie es tat, las sie die Antwort auf ihre eigene Frage in Wuschs Augen.

»Es ist Frank, nicht wahr?«

* * * * *

Sie waren eine zweite, eine dritte und schließlich eine vierte Treppe hinuntergegangen, ohne dass sich irgendetwas geändert hätte. Der Gang und die endlos aneinandergereihten Zimmer blieben so alt und verfallen, wie sie waren, und sie begegneten weder einem Dämonen noch irgendeinem anderen Bewohner des Hauses. Aber das hieß nicht, dass sie allein gewesen wären.

Thirteen kannte das unheimliche Gefühl, angestarrt und belauert zu werden, mittlerweile sehr gut, aber es war noch niemals so intensiv gewesen wie jetzt und niemals so unangenehm. Vielleicht war es nicht einmal wirklich das Empfinden, angestarrt zu werden, sondern nur etwas, was sie dafür hielt und was in Wahrheit etwas ganz anderes war.

Etwas war da.

Sie – und nicht nur sie! – spürte einfach die Gegenwart einer weiteren … Existenz, ein passenderes Wort fiel Thirteen dafür nicht ein. Da war etwas, unsichtbar und verborgen, rings um sie herum, etwas Riesiges und Fremdes, vielleicht unendlich Böses, aber auch etwas eindeutig Lebendiges.

Sie hatte niemals zuvor im Leben etwas gespürt, was ihr solche Angst gemacht hätte.

Vielleicht lag es an ihrem sonderbaren Erlebnis mit der Tür.

Sie hatte versucht, den Gedanken als lächerlich abzutun, aber es war ihr nicht gelungen. Sie hatte eindeutig das Gefühl gehabt, etwas Lebendiges zu berühren. Nicht einfach ein Stück Holz, sondern etwas Warmes, das pulsierte, das atmete und vielleicht sogar dachte. Sie war vor diesem Empfinden fast entsetzt zurückgeschreckt und hatte den Gedanken, den es in ihr auslösen wollte, so weit von sich geschoben, wie es nur ging.

Aber es ging eben nicht sehr weit. Und was sie nicht zurückdrängen konnte, waren ihre Erinnerungen. Als sie oben auf dem Dachboden gewesen waren, hatte sie etwas ganz Ähnliches empfunden, aber damals war ihr der Gedanke selbst so absurd vorgekommen, dass sie ihn einfach nicht weiterverfolgt hatte. Aber dort oben, in dem Gewirr aus Dachsparren und Balken, hatte sie für einen kurzen Moment ebenfalls das Gefühl gehabt, sich in etwas Lebendigem, Atmendem zu befinden und nicht in einem leblosen Gebäude. Jetzt hatte sie dieses Gefühl wieder. Und es kam ihr nun gar nicht mehr absurd oder verrückt vor, sondern nur noch Furcht einflößend.

Tim, der vorausging, blieb plötzlich stehen und Thirteen schrak aus ihren Gedanken hoch. Mit ein paar schnellen Schritten schloss sie zu ihm auf und sah, warum er stehen geblieben war: Vor ihnen lag eine weitere Treppe, die im selben Winkel nach oben und nach unten führte. Und es war nicht nur eine weitere Treppe; Thirteen hätte schwören können, dass es haargenau dieselbe Treppe war, die sie schon viermal hinuntergegangen waren.

»Das darf doch nicht wahr sein!«, maulte Tim. »Wie lange soll denn das noch so weitergehen?«

»Bis wir unser Ziel erreicht haben«, antwortete Peter, ehe Thirteen Gelegenheit fand, irgendetwas zu sagen. »Wenn du keine Lust mehr hast, kannst du gerne hierbleiben.«

Tim hob erschrocken die Hände. »He, he!«, sagte er. »So war das nicht gemeint! Ich frage mich ja nur, wie viele Etagen dieses verhexte Haus eigentlich hat!«

»Dreimal darfst du raten«, sagte Thirteen. Sie ging an Tim und den anderen vorbei und legte mit einer bewusst forschen Bewegung die Hand auf das Treppengeländer.

Vielleicht hätte sie es besser nicht getan, denn was sie unter ihren Fingern spürte, das war kein morsches Holz, sondern etwas Warmes, das sich eindeutig bewegte. Um ein Haar hätte sie aufgeschrien und erschrocken die Hand zurückgerissen. Aber sie beherrschte sich mit äußerster Anstrengung, zwang ein Lächeln auf ihr Gesicht und sagte: »Worauf wartet ihr? Wir haben noch neun Treppen vor uns.«

* * * * *

Jeder Tag endet irgendwann einmal – auch wenn Thirteen dieser spezielle Tag so vorkam, als hätte er mindestens zweihundert Stunden, von denen jede einzelne aus ungefähr dreihundert Minuten bestand. Aber schließlich begann es doch zu dämmern, und gegen zehn verließen sie das Haus, stiegen in Frau Mörsers weißen Golf und fuhren auf Umwegen zum Haus von Thirteens Großvater. Wusch flog voraus, um den Weg zu sichern, schärfte ihnen aber vorher noch ein, nicht das Grundstück – und schon gar nicht das Haus! – zu betreten, bevor sie sich nicht umgesehen und davon überzeugt hatte, dass die Luft rein war.

Sie kamen viel zu früh an ihrem Ziel an. Da Frau Mörser befürchtete, dass Beate ihr Auto erkennen könnte, parkten sie den Wagen drei Blocks entfernt in einer Seitenstraße und gingen den Rest des Weges zu Fuß. Trotzdem war es noch eine gute halbe Stunde bis Mitternacht, als sie das Grundstück erreichten. Wusch war bisher nicht zurückgekommen, sodass sie es nicht wagten, durch das schmiedeeiserne Tor in der Mauer zu treten, sondern sich in den Büschen auf der anderen Straßenseite verbargen; ziemlich genau an derselben Stelle, an der sie sich schon einmal versteckt hatten.

Der Platz weckte unangenehme Erinnerungen in Thirteen, und jetzt, im Dunkeln, war er noch viel unheimlicher. Doch sie sahen keine Ratten. Das einzige Lebenszeichen, auf das sie stießen, war ein Eichhörnchen, das erschrocken davonhuschte, und nach einiger Zeit Wusch, die endlich zurückkam und sich ebenso selbstverständlich auf Nagelschmidts Schulter niederließ, wie sie es zuvor immer bei Thirteen getan hatte. Der Anblick versetzte Thirteen einen schmerzhaften Stich, aber fast gleichzeitig schämte sie sich auch für ihre Eifersucht. »Wo warst du die ganze Zeit?«, fragte sie. »Du hast verdammt lange gebraucht, um dich ein *bisschen umzusehen.*«

»Dafür bist du umso schneller damit bei der Hand, herumzunörgeln«, versetzte Wusch patzig. »Kannst du auch noch was anderes?«

Thirteen wollte antworten, aber Wusch fuhr rasch und in verändertem, plötzlich wieder sehr ernstem Ton fort: »Habt ihr den Garten betreten?«

»Nein«, antwortete Frau Mörser an Thirteens Stelle. »Wir haben hier gewartet, ganz wie du gesagt hast.«

»Gut«, sagte Wusch. »Sie sind auf dem Weg hierher. Es ist bald so weit.«

Die Worte hingen wie ein düsteres Versprechen zwischen ihnen, und mit einem Male schien die Zeit, die sich bisher unerträglich gedehnt hatte, nur so zu rasen. Hatte der Tag bisher viel zu viele Stunden gehabt, die einfach nicht enden wollten, so wünschte sich Thirteen plötzlich, dass die Zeit einfach stehen bliebe und der Wagen mit Beate und den anderen niemals ankäme.

Es dauerte nicht mehr lange und das Geräusch eines Motors drang durch die Nacht an ihr Ohr. Thirteen und die anderen wichen vorsichtshalber ein bisschen tiefer in den Schutz der Gebüsche zurück. Mittlerweile war zwar längst tiefste Nacht hereingebrochen, aber es war eine sehr klare, wolkenlose Nacht, und am Himmel über ihnen stand der Vollmond, sodass man ziemlich weit sehen konnte. Thirteen beobachtete mit angehaltenem Atem, wie der Wagen dicht vor dem Tor anhielt und nacheinander vier Menschen ausstiegen, die im Garten hinter der Mauer verschwanden. Wenige Augenblicke später kam ein zweiter, diesmal mit fünf Passagieren besetzter Wagen.

»Das wären dann neun«, sagte Thirteen. »Fehlen noch drei.«

»Sie sind schon auf dem Weg hierher«, sagte Wusch. »Nur Geduld. Es wird schon noch früh genug losgehen.«

Sie mussten tatsächlich nicht mehr sehr lange warten, bis das Geräusch eines weiteren Motors hörbar wurde. Thirteen blickte nach links, in die Richtung, aus der das gedämpfte Brummen kam, dann auf die Uhr. Noch eine gute Viertelstunde bis Mitternacht.

Der Wagen hielt unmittelbar vor dem Tor. Es war der kleine Krankenwagen, mit dem Roller Thirteen zum Krankenhaus gefahren hatte. Und Roller war auch einer der drei, die aus dem Wagen stiegen. Der Zweite, das erkannte sie trotz der herrschenden Dunkelheit sofort, war Stefan. Bei dem Dritten konnte es sich um Volkner handeln, aber da war sie nicht ganz sicher. Alle drei gingen nach hinten und öffneten die Ladeklappe des Wagens. Diesmal kam jedoch kein Rollstuhl heraus, sondern eine vierte, gebeugte Gestalt. Thirteen konnte sie nur als Schatten sehen. Trotzdem:

»Frank!«, murmelte sie.

Nagelschmidt legte ihr beruhigend die Hand auf den Unterarm. »Nicht!«, flüsterte er. »Mach jetzt keinen Fehler!«

Thirteen riss sich zusammen. Sie erkannte jetzt, dass man Frank die Hände auf dem Rücken zusammengebunden hatte.

»Ich weiß, wie du dich jetzt fühlst«, sagte Frau Mörser. »Aber wir können nichts tun.«

Damit hatte sie völlig recht. Auch sie alle zusammen konnten nichts gegen Stefan, Roller und Volkner ausrichten. Und trotzdem – einen Moment lang war sie ernsthaft versucht, einfach aus ihrem Versteck hinauszustürmen und zu dem Kombiwagen hinüberzulaufen, um Frank zu befreien. Letztendlich – wenn sie ihn befreite und somit niemand mehr da war, den die DREIZEHN dem Haus opfern konnten, hatte Thirteen dann nicht auch gewonnen? Außerdem hatten sie später, wenn sie nicht drei, sondern vielmehr *zwölf* Gegnern gegenüberstanden, vermutlich noch viel weniger Aussichten, irgendetwas zu tun.

Aber sie blieb trotzdem weiter reglos stehen, wo sie war, und sah zu, wie Stefan und die beiden anderen Frank grob aus dem Wagen zerrten und durch das Tor stießen. Sie kam sich erbärmlich und feige vor, denn es war nicht das erste Mal, dass sie tatenlos zusehen musste, wie einer ihrer Freunde an ihrer Stelle litt.

»Das waren zwölf«, sagte Nagelschmidt nach einer Weile. »Worauf warten wir?«

Wusch ließ eine kleine Weile verstreichen, ehe sie antwortete. Ihr Kopf bewegte sich dabei hektisch von rechts nach links und wieder zurück, und Thirteen hatte das Gefühl, dass sie nach etwas Bestimmtem suchte. Oder auf etwas wartete.

»Nur einen kurzen Moment noch«, sagte sie schließlich. »Wir wollen doch sichergehen, dass sie auch im Haus sind, oder?« Nachdem einige weitere Sekunden verstrichen waren, spreizte Wusch die Flügel, stieß sich auf ihre übliche wenig elegante Art von Nagelschmidts Schulter ab und schwang sich in den Himmel hinauf.

»Also, los!«, piepste sie. »Folgt mir! Und keinen Laut, ganz egal was ihr auch seht.«

Thirteen, Nagelschmidt und Frau Mörser folgten ihr. Sie überquerten die Straße, gingen an den drei hintereinander geparkten Wagen vorbei und traten schließlich durch das Tor. Aber kurz bevor sie es taten, drehte sich Thirteen noch einmal herum und sah zu dem Gebüsch zurück, in dem sie sich verborgen gehalten hatten. Etwas bewegte sich darin. Die Schatten waren nicht mehr ohne Leben, und die Zweige des Gebüsches zitterten und vibrierten ununterbrochen.

Und diesmal war sie ganz sicher, es sich nicht nur einzubilden.

*****

Sie hatte irgendwann aufgehört die Treppen zu zählen, die sie hinuntergegangen waren, aber es mussten wohl zwölf gewesen sein, denn diese letzte – die unterste – Etage unterschied sich doch gewaltig von denen, die sie durchquert hatten.

Das, was sie jetzt umgab, war eine Ruine, kaum mehr als das Skelett eines Hauses. Es gab keine Türen oder Türrahmen mehr, sondern nur noch ausgezackte Löcher in den Wänden, hinter denen sich von Unrat und Trümmern erfüllte, finstere Höhlen erstreckten, die keinerlei Ähnlichkeit mehr mit den Zimmern hatten, die sie bisher kannten. Die Fußbodenbretter waren so morsch, dass Thirteen sich kaum noch traute, fest aufzutreten, und die Decke bestand nur noch aus nackten Sparren, die tatsächlich mehr wie ein Gerippe als ein künstliches Gebilde aussahen. Die Wände waren nur noch nacktes Mauerwerk, in dem überall Risse und tiefe Löcher entstanden waren, und dahinter … war etwas.

Thirteen konnte nicht sagen, was. Keiner von ihnen konnte das. Keiner von ihnen hatte es gewagt, das zu berühren, was hinter dem Mauerwerk zum Vorschein kam. Es sah weich aus und irgendwie … organisch. Nicht wie etwas künstlich Geschaffenes, sondern wie etwas Lebendiges.

Tief in sich wussten sie längst alle, dass es nicht nur so *aussah*. Es war immer wärmer geworden, je weiter sie nach unten kamen. Der Boden, über den sie gingen, federte unter ihren Schritten, und sie wagten es schon lange nicht mehr, irgendetwas anzufassen. Die Luft war warm und auf eine unangenehme Weise feucht und von einem süßlichen, Übelkeit erregenden Geruch erfüllt. So unglaublich der Gedanke Thirteen selbst jetzt noch vorkam, es gab für das, was sie sahen und fühlten, nur eine einzige Erklärung:

Dieses Haus war kein Haus.

Es *lebte*.

Thirteen war unendlich weit davon entfernt, eine Erklärung für diesen unfasslichen Gedanken zu finden – und wenn sie ehrlich war: Sie *wollte* es auch gar nicht –, aber was sie mit eigenen

Augen sahen, das war ganz eindeutig. Sie waren nicht länger in einem Haus, sondern krochen wie Jonas im Bauch des Wales durch das Innere eines gigantischen lebenden *Dinges;* ein Ungeheuer, das sich nur hinter dem Aussehen eines ganz normalen Hauses verbarg und in Wirklichkeit nichts anderes als ein höllisches Monster war, das die Seelen von Menschen fraß.

Und sie näherten sich seinem Herzen.

Sie waren immer schweigsamer geworden, je tiefer sie kamen, und während der letzten halben Stunde hatte keiner von ihnen mehr geredet. Sie alle hatten Angst, das spürte und sah Thirteen, und umso mehr rechnete sie es ihnen an, dass keiner auch nur ein einziges Mal davon gesprochen hatte, nicht weiterzugehen oder gar umzukehren. Aber sie fragte sich auch mit jeder Sekunde mehr, ob sie sie überhaupt mitnehmen durfte.

Ihr Großvater hatte nicht von den anderen gesprochen. Er hatte gesagt, dass sie – *Thirteen* – die Macht habe, es zu beenden, und hatte damit auch wirklich nur sie allein gemeint. Was immer am Ende dieses Weges auf sie warten würde, Thirteen wusste einfach, dass es entweder mit ihrem Sieg oder ihrer aller Tod enden würde. Was gab ihr das Recht, das Leben ihrer Freunde aufs Spiel zu setzen?

»Da vorne ist eine Tür«, sagte Peter plötzlich.

Thirteen schrak aus ihren düsteren Überlegungen hoch, schloss mit einigen raschen Schritten zu Peter auf und sah in die Richtung, in die sein ausgestreckter Arm wies. Nicht nur der Korridor selbst, sondern auch das Licht hatte sich verändert. Es war jetzt ein rötliches, pulsierendes Glühen, in dem sich selbst leblose Dinge zu bewegen schienen, sodass es schwerfiel, Entfernungen abzuschätzen oder überhaupt irgendetwas zu erkennen, das weiter als ein paar Schritte entfernt war. Sie sah die Tür erst nach einiger Zeit; und Einzelheiten erkannte sie erst, nachdem sie ihre Furcht zurückgedrängt hatte und ein paar Schritte an Peter und den anderen vorbeigegangen war. Das hieß: Sie war nicht ganz sicher, ob es tatsächlich eine *Tür* war. Sie sah aus wie eine Tür, aber sie bestand nicht aus Holz, Metall oder irgendeinem anderen künstlichen Material, sondern aus etwas, was wie Knochen oder Knorpel aussah. Allein der Gedanke, dieses furchtbare Etwas zu berühren, ließ Thirteens Magen zu einem harten Knoten zusammenschrumpfen. Gottlob musste sie es nicht. Sie war gerade dabei, den letzten Rest ihres Mutes zusammenzukratzen, als ein unheimlicher saugender Laut erklang. Die mannshohe Knochenplatte teilte sich in der Mitte und klappte auseinander. Dahinter kam ein von düsterrotem, vibrierendem Licht erfüllter Treppenschacht zum Vorschein, der steil in die Tiefe führte. Seine Wände und die Decke bestanden nicht aus Stein, sondern aus einer roten, gummiähnlichen Masse, die von daumendicken, pulsierenden Adern durchzogen war. Mehr als alles andere erinnerte der Anblick an das aufgerissene Maul eines Drachen.

»Sei vorsichtig!«, sagte Peter.

Thirteen nickte, trat behutsam einen Schritt vor und beäugte die Ränder der Knochentür misstrauisch. Sie waren nicht glatt, sondern so ausgezackt, dass der Anblick sie an ein gewaltiges Krokodilgebiss erinnerte. Wenn sich die Tür plötzlich schloss, würde sie vermutlich sauber in zwei Hälften gebissen werden …

Sie verscheuchte diesen unangenehmen Gedanken und beugte sich weiter vor. Wie sie erwartet hatte, sah sie die Stufen einer Treppe, die steil in eine unbekannte Tiefe führte, und wie sie *befürchtet* hatte, war es eigentlich keine Treppe, sondern eher etwas wie ein riesiges Knochengerüst, dem versteinerten Brustkorb eines Dinosauriers ähnlicher als einem von Menschenhand geschaffenen Gebilde.

»Was … was siehst du?«, fragte Helen nervös.

»Eine Treppe«, antwortete Thirteen.

»Aber … aber wieso denn?«, murmelte Angela. »Ich denke, das Haus hat nur dreizehn Etagen?«

»Das da ist der Keller«, sagte Thirteen. »Es wartet auf uns. Dort unten.«

Niemand antwortete. Niemand fragte, was sie mit *es* gemeint hatte. Aber es blieb auch niemand zurück, als sie nach einer Weile den Fuß auf die oberste Stufe der unheimlichen Knochentreppe setzte und mit klopfendem Herzen in die Tiefe zu steigen begann.

* * * * *

Der Garten war menschenleer, aber nicht verlassen. Überall rings um sie herum knisterte und raschelte es, bewegten sich Schatten und kleine huschende Schemen. Es war, als wäre der verwilderte Garten nicht nur von Leben erfüllt, sondern zur Gänze zum Leben *erwacht*. Und sie war nicht die Einzige, der es so erging. Weder Nagelschmidt noch Frau Mörser sprachen auch nur ein einziges Wort, während sie sich dem Haus näherten, doch Thirteen entgingen weder die nervösen Blicke, die sie immer wieder in die Runde warfen, noch ihre unsicheren Bewegungen oder die Tatsache, dass ihr Atem immer schneller wurde. Sie hatten Angst.

Natürlich hatten sie Angst – was hatte sie denn erwartet? Schließlich war auch sie selbst vor Angst halb verrückt. Umso höher rechnete sie es ihnen an, dass sie trotzdem mitgekommen waren. Und zugleich begann sie sich zu fragen, ob sie überhaupt das Recht hatte, ihre beiden Freunde einer solchen Gefahr auszusetzen.

Möglicherweise vollkommen umsonst. Sie hatte die Worte ihres Großvaters nicht vergessen: *Sie* war es, die den Fluch brechen konnte, der über diesem Haus lag. Er hatte nicht von den anderen gesprochen, sondern nur von ihr allein. Und was auch immer in diesem unheimlichen Haus auf sie warten mochte: Thirteen war vollkommen sicher, dass es nur mit ihrem Sieg oder ihrer aller Tod enden konnte. Die Zeiten des Kräftemessens waren vorbei. *Diese* Begegnung würde mit ihrem totalen Sieg oder ihrer totalen Vernichtung enden.

Endlich hatten sie das Haus erreicht. Wie auch der Garten lag es in vollkommener Dunkelheit da, aber die Tür stand offen, und Thirteens Nerven gaukelten ihr auch dahinter huschende, schattenhafte Bewegung vor, die immer verschwand, wenn sie genauer hinsah, und immer wieder da war, sobald sie den Blick wandte.

»Es ist niemand zu sehen«, murmelte Nagelschmidt. Seine Stimme klang sehr nervös. »Aber das kann eine Falle sein.«

»Das glaube ich nicht«, sagte Frau Mörser. »Es ist fast Mitternacht. Bestimmt sind sie alle schon beisammen, um das Opfer vorzubereiten.« Sie sah Thirteen sehr ernst an. »Uns bleibt nicht mehr viel Zeit.«

Thirteen fuhr sich nervös mit der Zungenspitze über die Lippen. Ihr Herz hämmerte und ihre Handflächen waren feucht vor Aufregung. Sie hob den Blick in den Himmel. Wo blieb Wusch?

Sie sah die Flederratte nicht, aber sie erblickte etwas anderes, das ihr einen eisigen Schauer über den Rücken laufen ließ. Der Mond stand als perfekt gerundete Scheibe an einem wolkenlosen Himmel, aber es war nicht mehr der Vollmond, den sie vorhin gesehen hatte.

Er war *rot.*

Es war nicht nur rot, sondern hatte die Farbe von frischem Blut, und für einen Moment schien ihr Gesicht von einem warmen Hauch gestreift zu werden, der einen süßlichen, ekelhaften Geruch mit sich brachte.

Die Empfindung verging so schnell, wie sie gekommen war, aber sie hinterließ ein Gefühl von Furcht in Thirteen, das alles überstieg, was sie jemals zuvor gespürt hatte. Sie wollte nur noch weg hier, so weit und so schnell fort von diesem Ort des Grauens, wie es nur ging.

Stattdessen drehte sie sich zitternd zu Frau Mörser herum und sagte: »Wie viel Zeit bleibt uns noch?«

»Fünf Minuten.« Frau Mörser sah sie alarmiert an. Offenbar spiegelten sich Thirteens Gedanken sehr deutlich auf ihrem Gesicht.

»Dann kommt«, sagte Thirteen. Sie trat aus dem Gebüsch heraus und ging mit schnellen Schritten auf das Haus zu. Nagelschmidt und Frau Mörser folgten ihr, und kurz bevor sie das Haus erreichten, gesellte sich auch Wusch wieder zu ihnen und ließ sich kommentarlos auf Thirteens Schulter nieder.

Die Tür schwang mit einem unheimlichen Knarren auf, als

Thirteen die Hand dagegenpresste, und der Gang dahinter war nicht ganz so dunkel, wie es von außen den Anschein gehabt hatte. Alle Lampen waren gelöscht, aber unter der Treppe, die auf der linken Seite des langen Korridors in die Höhe führte, stand eine Tür offen und aus dem Spalt drang flackernder rötlicher Lichtschein.

Mit klopfendem Herzen ging Thirteen dorthin und öffnete die Tür. Sie erblickte einen schmalen, gemauerten Treppenschacht voller Spinnweben und Staub, in dem eine Anzahl ausgetretener Steinstufen in halsbrecherischem Winkel in die Tiefe führten. An ihrem Ende flackerte roter Schein und sie hörte gedämpfte Stimmen, ohne die Worte zu verstehen. Einige von ihnen kannte sie.

»Was ist das?«, fragte Nagelschmidt nervös.

»Der Keller«, antwortete Thirteen. Sie atmete tief ein und fügte leiser hinzu: »Es wartet auf uns. Dort unten.«

Keiner der anderen fragte, wen sie mit *es* meinte. Sie wussten es alle.

Und keiner der anderen zögerte, ihr zu folgen, als sie mit klopfendem Herzen den Fuß auf die oberste Treppenstufe setzte und hinabzusteigen begann.

13

Es waren nicht dreizehn, sondern einhundertneunundsechzig Stufen, die in die Tiefe führten – dreizehn mal dreizehn. Die Magie dieser Zahl war in den letzten Tagen so allgegenwärtig, dass Thirteen sie schon gar nicht mehr richtig zur Kenntnis genommen hatte, aber jetzt, während sie die knöchernen Stufen hinunterstieg, wurde ihr seit langer Zeit wieder bewusst, wie sehr diese Zahl ihr Leben beherrschte. Und wie allgegenwärtig sie auch hier war. Nichts von alledem war Zufall. Diese Zahl, die ihr Leben vom ersten Augenblick an bestimmt hatte, war keine Laune des Schicksals, sondern hatte eine tiefere und vielleicht noch viel schlimmere Bedeutung, als ihr trotz allem jetzt schon klar war. Vielleicht lag die Antwort bereits hinter der nächste Tür und sie hatte unvorstellbare Angst davor.

Trotzdem ging sie, ohne auch nur im Schritt innezuhalten, weiter, nachdem sie endlich das Ende der Treppe erreicht hatte. Sie befanden sich in einem langen, gewundenen Flur, der gar keine bestimmte Form mehr zu haben schien, sondern sich in einer Art ununterbrochener, nicht erkennbarer Veränderung befand, sodass sie nicht einmal sagen konnte, ob er nach oben oder unten, nach rechts oder links verlief oder wie lange er war. Die Luft war mittlerweile so warm und feucht, dass sie das Gefühl hatte, kaum noch richtig atmen zu können. Das Schlimmste aber war das Geräusch.

Es hatte begonnen, als sie die Treppe hinuntergegangen waren, und es war mit jeder Stufe etwas lauter geworden: ein dumpfer rhythmischer Laut, den sie sofort erkannt hatte, aber ihr Verstand weigerte sich, es zu akzeptieren. Mittlerweile aber war er zu laut und zu stark geworden, um ihn weiter zu ignorieren.

Es war der Herzschlag. Der dumpfe dröhnende Rhythmus eines gigantischen Herzens, des Zentrums des Hauses.

Der Gang endete in nicht zu bestimmender Entfernung vor einer weiteren, viel größeren Knochentür, und Thirteen wusste plötzlich mit schrecklicher Sicherheit, dass das endgültige furchtbare Geheimnis dieses Hauses hinter dieser Tür auf sie wartete.

»Ich will da nicht hinein«, sagte Helen plötzlich und ihre Stimme klang schrill. Sie blieb stehen und blickte aus großen Augen auf die knöcherne Tür vor ihnen.

Peter wollte etwas sagen, aber Thirteen machte eine rasche Geste und ging zu Helen zurück. »Das musst du auch nicht«, sagte sie. »Aber ich weiß auch nicht, ob du noch umkehren kannst.«

Helen drehte sich herum und sah die Treppe hinauf. In ihrem Gesicht arbeitete es, und Thirteen sah, dass ihr Atem immer schneller ging und sie am ganzen Leib zu zittern begann. Helen stand kurz davor, in Panik zu geraten, und das war nicht gut. Dies hier unten war das Reich der Angst. Sie durften ihr nicht erlauben, Macht über sie zu erlangen.

»Vielleicht könntest du einfach hierbleiben«, schlug Thirteen vor.

»Hier?« Helen wurde noch blasser. »Allein?!«

Thirteen zuckte mit den Schultern. »Ihr könnt alle hierbleiben. Ich glaube ohnehin, dass ... dass ich ihm allein gegenübertreten muss. Ich mache euch einen Vorschlag: Ich gehe allein weiter und ihr könnt in der Zwischenzeit –«

»Nein«, fiel ihr Peter ins Wort. »Das können wir nicht.«

In seiner Stimme war etwas, was Thirteen alarmiert aufhorchen ließ. Sie sah hoch und folgte seinem Blick zum oberen Ende der Treppe.

Sie war nicht mehr leer. Aber Thirteen konnte nicht erkennen, was dort oben stand. Es war etwas Dunkles, Wogendes, eine Anzahl körperloser, flackernder Schemen, die sich in der einen Sekunde zu einem bewegten Ganzen zusammenschlossen und dann wieder beinahe zu einzelnen Schatten wurden.

»Die Dämonen!«, flüsterte Tim entsetzt. Und dann brüllte er, so laut er nur konnte: *»LAUFT!«*

* * * * *

Überflüssig zu sagen, dass die Treppe dreizehn Stufen weit in die Tiefe führte. In den letzten Tagen hatte Thirteen beinahe angefangen zu vergessen, wie sehr diese Zahl ihr Leben beherrschte, aber hier, in diesem unheimlichen Haus, konnte sie die Augen nicht mehr davor verschließen. Und sie war weitaus mehr als eine bloße Laune des Schicksals, das sich einen Scherz mit ihr erlaubt hatte. Sie war das verbindende Glied zu ihr und diesem unheimlichen Haus, und aus irgendeinem Grund, den sie nicht benennen konnte, an dem es aber auch nicht den allergeringsten Zweifel gab, wusste sie auch, dass diese magische Zahl das eigentliche Geheimnis des Hauses darstellte. Und dass es wahrscheinlich schon hinter der nächsten Tür auf sie wartete.

Sie blieb stehen. Das hatte …

»Was hast du?«, fragte Frau Mörser und sah sie aufmerksam an.

»Nichts«, antwortete Thirteen. »Es ist nur … komisch. Ich hatte gerade das Gefühl, das alles … schon einmal erlebt zu haben. Nur ganz anders.«

»So etwas nennt man Déjà-vu. Jeder erlebt das ab und zu. Es hat nichts zu bedeuten.«

Thirteen antwortete nicht, aber sie war davon auch nicht überzeugt. Sie wusste, was Frau Mörser meinte – aber sie fühlte auch, dass es nicht das war, was ihr widerfuhr. Es war anders, so als … spürte sie ihre eigenen Gedanken, die aber ein anderer dachte oder zumindest an einem anderen Ort. Als ob es sie zweimal gäbe …

Sie gingen langsam weiter. Der Gang endete bereits nach wenigen Schritten vor einer weiteren ebenfalls nur angelehnten Tür, hinter der sich die Quelle des roten Lichtes befand. Sie hörte die Stimmen jetzt deutlicher und ab und zu verstand sie auch eines der Worte. Mit klopfendem Herzen streckte sie die Hand nach der Tür aus, um sie vollends aufzuschieben, doch Wusch sagte fast erschrocken:

»Noch nicht!«

»Wieso?«, fragte Thirteen im Flüsterton.

»Die Tür ist noch nicht geöffnet«, antwortete Wusch. »Es ist nur verwundbar, wenn das Tor offen ist.«

»Das verstehe ich nicht«, gestand Thirteen.

»Du kannst es vernichten«, erwiderte Wusch ernst, »denn in deinen Adern fließt das Blut dessen, der den Pakt unterzeichnet hat. Aber würdest du es jetzt versuchen, so ginge er einfach zurück in die Welt, aus der er gekommen ist.«

Es dauerte einen Moment, bis Thirteen überhaupt begriff, was die Flederratte damit meinte. Aber dann lief ihr ein eiskalter Schauer über den Rücken.

»Moment mal!«, keuchte sie. »Willst du damit etwa sagen, dass ich ihm dorthin ... *folgen* muss?!« Sie dachte an die fürchterliche schwarze Gestalt, die sie für einen Moment vor dem Haus gesehen hatte, und ein Gefühl absoluten Entsetzens begann sich in ihr auszubreiten. »Niemals!«

»Aber du bist doch schon dort«, antwortete Wusch.

»Da ist irgendwas«, sagte Nagelschmidt plötzlich. »Hört doch!« Er deutete die Treppe hinauf. Thirteens Blick folgte seiner Geste. Sie sah nichts, aber nach einigen Sekunden hörte auch sie etwas: ein seltsames Rascheln und Wispern, wie das Geräusch von Wind, der mit trockenen Blättern spielt, trotzdem aber sehr mächtig. Es war noch sehr weit entfernt, aber es kam näher.

»Was ist das?«, flüsterte sie. Niemand antwortete. Frau Mörser zuckte nur mit den Schultern und Nagelschmidt sah plötzlich sehr nervös aus. Thirteen zuckte die Achseln, wandte sich wieder um und streckte erneut die Hand nach der Tür aus. Diesmal erhob Wusch keine Einwände.

Thirteen legte die Handfläche gegen die Tür, nahm all ihren Mut zusammen und schob sie langsam, Millimeter für Millimeter, weiter auf, bis sie den Raum, der dahinter lag, zur Gänze überblicken konnte.

Der Anblick, der sich ihr bot, ließ ihr Herz mit einem jähen Sprung schneller schlagen.

* * * * *

Wie von Furien gehetzt rannten sie los. Hinter ihnen stürmten die Dämonen lautlos die Treppe herunter, ein schwarzes körperloses Wirbeln, das sich zehnmal schneller bewegte, als ein Mensch es gekonnt hätte.

Thirteen sah immer wieder über die Schulter zurück, und ihr Herz machte einen entsetzten Sprung, als sie sah, wie rasend schnell ihr Vorsprung zusammenschmolz. Sie waren der Tür bereits nahe, aber sie war nicht sicher, ob sie sie noch erreichen würden. Es war so, wie sie gedacht hatte: Dies hier war das Reich der Furcht, und indem sie ihr gestattet hatten, Einzug in ihre Gedanken zu halten, hatten sie ihre Schergen herbeigerufen, die Dämonen.

Sie erreichte die Tür und prallte in vollem Lauf dagegen, denn sie öffnete sich zwar von selbst, genau wie die oben an der Treppe, aber viel zu langsam. Thirteen stolperte hindurch, fand mit ein paar hastigen Schritten ihr Gleichgewicht wieder und wich zur Seite, um den anderen Platz zu machen. Hinter ihr drängten sich Peter und Helen durch den Spalt und dann Tim, Beate und Angela. Aber auch zwischen ihnen und dem heranrasenden schwarzen Wogen lagen nur noch ein paar Schritte. Und sie waren furchtbar schnell. Sie *konnten* es nicht schaffen.

Eine von ihnen schaffte es auch nicht. Tim und Angela drängten sich irgendwie durch den Türspalt, wobei sie sich in ihrer Angst gegenseitig behinderten, aber Beate war nicht schnell genug. Eine halbe Sekunde bevor sie die rettende Tür erreichte, holten die Schatten sie ein.

Ihr blieb nicht einmal Zeit, einen Schrei auszustoßen. Schemenhafte Arme schlossen sich um sie und etwas wie wabernder grauer Rauch begann ihren Körper einzuhüllen. Mit einer verzweifelten Bewegung versuchte sie sich an der Tür festzuklammern, doch ihre Kraft reichte nicht aus. Sie wurde zurückgerissen und verschwand in dem lautlosen grauen Wogen. Einen Moment später schloss sich die Tür mit einem dumpfen, lang nachhallenden Knall.

»Nein!«, flüsterte Thirteen entsetzt. »Beate!«

Sie machte einen Schritt auf die Tür zu, aber Peter hielt sie zurück. »Nicht«, sagte er traurig. »Es ist zu spät. Wir können nichts mehr für sie tun.«

Niedergeschlagen schloss Thirteen die Augen. Sie fühlte sich leer und auf eine Weise schuldig, die beinahe unerträglich war. Es war genauso gekommen, wie sie befürchtet hatte. Den ersten ihrer Freunde hatte bereits das Verhängnis ereilt, noch bevor sie ihrem Ziel auch nur wirklich nahe gekommen war. Ebenso gut hätte sie sie auch selbst umbringen können.

Plötzlich berührte Peter sie erneut am Arm und drückte so fest zu, dass es wehtat. »Da!«, keuchte er. »Seht doch!«

Er deutete auf die Tür, und als Thirteen hinsah, spürte sie einen neuerlichen eisigen Schrecken. Die Tür war geschlossen, aber sie war … irgendwie unscharf. Als könne man ihre Umrisse nicht mehr richtig erkennen. Oder betrachte sie durch einen dünnen grauen Dunst.

»Die Dämonen«, flüsterte Helen. »Sie kommen durch.«

Sie hatte recht. Die Tür stellte kein Hindernis für die Dämonen dar. Sie glitten einfach hindurch: wie Rauch durch einen Vorhang voller Löcher. Wo immer sie sich auch zu verbergen suchen würden, die Dämonen würden alles durchdringen, um ihrer habhaft zu werden.

Hastig drehte sie sich herum und rannte weiter.

* * * * *

Der Raum war niedrig, aber so weitläufig, dass seine Grundfläche größer als die des gesamten Hauses sein musste. Es gab keine Lampen oder Feuer; was Thirteen für rotes Fackellicht gehalten hatte, das war ein unheimlicher pulsierender Schein, der durch die Ritzen und Fugen des Mauerwerkes selbst zu dringen schien, als brenne dahinter ein höllisches Feuer, das sich langsam seinen Weg in diese Seite der Wirklichkeit zu bahnen begann. Trotzdem war es nicht heiß. Der Raum war im Gegenteil von einer klammen Kälte erfüllt, die etwas tief in Thirteen wie ein eisiger Hauch traf und zum Erschauern brachte.

Die Mitglieder des Bundes der Dreizehn hatten sich am anderen Ende des Kellers zusammengefunden und standen vor etwas Großem, Dunklem, das Thirteen über die Entfernung hinweg nicht richtig erkennen konnte. Überhaupt war es in dem unheimlichen, pulsierenden roten Licht schwer, Einzelheiten auszumachen; die hoch aufgerichteten Gestalten kamen ihr vor wie eine Versammlung nur halb körperlicher Dämonen, verschwommenen Schemen gleich, deren Umrisse sich in dem roten Licht immer wieder aufzulösen schienen.

»Was tun sie da?«, flüsterte Thirteen. Die Frage galt Nagelschmidt, von dem sie annahm, dass er all dies ja schon einmal erlebt hatte, aber er antwortete nicht darauf. Er reagierte nicht einmal auf ihre Stimme, und Thirteen war auch fast sicher, dass er sie gar nicht gehört hatte. Auf seinem Gesicht lag ein Ausdruck abgrundtiefen, vollkommenen Entsetzens. Vielleicht hätte sie ihn doch nicht mitbringen sollen, überlegte Thirteen. Die Erinnerungen, die der Anblick des Kellers heraufbeschwor, waren sichtlich zu viel für ihn.

Thirteen warf noch einmal einen Blick hinter sich. Die Treppe lag so still und verlassen da wie bisher, aber der unheimliche raschelnde Laut war noch immer zu hören und schien sogar noch an Intensität zugenommen zu haben. Thirteen fragte sich, wer die Urheber dieses unheimlichen Geräusches sein mochten – aber sie fürchtete sich zugleich auch davor, die Antwort auf diese Frage zu finden.

Mit klopfendem Herzen trat sie durch die Tür und in den dahinterliegenden Keller. Nichts geschah. Keine der zwölf Gestalten dort vorne drehte sich herum. Offenbar waren sie viel zu sehr auf etwas konzentriert, was Thirteen noch nicht sehen konnte, um darauf zu achten, ob ihnen jemand nachgeschlichen war.

Ganz langsam ging sie weiter. Ihr Herz hämmerte. Obwohl es immer kälter zu werden schien, war sie in Schweiß gebadet, und ihr Atem ging so schnell, dass die dreizehn sie hätten hören müssen. Aber sie standen weiter völlig reglos da. Die einzige Bewegung, die Thirteen wahrnahm, wurde ihr durch das Licht und die tanzenden Schatten vorgegaukelt. Sie ging Schritt für Schritt vorwärts und sie fragte sich dabei immer verzweifelter, was sie denn eigentlich *tun* sollte, wenn sie Frank und die anderen erreicht hatte.

Etwas geschah. Thirteen konnte körperlich *fühlen*, wie sich die Welt, wie sie sie kannte, um eine Winzigkeit verschob und zu etwas wurde, was entsetzlich und furchtbar war. Doch diesmal war es nicht allein die Gegenwart des bösen Geistes, die sie spürte. Es war zwölf Uhr. Die Stunde zwischen zwölf und Mitternacht war angebrochen. Das Tor hatte sich geöffnet.

Auch in die dreizehn Gestalten vor ihr war Bewegung gekommen. Sie gingen weiter, und jetzt, als Thirteen ihnen nahe war, konnte sie auch erkennen, was es war, vor dem sie bisher reglos gestanden hatten: ein Felsen. Es war ein gewaltiger zerrissener Findling, der weit in den Boden und auch in die Grundmauern des Hauses hineinreichte. Er musste viel älter sein als dieser Keller. Offensichtlich waren er und das gesamte Haus auf diesem Felsen errichtet worden. Dieser Findling war das eigentliche Herz des Hauses, der Quell seiner finsteren, bösen Macht.

In seiner Mitte befand sich ein gezackter Riss, wie ein erstarrter schwarzer Blitz, der vermutlich zu einer Höhle in seinem Inneren führte. Langsam und hintereinander traten die zwölf und ihr Opfer durch diesen Spalt hindurch.

* * * * *

Der Raum war gewaltig. Wände, Decke und Boden waren rot und braun und von einem Netzwerk pulsierender Stränge durchzogen, die sich im selben Rhythmus bewegten wie das dröhnende, hämmernde Geräusch, das sie noch immer begleitete und längst ihren eigenen Pulsschlag, ihren Atem, ja selbst ihre Gedanken in ihren Takt gezwungen hatte.

Sie rannten um ihr Leben. Thirteen sah sich immer wieder um. Die Dämonen waren noch nicht ganz durch die Tür hindurchgekommen, aber sie glaubte bereits wieder eine Anzahl einzelner schemenhafter Gestalten zu erkennen. Es konnte sich nur um Augenblicke handeln, bis sie das Hindernis völlig überwunden hatten, und sie wusste ja, wie entsetzlich schnell diese geisterhaften Gestalten waren.

Verzweifelt sah sie nach vorne und versuchte ihre Schritte zu beschleunigen. Ihr Ziel lag am anderen Ende des riesigen Raumes, ein gewaltiger rissiger Felsbrocken, der wie ein Fremdkörper aus der lebenden Wand herausragte. Dieser Findling war das eigentliche Herz des Hauses, der Quell seiner finsteren, bösen Macht.

Für eine Sekunde hatte Thirteen das unheimliche Gefühl, ganz genau diesen Gedanken schon einmal gedacht zu haben. Aber das war unmöglich, denn sie war noch niemals zuvor hier gewesen und sie hatte auch diesen Felsen noch nie zuvor gesehen.

Sie verscheuchte den Gedanken und rannte weiter. In der Mitte des Findlings befand sich ein gezackter Riss, wie ein erstarrter schwarzer Blitz, der vermutlich zu einer Höhle in seinem Inneren führte. Dahinter loderte ein unheimliches rotes Licht und sie glaubte eine Anzahl tanzender Schatten zu erkennen.

»Sie kommen!«, schrie Tim. »Sie sind durch!«

Thirteen sah im Laufen über die Schulter zurück und schrie vor Schreck ebenfalls gellend auf. Die Dämonen hatten die Tür endgültig überwunden und rasten heran, mehr als ein halbes Dutzend riesiger schattenhafter Gestalten, die gar nicht richtig zu erkennen waren und trotzdem – oder vielleicht gerade deshalb – einen durch und durch grauenerregenden Anblick boten. Sie waren unglaublich schnell.

Plötzlich stolperte Tim. Er versuchte verzweifelt sein Gleichgewicht zurückzuerlangen, machte es damit aber nur noch schlimmer und schlug nach ein paar Stolperschritten der Länge nach hin.

Thirteen verhielt mitten in der Bewegung und wollte sich herumdrehen, und auch die anderen blieben stehen, aber Tim schrie mit schriller, sich überschlagender Stimme: »Lauft! Ich versuche sie aufzuhalten! Nun lauft schon!«

Im nächsten Moment waren die Dämonen über ihm, und diesmal konnte Thirteen genau erkennen, was geschah. Tim hielt schützend die Hände vor das Gesicht und trat um sich, aber die

Dämonen fielen wie Ungeheuer aus Rauch und Schatten über ihn her, hüllten seinen Körper ein und rissen ihn in die Höhe, um ihn fortzuzerren. Sie verschwanden einfach, und mit ihnen verblasste Tims Gestalt.

Aber Thirteen wusste auch, dass es nur eine Atempause war. Schon in wenigen Augenblicken würden die Dämonen zurückkommen, und wenn sie dann noch hier waren, dann waren sie nicht nur verloren, sondern dann war Tims Opfer auch vollkommen umsonst gewesen.

Sie fuhr herum und rannte weiter, aber zehn oder fünfzehn Schritte bevor sie den Felsen erreichten, blieb Peter plötzlich wieder stehen.

»Worauf wartest du?« Thirteen deutete auf den Spalt im Fels. »Wir müssen da rein!«

Peter schüttelte den Kopf. »*Du* musst da rein«, sagte er. »Ich nicht.«

»Aber –«

»Ich komme nicht mit«, unterbrach sie Peter in entschlossenem Ton. »Meine Zeit ist ohnehin abgelaufen. Ich will dort nicht hinein. Geht allein weiter. Ich halte sie auf.«

Er deutete hinter sich, und Thirteen sah, dass sich dort schon wieder Schatten zusammenballten. Tims Opfer hatte ihnen gerade eine Minute verschafft. Und auch Peters Opfer würde ihnen nicht mehr Zeit bringen, und es würde noch dazu ebenso umsonst sein wie das Tims, wenn sie ihr Ziel nicht erreichten.

Dicht gefolgt von Angela und Helen näherte sie sich dem Spalt im Fels und trat gebückt hindurch. Ihr Herz hämmerte zum Zerspringen und sie spürte eine so gewaltige Furcht, dass sie die Zähne zusammenbeißen musste, um nicht vor Angst aufzuschreien.

Der Felsspalt war nicht einmal einen Meter lang und erweiterte sich dann zu einer überraschend großen, asymmetrischen Höhle, die von demselben pulsierenden roten Licht erfüllt war wie der Raum draußen. In ihrer Mitte befand sich ein dunkles Gebilde, das Thirteen im ersten Moment für einen Schuttberg oder einen Trümmerhaufen hielt.

Aber dann sah sie, was es wirklich war: ein gewaltiger Thron aus schwarzer Lava, der aus einem Gewirr übereinandergestürzter versteinerter Körper herauswuchs. Er war leer, sodass sie die unheimlichen Symbole erkennen konnte, die in die mehr als mannshohe Rückenlehne eingraviert waren. Sie wusste nicht, was sie darstellten, aber schon ihr bloßer Anblick bereitete ihr Unbehagen. Die Vorstellung allein, für was für ein Geschöpf dieser Thron gemacht war, jagte Thirteen einen eiskalten Schauer über den Rücken. Für einen Menschen jedenfalls ganz bestimmt nicht. Sie hoffte, dass es ihr erspart bleiben würde, jemals diesem Geschöpf gegenüberzustehen.

Mühsam löste sie ihren Blick von dem Thron aus schwarzer Lava und sah sich um. Sie sah niemanden außer Angela und Helen, und trotzdem hatte sie das intensive Gefühl, nicht allein in der Höhle zu sein. Sie drehte sich ein paarmal im Kreis, aber alles, was sie sah, waren der Thron und das Durcheinander versteinerter Körper zu seinen Füßen. Unsicher ließ sie sich in die Hocke sinken und tastete mit den Fingerspitzen darüber. Sie fühlten sich rau und auf eine unangenehme Weise warm an, und obwohl sie zweifellos aus nichts anderem als Stein bestanden, waren sie doch in allen Einzelheiten so perfekt, dass Thirteen plötzlich das Gefühl hatte, sich in einem Grab zu befinden.

Dreizehn, dachte sie wie betäubt. Es waren dreizehn; die Körper von sechs jungen und sieben Mädchen, die rings um den Thron zu Boden gesunken waren und so friedlich aussahen, als schliefen sie nur. Sie trugen einfache, sehr altmodische Kleidung: die Mädchen knöchellange Röcke und schlichte Blusen, die Jungen grobe Wollhosen und einfache Leinenhemden. Die meisten waren barfuß.

Thirteen wusste, wen sie vor sich hatte.

Es waren die ersten Bewohner des Hauses. Dreizehn Kinder, die alle ungefähr in ihrem Alter sein mussten.

Die Kinder, die der Rattenfänger von Hameln entführt hatte, aus Rache, weil man ihn um seinen versprochenen Lohn betrogen hatte.

* * * * *

Dicht gefolgt von Nagelschmidt und Frau Mörser näherte sie sich dem Spalt im Fels und trat hindurch. Ihr Herz hämmerte zum Zerspringen und sie spürte eine so gewaltige Furcht, dass sie die Zähne zusammenbeißen musste, um nicht vor Angst aufzuschreien.

Der Felsspalt war nicht einmal einen Meter lang und erweiterte sich dann zu einer überraschend großen, asymmetrischen Höhle, die von demselben pulsierenden roten Licht erfüllt war, das auch draußen durch die Wände drang. In ihrer Mitte befand sich ein dunkles Gebilde, das Thirteen im ersten. Moment für einen Schuttberg hielt oder einen bloßen Trümmerhaufen.

Aber wirklich nur im ersten Moment. Dann sah sie, was es wirklich war, ein gewaltiger Thron aus schwarzer Lava, der aus einem Gewirr übereinandergestürzter versteinerter Körper herauswuchs.

Auf diesem gewaltigen schwarzen Thron saß ein Wesen, das zwar äußerlich einem Menschen glich, aber in Wahrheit alles andere war.

Es war riesig. Aufgerichtet musste es weit über zwei Meter groß sein und es hatte die Schulterbreite eines Giganten. Seine Haut war vollkommen schwarz; nicht dunkelbraun oder ebenholzfarben, sondern schwarz wie die Farbe der Nacht. Aus seinem Kopf wuchs ein Paar gewaltiger Hörner, nicht klein und spitz, wie man sie manchmal auf Bildern und in Filmen sah, sondern so massig und schwer wie die eines Steinbocks und so lang, dass sie sich zu beiden Seiten seines Schädels zu großen geriffelten Schneckenhäusern bogen, deren Spitzen nach vorne wiesen. Der Kopf des Geschöpfes war vollkommen kahl und sein Gesicht war kantig und sehr breit. Trotzdem war es nicht hässlich, sondern von einer sonderbar brutalen Schönheit, die ihm etwas Edles und zugleich Erschreckendes verlieh.

Thirteen riss ihren Blick mühsam von der unheimlichen Erscheinung los und sah sich um. Frank befand sich, von Stefan und Volkner mit eisernem Griff gehalten, dicht vor dem Thron. Die anderen standen in einem lockeren Halbkreis um ihn herum. Alle blickten den schwarzen Koloss auf dem Thron an, und obwohl Thirteen ihre Gesichter nicht erkennen konnte, sah sie allein an ihrer Haltung, dass sie mindestens ebensolche Angst vor dem schwarzen Giganten empfanden wie sie.

Stefan und Volkner versetzten Frank einen Stoß, der ihn noch einen Schritt weiter nach vorne taumeln und auf die Knie fallen ließ. Um ein Haar wäre er gegen den Thron gestürzt. Der schwarze Gigant über ihm öffnete die Augen, und es war, als werfe Thirteen einen Blick direkt in die Hölle, als sie hineinsah. Er hatte keine Pupillen. Seine Augen waren ein einziges rotes Glühen. Ganz langsam hob er den Arm, beugte sich vor und streckte die Hand nach Frank aus. Frank richtete sich kerzengerade auf und wollte hochspringen, aber er führte die Bewegung nicht zu Ende. Der Blick des schwarzen Giganten lähmte ihn.

Auch Thirteen stand wie erstarrt da. Sie wusste nicht, was sie erwartet hatte – eine Beschwörung, irgendwelche finsteren Riten, die die Dreizehn vollzogen, brennende Kerzen und düsterer Gesang, aber nichts von alledem war der Fall. Sie wusste plötzlich, dass eine einzige Berührung des Titanen ausreichen würde, um Franks Seele für alle Zeiten der Verdammnis zu übergeben.

Sie musste etwas tun! Sie musste –

Eine Hand legte sich auf ihre Schulter und eine schwache, aber wohlbekannte Stimme sagte: »Nicht, Thirteen. Deine Zeit ist noch nicht gekommen …«

Sie war nicht überrascht, als sie den Blick wandte und direkt ins Gesicht ihres Großvaters sah, aber sie fragte sich, wie er so schnell hierhergekommen war und ohne dass sie es bemerkt hatte.

Ihr Großvater war schrecklich alt geworden. Er sah aus, als wäre er mindestens hundert Jahre alt, sehr schwach, sehr krank, aber noch immer nicht gebrechlich. Mit sanfter Gewalt schob er Thirteen aus dem Weg, lächelte ihr – und für einen Moment auch Wusch – noch einmal zu und trat dann in die Höhle hinein.

Beate war die Erste, die ihn bemerkte. Sie schrie auf und

schlug die Hand vor den Mund, und im selben Moment fuhren auch alle anderen herum. Erschrockene Rufe wurden laut und sowohl Stefan als auch Roller machten Anstalten, sich unverzüglich auf ihn zu stürzen.

Doch bevor sie ihr Vorhaben ausführen konnten, hob der schwarze Koloss auf dem Thron gebieterisch die Hand. HALT!

Jede Bewegung in der Höhle erstarb. Für eine Sekunde erstarrten alle zu völliger Reglosigkeit und es wurde vollkommen still. Dann brach Beate mit zitternder Stimme das Schweigen.

»Verzeiht uns, Herr!«, stammelte sie. »Wir ... wir wussten nicht, dass er uns gefolgt ist!«

SCHWEIG!, befahl der Riese. ER IST EUCH NICHT GEFOLGT. ER WAR BEREITS HIER, LANGE BEVOR IHR KAMT. *SIE* IST EUCH GEFOLGT.

Er deutete auf Thirteen, und die Art, wie Beate und die anderen sie anstarrten, machte ihr klar, dass sie ihre Anwesenheit bisher tatsächlich nicht einmal bemerkt hatten.

»Lass den Jungen in Ruhe!«, sagte Thirteens Großvater. Er trat dem schwarzen Titanen furchtlos entgegen und deutete auf Frank. »Er gehört dir nicht.«

JEDER, DER MEIN REICH BETRITT, GEHÖRT MIR. AUCH DU. AUCH DIE LETZTE VON DEINEM BLUT.

»Es ist genug!«, sagte Thirteens Großvater. »Lass sie gehen. Ich verlange, dass du sie alle gehen lässt. Alle hier, hörst du? Es ist genug! Ich verlange –«

DU VERLANGST?

Der Gigant stand mit einem Ruck auf, und alle – mit Ausnahme von Thirteens Großvater – wichen ein paar Schritte von dem schwarzen Lavathron zurück, und Thirteen hielt erschrocken den Atem an, als sie sah, wie gigantisch und imposant seine Erscheinung war.

Hinter seinem Körper war ein Paar gewaltiger schwarzer Flügel zusammengefaltet, deren Spannweite ausreichen musste, die Höhle zu sprengen.

DU WAGST ES, ETWAS VON MIR ZU FORDERN?,

donnerte seine Stimme. WIR HABEN EINEN PAKT GESCHLOSSEN, DU NARR! NIEMAND BRICHT EINEN VERTRAG MIT MIR!

»Es ist genug«, wiederholte Thirteens Großvater. »Ich bin bereit, den Preis zu bezahlen, aber lass sie gehen. Es ist genug. Du hast deine Opfer bekommen. Jetzt muss es aufhören, so war es vereinbart.«

VEREINBART? Der Dämon lachte. ICH BESTIMME, WAS VEREINBART WAR UND WAS NICHT! DU KAMST ALS BITTSTELLER ZU MIR! DU WOLLTEST NICHTS ALS DEINE RACHE. DU HAST SIE BEKOMMEN. UND DIE UNSTERBLICHKEIT DAZU!

»Und die Seelen von dreizehn Generationen Unschuldiger haben den Preis dafür bezahlt«, antwortete Thirteens Großvater. »Du bist es, der den Pakt bricht, nicht ich! Ich habe diese Stadt verflucht, sie und ihre Kinder und die Kinder ihrer Kinder, bis in die dreizehnte Generation.« Er deutete auf die versteinerten Gestalten am Fuße des Thrones. »Du hast bekommen, was ich dir versprochen habe. Eine Generation, für jeden von ihnen. Jetzt halte dein Wort und lass es genug sein!«

GENUG?! Wieder lachte der Dämon. Die gewaltigen Schwingen auf seinem Rücken bewegten sich raschelnd und das rote Licht flackerte für einen Moment stärker. ES IST NIE GENUG, DU NARR! NIEMAND SCHLIESST EINEN PAKT MIT MIR, OHNE DEN PREIS ZU BEZAHLEN!

»Und seine Höhe bestimmst du?«

WER SONST?

»Also betrügst du mich.«

WIE KANN ICH BETRÜGEN, WENN ICH ES BIN, DER DIE REGELN FESTLEGT?

Der Gigant beugte sich vor und streckte erneut die Hand nach Frank aus.

ER IST MEIN! UND ES WIRD NIEMALS ENDEN!

»O doch«, sagte Thirteens Großvater. »Das wird es. Jetzt!«

Der Gigant sah mit einem Ruck hoch. Das Feuer in seinen Augen loderte zu greller Glut auf, aber im selben Moment fuhr auch ihr Großvater herum. Seine Hand glitt in die Tasche.

* * * * *

Ein gellender Schrei drang in Thirteens Gedanken. Sie fuhr hoch und sah, wie Helen und Angela hinter ihr in die Höhle gestürmt kamen, verfolgt von einem wirbelnden Chaos aus Schemen und Schatten. Die Dämonen. Sie hatten Peter davongeschleppt und kamen nun, um auch Helen, Angela und am Ende sie selbst zu holen. Und es gab nichts mehr, wohin sie noch flüchten konnten.

Thirteen stürmte blindlings los. Sie rannte an dem schwarzen Lavathron vorbei, erreichte das andere Ende der Höhle und fuhr verzweifelt herum. Angela und Helen stürmten heran und hinter ihnen tobten die Dämonen durch den schmalen Eingang, aber plötzlich war noch etwas da: eine schattenhafte, flackernde Gestalt, die urplötzlich aus dem Nichts zwischen den beiden Mädchen und den Dämonen erschien und den Ungeheuern mit weit ausgebreiteten Armen den Weg verstellte.

Es war der Schattenmann, der dunkle Bruder ihres Großvaters, der sie schon mehrmals gerettet und letztendlich auch hierhergebracht hatte.

Das Wunder geschah. Die Dämonen hielten in ihrem Vormarsch inne, und für einen Moment war es, als hielte selbst die Zeit den Atem an. Niemand rührte sich. Es war vollkommen still. Dann drehte sich der Schattenmann herum und streckte den Arm nach Thirteen aus. Auf seiner ausgestreckten Handfläche lag etwas Kleines, Helles. Sie konnte nicht genau erkennen, was es war.

»Es ist so weit, Thirteen«, sagte er. »Ich muss jetzt gehen. Und die anderen auch.«

»Und … ich?«, fragte Thirteen stockend. Nervös sah sie zu den beiden Mädchen hin. Angelas und Helens Gesichter waren grau vor Furcht. Sie starrten abwechselnd den Schattenmann und die Dämonen an, die reglos hinter der dunklen Gestalt verharrten, gebannt von seiner unheimlichen, lautlosen Macht. Dann …

Es war, als betrachte sie ein Foto, das in der Fixierschale lag und sich langsam entwickelte. Mit einem Mal waren rings um sie herum Schatten, nicht ganz körperlich, aber auch nicht so schemenhaft wie die Dämonen. Sie bewegten sich und nach einigen weiteren Augenblicken konnte Thirteen sogar ihre Gesichter erkennen. Auch ihre Münder bewegten sich, aber Thirteen hörte nicht den geringsten Laut. Es war, als blicke sie durch ein Fenster in eine bizarre Spiegelwelt, die der, in der sie sich aufhielt, aufs Haar glich, wo sich aber vollkommen andere Menschen –

Vollkommen andere …?

Nein. Was Thirteen sah, das waren Beate, Peter und alle anderen, die zum Bund der Dreizehn gehörten, aber sie erblickte auch Nagelschmidt, Frau Mörser, Frank – und sich selbst.

Dann ging plötzlich alles ganz schnell. Der Schattenmann machte eine rasche befehlende Geste, und Angela und Helen traten, ohne zu zögern, auf die Trennlinie zwischen den Wirklichkeiten zu. Auch Thirteen wollte dasselbe tun, aber der Schattenmann hielt sie mit einer neuerlichen, befehlenden Geste zurück.

»Noch nicht«, sagte er. »Deine Arbeit ist noch nicht getan.« Damit verschwand er. Thirteen starrte noch einen Moment verblüfft auf die Stelle, auf der er gerade noch gestanden hatte. Dann senkte sie den Blick auf ihre Handfläche und auf das, was auf ihr lag.

Es war eine kleine weiße Flöte.

* * * * *

Angela schrie plötzlich auf, schlug die Hände vor das Gesicht und fiel auf die Knie herab, und in derselben Sekunde taumelte auch Helen zurück, als hätte sie ein Schlag getroffen. Sie stürzte nicht und sie schrie auch nicht auf wie Angela, aber auf ihrem

Gesicht erschien ein Ausdruck solcher Qual, als wäre sie urplötzlich von einem rot glühenden Dolch durchbohrt worden.

Dann schien alles gleichzeitig zu geschehen. Stefan wirbelte mit einem Schrei herum und deutete auf Thirteens Großvater, und auch Roller erwachte aus seiner Erstarrung und versuchte sich auf ihn zu stürzen.

Ihr Großvater fuhr herum, machte ein paar schnelle Schritte auf den Dämon und Frank zu, der noch immer vor dem Lavathron kniete, zog gleichzeitig die Hand aus seiner Tasche – und etwas Kleines, Weißes flog in hohem Bogen auf Thirteen zu. Ganz instinktiv fing sie es auf, aber das Chaos, das im selben Augenblick rings um sie herum losbrach, war viel zu gewaltig, als dass sie auch nur begriffen hätte, was es war.

Ihr Großvater hatte Frank fast erreicht, doch auch der Dämon bewegte sich jetzt. Blitzschnell beugte er sich vor und griff mit beiden Händen nach Frank, um sein nächstes Opfer an sich zu reißen. Doch einen Sekundenbruchteil bevor er ihn berühren konnte, erschien wie aus dem Nichts eine schattenhafte, dunkle Gestalt ohne Gesicht vor ihm, zerrte Frank in die Höhe und versetzte ihm einen Stoß, der ihn davontaumeln ließ.

Nicht besonders weit – er prallte nach ein paar Schritten gegen Stefan und riss ihn mit sich zu Boden, aber er war außer Reichweite des Ungeheuers.

Der Dämon brüllte vor Zorn und Enttäuschung und schlug nach dem Schattenmann. Seine schrecklichen Klauenhände trafen die nur schemenhaft sichtbare Gestalt und schleuderten sie davon, und im selben Augenblick taumelte auch Thirteens Großvater wie von einem Faustschlag getroffen zurück und brach zusammen. Doch noch bevor er stürzte, wandte er sich zu Thirteen um und streckte beide Hände nach ihr aus.

»Thirteen!«, schrie er. *»Jetzt!«*

Thirteen senkte den Blick auf ihre Handfläche und auf das, was auf ihr lag.

Es war eine kleine weiße Flöte.

Irgendetwas geschah. Es war nichts, was Thirteen hätte in Worte fassen können, kein Gefühl, das sie jemals gespürt hätte oder das sich mit irgendetwas vergleichen ließ, was sie kannte; es war einfach nur durch und durch entsetzlich. Die Welt schien sich von außen nach innen zu stülpen, für einen Augenblick gab es kein Oben, kein Unten, kein Rechts und kein Links mehr, und sie hatte das Gefühl, durch ein bodenloses Nichts bis auf den Grund des Universums hinabzustürzen. Sie taumelte und sie wäre zweifellos gefallen, hätte es nicht beinahe im selben Augenblick auch schon wieder aufgehört. Und kaum hatte sie ihr Gleichgewicht wiedergefunden, da geschah etwas noch viel Unheimlicheres: Sie hörte ganz deutlich, wie die Stimme ihres Großvaters schrie:

»Thirteen! Jetzt!«

Und sie wusste, was sie zu tun hatte.

Ganz ruhig und plötzlich ohne die allermindeste Angst setzte sie die Flöte an und begann zu spielen. Sie hatte nie im Leben ein solches Instrument in der Hand gehalten

Irgendetwas geschah. Es war nichts, was Thirteen hätte in Worte fassen können, kein Gefühl, das sie jemals gespürt hätte oder das sich mit irgendetwas vergleichen ließ, was sie kannte; es war einfach nur durch und durch entsetzlich. Die Welt schien sich von außen nach innen zu stülpen, für einen Augenblick gab es kein Oben, kein Unten, kein Rechts und kein Links mehr, und sie hatte das Gefühl, durch ein bodenloses Nichts bis auf den Grund des Universums hinabzustürzen. Sie taumelte und sie wäre zweifellos gefallen, hätte es nicht beinahe im selben Augenblick auch schon wieder aufgehört. Und kaum hatte sie ihr Gleichgewicht wiedergefunden, da wusste sie, was sie zu tun hatte; so selbstverständlich, als wäre dieses Wissen schon ihr Leben lang in ihr gewesen, tief verborgen zwar, aber schon immer da und bereit, in diesem einen, ganz besonderen Moment geweckt zu werden.

Ganz ruhig und plötzlich ohne die allermindeste Angst setzte sie die Flöte an und begann zu spielen. Sie hatte und trotzdem schienen sich ihre Finger ganz von selbst zu bewegen, tanzten mit leichten, selbstverständlichen Bewegungen über die kleine Flöte und entlockten ihr Töne. Die hellen, klaren Laute gingen beinahe im allgemeinen Lärm und dem Hämmern ihres eigenen Herzens unter und ergaben auch gar keine richtige Melodie, sondern eine atonale, fast disharmonische Tonfolge, die aber seltsamerweise trotz allem nicht unangenehm war, sondern beinahe … *verlockend* klang.

Und noch etwas geschah. Der unheimliche Herzschlag, der sie die ganze Zeit über auf ihrem Weg hier herunter begleitet hatte, war plötzlich nicht mehr da. Stattdessen hörte sie ein sonderbares, ganz langsam werdendes Rauschen, wie die Blätter eines Waldes, die sich im Wind bewegten; einem Wind, der immer mehr und mehr zunahm und bald zum Sturm werden musste. Es kam näher. Sehr rasch.

Das Geräusch schwoll immer mehr und mehr an. Aus dem Sturm wurde ein Orkan, und sie glaubte Schatten zu er-

nie im Leben ein solches Instrument in der Hand gehalten und trotzdem schienen sich ihre Finger ganz von selbst zu bewegen, tanzten mit leichten, selbstverständlichen Bewegungen über die kleine Flöte und entlockten ihr Töne. Die hellen, klaren Laute gingen beinahe im allgemeinen Lärm und dem Hämmern ihres eigenen Herzens unter und ergaben auch gar keine richtige Melodie, sondern eine atonale, fast disharmonische Tonfolge, die aber seltsamerweise trotz allem nicht unangenehm war, sondern beinahe … *verlockend* klang.

AUFHÖREN!, schrie der schwarze Gigant. Er deutete befehlend mit einer seiner furchtbaren Krallenhände auf Thirteen. ERGREIFT SIE!

Aber keiner der anderen rührte sich. Der unheimliche Wirbel, der Thirteen für einen Moment erfasst hatte, schien auch die anderen ergriffen zu haben und er lähmte sie ebenso nachhaltig. Thirteen hörte nicht auf, auf ihrer Flöte zu spielen.

Und noch etwas geschah. Das unheimliche Rascheln und Knistern, das sie auf dem kennen, die die Luft über und hinter ihr erfüllten. Aus den Augenwinkeln sah sie, wie die schemenhaften Gestalten, die sie bisher Dämonen genannt hatte, ohne auch nur zu ahnen, was sich hinter diesem Begriff *wirklich* verbarg, zu verblassen begannen, auch noch den letzten Rest von Form und Substanz verloren und schließlich einfach verschwanden, und sie glaubte auch zu bemerken, wie durch die Reihe der Gestalten auf der anderen Seite der Barriere, die die beiden Welten noch immer voneinander trennte, ein erschrockenes Schauern ging, aber nichts davon zählte. Sie hielt nicht in ihrem Flötenspiel inne, sondern spielte weiter und weiter, bis aus der sanften Verlockung der Flötentöne ein unwiderstehlicher Befehl geworden war, gegen den es keinen Widerspruch mehr gab.

Das Rauschen wurde immer lauter und machtvoller. Etwas Dunkles, Wogendes bewegte sich in der Luft über ihr, aber zugleich hörte sie auch etwas wie einen Schrei; nicht der Schrei eines Menschen, nicht der Zorn eines sterblichen ganzen Weg hier herunter begleitet hatte, war lauter geworden. Und es klang jetzt nicht mehr wie Blätter, die im Wind raschelten, sondern wie Millionen eisenharter Krallen, die über Stein scharrten.

NEIN! schrie der schwarze Koloss.

Wie in panischer Angst bäumte er sich auf und spreizte die Flügel zu ihrer gewaltigen Spannbreite, bis sie an den Wänden und der Decke der Höhle entlangstreiften und trotzdem noch lange nicht vollends entfaltet waren. Seine Augen glühten, und Thirteen glaubte den Zorn und die unbeschreibliche Wut, die das Sein dieser höllischen Kreatur ausmachte, wie einen körperlichen Schlag zu fühlen.

NEIN! brüllte der Koloss noch einmal.

Seine Stimme ließ den Boden erzittern, und das rote Licht, das die Höhle erfüllte, flackerte stärker. Seine Flügel schlugen, prallten mit der Gewalt von Hammerschlägen gegen die Wand und ließen sie bersten. Steine und Staub regneten von der Decke, dann spaltete ein gewaltiger Riss

Wesens, sondern die unstillbare Wut eines Geschöpfes, das niemals das Geschenk des Lebens erhalten und das äonenlang voller Neid und Hass auf die Welt der Sterblichen geblickt hatte. Irgendetwas prallte mit der Gewalt von Hammerschlägen gegen die Wand und ließ sie bersten.

Steine und Staub regneten von der Decke, dann spaltete ein gewaltiger Riss den schwarzen Lavathron, aber der Schrei hielt immer noch an, bis er so gewaltig war, dass er Thirteen wie unter einem körperlicher Hieb zurücktorkeln ließ.

Über ihr bewegte sich etwas. Schatten huschten in die Höhle, große pelzige Körper mit langen Schwänzen und ledrigen Schwingen und spitzen Zähnen, zuerst nur wenige, dann Dutzende, Hunderte, Tausende, und dann

den schwarzen Lavathron, aber der Titan tobte immer noch weiter. Sein Zorn traf Thirteen mit immer größerer Wucht. Es war nicht der Zorn eines Menschen, nicht der Zorn eines sterblichen Wesens, sondern die unstillbare Wut eines Geschöpfes, das niemals das Geschenk des Lebens erhalten und das äonenlang voller Neid und Hass auf die Welt der Sterblichen geblickt hatte. Thirteen taumelte zurück, aber sie hielt nicht in ihrem Flötenspiel inne, sondern spielte weiter und weiter, bis aus der sanften Verlockung der Flötentöne ein unwiderstehlicher Befehl geworden war, gegen den es keinen Widerspruch mehr gab.

Hinter ihr bewegte sich etwas. Schatten huschten in die Höhle, kleine pelzige Körper mit langen Schwänzen und spitzen Zähnen, zuerst nur wenige, dann Dutzende, Hunderte, Tausende, und dann war sie wieder sie. Die beiden Welten wurden zu einer, es gab kein Hier und kein Drüben mehr und zugleich *veränderte* sich die gespaltene Welt, in der sie bisher gewesen war, ein weiters Mal.

Sie war nicht mehr im Herzen jenes gewaltigen lebenden Dinges, in das sich das Haus mehr und mehr verwandelt hatte, aber sie war auch nicht mehr in dem dämonischen Thronsaal des Ungeheuers. Plötzlich war die Höhle das, was sie die ganze Zeit über gewesen war, all die Jahrhunderte und Generationen hindurch: ein dunkles, übel riechendes Loch in der Erde, nichts weiter als ein mit Staub und Unrat gefüllter Pfuhl, der sich hinter Mauern aus Magie und Illusion verborgen hatte. Der Lavathron verschwand und wurde zu einer verrotteten Wurzel, aus der fauliges Wasser tropfte, und auch der Dämon veränderte sich. Er war immer noch gewaltig und immer noch erschreckend in seiner Wut, in die sich jetzt aber auch immer mehr und mehr Angst mischte, wie man an seinen Schreien ganz deutlich hörte. Und er hatte immer weniger mit dem Ehrfurcht gebietenden Höllenfürsten gemein, als der er ihnen allen gerade noch erschienen war. Im selben Moment, in dem die beiden Welten wieder zu einer geworden waren, hatte er seine dämonische Schönheit verloren, ebenso wie die morbide Faszination, die sein gehörntes Haupt und seine riesigen Schwingen ausstrahlten. An ihm war nichts Großes, nichts Gewaltiges – im Grunde nicht einmal etwas Erschreckendes. Er wirkte nur noch hässlich und irgendwie erbärmlich.

Aber er tobte noch immer wie von Sinnen. Seine Krallenhände fuhren durch die Luft und schleuderten die Ratten, die in immer größerer Zahl in die Höhle hereinströmten, zu Dutzenden davon, zermalmten sie, schmetterten sie gegen Wände und Decke oder rissen sie in Stücke. Aber für jede Ratte, die er tötete, kamen zehn neue herbei, und es war so, wie ihr Großvater es prophezeit hatte: Für den Moment, in dem die beiden Welten eine waren, war das Geschöpf verwundbar. Thirteen sah, wie es sich umwandte und eine Bewegung machte, wie um zu flüchten, aber auch aus dieser Richtung strömten plötzlich Schatten herbei, geflügelte, scharfzähnige Bestien, die mit Klauen und Schwingen über ihn herfielen und ihn niederwarfen.

»Thirteen. Lauf!«

Die Stimme war nur ein Hauch; kaum mehr als ein schwaches Flüstern, das im Toben des sterbenden Dämons beinahe unterging. Trotzdem fuhr Thirteen wie elektrisiert zusammen, wirbelte auf der Stelle herum und war mit einem Satz bei ihrem Großvater.

Er lebte noch, aber das war ein schieres Wunder. Als Thirteen ihn am Vormittag gesehen hatte, hatte sie sein Anblick erschreckt; jetzt entsetzte er sie. Er war unglaublich alt. Drei-, vier-, vielleicht fünfhundert Jahre, und er alterte vor ihren Augen weiter; ein Jahr in einer Sekunde, ein Menschenalter in einer Minute. Die finstere Magie, die ihm seine Unsterblichkeit verliehen hatte, war erloschen, und die Zeit holte sich die Jahrhunderte zurück, um die sie betrogen worden war.

Wusch flog von Thirteens Schulter und ließ sich neben dem Sterbenden nieder.

»Großvater!«, sagte Thirteen. »Du –«

Der uralte Mann brachte sie mit einer Handbewegung zum Verstummen, die vermutlich den allerletzten Rest seiner Kraft aufbrauchte. »Keine … Zeit«, flüsterte er. »Ihr müsst … fliehen. Alles wird … zerstört, wenn er … stirbt.«

»Ich bringe dich hier heraus!«, versprach Thirteen, obwohl sie wusste, dass das nicht mehr möglich war. Ihre Augen füllten sich mit Tränen. »Du darfst nicht sterben!«

»Rette … die anderen«, flüsterte ihr Großvater mit ersterbender Stimme. »Die Flöte. Ich habe sie damals benutzt … um … um die Ratten hierherzulocken. Und … und die … die Kinder. Jetzt benutze sie, um sie zu retten! Schnell!«

Thirteen hob den Blick und sah noch einmal zu dem sterbenden Dämon hin. Er war unter der Masse der angreifenden Tiere beinahe verschwunden. Ratten und Flederratten, die Nachkommen und Seelen der Tiere, die er damals hergelockt hatte, griffen ihn gemeinsam an und vollzogen eine Rache, auf die sie ebenso lange gewartet hatten wie ihr Großvater auf den Tag der Erlösung.

»Warum … hast du das … getan?«, flüsterte sie.

»Bitte verzeih mir, dass du so Schreckliches erleben musstest«, antwortete ihr Großvater. »Aber es war notwendig, um es zu Ende zu bringen. Ich war noch jung und dumm damals. Ich habe der Stadt geholfen und sie haben mich um meinen Lohn betrogen, deshalb nahm ich ihnen ihre Kinder. Ich wusste nicht, was ich tat. Die Verlockung des Bösen ist groß, Thirteen, das darfst du niemals vergessen. Jeder kann ihr erliegen, doch der Preis, den du dafür bezahlen musst, ist zu hoch. Ich habe bezahlt. Der Fluch ist von dieser Stadt genommen. Ich habe bezahlt. Es ist vorbei.«

Und damit starb er. Trotz allem spürte Thirteen, dass es ein sehr friedlicher Tod war. Er schloss einfach die Augen und hörte auf zu atmen. Es vergingen nur noch Sekunden, und alles, was dann noch von ihrem Großvater blieb, war ein Häufchen grauer Staub; das, was die Zeit nach sechs Jahrhunderten von einem Menschen zurücklässt.

Tränen liefen über Thirteens Gesicht. Sie spürte, wie Wusch sich so sanft, wie sie nur konnte, wieder auf ihre Schulter setzte, und für einen Moment schien etwas wie ein ledriger Lappen flüchtig über ihre Wange zu streifen.

Hinter ihnen dauerte der Todeskampf des Dämons an, aber seine Bewegungen wurden schwächer, und die Ratten und ihre geflügelten Brüder griffen mit immer größerer und größerer Wut an. Thirteen wusste nicht, ob es an den Tränen lag, die ihren Blick verschleierten, oder ob es tatsächlich geschah: Sie hatte das Gefühl, dass die Gestalten der Flederratten allmählich an Substanz zu verlieren schienen, als wiche aus ihnen das Leben im gleichen Maße wie aus dem Ungeheuer, das sie unter sich begraben hatten.

Langsam stand sie auf und sah sich um. Frank, Frau Mörser und auch Nagelschmidt waren neben sie getreten und hatten zumindest einen Teil der Worte mit angehört, die sie mit ihrem Großvater gewechselt hatte, wie der Ausdruck auf ihren Gesichtern deutlich verriet. Alle anderen aber standen da und starrten aus blicklosen Augen und ohne die geringste Bewegung auf den sterbenden Dämon.

»Worauf wartet ihr?«, fragte Thirteen mit ruhiger Stimme. »Wir müssen gehen.«

Niemand rührte sich. Keiner schien ihre Worte auch nur gehört zu haben. Es war der Dämon, der sie noch immer bannte. Auch wenn sein Zauber fast erloschen war, so war ein Teil von ihnen einfach zu lange hier gewesen, um sich von ihm lösen zu können. Sie war nicht einmal sicher, ob es ihnen überhaupt irgendwann einmal wieder möglich sein würde, so zu werden wie zuvor. Sie hoffte es. Aber wie hatte ihr Großvater gesagt? *Der Preis, den du dafür zu bezahlen hast, ist zu hoch.*

Und manchmal zahlten diesen Preis vielleicht auch Unschuldige.

»Sie hören nicht«, sagte Frank. »Ich habe es versucht, aber sie reagieren einfach nicht.«

»Wir werden alle sterben, wenn wir hier nicht herauskommen«, fügte Frau Mörser mit einer Geste auf die Höhlendecke hinzu. Die gewaltigen Risse und Spalten, die der Gigant in seinem Toben in den Fels geschlagen hatte, vergrößerten sich mit rasender Geschwindigkeit. Die Höhle begann zusammenzubrechen.

Aber plötzlich lächelte Thirteen. »Nein«, sagte sie. »Das werden wir nicht.«

Die drei anderen blickten sie verblüfft an, aber Thirteen lächelte noch einmal, drehte sich herum und setzte ein letztes Mal die Flöte an die Lippen. Und kaum hatte sie ihr die ersten Töne entlockt, da wandten sich die zwölf Männer und Frauen wortlos um und folgten ihr.

Hinter ihnen begann die Höhle zusammenzubrechen. Das unheimliche rote Feuer erlosch und auch das Schreien der Ratten und ihrer geflügelten Seelen wurde leiser, aber Thirteen und dasselbe Instrument, das ihr Großvater vor mehr als einem halben Jahrtausend benutzt hatte, um seine Rache an dieser Stadt zu vollziehen, führten sie alle sicher ins Freie.

Der schwarze Ritter und das Einhorn

Wolfgang und Heike Hohlbein
Silberhorn
560 Seiten
Hardcover
ISBN 978-3-8000-5448-0

Für die aufmüpfige 14-jährige Samiha fühlt es sich an wie ein Gefängnis – dabei ist sie nur in einem Internat gelandet. Aber in einem ganz besonderen: Unicorn Heights ist ein Pferdeinternat und für Samiha die letzte Chance, ihren Schulabschluss zu schaffen. Doch bald kommt es zu unerklärlichen Ereignissen und als Samiha als Einzige erkennt, dass der Schimmelhengst Star in Wirklichkeit Silberhorn und das letzte Einhorn seiner Welt ist, steht sie vor dem größten Abenteuer ihres Lebens.